蓮と嵐

The Lotus
and
the Storm

Lan Cao

ラン・カオ

麻生享志〈訳〉

彩流社

ハーラン・マーガレット・ヴァン・カオに捧ぐ

君達の他にもう一人がいつも
歩いているがそれは誰だ？
僕が数えると君達と僕だけだ
あの白い路の先方を見あげると
君達と一緒に歩いている他の人が
いつも一人いるのだ
鳶色のマントに身をつつみ
頭巾をかぶって音もなくあるいている
男か女かわからないが――
君達の向う側にいるあの人は誰だ？

T・S・エリオット『荒地』（西脇順三郎 訳）

目次

I　小さな国

I　小さな国

1　キエウ伝

マイ　1963-64

運転する母の姿はとても素敵。片手で軽くハンドルを握る。愛車のプジョーでチョロンの町を駆け抜ける母の姿を、姉と二人で想像する。露店が立ち並ぶ雑踏の街角。そこをピカピカの黒いボディーの車が通り抜ける。チョロンはわたしたちの町。母の生活の場。家の切り盛りをするのは母。メモを取る。家計簿をつける。サイゴンの中心からほど近いこの中国人街《チャイナタウン》の喧噪《けんそう》のなかで、母は家族のために家計をやりくりする。

家には雇いの運転手もいる。でも、母はよく自分で運転する。仏僧たちがデモ行進に繰り出しては人通りを遮ることがあるけれど、母は怖がりはしない。行き止まりになるような細い路地のことまでよく知っているから。中国人商人にも信用が厚い。母には中国人の血が流れているから。といって何世代も前の話だけど。

母が父と一緒に帰ってきた。車がガレージに止まる。銀メッキの飾りが黒塗りのボディーを引き立てる。サテンのアオザイを膝の上で折りたたんでいる母の姿が輝いて見える。部屋に入るとベッドの頭板《ヘッドボード》を背にして、姿勢良く座る。艶《あで》やかな黒髪を束ねたシニョン。耳にはキラリと光るドロップ型の真珠のイヤリング。昼の光が徐々に暗くなり、ラベンダー色の暗闇が窓から忍び込む。街に灯りが点り、わたしたちは蚊帳のなかで身を寄せあう。白いものが頭に触れないように注意する。白は死の色、哀しみの色。眠っているときにも、わたしの上を彷徨《さまよ》い続ける。

母は麦わらのバッグに手を伸ばすと、その中から本を取り出す。でも、母は本を開かない。諳《そら》んじているから。わたしは身を寄せ、母が読み始めるのを待つ。父と母は出会ったとき、この詩を互いに読み聞かせた。わたしたちがいなかった頃の二人の生活なんて想像できない。だけど、わたしたち姉妹が生まれる前の父と母の時間を心に想い描いてみる。手を取り合って歩く二人の笑い声。ビロードのように滑らかな青い稲穂が、二人を祝福する。

母は微笑みながら、わたしたちにベトナムではお馴染みの詩を読み聞かせてくれる。美しく賢いキエウは若い学者チョンを愛し、チョンもまたキエウを愛した。二人は愛が定める運命により結びつく。キエウは家族を救うために身を売り、二人は別離の年月に苦しむことになる。わたしが一番好きなのは、チョンがキエウを恋い焦がれる場面。母はわたしの背に手を置き、キエウの諦めとチョンの哀しみを一気に読み上げる。この国の子どもたちは、誰もがこの物語を聞きながら大人になる。

チョンは哀しみの杯を飲み干した　するとすぐにまた哀しみで一杯になる
キエウのいない一日は　三度の長い秋を過ごすようなもの
シルクのカーテンがキエウの窓を厚い雲のように覆い隠す
そして心に咲くバラを　チョンは夢見て歩む

母の声に、わたしと姉は心落ち着く。チョンとキエウ。わたしは大声で叫ぶ。ミンとキー。父と母の名前をそこに加える。

二人は結婚の約束をした　そして二人は
ナイフでキエウの長い髪を切った
白い月光が空から明るく照らすなか
二人の唇がひとつの声で誓いを立てる
お互いの心をすみずみまで知り尽くし
二人の骨に夫婦の誓いを刻み込む

たまにわたしが父と母の結びつきを示す印を求めると、母は話の途中でペンと紙を用意する。そして引っ掻くような音を立てながら、ペンを素早く動かしサインする。父の名前を先に。母の名前を後に。二人の名前を組み合わせる。父がサインするときには、母の名前が先で、父の名前が後にくる。父と母はしっかりと結びついている。

　母がわたしたちを見る。姉のカーンが微笑み返す。でも、カーンにはもっと気になることがある。本のページ数だ。本の片隅に打たれた小さな数字。カーン姉さんは数字が大好き。方程式や予測可能な規則の世界に引きつけられる。わたしはファンタジーやミステリーの世界が好き。解き放たれた言葉が複雑な秘密の世界を創り出し、想像の世界へと流れ込む。それでも、わたしと姉が夢見るのは二人に共通する輝かしい未来。わたしたちの首のまわりには、丸い翡翠《ひすい》のペンダントがついた美しい金のネックレスが掛かる。青リンゴのように淡い緑色の光は、やがて月日と共に深みを増して輝くことだろう。

想像力を刺激されて落ち着きを失ったカーンが、母を急かして次のページをめくらせる。四歳年上の姉は、大人になったら物理学でノーベル賞を取るつもり。姉はページ数を見ると頭のなかで素早く計算し、大喜びでそれを自慢する。わたしはうつらうつらと居眠りをする。母がわたしたちの名前をささやく。「カーン。」「マイ。」カーンの温かな息を顔に感じる。カーン。言葉を覚える前から、記憶が始まる前から知っている名前。信頼できる存在。四歳離れているけれど、双子のようなわたしたち。姉の手を取るわたし。姉が身を動かすたびに動く柔らかい手のひらが、わたしを安心させる。やがて、母がきれいに結んだシニョンをほどく。すると、流れる滝のように細く滑らかな黒髪が肩の上に落ちる。物音ひとつない静寂に包まれ、わたしたちは眠りの縁を彷徨いつつも、母の優しい手を感じながらまだ起きている。母はわたしたちが眠るのを待っている。この誰もが望むような理想的な世界のなかで、恥ずかしがり屋の太陽が沈む。世界は幸福に満ちている。

母の庭で過ごす夕暮れ。縫うように生い茂るツタが辺りを囲む。感情を持つかのようにくねくね育つシダのような植物がつくる茂み。ミモザは敏感で内気な心優しい植物よ、と姉が言う。物に触れると、内側に葉をさっと引っ込める。わたしの足が葉にこすれる。するとよく訓練された合唱隊のようにリズムに合わせて、植物全体が茎も葉も地面に向かって品良く体を折り曲げる。地面を覆う緑色のカバー。小さなピンク色の花がふわふわと星のように輝きながら、あたり一面に咲き乱れる。

青い小石に覆われた下り勾配の斜面には、マンゴーの木が植わる。わたしは大きな陶器の水瓶の陰にしゃがみ込む。とっておきの隠れ場所。マンゴーの木の隣にはスターフルーツの木。枝には先が尖った青い星形の実がなる。星の光の味がする、と姉が言う。父さんと母さんがこの家に越してきたときに植えた木よ、と母が言う。まだら模様の幹には、カーン姉さんが彫った姉とわたしの頭文字が刻み込まれる。

わたしはまだ水瓶の陰に隠れたまま。ツルが足に絡むように軽く擦れる。あたり一面に香るプルメリアの花。カーン姉さんがわたしに寄り添う。一緒に花の香りを胸一杯に吸い込む。紫色の夕陽がやさしくわたしたちを包み込む。一日のうちで一番好きなのが夕暮れの時間。父が家にいるときには、夜の暗闇に隠れて、見つけられるのをじっと待つ。キイチゴを踏みつぶしながら歩き続ける父の大きな軍靴。隠れているわたしたちには、父がとても大きく見える。緑色の迷彩服が揺れ動く。ブランコがきしむ音。気づかれないようにじっとする。だから、ちょっとした音にもハッとする。コオロギが羽を擦り、ホタルが黄褐色の光を放つ。豆菓子を売る行商人の威勢の良いかけ声が響く。水瓶の陰で身を丸めるわたし。まるで命が懸かっているかのように息を止める。でも、父はすぐにわたしたちを見つける。そして、あっという間に捕まえる。大きな手でわたしのお腹を抑えると、肩の上に担ぎ上げる。わたしは足をバタバタ動かす。その足が父のほおひげをこする。しなやかな筋肉質の父の腕が、頭上のわたしをしっかり握って放さない。

戦争のせいで、父は滅多に家に帰らない。珍しく家で一緒のときには、父をじっくり観察する。後光が差すような濃い黒髪。左右対称の体。軍服の下で静かに動く小さく引き締まった筋肉。父の全能ぶりは明らかだ。といって、息を詰まらせるような、人を圧する存在じゃない。父は美しい。でも、その美しさは控えめ。

父の書斎には、額縁に入った蓮の花の写真が飾ってある。あるとき、父は教えてくれた。蓮は純粋さを求め、たゆまぬ前進を続ける人生の象徴だと。土に根を張る植物が、水面に浮かびあがると驚くほど美しい花を咲かせる。ある晩、わたしは部屋の入り口に立って、蓮の写真と父をじっと見た。父は体を斜めに、足を組んで長椅子に腰掛けていた。人差し指をページの上に走らせ、本を読む。時折本を閉じると、革製の本の背を摩《さす》る。また本を開くと、その謎に深く考え込んでいるようだった。父がすっかり没頭している様子に、わたしのおでこが熱くなる。父は本を置き、大きな変化もなく落ち着いた様子で長椅子に座ったまま。穏やかな父の息の音。そのとき、ふとしたきっかけで突然、自分が父の世界に忍び込む侵入者のように感じた。わたしは父に必要とされたかった。でも、隣の部屋から聞こえる水の流れる音や、階下の台所から聞こえる大きな物音、それに近所の喧噪のすべてが、父とは無関係の世界にあるかのように感じられる。わたしは父をこの世界へと連れ戻したかった。長い距離を這いつくばって進んでいって、父を取り返したかった。でも、どうすれば良いのかわからない。不可解で捉えどころがない父の存在。次の瞬間、父は別人だった。もうわたしたちが知っている父ではない。戦争を闘う軍人でもない。戦闘機から飛び降りる空挺《パラシュート》隊員でもない。すっかり落ち着き払い、澄んだ目をした見たこともない別人だった。そこには肉体を離れた霊魂のような存在がいた。

幼い頃、父が久しぶりに帰ってくるたびに、わたしはナスのようにつややかな父の顔色のことを話そうとした。泥で汚れてすり減った父の軍靴のことを話そうとした。軍服の下に隠れた父の古傷のことを、日に焼けた腹に真珠のように輝くしわがよった傷跡のことを、繊細な輝きを放つ人知れぬ哀しみのことを話そうとした。家にいない間に父が外で何をしているのか、わたしにはわからない。父はもうひとつの生活のことを家族には知られないようにする。わたしとカーン姉さんは、父が話したがらない生活のことを知りたいのに。父の話。父の説明。爆竹のように激しく騒々しいもの。父の体にはそんな物語が隠されている。

父がどこか遠くへ行くたびに、わたしは姉に訊《き》く。「なんでお父さんは行かなくちゃいけないの。わたしたちと一緒は嫌なの。」

「言われた場所に行かなければならないのよ」と、姉が答える。

「遠い戦争に行くの」と、わたし。

姉は身を屈め、わたしを引き寄せる。「そう。でも、すぐに戻ってくるわ。」姉は目の前で爪先立ちと踵《かかと》立ちを繰り返し、体を前後に揺らしながら、わたしを安心させようとする。

「ここにも来るのかしら。わたしたちのいるところにも。」

「戦争のことを言ってるの。いいえ、ここは大丈夫。だから、お父さんは遠くへ行くのよ。戦争がここに来ないようにね。」

姉は戦争が起きている場所を教えてくれる。クイニョン、ビン・ギアなどなど。でも、そうした地名は、遠くに伸びる影のようにひとつひとつ区別がつかない。

母の家はカトリック教徒だった。だから、家ではクリスマスを祝う。毎年、クリスマスイヴになると、わたしとカーン姉さんは父の軍靴を玄関の外に置く。黒い靴墨をたっぷり塗ると、ピカピカの靴は大きく、そして美しく、まるで新品のように見える。きっとサンタさんは靴の隣にプレゼントを置いていく。

地図で見ると、チョロンはサイゴンとは違う町。でも実際には、双子みたいにその境界ははっきりしない。

わたしたちの家は、チョロンの商業区からちょっと離れた住宅街にある。フランス風のコロニアル様式の家。典型的なヴィラスタイルで、壁は黄土色に塗られている。今でも母がカティナ通りと呼ぶ大通りに建つ壮大なオペラハウスと同じ色。フランス人がいなくなって以来、その道の名前は「自由」を意味するドンコイ通りに変わっていたけれど。

その家にわたしは姉と住んでいる。すべての出来事がここで起きることになる。カーン姉さんがいないと、わたし一人じゃ何もできない。わたしはいつでも姉に守られている。夕食後のお酒をテラスで味わう父と母の姿が、寝室の窓から見える。幼いわたしは寝なければならないけれど、姉は両親と一緒に起きていることもある。ヴェトナムでは、生まれたての赤ちゃんも一歳と数える。だから、わたしだって小さくないと言い張ってはみるものの、母には相手にされない。いくらわたしが抵抗しても、取り合おうとはしてくれない。

「寝る時間よ」と、髪をなびかせながら母が言う。わたしは悲しくなって、父にせがむ。「アン・ミン。」そう母は咎《とが》めるように父の名を呼ぶと、手を父の手に重ねて、子どもに甘い父の機先を制す。こうして二人は連合を組む。「中国のグランマ」とわたしたちが呼ぶ乳母に抱え上げられ、わたしは強引に部屋から連れ出される。ベッドの上で、わたしはみんなの無遠慮な行動についてあれこれ想像を巡らせる。窓からの風景は、隣の家が邪魔して遮られる。煉瓦の壁が張り出して、細長い長方形の影が伸びている。そのせいで、テラスと庭は少ししか見えない。ちょっとばかりの退屈しのぎ。時々この隙間から、大きな丸い月が顔を出す。空低く、手を伸ばせば届きそう。この絶好の場所で、外から声が聞こえてくる。微《かす》かに。でも、はっきりと。みんなはわたしがもう寝ていると思っている。でも、わたしはじっと聞いている。

今日、カーン姉さんはガリレオ・ガリレイの大きなポスターを寝室の壁に貼った。姉には計画がある。大きな野心がある。ガリレオは姉の心に刺激を与える。カーン姉さんはいつの日かノーベル賞を取ると固く心に決めている。姉は飽きることなく、むさぼるように本を読む。魔法の絨毯《じゅうたん》や邪悪な魔神の話じゃない。等式や宇宙の基礎原理の本ばかり。姉は複雑な数字の世界に生きている。ユークリッド的に完結した世界の外にある、魔法のモジュールと出会う毎日。

そう、姉は普通じゃ理解できないような本ばかり読む。無限を信じて。現実のあら探しをしながら。わたしのために、無限を意味する数学記号を描いてくれる。姉の世界には時間が存在しない。科学と魔法のバランスを上手く取りながら生きている。巨大な星が死んでブラックホールが生まれると、時間も空間も止まる。ブラックホールのなかでは、光すら逃れることができない強い重力が働いている。わたしたちの惑星は、宇宙規模の爆発が起きて生じたまだら色の光が、あらゆる方向に物質を放り投げる瞬間に生まれた。遠く離れた星雲は、今でもものすごいスピードで地球から離れている。そんな空恐ろしい宇宙の話が姉を刺激しているなんて驚き。

「わかるかしら」と、経営者のような視線で姉が言う。姉は、わたしにも自分と同じものを好きになって欲しいらしい。とくに星のことを。ゴッホが描いた『星月夜』の絵をわたしに見せる。姉は絵筆の跡に残された動きに注目する。大きな絵の具の固まりの下で、亜原子粒子がぐるぐる渦巻く。

肯くわたし。そう。自分だけの世界が欲しい。そこでは魔神がどんな望みでも叶えてくれる。

わたしの願いを打ち明けると、姉はひどくあきれた調子で言う。「なんてことを考えているのあなたは。」

台所でバイキング料理の用意をする。シュールストレミングがわたしたちの好物。人気のスウェーデン料理。塩漬けニシンの缶詰のこと。姉がその食べ方を調べる。まるで儀式みたい。家のなかでやってはだめ。外のテラスに出る。缶にナプキンを巻いて、テーブルの上に置いてから開ける。ナプキンは上品な雰囲気を演出するために使うわけではない。缶のなかで発酵した汁が、蓋を開けるときに吹き出さないように使う。ガスで膨らんだ缶がシューーッと音を立てる。強い臭いが拡散するのを待つ。姉は塩分を含んだ汁から魚をすくい上げると、紙のように薄く切ったパンにのせて広げる。さあ、食べるわよ。わたしはよく咬みもせずに、一気に飲み込む。小魚の塩漬けを発酵させたヌクマムに比べれば大して臭くないような振りをする。

姉はこの味に慣れようとする。ノーベル賞はスウェーデンで授与される。だから、その輝く将来に向けてできる限りの準備をする。すでに姉には気品がある。足を組むその姿がとても優雅に見える。スツールに座るとまるでステージに上がったかのように、姉は受賞演説を始める。その隣で、わたしは大人しく立っている。数学的な気品に満ちた世界で生きるわたしたち。多くの可能性に恵まれた世界は生き生きとしている。カーン姉さんの体に寄り添うわたしを、石のようにとてつもなく大きく固い姉の決意が支えてくれる。

数時間後、中国のグランマと夕飯を食べる。姉が生まれてからというもの、グランマはわたしたち家族と一緒に暮らす。中国人商人の娘のグランマは、流暢なヴェトナム語を話す。

グランマはいつものように、短い上着にズボンを履く。コイルのようにカールした髪の毛は、ピンでしっかり留めてある。わたしも姉も「グランマ」と呼びかける。よその人と話すときには、「中国のグランマ」とか「中国の祖母」と呼ぶ。わたしたちの本当の祖母はサイゴンに住んでいる。近くにいるのに、滅多に会うことはない。

木々の間を抜け野原の上を走り回るわたしと姉。無我夢中で空高く向かって駆け上がり、ロケットの炎から逃げる飛行機のように、腕を翼代わりに広げて急降下する。誘導路を順番に移動し離陸するとまずは急降下、それから急旋回する。グランマがイライラする。褐色の顔に眉間のしわが寄る。

唇に手をあて、グランマが小言を言う。「遊ぶのを止めて、食事をしなさい。」足音を響かせながら、庭の小道でわたしたちを追いかける。興奮すると、中国語訛《なま》りがヴェトナム語に顔を出し、激しい口調になる。

カーン姉さんが微笑む。スピードを上げ、翼を揺らす。姉のくすくす笑いが聞こえる。わたしも空を飛びながら、器用に旋回を繰り返す。わたしたちが早く遊び終えて言われた通りに行動するのを、グランマは待っている。食事が済むと、少し遊んでからベッドに入る。わたしたちが眠れば、グランマはいつものようにビンロウの実を咬みながら読書を始める。

「早く遊ぶのを止めて、ご飯を食べなさい。よく咬んでから飲み込むのよ。お行儀良くするように言ったでしょ。」

わたしたちが食べ物の塊を飲み込むのが、グランマには堪えられない。グランマの言う通りにしたいけど、姉を敵に回したくはない。

「無視して逃げないで」と、一語一句はっきりグランマが言う。

カーン姉さんは言うことを聞かずにどこかへ行ってしまう。わたしも振り向く前に、数歩距離を取る。それでも庭先の小道を何メートルも行かないうちに、二人とも襟首を掴《つか》まれる。

「どう」と、満足げなグランマ。

わたしはじっとして、降参したことを伝える。姉は身をよじらせ逃げようとする。でも、じきにそれをやめてにっこり笑う。

「グランマ、ごめんなさい。ちゃんとするわ」と、姉。

しばしの沈黙。

「静かに座って食べるわ。約束する。」

身をもってこれを示そうと、姉は岩の上でじっと動かない。

すぐに中国のグランマが反応する。姉のきちっとした姿勢に態度を和らげる。「よろしい。じゃあ、ちゃんと座りなさい。」

「でもコカコーラが飲みたいわ。お願い。」姉が甘えた声を出す。

いつもは炭酸を飲ませてくれないグランマだけど、わたしたちが行儀良くするとご褒美《ほうび》にコカコーラをちょっぴり飲ませてくれることがある。

今日、カーン姉さんは行儀良くする代わりに、コカコーラを要求するという新しい手段に出た。疲れていたのだろうか。グランマは肯く。

驚きだ。姉はキッチンに駆け込むと瓶を手に取り、一気に飲み干した。喜びに輝く顔。

わたしたちは急いで食事を済ませると、飛行機ごっこを再開する。口でプロペラがブルブル回る音を立て、空を飛ぶ。下界を見下ろすと、青々と穂を実らせた水田が緑色に輝いて見える。壁沿いに置かれた雨水用の貯水槽《タンク》を、注意深く避けて通る。貯水槽は重力のせいで地面にしっかり固定され、開いた口が屋根伝いに落ちて来る雨水を受け止める。モンスーンの季節には、グランマがさらに多くの貯水槽を家の軒先に並べる。中身が空のときには、わたしと姉で隠れん坊に使う。

わたしは貯水槽の蓋《ふた》を開けると手をなかに入れ、姉に水をかける。わたしたちはグランマと列になって正面のドアから出ると、すぐに走り出す。「急がないで」と、グランマ。日に焼けたグランマの顔には、しわが寄っている。言うことを聞かないと。グランマは気むずかしい。本当は怖い人じゃないけれど、わたしたちを監督する役目を任されている。わたしと姉がグランマの言うことを聞くのは、母に告げ口されたくないから。生意気なわたしたちに、グランマはため息をつく。懸命にグランマをなだめようとする姉の姿を、気をもみながらわたしは見つめる。

「気をつけるわ」と姉。中国のグランマに視線を合わせて、従順に肯く。

時間を無駄にしたくない。急ごう。カーン姉さんとわたしは門へ向かって勢いよく走り出すと右に曲がる。そしてゴ・クエン通りを駆け抜ける。十世紀の頃、中国を撃退し、それまで千年に渡り続いた中国支配に終止符を打ち、ヴェトナムを独立させた呉朝の将軍の名前がゴ・クエンだ。タマリンドの街路樹が続く。すっかり熟した丸い実が、あたりに散乱する。殻は乾燥し割れやすい。いくつか拾ってポケットに入れる。あとで割ってみよう。砂糖をまぶせば、酸味を帯びた果汁たっぷりの茶色の実が甘くなる。

わたしたちはお墓の近くを歩く。苔《こけ》に覆われた石には、漢字で墓標が刻み込まれてある。数件先の庭先に置かれたこのお墓は、実はこの家のご先祖様のものではない。でも、家主はたたりを恐れて処分できずにいる。カーン姉さんのあとを追い、左の側道を曲がる。指を鳴らせるようになったわたし。曲を演奏するみたいに、姉に合わせて指で音を立てる。

今日もアメリカの兵士たちに会えるかしら。彼らはいつも南ヴェトナム軍警察のあたりに集まってくる。トタン屋根のプレハブ式の建物が警察署。憲兵が立つ道角を曲がると、凄まじいスライドギターと唸《うな》るようなベースの音が聞こえてくる。ローリングストーンズの「テル・ミー」という曲。周囲には有刺鉄線が張り巡らされる。南ヴェトナム軍警察の本部があるおかげで、いつも兵士が巡回している安全な道。

ジェームズ・ベーカーがわたしたちを見つける。ジェームズは大切な友達。アメリカの軍人だけど、南ヴェトナムの軍施設によくいる。一年前、彼が持ち歩くカセットプレーヤーから流れてくる迫力あるベースと切り裂くようなエレキギターの音色を追いかけていたときに、初めて出会った。学校の帰り道、姉が音楽を追いかけているとジェームズが現れた。シャツを引っ張ると、彼はにこりと笑う。「ミック・ジャガーさ。」ジェームズはプレーヤーを指してウィンクした。

「すごく良い曲だわ」と、姉がわたしたちの気持ちを伝える。行儀良くする必要などない。大音量のロックンロールが聴きたかった。ジェームズは音量を上げると、リグレーのガムを二枚くれた。

その後、ジェームズの一日のスケジュールを知った。今では彼の非番がわかる。

「さあ、僕とストーンズだ。」わたしたちを見て、ジェームズが言う。カーン姉さんの表情が輝く。ジェームズは格好よく流れるような動きをする。音楽に回り道はない。遠慮は無用。一気に日常の世界から連れ出してくれる。ギターとベース、ドラムの音から成る新しい音楽。攻撃的でありながら開放的。音が背筋を駆け抜けるゾクゾク感。ジェームズはさらに別のレコードをターンテーブルに載せる。生命力に溢《あふ》れる爆発音が大きく空気を揺らす。顔をしかめるグランマ。音量《ボリューム》が上がるにつれて、わたしは耳をつんざくような激しい音の世界に飛び込んでいく。上着を脱いだジェームズは、白いシャツ姿で足を踏みならし、体を揺り動かす。細長いジェームズの背中。カーン姉さんとわたしに手を伸ばし、順に半回転ずつスウィングさせる。指をしっかり絡めて手を握る三人。わたしたちだけの儀式。

ロックには独特の勢いがある。境界を越えて、熱気のなかに聞き手を引き入れる。ジェームズを見る。ドラムのビートに合わせて肩を振る。低く、そしてさらに低くしゃがみ込むジェームズ流のダンス。そして、ついにはお尻の下に地面を感じるくらい姿勢を低くする。これはヴェトナム流。

ジェームズはアメリカの家族のことを教えてくれた。彼の両親はイーストエンドという場所に住むジャガイモ農家。ヴェトナムにも広大な農地はある。無限に続くまばゆいばかりの緑の草原。ジェームズはロングアイランドの海を見下ろす平原に立つ二階建ての下見板張り《サイディング》の家の話をよくする。彼はそこでサッカーをして育った。サッカーは世界中で愛されているスポーツだというジェームズに、わたしたちは首を揃えて肯く。

とてもはっきりした輪郭を持つジェームズのあご。彼はそのあごを前に突き出す。動くとえくぼが浮かぶ。低い唸り声がレコードプレーヤーから聞こえてくる。わたしたちはすっかりその魅力にはまる。目の片隅にグランマの姿。首を横に振る。グランマはジェームズのことは好きだけど、彼が聞かせる音楽は嫌い。

「家に帰る時間よ。」グランマが言う。

抵抗するわたしたち。まだ来たばかりよ。カーン姉さんがアルバムジャケットを取り上げ、それを食い入るように見つめる。長髪のミュージシャンが不機嫌そうな表情で宙を見上げる。

「わたしの声が聞こえないの」と、グランマ。

カーン姉さんはアルバムジャケットから目を離さない。ドラムのリズムに合わせて、足を踏みならす。唇をすぼめ、抵抗する姉。もつれた髪の毛に汗が光る。

「聞こえないの」とグランマ。「まだ宿題があるというのに。もう寝る時間よ。」中国人ならではの気質が、グランマのヴェトナム語にそれとなく顔をのぞかせる。

突然、腕時計を見るふりをすると、カーン姉さんは素早い計算で引き延ばし戦術を図る。姉は横柄な態度でグランマを見ると、挑発的にあごを突き出す。グランマが顔をしかめる。賢明なジェームズが、そこに割って入る。

「じゃあ、もう一曲。」誠意を込めてジェームズが言う。甘い哀愁の情が込もった完璧な歌声に空気が包まれる。心に響く「イエスタデイ」という声。まだ怒りさめやらぬものの、グランマは落ち着きを取り戻しリラックスした様子。グランマの厳しい態度は長続きしない。大抵は別の感情に押し流されていく。ポールの開放的で流れるような歌声に引き込まれていく。わたしはグランマの腕のなかに潜り込むと、ビートルズが歌っている間じっとする。

ジェームズがウィンクする。見たところ不機嫌だけど、グランマはジェームズの好きなようにさせる。家の近所の孤児院で毎週ボランティアをしているせいか、ジェームズには若さに似合わない落ち着きがある。彼は軍の売店でチョコレートやガムを買い、子どもたちに配る。

「あれは良い若者だわ」と、グランマが時々言う。その調子には愛情だけではない尊敬の念が込められている。

ジェームズはナップサックからカメラを取り出す。レンズをわたしたちに向けると焦点を合わす。「ただ狙いを定めて、押すだけだ。」そう言うと人差し指でシャッターを押して、言葉の中身を伝える振りをする。そして、カメラをグランマに渡すと、わたしたち三人の写真を撮るように促す。レンズの枠《フレーム》のなかに入り、写真の端から切れないように、わたしはできるだけカーン姉さんとジェームズに身を寄せる。

グランマはファインダーをのぞき込むと、シャッターを押す。カシャッという音がして、シャッターが切れる。きっと良い写真が撮れたよ。ジェームズはグランマに告げる。

2　忘れられない記憶

ミン氏　2006, 1963

長い眠りから覚めると、あたりには夜通し続いた雪が降り積もっていた。窓には大きな雪の塊が吹きつけられたままだ。芝生を覆う白い雪が、太陽の光をキラキラと跳ね返す。周囲の家の屋根や木々、それに車などすべてが雪で覆われている。その向こう、一面に広がる白い平面を背景に、尖塔が朝霧のなかに揺れて見える。昨日とはまったく違う、真っ白な銀世界だ。

かつては、その無限の美しさに憧れていたものだ。サイゴンで過ごした子ども時代、風に吹かれるパウダースノーや幾何学模様の雪片、真っ白な木の枝のことを本で知った。生まれ故郷の蒸し暑さとは、似ても似つかない世界だった。

ヴァージニア州はもともと雪が多い場所ではない。だから路面が凍結すれば、車は立ち往生するか、タイヤを滑らせコントロールを失う。あえて外出する必要などなければ、窓辺で音もなく降り積もる雪を見ているのが良い。

ベッド脇《サイド》のテーブルの上にある時計を見る。まだ朝早い。が、この天気だと娘はもう仕事に出ているかもしれない。寒い。親指で指先を一本一本摩って暖める。大きく息を吐けば、白い息が不安そうにあたりを漂う。反射的に腹の古傷に手をやる。あれはいつのことだったろう。敵陣にパラシュートで降下した雨降る暗い夜。イバラやアザミの下生えや、腐った木々に覆われた黒い地面を這うようにして前進した。腹の傷は壊死しかけていたが、抗生剤を切らしていた。ヘリコプターを襲った嵐のせいで、医療キットをなくした。すべきことはわかっていた。幸い腐りかけた皮膚に引かれてか、ハエが群れをなして飛んでいた。膝をつき、シャツのボタンを外す。そして、傷口をハエに向けた。翌日、絆創膏《ばんそうこう》を貼った場所に、うじがたかっていた。それから毎朝一度だけ、うじが健康な皮膚ではなく、膿《うみ》を食べているかどうかを確かめた。身をよじらせながら、皮膚に群がるうじの動きを肌で感じる。傷口は乾かず、つねに赤い血が滲《にじ》み出ていた。

今のわたしに必要なのは、軽やかに過去に舞い戻ること。大きく息を吸い込む。

わたしはいわゆる「やせ」だ。このアパートの住人の一人がわたしのことをボブと呼ぶ。アメリカ人の彼には、ヴェトナム人の名前を発音するための口や舌の形がわからない。わたしには苗字にも名前にもBで始まる音はない。だから、ボブというのはわたしの本当の名前とは関係ない。やがてその意味がわかった。バッグ・オヴ・ボーンズ（Bag of bones）。通称ボブ（Bob）。骨の塊。きっと愛情を込めてそう呼んだのだろう。

骸骨のようにやせ細った自分の体に触れる。筋肉が落ちた体はふにゃふにゃだ。コンビニエンス・ストアで売っている出来合いのランチセットを食べるのは辛い。ジェロゼリー、ゆで卵、トースト。かつてはもっとスパイスが効いた豪華な食事をしたものだ。昔の味が恋しくなる。クローヴ、シナモン、コショウ、ショウガ、ウィキョウの実。酸味と甘み、それに苦みと塩風味をブレンドした五香粉《ウーシャンフェン》。チャーシュー用の調味料を豚肉に何度も塗り重ねて焼けば、表面は赤く焦げて、なかの肉は柔らかくなる。甘い蜂蜜とピリっとした塩味。まるでわたしの記憶をいたぶるかのように、弱い一月の太陽の光のなかで、美味しそうな料理の香りが漂ってくる。

ベッドの向かいの壁に沿って、写真立てがいくつも置かれたサイドボードとテレビがある。何かを問い質すように大きく目を見開いた少女の写真をじっと見る。黒く長いまつげ。カールした巻き毛の黒髪。写真を撮ったときには、六歳だったはずだ。目を閉じる。母親のお腹を足で蹴るこの娘を、初めて手のひらで感じたときのことをよく憶えている。安産を祈願するお祈りの声にあわせて、母親の体から出てきた彼女の姿が目に蘇《よみがえ》る。生まれたばかりの頭には先が尖った短い黒髪。へその緒で母親とまだつながっている。生まれたての体は、母胎のぬくもりで温かい。

あれからもう何十年も経つ。が、わたしはいまだに父親だ。この娘の母の夫でもある。フランスのロマン派詩人アルフレッド・ド・ミュッセの詩を思い出す。「初恋の味こそ、もっとも甘い。憶えているかい、それとももう忘れてしまったのか。僕にとっては、忘れられない記憶」。

もちろん、わたしには忘れられない記憶。この部屋で、歴史の足音を感じる。ミュッセがジョルジュ・サンドとの運命の恋に捧げた美しい詩「五月の夜」を思い出す。ミュッセはサンドを失ったが、決して忘れることはなかった。

幼い少女の写真の向こうにあるもう一枚の写真には、若い女性の姿。わたしを見つめ返す。首は細く長く、あたかも瞑想《めいそう》にふけっているかのようにほんの少しだけ顔を傾げている。初めて出会ったときの彼女と変わらない、忘れられない彼女の姿だ。彼女はここにいる、が、もはやいない。

運が良ければ誰もが人生のどこかで、何もかも叶えてくれる特別な人と出会う。愛によってすべてが変わる。それがわたしたちの始まりだった。妻のクイこそ、わたしの特別な人だった。わたしはあのときのクイとまだ一緒だ。

陰《イン》の力が持つ内向的で静かな美しさを思い出す。陽《ヤン》の力とは正反対の女性的で穏やかな受容の精神。わたしは横になり、降り積もる雪が立てる微かなささやきに聞き入る。寂しさと詩情が均等に混じり合った不可思議な美しさがそこにはある。小さく透明な雪の結晶を見れば、風に流され地面に向かって落ちていこうとする欲望を感じる。抗することができない衝動に駆られ、浮いては沈む雪片。

と、押さえつけられるような息詰まりを胸の奥に感じる。咳が発作的に次々と出る。忙《せわ》しない足音が部屋の前で止まる。娘だろうか。そう、でも、もう子どもじゃない。雪でも出勤しなければならない大人の女性だ。顔に微かなしわが見える。物思いに沈んでいるときには、深くなるしわだ。

「マイかい」と、ためらいがちに声をかける。

娘が肯く。わたしはにっこり笑う。やさしく気の利く子だ。よそよそしく思うときもあるけれど。会話はいつも外国語でする。時には新しい言語で話す方がやりやすい。元気、今日はどう、といった挨拶抜きに、娘はわたしの様子を確かめる。芝居がかった様子。わたしのシャツの袖をまくり上げると、娘はわたしの上腕を見る。貧弱にやせ細った自分の姿を目の当たりにする。悲しいかな。これがわたしの体だ。シミのあるくたびれた肌。やせ細った手首。折れそうな骨。痛みが体を走る。

「良くなってるわ。」首に手を回すとわたしを支えながら、娘は不安を取り除くように言う。

何が良くなっているのだろう。そして、思い出す。確か数日前、わたしは転んで腕の皮を擦りむいた。裂けるような痛みが、すでに関節炎を患っていた腕の付け根を襲った。ヒリヒリした痛みが神経を通じて広がる。あのとき発した押さえつけるようなうめき声が、今でも自分の耳にこだまする。

悪くなっても不思議はなかった。年寄りが怪我をすると潰瘍になりやすい。

誰かが見張り続けなければならなかった。マイが仕事に出ている間、アン夫人が来られないときには、アパートの一階に住む韓国人の主婦を雇い、わたしの番をさせた。わたしも協力した。こんなところでは、機嫌良く振る舞うことが大切だ。誰にも気づかれずに済むことなど、ここにはない。

スリーピーホロー・マノアというアパートに、わたしとマイは住んでいる。住むべき場所を失った移民が、世界中から集まってくる小さな集合住宅だ。夕方になると、ヒンズー語やタガログ語、それに韓国語や中国語が大きな声で飛び交う。もちろん、慣れ親しんだ南部訛りのヴェトナム語も聞こえてくる。人々は活き活きとした生活を屋外で楽しむ。仕事のやりとりだけではない。軽い冗談やうわさ話が庭や歩道、それに玄関で交わされる。サリーを着た女性が、昼はオフィスの受付や看護婦の仕事をする。だが、仕事が終われば金貸しや金《ゴールド》のディーラーに姿を変える。チケットの転売や料理の宅配、美容院、結婚仲介で一攫《いっかく》千金を狙う野心家に積極的に投資する。スリーピーホロー・マノアでは、新世界ならではの創意工夫が旧世界の欲望とコネに合わさって、うさんくさい無政府主義的なアメリカンドリームを造り出す。

それでも、わたしにはぴったりの仕事が見つからなかった。数年前、わたしの曲がった指が素晴らしい偉業を成し遂げたことがあった。この指に縄や紐を通すと、もつれ絡んだ状態から様々な結び目が生まれた。ダブル・ブラックウォール・ヒッチ、フィッシャーマンズ・ベンド、タークズ・ヘッド、キャッチ・ポー。すべてかつての軍事訓練のおかげだった。わたしたち兵士は目隠しをさせられ、どんな偶発的状況にも対応できるように訓練された。シャツの内袖とズボンの裾には、青酸カリの錠剤が縫い込まれていた。両手を縛られたままの状態で、練習を繰り返した。困難な状況を終わらせるために体を前に屈めて、裾の縫い目をかみ切る。作戦に失敗したときには、錠剤を飲み込んで自決するためだった。

もう朝の八時だ。厚い雲のせいで、あたりは暗い。

マイは震えているようだ。この天気のなかで運転しなければならないので、怖いのだろう。ハンドバックを探している。大きな革製のバッグには、財布や本、書類。底のほうには滅多に使わないものが埋もれている。

「携帯ならそこにある。」わたしはドアの側にある整理ダンスを指さす。「昨日の晩から置いたままだ。」

「ありがとう」と、マイ。娘は携帯電話を見つけると、小さなキーボードをいじりながらメッセージを探し始める。いつもはズボンの腰ポケットに携帯電話を入れるマイだが、今日の服にはポケットがない。

誰かがドアの鍵を開けようと、ガチャガチャ音を立てる。「おはようございます。」玄関から声が響く。アン夫人だ。高くナイフのように尖った頬骨のせいで、彼女の存在はいつでも目立つ。わたしたちとほぼ同じ頃にこの国に来たアン夫人だったが、わたしたちとは違い、戦後難民ボートで脱越した。人目を引くヴェトナム風の服を今でも着る。シルクのシャツにピカピカの金のアクセサリー。ほっそりした体つきだが、わたしを片手で起こすコツを心得ている。体を浮かせると、背の後ろに枕を挟み込む。親切心溢れる行為だ。彼女とは長年の付き合いになる。母国語で話すと心が落ち着く。運良く、アン夫人の家族は同じアパートの二軒先に住んでいる。

「ごめんなさいね。早く来てしまって。でも、今日はいつもより早く仕事に出ないと。道が凍結するんじゃないかと心配で。」アン夫人が説明する。彼女は早口でしゃべる。困っているときには、顔の筋肉がぴくぴく動く。顔の左半分が上に持ち上がるのがわかる。あたかもそれを落ち着けようと、アン夫人は手のひらを頬に押しつける。「はぁー」と、大きなため息。上下に動くチックは止まらない。その状況にイライラする彼女。

「あら、まぁ。まだいたの！」マイを見つけて叫ぶ。

マイは肯く。

娘を見る。言葉にこそしないが、様々な感情が心のなかで渦巻いているのがわかる。華奢《きゃしゃ》で小柄な体つき。肌はなめらかでしなやか。漆喰《しっくい》のように光り輝く長い黒髪。焦げ茶色の瞳はリュウガンの種のようだ。昔、娘にリュウガンの実を食べさせたことがある。文字どおり龍の目のような果物は丸く、茶色の薄い殻で覆われている。白く、柔らかく、みずみずしい果肉が大きな黒い種を包み込む。

アン夫人がツルのように首を長く伸ばして、台所をのぞき込む。カウンターの上に、わたしの食事が用意してあるかを確かめるためだ。今日のシフトは誰と一緒か訊いてみる。するとあざけるような笑い顔で彼女は答える。「こんな日には、若い子たちは寝床から出てこないんですよ。」アン夫人は不機嫌そうにも、どこか満足げだ。「介護施設は信頼できるケアワーカーを見つけるのに苦労してますわ。」

彼女とマイとで、ほぼ毎日わたしの食事を用意してくれる。もっとも二人が思っているよりは、わたし自身も努力しているが。わたしの手足が膨れているのに気づき、ちゃんと呼吸ができているか心配してくれたのはアン夫人だった。ひと月前、病院で肺から四リットルほど水を抜いてもらった。今でも海から打ち上げられた魚みたいに息がゼーゼーする。目を閉じて、自分の体を遠くから観察しようと試みる。

「大丈夫よ、アン伯母さん。もうしばらく家にいるから。」マイが言う。「あと二時間はいられるわ。」アン夫人はマイの本当の伯母ではない。親しい友人と家族付き合いするときのヴェトナム流の呼び方だ。

アン夫人は肯く。暖房用のラジエーターパイプから蒸気がシューシューと長い音を立てて漏れる。

食器棚の上のバスケットに目をやる。おこわ、揚げエビ、中華風ソーセージを盛った皿。まだ皮を剥《む》いていない柿の山。ステンレス製の蓋をしっかりかぶせてあるにも関わらず、鉄製の弁当箱からは蒸したナマズとご飯の香りが漏れてくる。掛け金でしっかりと止められた小さな箱が四つ、持ち手のついた金属製の枠に入れられている。それぞれの箱には、違うごちそうが詰まっている。

マイはヴェトナム伝統のコムタンと呼ばれる家庭料理の宅配サービスを利用する。そのおかげで、時間をかけて着実に顧客を増やしてきた二人の女性がつくるヴェトナムの家庭料理が家に運ばれてくる。毎日、マイとわたしは彼女たちが調理するメニューを食べる。

それは典型的なソウルフードだ。揚げ麺《めん》、ナマズの甘辛煮、肉詰めのトマト煮、まるでお茶のように上品な風味のスープ、ゴーヤと卵の炒め物。今日はサーモに入ったお茶とおこわもある。

自分で食べられるというのに、マイが食べさせてくれる。娘はおこわを手ですくい、握り飯にする。わたしは口を開け、マイが用意する量を飲み込む。時は確実に流れ、その向きを変えると、元来た場所に戻る。思い起こすままに、わたしの心は遠い過去から呼び覚まされる想像の世界へと流れていく。遠くから聞こえる食べ物を売る行商人の声。サイゴンの暑さのなかで、舗装の荒れた歩道に落ちたタマリンドのさやが、口をパカッと開ける。

わたしは首を激しく横に振る。いまだにサイゴンの思い出が心から離れることなく、凄まじい力でわたしを苦しめる。

マイがテレビのスイッチを入れる。天気図がこの地域の降雪量を示す。温度は低く、さらに雪が降るようだ。矢印や線に囲まれたピンクや赤の色帯から成るスペクトラム。まるで装飾品のようだ。「お父さん、寒くない？」と、マイが訊く。鼻水を拭き取るようにとわたしにティッシュを手渡す。穏やかな面持ちだが、実はそうではない。可哀想に。わたしたち二人の間を記憶が駆け巡る。娘のなかで近道をして、どこかに通り抜けていくこともある。親心から娘の手を取ろうとすれば、わたしの手は震える。

わたしは肯く。「とてもおいしいよ。良い食事を頼んでくれたね。豚の甘辛焼きはカーンの好物だった。憶えているかい。」

マイの表情が曇る。それでも少し微笑むとサーモのお茶を注いで差し出す。こくのある紅茶の香りが、湯気と共に上がる。娘はわたしが上手く飲めるようにカップを傾ける。そのやさしさが心にジーンと響く。

テレビには水田の映像。波打つ穂がわたしの注意を引く。みずみずしい新米の味を舌先に感じる。サイゴンの空に向かって、パゴダの屋根が優雅に流れるような線を描く。上空を飛ぶヘリコプター。とんがり帽子の人々が物思いに耽《ふけ》るように、きらきら光を反射する青い水に覆われた黒土に、頭を垂れている。リモコンに手を伸ばし、音量を少しずつ上げる。勢いよく走る戦車。トラックの荷台に無秩序に跳び乗る兵士たち。不安と哀しみに苛《さいな》まれた声。死者の数が一人一人数え上げられる。その数は一気に膨れあがる。アメリカ兵の戦死者と負傷者の正確な数字。

輝く緑のスクラップと残骸が遠くから見える。こんもりと茂った森。死体が埋葬された地面が見える。傷跡が残る木々。枝から枝へと溢れる緑の陰翳《いんえい》。伸びすぎた枝が、太陽の光とわずかばかりの空間を求めて成長を続けるツルや巻きひげを遮断する。

これ以上過去を思い出したくはないけれど、大きく息を吸ってから、もう一度画面を見る。ニュースキャスターはアメリカ的視点から、ヴェトナムとの比較を始める。

泥沼化。

短調なオレンジ色と茶色の砂漠の砂が、太陽の強い光のなかでぼんやりと揺らいで見える。流れるように動く砂と緩い斜面地に囲まれた砂漠の町。やむことなく戦闘が続くユーフラテス川沿いの都市。バスラ、ナーシリヤ、ナジャフ。カメラの視点からはみ出た背景には、陽に焼けたヤマヨモギの茂みで咲くサボテンの花が見える。崩れかけたモスク。あちこちで起きる砂嵐。穏やかなナツメヤシの木陰でうごめく不穏な影。砂の動きが跡形もなく次々と姿形を変える世界では、秩序などない。何十年も昔にヴェトナムで起きたことが、今ここで起きている。争いの渦中の町は、政府軍の兵士が支配するかと思えば、違う宗派の非政府軍過激派の間で、次から次へと支配権が移る。兵士の死体がユーフラテス川に浮かぶ。軍隊が国境を越えて攻撃しては後退する。カンボジアのプノンペンを思い出す。ラオスのヴィエンチャンでも起きたことだ。眠っている間に、過去を思い出していたのかもしれない。

かつて人々の心を焚きつけた名前は、今や違う名前に変わってしまった。だが、そこが誰もが行くことを望まない地の果ての象徴であることには、何ら変わりなかった。

マイはわたしの手を取り、彼女の膝の上に乗せる。その間、わたしはじっと動かない。娘の動作には気づいていたが、テレビの画面に気をとられたままだった。大きく息を吸う。それを吐き出す前に一呼吸置く。肺がゼーゼー嫌な音を立てる。それでも二、三分もあれば、調子よく交互に吸ったり吐いたりできるようになる。痛む体は言うことをきかないが、なるべく気にしないようにしよう。前進あるのみだ。マイの顔をのぞき込む。娘がわたしの爪を切っている。小指から順番に親指まで。爪切りがパチパチと心地よい音を立てると、切ったばかりのギザギザの爪が宙を舞う。遠い過去のあの落ち着いた日常へと戻っていくかのような気分。そのとき、床をこするようにして掃く小気味良い箒《ほうき》の音が聞こえてきた。タイルをしっかり掃くヴェトナム箒の音だ。ツルで結わえた稲わらが、床を擦って引っ掻くような音をたてる。頬に涙が一筋流れるのがわかる。床を掃く箒の音。左から右へ。そして、右から左へ。マイは散らばったわたしの爪を集めて、ゴミ箱に捨てる。

テレビのアナウンサーが、撤退戦略というあの致命的な言葉について質問をする。アメリカの同盟国がたどる不幸が予期される。相争う党派が解き放たれ、戦火と混乱が引き起こされる。そして、それに続く勝利宣言。増える代償はあまりに大きい。人々の血が流れ、国の財産が失われる。それも無意味なくらい多くの。ワシントンの政治家たちの姿が目に浮かぶ。次のニュースが届く前に、身なりを整える。どうして彼らを責められようか。彼らとて、事態がこうなろうとは思いもしなかったのだ。わたしは貧しい国に生まれた人間として、今起きていることをじっと見ている。鉄球を操る彼ら。弱い国はそのご機嫌取りをせざるを得ない。

政治家たちは刻一刻と、やがては手を引くつもりの戦争の深みにはまっていく。いつもながらの状況だ。こっそり忍び寄ってきては、決して退くことがない暗闇の歴史。

ヴェトナムが倒れてから三十年以上経つ。だが、一九七五年はいまだここにある。わたしのなかではとてつもなく大きな位置を占める。

今は二〇〇六年。だが、それはさして問題ではない。どうして今や違うと言えるのか。勝手気ままに大衆を助けては見捨て、次から次へと別の国へ移っていく。

マイがベッド脇に戻ってきた。タオルでわたしの顔を拭く。わたしが黙り込んでいても、気にならない様子だ。マイも時折、亡霊や悪魔に苛まれている。娘はワシントンにあるヴェトナム戦没者記念碑に、たった一人で定期的に通っている。きちんと畳んだシャツの下には、戦死者の魂が宿った記念碑が建立された歴史的経緯や意義が記されたパンフレットや小冊子が隠してある。洗濯物の片付けをしているときに偶然見つけた。光沢ある表紙を飾る記念碑の写真を見るだけで、心臓がドキドキする。V字型を描く黒い三角形の御影石。地面に掘った切り傷の痕のようだ。光輝く表面には、アメリカ人戦死者の名前が一列一列刻み込まれている。名前の脇のダイヤモンドの印はその人が死んだことを、十字架は行方不明であることを示す。


一九六三年。わたしはサイゴンに戻った。息詰まるような暑さ。クーデターの前日だった。

午後遅くのこと。長い昼寝から目を覚ました。何を考えていたわけでもない。動機についても、その結果についても。そのこと自体大きな慰めであり、満足でもあった。ベッドに横たわり天井を見つめる。淡いベージュ色に心が落ち着く。体が軽く感じられる。単にその瞬間に、何も望んでいなかったがゆえに感じることができる可能性。きっと、この軽さは続くだろう。だがその瞬間、わたしの願いにも関わらず、それはもろくも崩れ去った。ドアが開き、光が部屋に差し込む。妻が素早くベッドに潜り込む。

そして、頭をわたしの胸にのせる。「クイ」とささやくわたし。妻はやわらかにわたしの首に息を漏らす。流れる黒髪。その長く柔らかな束が、わたしの顔をかすめた。妻はふわふわとゆったりした寝巻きを着ている。その生地はとても薄かったので、わたしに触れる妻の体は、まるで何も身にまとっていないかのようだった。昔ながらの伝統的な風習で結婚したわたしたちは、その後も同じような調子で夫婦生活を送っていた。妻の唇がわたしの首に触れた。肌と肌が重なり合う。わたしは妻の向きを変え、長い背中に手のひらをのせた。目を閉じる。画家ならば、何回か筆を動かすだけで、流れるような線と線で妻の形と本質を描くことができるだろう。

妻がわたしをさらに引き寄せる。ショパンの幻想即興曲の流れるような調べを口ずさむ。お互いのぬくもりのなかに身を寄せ合う。息を吐くわたし。満ち足りた気持ち。出会ってから間もなく、初めて二人で外を歩いたときと同じ感覚だ。何も望んでなどいなかった。そのときすでに、二人で同じ人生を歩むという確信があった。周囲には広大な水田。ヴェトナムという国の魂に通じる唯一のもの。実りの秋の香りに満ちた大地。その乳香色は美しかった。モンスーンが通り過ぎる際には、大波が地面を激しくかき混ぜ、長年にわたり蓄積された悪と背徳を洗い流す。

広大な平原に囲まれて初めてキスをした。二人とも驚きを感じた。クイの唇は、微かに砂糖の甘い味がする。わたしにはまだ愛が何なのかわかっていなかった。だがその瞬間、すべてを理解したかのような気持ちになった。わたしのなかで、何かが動いた。「愛してる」と、クイがやさしく言った。彼女の声は、まるで川の流れで滑らかに研がれた石のように輝いていた。

「これが初めてよ」と、クイがささやく。そして、わたしの名前を呼ぶ。「ミン。」

心臓がすごくドキドキしたせいか、二の足を踏むわたし。時を長引かせたかった。そして、降参したかのように膝から崩れ落ちた。

「あなたの年は」と、クイが訊く。

「二十二。」

「わたしはまだ二十歳《はたち》になってないわ」と、ためらいがちにクイが言う。

無言のわたし。

彼女はわたしをさらに引き寄せ、顔をわたしのシャツに埋める。わたしに身を寄せながら、クイも戸惑っていた。彼女の息を肌で感じる。神経が音を立てながら、背筋を踊っているかのようだ。

この気持ちを彼女には知られたくなかった。古いヴェトナムの慣習が邪魔をした。身分がものを言う世界だというのに、わたしにはそれがなかった。遠い土地から流れてきた青二才。両親はヴェトナム人ではあったが、ラオスのヴィエンチャンで商いをして生計を立てていた。わたしは彼の地で生まれた。ヴェトナムに来たのは、メコン川で金を見つけるためだった。

それでも、何週間、何ヶ月もの間、クイは愛の直感に従って生きていくことをわたしに望んだ。今日という日が明日という別の一日につながるような生き方をすべきだと、わたしに説いた。クイの両親が結婚を認めず、彼女を勘当したときですら、わたしたちはこの考えに従った。

もし望みが何かひとつでも叶うのなら、水田に囲まれて恋に落ちたあの瞬間にもう一度戻りたい。あの土地に戻りたい。今でも同じあの場所にあるだろう。妻もそこで待っているだろう。流れるような紫色のアオザイを着て。溢れんばかりの緑のなかで。


そもそも南シナ海の海岸線に張りつくような小さなやせ細った国が、どうして大国の注意を引きつけたのだろうか。

ヴェトナムは呪われた場所に位置している。征服された国は真二つに分断され、北はホー・チ・ミンの、南はゴ・ディン・ジエムの支配下に置かれた。両者の違いは明らかだ。北は共産党の鉄の規律で統制された国。南は次々と拡散していく欲望や、抑えることのできない感情の寄せ集めだった。

多様な南をまとめる国民的アイデンティティを造り出そうという努力は、地域固有の利害関係や宗教的違い、世俗的な関心の違いが原因で実らなかった。ジエム大統領自身、自らが率いる警察組織やシークレット・サービスによって邪魔された。誰もがまともな忠誠心を持っていなかった。独自の軍隊を組織するホアハオ教やカオダイ教といった新興宗教、ビン・スエン派のような武闘派組織、大地主やちょっとした土地持ちが、それに金銀の蔵を持つフランス人や中国人の専売業者が、強い中央集権国家を望む大統領の野望に恐れを抱いた。そして、この恐ろしい可能性を妨害するために、できることなら何でもした。それ以外の人々は、ただ待つだけだった。

一九六三年のサイゴンは、党派争いや政治的陰謀によって滅茶苦茶な状況だった。向こう見ずな陰謀が張り巡らされていた。攻勢をかけて前進し、影響力を強めようというありきたりの欲望が、町中のどこにでもあった。

そして十一月のある日、人々の運命に大きな変化が起きた。その後、すべてがつまずき、変わってしまった。

わたしは政府専用のジープで、軍司令部に向かっていた。起伏の多いチョロンの通りは、漏れたオイルで滑りやすかった。それでも、果敢に挑戦するかのように、トラックや車、それにバイクがコンクリートの町並みに押し寄せる。この渋滞のなかで、駆け引きの巧さが試された。誰もが我先にと先頭を競い、決して他人に譲ることはなかった。行ける所さえあればハンドルを切り、クラクションを鳴らした。

わたしが運転するジープは、牛車や建設用トラック、それに車や自転車によって道を塞《ふさ》がれた。このあたりは工事中で、車線が一車線に狭まっている。午後の食事や昼寝のために、誰もが家路を急ぐ。純白のアオザイに身を包む女子高校生が、宙を浮くように歩いていた。地面に敷かれた舗装用のタールの臭いが鼻をつく。煙のせいで目がヒリヒリ痛い。濡れた洗濯物が発するような悪臭が、道路から沸き上がる。雨が降ったせいで、湿気が嫌な臭いと共に、黒いアスファルトに閉じ込められていた。街頭売りがラップに包まれたまだ熟れてない青いマンゴーのひと切れを、わたしに向かって差し出す。ラップに包まれたチリ風味の塩味のせいで、酸味は控えめだ。シロップをかけた仙草ゼリーを買う。チェーと呼ばれるヴェトナムのデザートだ。雲間に見える真昼の太陽が、頭上から照りつける。路肩にしゃがむ靴磨きの少年が、兵士たちの軍靴にボロ布を走らせる。きっとその軍靴のせいだった。突然、のどを締めつけられ、心臓がかきむしられるような痛みを感じた。危険を前にしたときのあの感覚だ。

サイゴンの大通りに出て、ジープを走らせる。大統領府へ向かう。一般幕僚本部の司令官室で行われる定例会議に出る予定だった。司令部の士気を高めるためには、必要な会議だ。

あの混沌とした困難の時代、愚直であることは賢明ではなく、必要なことでもなかった。人々は無表情に曖昧《あいまい》な返答を繰り返し、相対立する数多くのセクトを満足させた。しかし、わたしは水面下で起きていることに気づくような政治的な人間ではなかった。残念なことに、目の前で起きていることしか見えなかった。

数ヶ月前、サイゴンの通りのあちこちに旗が掲げられていた。お祭り気分だった。大勢の人々が灌仏会《かんぶつえ》に集まってくるはずだった。藍色の空を背景に旗は風にはためき、そして揺らめく。驚いたことに、旗はすべて仏旗で、黄色の下地に三本の赤い線が走る南ヴェトナム国旗はひとつもなかった。注目に値することだった。というのも、政府は宗教の旗は寺院や教会でのみ掲げ、政治的な旗は政党本部でのみ掲げるように命じていた。また、政府は国旗を他のどんな旗よりも、大きく高く掲げるように定めていた。

わたしたち国民は国家に対して忠誠心を持つと同時に、共通のアイデンティティを培うように努力していた。

わたしがサイゴンの町で起こりつつあった出来事をじっと見ていたあの日、十九世紀阮《グエン》朝の首都フエの町でも同じようなことが起きていた。フエは、この国では最も好戦的で組織化された仏教宗派が支配する町だ。苔《こけ》に覆われた古都の歩道や香江《フォン川》の堤防沿いに、仏旗が掲げられていた。運命と政治が共謀し、やっかいな問題を引き起こしたのがフエだった。ゴ・ディン・ジエムは仏教の国の大統領でありながら、カトリック教徒だった。大統領の兄弟も皆、カトリック教徒だった。そのなかには、バチカンが任命したフエの大司教も含まれていた。

阮朝の要塞や墓陵の陰に隠れて、フエの僧侶たちは国の政治的運命を書き換えようという究極の目的に向かって画策していた。

僧侶たちが好戦的になるにつれ、不安を募らせた大司教は兄の大統領に助けを求めた。そして、大統領は国旗と宗教旗に関する法令を、仏教の町フエでも遵守するように命じた。

これには象徴的な意味合いが強かったが、すぐに現実的な効果が表れた。国中の仏旗がへし折られる事態になったのだ。相対する勢力争い。政府権力と宗教表現の対立がそこにはあった。数年に及ぶ宗教間の対立をついに鎮圧し、政府は信仰の自由よりも国家アイデンティティの確立を望んでいた。

しかし、頑固で鈍感なフエの役人ですらが、突如として沸き起こった不満に気づいていた。サイゴンから遠く離れた町で、多くの怒れる僧侶たちに囲まれた政府の役人は、屈せざるを得なかった。彼らは大統領命を無視した。その結果、多くの観光客でごった返す店が並ぶ歴史的名所や香江の古い散歩道で、そして古都を縫うように走る大通り沿いで、仏教の印相がドアに貼られ、仏旗が掲揚された。

さらに他の町でも、不満が露わになった。敬虔な仏教僧が袈裟《けさ》に灯油をかけ、火を点けた。ラジオ局が襲われ、仏教僧の指導者がカトリック教徒の大統領と官僚支配を糾弾する厳しい訓話を説いた。特に大統領の弟の傲慢さと、派手好みの義理の妹の傲慢でよこしまな態度に激しい非難が集まった。新聞はフエのことを一斉に書き立てた。来る日も来る日も、武装した治安警察が拳を握りしめ、頭髪を剃った厳しい目つきの僧侶の一群と対峙した。次第に学生が僧侶に加勢し、政府の不正を早口にまくしたてるようになった。バリケードが張られた交差点で腕を組み、火を点けられた車に投石する者もいた。群衆が動きを強めるにつれ、兵士がこん棒を振りかざし、放水準備を整える事態になった。

甲装車がガタガタ音を立て、群衆をかき分けながら走った。軍がラジオ局に向かって兵を進めると、周囲の熱い空気を切り裂くような大爆発が二度起こった。濃いオレンジ色の炎のなかを、人々が一目散に逃げていく。焼け焦げになった体と血の臭いがあたりに充満した。

その後、兵士たちが持っていたＭＫ３手榴弾の殺傷力はそれほど高くないことがわかった。ＭＫ３は訓練用に使われる手榴弾で、腕や足を引き裂くような力はない。陰謀の臭いがした。ヴェトコンの仕業だろうか。ソビエト連邦や中国の支援を受ける以前から、ヴェトコンはそんなに強い武器を装備していたのだろうか。爆発はアメリカ中央情報局《CIA》の巧みな陰謀によるものだろうか。もはやアメリカの要求を叶えることができない大統領に対して、民衆の怒りの矛先を向けるためだったのだろうか。

あのひどい爆発から数週間後、サイゴンで政府精鋭部隊の一部が、釈迦の遺骨が納められているという舎利寺《サーロイ》を攻撃した。僧侶や尼が暴行を受けたあげくに逮捕された。大統領の支持者はこれに震え上がった。南ヴェトナム新政府は崩壊寸前だった。

腕時計で時間を確かめた。司令官室の会議に遅刻するのが心配だった。渋滞のボトルネック。立ち往生した車。混んだ交差点を見つけては、爆弾を投げ込むためにスピードを落として走るスクーターの存在に目を光らせる習慣が身についていた。壊れてめくり上がった歩道の下や、道路の真下を走る下水には、何が隠されていても不思議はなかった。やっとのことでジープを駐車場の木陰に停めると、銃弾を込めたM1カービン銃を持った兵士が警備する参謀本部に駆け込んだ。有刺鉄線に囲まれた監視塔からは、M66マシンガンの銃口が外に向いている。

仲間の将校に案内されて、奥の会議室へと向かった。他の連中はホールを抜け、直接司令官室へと向かう。何かがおかしい。わたしの隣には精鋭部隊長のトゥン大尉がいた。大尉の大きく無表情な顔をまじまじと見る。細く険しい目に短く刈った髪の毛。わたし同様、何が起きているのかわからない様子だ。神経質そうに目をパチパチさせている。

しばらくすると、憲兵隊の制服を着た男がドアを開けた。無味乾燥な声。「トゥン大尉。どうぞあとに続いてお越しください。総督がお待ちです。」すると大尉は急いで部屋を出た。大尉の背を憲兵の手が押す。すべてがいつもと何ら変わらないことを確かめようとする。ドアの隙間から入ってくるディーゼルエンジンの噴煙。サイゴンの町に飛ぶ乾いた細かな砂塵が、わずかに開いた窓から吹き込んでくる。静寂。そして、長い廊下を通じて司令官室の方から聞こえる笑い声。さらに、十一月の夕べを切り裂く銃声音。

わたしは立ち上がった。次に起こる事態に備えて身構える。ドアをノックする音。さっきと同じ憲兵がわたしの前に現れた。「大尉」と、気味悪いほどのよそよそしい声。「総督がお会いになるそうです。」

憲兵のあとに続いて部屋を出る。いつもの廊下を抜けて指令室へ向かう。後ろから突然ドスンという音。数人の男が荒々しい手つきでわたしの手を掴むと、手錠をはめた。ひどく狼狽するわたし。

ミン総督が部屋に入るよう合図する。反射的に敬礼しようとすると、総督はクーデターを計画しているとわたしに告げた。そして、こちらを見ながら問うた。「大尉、きみの意見はどうだね。」抑揚のない無感情な声。

わたしをこの部屋に連れてきた総督の副官は、微動だにせず立っている。ケースから出したピストルの引き金を膝のあたりで軽く動かす彼の指。安全装置を外す音が聞こえた。総督は真珠を埋め込んだピストルの柄をいじりながら、次々と名前を挙げる。様々な出来事が積み重なり、念入りに仕組まれた反乱が成功することを説明した。

信頼の証の裏には、それに匹敵する裏切りの可能性が潜んでいるのだろうか。

反乱の鎮圧を任されていた大統領の親友ディン将軍自らが、クーデターに加わった。将軍はヴェトコンの部隊増強に対応するという名目で、特殊部隊をサイゴンの外に派遣した。そのせいで大統領府の警護は手薄なものになっていた。ディン将軍が寝返れば、事は深刻だ。大統領が反乱を抑えるよう命じていたもう一人の側近である参謀本部司令官は、肺ガンの治療から回復したばかりだった。ついてない。代わりにドン将軍がその任務を引き継いでいたものの、彼もまたクーデターに加わった。サイゴン北部の警備を任されていた他の将軍も反乱に加わった。裏切り者のリストは膨らんでいった。その名前を聞いて、わたしは驚いた。クーデターは用意周到に仕組まれていた。危険分子を牽制《けんせい》し、武力を示威するために大部隊をサイゴン市内へ移動させるという将軍たちの言葉を、大統領は疑わなかった。

頭に血が昇る。軍は真っ二つに分れていた。クーデターを企む参謀本部の一団と、定例会議が行われていると信じる会議室の連中。

怒りがこみ上げてくるのを感じた。その怒りは螺旋を描くように心の内へ向かい、訳もなくいとも簡単に何か別のものに変わっていった。心のより奥深くで、影のない平穏な落ち着きが生じていた。四十五口径のピストルを前にしているというのに気持ちが張り詰めることもなく、追い詰められることもなく、なぜかすっかり安心した気持ちになった。

「将軍、これは重大事です。今、初めて知りました。脅されても加わることはできません。」

奇妙なくらいあからさまなやり方で、死を突きつけられていた。だが、わたしは恐怖も哀しみも怖れも感じなかった。そして、勇気もなかった。

治安部隊を取り仕切る将軍は、わたしに国営ラジオを通じてクーデターの支持を表明するように迫ってきたが、それも断った。

「ならば、どうしようもない。」将軍の声はこわばっていた。

わたしは退席を命ぜられると逮捕され、会議室に一人閉じ込められた。トゥン大尉がその後どうなったのかと気になったが、じっと待つことにした。

憲兵隊の足音が、部屋の外にあるタイル張りの廊下に響く。わたしは監視下にあった。処刑されると思った。暗い部屋の窓から中庭が見える。空には荒涼とした雲の塊。地上に目をやるとミン将軍の隣には、親友のフォンがいる。かつてクイが止めてと怒り出すまで、フォンと二人でコーヒー片手にチェスを楽しんだ晩。激しく戦わせた議論の数々。強い引き潮を感じながら、ブンタウの海岸線で幾たびとなく楽しんだサーフィン。楽しい食事。それが今、突然、信頼できるフォンの姿がすっかり豹変していた。震えるフォンの体。いつものようにゼーゼー咳をしているのがわかる。早い足取りが心の葛藤を示す。指の間に力なく挟まれたタバコの灰を軽く払い落とす仕草。

教会の鐘が悲しげに時を告げる。瞬きをして遠くに目をやる。恨みがこもった手で心臓をグイッと掴まれるかのような感覚。フォンがクーデターの首謀者の横に立っている様子を見たくはなかった。

そう、間違いが正されることなく放置されていた。それでも、ジエム大統領は懸命に人々の信頼を取り戻すよう努力していた。ホー・チ・ミン率いる共産主義者から逃れてきたおよそ百万人の北ヴェトナムの人々を受け入れた。不穏分子に支配された民兵隊組織を壊滅させた。目を見張るような速さで国家の中央集権化を進めていた。

かつて、ジエム大統領は地方や派閥同士の争いがない中央集権政府を立ち上げることを、国家の最優先課題とした。それには強い意志と信念と献身的な姿勢が必要だった。敵と衝突することもあれば、人心が離れるようなステップを踏むこともあった。既得権益を取り上げるために高圧的な態度をとることもあった。慣例を破ることもあれば、他人の怒りを買うこともあった。どの時点から国家に権力が集中しすぎてしまったのだろう。いつから大統領は専制君主になってしまったのだろうか。不協和音を取り締まる方策がメディアを弾圧することになり、理想として掲げてきたことが、実際には異なる結果を招いてしまったのか。

しかし、わたしの心に強く残っていたのは、大統領が実際にしたことやしなかったことでもなければ、大統領の長所や短所でもなく、大統領の性格だった。大統領は倹約家で、決して腐敗していなかった。わたしは大統領のことをよく理解していた。独身の大統領は、厳格で質素な生活を送っていた。また、私腹を肥やすことには関心を持っていなかった。大統領の罪は、家族に対しあまりに忠実でありすぎたこと。しかし、孔子の教えを信じるこの国で、家族への忠誠心を理解しない者はいないだろう。

わたしは中庭に視線を戻した。憲兵が将軍に近づくと、こっそり何かを告げた。フォンは将軍の脇から離れなかった。

数時間後、この世の終わりのような濃い暗闇に包まれるなかで、周囲が騒がしくなってきた。曳光弾《えいこうだん》の弾道が描く赤いリボンがぎこちなくカーブしながら、揺らめく月を背景に音を立てながら飛んでいく。街の至るところで、金属火災が起きていた。サイゴンの地平線が赤い光を発する。真っ直ぐに飛ぶロケット弾。青白い光の線が交差しながら、空のあちこちに散っていく。すさまじい轟音《ごうおん》。考えるのも嫌だった。しかし、空は美しく見えた。

戦闘は夜まで続いた。戦車や大砲が大統領府を砲撃しているのだろう。大統領府の守備隊本部は、集中砲火を浴びているに違いない。わたしは憲兵が戻ってくるのを、そして自分自身の死を待った。

中庭の向こうに並ぶ窓を見やると、両手を大きく使って身振り手振りで話すフォンの姿が見えた。フォンの向かいには、恰幅が良く堂々としたミン将軍がいる。フォンは何かを訴えるように早口で喋《しゃべ》っている。一方、ミン将軍は時折肯きながら聞いている。フォンが笑った。咥《くわ》えていたタバコを手に取ると、勝利したかのような勢いで灰皿にこすりつけた。そして、顔を上げた。一瞬、わたしと目が会った。誰かがカーテンを引くまで、わたしは瞬きもせずにその目をじっと見つめ続けた。

ホールから大きな甲高い声が上がっては静まる。しかし、憲兵は来なかった。時間が足早に過ぎていった。一日が経ち、また一日が過ぎた。ついに部屋のドアが開いた。そして、わたしは新たな一日を前に釈放された。

何が起きたのかは定かでなかった。ただ、裏切り行為の陰には、友情も存在する。どうして命が救われたのかは明らかだった。革命軍評議会のクーデター首謀者の一人が、友人のフォンだったという単なる偶然のおかげだった。いかに命のはかないことか。忠誠心と裏切りから成る打算。フォンは大統領を裏切ったが、わたしのことは助けた。その不調和が身を切るようにわたしの心に残った。

細かな緋色の埃が、家路に着くわたしの車のフロントガラスに積もっていた。心にのしかかる新たな借りができてしまった。古びた迷宮のようなチョロンの町を車で走っていると、ラジオ放送が革命の成功を伝えた。大統領とその弟が自殺したと報じられた。もちろん、誰もそんな話は信じないだろう。二人ともカトリック教徒なのだから。後ろ手に縛られ死んでいる大統領の写真が公開されると、その死因は「偶発的な自死」と改められた。

最初から「殺人」だとわかっていた。革命的偉業として見逃される殺人。この先、この国はどうなるのだろう。もはや取り返しがつかないことが起きてしまった。戦闘は収束したが、今も危機感は残っていた。喜ばしくない未来が、わたしたちを待ち受けていた。

寝室の側にあるガレージにジープを停めると、わたしはエンジンを切った。早く家に入りたいという衝動を抑えたものの、午後中ずっとわたしの心は幽霊のように重々しい影に取り憑かれていた。

「あなたなの。」取り乱した声がする。「ミンなの。」

妻は家にいた。軍事クーデターによってサイゴンが制圧されても、妻は家にいた。わたしは階段を上り、部屋に入った。臭くなった軍服と下着を脱ぎたかった。妻が走ってきた。「無事だったのね」と、ささやきながら体を寄せてくる。妻の心臓の動悸《どうき》が伝わってくる。この世は過ちと苦しみの繰り返しだ。しかし、妻の腕のなかでは心が休まる。疲れと安堵の気持ちから、わたしは思わず膝をついた。妻の足を抱きしめるように腕を回しながら、彼女に顔を押しつけた。

部屋をさっと見回し、娘たちを探す。「あの娘たちは中国のグランマと一緒よ」と、わたしを落ち着かせるように妻が言う。

二卓あるナイトテーブルの上には、それぞれラジオが置いてあった。別々の放送局に合わせてある。流れてくるニュースの断片を聞き取る。今起きている変化だけでなく、物事の継続性も強調されていた。新しい首相が任命されるだろう。国は新しく描かれた進路に沿って、力強く出発することになる。腐敗と権威主義は、昨日までの話だ。革命軍評議会が権力を掌握し、強い政権を樹立した。前政権の上辺だけの反共政策に終止符を打ち、こっそり和平交渉を進めるのではなく、真の勝利を目指すのだ。そして何よりも、新しい政権はアメリカの継続的な支援を取りつけたと、アナウンサーは宣言した。

そのとおりだ。

声明は、恐ろしい事実を伝えていた。その重みを強く感じた。アメリカの支援は、クーデターが始まる前から確約されていたのだ。

　妻はラジオのスイッチを両方とも切ると、押し殺したようにうめき声を漏らした。わたしを現実世界から隔離し、勇気づけたかったのだ。

　わたしは大きく息を吐いた。「もちろん、クーデターの裏ではアメリカが動いていた。」

「シー。大切なのは、あなたが家で無事にいることだけ。」低くあえぐような声を発する妻。わたしの顔についた埃を払うと、つま先立ちで頬と頬を重ね合わせる。わたしの髪に触れる妻の手。あたかもわたしが今ここにいることを確かめるかのように、軍服の生地を親指と人差し指で摘む。妻の柔らかい睫《まつげ》がそっとわたしの顔に触れる。そして、わたしの胸のなかで、妻はすすり泣く。

「ただいま」と、わたしはささやいた。妻を慰めようと、自分自身の感情を抑えた。彼女の手を探し握りしめる。

　妻は浴室へ行くと、熱い風呂を入れる。わたしはゆっくりと湯船につかった。熱い湯気のなかで、気分が安らぐ。浴槽の角に座る妻。

「流しましょう。」はっきりした口調で妻が言った。妻を見る。汚れと共に、自分自身をきれいさっぱり洗い流してもらいたかった。

「きれいにしましょう。」自分に言い聞かせるかのように、もう一度妻が言った。

　浴槽のなかで身をかがめると、妻に背中をスポンジで洗い流してもらった。「クイ」とわたし。何と続けていいかわからない。「クイ。」ただ、妻の名前を呼びたかった。彼女の指がわたしの肩に触れ、丁寧にマッサージする。その場で崩れ落ちるように、何か別のものに姿を変えてしまいたかった。愛をもう一度確かめたいという激情が走る。恐怖や失敗を恥じることなく告白したいという思い。しかし、浴室のなかで妻もわたしもそれ以上一言も発しなかった。沈黙という贅沢を、互いに分かち合った。

部屋の外で電話が鳴った。ドアの隙間から人影がサッと動くのが見える。体が硬直する。昨日の出来事を思い出し、身構える。

メイドがノックする。

「フォンさんです。」

何の用だろう。タオルに手を伸ばした。

ドアに向かう妻。「わたしが出るわ」と、妻が言う。「ここで休んでて。大丈夫。」

わたしはその言葉に従った。正直、妻が率先して引き受けてくれたことに安堵した。どう彼に話して良いのかわからなかった。それに猜疑《さいぎ》心を和らげるためにも、じっくり考える時間が必要だった。

その晩、積極的にわたしを愛する妻の姿に、驚きを禁じ得なかった。いや、積極さというよりそのタイミングに驚いた。わたしは落ち着いて眠ろうとしていた。猫の悲しそうな鳴き声が、隣の家から聞こえてきた。木の枝が月明かりに揺れる。妻は軽く咳払いすると、わたしに寄り添いキスをした。妻の欲望に応え、彼女を愛することだけに集中した。枕から頭を起こすと、積極的にキスを返した。妻を抱き寄せると、ほんの少し妻は拒んだが、すぐにわたしに身を任せた。

3 二人姉妹と千夜一夜物語

マイ　1964

外では風が吹き荒れ、激しい雨が窓に吹きつける。母が麦わらのバッグにもう一度手を入れ、本を取り出す。カーンは怪しんでいるけれど、母はにっこり笑う。そして、姉に優しく腕を回して抱きしめる。天井から下がる大きな扇風機が気持ち良く回る。母は次から次へと物語を読む。最初の話はシェヘラザードが暴君の寝室に連れ込まれた夜のこと。「シャフリヤール」と、わたしはささやく。シャフリヤールとは、憎しみから毎晩処女と契りを結んでは、翌朝には首をはねる暴君のこと。シェヘラザードは自ら進んでシャフリヤールと一夜を共にし、自らと妹を救った。妹もいずれは暴君の妻となり殺されるはずだった。

母がわたしたちに注意を向ける。シェヘラザードは魅力的な千一の物語を暴君に語りながら、どうやって自分の命を守ることができたのだろう。早く話の続きが聞きたい。シェヘラザードはドゥンヤザードに別れの挨拶をするという口実で、シャフリヤールの面前で妹に物語を語る許しを求めた。それは幻想的で魅力的な物語だった。月光の下で、シェヘラザードは一晩中語り続けた。その様子といったら、まるで魔法のおとぎのように糸が一本一本丁寧に張られては引き延ばされ、誘惑の罠《わな》のなかに捕らえれていくかのよう。明け方になっても物語の秘密を隠す結び目は解けないどころか、むしろ複雑に交じり合う。シェヘラザードは来る夜も来る夜も、その謎を明らかにしようとはしなかった。

だから毎晩月が昇り、また違う月が昇り、千一夜の物語が織り紡がれ、ついには欲望と信頼の情が死を乗り越えた。わたしは物語を全部暗記していたけれど、母が物語を語る時間が十分、二十分とリボンの糸のように引き延ばされていくのが楽しみだった。母の手に自分の手を重ねては、母がページをめくる邪魔をする。少しでも時間を稼いで、わたしたちが生きる無限の空間を母と分かち合いたい。自らの尻尾を飲み込む大蛇《ウロボロス》のように、物語がひとつまたひとつと輪をかけていくのに合わせて、わたしは息を飲む。

父は毎日仕事に出掛ける。ピンと糊がきいた軍服を着て、ピカピカに磨き上がった軍靴を履く父の様子を観察するのが楽しみ。正装した父の威厳ある姿。時々、父の軍用ジャケットを借りて着てみる。折り目に顔を埋め、勇敢な父の臭いを鼻から吸い込む。空高くから飛び出していく父の威風堂々とした姿を目に浮かべる。袖に縫い込まれた空挺部隊の紋章。自信がなければ空から身を投げて、地上に向かって飛び降りることなんてできっこない。ナイロンとカンバス地から成るパラシュートに風を受け、それを波打たせながら、気流を抑えることなんてまずできない。わたしにはそんな勇気はない。姉が見ていてくれなければ、何もできないのだから。でも、どこかに勇気のかけらが潜んでいるような気もする。父のジャケットさえ着れば、別人になれるような気がする。

毎朝学校へ行く前に、わたしは姉と父の手を取ってジープまで一緒に歩く。父はわたしたちの名前を呼ぶ。「カーン。」「マイ。」父はわたしたちを良い子だと言う。父の予言者のような力と意気揚々とした視線を受けて、わたしたちは良い子になる。きっとそうなると思う。

でも、父にも不安はある。わたしたちの体内に悪が忍び込んで、悪い血が流れるのを父は怖れている。わたしたちが悪いのではない。この世の中が悪い。

父はやさしく、でも、きっぱりとわたしたちに言う。「人を安易に信じちゃいけない。信用は勝ち取るものだ」と。「おまえたちを一番傷つけるのは、おまえたちが誤って信じている人間だ。」そう、ユダはイエスにキスをした。そして、イエスを敵の兵士に売り渡した。ガリアの総督ブルータスはシーザーの腹心だったけれど、シーザーの暗殺を首謀した。戦国時代のサムライ織田信長は、日本統一の夢を抱いたものの、側近の一人に裏切られて寺で自害した。

わたしたちは父の教えを理解するため、というより父を喜ばすために、父の言うことを聞いた。わたしは自分の身の安全を父に託した。父は幼いわたしを宙に放り投げると、落ちてきたところをしっかりと受け止めてくれた。

それに父は教育熱心だ。わたしから見れば、世界には学ぶべきことが沢山ある。カーンにとっては、この世は解くべき謎や発見されるべき数学的規則で満ち溢れている。教育が人生の苦難を和らげ、たとえわずかでも希望を与えてくれると、父は信じている。父は愛について諭《さと》す。「おまえたちを助けるような男を信じてはだめだ。」愛とは独立だ。愛とは自らを信頼することだ。我が家には素敵な王子様もシンデレラもいない。そんなのは父が許さない。

カーン姉さんがお父さんはお母さんを信じているのか尋ねたことがある。すると父は夫が妻を信頼するかしないかは、あまり重要ではないと答えた。妻が夫を頼らないことのほうが大切だという。

なぜ、とカーン姉さんが訊く。

男は愛にしくじっても、人生にはしくじらない。だが、女はそうはいかない。

なぜ、とカーン姉さんがもう一度訊く。

男と女では人生という数式の解き方が違う、と父が説明する。男の人生が足し算だとすれば、女の人生は引き算だ。不公平なことだが、女は失敗すれば、より危険な目に遭う。父曰く、「人間の歴史はそれの繰り返しだ。」

一瞬、わたしは父が怖くなり、父の説教から逃げ出したくなる。やがて、父の話は一巡し、この世の善の大切さに話が戻る。父はいつでも最後は大切な問題に戻る。わたしたちにキスしようと身を屈める父の顔は、幸福で輝いている。


母も毎日働く。ただ、母は家で働くときもある。大地主の家に生まれた母の財産に、我が家の未来はかかっている。きらきら輝く広大で黒い大地が、毎年確実にもたらす収穫の話を、母は鼻高々にする。でも、その広い土地も、もはやわたしたちには関係ない。土地の大部分は、昼は政府に、夜はヴェトコンに支配されているからあてにできない。きちんと耕さなければ、肥沃な土地でも果実を実らせはしない。生まれながらの権利を、母は受け継ぐことができないでいる。

時折、父は母の立ち直りの早さを話題にする。家族の財産を失ったにも関わらず、母はちっともめげていない。母は土地に頼る代わりにアイディアを使って、同じくらい豊かで大きな未来をわたしたちに授けてくれる。母には鋭い洞察力がある。サイゴンのはずれにあるちょっとした土地が、あっという間に利益を生むようになる。母の手にかかれば、どんなにつまらないビジネスでもそれなりに儲かるようになる。

父が自慢するように、母には商売の才能がある。愛車のプジョーを走らせては、町に住む中国人商人の家を訪ねる。彼らが家に来ることもある。わたしたちは、中国人が多いチョロンに住む数少ないヴェトナム人一家。我が家の料理人《シェフ》がつくる美味しい料理に舌鼓を打ちながら、母は中国人の友人たちと新しい商売の話をする。成功するには、正確な数字の話だけでなく、直感も大切。なかでも物を言うのは、長年にわたる経験。米の売り買い。賃貸物件の建設。ここに投資し、あそこから手を引く。

チョロンの我が家には、毎日のように多くの客が訪ねてくる。わたしと姉には、ほとんど誰が誰だかわからない。名前も苗字もわからない。大人を名前で呼ぶのは失礼だ。親しみを込めて接するには、三番目の若い伯父さん、四番目の若い伯母さん、あるいは六番目の大叔父さんと呼びかける。それぞれどう呼ぶかは、年齢や生まれた順番による。番号で呼ぶのは、親しみを込めた儀式。一番目、二番目といった数字は、多くの人々のなかでも家族の一員であること、親しい友人であることを示す。それに比べて、名前で呼ぶのはありきたりでよそよそしい。見知らぬ人を呼ぶときやその辺にいる人たちに対して使う。だから、家族的な付き合いがある人たちには、名前は使わない。

わたしと姉が三番目の若い伯母さんと呼ぶ米売り商人の客がいる。生気のない顔つきの小太りの女性で、ひきつったような顔で笑う。もう一人、三番目の大伯母さんと呼ぶ薬屋の女性がいる。背が高くほっそりした彼女は、わたしたちの手のひらに硬貨を押しつけ、お茶ではなくコカコーラを飲みたいと母にリクエストする。わたしたちにもこの禁断のドリンクのお裾分けが回るようにと気を遣ってくれる。三番目の大伯母さんは家に来るたびに、お土産を持ってくる。プラスチック製の短剣や刀、メンソールの油。中身の油を捨てて、首の長い流線型の小さなガラス瓶だけを取っておくこともある。

今日、学校から帰ってくると、いつものように綺麗な身なりの中国人の伯母様方が我が家に集まっている。黒いスラックスに色とりどりのシルクのブラウス。ピカピカのサンダル。そのまわりを飛び跳ねる姉。その姉がわたしに合図する。カーン姉さんが目配せすると、まだ栓の閉まったコカコーラの瓶を、母が持って来る。伯母さんたちは居間のテーブルを囲むように腰掛けて、母が進行役を務めるのを待っている。「わたしたちの口座には、この話を進めるのに十分な資金があるわ」と、母が言う。伯母さんたちは一様に肯く。母が微笑む。「このことは先週話したわね。でも、この書類を確かめてもらえるかしら。」そして、薬屋を営む三番目の大伯母さんの方を向いて付け加える。「これは伯母様のアイディアでしたわね。」

三番目の大伯母さんは、座ったまま背筋を伸ばすと誇らしげに肯く。彼女はタイガーバームをつくる商売をする。頭痛や腹痛から吐き気に風邪と、何でも治すユーカリの軟膏を調合した薬。「台湾は良い市場よ」と、三番目の大伯母さん。「前から知っている台湾人の商人が、薬草を使ったビジネスを成長させるための資金を必要としているわ。彼は家族に問題があって、そのせいで商売が上手くいってないの。これは彼を助ける良い機会だし、わたしたちのためにもなる。」

「このチャートを見てちょうだい。どうしてこれが良い話かわかると思うわ。」母が甲高い声で助太刀する。色とりどりの数字や線が、数ページに渡って続く。

「中国人は商売上手だわ。」時折、母は賞賛の念を込めて言ったものだ。母にも中国人の血が流れている。確か、祖母か曾祖母が中国人だった。中国人はよく働くけれど、ほどほどの報酬しか求めない素晴らしい人たちだと、母は心底信じていた。ただ、外国人に囲まれると、内向きになり仲間しかあてにしなくなる。契約書は交わさず、信用取引しかしない。ヴェトナム人はまわりから抜きん出ようとするが、中国人は仲良く仕事をする。外国人であることは、苦労しながらも仲間を信じ、そして頼る術を学ぶこと。ともかく、母は中国人の仲間とこれまで上手くやってきた。きっと中国人が多いチョロンに住むヴェトナム人として、わたしたちが外国人みたいなものだからだろう。

米を売る三番目の若い伯母さんが立ち上がり、母の差し出す書類に手を伸ばす。

「素晴らしいわ」と、三番目の若い伯母さん。誰もが商売言葉を使いこなす。中国人の客は皆、広東訛りや福建訛りのヴェトナム語を話す。ヴェトナムが一七度線を境に共産主義の北と資本主義の南に分断された一九五四年に、共産主義者から逃げてきた北部上流階級のアクセントで話す人もなかにはいる。今でも、彼女たちの声には、逃げてきた遠い故郷を思う気持ちが込められている。

「じゃあ、いいわね」と、母が確認する。

意見が一致した後は、誰もがカードゲームと食事に興じる。細長いカードは人差し指ほどの大きさで、漢字が印刷してある。二十枚ずつ配られる。親指と人差し指の間に二十枚すべてを挟む者もいれば、扇子のように広げる者もいる。笑い声。母はテーブルの上にカードを一枚たたきつけ、満足の笑みを浮かべる。中国人の客たちは、首を振りため息をつく。「クイ姉さん、今夜はついてるわね。」

「運だけじゃないわ。腕も良いのよ」と、陽気に母が言う。

わたしと姉は新しい商売が上手くいくか賭けをする。「この仕事は上手くいくわ」と、カーン姉さんが言う。「お母さんのチャートを見たの。」わたしは目を丸くして感嘆する。姉は数字を見るだけで、母の的確な予言と鋭い勘が当たるかどうかわかる。「一年もあれば、お母さんは投資額を倍にするわ。他のみんなもね。」

母と中国人客が階下でカードに興じている間、カーン姉さんはわたしの手を取り、両親の寝室へと連れて行く。何かいけないことをしているような後ろめたい気持ち。姉は階段の踊り場で急に立ち止まると階下を見下ろし、髪を耳の後ろにかき上げる。よく音が聞こえるようにするために。「まだみんな下にいるわね」と姉。

怖がることはない。姉はわたしを連れ、忍び足で寝室へ向かいクローゼットの扉を開ける。何も変わったことはない。緑の迷彩服が片側に吊されている。ズボン、シャツ、それにジャケット。反対側には母のブラウス、シルクのパンツ、それに父のお気に入りのアオザイ。母が着るたびに、父はその姿を褒《ほ》めそやす。

カーン姉さんがわたしの肩に触れる。「待ってて。」姉は服を片側に寄せる。するとクローゼットの奥にオリーブ色の軍用毛布に包まれた四角い箱がある。禁じられた謎。姉に後押しされて、わたしはクローゼットの奥に忍び込む。父の軍用ジャケットに縫い込まれた南ヴェトナム空軍の記章から、パラシュートを付けた鷲がわたしのことを睨《にら》みつける。カーン姉さんがその黒く鋭い眼光を無視すると、クローゼットの扉が大きな音を立てて閉まる。姉は箱に掛かった毛布をグイッと引っ張る。金庫が出てくる。鍵のダイアルを左、右、そしてまた左へと回す。ドアが開く。「結婚記念日が暗証番号よ」と、姉が言う。それから、カーン姉さんは紙幣の束と無地のティッシュペーパーに包まれた金の延べ棒を見せる。「窓辺の明るいところで、よく見てご覧なさい。」姉は金の延べ棒をわたしに渡す。姉に急かされて、わたしは金の香りを嗅いでみる。「お金より良い匂いでしょ。」

わたしは肯く。姉は紙幣と金を元の場所に戻すと、金庫のドアを閉めて鍵を掛ける。

父が軍から貰う給料は少ない。父の生まれがあまり良くなかったことを気にする母の不安は増すばかり。将来の見込みがある人と結婚しなかったがゆえに、母は一家を支えなければならない。それか祖母が失った土地を取り返すほかない。わたしたちの力ではどうすることもできない、どこか遠くにある広大な緑の土地のこと。

母は町の喧噪のなかにいるときですら、どうしようもない不安に苛《さいな》まれることがある。父が言うには、その原因はわたしの生まれる前に起きたある出来事にあるらしい。裕福な地主だった母の父がヴェトコンに捕まり、秘密のアジトに拉致された。政府に通じた村人が、そのアジトの場所をこっそり教えてくれた。でも、誰にも正確な場所はわからない。幽霊のような敵。狙撃兵の銃口。伸び放題の葦《あし》。うっそうと生い茂る密林。国境なき場所。ヴェトコンは攻撃してきたかと思うとすぐに退却する。来たと思った瞬間には去っていく。父は祖父を救う秘密作戦に加わった。でも、ヘリコプターが撃墜されて、父は重傷を負った。作戦は失敗した。

人知れぬ場所で、祖父は処刑された。祖父の首を縫いつけた豚の胴が、処刑場の入り口にある跳ね戸に打ちつけられていた。後にその写真が家に送られてくると、母の手に渡った。そこには祖父の死の一部始終が写っていた。プラスチックのバケツ。ナイフの砥石。血に染まったロープ。その場にいなくとも、長い苦しみのうめき声が聞こえてくるかのよう。想像とは恐ろしいもの。母は祖父の身に起きたであろうことに、ずっと悩まされている。四人兄弟のなかの一人娘だった母は、祖父に溺愛されていた。それから何年も経った今でも、母は哀しみにくれている。

祖父が死んでからというもの、鶏肉やカモ肉を食べることはない。中国人のグランマが市場で生きた鶏を買ってきて、庭で殺したことがあったらしい。鶏肉を食べるごく普通のやり方だった。でも、死を逃れようとして空しく羽をばたばたさせる鶏が立てる音に、母は我慢できなかった。料理人が鶏の首をつかんで切り落とし、ボールに血を流し込む様子にも堪えられなかった。料理人はこれに納得できなかった。母が彼の腕を信用していないと勘違いしたのだ。もちろん、母は彼のことを疑ってなどいなかった。哀しみがすべての原因だった。言葉の節々に哀しみが表れ、どうしようもなく母を苦しめる。ごくごく普通の出来事や物事が、母を悲しませる。祖父の好物だった熟していない青いマンゴー。真っ黒な夜空に浮かぶ三日月。ふとしたことに悲しむ母。もちろん、首筋に向けられたナイフは言うまでもなく。

そして、五番目の叔父がやってくることも。五番目の叔父は母の末の弟で、母のことを四番目の姉と呼ぶ。五番目の叔父の存在は複雑な家族関係を象徴し、忠信と裏切りが交差することを示す。五番目の叔父の突然の訪問は、母にこのひどい戦争がまだ続いていることを思い起こさせる。父はその戦争に繰り返し戻って行かなくてはならない。だから、家庭という聖域にまで戦争は影響を及ぼす。五番目の叔父は滅多に家に来るわけじゃない。でも、来るのはいつも太陽が沈んでから。それもこっそり来てはすぐに帰ってしまう。来るときには大抵何の連絡もなく、どこか遠くから来たことがわかる臭いがする。母の家族のなかでは、五番目の叔父が母に一番年が近い。母は五番目の叔父の帰宅を望みつつも、実際に叔父が訪ねてくるのを怖れている。

死んだ祖父の写真は傷み、すり切れ、汚れていた。何度も繰り返し手に取って見てきたから。母は祖父の命日を知らなかったけれど、祖父が捕まった日から計算して、祖父の死を悼《いた》む日を決めていた。その日になると、人間の頭をした豚の恐ろしい写真が飾られる。胴の部分はかすみ、汚れ、ぼんやりと見えにくくなっていた。それでも母の記憶のなかでは、すべてがはっきりしている。月日が経つにつれ、母は祖父の最後の瞬間に至る残り少ない時間を、遠近様々な視点から想像できるようになっていた。写真に写っていることも写っていないことも、母には見えるし聞こえもする。こうして母は自らに苦しみを与え続けていた。

だから、母は五番目の叔父の帰宅を怖れている。叔父は戦争の絶えがたい残虐さだけでなく、二人が過ごした子ども時代を思い起こさせる。叔父はヴェトコンだった。祖父を殺した犯人の代理人だった。若気の至りが、極端にまで向かった結果。いや、それより悪い。叔父はひどく哀しみ、また苦しんでいるけれど、祖父が殺されてもなおかつ筋金入りのヴェトコンなのだから。悪そのものは特定の集団や特定の観念に属するものではない、というのが叔父の説明だった。もしそれを説明だというのなら、とため息混じりに母が言葉を返す。叔父が敵方についているという事実が、そしてヴェトコンこそ真の愛国者でアメリカの覇権主義と戦う貧しい英雄であるという叔父の主張が、わたしたち家族を引き裂いている。ずっと長い間、このことを事実として受け止めてきたから、改めて騒ぎ立てはしないけれど。

五番目の叔父を家に泊めていることが知られれば、近所中大騒ぎになる。両親はわたしたちに叔父の存在を誰にも言わないようにと命じる。五番目の叔父が家にいるときには、政治の話は決してしない。父は書斎にこもって考え事をする。父の作り笑いを見れば、母のために仕方なく五番目の叔父を受け入れようとしているのがわかる。

叔父と一緒にいるときには、母は子ども時代の話をする。叔父は母の話を聞く。時々何かを言っては、母を喜ばせる。「あのときのことを憶えているかしら」と、母が言う。「コムチャイを食べていて、あなたが前歯を折ったときのことよ。」わたしと姉もコムチャイが大好物だ。お米をグツグツ煮立ててつくるお焦げご飯のこと。ご飯が焦げて鍋《なべ》にこびりつくと、中国のグランマがそれをヘラで上手にすくい取る。するとやわらく炊けたご飯の表面に、カリカリのお焦げが美味しそうに顔をだす。タマネギとニンニクを付け合わせた油を加えると、実に美味しく食べられる。

過去を振り返る母と五番目の叔父。そこには何の咎《とが》めだてもなければ裁きもない。親しい間柄だからこそ、時間と共に優しさが生じ、お互いを許そうという気持ちが強くなる。二人は目で会話することがある。まるで沈黙によってこそ、二人の絆が強まるかのように。言葉による誤解を怖れているのかしら。母は雌鳥みたいに甲高い声で話しながら、お仕置きをするかのように弟の耳を引っ張る。活き活きした会話を二人は夜更けまで続ける。フォークやグラスを片手に、身振り手振りを交えて目配せする。楽しかった子ども時代の思い出。それ以外のことは忘れてしまった。

時には議論になることもある。でも、戦争やヴェトコンの話のせいじゃない。だから、すぐに収まる。叔父が中国のグランマのことを持ち出したときも、そうだった。

「姉さん、あの女をいつまでここにいさせるつもりかい」と、叔父が小声で言う。

「誰のこと」と、母が訊く。

「あの中国女のことだよ。」

「子どもたちは彼女のことが大好きよ。家族同然の関係だわ。」

その後に続く沈黙を埋めるかのように、叔父は咳払いする。

「弟の分際で言うのもなんだけど」と、叔父は自らを見下すような言い方をする。「それに外国人だからといって、それが中国人だとしても、何ら悪い感情を持つわけではないけれど。」

すると今度は母が独特の咳払いをする。控えめではありながら、自分の方が事情によく通じている、だからこれ以上言うのは、という合図。きつい表情で母の目を深々と見ながら、叔父が注意を促す。「あまり中国人を信じないほうが良い。」「中国人」という言葉には、不快感を押さえ込むような調子が見られる。「中国人は何かしらやらかすものさ。アジアのユダヤ人呼ばわりされている。ヴェトナムにいながらも、僕らの仲間になろうとしないのは、その表れじゃないか。それに何でも欲しがって、コントロールしようとする。利益目当ての商売人どもには、気をつけた方が良い。」

「彼女はチャーヴィン省にある貧しい商店主の娘なの。利益ばかりを追い求めるような人たちじゃない。儲けなんかほとんどない。」母は眉毛をつり上げながら、語気を強める。

五番目の叔父はため息をつく。「中国人ばかりいるチョロンに住んでいるから、そんな考え方をするんだ。姉さんはいつでも目の前のことしか見ようとしない。僕はもっと大きな話をしているんだ。」叔父はキッとした表情で、わたしたち姉妹の頭を撫でる。長い目で見ればわたしたちのためになると思うことに気を使うのが、叔父だった。

「わたしはもっと身近なことに興味があるわ」と、母が言い張る。「わたしたちは彼女のことが好きなの。その人がたまたま中国人だっただけよ。」母はわたしたちの方を向き、微笑んだ。「中国のグランマが好きよね」と、わたしたちに訊く。そして姉を抱き上げ、手のひらで長い髪の毛を撫でた。カーン姉さんはうれしさのあまり、母の力に屈した。

「大好きよ」と、姉とわたしは声を揃える。

母は叔父に向かって鋭くきつい視線を送る。母はカーン姉さんのおでこに大袈裟な仕草でキスをした。そして、優しく母性愛を示そうと言わんばかりに姉の髪に顔を埋めると、そのすべてを吸い込むかのように大きく息を吸った。

中国人についての話はもうおしまいと言わんばかりに、母はご飯が山盛りの茶碗と煮込み魚をよそった深皿を、叔父に差し出した。一日中弱火で煮込んだ魚には、コッテリとこくのある小豆色の甘辛い煮汁がかかっている。

「どうぞ」と母。その声からは母親のような威厳と母性的な艶やかさが感じられる。叔父は従った。

叔父が家に来るのは、母とわたしたちに会うため。けれど、書斎にこもる父に挨拶することもある。母は夫と弟の間にいさかいが生じることを案じている。父の書斎から漏れてくる押し殺したような低い声に気をもむ。

「でも、お母さん、どうして」と、カーン姉さんが尋ねる。「お父さんと叔父さんは、ただ話しているだけじゃなくて。」

母は首を振る。「二人とも真面目すぎて、冗談も言えないのよ。」

でも、五番目の叔父はわたしたちとはふざけてばかり。急に笑い出すこともある。叔父は家に来るなり、大きな翼を広げるツルのように手を伸ばしてわたしたちを包み込む。親切でやさしい叔父。その叔父がガリレオは単なる天才じゃなくて、星雲のように大きな天才だと言う。太陽は天の川にある星のひとつにすぎない。地球はそのまわりを回っている。わかるかい。ガリレオにすっかり夢中の姉の気持ちに合わせて叔父が言う。

ある日、叔父が遊びに来た。わたしと姉は二階で隠れん坊をしていた。父の書斎近くの小部屋のなかで。

丁度そのとき叔父が父の書斎に来た。今思えば、カーン姉さんはタイミングを計って、わざとその場所を選んで遊んでいたのだろう。シーンと静まりかえった部屋から、時折ささやき声が漏れてくる。何か話しているみたいだけど、はっきりとは聞き取れない。ぼんやりした言葉のやりとりから、語気を抑えながらも重苦しい調子が感じ取れる。狭い部屋に閉じこもっているがゆえに感じる二人の間の距離の近さ。長い廊下の角に置かれた鉢植えの植物の陰に身を屈めて、わたしは姉が見つけに来るのを待っていた。ドア近くの階段の吹き抜けに向かって、姉が忍び足で近づいてくるのが見える。カーン姉さんは髪をポニーテールに束ねていた。わたしはその紫色のリボンの後について行きたかった。けれど、凍りついたようにその場にじっと留まることにした。姉はタイルの上をすり足で横切ると、書斎のドアに耳を押しつける。

カーン姉さんは目を大きく見開いた。しばらくして、姉は植木鉢の陰にいるわたしの方に向かって、滑り込むようにして身を隠した。ドアが開いて叔父が出てきた。わずかに後ろを振り返り、「信じてください」と声を上げる。そしてもう一度「信じてください」と言うと、叔父は階段を降りていった。姉とわたしは息を止めた。父がわたしたちをじっと見る。

「何をしてるんだ」と、珍しく不機嫌そうに父が言った。

「何も」と、無邪気を装ってわたしが答える。

「おまえじゃない」と、父。「おまえだ。」あごでカーン姉さんを指す。

父は姉を捕まえると、腰から抱え上げた。カーン姉さんは父の腕に捕まると、手のひらを広げ逃げだそうともがく。どうして良いかわからず、わたしはただじっとしていた。父と姉それぞれに感じていた忠誠心に挟まれて。

「いや」と、姉が怒って唾《つば》を飛ばしながら叫んだ。父は姉を優しく、でもしっかりと床に下ろした。姉が怒ってこんなに顔を赤くするのは見たことがない。わたしは今にも泣き出しそうだった。父は姉の耳を摘んで、書斎へ連れて入った。驚いた姉の目がギラギラ輝いている。バンと閉まるドア。きっと姉は叱られる。こんなときにも相手にされない自分が小さく思えた。あたりをウロウロしながら危険を感じつつも、どうすれば姉を助けることができるのかと考えた。

数時間後、父は姉の手をとって夕食に現れた。


その夜寝る前に、わたしと姉はいつものように台所を荒らしにいった。禁じられた遊びが病みつきになっていた。夕食の残飯整理のこと。台所にある食器棚を開く前から、想像をあれこれ巡らせる。豚肉の塊が入った深鍋の縁にこびりついたカラメル色の煮汁。できたてのときよりも、暗い食器棚のなかで時間が経ったせいで、砂糖と塩が固まって美味しい。真夜中になる頃には、夕食時の香りがさらに濃密になる。深鍋の底をすくい取り、夕食の残りのご飯にタマネギとニンニクのソースをかける。鉄板にこびりついた魚の甘辛い煮汁に固まった砂糖の結晶がわたしの好物。姉が半開きのドアの隙間から見張ってくれている間に平らげる。

でも、今夜のわたしは急いでいた。姉もそれに気づいていた。「早く」と、姉が言う。わたしたちは安全な二階の寝室にこっそり戻る。中国のグランマは眠っている。枕から頭がずり落ち、大きな口を開け、わたしたちの隣のベッドで身を丸くして寝ていた。

「何があったか知りたいんでしょ」と、姉がわたしに尋ねる。

熱心に首を縦に振るわたし。「わたしがドアに耳をあてたときのことよ。五番目の叔父さんの真剣な声が聞こえたわ。『アン・ミン、君には注意してほしい』って。」姉は声をさらに低くする。「おかしいと思わない」と、姉はつぶやく。「叔父さんは何か別のことを言ったの。でも、わたしには聞き取れなかった。『何か大変な事が……』とか、そんな感じよ。」

父が仕事に出るとき、わたしたちはいつも心配する。十分注意してもらいたい。五番目の叔父もそんなわたしたちの気持ちをわかってくれていた。もちろん、父と叔父が戦争では敵と味方に分かれて戦っていることも知っていた。わたしは姉に身を寄せた。

「何か……とんでもないことよ」と、姉がささやいた。

「きっと叔父さんは、ただ心配なだけよ。だって、家族だもの。」

「でも、それだけのことなら、わたしが盗み聞きしたぐらいで、なんでお父さんはあんなに怒ったのかしら。お父さんはわたしを部屋の隅で、何時間も座らせたのよ。お仕置きとして。」乱れた枕や毛布のなかで、急にわたしは不安を感じた。姉の不安が伝染した。その様子を見て、カーン姉さんはわたしの頭をやさしく撫でた。「シー。大丈夫よ。目を閉じて。」

眠る前、わたしたちは人差し指で鍵をつくって重ね合わせる。避けがたい運命と定めの印。姉はいつでもわたしを守ると約束してくれた。わたしたちは互いになくてはならない存在。姉はわたしの腕と顔に触れると、シャツの下に手を入れて胸とお腹を摩った。毎晩、わたしはこうして眠っていく。素肌の上に姉の繊細な手を感じながら。わたしたちの生活に起きる些細《ささい》な出来事を通じて、父が注意を促す失望と偽りを通じて、わたしたち二人が互いに離れがたい存在であることを理解していた。

4 リトルサイゴン

ミン氏　2006, 1945

体の奥で感じる心の揺れ。ここヴァージニアで、時折眠れない夜がある。秒単位で時を刻むデジタル時計の数字が、明るく浮かび上がる。夜明けの光を待ちながら、じっと横たわる。現在から遠い過去へと遡《さかのぼ》る。心を落ち着けようと気持ちを込めて言う。「彼女はわたしを愛していた。」「わたしはできる限りのことをした。」まるで繊細な銀線細工《フィリグリー》のように、胸の奥深くから内なる声が微かに聞こえてくる。あれは緑の水田のまわりを、彼女に寄り添い歩いていたときのことだった。「歴史上の人物で一番会って見たいのは誰かしら」と、妻が尋ねる。

何人か適当な答えが浮かんできたが、誰が一番というわけではなかった。そこで彼女の答えを先に訊いた。

「ショパンよ。」妻は戸惑うことなく答えた。

二人を隔てる遠い距離のなかで、今のわたしはただ考えるのみ。妻にもう一度会いたいとベッドのなかで願うわたしの目を、運命が真っ直ぐに見つめる。息を深く吸い込む。鼻の穴を通る空気の流れを、はっきりと感じる。

太陽は輝いているものの、まだ冷気が残る。体の芯まで、冷たさが伝わってくる。腹部の傷跡に触れる。かつて妻はこの傷痕を愛してくれた。螺鈿《らでん》細工のようなしわが寄った組織。戦争の痛みを今でも残すわずかに刳《えぐ》れた皮膚のくぼみに、彼女は唇を這わせたものだ。

医師の警告を受けていることは知っている。心臓は弱り、手と足がむくんでいる。肺には水が溜まったまま。本当はもっと運動しないと。アパートの階段を上り下りすべきなのだ。医師の助言に従うべきか、それとも無視すべきか。

アン夫人が部屋に来る。この部屋の鍵を持っている。だから、自由に出入りできる。とても注意深い人だ。気が塞いでいるときや気分が悪いときには、すぐに気づいて助けてくれる。彼女は介護施設で働く。だから老人の世話に慣れている。いつもは丈夫で元気な彼女だが、今日はセーターと上着の重みのせいか動きが鈍い。わたしに錠剤を渡すと、薬瓶の蓋を閉めて片付ける。

ベッドの向こうにある大きめの肘掛け椅子《アームチェアー》の方に、誰か人の気配を感じる。アン夫人はわたしの手を取ると低い声で言う。「ミンさん。ここには誰もいませんよ。」

わたしは肯き、わかったという振りをする。

アン夫人が部屋を離れると、わたしは体を起こして彼女の方を見る。椅子に座る彼女の胸が大きく動く。クッションの上に流れる黒髪が輝く。見慣れた背中。ほっそりと長く、深いくぼみがある背骨。滑らかな肩の線。アオザイを着れば、彼女の細い体を滑らかな生地が包み込む。その姿にはいつだってハッとしたものだ。まばゆいばかりの生地や思わせぶりなスリットなど、アオザイには様々な暗示がある。だからこそ風に吹かれるアオザイの動きには、好奇心をそそられる。

目を閉じる。初めて会ったときの彼女の姿を思い出す。滑らかなラベンダー色のシルク。光沢ある紫。

あの日の出会い。脇から微かに見える皮膚。体の線をはっきりと映し出すアオザイのスリットが、腰から上を官能的に見せる。腰から下は、サテンのズボンの上を大胆に流れる。まるで欲望に導かれた大河が、二つの支流に分かれていくかのように。見せては隠す。告白の世界。

結婚と別離からもう何十年も経つが、彼女を思うとわたしの心は躍り出す。今でも彼女の姿を見れば、心が揺れる。初めて会ったとき、彼女は一度もわたしの方を見ることなく話し続けた。そもそもなぜ彼女と同じ部屋にいたのだろう。メコンの大地を彷徨っていた無一文の放浪者だった自分がなぜ。きっと誰かに紹介してもらったのだ。同じテーブルについていた。陶器のような顔。マスクのように、荒々しい天候ですら気に掛けない。ほんの一瞬、わたしの方を見るだけ。最初は尊大に思えた態度も、後にはそれ以上の何かに思えた。そのときのことを心のなかに仕舞い込み、一人になると思い起こした。

ナプキンで軽く唇を払う彼女の仕草には、太古から磨かれてきた女の性《さが》があらわれていた。大胆に胸の谷間を露わにするアオザイのネックライン。周囲から聞こえてくる活き活きしたフランス語の会話。訳してもらえることもあれば、そうでないときもあった。洗練された上流階級の雰囲気を示そうと過剰なまでに外国語を使う人々に、彼女は目を丸くした。上品な笑いを浮かべ、顔を背ける。その瞬間、わたしが同じような反応を示すことに、彼女は気づいた。そして二人の目が合い、お互いに微笑みあった。彼女はわたしには一言も言わず、他人に話しかける。フランス語で。きっとわたしに知られないように、誰かにわたしの名前を尋ねたのだ。乾杯の音頭。グラスを傾ける彼女の唇が開く。いよいよ彼女が帰ろうというときになって、ようやくわたしは声をかけることができた。ますはヴェトナム語で、それからフランス語で話す。

わたしは微笑む。そして、彼女に別れを告げた。「クイさん、またお会いしたいです」と、フランス語で言った。クイは上がり調子で発音すると、「大切な」という意味になる。わたしは大胆にも、また会いたいと彼女に言ったのだ。手は彼女の腕に微かに触れていた。しばらくの間、彼女は何も答えなかった。手を引くこともなかった。目は輝いていた。こちらを向くと、わたしを見つめた。あごを突き出す様子は、否定と抵抗を示しているかのように見える。彼女は座り、わたしは立っていたので、彼女の首は艶やかに反っていた。「ぶしつけな物言いですこと。」彼女はきっぱりと言った。まるで嘲笑するかのように。不躾。出会ってからまだ間もないということを否定的に表す言葉を、ゆっくりと発音した彼女。そこには反対の意味が込められていた。彼女もまたその場を後にしようとしていた。ドアに向かって歩いていく彼女の背を、わたしはじっと見つめた。素晴らしい身のこなし。長い首を曲げて振り返る彼女は、わたしがずっと見つめていたことを知っているという意味の目配せをした。わたしは手を振って彼女と別れた。

そんな最初の出会いを前に、わたしには何の準備もできていなかった。

その日が来れば、そう、その日はいつか必ず来るのだが、すべてが、人々や大地が、水が、そして歴史の記憶までもが消えてなくなってしまう。後に残るのは、夢見るような紫色の夕べと流れるように動くラベンダー色のアオザイ、それにキラキラしたエメラルド色の水面に大地と空を明るく映し出す水田のみ。

アン夫人はわたしの身支度を整えてくれた。外出するためだ。襟付きのシャツに厚手のカーディガンをはおる。綺麗に折り目がついたカーキ色のズボンを履くとベルトをグイッと引っ張る。ピカピカのバックル。こっちに向かって足音が聞こえる。「バー」と呼ぶ声。肯くわたし。心地好い言葉の響き。お父さん。

顔を上げ、わたしを見つめる視線に目を向ける。しっかりと結った髪の毛に視線を移す。マイも準備ができている。茶色のアイライン。赤い頬紅。派手なピンクの口紅。ボタンを留めた白いシャツと黒のスラックスがよく似合う。にっこりとわたしに微笑みかける。「用意はどう、お父さん。」わたしは肯く。娘は片腕をわたしの肩の下に滑り込ませ、車椅子に乗せる。娘が身を屈めたとき、スカーフがずれて、首にある赤い打ち身が見えた。一瞬ぞっとする。しばらく消えていたが、また現れたのだ。娘の傷のことは知っていたが、口にすべきではないと心の奥底にしまい込んでいた。

「リトル・バオ」と、娘がまだ幼かった頃にわたしがつけたあだ名で呼んでみる。やさしく抑揚をつけて言えば、小さな宝物、もしくは形見という意味だ。母親の名前「クイ」が上がり調子で発音すると大切なという意味になるように、「バオ」は宝物を意味する。「バオ、バオ」と、わたしは繰り返す。恐れと優しさに心が包まれる。

埃を払うように、娘はこの名前の響きを手で振り払う。一瞬、娘がひどく小さく見える。が、その瞬間はすぐに消え去る。「違うわ。」娘は礼儀正しいながらもきっぱりと、というよりひどく我慢した調子で答える。首を振りながら、現在の方にくるりと向きを変え、大人に戻る。娘と目が合う。瞬きひとつしない。緊張しているようだ。咳払いして、わたしの注意を逸らす。そして、いつものように親切そうに娘が言う。「楽しくお出かけしましょう。」ごくごく自然な声音。

「そうだね。今日は出かけるのにもってこいの日だ。」やさしく献身的な娘の姿。彼女のことなら、よくわかっている。落ち着いた性格で言葉少ない。誠実で几帳面。ただし、時折感情的になる。

わたしを車椅子に乗せ、台所を通り過ぎると、玄関へ向かう。アン夫人は台所のテーブルからこちらを見上げ、娘に向かって叫ぶ。「ヴェトナムへ送金するのを忘れないでちょうだい。」

「アン伯母さん、大丈夫よ。」マイが約束する。「渡された封筒は持ってるわ。」マイは何気ない調子で首に巻いたスカーフの位置を直す。

アン夫人が肯く。彼女はわたしの方に素早く歩み寄ると、跪《ひざまず》いて目線の高さをわたしに合わせる。「ミンさん、素敵よ。いってらっしゃい。」そして、マイを指さして言う。「お嬢さんにお使いを頼んだの。本当に助かるわ。」そう、マイは頼りになる。

外の世界へ出ると、娘は聡明だ。背筋を真っ直ぐに伸ばして生きている。一階のロビーで「おはよう」と、ジャスミン米の大きな袋を引きずる若い韓国人の男に挨拶する。ジャケットの襟をいじりながらバイクのエンジンを吹かしているのはインド系の青年だ。彼が目配せすると、ガールフレンドがうしろに跳び乗る。「おはよう、ディネシュ」と、その青年にマイがさわやかに声をかける。ディネシュはマイの方を向いて肯くと、わたしにはヴェトナム式に深くお辞儀をする。胸の前で腕を折ってあわせ、頭を下げるのだ。わたしはディネシュに会釈する。オールバックの髪。褐色の肌。わたしたちの部屋のはす向かいに、彼は父と祖母と住んでいる。アン夫人の息子の親友。二人とも魅力的な青年だ。

マイはスムースに車を運転する。早すぎず遅すぎず、スリーピーホロー通りからリーズバーグ・パイクへと流す。そして、ウィルソン大通りを曲がる。そこからリトルサイゴンのエデンセンター入り口にあるライオンアーチ門が見える。赤い勾配のある屋根が特徴だ。その瞬間、気持ちがふっと落ち着く。ここに来ればアメリカでの生活に伴う様々な危険を忘れ、フォーの味や祖国の香《こう》の香りに気分が和らぐ。その力に元気づけられ、かつての生活を思い起こさせる風景や音に大きな喜びを感じる。本物かどうかは問題ではない。車の窓はしっかり閉まっているが、ヴェトナム音楽が大きな音で聞こえてくる。多くの店やレストランが立ち並び、郷愁《ノスタルジア》の念をかき立てる。北部、中部、南部固有の郷土料理の違いすら重要ではない。というのも、なによりも強い郷愁の念を求めて人々はここに集まってくるのだから。

マイは狭いスペースに車を停める。車椅子を開くと、助手席の脇に置く。杖があれば歩くことはできるが、車椅子に乗った方が良いというマイの言葉に甘える。腰を回して、車椅子に滑り込む。地面はまだ湿っているが、雲ひとつない空に太陽が昇る。パパイヤやランブータンを積んだ荷台が立ち並ぶ歩道に向かって、マイは車椅子を押す。太字の黒いマーカーで、「一ドルぽっきり」とか「一キロ二ドル」と大袈裟に書かれた値札が人目を引く。

「リュウガンはあるかしら」と、マイが育ちの良い南部人固有の修道女のような声で尋ねる。気楽に世間を渡り歩くマイの様子に気づく。

「ああ、今朝は一箱しかないよ。まだ空けてもいない。」行商人が答える。

マイが顔を輝かせる。まるまると熟したリュウガン。マイが素早く、房ごとつまみ上げる。店を比べたり、値切ったりしない。「食べきれないくらいあるわ。アン伯母さんにお裾分けしましょうね。」寄り添いながら、マイはわたしに言う。

「そうだね。美味しそうだよ。」わたしは答える。実に喜ばしい。

「やだ！」忙しない動作でチラシを配る男の肩が偶然触れたせいで、マイが声を上げる。身を守ろうとして、車椅子を握っているマイの手に力が入る。男はすまなそうな様子で微笑むと、ハノイ政府の人権侵害に抗議する嘆願書に署名しないかと話しかけてくる。そして、反体制派への模擬裁判の写真で埋め尽くされた掲示板を指す。カラー写真には、軍事警察に両脇を挟まれ、口をダクトテープで塞がれた僧侶たちの姿が映る。判事役の男が握りしめた小槌を、被告の方に向ける。体のなかをアドレナリンが昇るのがわかる。二人組、あるいは三人組で、ハノイ政権の弾圧を非難する旗を持って歩く連中が目につく。誰もが情熱や善意に満ちあふれている。リトルサイゴンでは、非難だろうと何だろうと、いつでもヴェトナムの噂ばかりが聞こえてくる。目の前の何もかもが、というよりリトルサイゴンそのものが、戦争の置き土産なのだ。ここに来るのは思い出すためであり、時に非難するためだ。敗戦のとんでもない混乱から何かを救い出すために、人々はここに集まって来る。

マイは立ち止まらない。わたしは止まって、ゆっくりチラシに目を通したかったのだが……。マイは車椅子を押し、混雑をかき分けて進む。しつこく腕を広げて、その男はわたしたちを立ち止まらせようとする。「すみません」と、清々しい声をかけつつも、その手はしっかりマイの腕を掴んでいる。「ヴェトナムでは大変なことになっているんです。お願いです。署名してください。」

そのしつこさに驚かされる。「貴方もです」と、わたしに向かって言う。わたしには「貴方」と敬語を使う。手渡されたペンで、議員への嘆願書に署名する。マイは微笑むと、打ち解けた調子で言う。「ごめんなさい。店が昼休みになる前に行きたくて急いでたの。」マイも署名した。

拡声器から声が響く。近くの高校で、インターナショナルデーにヴェトナムの国旗を揚げるのに反対するデモがあるという。今はなき南ヴェトナムの旗を代わりに揚げようというのが、デモ参加者の主張だ。「共産主義者の旗を見るために奴らから逃げてきたんじゃない」と、声が続く。ヴァージニア州に住むヴェトナム人はやたら政治的だ。いつからこうなったのだろう。初めてここに来た一九七五年には、こんなではなかった。あの頃の心配は、子どもたちが学校で上手くやっていけるのかとか、もっと暖かいカリフォルニアかテキサスに移り住めないのかといったことだった。ヴェトナム絡みの政治問題に対する若い世代の関心の高さには驚かされる。と同時に、それは新たな希望でもある。

マイは車椅子が滑り出さないようにロックすると、近くにいた拡声器の男に穏やかな声で話しかける。しばらくやりとりした後、最後にマイが言う。「良い考えね。でも、残念だけどわたしは参加しないわ。」マイの顔は紅潮している。スカーフの位置をきちんと直すと、結び目をしっかり絞める。ドーナツを食べながら、指についた砂糖の粒をなめる。昼の明るい光のなかで、子どものように可愛らしい娘の表情が輝く。それでも気が抜けない。娘は娘なりに苦しんできた。マイを蝕む暗闇の憤りがわたしにはよくわかる。マイが思っている以上に、わたしは娘のことを理解している。

「さあ、もう行きましょう」と、マイが言う。

「バインミーでも食べないか。」

マイは腕時計に目をやり肯く。「いいわ。でも、アン伯母さんのお使いの時間を残しておかないと。」

バインミーとは、わたしの好物のヴェトナムのサンドウィッチのことだ。近くのパン屋へ向かう。カリカリの長いフランスパンに塩と酢で味付けした大根やニンジンを挟んで売っている。中身を選ぶ。脂がのったローストポーク、パテ、鶏のグリル焼き、ミートボール、赤豚、豆腐のマリネ、焼き卵。パテにたっぷりアイオリソースを塗って、ハラペーニョとコリアンダーをトッピングするのがわたしの好物だ。マイが言うに、このパン屋では四つ買うともうひとつは無料になるキャンペーンを展開している。おかげで熱心なリピーターがいる。客の待ち列が店の外まで続くこともあるらしい。

わたしはこの世の楽しみを味わうかのように、ゆっくりとパンを咬む。マイは手を伸ばして、ナプキンでわたしの口をぬぐう。娘は昼食を取らない。だからカウンター椅子に座り、わたしが食べ終わるのを辛抱強く待つ。膝の上に行儀良く手を置いて。一口勧めてみるが、マイはちょっとたじろぎながらも、気むずかしそうにそれを断る。

「姉さんは大根の酢漬けが好きだったね」とわざと聞こえるような声で、わたしは独り言を言う。返事はない。わたしは続ける。「最近姉さんとは会ったかい。」マイがサッと見上げる。顔が赤い。わたしの質問には答えずに、ヴェトナムの新聞を読む。時折、わたしに記事を読み聞かせる。

娘は新聞の一面を飾るカリフォルニア州オレンジ郡リトルサイゴンでのデモ行進の写真をわたしに見せる。ビデオ店の店主がホー・チ・ミンの写真を店の窓に貼りつけたのが原因で抗議や非難が広まったにも関わらず、それを外そうとしなかったのだ。山羊のような無精ひげを生やし、痩《や》せこけ不健康そうな共産主義者のリーダーの顔写真が、店の外で乱闘騒ぎを引き起こした。事を複雑にしたのは、その写真の隣に貼られたヴェトナム社会主義共和国のとても大きな国旗だった。憲法で保障された言論の自由の枠を越えた「ヘイトスピーチ」によって、その地域に住む三十万人以上のヴェトナム系アメリカ人を店主が挑発したかどうかを、上級裁判所の判事が認めるかが争点になる。

「言論の自由」と、マイが言う。下級裁判所はポスターの撤去を求める命令をすでに下していた。

一体誰にとっての「言論の自由」なのだろう。その店を経営するイカれたホー・チ・ミン支持者にとっての「言論の自由」なのか。それとも、いとも容易《たやす》く煽り立てられるデモ行進者にとってのものなのか。節度なく政治闘争を繰り広げるリトルサイゴンの住民には、もういい加減そんなことはやめてはどうかとアメリカ人から嘲笑が浴びせられていた。

「言論の自由」と、マイは繰り返す。上向きのイントネーションで疑念を表しているのか、それとも単に肯定しているのか、わたしにはわからない。それでも、「もちろん」と確信がないながらも相槌を打つ。マイほどではないが、これが法律上の問題であることは、わたしにもわかる。娘は法学で学位を取った。事件の両面を見るように訓練を受けている。マイはどちらにも肩入れしていないようだ。背筋を伸ばした姿は、礼儀正しく見える。表面的にはいつでも落ち着いている。この国で上手くやっていくには、そうしなければならない。

その記事を大きな声で読み聞かせるにつれ、マイは次第に活き活きしてきた。百五十人の武装警官。一万五千人のデモ参加者が一致団結して、リトルサイゴンから六百五十キロ離れたサンノゼ市で抗議活動をしている。街灯に吊り下げられたホー・チ・ミンの彫像。ヴェトナムで政治犯を収容するために使う牢屋の模型を片手に、ビデオ店の外で座り込みをする者たち。アメリカ人とヴェトナム人の戦争犠牲者を悼み、偽物の棺桶二基を担いで駐車場の周囲を行進する人々。ロサンゼルス領事館を通じ、ヴェトナム政府がビデオ店主の「言論の自由」の保護を求めても無駄だった。ビデオ店の外の群衆は、このニュースで沸き立った。侮辱的な言葉が飛び交い、恨みの声が聞こえてくる。殴る者、蹴る者。拘留される者もいた。警官は黒い警棒を振り回す。これがアメリカなのか。カリフォルニア州ウェストミンスター市のリトルサイゴンは、暴動寸前だ。暴力が原因で逮捕者が出たという話には、身がたじろぐ。

マイは腕時計に目をやる。「準備はいい？」アン夫人のための大切な用事がまだ残っている。

十店舗ほど先には、骨董品やヴェトナムのCD、DVDを売る店がある。一九七五年以前の音楽が、いつだってわたしのお気に入りだ。魂の奥に響き、深い想いをかき立てられる。ドアが開くと大きなチャイムが鳴り、わたしたちの入店を知らせる。ギターをつま弾く、お馴染みの曲が流れている。女店主が立ち上がり、わたしを陽気に迎える。わざと驚いたように口を開き、大きな声を上げる。「久しぶりね。」名前は思い出せないが、アン夫人の友人だったはずだ。「ご機嫌いかがかしら。」わたしに向けての挨拶だと思うが、マイが答える。

「ええ、元気よ。」そして、しばらく間を置いて娘が尋ねる。「忙しい？」

「もちろんよ。」

マイは首を縦に振る。そして、いきなり本題に入る。「アン伯母さんがヴェトナムの親戚にお金を送りたがっているの。」

「ええ」と、驚くこともなく答える店主。「いくらかしら。」

「二千ドルよ」と、マイが答える。

しばらくの沈黙。それから、女主人はそっけなく言う。「みんな来月のフイに賭けてるのよ。アン夫人も。」

フイ。マネークラブのことだ。

「ええ、アン伯母さんはわかっていると思うわ。」マイが答える。静かながらも注意深い娘の態度。フイに参加するにあたり、アン夫人が信頼に足る人物であるかを暗に問う女店主への返答だ。マイはわたしの方を向き、スカーフを直す。

「彼女はいつもの千ドルをまだ払ってないわ」と、女店主が主張する。「二千ドルもヴェトナムに送れるのなら、千ドルのお金なんて訳ないはずね。」

マイは肯く。「もちろんだわ。」店内はガランとしている。周囲の白壁のせいか、商品が目立って見える。ここでは気まずい時間をごまかすことも、どうすることもできない。

女店主はレジに向かうと、わたしに訝《いぶか》しげな視線を送る。マイの言葉が正しいと言わんばかりに、わたしは素早く首を縦に振る。女店主と視線が合う。と、その態度が和らぐ。「文句を言ってるのではなくてよ。わかるでしょ。わたしがフイの責任者なのよ。何かあれば、つまり誰かがお金を払えなければ、わたしの責任になるの」と、守勢に回る。

フイとは、仲間内でやるマネークラブのことだ。このフイにはメンバーが十人いる。マイもアン夫人も女店主も入っている。この数年間、毎月みんなで決めた額を、マイもフイに出資してきた。いくらにするかは、メンバー同士が話し合って決める。月に一回、読書《ブック》クラブやダイエット講習会のように集まり、決まった金額を支払う。収入の半分を支払いに充てるメンバーもいる。みんなで順番にフイを引く。フイが一巡するとまた新しいフイを始める。今進んでいるフイは総額で一万ドルになる。フイは十回まわり、どのメンバーも必ず全額を手にするチャンスがある。

アン夫人はすでに一万ドルをもらったようだ。フイの特徴は、すでにお金を引き出したメンバーがその後も参加することで、メンバー全員が当たりを手にする点にある。フイがすべてのメンバーに当たると、また新しいフイが始まる。

リトルサイゴンのような狭い社会にいて、先にお金を引き出して逃げ出すことなどできるのだろうか。できるわけない。そんなことを考えることすら馬鹿げている。では、なぜこの女店主はアン夫人がお金を払わないのではと、気を揉むのだろうか。

フイは古くからある創意工夫と信用にもとづく仕組みだ。一九七五年にわたしたちがヴェトナムから渡って来たとき、銀行から融資を受けられないのは明らかだった。貸し借りをするにはフイしかなかった。そのおかげで、アメリカで上手くやってくることができた。フイから引き出した金は様々な目的に使われた。教育費、家のリフォーム、結婚式、葬式。担保や信用のない人々が最大限夢を叶え、望みを実らせるのを可能にしたのがフイだった。友情の輪をテコに、仲間のつながりを金のために利用した。「あのとんでもない息子のせいで借金を背負わされているのを見れば、時には心配することもあるわ。」女店主は、わたしの反応をそれとなく確認しながら説明する。「たとえ彼女がもう何年もフイの仲間だとしてもね。」

これはわたしの知らないことだった。アン夫人の生活の隅々にまでは通じていない。

「もちろん、何もかもを明かすことはできないけれど。彼女はあなた方の家族も同然でしょ。きっと心配だと思うわ。」女店主は赤裸々な噂話を、いかにも心配そうに言う。

わたしは感情を表に出さないように気をつける。「何の連絡もないのよ。ただ、信用するだけ。」女店主は半ば考え事をするかのように、そして半ば説教でもするかのように続ける。「フイの仕切り役としては、用心しないわけにはいかないわ。」わたしに同意を求めるかのようにまくし立てる。

フイのルールを守らせるために、組織の力を強めることにやぶさかでないのが仕切り役の立場だ。彼女の言うこともわからなくはないが、気持ちとしてはアン夫人を信じたい。「確かにそのとおりだ。だが、アン夫人は正直な人だ。」わたしは何気なく話そうとした。それでもまだ驚きが覚めやらない。

「ええ、もちろんよ。」女主人は肩をすくめる。「フイはお金を貯めるためにあるの。使うためじゃない。」唇をすぼめる彼女の歯がむき出しになる。金歯が光る。「でも、ヒルみたいな息子を持ったのはまずかったわ。彼女の夫は一日中働いていて、ちっとも家にいない。アン夫人も働きづめだわ。でも、あの子は働かない。あの息子ったら飲んだくれの生活を送ってる。それにギャンブル。派手な服を着て、遊び回る。彼女ったら沢山お金を使わされて。断ち切る勇気がないのよ。みんな知ってるわ。」

「わたしは何も知らなかったわ。」マイが言う。

「わたしは知ってるわ。自分自身のことのように。彼女が破産したら、こっちが借金を引き受けなくちゃならないのよ。」女主人は不満げに首を振る。それでも、彼女はマイが手渡す封筒を受け取る。百ドル、二百ドル、と二千ドルになるまで大声で数える。わたしはその様子をさりげなく見届ける。そして安心する。この取引が成立しないと、アン夫人は困るのだ。銀行のような公的機関を通じて送金すれば、記録が残る。アン夫人のヴェトナムの家族は、サイゴンにある政府当局にアメリカから金を受け取ることを知られたくない。

「念のためもう一度住所を書くわ」と、マイが言う。「いつ着くかしら。」

女主人は鋭い視線をマイに送る。「明日よ。早いでしょ。」

マイは肯く。「ええ、もちろんよ。ありがとう。」

俗に言うフライング・マネーだ。ヴェトナム政府の弾圧を避けて送金するために復活した古くから伝わる方法のこと。つまりは、マイがこの女店主に手数料込みでドルを渡す。女店主はヴェトナムにいる仲介業者に連絡する。その仲介業者が相当額を、公的な為替レートよりも分の良い割合でドンで立て替え、指定された額を受け取り人、この場合はアン夫人の妹に渡す。アン夫人の妹は金を受け取るにあたり、パスワードを用意する。実際には現金の移動は生じない。女主人と仲介業者は、後になって別の取引をする。二人とも輸出入の地下組織として働いているのだ。ヴァージニア州の女主人は、サイゴンの仲介業者に他の品物を売るのだが、見積もりを二千ドル安くすることで、今回の差額を帳消しにする。

市場を統制しようとするヴェトナム政府は、こうした取引を厳しく取り締まろうとする。特に九・一一テロ以降、金融制度を引き締めるアメリカ政府もフライング・マネーについては認めていない。だから、事情に通じていない人間には、このやり方を知る術もない。

マイはCDを一枚買い、わたしに手渡す。「はい、お父さん《バー》の好きな歌手のCDよ。」タイン・トゥイ、タイン・トゥイエン、カーン・リー、それにタイ・タインら一九七五年以前の歌手の曲が集められたベスト盤だ。シンセドラムやキーボード、ギターに合わせて、意味のない歌詞を貧相な声で歌う新しい歌手には興味がない。

店を出るとき、わたしはにっこり笑みを浮かべ、女主人に手を振った。彼女も微笑み返す。

「横柄な人ね。」マイがぽつりと言う。

「きっと心配なんだよ。」

「だからって嫌な噂を広めなくても。」

確かに彼女の言うことは不親切だった。「単なる噂なんだろうか。」マイに訊く。

「みんな好き勝手にしゃべるのよ。わかるでしょ。この小さな町で、ほかに何もすることなんてないんだから。」

マイが車椅子を押し、温かい店内から身の引き締まるような冷たい空気の外に出る。わたしはあたりを見回す。すっかり昇った太陽の光線が駐車場に降り注ぐ。マイにはまだ買い物が残っている。パテ・ショーを買う。外の衣がフワフワして、角がカリッとしたフランス風のミートパイだ。それから、中空で丸く膨れたバインティウという、ちょっと甘みのきいたヴェトナム風のドーナッツを袋買いする。正直、ダンキン・ドーナッツほど美味しくないが、昔を思い出させてくれる。アン夫人にスイカの煎り種を一袋買って帰るようマイに勧める。わたしの歯はもうすっかり弱くなってしまったが、人が歯と舌を上手く使って、殻を割って中身を食べる様子を見ているだけで楽しい。木の実のようにしょっぱい味がする。

至るところで人々が動いている。舗装された道の上で靴の踵を鳴らす者。開いたかと思うとバーンと閉まるドア。低く抑えたような笑い声。泣き叫ぶ子どもたち。挨拶を交わす人々。わたしは目を閉じる。寒い夕方に、固く絞ったタオルを額に当ててくれるアン夫人の姿を思い浮かべる。枕の位置を直そうと、やさしくあごに触れる彼女の手。そして、あのレコード店の女主人が言っていたことを思い出し、実はアン夫人が息子のことで苦しんでいるのではないかと案じる。彼女の顔、櫛で留めた長い髪の毛。頭の傾き。わたしの部屋に入ってくるときのやさしい視線。胸のなかで、わたしの哀しみは羽ばたくような音を立てては少し落ち着き、でも決してそこから離れ去ろうとしない。

一日の終わり。マイとの外出は楽しかったが、疲れもした。疲労がじわじわと体全体に広がっていく。ドアの方を見る。「アンさん、まだいたんですね。もうとっくに帰ったのかと思ってましたよ。」彼女がにこりと笑う。反射する光のなかで、これまで気づくことのなかった不安の表情が見て取れる。いくらか責任を感じ、見過ごしてきたかもしれない原因を探そうと、注意深くアン夫人の顔を見る。

「家に戻って、オーブンに料理をセットしてきました。でも、ミンさんのお話が伺いたくて。それにリュウガンのお礼も言いたかったたし。」

わたしは肯く。「妹さんにはお金を送っておきましたよ。」

「病気のせいで、いつもよりお金が必要なんですよ。毎月もう少し余分に送ることができれば、利息で暮らすこともできるんですけど。ヴェトナムでは二十パーセント以上も利子がつくんですよ。信じられますか。」

「もう遅いのでは」と、わたしは尋ねる。

「まだ四時ですわ。近頃は暗くなるのが早いんですよ。」

「そうはいっても、早く帰って休んだ方がいいわ」と、マイが口を挟む。

マイが部屋にいたことには、気づかなかった。「まだ家にいたのか。」わたしは言う。

「まだ大丈夫。」マイが言う。「今日は夕方からなの。」法律事務所で働くマイは、時折夕方から仕事に出る。六時から深夜までの勤務だ。娘の顔が愛想良く輝く。わたしは笑う。太陽が遠くの教会の尖塔の陰に徐々に隠れていく。

「お父さんを休ませないと。」アン夫人がマイに言う。「帰ってローストチキンのでき具合を見てから、戻ってお父さんに薬を飲ませるわ。」

玄関のドアが開き、廊下を歩くブーツの足音が聞こえる。「もう帰るのかい。今日は誰にも相手にしてもらえなかったよ。」インド系のはっきりしたアクセントで、不平を言う女の声が聞こえる。我が家のはす向かいに住むベンガルから来た厄介者の老婦人の声だ。アムリタ・アマー夫人。いつも家のドアは開けっ放し。マイが彼女につけたあだ名は「ミセス半ドア」。言い得て妙。彼女はここが介護施設で、家族に見捨てられたと思い込んでいる。アン夫人が応える。「大丈夫。息子さんが六時に戻ってくるわ。お孫さんのディネシュはガールフレンドと晩ご飯を食べに出かけただけよ。」「嘘、嘘。」車椅子が矢のようにホールを横切り、ドアがパタンと閉まる。

わたしはベッドの上で楽な姿勢を取ろうともがく。痩せてはいるが、身のこなしが軽いわけではない。実際、太ったことはないが、痩せるのも初めての経験だ。くるぶしがむくんでいる。ベッドの側で、マイがためらいがちに何かモゴモゴ言っている。わたしは天井を見上げ、一面の白い空間に視線を泳がす。

窓の外から人々の話し声が聞こえてくる。たむろしながらタバコを吸っている連中だ。遠い昔の生活の幻影が見える。その向こうで、大海がきらりと輝く。強風が部屋を吹き抜け、わたしは懸命に息を吸い込む。血管を開くためにモルヒネを投与されている。赤い錠剤は心臓を強くするための薬。白い錠剤は細胞から余計な水分を取り除く。横になりながらも、薬で体が麻痺していくのがわかる。

人は今という時間だけを生きることができるし、またそうあるべきだ。

目をしっかり閉じ、また開く。アン夫人が戻ってくる。荷物だらけの肘掛け椅子の方を、ボーっと見つめるわたしの様子に気づいている。

「何かお探しですか」と、彼女が訊く。

わたしはまごつく。

「そこには誰もいませんよ。」アン夫人がはっきりと言う。

「昨日はいたんだ。」わたしが言う。柔らかなラベンダーの花びらのように静かに身を丸める女性の姿が、そこにあったはずだ。目を閉じ、また開ける。するとその残像はもう消えてなくなっていた。

アン夫人はわたしを見て、首を振る。ため息の音。

わたしがどうやってここに辿りついたのか、ヴェトナムの家からアメリカのこのアパートまで。彼女はそれを知りたがっている。

これまであまりにいい加減に伝えられてきたこの話を、アン夫人に是非話しておきたい。

彼女の黒い瞳が揺らめく。わたしの方に顔を向け、何かを待っている。

わたしはささやくように言う。「では、お話ししましょうか。」

5　塩味レモネード

マイ　1965

ミック・ジャガーが騒々しいドラムとエレキギターのうねるような音をバックにしわがれ声で歌う。これこそ無限の可能性をもつ音楽。だから病みつきになる。わたしと姉はビートにあわせて体を動かす。サイゴンの至るところで男の子や女の子が一緒になって踊る。

激しい音楽が鳴り響くなか、わたしたちは順番にジェームズの背中の上を踏み歩く。ジェームズは太陽のようにまぶしいブロンドの髪の持ち主。照りつける太陽の光に曝《さら》されて、ジェームズの首は赤くなる。こんがりした小麦色とは違う。生まれてこのかた背中を踏みつけられるのは初めてだと、ジェームズが言う。信じられない。立派な背中。ごつい肩の下で盛り上がる筋肉質の背中を、わたしは足裏に感じる。背中にあるのは、ふてぶてしいほどに立派な筋肉の塊だけ。

足踏みマッサージはとても体に効く。凝りをほぐそうと踵に力を入れて背中を歩くと、ジェームズは低いうめき声を上げる。時々「アウチ」と、アメリカ式に痛みを口にすることもある。わたしと姉は笑う。おかしな言葉。痛いときには反射的に言葉が出るのに、なぜ国によって言葉が違うのだろう。痛みを感じるのは万国共通なのに、なぜ同じ表現にならないのだろう。ヴェトナム人は痛いときにはどう叫ぶのかと、ジェームズが訊く。だから、「ウイ、ヤー」だと教えてあげた。口を大きく開け、感情をさらけ出す。背中の節を踏み続けると、「ウイ、ヤー」とジェームズがつぶやき、にやりと笑う。

ジェームズの背中の上を行き来しながら、わたしは英語を学ぶ。“Where are you from?”と、何気ない調子で質問する。いつも家では英語チャンネルでアメリカのテレビ番組を見ている。父のお気に入りは『ワイルド・ワイルド・ウェスト』、『ビバリー・ヒルビリーズ』、『コンバット！ コンバット！』。わたしはアメリカ式の流れるような発音をまねする。

時々、ジェームズはヴェトナム語で答える。「ニューヨーク出身です。」

“Where in New York?”と、わたしが問い返す。わたしも姉も答えは知っている。けれど、英会話の基礎を身につけたい。

“Long Island”と、ジェームズが答える。大きな手振りで、何か細長いものを描こうとする。そして、今度は英語で説明する。「農場で育ちました。のうじょうで。」

「モー、モー、ブー、ブー」と、わたし。

「いいえ、違います。ジャガイモですよ。ロングアイランドはジャガイモで有名です。」

わたしと姉は青い水田で水牛の群れを世話する少年の歌を口ずさむ。ジェームズは農場を営むマクドナルドさんの話をする。わたしたちはジェームズが発する音が好きだ。「イー、アイ、エイ、アイ、オー」。彼の家の農場があるロングアイランドの南端を指さす。次にジェームズはヴェトナムに来るために渡ってきた海を指し、たとえ飛行機の旅でも遠く目の下に見える大海を越えれば、人生はすっかり変わるものだと説明する。「君たちも海を渡れば、その意味がわかるさ。」

わたしたちは海を越えるような旅をしたことがない。ジェームズによれば、人によっては海を越えると、気がおかしくなったり、心配したり、やたら好奇心が強くなったりするという。ジェームズは好奇心を掻き立てられたらしい。わたしたちの叫び声を、わたしたちの言葉を学ぼうと思ったという。ジェームズはヴェトナム語を流暢に話すわけではないけれど、懸命に話そうとしている。やさしい言葉を使って、とにかく自分を表現しようとする。姉はそれが大切だという。ジェームズは実用的な役に立つ言葉をしっかり身につけている。おまけにヴェトナム語固有の六つのイントネーションもわかっている。ただし会話をスムースにこなせるほど上手くないけれど。会話になると、ジェームズのヴェトナム語にはイントネーションがつかない。でも、意識して暗唱するときの彼の発音は完璧。例えば発音の仕方によってフラットに言うか、上がり調子で言うか下り調子で言うか、急に上げるかゆっくり上げるか、急に下げるかゆっくり下げるかによって、「マ」というヴェトナム語は「幽霊」を意味したり「母」を意味したり、「墓地」のときもあれば「馬」のときもあり、逆接の「しかし」を指すときも「苗木」を指すときもある。ジェームズは暗唱を終えるとお辞儀をする。そして、わたしたちは拍手する。ミスが無ければなおさらだ。

ある日、わたしが早く家に帰ると、母が二番目の伯父さんと二階の食卓にいる。五番目の叔父とは違い、二番目の伯父さんとは血縁関係にない。でも、父の親友だから特別扱いだ。ヴェトナムでは父親の親しい友人を兄弟同様に扱う。だから、二番目の伯父さんは「兄」として歓待される。

母は外国の料理が好き。なかでもフランス料理が好物。テーブルにのったペイストリーは有名なジブラルというベーカリーの品。パリの左岸にある一流店で修行したシェフが心を込めてつくる。ホイップバターと砂糖を混ぜたクリームのおいしそうな香りがする。できたてのクロワッサンね、きっと。それにクレームブリュレの甘いカラメルの風味。ビターなダークチョコ。あの名店ショコラメニエのチョコをフォンデュー鍋で煮込んだんだわ。贅沢《ぜいたく》な香りが、銀色のトレイの上に品良く並ぶ。その極上の味を想像してみる。

こっそり気づかれないように階段を上ると踊り場に立ち、網張りのドアの向こうに並ぶ贅沢な食事をじっと見る。頭の先がスクリーン状の網のあたりにやっと届くか届かないかといったところだけど、つま先立ちをすればなんとか食堂を見渡すことができる。

二番目の伯父さんは、テーブルを挟んで母の向かいに座っている。網に耳を押しつけると、会話の断片が聞こえてくる。二人とも話に没頭しているので、母はわたしがいるのに気づかない。

母の指が、陶器の水差しの縁に線を描くように触れる。なかにはきっとレモネードが入っている。材料のレモンはまだ熟しきってないから酸っぱいけれど、酸味が強すぎることもない。ナイフで素早く切って果肉を絞り出すと、酸っぱい汁が取れるだけでなく、ちょっぴり苦い皮の香りがあたりに広がる。ヴェトナムのレモネードが外国人の興味をそそるのは、酸味を抑えるのに砂糖ではなく塩を加えるからだと母が言う。確かに酸味と甘みが、スープや肉料理と同じように絶妙なバランスを醸し出す。ただし、直線道路で突然現れる急カーブのようなもので、塩を振ればレモン独特の風味は思わぬかたちで失われてしまう。そこで母は味にもうひとひねり加えるために、炭酸水でレモネードをつくる。すると、舌の先でちょっとした驚きを感じる。

二人は共に黙りこんでいた。時折目を合わせるほかは、ほとんど顔を逸らす。何も起こりそうにないので、わたしはスキップしながら台所へ下りていく。滑空する飛行機の翼のように腕を広げながら。「遊びたいのなら、庭へ行きなさい」と、中国のグランマが手でわたしを追い払う。ハンモックに横たわるグランマは、左右に揺れながらわたしを見る。「ここは走り回る場所じゃないですよ。」

もう七歳になったというのに、こんな風に指図されたくない。わたしがぐずぐずしていると、グランマは二階にいる母が邪魔されたくないと言っていると説明する。

それを聞くとすぐさま好奇心に駆られ、わたしはそっと階段をまた上がって、スクリーンドアから部屋をのぞき込む。今度は二番目の伯父さんが、行ったり来たり歩いている。推し量ったように規則正しい足取りでと思うと、急に取り乱したように忙しなく。母の前で立ち止まり、顔をじっと見ることも。悲しそうな表情。そして、目を逸らす。母は座ったままテーブルに肘をつく。背筋は真っ直ぐ伸びたまま。

二番目の伯父さんも母も、ペイストリーの皿にもレモネードのピッチャーにも手をつけない。忙しない息遣いで、伯父さんは歩き続ける。時折、宙に腕を振り上げる。話すときには普通の声で話し始めるが、やがて声は低くなる。答えを待つかのように、じっと母を見る。母はドレスのしわを伸ばすと、開いた胸の線をなぞるように手で触れる。伯父さんの問いかけを無視し、最後に首を振る。繰り返し繰り返し。強く否定する。伯父さんは首を縦に振り、強く肯定する。あたかも母の否定を突っぱねるかのように。その様子にわたしは思わず引き込まれる。「……将軍が」と伯父さん。名前が聞き取れない。でも、「なぜ」とか「こうしたら」といった言葉が何度も聞こえてくる。それが何のことかわからないけれど、二人が交わす言葉の強さが気になる。母は首を振り続ける。髪をとめていたピンが外れ、豊かな黒髪が流れる川のように背中に落ちる。母は手のひらを広げ、流れる黒髪を束ねると、もう一度結び直そうとする。ついに激怒するかのように、母ははっきりと聞こえる大きな声で言う。母がドラマの主人公のように訴える姿を見て、わたしは静かに笑う。「どうかお願いだから。」母は続ける。「フォン、放っておいてちょうだい。そっとしておいて。」「だめだ」と、伯父さんがつぶやくように言う。二番目の伯父さんは母に向かって跪くが、母の決心は固い。

「フォン、お願い。もう止めて。お願いよ、セオ。」きっと最後の手段なのだろう。母は伯父さんを愛称で呼ぶ。「セオ」とは「傷痕」を意味する。伯父のあごには、斜めに縫った大きな傷痕がある。その紫色の傷痕を恐ろしく感じたときもあった。母はわたしの恐怖に気づいていた。だから、わたしが言うことをきかないと、伯父さんの名前を挙げて叱ることもある。母は伯父さんにはいくつも傷痕があるという。おかげで、わたしは伯父さんのことをさらに警戒するようになった。

しばらくすると、伯父さんが泣き出す。大人の男が泣いている。立ったまま、母の顔をしっかり見つめて。そして母に寄り添うと、小声で何かささやく。母は顔を逸らす。その表情はよそよそしい。

すると食堂の反対側のドアが開く。その音にハッとする。父が帰ってくるにはまだ早すぎる。五番目の叔父だ。変装のつもりだろうか。黒いサングラスをかけ、無精ひげを生やしているけれど、わたしにはわかる。こんな時間に食堂に人がいるので、五番目の叔父は驚いている。小さく咳払いする。母も驚いている。約束より早く叔父がやってきたと言わんばかりに腕時計を見る。二番目の伯父さんが振り返り、その場でぴたっと動きを止める。五番目の叔父をじっと見ると、その鋭い視線を別の方向に逸らす。表情はほとんど変わらない。母は五番目の叔父の方を向くと、しばらく躊躇《ちゅうちょ》したあげく、神経質そうな笑いを浮かべる。「あらっ」と母。二人の男がほぼ同時に軽く会釈する。二番目の伯父さんはすでに感情を抑え、もはや悲しそうには見えない。ただ無表情。沈黙を埋めようと、五番目の叔父の方を見ながら母が言う。「わたしの弟よ。」そして、二番目の伯父さんを見ながら言う。「古くからの友人よ。」二人とも肯く。お互いのことを尋ねることもなく。

母は落ち着かない様子。五番目の叔父が日中家に来るのは珍しい。家族の秘密だから。叔父がヴェトコンの地下組織とつながっていることは、誰も知らない。どんなに親しい家族の友人でも知らない。

母は弟の手を取って握りしめる。が、感情を抑えている。二番目の伯父さんが笑う。五番目の叔父の表情が硬い。母の合図に気づいている。「お邪魔なようですね。良い天気だ。庭でも歩いてきます。」母は止めようともしない。代わりに素早く肯く。「良い考えだわ。」

母は大きく息を吐く。二人の男が同じ部屋にいないことに安堵しているよう。五番目の叔父が立ち去るやいなや、二番目の伯父さんは腕時計を見ると、母に声を潜めて何か言う。シャツのポケットからタバコのパックを取り出すと、伯父さんはいつものやさしい顔に戻る。口にタバコをくわえる。タバコの先が唇から垂れる。母は身を寄せマッチを擦ると、その火をタバコに近づける。火がしっかり点くまで、伯父さんは何度もタバコをふかす。

あたかも心の重しが取れたかのように、わたしの気分は軽くなる。もちろん、二番目の伯父さんがいるだけでも気は滅入るけど。二番目の伯父さんは大切な人だ。とりわけわたしたち家族にとっては。父と共に戦ってきた。母によれば、仲間に裏切られた父の命を救ったのは二番目の伯父さんだった。わたしたちは伯父さんに尽くし、親切にしなければならない。つまり、借りはあまりに大きく、一生背負っていかなければならない。ヴェトナム語でいうマン・オン。つまり「借りを身にまとう」ということ。美しくも厳しい状況。

母もこの借りを背負っている。二番目の伯父さんが家から帰るときには、母は「アン・セオ」と呼ぶ。「アン」には二つの意味がある。どちらも親しみを表す。兄、もしくは尊敬すべき人を呼ぶときに使う言葉。もうひとつは愛する人への呼びかけ。父に向かって母がこの言葉を使うときには、もちろんこっちの意味。

その晩父が帰宅すると、わたしと姉は父が履く大きな軍靴の靴紐を解こうと、先を競って出迎えた。普段は新鮮でよく冷えたココナッツの実のジュースにストローを刺して持っていく。殻を割ると、滑らかなクリーム色の実が現れる。父がジュースを飲み干すと、わたしたちは長いスプーンで白く甘い果肉をすくい取り、大騒ぎしながらそれを飲み込む。でもその日の晩は、レモネードを父に勧めた。塩味レモネードがとくにお薦め。

「どこで手に入れたんだい」と、父が訊く。

「お母さんが二番目の伯父さんにつくったのよ」と、わたし。

「ほう、彼が来たのか。それは良かった。」

「五番目の叔父さんもよ」

父の表情がこわばり、機嫌が悪くなる。「本当か。何という日だ。それで彼はどうした。五番目の叔父さんはどこにいるんだ。」

「秘密の部屋で休んでる。」

二番目の伯父さんのために母がつくったレモネードはきっと美味しいだろうと、父が言う。それで、わたしは大急ぎでグラスを取ってくる。その夜、低い声で延々と続くけんかの声で目が覚めた。長いため息が、やがて深い沈黙に取って代わる。今度ばかりは、二人の愛情が慰めにはならないという苦い記憶。すべてが聞こえたわけじゃない。でも、心の傷や痛みが後に残るのを感じる。二人の言葉の端々に見られる辛辣さ。ゆっくりと、しかし鋭い調子で、父は二番目の伯父さんの名前を口にする。「フォン」と、父は鼻をならして言う。唾を吐き出すように飛び出す名前。母は「セオ」と愛称で呼ぶ。きっと緊張を和らげるため。相手の主張には、二人ともわざと応えようとしない。

いつもの沈黙。二人きりの時間になると日増しに増えるあの沈黙。

わたしは姉の胸に顔を埋め、思い切り息を吸い込む。そして、昼間のことを姉に話して聞かせる。「お母さんも二番目の伯父さんも取り乱していたわ。」

「お父さんの留守中に、いつも来るのよ」と、姉が言う。

「二番目の伯父さんはお父さんの親友じゃないのかしら。」

「それでも、お父さんは伯父さんが嫌いなのよ。」

「伯父さんは寂しそうだったわ。目に涙を浮かべてた。伯父さんばかりが話してたわ。」

「二番目の伯父さんが話している間、お母さんはどうしてたの」と姉が訊く。

「お母さんは座って、あまり話さなかったわ。首を振っていた。」

姉は手をわたしの手に重ね合わせる。「伯父さんはお母さんに何か頼んでたのよ。それでお母さんが断った。そうでしょ。」

わたしはすぐに肯いた。「お母さんは何が何でもだめと言えばいいのよ。」

姉はわたしの髪を撫でると背を摩り、何も怖がる必要はないと言う。喧嘩をするからといって仲が悪いわけじゃない。だから安心して。ただ目を閉じて。そうすれば、すぐに怖くなくなる。姉の言うとおりにすると効果てきめん。すぐに眠った。

6 カルマ

ミン氏 2006, 1963

数週間前リトルサイゴンへ出かけて以来、アン夫人のことが心配でならない。彼女の息子の話をどう切り出していいものか、見当がつかない。そもそもこんなことを知っているのが差し出がましいように思う。最近アン夫人に神経質そうな様子はあるだろうか。もちろん息子さんのことを諦めるわけはない。子どものことを諦める親などいやしない。息子さんの悲しみはアン夫人の悲しみだ。親の気持ちのことならよくわかる。とりわけ子どもを守りたいという親の気持ちは。

向かいに住むおかしな老婦人の部屋の玄関前に集まった人々をかき分けて、アン夫人が家に来てくれた。病院の人たちだ。白衣でわかる。プラスティックのバッジもしている。アマル夫人は病気なのだ。遠い親戚や見物人もホールに集まっている。

「今朝はなんとも多くの人たちが来てますね」と、わたしはアン夫人に話しかける。アン夫人の方に目をやる。朝日が部屋に差し込むように、カーテンを開けている。

「また心臓発作のようですよ。」アン夫人が言う。金の指輪が明るい太陽の日差しにキラリと光る。「看護体制の整った施設に入った方が良いんですよ。わたしが勤めている介護施設にでも。すぐ近くだし、家族も歩いてお見舞いに来られる。」わたしは肯く。そして、アン夫人の調子を尋ねる。「もちろん、元気です。」ものやわらかに答えるアン夫人。指を櫛代わりに、わたしの髪をサッと整える。揚げ物のほんのりとした香りが、彼女から漂う。バインザンの香りだ。緑豆の餡《あん》を米粉の皮で優しく包んだヴェトナム菓子。団子みたいに小さく丸めて煎りゴマでまぶしてから、カリカリに焼き上げる。

「少しばかりお裾分けをもってきました。」アン夫人がウィンクする。

「わたしも食べたいわ」と、マイが言葉を挟む。いつものようにマイは音もなく部屋に入ってきて人を驚かす。

アン夫人が微笑む。バインザンは手間がかかる料理だ。緑豆を一晩水に浸けた後、蒸してから冷やす。粉を練ってボールにして、油で揚げる。「何のお祝いですか」と、わたしは尋ねた。

「練習してるんです。しばらく作ってなかったから。来週はフイの食事を作る番なので、その前に慣れておきたくて。」

「フイですか。」何も知らないふりをして、彼女にもっと話させよう。マイが暗い表情でわたしを見る。

「そう、フイですよ。」アン夫人が気持ちよく答える。「チー夫人の家で。彼女が責任者なんです。毎回ごちそうを持ち寄っては、夜にパーティーをするんです。」

「そんな時には、おばさんのバインザンはもってこいね」と、マイが言う。ゆっくり肯き、肝心な点を強調する。「わたしはガーリック風味のナマズとイカの炒めものを持って行くわ。」

「フイはかなりの大金ですかね」と、思い切ってわたしが尋ねる。結合組織のように、人生は結びつくこともある。わたしの人生はマイの人生にだけでなく、アン夫人の人生とも蜘蛛の巣をつくる細い糸のようにしっかりと結びついている。

マイが驚いたように目を丸くする。わたしが詮索しているのに気づいている。

「ええ、いつもより大金ですわ。二人とも参加してるんです。」マイの方を指しながらアン夫人が答える。

「ご存じですわね。」近頃わたしの記憶があいまいなので、アン夫人は確かめるように言う。「大きなフイの良いところは、一度に大金が手に入るところですわ。悪い点は、いつもより多めにお金を用意しなければならないことかしら。」彼女は肩をすくめて言う。

ベッドに近づくマイの靴音がする。「さあ、起きて。」わたしとアン夫人の会話を終わらせるつもりで、大きく肯きながら娘が言う。

もちろん、わたしはそれに従う。

「アン伯母さん、今日は忙しくなるわ。わたしにも少し手伝わせて。」マイが申し出る。「今日は遅出なの。」

「あら」と、アン夫人。アン夫人もわたしもマイの職場での生活のことをよく知らない。

「今週は遅出が多いの。」マイが説明する。「二時までは家にいるわ。」

アン夫人が感謝の気持ちを示そうと、マイの肩に手を置く。ほんの一瞬マイは頬を軽く傾け、優しくアン夫人の手の上に乗せる。その様子を見ていると、親愛の気持ちが沸いてくる。わたしは目を閉じる。マイが母の愛情に包まれていた過去へと時が押し戻されていくかのようだ。母のやさしさを求めるマイに、それが惜しみなく与えられていた過去へと戻る。感無量とばかりにマイがため息をつく。かつて母親と過ごした時のように、マイはアン夫人と並んでいる。なんとも言えない目が眩むような感覚。クイがいる。二人の娘に本を読み聞かせる。『千夜一夜物語』。アン夫人を部屋に留まらせようと、口実を探す。今やどこかに置き忘れてきてしまった大切なものを取り戻すことができるかのようなこの瞬間を長引かせるために。だが、思いつかない。代わりに逆行する恐怖と静かな希望に身をゆだねる。

アン夫人が言う。「今日は早めに戻ってくるわ。お昼休みをたっぷり取るから、あなたが出かける前にスナックでもつまみながらお茶でもしましょう。」

「いいわよ。伯母さんが好きなお茶を用意するわ。」マイがはっきりと大きな声で言う。「三人でジャスミンティーを飲みましょう。」まぶしい光のようなものが、マイの上を通過する。幸福な気持ちに包まれる。

「大丈夫なのかい。」アン夫人が部屋を出ると、わたしはマイに尋ねる。相変わらず用心している。わたしもマイも何も言わない。マイはナイトテーブルの上を片付け、ポットとティーカップを置く場所をつくる。ペーパーナプキンを半分に折り、綺麗に重ねていく。戸棚にしまってあるスイカの種を小皿によそう。「どうぞ。」赤く輝く種をまじまじと見ながら、マイが言う。

「フイは微妙な話題よ。」娘が静かに言う。

「彼女は嫌そうではなかったよ」と、わたしは返す。

マイは何かを考えている様子だ。そこで、近くのコミュニティセンターまで散歩に行こうと誘いだす。わたしは歩行器を使う。マイはわたしの側につく。ゆっくりとホールを抜け、エレベーターに乗って一階まで降りると、そこからは舗装された歩道を数ブロック歩く。

そこはコミュニティセンターと呼ばれていたが、実際には介護施設として機能していた。さえない色の壁に四方を囲まれたL字型のスペースには、大きな革製のソファとテーブルが快適に時を過ごせるようにと置いてある。天井からは、蝋燭《ろうそく》型の電球がついたシャンデリアが低く垂れ下がる。ゾウの背中に乗った王様を描いた大きなインド風の絵と、黒い漆塗りの壁掛けがいくつか飾ってある。みすぼらしい部屋だ。天井は低く、壁にはへこみがある。格子柄の絨毯は色が暗く毛が粗い。シミや汚れを隠すために敷かれているのだろう。ビリヤード台の赤いフェルトには、ほこりが積もっている。ピアノが寂しげに部屋の角に置いてある。週末になると時々、打ち寄せる波のように陰鬱《いんうつ》な調べを奏でるピアノのか細い音が聞こえる。

マイは大きな肘掛け椅子を指さす。すぐ近くのアルミ製の窓枠は、間に合わせの雑誌置き場として使われている。わたしは真っ直ぐにその場に行くと、ヴァージニアやカリフォルニアのオレンジ郡で発行されているヴェトナム語の新聞を手に取る。マイは脱いだコートを丸くし、クッション代わりにわたしの背中の後ろに入れる。

太陽の光に照らされて、窓ガラスの表面に青白く映る自分の姿を見つめる。頬は痩せこけ、インクのように真っ黒な目をした老人の姿。さらにじっと見る。不思議なことにわたし自身でありながらわたし自身ではないその姿に、徐々に共感を深める。微かに認めることはできるものの、はっきりとは確認できない傷ついたオーラをまとっているかのようなわたしの姿。フィルムのような窓ガラスの向こうには、葉がすっかり落ちたメイプルとマツの木のシルエットが光輝く。鳥が一羽、寂しげに窓ガラスを軽く叩く。この音もなく静まりかえった世界のなかで、現在と過去がその隙間を縮めて折り重なる。熱帯で咲くラベンダーの花びらの香り。チョロンの晩に聞こえたコオロギの涼しげな鳴き声。揺れる光。音も揺れる。時がわたしから滑り落ち、古い記憶の隙間を通り抜ける。

寂しげに暮れていくサイゴンの夕暮れを思い出す。窓を開ける。「紫色の夕べ」。有名な大衆歌のタイトル。ラジオから聞こえる曲。歌手が腕を広げ、胸のあたりに腕を回してぐっと抱きしめる。恋人を想い求める歌。妻が一緒にハミングする。街角からは経を唱えるつぶやき声が聞こえてくる。まるで空気が振動しているかのようだ。近くを通り過ぎる仏僧。青空がゆっくりと紫色の夜に変わる。

あたりが薄暗い紫色に覆われ、黄昏が一日の終わりを告げる。その濃い紫色を思い出す。今こそ、あの夕暮れをもう一度見てみたい。その香りを味わいたい。絵に描かれたような陰鬱な風景に包み込まれたい。

愛は長続きしないと、人は言う。だから、いつかそれが終わる日が来るのに備えて人生を送る。しかし、一層の悲劇は、愛が終らないときに起きるのかもしれない。

あれは一体何だったのだろう。今でも思い出すたびに骨の髄まで疼《うず》く。あれは一体何だったのか。石張りのテラスでくつろぐわたしと妻。二人の生活がまだ揺らぐ前のことだ。妻が取り返しのつかない深みに転げ落ちていく前のことだ。スズメがくちばしで羽の手入れをする。綺麗な曲線模様を描く黒い羽が同時に弧を描き、やがて飛び立つ。まだ幼いマイが、鳥は学校から帰ってきたのかと尋ねる。教室から広い中庭へ出たときには、学校鞄を下げていたのかと。姉のカーンがマイの質問に笑い出す。妻も笑う。そして、高く均整のとれた額に落ちる流れ髪に手を伸ばし、さっと振り払う。わたしは妻に近寄る。スリッパを履いた彼女の足に触れる。妻にのみ結ばれるべくして生まれてきたこのわたし。大きく呼吸する。洗練されたうっとりするような紫色の夕べ。その香り。濃すぎることも、強烈すぎることもない。

テレビの前で言い争う声に、わたしははっと我に返る。「やめろ。持ってけ、泥棒。」よくここに来るプエルトリコ系の老人の声だ。「だ、だまりなさい！」リモコンを掴んで、大柄の丸い頬をした女が老人を睨みつける。「わたしが責任者ですよ。」試合に勝ったボクサーのような態度で言う。

わたしは勝者と敗者の、征服と服従のパレードには興味がない。だから、マイに家へ帰ろうと言う。アパートに戻ると、マイがひげを剃って欲しいかと訊く。もちろんだ。うちの娘は父親をよく甘やかす。時間に余裕があるときに、マイがしてくれるひげ剃りは最高だ。娘は装飾品を並べるかのように、丁寧に準備を整える。シェービングクリームのボトル。カミソリ。それにジェル。わたしの頭を枕の上に置き、温タオルで包み込む。頬とあごに水分を与えると、シェービングクリームを塗る。わたしは頬を膨らます。顔の端から、カミソリがゆっくりと小気味良く動く。剃り終わると、マイはクリームを泡立て、わたしの顔に塗る。

そして、テレビのスイッチを入れる。

「ドーナッツの残りはないかね」と、わたしは尋ねる。

「ええ、バインティウとリュウガンならあるわ。バインティウは一個だけにして。揚げ物だから。」

バインティウとは、ヴェトナムの揚げパンだ。アルミホイルに包んだまま、お皿の上にのせて娘が差し出す。

わたしがリモコンでテレビのチャンネルを次々と変えている間、娘はハンドバックのなかをガサガサ探す。やがてマイはバッグの中身をすべて床に広げ、「ないわ」と自らに発する。娘はしゃがみ込んだまま探し続ける。

「携帯かい」と、わたしは尋ねる。「また」とは言わなかったが。

「違うわ。手帳よ。」部屋中必死に探している。「どこにしまったのかしら。」眉をしかめ、イライラする。しばらく黙っていたが、また独り言を言う。「本当にどこかしら。」あちこち部屋を歩き回る。引き出しを開け、クッションをのける。落ち着きない行動が延々と続く。

わたしの方を向いて、あたかも説明するかのように言う。「アン伯母さんがもうすぐ帰ってくるわ。でも手帳がないと。早く出かけなくちゃいけない用事があるかもしれないのに。」

捜索が続く。取り憑かれているかのようだ。整理整頓が肝心だ。さもなければ心配でたまらなくなる。ちょっと間違うだけで、すべてが崩れ去る。マイは腕時計を見る。「もう一時間以上も経つわ」と、取り乱す。「アン伯母さんはどこにいるのかしら。」

「じきに帰ってくるさ。」マイの顔をのぞき込み様子をうかがう。注意すべき兆候がないかどうかを確かめる。服の上から見え隠れする、首にできた赤紫色の打ち身を思い出す。以前にもこんなことがあった。目が眩むほど疲れ切った様子。どんなにつまらないものでも、無くなったものが見つかるまで続く大混乱。見つからなければ、終わることはない。アメリカではこうした症状に病名を付ける。強迫性障害。

「最後に見たのはどこだったかしら。」マイはつぶやく。眉間にしわがよる。「ワシントンDCで約束があったような気がするわ。伯母さんがすぐに帰ってこないなら、もう出かけないと。」目の前には嫌々寝つかされ、ふくれ面をする四歳だった頃の娘の姿。

娘の注意を引くのが無理なのはわかっている。黙っているより仕方ない。役に立ちそうな言葉ですら、状況を悪くし混乱を深める。沈黙が一番の薬とばかりに黙り込む。パチパチ手を叩いたり、ヒーヒー言い出してはいないものの、マイが騒ぎ出すのはとんでもないことが起きる前兆だ。何がきっかけになるかわからない。娘にわたしの心の内を読まれているような気がするときもある。

ドアの方から音が聞こえる。明るい表情でマイが見上げる。アン夫人が帰ってきたことを期待している。でも、誰かが宅配ピザのチラシをドアの下に挟む音だった。数分後、電話が鳴る。マイにアン夫人からだと伝える。「遅れるようだ。ほんの少しだが。人手が足りないそうだ。別の部屋を助けるように呼び出されたらしい。」

突然、何かが破裂する。心臓がドキドキする。マイが不気味な表情になる。引き返すことができない未知の領域に、娘は行ってしまった。急所を突かれ血が噴き出すように、怒りが露わになる。ボン、ボン。壁を叩く箒の音。わたしは凍りつく。娘は怒り狂う。嵐のように叫び声を上げる。どうにかなだめられるかどうか。不安だ。

「どうしたというんだい、マイ。」

マイはわたしを見る。娘がまだ幼かった頃、わたしがつけたあだ名で呼んでみる。「バオ、可愛いバオ。」そうすることで、問題を抑え込む効果がある。「バオ、大切な宝物。」なんとか娘をなだめるようとする。バオとはヴェトナム語で「宝」を意味する。「バオ」と呼び続けながらも、頭には血が昇る。だが、うっかり抑揚をつけてバーオと発音すれば、「嵐」という意味になる。宝物ではなくなる。バーオ。荒れた天気だ。

胸にゴロゴロ音が響く。ティッシュを口に当てて咳をすると、赤い痰が出る。「バオ」と注意深く正しい調子で呼ぶ。

娘はわたしを遮る。「だめ、だめ。」マイは箒を武器のように振り回す。ビシッ、ビシッ。過去にはもっとひどいときもあった。怯えるわたし。箒の柄でタイルを打つ音。

「さあ」と、叫ぶ娘。「だめ、だめ。」何もない場所に箒を叩きつけると、今度は握り拳を自分の胸に向ける。拳がドスンと肋骨を、腹を、胸を打つ音が聞こえる。素早い動きで喉元を指でギュッと握りしめる。わたしの震えは止まらない。

「話しかけないで。」娘が条件を示す。放っておけということだ。その声は娘の体の外から聞こえてくる。「お願いだからやめてくれ。」わたしは娘としっかり目を合わせようとする。と同時に、その視線を逸らしたくもある。いつまでこんなことが続くのだろう。狂気なのか。何かに取り憑かれているのか。ブードゥーの呪術か。どこかに逃げ出したい気持ちを抑える。だが、自分自身記憶をコントロールすることができない。わたしの心も行ったり来たりする。焦点が外れ定まらない。どぎまぎする。何か強い力で、頭のなかが締めつけられ、押しつけられる。

大きな割れる音。テレビ画面が砕け散る。湯気が上がる。カップとティーポットが床に転がる。娘は発作的に声を上げる。わたしは手を伸ばし、マイの方に向かって動こうとする。しかし、わたしの背骨は曲がっていて、足は強くない。どんなに調子が良い日でも、助けなしにはベッドから出られない。

ブツブツ言う声が聞こえる。そして、始まった時と同じように、急に嵐は立ち去る。どうしようもない衝動が収まった。何も言わず、マイはガラスの破片を掃き集め、ゴミ箱に捨てる。

時が流れる。マイはじっと立ったまま被害状況を確認し、事態を元に戻そうとする。茶色の目が深みを帯びる。玄関の方から声が聞こえる。「大丈夫ですか。」取り乱した様子だ。

良かった。アン夫人だ。ちゃんとマイを助けてくれる。彼女がいてくれるだけで事は収まる。マイに椅子に座るように言う。素直な子どものように扱われれば、マイもそれに従う。アン夫人はしゃがみ込んで体を曲げると、ベッドの下に散った細かなガラスの破片を箒で掃く。髪の毛は静電気でぼさぼさだ。起こしてあったベッドの背を元に戻すと、わたしに毛布を掛ける。マイは落ち着いてきたが、まだよそよそしい。そして突然、腕時計を見ると、すぐに出かけると言い出す。ドアのところで振り返り、娘が何か言う。きっと出がけの挨拶だろう。何と言っているのかわからないが、わたしは肯く。にっこり微笑み手を振ると、娘は出て行く。わたしの手の震えは、膝の下に入れて押しつけても止まらない。アン夫人がベッドに近づく。そして、わたしを落ち着かせようと肩にやさしく手をのせる。娘の調子が良くないことは、二人ともわかっている。こんなことが起きた直後に娘が出かけるのは、わたしたち二人にとっても辛いことだ。

マイは氷の上を運転できるのだろうか。気温は氷点下に下がっている。太陽の光に輝く窓ガラスの隙間から、まるで人を非難するかのように冷気がゆっくり入り込む。

ベッド脇のCDプレーヤーに手を伸ばしてスイッチを入れる。とても美しい調べが響く。もちろんショパンの曲だ。ピアノのために詩を書いた男。わたしは横になり、何ものにも代えがたいこの人生に我が身を捧げる。

数時間後、マイが戻ってくる。カリフォルニア州オレンジ郡のリトルサイゴンで起きた出来事を知らせてくれる。あの悪名高いホー・チ・ミンのポスターが合衆国憲法の保護の下、店のウィンドーに貼られたままだという。もう何週間も、警察が店の警護にあたっているらしい。だが地方検事による新聞発表によれば、事件は思いもよらぬ方向に展開し、店主は九十日間に及ぶ拘留生活を送ることになった。マイは新聞記事を淡々と読み上げる。満足そうなアン夫人。「ほら、見なさい。あの男の顔写真を人の面前に突きつけておいて、ただでは済まないんですよ。まったくひどい話です。」

「ただ、店主が牢屋に入れられたのは、海賊版を売買したからよ」と、マイが正す。記事の詳細を大声で読む。「『店に張られたホー・チ・ミンのポスターに抗議するために暴徒たちが店の外に集まったため、店主のトゥランは警察に保護されて店内に入った。その際に警察の注意を引いたのは、棚に陳列された海賊版らしきビデオテープの山だった。捜査令状を手に、警察は店内にあった百四十七台のビデオテープレコーダーを発見した。それらの機械は、トゥランが海賊版をつくるために使用していた。一万七千本以上のビデオが不正に複製されていた。』」

「わかるかしら。ポスターとは何の関係もないのよ。」マイは眉をしかめながら付け加えた。

アン夫人は怪訝《けげん》そうな顔をする。が、すぐに訳がわかったといわんばかりににこりと笑う。「この国独特のしっぺ返しのやり方があるんだわ。」

「店主には彼の意見を表現する権利があるし、デモ参加者には彼らの言い分があるのよ。喧嘩せずにね。」マイは続ける。「まだあるのよ。店舗の貸し主が賃貸契約を破棄したのよ。面白いでしょ。」

「ほお」と、わたし。

「そう。貸し主が言うには、その店主は世間を騒がせたことで、契約を破ったというわけ。デモのせいで、モールにある他の店の商売を混乱させたのよ。」

法的な事実関係にもとづく説明は要らないとばかりに、アン夫人は手で空を切る。「カルマですよ」と、笑いながら彼女は言う。そして、マイとわたしを見る。わたしたちが反論しないのに満足したのか、日常的なことに話を移す。「お二人のために少し余分にバインザンをつくりますわ。今晩、料理する予定なんです。本番ですよ。もう練習じゃありません。」

マイは感謝の念を口にする。「ありがとう、アン伯母さん。」視線を落として、親しげに声を発する。「食事の宅配サービスも悪くないけど、伯母さんのつくる料理が一番だわ。」

「良い仕出し業者を見つけることができて良かったですよ。食品衛生法の関係で、ここ数年政府の取締りが厳しくなってますもの。」アン夫人がため息をつく。「自宅のキッチンを使ってあえて営業を続ける人たちは、どんどん減ってますよ。」

マイが同意する。「うちでお願いしている業者さんは上手くばれずにやってるわ。新しいお客は取らないようにしてるの。伝統的な家庭料理よ。でも、その業者ですらが、規模を縮小しているの。宅配は週三回だけ。あとはこっちが取りに行くわ。」そう言うと、マイは廊下に出て寝室に何か探しに行く。

アン夫人が帰り支度を整えると、わたしはぎこちなく言う。「息子さんのためにも少し余分につくってあげたらどうですか。」

「うちの子にですって。」アン夫人が驚いて言う。緊張のせいか肩に力が入る。

「息子さん、近頃どうしてますか」と、わたしは尋ねる。

「ええ、元気ですわ。」そっけないアン夫人の返事。それから、しばらく間を置いて付け加える。「でも、なぜ息子のことを。」

沈黙という共犯関係を破り、今やヴァージニアのリトルサイゴンでは誰もが知っていることに、正面から向き合おうという気持ちが強くなる。そこで直接問いかけるよう、自分自身に言い聞かせる。

しかし口を出たのは、「いや、特に理由は」の一言。大きく深呼吸し、こう続ける。「息子さんのことを思ってたんです。それだけですよ。このあいだディネシュを見かけて、あなたの息子さんのことを思い出したんです。」

「二人は何ヶ月も新しい仕事を軌道に乗せようと頑張ってましたわ。」

「そうでしたか。」

「大した仕事ではないんです。雑用ばかりでした。便利屋みたいなものです。でも、二人ともどう仕事をしていいのかわからなくて、人を雇うことになりました。それで、わたし言いましたよ。この仕事はあなたたちには向いてないって。信用できる良い職人さんを見つけるのは、簡単ではないんです。近頃じゃ、若いヴェトナム人やインド人は何ひとつできませんから。」

「それでどうなりました」と、わたしが訊く。

「良いときもあれば、悪いときもありますわ」と、アン夫人が答える。「ただ、息子は良い父親です」と、ためらうことなく付け加える。「調子の良いときの話ではありますけど。」

「それはどういうときですか。」多分、率直なというよりはずうずうしい問いかけだったろう。

アン夫人は答えに窮しているようだ。表情に影が差し、困ったような笑みを浮かべる。「ええ、大抵は。もちろん、悪い日もあるわけで。そういうときにはわたしも手助けしますわ。」そういうと口をピシャッと閉める。

「息子さんも大きくなれられて、今やあなたを助ける番ではないですか。」わたしはためらいがちに言う。

アン夫人は苦しげに答える。「ええ、助けてくれますよ。」

わたしは彼女を見つめる。するとすべてが見えてくる。親が感じる罪悪感と落胆。そして、失望も。子どもに何かが起きているというのに、助けられないときに感じる失望だ。

雰囲気が悪くなり始めたので、わたしは作り笑いをする。「きっとそうでしょう。」アン夫人の首の血管が硬くなるのがわかる。

「息子は息子なりに役立ってますわ。」アン夫人は弱々しく笑う。が、その声はどこかとげとげしく、瞬きひとつせずにきつい視線を送る。そして疲れたように、肩を前屈みに曲げる。

彼女はドアの近くに立ったまま、今にも部屋を出ようとする。上半身が微かに震えている。わたしは気づかぬふりをして、体の向きを変えようとする。顔を逸らすと、そこにマイが戻って来る。両手を回し、アン夫人にハグをする。声を落とし、二人揃って外に出る。マイが一人散歩するのが好きな日だまりのある歩道に向かって、二人のメランコリックな影が折重なるように歩いていく。

アン夫人が駐車場から戻って来る。ベッド脇の椅子を引くと、そこにちょこんと座る。数分前のぎこちない雰囲気はもはやない。二人で過ごす晩。わたしとアン夫人は、いつものように闊歩《かっぽ》しながら過去の世界へと戻っていく。あばたや傷痕や、時折ゆらめく影と共に。

「お茶はいかがですか」と、ベッド脇のテーブルにあるポットを指しながら、アン夫人が言う。

「どうもありがとう。」

アン夫人はベッド脇に座り、わたしの手を取る。「いつかヴェトナムに帰ろうと思っているんです。」やわらかな笑い。「ヴェトナムにいる家族を訪ねるためです。でも、正直を言えば、自己満足のためなんです。三十年も記憶のなかでしか想像できなかった場所に戻るのが、実際どんなものか感じてみたくて。」

わたしは首を縦に振る。「どこに行くつもりですか。」

「若い頃によく行った場所ですわ。市場や学校。十三歳のときに初めてドレスシューズを履いたサイゴンの街角。不思議なもので、もうずっと昔のことです。」

「そんなことありませんよ。わたしたちの、いやわたしぐらいの年になると、昔のことがまるで昨日、今日のことのように感じられます。」懐かしの場所に引きつけられる気持ちは、わたしにもよくわかる。

アン夫人は椅子に深々と腰かけ、わたしの方に身を寄せる。「お戻りになりたいとは思いませんの。沢山の思い出がおありでしょう。忘れたくても忘れられるものではありませんわ。」

わたしは肯く。そのとおりだ。わたしにも思い出がある。だが、ヴェトナムには決して戻るつもりはない。アン夫人はわたしの気持ちを悟ったのだろう。「もちろん、お帰りになりたくない気持ちもわかります。」

わたしは彼女を見る。心が解きほぐれてくる。本当は帰りたいのだ。でも、現在のヴェトナムへ戻るのではない。そうではなく、ゆっくりと、でも確実にわたしたちの人生をすっかり変えてしまったあの出来事が起きた瞬間に戻りたい。

一九六三年の十一月。クーデターが起きた数日後のことだ。わたしはサイゴン川のほとりに立って、水面に反射するまばゆいばかりの街灯りを見ていた。物思いに耽りたいと思うときには、自然と水辺に引き寄せられる。辺り一面に広がる美しい光景。鋭い光に、無限の輝きを感じる。すべてがはっきりと見えるものの、陰に隠れるものまで見えるわけではない。

バック・ダン・ハーバーの船着き場が見える。夕暮れ時、波立つ水面は霧でけぶる。心地好い。まるで神への奉納物のようだ。わたしの気持ちを慰めてくれる。霞《かすみ》を通して見る風景は、うっすらとぼやけて見える。辛く困難な人生ですらが影を潜め、幾分穏やかに思える分、我慢できるようになる。わたしはじっとその場に立つ。霧が街を蒸気と湯気で包み込み、その刃を削ぐ様子を見つめる。太陽が沈み地平線の向こうに消えると、闇が濃くなり周囲の風景から色が奪われていく。傷ついた光景を見て、郷愁の念に曝されることももはやない。手のひらを広げ、まぶしい太陽から疲れきった目を守るのを想像してみてほしい。

もちろん、こうしたことはまた起きるだろう。きっとだ。仕事に向かう途中、その予兆があった。忙しそうに洗い物をし、皮むきをし、スライスする料理人。食事の用意が進む。家族の分だけではない。アサガオの仲間である空芯菜《ザウムォン》が、洗面器に薄く張った水に浸してある。太い茎に生い茂るように葉が生える。空芯菜は気分屋の植物だ。暑すぎるとすぐに萎《しお》れてしまう。温度が低いと固くなる。繊維質が強くなり、口当たりが悪くなる。だが、上手く育てれば申し分ない。農家の粗食が、崇高な美味となる。ソースは要らない。自然な味を邪魔するような味付けは無用だ。塩を一振り、コショウを少々、炭火にかけたフライパンにサラダ油を敷いて炒めるだけ。

フォンはこの料理が好きだった。だから、彼は我が家の夕食に来るようになった。政治の力で帝国を崩壊させたり、好き勝手に国家を分割することができたとしても、友情を壊すことはできないと言わんばかりに。軍隊の同期生だったわたしたちは同じ訓練学校に通い、似たような心の苦しみを味わった。長い間の二人の友情を祝して、家族のように食卓を囲むようになった。もちろん、クーデターのせいですべては変わった。じっくりと培った友情ですらも。それでも、何も変わっていないかのように振る舞うのも変化の一部だと、自分なりに理解していた。仮に何か変化があったとして、それは良い方向に変わったと見なすべきだった。友人の一人が別の友人の命を救ったのだから、それは当たり前のことだった。

フォン夫妻は、わたしが帰宅する前から家に来ていた。タイ・タインのやさしくも悲嘆にくれた歌声がスピーカーから響き渡る。愛の終わりを告げる歌。わたしたちヴェトナムの人間は、別れの曲が好きだ。渦巻く悲しみ。雨降る夜。寂しい心。国が失われるという不幸が起きる前から、悲しみはヴェトナム人の心に深く刻み込まれていた。長い間、得体の知れない悲しみが国の首根っこを縛りつけ、もはや消すことのできない深い痕を残していた。

フォンがタバコに火を点け、煙を吐き出した。煙の輪が天井に向かって、ゆっくりと昇っていく。タバコの先端が火で赤い。フォンはシガレットホルダーを使っていた。これは初めてのことだった。けばけばしく金色に光る。フォンは酒を一杯飲むと、もう一杯飲み干した。わたしの妻は立ち上がると、フォンの妻トゥーの細いウェストに腕を回した。二人は古い友達だ。熱い中華鍋からは、塩コショウで味付けられた蟹《かに》の香りがする。二人の声が元気よく響き渡る。

フォンの体に新たな変化が見られた。それとも、何か別の原因だろうか。不可能なことを成し遂げたかのような自信ある態度で、フォンはくるりと体の向きを変える。フォンは危ない縁にいた。それでも暑く長い一日が終わり、涼しい晩が始まろうとするなか、わたしたちは共にいた。友情のためにも、なんとかしなければ。フォンは歓迎されてしかるべきだった。友人の命を救った者としての特権を行使してしかるべきだった。この寛大さを讃え合うのだ。食事をしながら談笑を楽しむ。フォンの笑った顔が鏡に映るのが見える。これが長年に渡る、四人の夕べの過ごし方だった。食事。談笑。そして、音楽。

しかし、最初の笑いと次の笑いの間には、どこか違いがあった。唇の角の曲がり方のせいだろうか。ゆっくりと気取った話しぶり。ゴクッと酒を飲み干すと、それにあわせて頭がカクンと動く。彼の態度には名付けようにも名付けられない、理解しようにも理解できない曖昧模糊《もこ》とした何かがあった。それがわたしには引っかかった。

フォンは今や欲望を隠すような男ではなかった。彼自身そのことに気づいていた。背筋を伸ばしてテーブルに着く彼からは、以前の気取りない姿を思い出すことができない。

食事の後、わたしたちは居間でコーヒーを飲んだ。一人一人がそれぞれパーコレーターを持つ。フォンはこのやり方を好む。まずは少量のチコリと一緒に粗挽きしたエスプレッソの上に熱湯をかける。するとコンデンスミルクの入ったカップの上に、ゆっくりとドリップが落ちていく。プレーヤーにかかったレコードからは、かつて聴いたことがないようなとても甲高いソプラノ歌手の声。素晴らしいトリルを披露する。妻はオペラの大ファンだった。わたしにもその魅力がわかるようになっていた。歌詞がわからなくても問題ない。むしろそのせいで『トスカ』の美しさがより一層神秘性を帯び、その悲劇がより一層悲劇的に聞こえた。このイタリアのオペラはヴェトナム人の心に響く。わたしたちがこよなく愛する『キエウ伝』とそう違わない。

「みんな」と、フォンが急に切り出す。「一度は話しておく必要がある。前もって今回のことを伝えておかなかったのは悪かった。」

隣で話していたトゥーとわたしの妻は会話を止めた。妻の目が光った。改めてフォンがわたしの命の恩人であることを思い起こさせられたかのように。

わたしは肯いた。そしてフォンの肩を軽く親しげに叩いた。フォンは上品な笑いで応えた。

「君が進んでこの計画に参加するとは、誰も思っていなかった。だから、君には話さなかったんだ。」

「でも、なぜそう思ったんだい。」

「君は真っ直ぐな人間だ。だから、誰も君が立場を変えるとは思っていなかった。」彼の声は次第にかすれていく。

内心わたしはビクッとしたが、平静を装うように努めた。クイがわたしの近くにきて、肩を握りしめた。

「フォン、わかっているよ。もし君がいなければ、僕が射殺されていたということを。」彼に感謝の気持ちを伝えていなかったことを思い出した。しかし、家族や友人の間では、それは筋違いだった。わたしたちは同じ一人の人間のようなものだったから。強烈なパンチを防いだからといって、心臓が腕に感謝したりはしない。

フォンの話はまだ終わっていなかった。「君に伝えたかった。でもすべてが固く禁じられていた。ミン将軍の命令で。」

「ミン将軍といえば君の先生じゃないか。」

フォンはわたしの言葉を皮肉と受け止め、眉をひそめた。「計画は、信用できる人間にだけ伝えられた。あまりに危険だったから。」フォンは自らの行いの正しさを主張していた。「誰にも言えなかった。君にもだ。アメリカ人との作戦を首尾良く成功させなければならなかった。」フォンは話すのをやめ、わたしを静かに見た。ジャックナイフを開く彼の顔は輝いていた。

一瞬、何か不穏な気持ちに襲われる。血圧が上がり、まるで心臓が突き破られるかのように感じた。フォンはすでにわたしが知っていることを言っているだけだった。「フォン、君はあの日君がしたことを一生後悔し続けるだろうね。君はアメリカ人を利用していると思っているが、本当はその逆だ。武器と金を持っているのは奴らだよ。」

わたしは話すのをやめた。猫の目のように、フォンの瞳が暗闇で薄気味悪く光る。射貫くような視線だった。「そして、君は何もしなかったあの日のことを後悔し続けるさ。」フォンは舌をチッとならし、にやにや笑いを浮かべた。「僕らは文学の話をしているんじゃない。一国の行方のことを話しているんだ。」フォンは上辺だけ親切そうに続けた。わたしが詩を愛していることを、とりわけフランス詩が好きなことを嘲りながら。そして眉毛をキッと吊り上げ、手に持ったナイフでマンゴスチンの固い皮を突き刺した。

「国家を思う我らは、行動しなければならなかった。」

不穏な沈黙がわたしたちを襲った。わたしは視線を据えて、瞬きひとつせず、一点を見つめた。フォンの行動を公正に理解しようと努めた。しかし、彼の仰々しい物言いは、大統領暗殺を正当化しうるものではなかった。

トゥーはなだめるように夫の腕に手を置いた。わたしの妻もフォンを落ち着かせようと微笑んだ。彼の気分は和らぎ、リラックスするように椅子にのけぞると背筋を伸ばした。そして、穏やかな調子で言った。「時には正しいことが、間違って見えることもある。時間がかかることもあるんだ。」

「間違ったことが、正しく見えることもある。」わたしは返した。

わたしには自制することができなかった。すべてを知る者はいなかったのだから、よりによってフォンごときがわかったふりをすべきではない。クーデターの日、CIAは、四万二千ドルもの大金を共謀者に提供したと伝えられていた。間違いなくケネディ大統領その人もこの計画を支持していた。フォンにそのことを問い質したかった。彼らが革命と呼ぶ間違いの始まりについて。

しかし、女二人がこの場の雰囲気を和らげようとした。それで、わたしたちはありきたりのつまらない話に戻った。そうだね。いや。きっとそうだ。フォンですらが、表情を少し穏やかにした。クイとその場の平穏のために、わたしは火に油を注ぐのをやめた。ゆっくりとその晩が進んでいった。そして自然な成り行きで、とくに何事もなく終わりを告げた。トゥーは居眠りをし、わたしの妻の美しい影が、やわらかな光に照らし出されて壁に映る。わたしとフォンは残り少なくなったワインを交互にグラスに注いだ。

「革命のために乾杯！　我々の行動を認めなくとも、君だって国の成功を望むだろう。」フォンが言った。

わたしは注意深く言葉を選びながら答えた。「仮に事実が違う方向を指し示していたとしても、誰もが希望を捨てることはない。」

「そのとおり」と、フォンはふっと笑みを浮かべて言った。「そのとおり。」

フォンは最後のタバコを吸い終えると、灰皿の縁で火をもみ消した。煙が昇っていく。フォンは金色のホルダーをポケットにしまうと、身支度を始めた。わたしは散らかっていたものを片付け、部屋の端からドアの方へ向かった。そのとき、クイの腰のくびれにそっと置かれた手の影が、暗い街明かりに浮かび上がった。

決してあからさまなものではなかったが、わたしはその瞬間を逃さなかった。にわかには信じられなかった。過去を振り返れば、フォンとの長い付き合いのなかで、わたし自身彼の妻に触れることは珍しくなかった。トゥーを抱え上げ、ブンタウの海岸線に打ち寄せる高波に向かって走っていったのは、わたしではなかったか。あれやこれや多くの出来事を通じて、フォンとわたしの仲は深まっていた。それでも、あのちょっとした仕草がわたしの心の奥に引っかかった。クイの腰のくびれに置かれたフォンの手。

わたしは急いでフォンとトゥーを送り出した。妻はすぐに二階へ上がり、ベッドの用意を整えた。「先に上がるわ」と、妻が言う。その声は何か考え事でもしているかのように不自然だった。一人取り残され、わたしはその晩のことを思い返す。体のシルエット。手の動き。別れの挨拶の残像。熱帯の暑さのせいで擦り切れたコットンからほつれ出る糸のような影。こうしたものが混じり合い、火が燃えだした。

その晩は、ほとんど眠れなかった。いつもはささいな人間関係に悩まされるようなことはない。悪意のない偶然だとわかっていた。それでも、あの瞬間見たことを何度も思い出した。

ただ、集中して考えることはなかった。結局、疑いだけが残った。しかし、疑いだけでは証拠にならない。何の実体もない。それでも、疑いにはすべてを暴くだけの力がある。妻には何も訊かなかった。わかっていることはすべて当たり前のこととして信じることにした。取り立てて騒ぐ必要もない。記憶を組み替え、目を閉じた。

クイに手を伸ばし、引き寄せた。妻の背中に体を押しつける。背骨に沿って、わたしがこよなく愛した線があった。少しくぼんだ背中の溝。その溝の内側に指を走らせる。このことだけを考える。クイとわたしの二人だけの世界。

一日が過ぎ、また一日が過ぎていった。ヴェトナムは次から次へと新しいリーダーを望む、統制の効かない石蹴り遊びのような状況になっていた。新たなクーデターの噂が絶えなかった。不安と陰謀が渦巻くなか、クーデターに加わることを拒否したにも関わらず、ミン将軍はわたしにかつての職務に戻るよう命じた。あるいは、むしろわたしがクーデターに加わらなかったからかもしれない。将軍はわたしが新たなクーデターがあっても、加担しないと踏んだのだ。

傷ついた街が復興するにつれ、わたしは新しい軍隊に加わり、妻としっかりとした足取りで普通の生活を送るようになっていた。将校クラブの集まりには必ず参加した。日が暮れる時間になると、酒が振る舞われ、音楽がかけられる。あちこちにできる将校たちのグループ。臨時政府のリーダーがバーの近くに集まって、新政府の新たな階級章に祝杯を上げる。そこにはフォンもいた。意気揚々と軍帽をかぶり、空軍用の黒いサングラスに目を隠す。わたしとクイを見つけるとゆっくりと肯き、そのサングラスを上げた。まるでわたしたち二人に乾杯するかのように。彼の周りには、ジエム政権を転覆させるため、サイゴンに向けて密かに軍を展開することに成功した将校たちが集まっていた。

わたしは妻と何度も踊った。深みとメリハリのあるメロディーがステレオセットから流れ出て、辛い悲しみの空気を部屋に漂わせていた。サクソフォンの大きな霧笛のような音に合わせて踊る。妻の背の左右両側にそれぞれ固い節を感じる。部屋をサッと見回せば、クーデターに加わらなかった将校はわたしだけだった。

一見穏やかではあったが、何もかもが変わってしまった十一月。クーデターのせいで、わたしもすっかり年を取ってしまった。軍隊を例にすれば、高い士気と潔い道徳心を特徴としていた。しかしクーデターの直後、軍はすっかり変わってしまった。それも間違った方向に。政治的野心がその醜い頭をもたげるようになった。臨時政府の要人たちは、恥ずかしげもなく勲章と記章を下級将校に与えるようになった。新しい忠誠心を培う必要があったのだ。

毎日毎日、まだ薄ら明かりの朝から闇が落ちる夕方まで、わたしは書斎にこもり一人きりの時間を過ごした。事態は変化していた。クーデターにより新しい考えがじわじわとヴェトナム中に静かに広まっていた。軍隊や師団の名誉や士気を高めてきた意識が、国が陰謀のささやきに屈するにつれて、徐々に削がれていった。

こうして我が国は変わっていった。クーデターによって、さらなるクーデターへの怖れによって。キラキラ光る蛇の腹を押さえる権力によって。

そして、ついにアメリカ軍がやって来た。


それはまだ一九六三年のラベンダーの花香る十一月のことだった。臨時政府の将軍たちと行動を共にしながらも、わたしは一人自分の殻に閉じこもっていた。夜になると暗闇のなか、兵士たちが大統領府の荒れた地面を歩いて警護にあたった。あたりが暗くなるなか、彼らは火を灯して守りについた。砂袋を積み上げた胸壁の上で身を屈め、ライフルのレンズをのぞき込む。別の兵士は短波レーダーの信号を監視する。敵の動きを監視しているのではなかった。臨時政府に対し、突然、無謀にも裏切るかもしれない、あるいは裏切ろうとしているかもしれない味方の部隊を監視していた。暗闇のなかで、双眼鏡を手に地平線に目を向け、視界に入るすべてを注意深く監視していたのだ。

十一月のあの日以来、我が国の動きはおかしくなり、間違った噂に包まれるようになった。暴力によって権力の座についた指導者たちは、同じように暴力によって失脚することを怖れた。クーデターの首謀者は、旧政府関係者が反乱を企てることを怖れていた。つまり、これはカルマの問題だった。代々伝わるカルマの教えのことだ。カルマによって繰り返されうる運命を認める必要があった。他人にしたことが自らの身に跳ね返ってくることを、どうやって防ぐことができるのか。これこそ臨時政府指導者たちの唯一最大の懸念だった。その場の状況にも関わらず、サイゴン市外のみならず市内でも敵が戦力を増強しているにも関わらず、さらにはホーチミン・ルートを南下してくる北ヴェトナム軍師団の動きにも関わらず、臨時政府が最も敏感になり最も頭を悩ませていたのは、裏切りの兆候を察知することだった。ひどく横柄な態度。ピンと跳ね上がった眉。穏やかなはずの顔の眉間に寄ったしわ。仲間内での裏切りや不満を示すちょっとした様子。考え込んでいる様子、あるいは不自然なくらい何も考えていない様子。しっかりと権力を守らなければならなかった。

もちろん臨時政府指導者たちは、死んだ大統領とその弟の霊にも取り憑かれていた。空軍参謀司令部内にある雑草が生い茂る渓谷近くの平原に、大統領兄弟は密かに葬られていた。彼らが公共墓地に埋葬されなかったのは、二人の死が歴史的な、あるいはそれ以外の不気味な意味を帯びないようにするためだった。現在起きている事態が、彼らの死と直接結びつかないようにするためだった。

後にサイゴン中に噂や憶測が広まるようになって、指導者たちは突然大統領兄弟の死体を掘り起こし、サイゴンの市立墓地に無名で葬った。

ヴェトナムのような国では、カルマは重要だ。人は皆、旅しながらところどころで立ち止まり、何かのしっぺ返しに恐怖する。カルマの怒りを怖れるがゆえに生じる精神的苦痛から自由になるには、かなりの鍛錬が必要だ。

ヴェトナム大統領兄弟がサイゴンで殺されてから二十日後、アメリカ大統領がダラスで暗殺された。この知らせを聞いたとき、臨時政府指導者は何を思っただろう。わたしには容易に想像がつく。ヴェトナム人だけが、この二つの出来事のつながりに身を震わせ、背筋に走る痛みを感じたことだろう。

ジエム大統領の死後、アメリカ軍は大挙して押し寄せてきた。一九六〇年には軍事顧問団しかいなかった。それが一九六一年には三千人。ジエム大統領の死後には、十八万四千人。翌年には五十万人を越えようとしていた。

ヴェトナムはアメリカ軍を招きもしたが、同時に距離も置いていた。彼らが来ることを望んではいなかったが、その存在を必要ともしていた。

アメリカ軍は安全を約束した。共産主義者が攻勢を強め、国境線近くを固めていた。我々は目を大きく見開いて、助けを求めた。ただ、救済には星条旗なしというわけにはいかなかった。地平線を見つめ、彼らの急な到着に信を置くより仕方なかった。

アメリカ軍はこの先何が起きるのかを理解しないままに、我々と運命を共にしようとしていた。

フォンとの親交の始まりは、アメリカの軍事顧問団が到着した頃に遡る。わたしたちはキャプテン・サン・ジャック士官学校で出会った。訓練は多岐にわたり、急を要した。世界中の学者が反覇権主義であるとか脱植民地化といった言葉を巡り議論を交わしていたが、わたしたちは植民地主義の方が共産主義よりましと思っていた。帝国主義の時代は終わりかけていた。共産主義が唱えるロマンティックなスローガンが人々の心を揺すぶった。北ではホー・チ・ミンを信奉する連中が、想像を絶するような残虐なやり方で国家主義の指導者たちを排斥していた。手足をつながれ川に投げ入れられる者がいれば、焼き殺される者もいた。これが共産主義者の正体だった。

わたしたちの友情はこうして始まった。あれは一九五五年のことだ。フォンは司令官の机の前で、命令をじっと聞いていた。わたしは下級士官だった。わたしは他の兵士たちに続いて、ヴェトナムの地図がかかる別の部屋に入った。「国家は存亡の危機にある」と、司令官は言った。「軍へ支払う金はない。

アメリカは軍隊の再編に着手した。」

アメリカ軍は急いでいた。フランス人と違い、彼らは秀でた文明を伝えるためにヴェトナムに来たのではなかった。文明を教えるには、求愛なり誘惑といったプロセスが必要だ。

フランス軍は二十万人以上の兵士と共に、ただ撤退した。この空白を埋め、北とヴェトコンから国を守るために、二十万人規模の軍隊が必要だった。わたしとフォンは、ヴェトナム軍の状況を分析する報告書の作成を命じられた。南ヴェトナムは、非共産主義的な解決策を懸命に模索していた。数ヶ月にわたる調査と研究の末、わたしとフォンはこの空白を埋めるために、四つの歩兵師団、具体的には第六、第一〇、第二一、第三一歩兵師団を動員すべきと提案した。

言葉少なに、しかし平然とアメリカの軍事顧問団はこの計画に反論した。そして、北ヴェトナム軍を掃討するのではなく、ヴェトコンの反乱を抑える程度に必要な十万人程度の兵力があれば、我々には十分であると結論づけた。北の攻撃の際には、我々はただそれを阻止し、アメリカの援軍を待てば良いとの判断だった。

「我々は東南アジア条約機構を通じて、南ヴェトナムに対する責任を負うだろう」と、アドバイザーの一人は約束した。東南アジア条約機構は合衆国に南ヴェトナム支援を義務づけていた。そうだとしても、わたしとフォンにはこの結論は耐えがたかった。二人ともがむしゃらだった。まだ若かったが、短期間で経験と知見を積んでいた。

「実に間違った考えです」と、わたしは司令官に直言した。

司令官は唇をとがらせ、首を縦に振った。「もっともではあるが、すぐにも召集解除の計画を策定しろ。」

そう彼は命じた。

軍の解除を実行に移しながら、わたしとフォンは互いを慰めあった。軍隊名簿から名前を削除するのは辛かった。上官たちは冷静な態度で、目標とする数値と期限となる日付け、それにアメリカの財政支援に付する条件を示した。フォンはわたしほど感傷的ではなかった。彼にとって、決断のスピードは重要だった。喉を一瞬にして掻き切ること。その日が終わる頃までに、フォンは山ほどの除隊命令書にサインし、事務処理を完了させた。

除隊が決まった兵士たちに会うこともあった。彼らのなんと落胆していたことか。表情は悲しみに満ちていた。地面にしゃがみ込んで、タバコを回し飲みしている師団もあった。一日に何度かそんな連中と出くわした。普段はタバコを吸わないわたしだったが、輪のなかに入ってタバコを吹かし、彼らの話を聞いた。国の失敗という事実だけが頭に残った。寺門で懺悔《さんげ》する者のように、わたしの顔は羞恥心で赤くなった。その後、フォンと近くの店に行き、大盛りのフォーを注文した。わたしを慰めようと、フォンはよく焼けた肩バラ肉を自分の皿から取って分けてくれた。彼の気持ちを黙って受け入れた。

男たちが飲み食いしながら語り合う街の酒場に席を移すと、二人の友情はさらに深まった。わたしたちは損失を予想以上に強く感じていた。酒が憂鬱《ゆううつ》な気分を吹き払ってくれることだろう。わたしたちがよく行く酒場は、マンという針金のように痩せ細った男が営んでいた。北部出身のマンは、フォンの父の友人だった。今にも潰れそうなみすぼらしい店構えだったが、いつも満席だった。わたしたちのまわりには男たちが集まり、皿の上に盛られた前菜を食べていた。南国風のエキゾティックな品もあれば、ごく普通の家庭料理もあった。店主が氷の塊をクリーバーで砕いて、その破片をグラスに入れた。牛の霜降りと噛《か》みごたえのある砂肝を胃のなかにアルコールで流し込む。木製のスツールに腰かけ、ビールと米酒を勢いよく飲み干す。ベニヤ板でできた壁に釘で打ちつけた木棚には、白色の自家製酒が入った瓶が並んでいた。内臓を抜いてよく洗ったトカゲや山羊の睾丸《こうがん》、それにヤモリがハーブと一緒に酒に浸けられ、瓶の底に沈んでいる。店主はわたしとフォンの肩に手を置き酒を勧める。これこれの組み合わせはリビドーを増すとか、風邪を吹き飛ばすとか、魂を若返らせるとか。「グラスでも瓶でも注文できますよ」と、にやにやしながらマンが言う。グリルにかけた干しイカが火にはぜて、燃えさしが光る。バーベキューと焼きピーナッツ、それにレバーとベビーコーンのオイル漬けがわたしたちのお気に入りだった。

時折、蛇酒を飲むこともあった。ヴェトナムに伝わる最も粗野な酒だ。わたしの好みではないが、フォンは北から来た男。蛇酒は北の酒だ。彼の一族は一九五四年、共産主義者が北を制圧した際に逃げてきた。彼が故郷レーマットに抱いている郷愁の念を大切にしてあげたい。レーマットはハノイ北部にある村だ。北の連中はこの村に、蛇酒を飲みに行く。サイゴンの蛇酒はそんなにきつくないが、それでも十分いけるだろう。

フォンが合図すると、店主がテーブルにグラスを二つ持って来る。アルコール度数の高い酒が半分ほど注がれる。マンは年取っていたが、驚くほど機敏に動く。地表のコブラを捕まえると、その頭を背後から掴む。すると別の店員が尻尾を抑え、胴体を伸ばして腹を上向きにする。そこでマンは蛇のあごをアルコールで消毒し、猛者のように落ち着き払った完璧なタイミングと動きで、消毒した部分を短剣で掻き切る。開いた部分から器用に指を入れ、心臓を掴む。そして動脈を切断し、わたしたちのグラスに血を注ぐ。ぴくぴく動く心臓と強壮成分がショットグラスを満たす。フォンはグイッと一息にこれを飲む。生々しい赤い血が混じった酒が彼の喉をつたい心臓に届くと、体中に回る。

マンは蛇の腹をさらに掻き切る。そして指を数本入れると胆嚢《たんのう》を取り出し、胆汁を絞ってわたしのグラスに入れる。酒はキラキラ光る緑色になった。次に別のナイフをカンバス製のさやから取り出すと、マンはフードをかぶったような逆三角形のコブラの頭を切り落とした。そして、胴体を露店の調理場で調理するコックに渡した。コックは肉を焼き、皮をバターで炒めてからフライにする。骨はスープの出汁として鍋に入れる。わたしたちは蛇料理を堪能した。蛇とニラネギのスープ。蛇の粥《かゆ》。そして、蛇皮のチップス。グイッと飲むのが一番と、わたしは酒を喉に流し込んだ。喉がヒリヒリする。鼻につんとくる。フォンが大笑いしながら腕をわたしの首に回し、これ見よがしにわたしの背中を叩いた。わたしは座ったまま見苦しい姿をさらした。鳥肌がたった。

来る夜も来る夜もわたしたちは飲んだ。共に寂しさを慰め合った。お互いの気持ちをぶつけ合い、楽になった。フォンは不安を33《バーバー》ビールという地ビールやジョニー・ウォーカーで流し去った。彼は出会いがないことを嘆いていた。まだ、トゥーと出会う前だった。結婚していなかった。彼は婚期を逃すことを怖れていた。いつか愛に巡り会うことがあるのだろうか。それとも愛を知ることなく人生を歩むことになるのだろうか。人の生き方をすっかり変えてしまう贅沢を味わうことなく。いつかわたしと同じように、愛の鼓動に捉えられる日が来ると、勇気づけてもらいたかったのだ。わたしは丁度その頃、クイと出会ったばかりだった。

「君はもう寂しさを感じることもないわけだ」と、フォンはわたしに言った。

どう答えていいものか。同意するのはなんとも自己満足に浸るようで横柄だし、否定すれば妻に悪いような気がした。

フォンが何よりも望んでいるものを、すでにわたしが持っているということは、安心でもあり不安でもあった。いつの日か、わたしがこの世で一番愛している人が消えてしまったらどうしよう。一体全体そんな喪失感から立ち直ることができるのか。

どうしてクイを一生愛し続けるとわかるのか、とフォンが問う。わたしは答えに窮する。どうしてだろう。ただ、わかるからわかるのだ。

「もちろん」と、フォンは声を低くする。「君には簡単なことだ。君には彼女がいるのだから。」フォンの顔はほてっていた。開いた窓の方を向き、手をかざしてライターでタバコに火を点けた。

しばらくしてフォンはグイッと酒を飲むと、一息おいてから尋ねた。「君の不安はなんだい。」背をのけ反らせ、タバコをくわえる。口から吐く煙が宙に浮く。天井からは、裸電球がむき出しの鉄線に吊されていた。その明るい光がフォンの顔に表れた悲しみを増幅させる。彼は手をかざし、目に入る光を遮った。

そんな質問は予想だにしなかった。仮の話だとしても、考えるだけで心臓に突き刺さるようで耐えがたい。わたしは別の不安をフォンに打ち明けた。我々の兵力では共産主義者の攻勢には堪えられないのではないかという不安だ。それは彼の質問を避けるためではあったが、嘘偽りではなかった。やがて、それは現実のことになった。

暗殺される前、ジエム大統領は他国に助けを求めていた。マレーシアはヴェトナムの治安警察のために装甲車やジープ、ショットガンを提供してくれた。イギリスからは、ロバート・トンプソン卿がサイゴンにやって来た。マレーシアで展開したイギリスのゲリラ掃討作戦を見事に成功させた立役者だ。トンプソン卿は膨大な資料や地図に加え、豊かな経験と知見を示してくれた。また、ヴェトナムから日本へは、技術援助を求める政府代表団が派遣された。ジエム大統領は、ヴェトナムが他国の介入を受けることを望んでいなかった。では、われわれの計画はどうなったのか。それは言えない。十一月のあの日以来、国はあてどもなく彷徨っていた。予備の計画はすべて役に立たなかった。

それでもわたしたちは、疑問点を洗い出しては別の戦略を進めた。

古い装備の軍隊を見直し、最新鋭の兵器を求めることもあった。わたしは再び報告書の作成を任されていた。そのおかげで、当時すでに南ヴェトナムの将来が急速にしぼんでいることを理解した。窓のないわたしの事務所は暑かった。汗が背中を滴《したた》り落ちた。毎日、壁と向き合いながら、アメリカ軍に作戦変更を迫るに十分な基本データを取りまとめようと努力した。夜遅くまで働いた。様々な武器を求めて、つまらない交渉ごともした。希望をもって、アメリカ軍がもたらす恩恵を信じようというときもあった。きっとわたしの報告書を読めば、こちらの意見を理解してくれるだろう。タイプライターを打つカタカタという音に、希望を見出そうとした。キーを打つたびに、心地良い音が鳴り響く。解決を要する問題が山積していた。我々が持つM1ライフルは、ソビエト製AK47には太刀打ちできなかった。だから、強力なM16自動小銃を求めた。M16ならば、一分間に七百発から一千発の弾丸を打ち込むことができる。また、北ヴェトナムが持つソビエト最新鋭ミグ21型戦闘機に対抗するために、F4ファントム爆撃機とF104戦闘機を求めた。我々が置かれた状況のひとつひとつを、タイプライターで文章にした。

報告書には繰り返しが多かった。結局、アメリカ軍からは何の武器供与も得られなかった。半ば同情的な笑いを浮かべ、アメリカ軍アドバイザーはこう言った。「必要なときには、アメリカ軍が対応する。」彼は政策決定者ではなかった。戦争のルールはどこか別の場所で決まっていた。

この戦争でアメリカ軍が取った戦略は、専守防衛に徹していた。ズルズルと時間をかけて引き延ばせば、やがて敵は諦める。激しく惨《むご》たらしい戦闘と戦闘の合間に、敵が降伏してくるのではというほのかな期待をはらむ憂鬱な時間が続く。このようなうねりと震えの連続のなかで、戦争は何年にもわたり続いた。

間もなく、南ヴェトナム国内で戦うヴェトコンにではなく、北ヴェトナム軍に権力の中枢があることが明らかになった。司令部で開かれた会議の場で、クーデターを起こした臨時政府を放逐したカーン将軍は、座っていた椅子から厳かに立ち上がると壁に貼ってあるヴェトナムの地図を指さした。室内には緊張したエネルギーが充満していた。カーン将軍は地図の右側に立った。手にしっかりと握ったポインターは、北と南を分ける非軍事境界線に向かって動く。その先端が十七度線の上で止まった。赤道より北の北緯十七度。わたしの緊張が一気に高まる。何が話し合われるかは明らかだった。自分自身同じことを試験的に考えていた。もちろん、それは大胆な戦略だった。北に攻め入ること。十七度線よりも上を指すポインターの位置が、それを雄弁に物語っていた。

「すべての可能性について論じたい」と、将軍は宣言した。それから、わたしの方を真っ直ぐに見て言った。「ミン大佐。君はこの戦略を研究していたようだが。君の意見を話してみたまえ。みんなでよく考えてみようじゃないか。」

わたしは立ち上がると意見を述べた。「幾つかの部隊を十七度線に送り、ドナハからサワンナケートまでを固めます。北の侵入を防ぐためです。これが最初のステップです。」

賛成を示すざわめきに勇気づけられる。「次のステップは、ヴィンへの上陸作戦です。十八度線より北、ハティンが良いでしょう。敵の前線を後方から分断するのです。」

わたしは椅子の高い背もたれに寄りかかった。実に向こう見ずな計画だ。攻撃を犠牲にして防御を優先するという、現在の戦略に真っ向から対立する。しかし困難は多々あるものの、軍事的には可能な計画だった

間髪入れずに、他の司令官が意見を挟む。海兵隊はここに展開できる。空挺師団はあそこ。空軍が援護する。寛容などころか、積極的な反応が雪崩を打って出てくることにわたしは驚いた。と同時に、反対する余地がないほど楽観的な意見が続くことに不安を感じた。自分の意見に対する不安や疑問を指摘しようと発言しかけたが、咳をしてごまかした。カーン将軍は肯いていた。表情は引き締まり、目を細めじっと集中していた。

「どの部隊をサイゴンから動かすのかね。」

何人かの手が挙がった。わたしは躊躇した。が、真っ直ぐに手を挙げていた。まるで手が自らの意思を持っているかのようだった。その場のテンポを緩める方法を探していた。他の選択肢も考慮しなければいけません。問題点も測るべきです。わたしは示唆した。その瞬間フォンが咳払いをし、不躾ともいえる態度で現況を痛烈に批判した。「これはまずアメリカ軍に承認されなければならないのではなかろうか。」

息が詰まるような沈黙の瞬間。反対意見が述べられたことに安堵したのか、それともフォンがその反対者だったことに怒りを感じたのか。ただ、政治についてはより長《た》けているフォンの一言で、わたしたちは自らが置かれた現実に引き戻された。

将軍は間を置くと、決して皮肉ることなくこう言った。「折を見て、彼らに話してみよう。」

会議は続いたが、フォンの意見が大きな重しとなっていた。彼はわたしを見て笑った。以前から何度も同じ笑いを見ていなければ、嘲笑の笑いと誤解していたかもしれない。

会議が終わった。カーン将軍は立ち上がり、おそらくフォンに向けて、しかし、我々全員にはっきり聞こえる声で厳かに言った。「ありがとう。我々の計画に必要な政治的現実を思い起こさせてくれたことに感謝する。軍事計画は政治とは無縁という訳にはいかない。」

確かにもっともな意見ではあるが、これにはちょっといらついた。政治的状況ははっきりしていた。アメリカ軍はどんな計画でも承認すべきだ。アメリカは根の浅い大木のようなものだった。ちょっとした嵐でも倒れてしまう。

フォンは転げ落ちるようにして、政治の世界へ入っていった。トゥーと出会い、結婚もした。彼は本当に愛していたのか、それともただ結婚生活という豊かな経験をしたかったただけなのか。それはわからない。結婚したての二人が初めて我が家に来たときに思ったのは、ついにフォンも安心して愛の世界に辿りついたのかということ。彼の欲望は何か別のものに向けられるのだろうか。あれほど望んでいたことをようやく成し遂げたのだろうか。

クイはトゥーとすぐに仲良くなった。二人とも大きな地主の家の出だった。フォンの妻はヤナギのように細かった。落ち着いた身のこなしで、物腰は優雅、進んで人を楽しませるような女性だった。お茶を飲むときには、お辞儀をするように、熱いティーカップを両手で抱え胸の前で持つ。我が家に来ることで、彼女も我々の仲間になった。だがあのとき、フォンはまるでわたしたちの許しや承諾を求めているかのようだった。わたしを見る彼の顔は、嘆願するように神経質な表情だった。

二人が帰る際、わたしは玄関で彼の手をギュッと握りしめて言った。「君も愛を見つけたんだ。」

彼は一瞬間を置いてから言った。「トゥーを見つけたんだよ。」

「彼女は美しい」と、わたし。

彼は肯いた。「まったくだ。」

その夜、床に就く前にわたしは思った。フォンはいまだに何かを探し求めている、と。

7 沈黙の日々

マイ　1967

ごく普通の夏の一日。でも、いつもと違う。父が闘う戦争が続く。戦場はここから遠く離れたどこか。庭に面した食堂の窓。強い光を遮る厚いガラスがはめ込まれているけれど、庭木の幹や枝がぼやけて見える。わたしと姉の朝食はバターを塗って砂糖をまぶしたフランスパン。母はフルーツ。季節のものなら何でも良い。でも、熟れたマンゴスチンの酸っぱい果汁が母の好物。赤茶色の皮にナイフを入れて、実を回しながら剥く。最後にそれを半分に割る。唇を当てて、胸一杯に香りを吸い込む。割れた白い果肉をスプーンですくって口に運ぶ。柔らかな食感を味わう。皮を光にかざし、その色を鑑賞する。

仕事に急ぐ父は、出がけに粥を食べる。スープみたいなものだから、すぐに食べられる。母は父を食卓に座らせ、バラ肉や野菜を椀に入れようとする。でも、父は母の箸《はし》を振り払おうとする。今日の母は機嫌が良い。が、父はそうでもない。今朝はいつもと反対だ。いつもなら母が忙しさに気を取られ、父が母の注意を引こうとする。今日は母が顔を輝やかせ、父の手を抑えようとする。二人の腕が交差する。思わずにっこり笑うわたし。父に寄り添い、母は耳元で何かささやく。母の目が活き活きしている。何か企らんでいる様子。父は腕時計を見ると、小声で答える。母は目を逸らす。食卓から立ち上がろうとする父の頬に、母は顔を寄せる。その表情が輝く。父は朝早く髭《ひげ》を剃ったばかり。だから、頬に触れてもサンドペーパーのように痛くない。

母を訪ねて、仕事の人が沢山来る。三番目の伯母さんは薬売り。いつもメンソールのオイルやのど飴をお土産に持ってくる。今日はわたしも姉も一日家にいる。夏休みは始まったばかり。姉がわたしを焚きつけて冒険に誘いだす。生まれつき臆病で危険を避けるわたしの性格が、すぐに変わると思っているらしい。その気になれば、大胆な怖いもの知らずにだってなれるのだろうか。

外の世界が待っている。

バイン・クオン！　バーイーン・クーオーン！　行商の女が歌を詠うような調子で蒸し春巻きを売りにくる。母は女を呼び止め、中国人の商売仲間のために買い物をする。豚のミンチ、マッシュルーム、クルマエビが春巻きの皮から顔を出す。スライスしたキュウリやフレッシュミント、エシャロットのフライと一緒に食べれば、柔らかい皮からは想像もつかない歯ごたえを感じる。実に対照的な食感を同時に楽しめる。

姉はわたしの手を取り、表のドアから家の裏手へと連れ出す。そこにはまったく異なる雰囲気の町並みが広がる。曲がりくねった小道が迷路のように続き、やがて継ぎ目無く合流する。もちろん中国のグランマがついてくるけれど、姉の好きにできるよう丸め込まれてしまう。建物が密集するこのあたりの住人は中国語を話す。だから、警察は神経を尖らせる。ヴェトコンが潜むにはもってこいの場所。一日に数回、兵士と軍事警察がこのあたりを巡回する。平服の警官もいる。閉まったドアの向こうで密かに起きていることの善悪を察知し、本当の危険と噂を区別する。

わたしは立ち止まって、じっと考える。姉は陽気な態度で自信ありげに前へ進む。わたしがついてこないのに気づくと戻ってくる。そして、「さあ」と急かす。わたしは不安と同時に興奮を感じる。姉は危険なところへ行こうとする。でも、それはきっと素晴らしい場所に違いない。

「一目見たら驚くわよ」と、姉が約束する。

「一体何なの」と、わたし。

「お母さんが見せてくれないものよ。」

母が許してくれないことをするという約束から、これより先に進むべきかどうかを判断しなくては。

「ついてらっしゃい」と、姉が叫ぶ。

驚いたことに、わたしはそれに従う。

「近くに孤児院があるわ。ジェームズはそこでの仕事が終わったあとに、わたしたちに会いにくる。」

姉が言う。

わたしたちはひどい暑さのなか、トタンでできたあばら屋の陰を通り過ぎる。壁からは錆《さび》が吹き出ている。イモリやゴキブリが、足下に転がるパンクしたタイヤや壊れた車輪の山のなかを動き回る。母ならわたしたちをこんなところに連れてこない。いびき、泣き声、木を切ったり叩いたりする音、街頭売りの声。家から通りに漏れてくる様々な生活音が聞こえる。近くを流れる灰色の小川で水浴びする子どもたちが金切り声を上げながら、バケツに水を注ぐ。街灯柱と電柱に結びつけられた間に合わせのベッドの上で昼寝する老人たち。道路脇では女たちが、汚れた着物をゴシゴシこすりながら洗濯する。そうやって働きながらも、日常生活の苦しみを打ち明ける。洗濯物を絞る女たちの腕の筋肉が盛り上がる。擦り切れた物干し綱に洗った衣類を干す。中国のグランマが道にできた深い轍《わだち》につまずかないように、わたしたちの注意を向ける。黒く油で汚れた男たちがレンチやペンチを使って、壊れた自転車のチェーンやブレーキを修理する。石炭や灯油の臭いがあたりに漂う。まばらに家が建つ広々とした場所に近づくと、耳をつんざくような動物の鳴き声が聞こえる。鶏だ。激しく羽をばたつかせたかと思うと、抜けた羽が飛び散る。太った豚が鼻を鳴らす。近くで何かが起きている。

ジェームズが遠くの群衆からわたしたちに手を振る。姉は走って、彼の腕のなかに飛び込む。ジェームズの大きな手が、姉の頭を撫でる。どこからか聞こえるものすごい金切り声。とてつもない暑さ。あたりにゆっくりと黒い煙が立ちこめる。こんな日には冷房の効いた家でゆっくりしていたい。わたしは目を閉じて、腕や肩に吹き出す汗の粒をなめる。姉が近くに来るようにと、わたしに手で合図する。ジェームズが宙に素手を突き上げる。

わたしは中国のグランマの手を取る。周囲では、わたしと同い年くらいの子どもたちが靴も履かずに下着姿で、外国の言葉を使っておしゃべりしている。

ジェームズはわたしをさっと抱え上げると肩にのせる。高い所からだと、何でもよく見える。中国のグランマお勧めのロースト肉で有名な露店の前に立つ。大きなコンクリートブロックの上に置かれた金属製のグリルには子豚の丸焼き。その下では石炭が赤々と燃える。豚には油や香辛料がたっぷりと塗られる。コクのある風味。脂ののった肉が軟らかくなるにつれて、皮はカリカリになる。

しっかりした骨格の小柄で痩せた男が、上半身裸のままナイフの刃に指を走らせると、足下にある砥石の上にナイフを置く。そして素手で金属製の籠《かご》から太った鶏をさっと取り出すと、足を掴んで宙づりにする。鶏は大声でコッコッと鳴く。激しく羽ばたき、身を動かす。目を背けたいと思いつつも、目の前で起きていることに夢中のわたし。男は腕を伸ばすと、足を掴んだ鶏を大きな風車のようにぐるぐる回す。目が回ると騒いでいた鶏は大人しくなり、動かなくなる。男はまな板の上に鶏を置くと、頭を正確な動きで切り落とす。集まった人の群れがホーっと声を漏らす。ジェームズのお腹からグーと深い音。ジェームズは満足げに肯き、動物の命をこんなに見事に終わらせるのは簡単なことじゃないと教えてくれる。

「十三歳のとき、僕は初めて鶏を殺した」と、ジェームズが言う。わたしは「マクドナルド叔父さんの農場」のことを思い出す。鶏や豚、牛に囲まれながら、ジェームズは農場で育ったのだろう。「僕はありったけの力を込めて、鶏の首を目がけて斧を振り下ろした。でも、ちょっと傷ついただけだった。鶏は僕を睨みつけた。目をギョッと見開いて。そして逃げ出そうとしたが、震えながら地面に倒れてしまった。母がびっくりしていたよ。」

わたしもびっくりした。平静を装ったまま、ジェームズの肩の上でじっとする。姉もその場に立ち尽くす。苦しみと服従のドラマに引き込まれている様子。男は鶏の足を掴むと低い木の枝に引っかけ、置いてあるバケツに赤い血が滴り落ちるようにする。血が止まると、持ち運び用の石炭ストーブの上で沸騰している鍋に、別の男が鶏を入れる。羽がパラパラと抜けやすくなる。男は羽をむしり取ると、手で内蔵を抜き出す。それから、すでに別の鶏が焼かれている大きなグリルの上に放り投げる。もう一人、別の男が胸肉や手羽にソースを塗る。濃い砂糖醤油のソースが、石炭から出る炎の上に滴り落ちる。

食事の席に着く。内蔵や血から放たれるきつい臭いを鼻で感じながらも、わたしは咬んだり飲み込んだりという作業に集中する。太陽が雲に隠れる。でも、暑さがまだ肌にこびりついて離れない。ジェームズは33ビールの栓を開けるとグイッと飲み干す。むき出しの腕で口元をぬぐうと、もう一方の手で姉をくすぐる。わたしは気分が悪くなり、吐きそうになる。姉がわたしの方を向いて、手を握りしめる。

「連れて来ない方が良かったかしら。」

わたしは肯く。姉には嘘をつけない。姉の気持ちを思ってでもだ。

中国のグランマがポケットからメントールの瓶を取り出し、わたしのお腹と喉に塗る。舌にも少々。吐き気を抑えるため。わたしはベンチに横たわると、姉の膝に頭を乗せた。

うれしい。目を覚ますと、もの凄い土砂降り。激しい雨が大好き。雷や稲妻の恐れがない、ただの土砂降り。空を綺麗に掃除し、地面を冷やす。屋根の雨樋に水が流れ続ける。熱で温まった粘土製の壺に水が溜まる。大人たちが走りだす。中国のグランマは店の日よけの下に駆け込んだ。姉がわたしの手を掴む。雨が小石のようにわたしたちの顔に向かって降ってくる。ずぶ濡れ。ドアが開き、子どもたちが走って出てくる。手を広げ、顔を上げ、口を開く。恍惚とした表情で何かを叫ぶ。子どもたちは服を脱ぐと、裸のまま雨に打たれる。姉とわたしは水たまりをパチャパチャ歩く。ジェームズは大声を上げると、大雨のなかに飛び込み、わたしを肩にのせる。時折身を屈め、わたしを道ばたに放り出すと脅かす。

わたしたちは薄板を敷いた小道に沿って家へ帰る。肩や腕に雨水が流れる。

数時間後、わたしは元気をすっかり取り戻し、近所に遊びに出る。ここはゴ・クエン通り。昼が終わり、夕方の黄昏に変わるこの時間が好き。タマリンドの木が夏の暑さからわたしたちを守ってくれる。ミモザの葉が閉じる。じきに夜になる。心地好い風がタマリンドの房を揺らす。すると葉の表面がこすれて音を立てる。両親が外出する時間。

あまりの幸せに目が眩みそう。姉と中国のグランマと一緒に出掛ける。ジェームズが住むアパートで夕食の準備をする。タマリンドのスープをつくる材料をバッグに入れる。ジェームズは農家の食事が好物。わたしはタマリンドとパイナップル、クルマエビと新鮮なコリアンダーを持った。甘さと酸味が絶妙に絡み合うスープ。パイナップルの甘さが鋭いタマリンドの味に溶け込み、赤茶色の酸味を繊細な香りで和らげる。むずかしい料理じゃない。じっと見ている必要もない。ただ煮込むだけ。軍のアパートの向かいにある広場で調理する。ジェームズが砂袋の山で囲まれた要塞から出てくると、わたしたちは煉瓦を三個取り出して三角形を作る。この即席のコンロの上に鍋をかける。干し草や木くずを集め、火を起こす。スープを沸騰させてからトマトやセロリを加える。幸せに満ちた食事の時間。

道の反対側に建つアパートから、ジェームズがわたしたちの方に歩いてくる。手にはカセットプレーヤー。パリッとしたきれいな軍服。父と同じだ。いつも綺麗にアイロンをかけた軍服を着ている。

わたしはジェームズに手を振ろうとする。でも、止めてその場に立ちすくむ。表情の奥に潜む、疲れ切ったような険しい態度。驚きのあまり目を閉じる。しばらくしても、わたしの肌は恐怖で震えている。舗装された地面に響く自分の靴音が聞こえる。とてつもなく重々しい雰囲気がわたしを圧倒し、目を開けることもできない。ようやく目を開けると、自分を見つめる姉の姿が窓に反射する。青白い影が滑るようにして折り重なり、音もなく通り過ぎていく。まるで生き写しのよう。

いやよ。何がいけないのかもわからずに独りつぶやくわたし。なぜ窓に映る姉の像のなかに自分自身を包み込もうとしているのかわからない。

車が目の前を通り過ぎる。そしてバックする。黒いプジョー。家の車。父が窓ガラスを下ろす。車内をのぞき込むわたしたち。重い空気。大切な話が途中で終わり、見せかけの平穏が保たれている様子。

「いやよ」と、わたしは繰り返す。

「いやじゃない」と、父が制する。父はわたしが父に刃向かっていると思っている。車に乗れと父が言う。中国のグランマがわたしたちをやさしく押す。両親は外出する前には必ずわたしたちにキスをする。後部座席に乗り込むわたしと姉。助手席に座る母が振り返り、わたしたちの頬をつねる。カーン姉さんの髪を撫でる。

窓の外を見る。ジェームズがこちらに向かって歩いてくる。手を振っている。姉が手を振って応える。ジェームズは道を渡ろうと待っている。さざ波のようにゆっくりとした動きで歩いていた女が、足を伸ばしてかがみ込む。そして、両端に籠を吊した竿を肩で担ぎ上げる。男たちが弾丸のようにオートバイを走らせる。クラクションを鳴らし、エンジンをブルンブルンいわせて。アスファルトの道から昇る熱い空気。

次の瞬間、窓ガラスが粉々に割れる。

姉はわたしの隣に座っていた。その姉の体がわたしの腕のなかに崩れ落ちる。わたしたちは二人ともシートに倒れこむ。物理の法則が崩れたかのように。人々の金切り声。

手を首に伸ばすカーン姉さん。噴き出す血。そのときのことを思い出す度に、あの場から一歩も動くことができずに、あの瞬間から少しも抜け出せずにいる自分に気づく。カーン姉さんの手が伸びて首に触れる。両親の叫び声。中国のグランマも叫ぶ。そして、ジェームズも。母は後部座席に身を移し、姉の首に手を当てる。指を変えながら、どうにか穴をふさごうとする。血で手が赤く染まる。その色は徐々に茶色に変わる。父が母をはねのけ、カーン姉さんの首に布きれを当てる。母が何か叫ぶ。ジェームズも助けようとする。傷口をふさごうと、手を絆創膏のように強く当てる。どうすることもできずに、わたしは口をただ呆然と開けたまま。衝動的に姉の息を吸い込む。吸い込んで自分の肺に入れようとする。姉の息はわたしのなかにある。影と共に、姉の体がわたしの上に崩れ落ちる。

あのとき起きたことがすべて、今ここで、現在という時間のなかで繰り返し起きている。それまで姉と過ごしてきた時間のすべてが繰り返され、今起きている。時は曲がり、わたしの息を遠くに運び去る。

わたしはまだあそこにいる。神様が、運命が、わずかな時間のずれが、まったく違った結果になっていたかもしれないあの瞬間にいる。

今のわたしはあのときのまま。ただひたすら待ち、望みを捨てない半分の命のなかに。

今でもどこから銃弾が飛んできたのかはわからない。一九六七年、チョロンでの出来事。姉は十三歳。わたしは九歳だった。

四季は移り変わる。でも、わたしは姉の不在という空白を埋めることができずにいる。言葉では言い表せない痛み。胸の奥深くで「ウイ、ヤー」という叫びにすらならない根源的な痛み。姉の死後、わたしは話すのをやめた。わたしたちの両親はわたしに話すようにまずは頼み、続いて懇願し、最後は命令した。わたしの両親と言うべきかもしれない。が、それはできない。姉の存在に敬意を表すためにも。一言だけでいい。何でもいい。両親に悪気はない。わたしのよそよそしさが両親への罰だと怖れている。真実はといえば、わたしはただ純粋に永遠の沈黙に慣れてしまっただけ。

家族は喪に服した。左胸に白い長方形の生地をピンで留める。わたしはすべてを受け入れる。父が明るい声で話そうとする。誰もいないと思ったのか、ある日曜の午後、母は胸にこみ上げる悲しみを抑えきれずに長い間泣いていた。

わたしは石になる。人間の有限性を越える根源的な存在。すっかり変わってしまったわたしたちの生活を包み込む灰色と、継ぎ目なく混じり合う。

母は毎週姉の墓参りに行くようになった。父が仕事に出るとすぐに、母は何も言わずに花束とお供えを持って出かける。墓に取り憑かれている。わたしにはわかる。なぜってわたしもそうだから。

時々母はわたしも連れて行く。わたしはじっと墓石を見つめ、石に刻み込まれた姉の名前をしっかり目に焼きつける。母はつぼみが膨らんだプルメリアの枝を数本片方の手に取ると、もう一方の手にはお餅の袋を持つ。その様子をわたしは静かに見守る。両手を祈るように合わせて、母は我を忘れてささやき続ける。まるでわたしには何も聞こえないかのように。

「許して。お願いだから許して。」母はしつこいくらいに繰り返し言う。「あのとき、わたしが車に乗るように言わなければ……。」ささやくうちに、声が懇願するような調子に変わる。母をそっとしておく。

わたしは何も話さない。沈黙の壺にこもるのが、ますます気持ち良くなってくる。来る日も来る日も。ただひたすら打ちひしがれた気分が強くなる。友達が心配してあれこれ言う。マット・ホン、と彼女たちはささやく。そう、わたしは魂を失った人間。

時が経つにつれて、わたしの沈黙はより一層深まっていく。両親はわたしに関心を示さなくなり、適当な距離を置くと普通の生活に戻ったふりをする。わたしはといえば、さして何も期待されることもない小さな子どものような気分。相手にされず放って置かれることにほっとする。騒ぎを起こすことなく暮らすための限界はわかっている。だから、なるべく普通に見えるように注意する。両親は学校を判断材料にしている。出席は必ずする。先生の言うこともきちんとこなす。やがて世間の喧噪から離れて暮らすのを好むようになる。

両親にとっては、沈黙は不在に等しい。でも、わたしは両親の行動をすべて観察している。二人の唇の両端が力なく垂れる。わたしの前で話すときには、ごく当たり前のことしか言わない。母は視線を落としながら話す。「食事ができたわ。」

父が言う。「すまない。仕事に手間取って遅くなったよ。」父はチラッと母を見るが、すぐにご飯茶碗に視線を移す。

母は箸でおかずをとる。今日はスペアリブ。骨が歯にあたる鋭い音が響く。

「美味しい味付けだ。」父が言う。

母が肯く。「三番目の伯母さんがくださった五香粉よ。」

ちょっと戸惑ったように父は頭を傾ける。

「中国人のお米屋さんよ。明日彼女に会うの。きっと夕食までは戻れないわ。」

「いつもはここに来るんじゃないのか。」

「ええ、でも毎回ではないわ。」

「そうか。」

わたしは会話から脱落する。二人の声が遠く短調になっていく。まるで同じ音階からできた曲のように。食事が終わると、誰もがそれぞれ孤独の空間へ戻っていく。

いつものように、わたしは『千夜一夜物語』に慰めを求める。両親が互いを責め始めようというまさにその瞬間、わたしはシェヘラザードの物語に逃げ場を求める。母が静かながらも強い口調で言う。「もっと早く引っ越すべきだったのよ。」壁の向こうで響く声。べきという言葉に強い非難の調子が込められる。「この家は軍事警察に近すぎるわ。弟が警察本部は格好の標的だと警告していた。注意しろと言ってたわ。」しばらく続く悲しい沈黙。それから父の短い反論の声。幸いなことに何と言っているのか、はっきり聞き取ることはできない。「君の弟はヴェトコンだ。ほかに考えようもないだろう。」この後、父はどうしようもないと言わんばかりに、大きく手を振ったことだろう。「弟がヴェトコンだってことは、それだけ彼の注意に耳を傾けるべきということでしょう。」母が言い返す。

胸のなかで何かがつかえる。急いで大好きな物語の世界に戻る。この物語のおかげで、人は本の世界へ逃げ込むことができると学んだ。静かに本を読むことほど、心落ち着かせてくれることはそう滅多にない。少年が魔法のランプをこする。手を広げ、空飛ぶ絨毯に座る。岩の扉が開く。紫色に変わる空。バザールの雑踏と狭い通りにそびえ立つミナレット。それ以外の何もかもが揺らぎ、わたしの意識から後退していく。

新しい友達ができた。一匹のコオロギ。尖った針で穴をあけたマッチ箱のなかでぐっすり寝ている。

四つん這いになってのぞき込む。虹色の羽に触れる。ある日、表面を切り出した岩とマンゴーの木に絡みつくツタに囲まれた庭で遊んでいると、おずおずとわたしの手のひらにのり、腕をつたって登ってくるコオロギがいた。くすぐったい。姉とひっきりなしに繰り返したくすぐりごっこみたい。肌の表面がチクチクする。安心してわたしが眠っていくときのあの感覚。コオロギは傷ついていた。足が一本抜け、羽も少し裂けている。わたしは虫を振り払ったりはしなかった。居眠りしたように動かないコオロギを家に連れて入る。自らの存在を伝えようとする泣き声に心が癒やされる。やがて日が暮れて夜になる。ハロー。学校から帰宅すると声を出さずに挨拶する。それからずっと読書する。その間、コオロギは何も言わずに近くにいる。窓枠にのせた小さなラグの上にのる。暖かそう。嬉しそうにも見える。わたしの部屋に住みつく。自由気ままにナイトテーブルの上のマッチ箱のなかに潜り込んで寝る。開いた窓の外に広がる庭へ逃げようとは、これっぽっちも思っていない。授業中、そのコオロギが黒い地面や綺麗に刈った草の上、それに広大な荒れ地を闊歩する様子を想像する。でも本当はわたしと同じで、安全な箱のなかに留まりじっと動かない。

ハロー、とわたし。声を出さずにまた言う。寝る前の挨拶。コオロギが返事をする。マッチ箱をひっかく鋭い音。その穏やかな鳴き声は、か細く傷ついて聞こえる。わたしはコオロギと一緒に夜のささやきを聞く。昼間の光のなかでは見えなかったものが、暗闇のなかで浮かび上がってくる。まだ戦争が続いていることは知っている。父がその戦争に巻き込まれていることも。そして、そのなかに消えていくことも知っている。以前にも増して、母の存在を遠く感じる。家族のみんなが慰めを求めている。でも、それが他人から与えられることは望まない。カーン姉さんの死のせいで、わたしたち家族の生活は小さくなってしまった。

毎晩、両親は家に戻ると明かりを灯す。その様子が部屋から見える。中庭から聞こえる足音。ブランコの吊り金具がきしむ。そこに座った父が、自分自身と世界の間に広がる夜のなかで、星空を見上げているに違いない。わたしも夜のことならよく知っている。父をそっとしておこう。わたしもそっとしておいてもらいたいから。来る夜も来る夜も父は感情が麻痺したかのように、ただブランコに座り不穏な闇の世界に身を任す。蚊やブヨが頭のまわりをブンブン飛ぶ。母の車が戻ってくる。道に敷かれた砂利を踏み砕くタイヤの音。ヘッドライトが家に大きな光の筋を投げる。父が急いでブランコから降りる音が聞こえる。寝室のドアがさっと開き、カタンと閉まる。母の部屋から二部屋離れた小さな部屋を、父は使っている。何かが起きるのではと思うと、心臓がドキドキする。

　母は父の部屋には行かない。二人はすっかり離れてしまった。わたしは壁に耳を当て、母の部屋の様子を探る。暗く冷たい夜に、怒りと悲しみが散乱する。深い沈黙のなかから、グラスに注がれる透明の液体が跳ねる音が聞こえる。解き放たれる悲しみ。たっぷりとついだウォッカ。母の隠れた秘密。取るに足らない性格の弱さ。母はお酒の臭いをごまかすためにお茶を飲んで、ライムの薄切りを食べる。わたしにはわかる。なぜってカニやロブスターを食べるときには、お茶やライムの汁で生臭さい手の臭いを取るから。母はあらゆる手段を尽くして、新しい習慣を隠そうとする。

　わたしは深呼吸する。もう一回。そして、もう一回。沈黙のなかに身を隠すことで、他の感覚が研ぎ澄まされていくのを感じる。壁を透視する力や他人のごまかしを見抜く力。秘密を隠す厚いコートを取り除くことができるようになってきた。石膏《せっこう》壁の向こうにごちゃごちゃと隠れた電線やパイプ。家の土台を食い荒らすムカデやシロアリといった害虫。母は睡眠薬を飲むだろう。母の部屋へ行き、少し親切にしてあげよう。でも、やっぱりできない。すぐにそんな気持ちはどこかへ消えてしまう。見抜く力がつけばつくほど、余計逃げ出したくなる。部屋の向こうで、夜な夜な母の悲しみは深く体の奥に、骨の髄まで染み込んでいく。悲しみが母の魂をも飲み込んでしまう。

心のなかで、何か別のものを求める。ジェームズ。今でも姉の傷口に置かれたジェームズの手をはっきりと憶えている。あの晩、ジェームズはずっと泣いていた。男の人があんなに激しく泣く姿を見たことはなかった。あんなに激しく悲しむ人の近くには、とてもいられない。あたりに響き渡る心の動揺。父の陶器みたいに無感情な視線や、母の控えめな悲しみや心の内に押し込まれた憂鬱には慣れてきたけれど。かつては永遠に続くと思っていたわたしと姉とジェームズの関係。太陽と地球と月のようにいつも三人が揃っている状況は終わってしまった。

ジェームズはわたしと連絡を取り続けようとした。でも、父のおかげで簡単に断ることができた。姉の死後、父が珍しくわたしのことを気にかけてくれた。単に親としての務めからというだけではなかったと思う。父はわたしに軍事警察の建物に近づくことを禁じた。父はわたしをしっかり抱きしめ、指を振りながら強く言った。父の注意のおかげで、ジェームズを避ける余裕が生まれた。父の命令は絶対だ。中国のグランマはそれを厳しく実行に移すだろう。今では滅多にないことだけれど、わたしが中国のグランマと一緒に夕方の散歩に出かけるときには、家の門を出ると右ではなく左に曲がる。右へ曲がれば、あの事件の場所に行く。

ある日、家の近くにある飲食店を通り過ぎた。タマリンドの木の陰で若い男たちがタバコの灰を払いながら、ドラムの荒削りなビートにあわせて足を踏みならしている。低いスツールの上で背を丸めているのはジェームズだった。手には33ビール。

ジェームズはぐいっとビールを飲む。わたしと目が合う。面と向かって。見て見ぬふりはできない。中国のグランマがわたしを肘でそっと押す。ジェームズはわたしの方に来ると跪き、筋肉質のたくましい両腕でわたしを抱きしめた。わたしの顔は彼の胸のなかで潰れそうだ。彼の目から止めどもなく涙が流れる。たじろぐわたし。何か彼に言わなければ。でも、わたしは沈黙の渦から抜け出せずにいる。中国のグランマがジェームズに話しかけようとする。手で合図するグランマ。わたしがもはや口をきくことができないと伝えようとする。

灰色の石像のように無表情な顔をした自分を意識する。二人が交わす複雑なパントマイムを見る。本当ですか。ジェームズがぎこちないヴェトナム語で表現する。本当ですか。唇を指さし、次いで首を振る。

彼が動くと、白いシャツの袖が上がる。わたしはびっくりして感動する。新しいタトゥー。コバルト色で腕に刻まれた数字は、姉が死んだ日付けだった。

中国のグランマが肯く。自分の口を指さし、わたしを指さし首を振る。ジェームズの表情が暗くなる。彼はしゃがみ込むと、視線の高さをわたしに合わせて抱きしめる。わたしは彼の背中に手を回す。以前、踵や爪先で感じた固い小さな節を手のひらに感じる。ジェームズは手を差し出して、わたしがそれを握るのを待つ。そうしたい。でも、わたしはその場で凍りついたように動けない。ジェームズが安心させようとにっこり笑う。「大丈夫。また来るよ。」

家に帰ると、コオロギがひっそりと静まりかえったわたしの部屋で待っている。手の上に乗せ、庭に散歩に出る。スズメがスターフルーツの木からさっと飛び去ると、木の葉が揺れる。その近くには、昔隠れん坊をしたマンゴーの木が立つ。赤い光沢のある葉の間から、熟していない青いマンゴーの実が垂れ下がる。まだ固く酸っぱいけれど、チリパウダーと砂糖、それに塩に漬けて食べれば、甘さと酸味と辛さが口のなかで絶妙に溶け合う。あの強い風味が舌に蘇ってくる。虫の鳴き声と共に、夜が更けていく。それに反応するかのように、わたしのコオロギが小さな声で鳴く。わたしは唇に指をあて、シーッと言う。

今夜は外にいたいのかと、コオロギに訊く。手のひらを開き、いつでも飛び出せるようにしてやる。それでもコオロギは手から離れようとしない。人生の苦しみをわたしと共に分かち合いたいらしい。空には星が輝く。星のひとつがわたしに瞬きする。地球の上では、わたしとコオロギが友情と称して共に隠れている。人生に変化が起きるのを、コオロギと共に待っている。

夜が更ける。わたしはベッドの上で寝る。すると、淡い象牙色の月明かりが窓から部屋に差し込んでくる。おかしなことが身のまわりで起きる真夜中の時間。暗闇のなかで何かが動くのを感じる。目を閉じ、顔の向きを変える。わたしの体を記憶の一群が通り過ぎる。脱線し、溶けていく記憶の数々。きっと暗闇が溶解剤の働きをしているのだろう。夜になると固まりが溶け、そこから血が噴き出す。そして、その本当の形が露わになる。夜になると時間の動き方が変わる。時計盤の上を一秒、一分、一時間と進むのではなく、網の目の空間のなかでループ状に環を描くこともあれば、カール状に巻きつくこともある。急に潜るように急降下することもあれば、矢のように突進していくこともある。無限に螺旋を描きながら退行していくことだって。

これまでどおりに変わることのないわたしの羅針盤。誰もが自分だけの羅針盤を持っている。たとえどんな状況でも、惜しみなく愛を与える特別な人のこと。今でもベッドのなかでの姉との触れあいが、しっかり感覚として残っている。

時折、誰かがわたしの近くで立っているような気持ちが強くなり、振り返って確かめることがある。誰かがわたしの盲点のなかに浮かんでいるかのように思える。わたしのすぐ隣を歩いている。

そう。姉はわたしの初恋の人。姉の死による喪失感を埋め合わせることは、一生できない。姉の死は、永遠に満たすことができない愛をわたしに残していった。

8　エメラルド色の目

ミン氏　2006,1967

水田と同じ緑色の目をしたアメリカ人がいた。

彼がヴェトナムに来たのは一九六三年。だが、わたしが初めて彼に会ったのは一九六六年だった。特殊作戦訓練を終えようという頃、トレーニングセンターでのことだ。彼の名前はジョン・クリフォード。アメリカ人軍事顧問団の一人として、人員管理やパトロール、待ち伏せ、夜間行動、射撃術、小隊訓練、諜《ちょう》報《ほう》活動、保安、兵站《へいたん》学をわたしたちに教えてくれた。銃剣の突き方を練習し、武器の構造やアメリカの重火器の仕組みを学んだ。貴重なM16自動小銃を渡された仲間もいた。彼は自分のことをクリフと呼べと言った。

クリフに教わったのは、しっかりと動物を観察すること。生死を分けるような状況下で食料や水、隠れ場所を探すには、動物の行動が目印になるという。彼がヴェトナムに来たのは一年の義務役からではなく、もっと長い戦術的目的からだった。もっともその詳細については、明かしてもらえなかったが。他のアメリカ兵のように若くはなかった。第二次世界大戦時にはイタリアやドイツで戦った。何年にもわたる戦闘経験が、荒々しい顔に刻み込まれていた。彼の目をまじまじと見る。豊かな水田のような緑色をした彼の目は眼光鋭く、実に魅力的だった。彼と話すときには、視線の重みを顔全体に感じた。あのように真っ直ぐな視線を見るのは、初めてだった。

クリフはヴェトナムに流れてくるような人間ではなかった。彼の姿勢、表情、目つきのどれもが、打算的な人間ではないことを、行動を控え抑制するような人間ではないことを示していた。彼は進んで誰とでも友達になった。ヴェトナムのフルーツが好物だった。マンゴスチン、パパイヤ、それにリュウガンも。ただし、木の上で熟すのを待つべきだと言い張っていたが。彼がリュウガンの固い皮を、歯で剥いているのを見たことがある。街で売っている食べ物を試す勇気も持ち合わせていた。朝食にはフォーを一杯。最後の一滴までゆっくり飲み干し、箸でつかめる麺は最後の一本まで食べた。まだ熟していない青いパパイヤのサラダを、山盛りで勢いよくむさぼり食った。

アメリカ人はヴェトナム中にベースキャンプを造って回った。わたしたちのキャンプはサイゴンの外れにあった。そこでサバイバル術を学び、理論を体にたたき込んだ。とりあえず手に入るもので何かを造り出す能力は、世界をじっくり観察し、何物をも逃さない洞察力にかかっていた。蜂や蟻が木の幹にできた穴に入ったからには、そこに水があるからかもしれない。流れるような緑の密林風景とそこで動く物影からは、偽装した物体と地面の一部を識別する術を学んだ。

クリフが他のアメリカ人軍事顧問と違うのは、人の話をよく聴こうとする点にあった。だから、すぐにわたしは彼と仲良くなった。事実、新たな反乱が起きたという情報を知ったのは、彼と昼食を取っていたときのことだ。爆薬を積んだ車が、有名なホテルの駐車場で爆破された。その爆発のせいで、アメリカ人とヴェトナム人と合わせて百名以上の死傷者が出た。ヴェトナムの太陽で赤茶色に日焼けした彼の顔。自らの感情を抑え、わたしに慰めの視線を送っているのがわかった。

「ドン・ハ、コン・ティエン、ゾーリンが次々と攻撃されている。敵はこれらの町を計画的に攻撃しているかのようだ。君らは敵と戦うのに手一杯だろう。」テーブル越しに彼は手を伸ばし注意を引かんとせんばかりに、強くわたしの手を握りしめた。

「そのとおりです。クリフさん。北はとても大胆になっています。次は中部高原を狙ってくるでしょう。」

「南を真っ二つにするためだ。」クリフが相づちを打つ。

「どうにもできない自分たちが情けないです。」南の無力さを詫びる必要性をわたしは感じていた。「正直なところ、ヴェトナムは難しい場所にあるのです。」

ヴェトナムには外敵の侵入を撃退してきた長い歴史があった。チュン姉妹、ゴ・クエン、チャン・フンらは中国と戦った国の英雄だった。「残念ながら、あなたがたアメリカ人も問題のひとつです。」わたしはクリフに向かって言った。「北はアメリカの存在をプロパガンダに使おうとしています。」

クリフは肯くと、同意するというよりは興味を示すように、「んー」と長く唸った。

そこで、わたしは彼に有名なヴェトナムの格言を教えた。「コン・ラン・カン・ガ・ナー」。一語一語ゆっくり発音した。「蛇を背負って家に連れて帰れば、折角育てた鶏を殺されてしまう、という意味です。」

「アメリカ人は蛇というわけか。」クリフは陽気に笑った。

「北はうまい具合に非難しているんです。」

クリフはビールをもう一本頼んだ。「このビールはうまい」と言い、ラベルを読んだ。「33。思ったより強いビールだ。」

「米のラガーです」と、わたしが言う。

「そうか。奴らは国家主義をうまく使って、自分たちこそが本当の国家主義者だと見せかけているのか。」

クリフは静かに、しかし威厳をもって言った。「アメリカと共謀する南はインチキというわけか。」彼の顔に汗が流れ、赤くなってきた。わたしは日陰に移ることを勧めたが、彼はそのまま会話を続けることを望んだ。

「最初からこの点が問題になることはわかっていました。ジエム大統領は苦心していたのです。」わたしは説明した。「大統領はアメリカの支援を必要としていました。しかし、ヴェトナムにアメリカ軍を置くことで生じる代償を払う決心はできていませんでした。弟のニューと共に、もちろん秘密裏にではありますが、ハノイの上層部と連絡を取っていました。アメリカの介入無くして、交渉で状況を打開しようとしていたのです。」

「それは知らなかった」と、クリフが言った。軍人の彼には、政治的陰謀によって生じる裏の世界との縁はなかった。

交渉は平和と国家統一を達成するのが目的だったのだろうか。それとも色々と問題が多い弟ニューを使って、アメリカの改革要求に背を向けるための単なる陰謀だったのだろうか。わたしは静かに考えていた。

「ミェチスワフ・マネリという人物を知っていますか」と、クリフに尋ねた。

なんとか思い出そうと頭をひねりながらも、クリフはゆっくり首を振った。「いや、わからない。」そして肘をテーブルにつき、手であごを支えた。

発音が間違っていたのかもしれないので、わたしはその名前をナプキンの上に書きクリフに見せた。彼は首を振り繰り返した。「知らない。」わたしは腕時計を見てから、イカを一皿注文した。「マネリはサイゴンとハノイを結ぶ仲介役のポーランド人です。北も南も秘密の取引は知られたくなかったのです。」

「でも、なぜ。」

「ロシアと中国が交渉で解決することを望んでいなかったのです。二国ともヴェトナムが独立したり、中立であることを求めていません。だから妥協や平和的解決は望まないのです。ヴェトナムをしっかりと共産主義勢力の側につけておきたいのです。」

「で、アメリカはどういう立場にあるのだろう」と、クリフが尋ねる。

「わかりません。アメリカ人ですらわかっていないのでは。」

クリフが笑った。「そうだ、そうだ。」

「きっとアメリカとしては、ヴェトナムを味方につけておきたい。ヴェトナムがアメリカに依存しながら。とにかく、ジエム大統領はアメリカを信じていなかった。アメリカ側につくというのが、どのような意味を持とうともです。だから、マネリのこともアメリカには伏せてあった。」

クリフの興味が高まってくるのを感じた。「中国やソビエトのようにアメリカがヴェトナムの歴史を理解していれば、アメリカを戦争に引きずり込むのが彼らの国益にかなっていることがわかるでしょう。だから、アメリカの存在をことさらに宣伝するのです。中国もソビエトも表に出ないようにしながら、アメリカをヴェトナムに留まらせる。陰で弾丸を撃ち続けるのです。」

じっくり考えるかのように、クリフは目を閉じた。それから、いつもの落ち着いた調子で言った。「実に複雑だ。」

「まったくです。戦争には色々な側面があるのです。」フォンお得意の立場を代弁している自分に驚きつつも、わたしは言った。つまり、これにはヴェトナム人の多くが考えもしなければ、理解もしないアメリカの内政も関与していた。アメリカが遠く離れた海外の戦争に関与する理由に疑問を持ったのは、数年前、ヴェトナム軍の仲間たちとカンサスのレブンワース砦にあるアメリカの士官学校に行ったときのことだった。到着すると、すぐさまわたしたちは大きなため息をついた。あー、これがアメリカか、と思った。大陸のように大きな国土。すべてが美しく自由だ。豊かで広大で、他の国とはあまりに違う。このような国なら周囲の影響を受けることなく、超然としていられる。国境の先にある悲惨さなどお構いなしに。

毎週、わたしとクリフはサイゴンにある家族経営の飲食店で昼食を取った。ヴェトナムは食にこだわる国だ。やや誇張して言えば、どんな家でも他人の食欲を充たすために増築して店をつくる。豪華なつくりの店もあれば、こじんまりとした財布に優しい店もある。チャーシューやチャーハンのクレープ巻き、焼きパン、バナナの皮に包んだおむすびを、わたしたちはよく食べに行った。

何度か外で食事した後、わたしはクリフを家に招いた。彼はすでにヴェトナムの食文化に慣れていた。それでも、妻は調理済みの野菜やよく焼いた牛肉だけを用意した。わたしの好物の青いパパイヤサラダは生なので出さなかった。飲み水は、十分アメリカ人でも飲めるものと妻が判断した。まずは沸騰させ、冷やしてから濾《こ》す。それでもいざ席に着いてみれば、ボトルに入った水が用意してあったので驚いた。テーブルの真ん中のトレイには、豪華な前菜が盛られていた。春巻き。キンマの葉で包んだ牛のレモングラス炒め。塩とコショウで揚げた蟹のはさみ。

クリフは軍服姿で家に来た。いかつい肩。その物腰は軍人らしく、背筋をピンと伸ばしている。努力の様子を示そうと、片言のヴェトナム語を話す。その後は、フランス語と英語を交じえて会話を楽しんだ。禁欲的に楽しみを抑えていたのか、表情は終始笑っているものの、どこか控えめだった。

彼には妻と三人の息子がいた。上から十九歳、十七歳、そして十六歳。ニューヨーク州に家がある。町ではなく、山のなかだ。クリフが子どもたちに魚釣りを教えたという美しい清流や、みんなで駆け回ったという花咲く草原が目に浮かぶ。わたしの妻は、家族のことをいつものように紹介した。「そうです。娘が二人なんです。」妻の顔が美しく輝く。「マイとカーンと言います。いつも二人一緒なんですよ。」

栓抜きを片手にワインボトルを相手にわたしが悪戦苦闘している間にも、楽しげな会話が続いた。妻は彼女が水田の広がるメコンデルタの出身で、わたしがラオス出身であることを話した。「でも、夫はヴェトナム人ですわ」と、妻は付け加えた。クリフは肯くと、ヴェトナムにはラオス人が多いのかと訊いた。「いいえ」と、妻が答える。「多いのは中国人です。」しばらくして、クリフが壁にかかった漆画に興味を示すと、妻は喜んでお気に入りの二枚を紹介した。「ご覧ください。」誇らしげな妻の声が聞こえてくる。

「たまに陶器や漆器をつくる工房に車で行くことがあるが、これほど美しいものは見たことがない。是非アメリカに買って帰りたいものだ。」クリフが言う。

「良い工房に行かないといけませんわ。ここから一時間ほどのビエンホアにお連れしましょう。あそこの工房が一番です。これらの絵は十回以上漆を重ね塗りしているのです。だから剥げたりしません。きれいに磨かれていますわ。これは仏教の世界を表した絵です。」妻は続けた。「蓮の池ですわ。心の静寂を意味するそうです。」

「素晴らしい質感だ。」クリフが同意する。

「そして、これがヴェトナムの歴史に出てくる女傑二人です。ゾウの背にまたがって兵を率い、中国からの侵略者を打ち負かしたのです。」妻が説明した。

「チュン姉妹ですね。ヴェトナムに来る準備をしていたときに読んだことがある。それに、ご主人が何度も二人の話をしてくれた。」漆の隅々を丹念に見ながらも、クリフは笑みを絶やすことがなかった。「でも、他にも女傑がいたのでは。」

「ええ。チェウ夫人もいます。」妻は感謝の念を示しながら言った。

「嵐に乗り波を手なずける。ぺこぺこお辞儀ばかりする女たちには用がない。そんな名言を残したのは、チェウ夫人だったと思うが」と、ワインを少しずつ飲みながら、クリフはこっそりわたしにウインクした。

妻の眉毛がピクッと動く。心動かされたのだ。「そのとおりですわ。チュン姉妹もチェウ夫人もヴェトナムの女性を代表する存在ですの。」妻は声を低くする。そしてわたしを見て、同意を求めた。

「そのとおりだ」とわたしは言った。

「クリフさん。よくヴェトナムの歴史をご存じですわね。驚きました。」妻がクリフを感慨げに見つめながら言った。

「さっきも言ったが、わたしは外国へ行くときには、まずその国のことを勉強したいのです。」クリフが答えた。「国民的英雄として崇められている歴史上の人物を学べば、その国のことがよくわかる。ヴェトナムに来てすぐに、チュン姉妹やチェウ夫人にちなんで名付けられた大通りがあることを知った。」

妻はじっとクリフを見ている。冷静に評価しようとしている。きっと、わたしが以前から不思議に思っていたことを考えているのだろう。なぜこれほどの男が祖国を離れ、ヴェトナムに来たのかと。

妻がこの疑問をぶつけると、にこやかにクリフは答えた。「この国を救うためです。」あまりに単純な答えなので、妻はこれが本当かどうか理解できずにいる。「見返りはなんですの」と、妻が訊いた。

「見返りですって。満足感でしょう。大切なことをしたという達成感です。」クリフは答えた。

「あなたの国はどうですの。アメリカは何を得られるのですか。」

クリフは肩をすくめた。「わたしは自分自身の判断に興味がある。何ができるのか。助けることができるのか。それ以上のことはわからない。」

妻は本当に驚いたようだった。わたしたちは食堂にいた。妻はクリフにワインを注ぐよう、やさしく肩でわたしに触れた。

「それだけですの。」クイが執拗に尋ねた。

「そうです」と、クリフが肯く。「世の中には単純なこともある。本質まで突き詰めれば、その単純さがよくわかる。」

　妻は瞬きもせずに言った。「本当ですか。何か例はありませんの。」

「簡単なことです。例えば忠誠心はどうだろう。忠誠を誓うというのは、とても単純なことです。必要とされているときに友達を見捨てない。それが忠誠心です。」

「でも、諦めざるを得ないときもあるのでは。友情だろうと何だろうと、限界というものがあるはずだわ。」

　クリフは目を閉じて、深く息を吸った。「この香りは何だろう。この花はとても素晴らしい香りがする。」

「ああ、これですか。イランイランですわ。テラスで一年中咲いてますの。」妻が言った。「シャネルの五番が使うシグネチャー・セントですわ。」

　クリフは目を開けて息を吸った。「素晴らしい。」そして、続けようとした。「つまり、言おうとしたのは……。」

「ええ、わたしの質問ですね。忠誠心ですわ。いつでも、とりわけ人生が複雑になり状況が絡み合ってきたときには、そう単純ではないのでは。」

　クリフはまごつくことなく笑みを浮かべた。「素直に心に従えば、単純なことだ。でも、頭で考え始めるとこんがらがってくる。あちこちひっくり返し、ここを見てあそこを見て、ついには身動きが取れなくなる。」クリフはわたしを見て、訳知り顔で肯いた。「一九六三年に起きたことを思えばよくわかる。」

　妻は満足したようだった。腕を広げ気分を和らげる。わたしはもう一本ワインの栓を抜く。妻はそれを承認するかのような笑みを浮かべた。ボルドー産のカベルネ・ソーヴィニヨン。妻は晩餐の間、笑みを絶やすことがなかった。蜂蜜のように滑らかな金色の妻の顔。薄いラベンダー色のアオザイと見事な対照を成す。身のまわりのことから政治のことまで楽しく談笑した。クリフは「貧困との戦い」を掲げるリンドン・ジョンソンの内政を高く評価していた。しかし、ヴェトナムでの極めて慎重な戦い方については非難した。妻は、はっきりと自分の立場を示せといわんばかりにわたしを見る。しかし、わたしはクリフに反論もしなければ、支持もしなかった。夕食後、妻がこの日のために用意してくれたロックフォール・チーズに合わせ、ジョニー・ウォーカーの黒ラベルを開けた。椅子に深く腰掛け、強いアルコールの熱で喉と胸が火照るのを感じる。心地好い気分だった。グラスが響き合う音。穏やかな笑い声。

「ご家族と離れて暮らすのは、辛くありませんか」と、妻が尋ねた。

「ええ。でも、家族はわたしがしていることを信じている」と、クリフが答える。「だから、気は楽ですよ。」

「そうですか。あなたはご自身がなさっていることを信じ、ご家族もそれを信じていらっしゃる。」妻は眉間にしわを寄せ、クリフから目を逸らした。「奥様は何をなさっているんですの。」

「子どもが小さいときには、子育てにかかりきりでした。子どもたちのことばかり考える素晴らしい母親でした。だから……。」

彼の顔は輝いていた。

そして、自慢げに続けた。「最初の子どもが生まれたときには、もうパートタイムの仕事を辞めました。ベビーシッターを頼むのすら嫌だったのです。」

妻は儀礼的に肯いていたが、わたしは心の変化に気づいていた。「母親というのは、色々なかたちで子どもに尽くせるものですわ。」

「そのとおり。わたしが言いたいのは、手に取ることはできないけれど、必ず在るもののこと。いわゆる母性のことです。」

「失礼ですが」と、妻が遮る。「なんて面白い。いつも男性が母性についてお話しになるとき、何を意味しているのか不思議に思っていました。世界中の男性が女性の本能についてそうした見解を持っているのなら、考えるに値することですわ。とくに母性なるものについては。」妻の心には火が点いていた。クリフの言葉をよく理解しようと身を乗り出した。

「そう、子どものために何もかも犠牲にすることでしょう。家族のために。」クリフはためらいがちに答えた。いたずらっぽく目をパチパチさせながら。

「そうですの。ヴェトナムのような貧しい国では、誰もが犠牲とは何なのかを理解していますわ。」クイはクリフに対して否定的な態度で肩をすくめると、わたしに怒りの視線を投げつけた。「ヴェトナム中至るところで、誰もが犠牲を払ってますわ。熱い太陽の下でシクロのペダルを漕ぐタクシーの運転手に訊いてみてご覧なさい。何週間も無給で働き続ける南ヴェトナムの軍人に訊いてみてください。」

「きっとそのとおりでしょう」と、クリフが譲歩した。

彼の声は低く穏やかだったが、胸の奥深くから響いてくるように聞こえた。そのとき、彼が妻の細い首にじっと視線を落としているのに気づいた。別に悪い気はしなかった。心配でもなかった。見ないわけがない。ヴェトナムは壊れた難破船と化していたが、女たちは美しかった。美しい髪が大河のように、妻の肩から背中に流れる。ぴったりしたアオザイが、腰のあたりでキュッと締まる。綺麗に仕立てられたシルクの織物が彼女の体を、腕の先まで包み込んでいた。わたしの好みに合わせ、妻はこのように着こなしていた。演劇的な巧みさだった。みずみずしく官能的な雰囲気を醸し出していた。だが、体の流れるような線のほかには、何が見えるというわけではない。より一層の好奇心をそそるのは、それが人の想像力をかき立てるからだ。見えたり隠れたりの連続は見る者の極みだ。妻のような体をしていれば、肌を見せる必要はなかった。もちろんわたしだけでなく、他の誰もが、外国人までもが気づいていた。これは共通のことだった。気づくのは当たり前のことだ。だから、わたしはクリフがより一層気に入った。

ラジオから流れ出る歌声が大きくなってきた。カーン・リーだ。物思いに耽るかのように明日を詠う恋歌だ。もちろん、悲しげに。別れの曲なのだから。涙の大海のなかで失われた恋を悼む。彼女の歌い方は控えめだ。嘆きと悲しみの歌。わたしたちの手を取りながら、絶望の縁へと導いていく。

その晩、クリフは努力してわたしたちの信頼を得た。表面の魅力の下には、慎み深い人柄が隠されていた。別れの時間が来たとき、わたしと同じようにクイはきっと残念に感じたことだろう。

わたしたちはクリフを庭へ案内した。妻は彼の後を追う。最初は視線で。次に頭や肩の向きを変え、身を動かしながら。庭の塀に沿って植わったブーゲンビリアの葉に月光が踊る。マンゴーの木の枝に、緑色の小さな花が小穂を咲かす。ここはカーンとマイが隠れん坊をして遊ぶ場所だった。苦労したあげく、ようやく隠れ場所を見つける振りをしてわたしが二人を見つける。妻はスターフルーツをいくつか摘む。すっかり熟して、今にも地面に落ちそうだ。クリフは大きく息をする。庭の香りを胸一杯に吸い込んだ。もう十分遅かったが、ドアの近くでわたしたちはぐずぐず時間を潰す。蚊が頭の上に集まってくる。ごく自然に、妻はクリフの顔から蚊を軽く払いのけた。

「どうぞまた来てくださいね」と、妻が言った。

別れを告げるとき、クリフは「クイ」と呼んだ。彼が妻の名を口にするのは、初めてだった。どういうわけか彼が妻の名を呼んだことが、わたしの注意を引いた。「大切なものという意味ですね」と、彼は言った。

「そうです」と、わたしは素早く答えた。「とても大切なものです。」

彼の訪問はその後も続いた。いつの間にか、彼は我が家の常連になっていた。

弱い微かな光が窓から差し込み、わたしをしっかりと包み込む。水のように柔らかく、速く、豊かで素晴らしい物質のなかに、わたしは浮いている。実際これは水なのだ。金属のように光ることもあれば、青く輝くこともある。穏やかなときもあれば、乱気流のように荒れるときもある。泡立つ白波が海面を滑り、激しく打ちつける。はるか遠く手が届かない地平線の彼方に、ココナッツの木が点々と並ぶ。ピューという激しい音。そう、南シナ海だ。クイがわたしに向かって空から、海から、岸から手を振っている。

　皿に当たるフォークのカチカチいう音で目が覚める。平穏な世界の終わり。

「おはよう」と、声が聞こえる。朝早くに交わされる日常的な挨拶にまごつく。ノックはなく、ドアノブが回る音すら聞こえなかった。「お父さん《バー》」とヴェトナム語で呼ぶ声。形ばかりの挨拶が忙しなく、ぶっきらぼうに響く。娘は幽霊のように部屋に忍び込んでくると、ベッド脇の椅子に腰掛けた。組んだ足が震えている。斜めから見る視線が、わたしの表情を探ろうとする。マイは腕を伸ばし、わたしの手を取る。不安がわたしを襲う。困惑の渦のなか、何も理解できないままに娘をじっと見る。

「お父さん、聞こえる」と、マイが訊く。一言一言ゆっくり発せられる言葉は、どういうわけかこもって聞こえる。

　娘はナイトテーブルの表面を手で叩いて、わたしの意識をはっきりさせようとする。

「マイかい」と、わたしは尋ねる。ため息が聞こえる。「ほかに誰だっていうの、お父さん。」

「何か言ったかい。」わたしはぼんやり聞き返す。

　現実と夢がほぼ同じ割合でわたしを包み込む。

　娘の目がわたしをじっと見つめる。わたしの手を取って、しっかり握りしめる。今日は薬のせいで、麻痺したような感覚が残っている。

「大丈夫?」マイが訊く。娘は緊張しているようだ。これまでどうしていたのか問いかけたかったが、あの声に気を取られる。娘の声じゃない。誰か別人の声だ。何かが部屋に忍び込む。そのせいで事態が明瞭になるどころか、ぼやけ歪んでいる。

マイが続ける。「アン伯母さんのことが心配だわ。」娘はわたしのことをヴェトナム語で「父《バー》」と呼ぶ。何かに同情するかのように目を大きく見開く娘。なるべく穏やかに心配事に話を向けようとする。寝不足のせいか、下瞼《したまぶた》にクマができている。スカーフで隠れた娘の首の上の方から、紫色の肌が見える。何か言いたいのだが、うまく表現できない。何を訊けば良いのかわからない。切り出す言葉が見つからない。

あごで娘の首を指す。それに気づき、マイはスカーフを広げると、しっかり首が隠れるように結び直す。わたしは身を起こして、娘の言葉を聞く。

「お父さんを巻き込みたいわけじゃないわ。でも、日毎に深刻さが増してきているの。相談したいのよ。」娘は落ち着きを取り戻す。

「つまり、あの店の女が言っていたことと関係あるわけだ。」そうためらいがちに言う。わたしに難題を解決する力がまだ残っているとマイが思っていることに困惑しつつも、心動かされる。

娘は肩をすくめ、財布のなかを隅から隅まで見る。銀行の小切手帳を見つけ調べる。引出額と預入額の欄に並ぶ細かな数字から、何かを理解しようとしているようだ。視線が内向きに沈んでいく。「フイが始まって、もう何年も経つわ。金額は毎年変わるの。今年の掛け金は一万ドルよ。でも去年は五千ドルだった。みんな大きなお金を掛けたがるのよ。それで掛け金が大きくなれば、ルールがますます大切になっていく。始めた頃には、何て言えば良いのかしら、もっとみんな穏やかだったわ。最初の月には、誰にもお金を払わなかったものよ。家族に問題を抱える仲間が現れたときのために、緊急用のお金として取っておいたのよ。時には共有のファンドをつくることもあったわ。そこから数ドル引き出して、宝くじを買うの。当たればみんなで賞金を分け合う約束だった。でもチー夫人のお姉さんが亡くなって彼女が責任者になってからは、すっかり変わってしまった。フイは商売みたいになって、自由が無くなったわ。」マイはため息をつく。「今では誰かを助けるための貯金ではなく、銀行の貸付みたいになった。」娘の声はイライラを表し、やがてささやくように小さくなる。「最近ではアン伯母さんがフイを続けられるように、少しだけど援助してきたわ。」

「ということは、お金のトラブルだね」と、わたしが尋ねる。「彼女はフイからお金を引き出した。今では毎月ちゃんと積立金が払えなくなっている。そういうことだね。」予想どおり、金銭的な不安がアン夫人を襲っている。

「重要ではあるけれど、それだけが問題というわけじゃないわ。アン伯母さんは息子さんに給与の大半を与えて、残ったお金でサイゴンのお姉さんを援助している。それ以外にはほとんど何も残らないわ。」

「フイで得た一万ドルはどうしたんだろうか」と、わたしが尋ねる。

「坊やにあげたんだと思うわ。」

坊やという言葉にはぎょっとした。つまり「子ども」ということか。もちろん、親は子を助けるものだ。そうでない親などいない。子どもの生活に比べれば、親の生活などどうにでもなろう。アン夫人は助けを必要とし、坊やも助けを必要とする。あえてマイにはいくら援助したのかは訊かないことにした。法科大学院《ロースクール》を出てはいたけれど、マイは弁護士でもなければ、投資銀行に勤めているわけでもない。娘は研究図書館員だ。忙しい生活を好まない彼女には丁度良い。「今では毎月払うはずの千ドルが払えないということか。」わたしはつぶやくように言う。

「チー夫人のお姉さんは、当たりを引く前にみんなの様子を確かめてくれたわ。もし誰かが問題を抱えていれば、彼女は必要な分を援助してくれた。」マイが言う。

「だから、基本的にお金の問題なんだね」と、わたしははっきり言う。話を理解し、解決策を考える。

「ええ、でもそれだけじゃないのよ。」マイは悲しそうに言う。「アン伯母さんがフイの仲間を困らせたのよ。みんなは伯母さんを村八分にしようとしているわ。」

「でも、彼女はお金を払っている。なぜそうなるんだい。」

マイはわたしに目を向け、小さな声で言う。「伯母さんは急にお金が必要になったと言って、まずお金を取ったのよ。でも、後になってチー夫人はそれが嘘だったことを知った。つまり、いつもみたいに坊やにお金をあげていただけだったのよ。子どもの依存心を充たしていたの。」

きっと娘はわたしとこんなことを話し合っていることに、自ら驚いているだろう。わたしの様子を真剣そうな目つきで伺う。アン夫人の窮状を思うと、胸が痛む。

「急な入り用ではなかったというのは、本当なのかい」と、わたしが尋ねる。

マイは言葉にならない「んー」という音を発する。緊急性はなかったのだ。

「みんなは困っている坊やにお金をあげるのは、緊急事態とは考えないわけだ。」わたしは尋ねる。

「ギャンブルでそのお金を潰してしまう限りはそうね。つまらないビジネスで失敗するのもだめね。ともかく次の集まりでは、みんなはきっとアン伯母さんに利子を払わせると思うわ。千ドルじゃなくて千百ドルかそれ以上払うことになるはずよ。」

「彼女は払えるのだろうか。」わたしが訊く。

「たとえ払えたとしても、みんなが嘘偽りと考えるようなことをしたのだから、伯母さんは除名になるでしょうね。」マイは視線を背ける。それからしばらく間を置いて言う。「病気なのよ。ギャンブルを止められないの。中毒なのよ。」

この診断には疑問が残る。アメリカでは、欠点や弱みを持っている者などいない。どんなにひどい弱みでも精神分析学の用語で武装すれば、人にとやかく詮索されずに済む。しかし、だとすれば、かえってアン夫人の心は傷つく。だから、わたしだけの秘密にしておこう。「では、あげたお金をギャンブルで使ってしまうというのは、彼が病気だということになるから、緊急事態になるのかね。」

しばしの沈黙。そして、床を擦る椅子の音。マイはわたしの方に近寄ると、声を引き締めて言う。「精神分析医ならこう証言するわ。彼のせいではない。誰のせいでもない。病気なんだって。」

「証言するだって。まるで法廷にいるみたいじゃないか。裁判ざたになるのかい。」

「必ずしもそうとはいえないわ。多分ならないわ。」

「アン夫人を助けるにはどうすればいいんだい。」わたしが尋ねる。

マイの声が和らぐ。「村八分とお金のことが心配なの。」

「村八分はどうにもできない。アン夫人が緊急事態を悪用したとみんなが思えば、誰もが彼女と縁を切るだろう。」

マイが不機嫌そうに言う。「でも絶交されて伯母さんが苦しむのなら……。みんなは徒党を組んで伯母さんを仲間はずれにするわよ。とんでもないことになるわ。」激してはいるが、娘は疲れ切った様子だ。

「みんなを止める手立てはないわ。とにかくわたしたちみたいに小さなコミュニティでは、噂で人をダメにすることができるのよ。」

わたしは肯く。それが集団の暗い側面だ。信用を基盤に連携するグループの悪い点は、距離が近すぎるところだ。共謀すれば、すぐに誰かを村八分や仲間はずれにできる。

「それで、お金はどうなんだい。」わたしは尋ねる。

「だから、お父さんにお願いなのよ」と、マイが言う。焦点が合った顕微鏡のレンズを通して見ているかのように、上向きの娘の顔が近くに迫ってくる。

頭の中でさっと計算する。社会保障から支給される金のほとんどは、アパートの家賃で消える。それから将来マイが家を買う場合に備えて、頭金用にわずかながら貯めている。困ったことに、期待に応えられそうもない。

「伯母さんを援助してという意味じゃないわ。」マイがすぐに付け加える。唇が震えている。「お父さんに余分なお金がないことはわかっている。ただ、他の誰とも相談できないのよ。なぜって誰かにこのことを相談すれば、アン伯母さんには裏切りだって思われるから。お父さんにはわたしがどうすれば良いのか、一緒に考えて欲しいの。

「伯母さんの支払いを毎月助けるのは、ちょっときついわ。でも、状況は悪くなってきている。」マイの告白はさらに続く。「ひととおりみんながお金を引き出して、今回のフイが終われば、次のフイには伯母さんはまったく参加できなくなるかもしれないわ。」

娘の調子から、アン夫人がフイのお金をあてにしていることがわかる。だが、わたしは尋ねた。「その必要があるのかな。毎年のように一万ドルもの大金を伯母さんは必要としているのだろうか。」

マイは一息で必要だ《イエス》と答える。

わたしの心は掻き乱される。アン夫人の刻一刻と悪化する問題をどうすれば助けられるのだろうか。

「仕事に行かなくちゃ。本当は仕事の後に話せば良かったんだけど、心配でたまらなかったの。アン伯母さんは介護施設に出勤する前に、ここに寄るわ。もうすぐよ。伯母さんのことを話し合っていたとは思われたくないの。」そう言うと、マイが床を擦りながら椅子を後ろにずらす。窓の外に目をやる。ツガやモミの葉が折り重なるように見える。体を屈めてマイが出がけの挨拶をする。部屋の空気が動くと、娘の顔に羽ばたく蛾のような影《シルエット》が踊る。

9　九官鳥

マイ　1967

中国のグランマとベッドで寝る。もう夕方。外は暗くなってきた。

グランマの手がわたしに触れる。すると皮膚の下に静電気のようなものが走る。きっと急にピクンと動いたのだろう。グランマが飛び上がり、驚きを抑えながらも、どうしたのとわたしに問いかける。

わたしは首を横に振る。

かわいそうな子。グランマがささやく。かわいそうな子。

両親もわたしの耳が聞こえないと思い、似たようなことを小声で言っていた。

一体どうしてあの子はもっと普通にできないのかしら。

頑張らないと。

あの子は頑張っているわ。

なら、もっと頑張らないと。

夜になると、中国のグランマは必ず独り言を言う。かわいそうな子。

でも、わたしは気にしない。広い世界のなかで目立たない方が良い。誰にもわからないと思う。でも、沈黙の世界がもたらす空虚さや静けさが好き。広大な空間のなかに飲み込まれてしまいたい。うねるような光の動きを感じる。初めてこれに気づいたのは、姉の葬式が終わった夜のこと。あのときもベッドのなかだった。なだらかな丘に広がるお墓のイメージとその左右対称の影が頭のなかに映し出される。その影が家に帰っても、ベッドに入っても、わたしから離れない。あの夜、不思議な感覚がわたしの心の奥深くにまで浸透していった。

感情の渦が心を激しくかき混ぜるように動くのを感じたあの夜。姉のせいだと思った。まだ心に残る姉の存在。何かが体や魂にくっついたまま、永遠に心から離れようとしない。身体的な存在が消えた後でも記憶の断片が残り、現実とは異なるもうひとつの世界を紡ぎ出す。そんな風に思えた。

そして、誰かが隣にいるという感覚がより一層増してくる。わたしの向こうに知らない誰かがいるのかしら。

だから、この感覚が強くなってくれば、すぐに気がつく。ぴったりわたしに寄り添う分身の存在。見事に一体と化した二重螺旋のように、わたしの動きに合わせて踊り続ける。すぐそこにいるけれど、わたしには見えない。頭の向きを変えても、見ることはできない。

中国のグランマを肩で突き、暗闇から現れる夜の影を指さす。グランマはシーっと言う。そして好奇心からか、急に身を起こして辺りを見る。何もないことを確認して、「おやすみ」とささやく。指でわたしのまぶたを閉じる。

幽霊は世界中どこにでもいる。けれど、ヴェトナムには特に多い。電気のおかげでスイッチひとつで暗い部屋を明るくしたり、熱い部屋の温度を下げることができるサイゴンですら、誰もが超常現象を信じている。より原初的な存在に取り憑かれている。煙突から聞こえる不思議な音。窓をサッと通り過ぎるシルエット。空気中の電気。すべて幽霊の存在で説明できることばかり。以前にも増してわかるようになった。十分な説明。愛する人のように、個人的な存在。物理が好きだった姉の世界と霊界がどう結びつくのかはよくわからない。でも、姉が幽霊になって空を飛び跳ねながら、いつもわたしを見守ってくれている。そう思うようになった。

カーン姉さんはここにいる。一人つぶやく。


姉が死んでから数ヶ月経ったある晩、両親の話し声が聞こえる。感情を声に表さないように努力はしているけれど、それができないのは明らかだ。近頃では、両親が互いに意地悪くなっているのがよくわかる。感情を抑え込もうとしながらも続く会話。落ち着いた様子の陰に隠れたどう猛さ。無理に低く抑えた声が、心の緊張を大きくする。

「どうして。」母が感情を露わにする。とても強く非難している様子。「どうしてだめなの」と、暴君のように責める。そして沈黙が、今度は長い沈黙が続く。

「それはできない。」父が躊躇したあげくに言う。

「何ですって。家族を守るためでもだめなの。」母が問い質す。

「彼は家族じゃない。君の弟は……。僕には……。」父の声が消えていく。

「仕事上の義務と家族としての務めを混ぜこぜにするのは、良くないことなのはわかるだろう。」父が諭すように言う。

そして、母の非難する声。声が大きくなる。「恥だわ。」しばらくおいて、また同じような調子で言う。

「恥よ。」そう繰り返すと、母はさらに憤る。

母に無理難題を突きつけられて、困っている父の表情が目に浮かぶ。どんな目をしているのかしら。

悲しんでいるのかしら。困ったときにいつも寄せる眉間のしわはどうなっているのかしら。

「君がそんな風に思うなんて残念だ。でも、僕にはできない。できないんだ。」父は弁解することもなく強調する。

わたしは寝室のドアに耳を押しつける。母が父に翻意を迫る。そして、しばらくの沈黙。わたしだけの想像の世界ですら、二人に平和や協調が訪れることはない。想像の力だけでは解決できないこともある。

「これは人に頼めるようなことじゃない。」父が叫ぶ。父は傷つきやすい。平静さを失っている。感情を抑えられなくなっている。「今、何が起きていると思っているんだ。これは本当の戦争だ。見せかけなんかじゃない。」そして、こう続ける。「限界というものがある。僕にはできない。」

「できないの。それとも、する気がないの。」母がすぐにやり返す。興奮する父に対してきつい怒りでの応酬。「家族のことが心配ならできるはずだわ。」開戦の火蓋が切られた。大声で怒鳴り散らすことになる。

父の声が震える。「なんてことを。」こんなにも辛辣な調子で話す父の声を聞いたことがない。二人の会話の行く末が案じられる。二人の足音。ドスンドスンという父の軍靴。カタカタとむき出しのタイルに響くのは、母が履く木のサンダルの音。

「前にもあったことだわ。」少し穏やかに母が続ける。「あなたが最初じゃない。」

その後、しばらく続く会話。懸命に理解しようとするが、聞き取れない。

「あなたも他人の犠牲のおかげで救われた。その人たちは危険を冒したのよ。彼のおかげで助かったのよ。そのことを考えたことがあるかしら。」母は意味深長に問う。

混乱気味にやりとりが続く。母は激しく攻撃し、父はうなだれる。非難の連続。

父はフンッと軽蔑の息を鼻から漏らす。母が触れた好ましからざる、とはいえあまりに明白な事実を無視するかのように。

「彼がしたかって。」父は声を大きくする。「ああ、したさ。でもあれが僕の為だったと言えるかい。」

怒った母が父を黙らせる。二人の声は小さくなる。それでも、母が二番目の伯父さんのことを話しているのがわかる。セオと呼んでみたり、フォンと呼んでみたり。あごの大きな古傷のことに触れてみたり。一人の人間のことを話すのにいくつもの呼び名が登場する。実に複雑。父の苦笑。父は母に二番目の伯父さんを親しい呼称で呼ぶなと命じる。数年前、親愛の情から父自身がその呼称を使うようになったにも関わらず。「もうその呼び名は使っていないことに、気づかなかったのか」と、父は言うと黙り込んだ。母はこの発言を無視する。母が犠牲という言葉を繰り返し使う。周囲に他の人々がいるかのような態度で、母は父に促す。戦争のときだけじゃないわ、と母は釘を刺す。母独特の声音で、「だけ」という言葉を強調する。そこには緊張感と共に、母の判断が込められている。

「で、それは一体どういう意味なんだ」と、父が問う。

「しっかり目を開いて見れば、わかるはずだわ。彼はいつだってあなたを優先してきた。そうは思わなくて。あなたは目の前にないものは、いいえ、目の前にあるものですら、気づかないのよ。」

「君が思っているよりはわかっているつもりだ。ただ、それをいちいち言わないだけだ。」

そして、二人は何も話さなくなる。しばらくして、憂鬱な泣き声が押し殺したように聞こえてくる。

「カーンが死んで、もうこれ以上何も失いたくないのよ。」母は低いうめき声を上げる。やがてそれは激しい泣き声に変わる。わたしのベッドのなかにまで聞こえてきたあのときの荒々しい泣き声のよう。母が一人きりだと思って泣いていたあの週末の出来事。でも、今は一人きりでないことを母は知っている。母の泣き声は長く悲しげなすすり泣きに変わる。深い悲しみが胸の奥からこみ上げるように伝わってくる。

一体どうなるのだろう。時が経つ。やがて父が立ち上がって動く。ドアの隙間から短い影が見える。「わかったよ。」父がぼそっと言う。「できるだけのことをしてみよう。」

しばらくして母のすすり泣きは収まり、そしてまた泣き出す。尽きることのない悲しみのせいというよりは、勢いのせいと言った方が良さそうだけれど。

その後、父の声。「頑張るよ。約束する。」

母の調子が変化する。父は部屋でぐずぐずしている。「ただ、守らなければならないことがあるのは理解してほしい。みんなの安全のためだ。」

母の返事はない。なんとか二人の意見は一致した。最後は騒乱を乗り越え、休戦に至ったのだろう。もう安心。

母に優しくしてあげたい。母の泣き声がとても辛そうだったので、勇気を振り絞って部屋へ行き、母の耳元で何かささやこうと思ったくらい。でも、気持ちは高まるものの、わたしだけの長い沈黙を破ることはできない。結局、いつもの普通の自分に戻る。母を喜ばせることはできない。わたしはじっと座ったまま。聞き耳を立てる。父が部屋を出る。ドアが開き、ちょうつがいが元に戻る。そして、バタンという扉が締まる音ですべてが終わる。

可愛らしい九官鳥。ジェームズの手のひらにのっているのは、輝くような黒い羽にオレンジ色のくちばしをした小鳥。虹のように鮮やかな黄色の美しい線が頭を走る。ジェームズは小鳥にあごを擦り寄せ、椀に入った真っ赤な唐辛子を食べさせる。小鳥はスキンシップが好きなんだと、ジェームズが言う。小鳥の輝く澄んだ目をのぞき込む。小鳥は視線を返すと、わたしの正体を見抜こうとするかのように首を傾げる。丸い目の視線をわたしから離そうとしない。分厚い羽をパタパタさせる。

じっとして。

「こっちへおいで」と、ジェームズが言う。

わたしが彼に近づくと、中国のグランマがくしゃみをする。小鳥もくしゃみをする。これにはびっくり。黒い目でじっとわたしを見つめる。顔を上げ、斜めに動かす。ジェームズはグランマの好きな「イエスタデイ」のメロディーを口笛で奏でる。小鳥はすぐさまジェームズの肩に跳び乗り、口笛を真似する。ジェームズは九官鳥の短く切られた羽に触れると、鏡を小鳥の目の前に置く。「なんてすごい鳥だ！」小鳥はそう言うと笑う。英語を喋る小鳥。ジェームズと中国のグランマも笑う。「本当にすごい鳥だ。」ジェームズは首を縦に振りながら同意する。

「すごい鳥だ」と彼が言うと、小鳥はその言葉を繰り返す。ジェームズが今度はわたしの手を取って、小鳥の頭に乗せる。「撫でてごらん。」

ジェームズの言葉に従う。中国のグランマが九官鳥は他人の言葉を繰り返すと教えてくれる。

小鳥は再び首を傾けると、わたしの手の甲にとても熱心に擦りつける。なんだかわくわくする。気が楽になる。わたしは小鳥の無言の呼びかけに応え、ふさふさした胸を小刻みに撫でる。小鳥は体をあっちこっちに動かす。どうにも痒《かゆ》くてしょうがないところを、わたしに掻いてもらいたいかのように。

「お腹が空いたのかい」とジェームズがヴェトナム語で訊くと、「お腹空いた」と小鳥もヴェトナム語で答える。この小鳥ったらヴェトナム語も喋る！　マンゴーやパパイヤのジューシーな香りが小鳥からする。「何か食べるかい」とジェームズが英語で訊くと、「食べる」と小鳥がハスキーな英語で答える。

「バイリンガルね」と、中国のグランマが叫ぶ。

小鳥と何か示し合わせているような妙な感覚。

ジェームズは小鳥に身を寄せ、耳元で何かささやく。「さあ。」ジェームズが急かす。小鳥を突っつき、黄色く熟れたマンゴーのスライスを与える。

「ラ、ラ、ラ、ラ、キュウカンチョウ。」小鳥が誇らしげにさえずる。そして、「ヴェトナム、ヴェトナム」と続けるのだが、ちょっと英語の発音が悪いせいか、「ナンゴクノアヒル（南国のアヒル）」と聞こえる。これがグランマの笑いを誘う。ジェームズは首を振り、言い訳する。「まだ練習中なんだ。きっと上手くなる。」

ジェームズは身を屈め、地面に膝をつく。「で、どうだい」と、わたしを見ながら言う。「小鳥が気に入ったかい。」

黄色い足を前に出し、小鳥は頭を左右に傾ける。胴を傾げる。

そして「もちろん」と返事をすると、羽をパタパタさせながら上機嫌のポーズを取る。「小鳥が気に入ったかい。小鳥が気に入ったかい。」ジェームズの言葉を繰り返しながら、すごい勢いで首を縦に振る。

わたしはジェームズに近づくと、彼の胸に頭を寄せる。小鳥のことがどんなに好きか言えたかもしれない。小鳥のユーモアのセンスや堂々とした態度がどんなに気に入っているか、言葉に表すことができたかもしれない。でも、「好きよ」の一言が喉につかえて出てこない。そう、その一言、そのたった一言が。わたしのなかでその一言が大きな波のようにうねる。その言葉の響きが大きく広がり、同時に「好き」と言いたい気持ちも大きくなる。

でも誰かに見られているかと思うと、それが言えない。その一言を声にするのが怖い。ジェームズの大きな手に顔を埋めたまま、ふさふさした小鳥の首の膨らみをくすぐることで良しとする。

小鳥が身を引き、責めるようにわたしを見る。

言葉を発したいという気持ちが、抗しがたいほど強くなる。

「大丈夫。」ジェームズが小鳥とわたしの両方をなだめるように言う。「小鳥が好きなら、僕の手をギュッと握ってごらん。」それでジェームズの手を握りしめる。

ジェームズがにっこり笑う。そして、わたしを引き寄せて言う。「仕事で数週間ここを離れなければならない。僕の代わりに小鳥の世話をしてくれるかな。」

その問いに言葉では答えられない。でも、ジェームズが指を出してきたので、わたしの指をその指に掛けて強く引く。まだ姉が生きていた頃、何度もしたのと同じやり方で。

中国のグランマがすぐに承諾する。ヴェトナム語で「はい」と答え、手と口で食べる仕草をする。「ちゃんと餌をあげますよ。」

うれしい。幸福感に通じるような喜びの気持ちが生まれてくるのを、心の内に感じる。ジェームズはバックパックを開けると、そこから携帯用のカセットプレーヤーとカセットテープを取り出す。ロングアイランドに住む母親が彼のことを思って集めた曲が入っている。

ジェームズがテープを回す。ほら。あの曲。立ったまま、目を大きくして口を開ける。シンコペーションが効いた、格好良いコード進行を支えるハードで不良っぽいギターにしびれる。絶対聴きたくなるような曲。出だしだけでもワクワクする。そのビートに首根っこを掴まれ、心揺さぶられる。そして、低いけれどエッジが効いたささやき声に引き込まれていく。ミックがかすれた声でサティスファクションの歌を歌う。その言葉を何度も繰り返す。絶望的に、脅すように、急かすように。そして、覚えやすいギターリフと混じり合う。息も止まらんばかりに、必死についていく。繰り返し出てくるコーラス。叫ぶような歌声がかすれるような音を立てながら、ドラムやギター、ベースと絡み合う。歌詞が完全にわかるわけじゃないけれど、このビートが好き。

「こいつはスゴイ。」頭を振りながらジェームズが言う。「いかすぜ。」

「いかすぜ」と、小鳥が叫ぶ。

気がつくと、わたしは小鳥の言葉を繰り返していた。「いかすぜ。」自分で自分の声に驚く。小鳥がわたしを見る。小鳥は他人の言葉を繰り返すことには慣れているけれど、自分の言葉を繰り返すわたしの声にはびっくりしている。「いかすぜ」と、わたしはもう一度言う。今度は少し抑え気味に。

ジェームズはわたしを抱え上げると抱きしめる。昔のわたしたちを思い起こさせるようなジェスチャー。わたしは彼の腕のなか。「ステップ・バイ・ステップ。一日にひとつずつ。」彼はやさしく言う。「声を取り戻すんだ。素晴らしい声をしてるじゃないか。」

微笑むわたし。ジェームズはわたしにテープを渡す。

「こうすればいつでもミックの歌が聴ける。」

中国のグランマは目を丸くする。

ついでにジェームズは、小鳥の名前を決める権利をわたしに譲る。「僕が戻ってきたら、名前を教えておくれ。いいね。」わたしは肯く。九官鳥につける名前はもう決まった。「ガリレオ」だ。でも、喋ろうという気持ちはどこかに消えてしまい、ジェームズが戻ってくるまで名前を打ち明けるのはよそうと決める。別れる前に、ジェームズはわたしを沈黙から引きずり出そうと、笑顔をわたしの顔に押しつける。「また来るよ」とわたしに言うと、ガリレオにはこう告げた。「彼女のことを頼んだよ。いいね。」

ジェームズが去っていく。角を曲がると彼のバックパックが見えなくなる。中国のグランマは身を屈め、わたしの顔から手で涙を拭き取る。

ジェームズがいないモンスーンの季節に、ガリレオと一番密な時間を過ごす。空が暗くなると、罪を洗い流す滝のような雨が降る。小鳥は雨が好きみたい。激しければ激しい方が良い。耐えがたい猛暑と湿気を鎮めるには、強風を伴う激流のような雨が一番だとわかっている。突風が窓ガラスに雨を勢いよく叩きつけると、ガリレオは籠に敷いた新聞紙をひっかいて、窓の近くに連れて行くよう催促する。時折、小鳥は窓の縁に勢いよく跳び乗ると、強い濁流をじっと見つめる。わたしは小鳥に近づく。そしてガリレオの目の高さに視線を合わせて、小鳥が見ている景色を眺めようとする。

庭には、緑の生け垣に囲まれて雨水用の大きな水瓶が置いてある。かつて姉とわたしが隠れん坊をして遊んでいた水瓶。太った毛虫が雨から逃れようと、だらりと垂れた葉っぱの下におずおずと避難する。芝生が植わった地面は水浸し。ガリレオはすっかりその光景に引き込まれている様子。強い風雨に必死で堪える木々。タイル屋根に激しく打ちつける雨。通りに出て、裸で遊ぶ子どもたちの声。小鳥が窓に体をぺたんと押しつける。まるで雨水のせいでぼやけてしまった視界を、透かして見ようとするかのように。体をガラスに擦りつけると、身をくねらせてくちばしで身繕いをする。

何してるの。声を出さずに問いかける。

わたしの心を読むかのように、中国のグランマが代わりに答える。「小鳥は水浴びが好きなのよ。」わたしだけでなく、自分自身にも言い聞かせるように。「たらいを用意してあげましょう。」グランマが小声で言う。うれしい。グランマもガリレオが好きなんだ。

「ガリレオ、ガリレオ」と、一方の足からもう一方の足へと体重を移しながら小鳥が言う。

グランマが笑う。「なんて飲み込みが早いんでしょう。その名前が気に入ったのかい。」そして、わたしの方を向いて言う。「小鳥に名前を教えてやったのね。」

わたしは首を振る。違うわ。ガリレオと遊んでいたのはグランマよ。グランマが小鳥の名前を呼ぶのが聞こえたもの。グランマこそ名前を教えた張本人だわ。グランマはわたしをからかっているだけ。

「ガリレオ、ガリレオ」と、ガリレオが言う。

「いい子ね。」クスクス笑いながら、グランマは小鳥のことで大騒ぎする。おやつにパンのかけらを与えると、ガリレオはグランマの手から素早くこれを奪い取り、ボウルの水に浸して飲み込む。わたしは小鳥のふさふさした胸に指で触れる。するとガリレオは頭を傾げ、くちばしをほんの少しだけ開く。くすぐられて、気持ち良さそう。両手でガリレオを抱えて、軒先から排水溝に流れ込む雨水を一緒に眺める。コオロギが安全なマッチ箱のなかから満足げに鳴き声を上げる。

ガリレオはただ人の言葉を真似するだけじゃない。よく聞いて意味を理解する。わたしが外を見つめていれば、「寂しいのかい」と尋ねてくる。

今、小鳥は絶好調。羨ましいくらい流暢に、言葉や語句を披露する。すぐにガリレオとグランマの間でゲームが始まる。

「電話でも鳴っているのかしら。」グランマが尋ねる。

「違う。違う。僕だよ。僕だよ。」甲高いさえずり声を上げながら、小鳥が答える。

「モーターが回っているんじゃなくて。」

「ちがーう。」

「真っ昼間だっていうのに、誰かがいびきをかいてるのかしら。」

「ちがーう。」

グランマはわたしを見る。そして期待を込めて、楽観的な調子で同じ質問を繰り返す。「マイが教えてあげたんじゃなくて。あなたが話しかけたんでしょ。」

わたしは首を振る。

「じゃあ、どうやって小鳥は新しい言葉を覚えたのかしら。誰かが遊びながら教えてあげたんだわ。おやまぁ、この小鳥ときたら話してるわ。ただ言葉を繰り返してるんじゃない。」

グランマが教えたのよ。そう言いたかった。お芝居はやめて。でも、わたしは肩をすくめるだけ。きっとこの小鳥は賢いの。グランマがガリレオと呼ぶのを聞いて、自分の名前を覚えたらしい。ガリレオが羽を広げて格好良くポーズを取る。すると空気がサーッと動く。小鳥はわたしの方を見る。「話す、話す。遊ぶ、遊ぶ。さあ、セシル、セシル。」小鳥がさえずる。

セシルですって。誰のことかしら。すごいわ。ガリレオが新しい遊びを始めた。

「さあ、セシル。セシール。」小鳥が続ける。わたしをじっと見たまま。羽を大きく広げ、わたしに向かって飛び跳ねてくる。

わたしは怖じ気づく。セシルの影が隣に見える。

「セシル。セシル」と、小鳥は繰り返す。わたしを沈黙の砦から誘い出そうとして。

辺りを見回す。シーンとした静寂に包み込まれる。その一方で、何かがわたしを激しく動かそうとする。すぐ近くに誰かがいるのを強く感じる。いたずら好きな魂が大きな土手の近くで遊ぼうとしているかのよう。流れる時間。確かに誰かがいる。夜、寝るときに現れ、ベッドの近くを彷徨うのと同じ誰かが。幽霊。わたしの姉よ、きっと。エアコンがガーガー音を立てる。わたしは存在と不在の間にいる。ずっと長く続く中空地帯にいつまでもいつまでも。ついには大きな喘ぎ声を上げてそこから逃げ出そうとする。そのとき、ガリレオが大きな金切り声を発する。

「セシル！」ガリレオの叫び。

「小鳥があなたにあだ名をつけたのかしらね」と、グランマが尋ねる。「とても不思議だわ。とても可愛いわ。」グランマが笑いながら言う。「おもしろい小鳥ね。」

どこでそんな名前を知ったのかしら。動物は生まれながらに、地球の揺れや電界の動きといった身の回りの様子を知る力を持っていると、本で読んだことがある。ガリレオも、わたしが今、そして夜中に感じる存在を感じている。わたしはあたりを見回す。

「セシルが遊ぶ。セシルが遊ぶ。」

わたしが黙って立っていると、ガリレオはテーブルの上で足をトントン踏みならし、何度も何度も訊く。「わたしのことが好きかしら。わたしのことが好きかしら、九官鳥さん。九官鳥さん。」

グランマは黙ったまま、わたしを見る。

時が経過する。ガリレオは悲しげに頭を傾げる。頬が微かに動くのがわかる。まるで微笑もうとしているかのよう。わたしは微笑む。

「わたしのことが好きかしら、九官鳥さん。可愛い小鳥。」

わたしは黙ったまま。沈黙が続く。

「あなたが小鳥の気持ちを傷つけているのよ、きっと。」グランマが言う。

ガリレオが何かをぬぐう仕草をする。首を横に伸ばし、羽で目をこする。まるで涙を拭き取るかのように。

もはや小鳥を安心させるより仕方ない。「好きよ。本当に。」そう告白する。

ささやくようなかすれ声。わたしの声。

コオロギが驚いたような音を発する。高いピッチの鳴き声が、小さな体にこだまする。ガリレオが目の隅っこからわたしを見つめる。そして、わたしの肩に跳び乗る。

「セシル」と、甘えた声を出す。

「こんにちは。こんにちは、セシル。」

信じられないとばかりに、中国のグランマは首を震わせる。


夜、父が一人で静かに座っている。母が庭の世話をしなくなったので、庭師を雇った。余計なツタを刈り、木から落ちたマンゴーの残骸を集め、プルメリアの花に肥料をやる。母は悲しみの夕べを過ごす。でも、わたしが声を取り戻したおかげで二人は喜んでいる。これは希望に満ちた知らせ。少なくとも悪い知らせではない。失敗ではない。二人を喜ばせるのは、難しいことではない。

わたしは安心する反面、がっかりでもある。驚いたことに、苦しかったときが懐かしい。以前は、両親の望みを叶えるために頑張るのが当たり前だった。今では、両親はわたしにできないようなことは望まない。二人は現実を見ながら、わたしへの期待を調節しているかのよう。完璧を求めず、妥協する。わたしは二人に残された唯一人の子ども。将来成功するようなタイプではない。つまるところ、わたしがまた話さなくなるかもしれないという恐れから、両親は努力している。

「良かったよ」と、父が言う。「おまえが話すようになって良かった。話さなければ、学校でも上手くいかない。学校で上手くいかないと将来困るから……。」

将来のことなど、今のわたしには遠すぎて考えが及ばない。でも、父を安心させるために、わたしは肯いてみせる。

両親は二人ともガリレオを甘やかし、中国のグランマに何でも好きなものを与えるようにと言う。でも、ガリレオは籠のなかの新聞紙の交換か、マンゴーとパパイヤのかけら以外は、とりたてて何かを望むわけではない。それでも両親は繰り返す。きっとガリレオは薄い和紙で丁寧に包装した上等な日本の柿や韓国梨を喜んで食べるだろう。励ましやおせじに感づいて、ガリレオは格好良く振る舞い、くちばしで身繕いをする。

わたしが沈黙の世界に戻ってしまうかもしれないという恐れから、両親は大人しくしている。小鳥に助けを求めもすれば、ジェームズについてもっと知ろうともする。「なんて素晴らしい人なんだ。」二人は声を大きくする。「彼のおかげだわ」と、母が言う。恩は返さなければならない。そう母は信じている。

「ジェームズさんってどういう方かしら。どうやって知り合いになったの。」

中国のグランマが、ジェームズはアメリカの軍曹だと説明する。「ああ、あの男か」と、父が声を上げる。父は姉が死んだときにジェームズがいたことを憶えている。父にすれば、ジェームズはこの通りの先にある軍事警察所属の若者の一人にすぎない。

「お嬢様方は、毎晩この軍人さんと音楽を聴きながら過ごしたものですよ。」グランマが母にわたしたちの昔の様子を伝える。思い出すがままに、足をパタパタさせたり、肩を動かしながら。

面白い。グランマがこんな風に体を動かすのを見たことがない。両親は互いに見つめ合う。それぞれ違う考えを持っていたとしても、最後は同じ考えに辿りつく。しばらくして、二人は何か意見が一致したといわんばかりに肯く。視線から、あるいは肯く様子から、二人がお互いに理解し合えたことがわかる。これ以上言葉にするのは見当はずれだし、この場に相応しくないとでも言うかのように。

二人がこんなにはっきり意見を一致させるのは初めてだ。そして数週間後、なぜ両親が流し目を送りながら肯いていたのかがはっきりする。


ジェームズを次に見たのは、食卓でのこと。その頃までにわたしは話すようになり、見たところ元の自分に戻っていた。ジェームズは不安げにテーブルの側に立つ。彼が家に来るのは初めて。咳払いをし、挨拶をする。両親はジェームズをわたしの家庭教師にするつもりだ。わたしが学ぶ外国語は、フランス語より英語が良いということになったらしい。そして、わたしの未来とこれから歩み出す新生活のためにも、ジェームズを家に招いた。両親はジェームズのことを知らない。でもジェームズには過去の後片付けをし、わたしのためにもっと希望がある未来を呼び寄せる力があるのかもしれない。

こうしてわたしとジェームズのセカンドライフが始まった。ミック・ジャガーの「テル・ミー」を格好良くまねした後に、姉が言っていた。英語を勉強したいと。ロックンロールの言語。英語ができれば、わたしと姉の生活が復活する。まずは週一回の個人レッスン。いつものように窓際の止まり木にちょこんと止まったガリレオも参加する。中国のグランマが剝いてくれた梨を突っつきながら。ジェームズが言葉を発する。わたしが繰り返す。次にガリレオ。レッスンの後に忘れてしまっても、ガリレオが思い出させてくれる。小鳥がわたしを励ましてくれる。セシル、セシルと呼び続けながら。

「ガリレオ、なぜマイにフランス語のあだ名をつけるんだい」と、ジェームズが笑いながら訊く。「なぜセシルなんだい。」

目を大きく見開くガリレオ。でも、何も答えない。

レッスンが続く食堂の外での生活が、わたしの心を通り過ぎていく。部屋の反対側から、ジェームズは次々と何かを指さしながら忙しなく動く。テーブルとペン。本とカップ。どういうわけかいつもペアの組み合わせ。大きな軍靴を履くジェームズの足音がタイル床に響く。勤務外のときでも、彼は軍服を着る。パリッと糊のきいたシャツ。地位や武勲を表す勲章に目が引きつけられる。レッスンはまだ語彙を増やす段階だけど、じきに文法に取りかかる。アメリカのテレビを見ているせいで、少しはわかる。それにジェームズはとても良い先生。これは肘《エルボー》。ここは腹《ストマック》。こっちはあご《ジョー》。名詞を学び、動詞を学び、形容詞を学ぶ。わたしは熱心に肯く。ジェームズの期待を裏切ることは滅多にない。求められたことはゆっくりとだけど、確実にできる。

時折、庭を散歩しながら、ジェームズは花や虫を指さす。これはバタフライ。あれはローズ。そして、九官鳥はミナーバード。コオロギはクリケット。わたしはミモザの一群を指す。恥ずかしがりの植物。指で触れると、瞬く間に葉を閉じる。ジェームズは地面にかがみ込み、葉の先端に軽く息を吹きかける。するとゆっくりとためらいがちに葉をたたむ。うれしい。ジェームズは一緒に座って、葉がまた開くのを我慢強く待ってくれる。

「皆さんはお元気ですか」と、ジェームズは学校の先生のような声で質問する。「ええ。」会話が英語のレッスンの一部のようなので、気楽に話す。「みんな元気です。」手で顔を隠しながら答える。

「僕も爪を咬むんだ」と、ジェームズはわたしに両手を見せる。右の親指の爪がぼろぼろになっている。わたしは手を後ろに隠す。親指だけでなく、どの指も咬んでいるから。「気分が悪くても気にすることはない。」ジェームズがささやく。

わたしは肯く。そう、気分が悪い。まるで車酔いのよう。「次は本を読んで、音楽を聴こう。サッカーもしたいね。」ひとつひとつ膝を手で叩きながら、ジェームズが提案する。

「すばらしい考えです」と、わたしが言う。ジェームズと話すのが難しくなくなってきた。レッスンがなくても、ジェームズとは普通の会話がなんとかできるかも。

恥ずかしがりの植物を驚かさないように、静かに話すように心掛ける。するとしばらくして、葉が開き始める。輝く緑の啓示。わくわくしながらその様子を見つめる。「ハロー」と、ジェームズが植物にささやく。彼のお腹が鳴っている。軽いそよ風に吹かれながらも、植物は葉を大きく広げたまま。「お腹が空いたよ。でも、まずほかにすることがある」と、ジェームズが言う。

まだ夕方になったばかり。ジェームズはわたしの手を取る。涼しいそよ風が吹く。家から広い草原へ歩いて行く。「サッカーボール」と、ジェームズが小屋に置いてあるボール箱を指す。ゴールを意味する線を二本、壁に描く。大切なのは線の間にボールを蹴ること。ジェームズは試合に役立つテクニックを沢山教えてくれる。フェイントやスピン。カーブボールや身のかわし方。ディフェンスラインを真っ直ぐに抜けていくドリブル。子どもの頃、試合を理解するために学んだらしい。流れるような動き。得点につながろうとつながるまいと芸術的なパス回し。

「さあ、よく見て。」ジェームズが言う。両足を使い、ボールをダンスさせる。そしてパス。わたしは蹴り返す。二人とも夢中。勢いよく壁の黒い線の内側にシュートを放つ。ジェームズはボールを蹴るたびにボールをキープして走る。ボールの軌道にあわせて体を動かす。彼のスニーカーがボールを蹴ると、ドスンと大きな音が聞こえる。ジェームズの後を追いかけながら、心臓が胸のなかで大きく脈打つ。頬が紅潮し、熱くなってくる。完璧なキックを蹴り出す足と、しなやかな脹《ふく》ら脛《はぎ》の筋肉を持つジェームズがいる。中国のグランマが来て、わたしたちを見てくれる。壊れそうなアルミ椅子に腰かけ、応援してくれる。時折、暑さしのぎに団扇《うちわ》を扇ぐのを止め、手を叩いたり大声を上げる。立ち上がってサイドラインを行き来することもある。

家に帰ると、塩味レモネードのピッチャーが用意してある。中国のグランマがわたしたちにタオルを渡し、手を拭くように言う。そして、バインミーの皿を用意する。ジェームズはギターを取り出す。わたしたちは楽器をつま弾きながら、家で楽しい夕方を過ごす。グランマが近くにいるから怒られないように、きれいなメロディーの曲でなければならない。わたしとガリレオは、ジェームズが歌う「イエスタデイ」に聴き入る。わたしも歌う。歌詞を口ずさむと、それが心のなかで形を成してくるのを感じる。ジェームズの口から発せられる歌詞が、包み込むようにわたしたちを抱擁する。幸福に恵まれたいたずらっ子の気分。ジェームズが歌うと、その曲がとても身近なものに感じられる。わたしたちのことを歌った曲。わたしたちの存在そのもの。わたしたちが歌うのは、あの昨日のこと。それとも不完全ではあるけれど、あのときのことかしら。英語で歌ってみる。大切な共通の過去を胸にしまい込むのは、時の交差点を越えて新たな始まりへ向かっていく手段なのかもしれない。幸福であるなら、それで十分。期待と現実の間に引かれた境界線を懸命に越えていこうとするわたしたちにはこれで十分。

わたしの想像だけかもしれないけれど、母に大きな変化があったような気がする。とはいえ、外の世界から遮断された母の部屋からは、いつものように他人を非難するような重々しい静けさが伝わってくる。あれやこれやと母を消耗させる要求を繰り返す来訪者の群れのなかに、母が入っていくことはなくなった。

中国のグランマが見ているという約束で、ガリレオは朝の食堂に出入りを許されるようになった。きっとわたしのため。でも、母は小鳥のことで大騒ぎする。

「セシル、セシル」と、ガリレオがわたしを呼ぶ。小鳥は母の手からマンゴーのスライスを取る。朝食の時間。両親は怪訝そうに顔を見合わせながらも、ガリレオがわたしのあだ名を呼ぶのが楽しそう。「もっともらったら、ガリレオ」と、わたしが促す。小鳥に近づき、止まり木代わりに腕を差し出す。「お出で、お出で」とささやきながら。

ガリレオは頭を傾げ、わたしから飛んで離れる。「セシル。」びっくり。腕に鳥肌が立つ。小鳥はわたしをじっと見つめるものの、セシルと呼び続ける。母がクスクス笑い、小鳥にマンゴーをもっと与える。感嘆して、母を見る。衰えることのない美しさを持つ女性。母が健康なのは一時的なことかもしれない。でも、調子は良さそう。父が力づけている。

夜、眠ろうとすると、人目をはばからぬ泣き声に驚かされる。聞き耳を立てる。だが、それ以上は大きくならない。すぐに消えてしまう。母は自制心までを失っていない。きっとすぐに眠るのだろう。でも今度は、わたしが空虚な気持ちに襲われる。このままではいられない。スキンシップが必要よ。

体が母の泣き声に反応する。わたしは立ち上がると母の部屋へ行く。毛布に隠れた母の体が上下に震える。母のベッドに潜り込む。すると母は向きを変え、わたしを抱き寄せる。母の香り。その香りと共に、いつまでも続く母の孤独を胸に吸い込む。そして、母とのスキンシップを強く待ち望んでいた自分に気づく。

10 国境を越えて

ミン氏　1967

国は未開の密林に囲まれていた。敵は待ち伏せていたかと思うと、次にはジャングルの奥深くへと退却する。そして、霧。耐えがたい暑さのなかですら晴れることはない。海外線に沿って、あるいは内陸部でもずっと立ち込めたままだ。風のせいで水田地帯まで降りてくることもあれば、山の頂きまで上昇することもある。だが、完全に晴れることはない。戦争では、とりわけ敵が見えないこの戦争では、霧が厄介だ。これまでも遮蔽、カモフラージュ、陰謀の役に立ってきた。つまり霧のせいで、まるでお化け屋敷のなかにいるかのように気味悪い。幻影が跳びはね、蒸気が立ち込める。視界がぼやけ、真実ははっきりとはわからない。すべては曖昧だ。わずかに意識を働かせるだけで、今にも襲いかかろうと我々の動きを追う冷静な目の存在が心に浮かぶ。

深い森と密林地帯。それに霧。我々はこうした事実を心の座標に刻み込んでいた。だが、敵はどうやって身を隠し、蒸発し、分解し、姿を消したのだろうか。

いや違う。敵はカンボジアに入ったのだ。それが答えだった。しかし、その証拠はなかった。

そして遂に、それがあからさまな事実となった。ヴェトナムとカンボジアの国境線は穴だらけだった。アメリカ陸軍第三軍が収集した情報によれば、チャウドック地方のカンボジアと南ヴェトナムの国境付近にまたがるジョンバウ地区を、共産主義勢力が基地にしているとのことだった。我が軍は共産主義勢力を撃退しようとしたが、戦闘のたびに敵は我が軍が進むことを許されていない、法的には中立国であるカンボジアに退却した。空中写真は敵の動きをしっかりと捉えていた。我々の推測が証明されたのだ。カンボジア、そして後にはラオスとの国境付近にまたがる敵の秘密基地が、微かな染みのように写し出された。

北ヴェトナム軍の補給路として使われていたカンボジア東部の曲がりくねった山道が、好戦的な蛇の姿に見えた。ソビエト製や中国製の最新兵器を使用する技術者たちの列だった。ラジオ無線の通信技師、武器の専門家、運転手の一群、メカニックらが北ヴェトナムの軍隊を支援するためにやって来た。二万人以上の北の正規軍が、確実に南に流れ込んでいた。

それにも関わらず、カンボジアの首相は北ヴェトナム軍による猛攻撃が、「アメリカの覇権主義者によって戦争を正当化するためにねつ造された神話」に過ぎないと宣言した。

加えて共産主義勢力への補給品が、中国から海運でシアヌークビル港に送られていた。アメリカ軍は侵入の度合いを測るために必要な機材を持ち込んだ。側方監視機上レーダーは垂直、斜め、分割イメージを捉えるカメラを搭載するユニットだ。水平パノラマカメラも装備した。電磁気情報を収集するセンサーもあった。偵察機の翼下に搭載された二基の高効率超音速フラッシャーポッドは、地上を照射する装置だ。そのデジタル・データシステムによって集められた統計データは、高度や緯度、日付けを記録した。

こうした証拠に基づき、わたしは二つのエリート部隊を率いて、敵の基地に侵入せよとの命令を受けた。

アメリカ軍には毀損《きそん》がないように、南ヴェトナム軍による単独行動でなければならない。アメリカ軍部隊の関与は一切なく、アメリカ軍事顧問二人が加わった。クリフはその一人だった。

我々の秘密作戦は、敵の軍事計画が変化したことを認めるものだった。もはや南ヴェトナム国内の反乱ではなく、北ベトナム軍そのものが侵攻してきているということだ。それはホーチミン・ルートを使っての侵攻だった。カンボジアとラオスの基地から、敵の部隊は攻撃を仕かけていた。

かつてはホーチミン・ルートはただの山道だった。ヴェトナム側に飛び出たラオス領を通り、カンボジア国境に至るジグザグのけもの道だった。美しいツタのようにくねくねした道が、無邪気にも航空写真に写っていた。だが、ホーチミン・ルートは無邪気というにはほど遠かった。三重にも覆い被さる緑の枝葉は、育ちすぎた草木の隙間から少しでも多くの日差しや空気を得るためにできる限りのことをする。たとえ自己保存の結果、他の木々が枯れてしまうことになろうとも。

辛抱強く地面に筋を刻み込みながら流れる急流が見えた。バンファイ川はうねりながら東に向かって、敵の交通の要所セポンに流れ込む。セコン川は中央ヴェトナムを起点に、西に向かって南ラオスを経由し、メコン川の東にあるカンボジアに抜ける。敵は食料、燃料、それに弾薬を鉄製のドラム缶に詰めて、川に放り投げる。これを下流域で網やクレーンを使って引き揚げていた。

我々には選択肢がなかった。ホーチミン・ルートを使った物資供給は、空爆によってではなく、地上戦で止めなければならなかった。何年にもわたり、アメリカ軍はアメリカ政府からこうした侵入作戦を行う許可を求めてきたが、その要求は認められはしなかった。

諜報機関の報告によれば、敵の動きには明らかなパターンがあった。わたしが立てた計画は、安全なカンボジア領内へ退却する通常のルートを遮断することにある。わたしが指揮する二つの部隊は、夜間にカンボジア領内へ入り、敵陣営の北側をブロックする。そして、明け方に武装した騎兵部隊が南西から敵の真正面を攻撃する。敵は二方向から挟まれる。カンボジアへの退却路は我が軍の空挺部隊がブロックし、敵は壊滅する。

この任務にあたり、わたしは第一空挺大隊と第八空挺大隊を選んだ。一九六三年のクーデターの際に、動かすことを拒んだのと同じ部隊だった。サイゴンからミトーまではトラックで移動した。手榴弾や地雷から身を守るために、トラックの床は土嚢《どのう》で補強してあったが、厚い鉄製の床板の下からはエンジンの振動が伝わってくる。ミトーからは、メコン川を上りタンチャウに向かう海軍の船に二つの大隊と騎兵部隊が乗った。波打つ川に、朝日が銀色に反射する。その後、悲しみの感情に包み込まれるかのように濃い霧が立ち込めてきて、我々を厳かな聖域のなかで遮断した。兵士を乗せた船は音を立てながら浅瀬を上下に揺れ、潮の流れと風を突っ切って進む。それでも、目的地に着くには丸一日かかる。紫の黄昏がわたしたちを包み込む。兵士たちは軍靴の紐を締め、いつものように待機する。機関銃の安全装置を動かし、動作を確認する。装備を整え、弾薬、水筒、ヘルメット、ライフル銃、軍事用医療具、手榴弾をチェックする。

クリフは他の兵士とは距離を置き、毅然とした態度で感情を露わにしない。広大な空間をじっと見つめる視線は、百八十度弧を描く。わたしは運が良かった。クリフは我々の部隊に派遣された唯一人のアメリカ軍人であり、優れた軍事顧問だった。第二軍団所属のある師団では、数年足らずの間に、四十人ものアメリカ軍顧問が派遣されていた。

二日目の早朝、我々はトゥオンフックで下船した。カンボジア国境から三キロほど離れた、南ヴェトナム軍特殊部隊が左岸に駐屯する寂れた前哨地だ。そこの指揮官が我々に信頼できるガイドを紹介してくれた。国境付近の弱い地盤や峡谷といった不規則な地形をよく知る人物だった。この辺りは時折敵が支配しては、物騒な地下空間に人々を引きずり込むような場所だった。

わたしの計画は、第一大隊を率いて先陣を切ることだった。第八大隊はやや後方に続く。不自然に隆起した地形や、落ち葉や土砂が不必要に堆積している場所を調べる。ワイヤや研いだ杭が隠されているかもしれないからだ。そこはまさに死の舞台そのものだった。

わたしは部隊の先頭に立った。M16と腰のピストルベルトに弾倉を六つ吊したクリフが隣を歩く。道の両側に注意しながら、慎重に先導する。水筒、弾薬が入ったポーチ、それに手榴弾がついたウェブベルトを手で確かめる。ライフル銃のグリップに軽く手を置き、周囲の密林に注意しながらゆっくり進む。人差し指を引き金にのせ、同時に親指を安全装置のレバーに置く。

弱い木漏れ日が差してくる。混沌とした密林を進む。三次元の影によってつくり出されるうす暗い灰色が、すべてを覆い尽くしているかのように見える。暑さに不平をこぼす者がいたかもしれないが、その濃い暗闇は何もかもを、光も色も空間も奪い尽くしていた。

本能的に我々は必要な調整を行い、視野を感覚で捉えるように努めた。リズムを取り、楽に行進できるようにした。摩擦、重力、疲労を意思の力で克服する。夜が近づくにつれ深い暗闇が、そしてこの遠く離れた密林に潜む真の魂が、我々の体に染み入るように襲いかかってきた。月は出ていなかった。ガイドが目を閉じた。わたしもそうする。視界の調節に時間を取り、暗闇のなかでも空間軸を描けるようにするためだ。深い暗闇が途切れることなく、恐ろしいまでに延々と続いている。

我々は重い沈黙に包まれながら行進した。誰もが肩に白い布きれをつけていた。後ろから来る兵士が暗闇に浮かび上がる白色を目印にして、波のようにうねりながら進む隊列からはぐれないようにするためだ。一歩前へ進むたびに、ここで長い間生息してきた木々や魂に監視されているような気分になる。シダやイバラやつる性植物、それに地面を這うように伸びる根茎《こんけい》に何度も足を取られた。至るところに、枯れた木の残骸が転がっていた。飛び出た枝、朽ちた幹、腐ったかのような根。まるで雪崩が起きたかのように一面に散乱している。我々は草木を素早く叩き切って、道を開いて進む。トゲや草のせいで、顔には切り傷を負った。

ついに誰もが待ち望んでいた言葉が隊全体に伝えられた。「到着しました。」そうガイドが言った。風景が変わった。覆うような密林が消え、わずかな茂みを除けば、わざと平らにならしたような地面が見える。乾いた湿地帯が目の前に広がる。一安心ではあった。誰もが休むことを望んでいた。だが、わたしは半信半疑だった。カンボジア領内に入ったのだろうか。限りなく続く密林地帯では、国境線がはっきりしない。広大な自然のなかで、国境などほとんど意味を持たない。が、ここではそれがいつにもまして重要なことだった。ほぼ一日中歩き続けた。しかし、敵陣の裏に計画したブロック地点へと辿り着くには、まだ十分でないように思われた。腕につけたコンパスを見て、蛍光色に光る緑の線を確かめる。ガイドは間違いないと言い張っている。第一大隊長と短い打ち合わせをした後、敵陣の背後になるよう南向きにブロック地点を築くよう二つの大隊に対して命令を下した。

正しいことが間違っているように思えることもあれば、その逆もある。突然、あの夜クーデターの後に、フォンと交わした会話を思い出した。

夜は涼しかった。低く立ち込める霧に、穏やかなそよ風が吹く。PRC－25を背負った通信兵が、隊の間で交信ができるように周波数を合わせた。もう一台のPRC－25は管理者ネットワークに合わせた。目の前に空き地があった。空が折り重なる。暗闇が立ち込め、視界を奪う。霧のなかでは、敵の動きは一切見えない。多くの兵士が武装しているのではないだろうか。

わたしは第三軍団を指揮するファット少将にこの事実を報告した。すると少将は翌朝まで動かないよう我々に命じた。そこで野営を張ることにした。米に豚でんぶをかけた食事を素早く済ませる。クリフはいつも我々と同じ食事を取る。アメリカ軍に支給される戦闘糧食のCレーションは持っていなかった。

地面は低く平らだった。が、雨のために湿気ていた。ジクジクした冷たい棒状のものが、シャツの下でモゴモゴ動いているのを感じる。ヒルだ。ネバネバした大きな塊を爪を立てて捕まえる。体から引き離して、親指と人差し指の間で潰した。ドロドロした滑りやすい物体が、手から滴り落ちた。ポンチョにしっかりと身をくるみ、少し頭を上げて目を閉じた。防衛境界線は数人の兵士が交代で見守った。二等曹長が偵察部隊を組織した。二人一組のチームが境界線に沿って置かれた情報収集地点に割り振られた。それぞれにPRC-25と武器、時計が渡された。クレイモア地雷、導火線、起爆装置、バッテリー、仕掛け線に装着されたトリガーを用意し、待ち伏せの準備もした。手続きに従ってしっかりと行動した。

翌朝の六時までに、我々の隊は警戒態勢を整えた。朝の太陽が灰色の雲の陰から差し込む。間もなく行動を開始する。第八大隊が先頭に立ち、第一大隊が後を追う計画だ。境界警護兵はワイヤーを巻いて、クレイモア地雷を除去する任務にあたった。

背のポケットに折りたたんで入れてあった地形図を開く。ガイドが薄ら笑いを浮かべる。コンパスや地図など上辺だけのことしかわからない科学技術に頼った装備は無駄だと言わんばかりに。そして、事件は起きた。宙をつんざくポンっという音。

仰向けに倒れる兵士。動脈をやられていた。生々しい赤い血が、心臓の鼓動に合わせて勢いよくドクドク流れ出ているのがわかる。弾丸は首に命中し、筋肉組織を引き裂いた。東からさらに銃声が響いてくる。地に響くような砲弾の音が炸裂する。燃えるような閃光と、連絡用の塹壕《ざんごう》に沿って造られた胸壁の陰に潜む敵部隊の姿。周囲の土地そのものが、爆発しているかのように揺れる。迫撃砲やマシンガンが光り、粉々になった岩や土が飛び散る。

今や明らかなのは、昨晩、我々は敵陣の北に予定していたブロック地点に辿り着いていなかったということ。代わりに、我々は敵の射程のなかに位置していた。平らな空き地に何の防御も取らずに、三七ミリの無反動砲と待ち受ける敵部隊によって強化された掩体壕《えんたいごう》の前にいた。我々の部隊は直感的に遮蔽物を求め、地面にひれ伏した。敵のＡＫ－47自動小銃やＲＰＤ軽機関銃、さらに別の小型マシンガンが音を立てて掃射してくる。閃光が左右正面から飛んでくる。反撃するより手段は残されていなかった。手を前に振り、攻撃を指示する。叫び声、うめき声、ののしり声が聞こえた。第一大隊の護衛部隊といくつかの小部隊が砲撃しながら、波のようにうねり一斉に前へ進む。敵の迫撃砲部隊が怒ったように応戦する。敵の塹壕に向かって濃い灰色の煙のなかを前進するにつれ、攻撃はより激しく厳しいものになってきた。およそ二十メートルの距離から、五十七ミリの無反動砲を発砲しようとする敵の部隊があった。我々を狙っているが、上手く発射できないようだ。すぐにわたしは軍曹に敵の武器を押さえるよう命じた。軍曹が飛び出す。サブマシンガンを狂ったように掃射しながら、敵の塹壕目がけて突っ走る。他の兵士が軍曹を援護しながら走り出す。右へ左へと続けざまに銃を撃つ。軍曹が敵陣に入る頃には、無反動砲を残して敵は逃げ去っていた。

　我々は攻撃を続けた。縦射を受けながらも、最初の塹壕を制圧した。ひとつ向こうの塹壕から、敵はマシンガンとＡＫ－47自動小銃で近距離攻撃を仕掛けてくる。我々は前進する。腰に構えた銃を撃ち、懸命に手榴弾を投げる。わたしも次から次へと投げた。安全レバーを外して投げる。敵の銃口が塹壕から現れ、一斉掃射が続く。二度目の側面攻撃には援護が必要だ。しかし、左側に展開する部隊はまだ地面にひれ伏したまま、背嚢《はいのう》の下に半分体を隠していた。匍匐《ほふく》前進するような、こもった音が聞こえる。

　わたしは彼らに前進を指揮しながら、味方に見えるように立ったまま進んでいく決心をした。「立ち上がれ」と叫んだ。その瞬間、銃弾が私を貫通した。右の脇腹にそれを感じた瞬間、わたしはクリフが倒れる姿を見た。わたしはまだ立っていた。ショックで動けなかった。クリフから二十メートルほど離れたところにある小さな不揃いの茂みに寄りかかっていた。敵の攻撃は続いていた。部下の通信兵が目を撃たれた。辺りは血だらけだった。どこからともなく救助隊が駆けつけた。ズボンを下ろし、わたしの腰に筋肉内注射を打つ。痛みはなかった。ただアドレナリンが体内を走るのを感じた。モルヒネの針がわたしの腹とクリフの腹に打ち込まれた。通信兵がうめき声を発していた。衛生兵がかがみ込み、通信兵の頭を持ち上げる。血が鼻をつたって顔中に流れた。

衛生兵が圧定布《あてぬの》を横腹に当てている間、わたしは後方にいる兵士たちに命令を繰り返した。我々は機銃掃射を受けていた。敵は隊を組み直した。敵陣内の塹壕から掃射する者がいれば、我々の塹壕を側面から攻撃してくる者もいる。「動け、動け、動け」と、私は怒鳴った。

「伏せろ」と、クリフが叫ぶ。彼は地面に伏したままだった。二十メートル後方にまだいる。

彼を無視する。敵は別の五十七ミリ無反動砲を正面に置いた。兵を使って、あの無反動砲を役立たずにしなければ。突然、地面に引き倒されるような強い力を感じた。寄りかかっていた茂みが真っ二つになり、枝葉があたりに散った。体中の震え。クリフが助けてくれたのだ。布絆創膏をつけた彼はまだ出血していたが、懸命に這って来ると私の命を間一髪救ってくれたのだ。彼のM1ヘルメットが地面の上に転がっていた。弾丸がその一部を砕いていた。

第一大隊の多くにはまだ余力があった。彼らは最初の塹壕へなだれ込むと、止むことがない敵の攻撃に対し持ちこたえた。第一大隊司令官は、後方の支援部隊を動かした。我々は隊列を組み直し支えあった。いくつかの支隊が前進し、敵の二番目の塹壕に砲撃を浴びせているところに、わたしも駆けつけた。わたしがいる地点からは、敵の後方への攻撃が反撃を抑えるのに有効に思えた。あたりには火と煙が充満している。第八大隊に無線連絡し、敵の後方を狙うように指示を出した。しかし、敵は第八大隊に総攻撃をかけ、我々の連係を遮断した。白い閃光と赤い炎が第八大隊を釘付けにする。敵は二番目の塹壕を制圧しようという我々の作戦に抵抗し、対戦車榴弾《りゅうだん》と火炎放射器で応戦した。周囲には、六十ミリや八十ミリの迫撃弾が高い角度からものすごい勢いで着弾した。我々も懸命に応戦した。赤や緑の曳光弾《えいこうだん》が空を明るくする。わたしが指揮する護衛兵の一人がM79を地面に置く。我々は攻撃を強め、彼の行動を援護する。護衛兵は銃口をほぼ直角にすると、破壊力の強い弾丸を敵の塹壕目がけて発射する。その狙いは正確であり、敵にとっては致命的だった。早朝からの戦闘で、初めて敵の攻撃の手が緩んだ。我が軍は急いで孤立地点で隊列を組み直し、二番目の塹壕を目指して前進した。時計を見ると、すでに三時間が経っていた。

しばらくすると、枝葉のカモフラージュをした小型タンクが現れた。敵なのか味方なのか。M41軽戦車の一隊だった。クリフの傷はわたしよりひどかった。地面の上で痙攣《けいれん》に苦しみながら、身を固く丸めている。それでも、興奮気味に声を上げた。「ウォーカーブルドック!」第三大隊からの支援部隊だ。M32擲弾銃《てきだんじゅう》が次々に発砲する。

敵の攻撃が弱まってきた。煙が晴れる。小道はなかった。カンボジア領内までは追跡しないように命令を受けていた。

間もなく昼になる。捨てられた塹壕を結びつけるように、整備された泥道が網の目のように張り巡らされていた。低木とツル、そして竹のカモフラージュに隠れて、塹壕が掩蔽壕《えんぺいごう》の列をつないでいた。すべて補給部隊が使う地下の中継所だった。頭上のカバーは、丸太や土嚢、それに低木で強化してあった。上空からは継ぎ目のない密林地帯にしか見えないだろう。間もなく正確な場所の報告を受けて、アメリカ軍のF4戦闘機と攻撃用ヘリコプター・コブラが、このトンネルを木っ端微塵《こっぱみじん》に吹き飛ばす。

重傷者はポンチョ担架に乗せられた。戦闘で八人が死んだ。負傷兵がいた。全部で十人だった。列になって横たわる。包帯には血がにじむ。衛生兵がクリフの腕に点滴を打つ。血漿《けっしょう》というラベルがついた五百ミリリットルのビニール袋から静脈に針を打つ。胸と横腹に包帯をして、クリフは意識を取り戻しては気を失っていった。

わたしは自分の下腹の包帯に手をやった。包帯から血なまぐさいピンク色の組織が漏れていた。湿った圧定布に指を突っ込むと、表皮の下の弾丸がわかる。モルヒネとアドレナリンが切れてきた。腰を下ろす。厚い霧が立ちこめる。上空ではヘリコプターが狂ったようにローターを回しながら、着陸指示を待っている。スモークが打ち上げられ、着陸地点に誘導する。乾いた湿地帯の平らな場所に、ヘリは滑るように静かに着陸した。絶え間なく見張るドア・ガンナー。埃と破片が舞い上がる。間もなくここから脱出する。負傷兵がヘリに運ばれ、装備品が積み込まれた。出発の準備が完了したとき、敵の死者は八十人以上、負傷者は百二十人以上だと告げられた。

数時間後、下腹から弾丸を除去する手術が終わった。ベッドに横たわり快方に向かっていたわたしに、星形勲章が授けられた。そして臨時政府の首相の命で、大佐から准将に昇進した。神出鬼没のフォンが首相の右腕だった。どんな境遇にも順応し、臨時政府でも要職に就く。またしても、死から生還してくるわたしの目の前にはフォンがいた。そのときのことをよく憶えている。笑みを浮かべながら、フォンは教えてくれた。第一大隊と第八大隊で行動を共にしたクリフともう一人のアメリカ人軍事顧問が、わたしの名前をアメリカ軍指揮命令系統の銀星章に推していると。だが、わたしは別のことが気にかかっていた。フォンの襟首をつかんで「なぜ」なのか、「どうして」なのかと問い詰めたかった。なぜ我々はガイドに騙《だま》されたのか。どうしてこんなことが起きたのか。奴は一体何者だったのか。

今一度、奇跡が起きた。わたしは生き延びた。だが、八人の部下は死んだ。息が詰まりそうだった。傷はヒリヒリ痛かったが、本当に痛かったのはズシンとくるわたしの体の重さだった。裏切りのせいで心が荒んでいた。事実、裏切りという言葉そのものが、わたしに新しい不信感を植えつけていた。その不信感とは、この世の中全体に対するものであり、とりわけフォンに対してだった。彼はわたしの肩に手を置き慰めてくれたが、後悔の念がわたしの心を駆け巡った。フォンこそが裏切りの張本人だった。ただ、彼が裏切ったのはわたしではなく、ジエム大統領だった。実際、わたしの命を救ってくれたのは、フォンだったではないか。

フォンはわたしを落ち着かせようとした。事実をさらに調査しようと提案し、ともあれ作戦は成功だったと断言した。敵に対して、安全なはずのカンボジアが攻撃対象であることを示した。「偉業だよ」と、フォンは言い切った。激しい雨が屋根に落ちてきた。排水溝に勢いよく水が流れ込む。滝のような流れが軍事病院の煉瓦の壁をつたって落ちていく。二重のガラスドアの向こうに見える廊下には、白いシーツで覆われた布製担架があった。そのまわりには、腕や足を失った人たちがいた。死者をじっと見る。負傷して動けなくなった兵士もいた。窓枠に雨が激しく叩きつけるなか、何人もの医師が重苦しい沈黙に包まれて働いていた。

疲れのせいで意識が曖昧模糊としてくる。近づいてくる足音。わたしはトレッドゴムがついた歩行器で、アパートの廊下を行ったり来たりする。アン夫人の部屋の前で、彼女の名前を呼ぶ。その声が殺風景な廊下にどこか遠慮がちに響く。ドアが開く。彼女の夫だ。戸惑ったような笑みを浮かべてわたしを見る。

「今日はご自宅ですか。仕事ではなかったのですね。」わたしが尋ねる。

「休みを取って息子が車を直すのを手伝ってたんですよ。」妻の方を振り向きながら、か細いため息のような声で答えを返す。

アン夫人が夫の隣に現れる。わたしはペースを緩めることなく、そのまま日課の散歩を続ける。彼らの生活空間に押し入るつもりはない。アン夫人が立ち止まり、素早く手を振って応える。私の名前を呼びながら、少し手のひらを前に突き出す。そして、わたしの後についてて廊下を歩く。ミュージカルの舞台で役者が見せるような大袈裟な喜びと笑顔が合わさった表情の下に、疲れ切った悲しみの色が垣間見える。わたしにはわかる。悲しみを隠しごまかすことはできても、日常のやりとりのなかでそれが表面に現れることもある。内面の悲しみが明らかになる。

「面白い風刺アニメがあったので、録っておきましたよ。」わたしは元気よく話しかける。アン夫人を誘いアパートへ戻ると、引き出しからビデオテープを取り出して見せる。タイトルは「この犬を助けられないって? ヴェトだと言っていたでしょう!」写真には、泥まみれでちょっとボーッとした軍服姿の男に病気の犬を見せるもう一人の男の姿。「わかりますか。ヴェトですよ。獣医《ヴェテリナリアン》ですか。それとも退役兵《ヴェテラン》ですか。」わたしは笑いながら言う。アン夫人も無理して笑う。堪えている悲しみに上書きしながら。

滑らかに言葉が出てくる。「ここでは家族も同然なんですから。」準備を整える。小切手を渡し、彼女の手をわたしの胸に当てる。この金があれば、少なくとももう一ヶ月はなんとかフイを続けることができる。彼女を戸惑わせないがためにも、この瞬間を長引かせたくはない。余計な質問をされたくもない。だからさっと歩行器を手に取り、寝室に入るとドアを閉める。

11 テト

マイ 1968

一九六八年。申《さる》年のテトは、これまでとは違う。テトはヴェトナムで最大のお祭り。新年のお祝い。でも、姉がいないテトはこれが初めて。

中国のグランマがわたしを起こす。グランマがわたしを抱え上げる様子から、何か大変なことが起きているのがわかる。半分眠ったまま。訳がわからないうちに階下のキッチンにみんなと集まる。家に来ているお客さんたち。母。それに料理人や運転手もいる。程度は違うがみんな取り乱している。ボサボサの髪の毛。腕や足に毛布を巻きつけ、パジャマ姿のまま。母は驚いた様子。伯母の一人が子どもをしっかりと抱きかかえる。指からダイアモンドの指輪をはずし、家のどこかに隠そうとする。大人たちは不安を口にし、恐怖におののく。あまりに急で何が何だかわからない。パニック状態。銃声やロケット砲の騒々しい音が聞こえる。時計の針が刻む音。一秒ごとに、戦争の音が近くに迫ってくる。

ドアの鍵を掛ける。窓を閉め、念のためカーテンを引く。頭上に迫る空からわたしたちを守る聖域《サンクチュアリ》。家にいるようにとの父からのメッセージ。チョロンは包囲されている。次々と発射される砲弾の音。テトの休戦が破られた。家を囲む塀は分厚い煉瓦とセメントでできている。でも、庭の向こうの塀は一部がすでに崩れ落ちている、と運転手が言う。目をつぶる。螺旋や円といった小さな図形が、まぶたの裏で踊る。ガリレオが椅子から机へと飛び移り、わたしのところへ戻って来る。「テト、テト」と、さえずる。「テトおめでとう。」小声で歌う。ガリレオはわたしに寄り添い、セシルを大声で呼ぶ。「セシル？ セシル？」問い質すような目でわたしを見つめる。

母の友人が「シーッ、シーッ」と、小鳥を鎮める。ガリレオは首を伸ばして、ボクサーのようなポーズを取る。そして、「シーッ、シーッ」と真似する。

その人がわたしに強く言う。「ちょっとあなた《メイ》、お願いだからその鳥を静かにさせてちょうだい。」怒ったような調子。彼女が使うヴェトナム語の「あなた」は傲慢で尊大な印象を与え、同時にわたしが子どもであるがゆえに目下であることを示す。わたしはガリレオを捕まえ、抱きかかえる。母はじっと座ったまま。気もそぞろに、深い暗闇の縁に落ちていく様子。中国のグランマがわたしに寄り添い、ガリレオの頭を撫でる。姉が生きていたら、きっと同じようにしてくれただろう。

お腹が空いている訳ではないが、とりあえず食事が用意される。チラッと見たが、とても何かを食べる気にはならない。大人たちはわたしたち子どものために赤い封筒に新札を入れたお年玉の用意をしていたけれど、まだ誰も配っていない。この場所から逃げ出したい。この集まりから離れたい。グッと上から抑えつけられたような、罠に捕らえられたかのような状況から逃れたい。胸を締めつけられながらも、二階にある自分の部屋へと戻る。ガリレオに一言二言話しかけ、声が出るかどうかを確かめる。何かが爆発して、お腹のなかでグルグルいっている。

その日、その晩、そして翌日も、自分の部屋にこもり続ける。中国のグランマが食事を持ってきてくれる。わたしだけの空間で、小鳥とコオロギに囲まれて過ごすことを許してくれる。小鳥とコオロギの前に座り、大好きな物語の本を開く。「セシル」と、ガリレオが甲高い声で鳴く。わたしは小鳥がつけたあだ名を受け入れるようになっていた。本のなかの世界では、夢見ることも容易い。まるでシェヘラザードが本当に生きているかのような気持ちになってくる。

チグリス川はクルディスタンに源流を発し、くねくねと穏やかに流れながらバグダッドを抜けてペルシャ湾に注ぐ。波打ちながら流れる川は、双子の仲間を探し求めてユーフラテス川と出会い、シャットゥルアラブ川になる。その流域にできた豊かな緑園では、魅力的な物語がいくつも生まれる。シェヘラザードが妹に話しかける。二人を救う物語はどこから始まるのだろう。

テトの三日目、わたしは裏階段から庭へ通じるホールに下りる。みんなが集まる場所で感じる張り詰めた空気を避けるために。家のなかから外を見たいだけ。でも、昔隠れん坊をしていたマンゴーの木を見ると、外に出ずにはいられなくなる。マンゴーの次はスターフルーツの木。わたしと姉のイニシャルを刻み込んだ木の幹。長い枝が外に向かって伸びる。天にも届かんばかりに。ツルと巻きひげがくるぶしに絡みつく。青い葉脈には水分がたっぷり含まれている。昔を思い出しながら木を抱きしめ、幹を背にして寄り掛かりたい。かつてはここに未来が描かれていた。木の根に座る。家に戻らなければならないことはわかっている。でも、ハキリアリの集団が一生懸命働いている様子に注意を引かれる。家のまわりの煉瓦の塀は、まだしっかり立っている。遠くで爆発するロケット砲の音以外には、大きな音は聞こえない。攻撃は波のように高まり、そして静まる。

腕時計を見る。もうすぐ中国のグランマが部屋に食事を運んでくる。まだ外に出て十分ぐらいしか経っていない。もう少しここにいても良いだろう。じっと座ったまま。広い空の上から、太陽の光が差し込んでくる。梅《ホアマイ》の花びらがひらひらと地面に舞い落ちる。地面の新鮮な香り。しかし、風と共に煙の臭いが流れてくる。

そして、すべてが現実に戻る。様々な出来事が折り重なる。サイレンが鳴ると頭上で、目の前で、至るところで閃光が発せられる。家の窓ガラスが揺れる。庭の木々が盾となり、銃声を遠ざける。大きな枝が揺れるとやがて折れる。空が縮み上がる。喉の奥がヒリヒリする。目の前には青や紫の点の数々。頭を抱えて目の眩みを抑えようとする。でも、動揺は深まるばかり。家に入ろうとドアに向かって走る。頭の上から大きな音が降ってくる。空は赤い斑点で覆われ、白く濁った銀色の光に包まれる。周囲の空がパチパチと音を立てて崩れていくなか、わたしはパニック状態の動物のように頭を隠して、じっと横たわる。

意識が徐々に遠のく。二つの人格が離れていくような感覚。まるで薄暗い光のなかに映る煤《すす》けた影のように。わたしと姉が一緒になり、突然離れる。見ると同時に見られるわたし。その可能性に唖然《あぜん》とする。

子どもの小さな声が耳元でささやく。

あれはなに。姉さんなの。カーンなの。それとも幽霊かしら。

次に起きたことを話したいけれど、記憶がない。気を失った。そして何もかもが終わり、胸の奥底に響く余韻だけが残る。


なんとか部屋に戻ることができた。九官鳥がわたしを起こしてくれた。羽毛の間から黒い目がのぞき込む。頭を傾げ、羽を振るわせる。針金のように細い二本足で床の上をあちこち歩く。鋭いくちばしがゆっくりと、猫の前足のようにわたしを突つく。羽毛の生えた顔にしわを寄せ、わたしを見つめる。驚きまごついている様子。

再び意識を取り戻す。新鮮な気分。大きな山みたいにどっしりと動かない存在をあたりに感じる。

再び、わたしのなかで何かが動く。うごめくような奇妙な感覚。なんとか抑え込みたい。わたしのなかに閉じ込めたい。でも、押さえることもコントロールすることもできない。こそこそと落ち着かない動き。

九官鳥が羽を動かす。「セシル?」

太陽はまだ頭の上。家中を歩き回り、母や中国のグランマ、それにテトのお客さんたちを探す。その間もガリレオはわたしの肩に留まったまま。シャツの上に鋭い爪を感じる。上空には飛行機。

「セシル。」繰り返しガリレオが言う。

わたしは首を振る。「シーッ」と小鳥を黙らせる。「シーッ。」

「セシル」としつこい小鳥。

遊んでいる場合ではない。「やめて」と怒るわたし。

小鳥は肩の上で飛び跳ねると、羽をパタパタさせて飛び立とうとする。わたしは小鳥のあとを追い、階段から台所へ下りる。ここ数日間というものみんなが集まっていた場所。でも、今や空虚さと幽霊のような不安定さが奇妙に入り混じるだけ。もう誰もここにはいない。小鳥は急に止まると、住み慣れた籠にちょこんと戻る。その籠はいつもの場所から遠く離れた机の上にある。

籠の扉はわずかに開いていた。外に出ようと思えば、簡単に開けることもできる。でも、何か不吉な雰囲気が部屋を支配している。小鳥もそれに気づいている。窓がカタカタいう。竹柵を通じて、小鳥の荒々しい野生がくちばし、爪、それに羽の動きに現れる。素早く飛んだり激しく鳴いたりといったどう猛な力を感じる。小鳥は籠のなかに自らを閉じ込めた。わたしは家の明かりを次々に点ける。確かに誰もいない。

またサイレンが聞こえる。ヒューヒューと脅威を知らせる。部屋から部屋へと、母を、中国のグランマを探して回る。「ママ、ママ」と叫ぶ。すっかり取り乱した自分の大声が聞こえる。「外よ、外よ。」突然、暗闇から二人が現れ、秘密の隠れ場所にわたしを連れ出すことを期待する。その一方で、わたしだけが取り残された現実を受け入れざるを得ないと観念する自分がいる。

再び庭に出ると、裏手の荒れた家が立ち並ぶあたりから爆発音が聞こえる。さらに続けて何発か。直感的に母の母性が働くことを期待する。もっとも母は姉を危険から救うことはできなかったけれど。わたしは戦火を避けるために、水瓶によじ登るとそのなかに隠れる。それでも母が私を探しに戻り、安全な場所へ案内してくれることを信じ続ける。

銃声が響く。大きな水瓶が生い茂る垣根の陰にあって良かった。通りから聞こえる騒がしい音。話し声。銃弾を込める音。歩道を歩く軍靴が響く。早口で交わされる会話。素早く動く人が立てる音。安全な水瓶のなかから、赤タイルの屋根と煙突が見える。白い凧《たこ》のもつれた糸が、煙突のまわりに絡みつく。ただ見つめるばかりのわたし。凧が描く弧を目で追う。突然落下したかと思うと、風で吹き上げられる。家の裏手に並ぶブリキ屋根の上で何かが起きる。父が注意していた暗い灰色の怪しげな動き。密集するあばら屋とほったて小屋、それにまばらに建つ古びた背の高いアパートのあたり。電気がスパークし、空気が低く振動する。

怖くなって、黙ったまま水瓶の底で体を抱え込む。庭の外から聞こえる声が少しずつ近づいてくる。耳を澄ます。誰かが近所の家に真正面から突っ込むように指示を出す。厳しい調子の南ヴェトナム人の声。ヴェトコンには南ヴェトナムの人間も混じっている。五番目の叔父もそう。だから、南ヴェトナム訛りの兵士だからといって安心はならない。

「前進。突入しろ。」命令する男の声。大勢の男たちが足を引きずる音が聞こえる。「三隊に組み直す。動け。」

すぐに隊が動く。突然の発砲。騒ぎのなかで、命令を下していた男が撃たれたらしい。物音、声、怒号が雑然と響く。恐怖と混乱に怯えるわたし。

「中尉がやられた」と叫ぶ声。軍靴の走り去る足音。「軍服を脱がせろ。防弾チョッキを外せ。」別の声が叫ぶ。話の中身が伝わってくる。「何か与えろ。急げ。」倒れた男を助けるために人々が集まる音。その間に続く沈黙。そしてまた突然、はっきりとした銃声。命中したらしい。またやられた、と誰かが叫ぶ。「どうする。」切羽詰まった悲しげな声。「落ち着け。落ち着け。」取り乱した反応が帰ってくる。その後、しばらくやりとりが続く。聞き取ることはできない。でも、怒りと恐怖をこらえている様子。「あいつが行く。いやダメだ。なんてこった。俺は衛生兵じゃない。」

兵士たちが集まっている様子を思い浮かべる。身を隠せるようなタマリンドの大木はどこにもない。路上で人目に曝されたまま。

「やるんだ。何でもいいからやるんだ。手を傷口に当てろ。」

「押さえるんだ。俺のシャツを使え。」

「上だ。あのあたりだ」と叫ぶ声。思わずわたしも見上げる。ブリキの屋根に沿って、何かがパタパタ動く。水瓶のなかにいるわたしには、兵士たちには見えないものが見える。何本も立ち並ぶ似たような煉瓦の煙突の陰。メッキ張りのブリキの屋根沿いではなく、白い凧が引っかかっていたあの煙突の陰に誰かが潜んでいる。心臓がドキドキする。煙突の先に隠れる黒い銃口が見える。

「どこだ。」

「いなくなった。」

「どこだったんだ。」

「わからない。こうも騒々しいと……。」

「この役立たず。狙撃兵の場所すらわからないのか。」

鋭い銃声と共にさらに銃弾が飛んでくる。わたしは頭を隠し、ゆらめく閃光から逃れる。鋭い痛みに襲われ、胸はバクバクする。観念するしかない。

「三十三番レンジャー部隊はどうした。もう何時間も前にここに着いているはずだ。」

少し気持ちが明るくなる。レンジャー部隊。政府の軍隊に違いない。きっと助けてくれる。敵は屋根の上にいる。でも、塀のすぐ外まで助けが来ている。狙撃兵がいる場所はわかっている。大きく膨らんだ重しが喉の奥につかえる。外を見ようと、水瓶のなかで身を起こして膝立ちする。息苦しさに堪えかねたのか、よろい戸が入った窓のひとつがわずかに開いているのが見える。わたしはじっとしたまま。黒いシャツ姿の痩せた人影が、屋根の端をつたって開いた窓に向かって素早く動く。外の声が近づいてくる。軍隊が庭の外に着いた。このあたりを間に合わせの作戦基地に使おうと、準備を整えているらしい。

「無線を取ってこい。援軍を要請しろ。レンジャー部隊のことを訊いてくれ。」命令する声。誰かが叫ぶ。

「こちら……我々は……援軍を……。」その後大きな爆発音がすると、声は突然途絶える。すぐにあちこちに向けて反撃する銃声音。政府軍が滅茶苦茶に発砲している。上に下に、あちこちに飛び交う銃弾の音。狙撃兵は人目を忍んで退却する。静かに次の好機を伺う。煙突は長く太く、身を隠すには丁度良い。

そして、あたりは静かになる。わたしは水瓶に耳を押しつける。車のホイール音。違う。ガサガサしたエンジン音からしてきっとジープ。家の前の荒れた道路に敷かれた砂利のザラザラ鳴る音が聞こえる。軍靴の歩く音。そして、「ここに止まれ。ここだ」という声。心が軽くなる。もう大丈夫。まるで強く高潔な、まさに命そのもののような声。安堵と解放を約束してくれる。ここからは見えないけれど、キラキラした存在。彼の姿を想像する。がっしりした体。意を決した様子。危険な場所を埃に包まれながらも歩いて進む。

「ここを通り抜けよう。」英語でしゃべる声。

「ここを。なぜ。ここに何があるんだ。我々の任務は……。」

「念のため調べるだけだ。誰かいるかもしれない。すぐに終わる。」

トラックのエンジンはかかったまま、声が遠くに消えていく。注意を促す叫び声。このあたりは制圧されていない。狙撃兵だ。ヴェトコンだ。ヴェトコンがいる。「行け、行け。」怒鳴るようにヴェトナム語で叫ぶ。続いて英語で避難を促す。「ゴー、ゴー。」

水瓶から出て、彼の腕に飛び込みたかった。ジェームズがわたしのために来てくれた。安心と恐怖で心臓が高鳴る。ツルのように首を伸ばし、外を見る。大きな鉄製の門が開いている。ジェームズの足音が砂利道を横切り、マンゴーの木の前を通り過ぎ、わたしの寝室のドアへと向かう。

ここよ、ジェームズ。そう言おうとしたが、声が出ない。

見上げると、赤煉瓦の煙突から上向きの銃が突き出ているのが見える。銃口が動く。左に、そしてわずかに右に。そしてまた左へと足音を追う。わたしは手の甲を咬む。

ジェームズ。わたしは叫ぶ。煙突よ。叫び声が音になって伝わったのかわからない。まるで手が伸びてきて、強い力でわたしの口を塞いだかのようだった。どんよりした空気のなかで、身動きひとつできない。

黙るのよ。声がわたしに命令する。声が戻ってきた。はっきり聞こえる。甲高くて力強い。わたしの体のどこからか音もなく出てくる。

ジェームズ、ジェームズ。わたしは叫ぶ。でも、わたしの声なのにどうにもコントロールが効かない。動くことも息することもできない。

またあれが始まる。水瓶のなかで人影がひとつ、そしてもうひとつ動く。落ち着かない緊張した様子。

わたしの体の内に外にとくるくる回りながら、伸びては小さくなり、消えてはまた現れる。狭い水瓶のなかで、二つの影は泣き笑いしながら競争する。小さい影が、強く大きい影に隠れて泣いている。二つの影がひとつになっては、また離れる。わたしはここにいるような、それともいないような。わたしは見ているような、それとも見られているような。わたしはいる。でも、いない。

激しい嵐のように、わたしのなかの黒い影がその形を変えて巨大になり、怒濤《どとう》の如くすべてを脇に押しのけるように爆発する。静かに、という怒った少女の声がする。

彼女が腕を突き出し、わたしを押し倒す。わたしを水瓶の底に抑えつける。

誰なの。誰かいるの。

セシルかしら。セシルなの。

セシルは怖じ気づいて、泣いている。小さな少女が動くのがわかる。その場にしゃがみ込んだまま、どんどん小さくなっていく。彼女の弱々しい影が、より大きな影のなかにすっぽり包み込まれる。

わたしは黙ったまま。音が消える。

胸のなかで、声がゴロゴロ音を立てる。嵐のように荒々しい存在が新たに現れる。炭のように真っ黒な目。かろうじて見ることができる、けれど妙に見覚えがある顔の影がわたしの目の前でゆらゆら揺れながら、異なる現実のなかにこじ開けるようにして入ってきては、そこからまた出ていく。その声がわたしの頭を暴力的に襲う。

でもジェームズの命が懸かっている。なんとかしなければ。もの凄い力で、その影はわたしを圧倒する。どうにもならない。

その力を逃れてジェームズに危険を知らせたい。けれど、それができない。それでも、わたしの内から聞こえる声がする。もう一度、なんとかして声を発し、警告を伝えようとする。でも、体の奥底から何者かが飛び出してきて、わたしの口を塞ぐ。

銃声が聞こえ、誰かが地面に倒れる。

すべてが再び真っ黒になる。

柔らかな雲が明るい大空をゆっくり流れる。しばらくしてわたしが意識を取り戻したときには、すべて収まっていた。水瓶から外を見る。もはやジェームズはいない。体が倒れた場所は、血で覆われている。地面から血が噴き出したかのように、赤い筋が見える。誰かが引きずられた跡。わたしの手の甲には咬んだ痕がある。血だまりまで歩く。銃が地面に落ちている。拾いあげ、その重さを手のひらに感じる。意外にも、生きているかのようにまだ生温かい。庭の塀には大きく開いた穴がある。足下にはゴミやガラクタの塊。誰かが血を水で流している。生き残った兵士たちがいる。よろめきながらも、死体を次から次へと運んでいる。体から赤いものが飛び出しているのが見える。裂けた皮下組織からは骨と軟骨のぎざぎざが突き出ている。負傷者、死者、それに被害を受けた者を調査する兵士たちの足音が聞こえる。軍靴の立てる音は、歩幅によって長さが異なる。二人一組で立つと、それぞれ死体の手と足を掴み、ハンモックを揺らすように左右に勢いをつけてトラックへ放り投げる。地平線の彼方をさっと見る。上空には淡い紫色の霞がかかっている。濃い粉塵のせいだ。血と爆発物と煙の臭いで窒息しそう。凧はまだ突風に吹かれながら、同じ場所で揺れている。煙突もそのまま。ただ、黒く傷つき、沢山穴がある。形の崩れた煉瓦の柱。その上部は吹き飛ばされたかのよう。消えゆく光のなかで、煙突は煙に包まれて、見え隠れしながら立っている。不吉な色に染まったテトの日に、寂しい影を斜めに投じながら。

しばらくすると、わたしは父に抱きしめられていた。気持ちはすっかり沈み込む。ガリレオはどこにもいない。小鳥を呼ぶ。いつもならば呼べばすぐ来るが、今日は違う。コオロギもいない。

父の顔を見る。わたしを見つめる熱い視線に恐怖を感じる。父はまるで見知らぬ人を見るように、わたしの顔をまじまじと見つめる。わたしは驚かない。父にはわからない魂に乗っ取られて、空虚な殻のようになってしまったわたし。

「お母さんが……。」と、父はため息をつく。「おまえを見失ってしまったんだ。」

父は用心深くわたしの顔に触れる。それから腕で自分の額の汗をぬぐう。生きているのが辛い。体が緊張からこわばる。わたしのなかで何かが音を立てて割れ、その音が手のひらに響く。胸に触れる。肌の一部に紫のあざがある。ほら。わたしはここにいる。わたしの一部が別のわたしを見ている。今にも枯れそうな土色の芝生の上で、わたしたちは揃って立っている。マンゴーの木の枝が擦れ合う。かわいそうなミモザ。葉を閉じたまま茶色の土の上で、萎《しお》れそうになりながらも懸命に生きようとしている。悲しげに内側に葉を折りたたんだまま。姉が死んでからというものずっと感じてきたこの奇妙な感覚がなくなることは、決してないだろう。

12　キエウとトスカ

ミン氏　2006, 1967

あのことについて、一生話さずに済むわけにはいかないことはわかっている。娘の死のことだ。すでにねじり取られた記憶。いつも痛々しい角度で突き出てくる。

呆然と娘の死を追体験する。アン夫人は部屋の写真をじっと見つめる。そして、何が起きたのかを詳しく知ろうとする。

戦時中には、死は日常的なことだ。だが、それが自分の子どもの死となると、話は違う。娘の死はあまりに突然だった。今でもあれは事故だったと思う。何十年と経った今も、そうとしか思えない。仮にあのことを振り返ることができたとしての話だが。

カーンが死んだ翌日、娘を埋葬した。カーンの死という現実と、もはやそれがどうしようもない事実であることを認める前に、娘を墓に埋めなければならなかった。それが済んだ後、わたしは人生で最も辛い思いをした。先頭に立って墓地を後にしたのだ。いつもの生活に戻るようにと、自分の体に命じた。自らに課したことを実行する自分を恨んだ。娘を埋めたまま、その場から去ったのだ。お願い。妻が言う。

お願い、と。妻のすすり泣く声が聞こえた。が、妻はその思いを、言葉を、そして祈りを最後まで続けることはなかった。

葬送行進はなかった。ドラムもシンバルもない。悲しみが尽きることはなかった。だが、そっと心にしまい込んだ。大切なものはどんなものでも二つずつある。目は二つ。耳も二つ。キスは左右それぞれの頬に一回ずつ。肺が二つ。腕が二本。足が二本。だから片目を失っても目が見えないことはない。片腕、もしくは片足を失ってもなんとかなる。片方の肺を失っても、まだ呼吸できる。つまり、スペアがある。しかし、心はひとつしかない。悲しみに堪えることができる二つ目の心はない。

何年もの間、わたしはカーンの死の影に深く沈んでいた。妻もそうだった。そして、国の状況が悪くなるにつれ、わたしは戦争の混乱のなかで我を失っていた。娘が死んで、わたしはもはやわたしではなくなった。まったく無益な理由から、自分ですらそんなものを持っているとは知らなかった武器を研ぎ澄まし、妻に当たった。静かに涙を流しながら、次第に妻との関係は冷めていった。ひどい言葉の応酬が続いた。慰め合う代わりに、傷つけ合った。たとえ壊れようとも、すべてを引きずり下ろしたいという衝動があった。

「なぜ。」なぜこんなことが起きたのか、ではなく、なぜこんな事態を引き起こしてしまったのか。心痛むような質問で、わたしは妻を苦しめた。カーンが死んで数日間、わたしは人を責め、裁く快感を味わった。母親は誰よりも、子どもを守る立場にある。献身的な妻の態度や母性のことを話して聞かせてくれたクリフのことを思い出し、クイに繰り返した。

妻は妻で、今日この日までわたしの心に突き刺さって離れないような問いを繰り返した。「あの銃弾はあなたを狙っていたとは思わないの。弟が警告していたわ。」

わたしは怯《ひる》んだ。理性では悲しみに太刀打ちできない。突然抜かれた刀を前に、理性は無力だ。剣を握ったわたしは、思いっきり深く抉《えぐ》るように突き刺そうとした。ナイフの扱いなら心得ていた。子どもを守れなかった母親に向かって、脅すように振り回したかった。妻の母としての至らなさと、それゆえの無防備さにつけ込もうとした。不埒《ふらち》にもお互いを傷つけ合うことから、わたしも妻も十分に立ち直れずにいた。

こうしてわたしたちは、お互いの軌道から冷たく離れていった。家庭生活から身を引き、遠くから家族を見ることもしばしばだった。戸棚の引き出しには、妻が服用する精神安定剤の白い瓶があった。結婚生活は上手い具合に装い続けた。カーンが死んで数ヶ月、形ばかりの愛情が二人の関係を形づくるようになっていた。わたしたちは適度に穏やかな関係の名残とでもいうべきものにすがり続ける困った輩《やから》だった。すでにぼろぼろの状態にさらに強烈な打撃を加えることには、とても堪えられなかったのだ。

つまりはこういうことだ。もはや妻と触れ合うことはなかった。心鎮まったとき、妻とは別離の生活を送っていた。アルフレッド・ド・ミュッセが書いた詩の一節が、わたしの心から離れなかった。「もはや過ぎ去ったことはすべて存在するが／これから世に生まれ出るものはまだ存在しない。」

カンボジアでの作戦を開始する数日前、わたしはクイに手を差し伸べた。危険な作戦を控え、冷え切った二人の関係をなんとかしたかった。かつて愛した優しい心ともう一度触れ合いたかった。だから朝食後もテーブルで、どこか落ち着きなくゆっくりとコーヒーを飲んでいた。妻はテーブルの反対側で、タンジェリンを食べている。果実を手で回しながら、オレンジ色の皮を確かめると、爪先を立てて皮を剥き始めた。空気中に強い香りが飛ぶ。果実はざっくり二つに割れた。

「午後、ベーカリーで会わないか」と、わたしは尋ねた。

妻は気乗りしない様子で肯く。「ええ、その方が良ければ。」わたしはじっと妻を見つめた。クイはわたしを見つめ返したが、すぐに視線を逸らした。それからわたしに背を向けたまま窓際へ向かって歩いて行くと、ガラスに顔を押しつけてじっと庭を見た。窓ガラスに反射する妻の姿が見える。水が流れるようなはかない動きが窓ガラスに映る。長い間どこかに置き忘れてきたものだった。

わたしは立ち上がると、妻に近づいた。しかし手を取ろうとした瞬間、妻は身を固くし、急いで違う方を向いた。そのとき、わたしは気づいた。臭いだ。数歩離れていたが、妻の息からはビールやジンといったきついアルコールの臭いがした。鼻に突き刺さるような臭いだった。

カンボジアでの作戦が終わって数日後、退院の日のことだった。妻はわたしの傷を献身的に看病していた。心配する妻に腕を伸ばし、手を重ね合わせた。わたしがあやうく死にそうになったことで、二人の結婚生活は元に戻ろうとしていた。家庭生活に何か今までとは違うものが、大海の新たなうねりによってもたらされた。わたしと、そしてクリフの回復期が、妻には自分を取り戻すきっかけになった。彼女はわたしたちの世話に懸命だった。まるで母親のようにわたしたちの日々の回復に尽くしてくれた。彼女は変わったのだと、期待した。

妻はわたしとクリフの食事の用意をした。わたしたちの回復を早め免疫を強くするために、ツバメの巣のスープを作る。ツバメの唾液でできた巣は崖や岩場にある。入手はきわめて困難だ。というのも竿を立て、岩の間から巣を取り出せる熟練したクライマーは数少ない。だから、ツバメの巣は高価だ。だが妻は巣を手に入れるためなら、金を惜しまなかった。たったひとつで数千ドルすることもあった。妻は乾燥して固くなった巣を水に浸け、忍耐強くピンセットで羽やその他のごみを取り除いた。巣から取れるタンパク質が細胞の再生を促進すると言う。カルシウム、マグネシウム、鉄分、カリウムといった大切な栄養素がわたしとクリフの口に入っていくのを、妻はじっと見守った。「もう一口いかが」と、腹一杯になったわたしたちに勧める妻。その調子はいくらか権威的で、従わざるを得ない。退院して数日間は枕を背に当て、わたしたちの体を起こしてもくれた。クリフの世話はより大変だった。妻は彼の頭の後ろに手を入れ、丸めたタオルを首の下に滑り込ませてから食べるように命じた。「クリフさん、あなたのおかげで命拾いをしたと夫が言ってましたわ。あなたが命がけで助けてくださったと。」わたしを見ながら、時折身振り手振りを交えて妻が言うと、胸のなかに熱い感情が走った。

クリフのエメラルド色の目が動き、優しくクイの顔に視線を落とす。「あなたのご主人もきっと同じことをわたしのためにしてくれたはずですよ。」

振り返って見れば、戦争と喪失の長引く恐怖から一瞬でもわたしたちを遠ざけようとしていたのは、わたしではなく妻だった。わたしたち三人はごく普通の家に住むごく普通の人間だった。一時一時を忙しなく生きていた。一緒にココナッツの実からジュースを飲むこともあった。サイゴンで起きていたあまり重要とはいえない軍事問題について話し合うこともあった。実に素直にカンボジア国境での日々を、騙される前の恐ろしい瞬間を、振り返って話すことすらあった。わたしはクリフに近頃フォンが仕入れてきた話を聞かせた。わたしたちを間違った道に誘い込んだガイドが姿を消したと。死者のなかに、ガイドはいなかった。少なくともガイドの遺体は発見されなかった。クリフも同感だった。「まんまとやられたな。」

わたしたちが徐々に回復するにつれ、クイは二人の生活を整える助けをした。わたしとクリフは繊細ではあるが長続きする何かで、新鮮さがなくなってもそう簡単には消え去らないものによって結びついていた。クイは酒と薬に頼ることなく過ごせるようになっていた。これにはわたしも大いに安堵した。

落ち着いて友情を深めるなど、泰平無事に何か別のことへ妻は関心を示すようになっていた。ある晩はそれが夕食だった。フレンチフライを添え、黒コショウで味付けした赤身のステーキを用意する。別の日には、窓辺で優雅に夕暮れ時を過ごした。三人がそれぞれ静かに本を読む。テレビの画面にはたわいもないアメリカの娯楽番組。妻が好きな音楽を聴くこともあった。ジョーン・サザーランドの抑揚あるソプラノの歌声。突然、果敢にも高いドの音を歌ったかと思えば、まるで体を突き刺すナイフのように二オクターブも急降下する。妻にとっては、サザーランドと言えばトスカだった。そして、トスカと言えばキエウだった。宙に浮かんだような張りがあるしなやかな歌声が、グッと妻の注意を引きつける。クリフと会話をしているときでもだ。会話がはずむ。妻はクリフの口元にこぼれたケーキのかけらを手で払う。わたしはいつものように革製の肘掛け椅子に座り本を読む。暮れようとする太陽の紫色の光が、ページの上に斜めに差し込む。時折、妻の手を握る。彼女もそれを拒まない。二人の指がやさしく絡み合う。その距離感にとまどいを感じながらも。

こうして過ぎていく時間の流れに、わたしは満足だった。このような瞬間を生きることが幸せだったし、似たような時間が続くことを期待していた。何らかの成果を求めはしなかった。新たな可能性のある人生がもはや終わっていることは理解していた。賑《にぎ》やかで騒々しい未来が待ち構えているとも思わなかった。むしろ、わたしたちは過去の失敗のなかに閉ざされていた。わたしたちにとって未来とは、過去の重荷を引きずって生きることだった。そのことはよくわかっていた。クイの関心を独り占めすることはできない。彼女が満足なら、わたしも満足だった。

目を覚ます。テレビのスイッチを入れる。落ち着いた心持ち。アン夫人がいる。彼女は食事の用意を整えると、わたしに新聞を渡す。近頃ではイラクといえば国のことではなく、三十年前の戦争のことを指す。人々はイラクがヴェトナム化しつつあるという。さっと記事を読む。一九六八年テトの再来だ。水運とパイプラインの町バスラで、戦闘が激化している。激しやすいことで悪名高いムクタダー・アッ＝サドルが支配する地域だ。ナツメヤシの木立ちが、爆弾や銃弾によって破壊される。わたしが知る限りでもひどい部類に入る戦闘で、戦車が狭い道を蹂躙《じゅうりん》する。

一方で、アラビアンナイトの町だった別のバスラを思い出す。娘たちが夢見た町。それがバスラだった。

「ミンさん、わたしお金をお返しできるかわかりませんわ。」アン夫人が打ち明ける。

「ご心配なく。助けになればいいんです。家族なんですから。」これっぽっちの不便もないと言わんばかりに、わたしは力強く手を振る。アン夫人は一瞬微笑む。テレビの角度を調節し、ベッド脇に椅子を寄せる。晩のニュースの始まりだ。砂漠の町がかすんで見える。地図の上では純粋無垢《むく》に思える砂漠の停泊地。一九六八年サイゴンを襲ったのに似た戦車が、画面の中央を横切る。背景では、砂漠の砂岩上に気味悪い明かりが光る。彼方まで広がる残骸を前に、ニュースキャスターが待ち伏せされた町の名前を次々に挙げ、イラクの現状を評価する。数ヶ月後にはアメリカで中間選挙がある。インタビューを受ける議員たち。さしあたりイラクはどうしようもなく、よって嘲笑の対象であり努力に値しない。そのうちイラクの人々の欠点を列挙して、アメリカ人はお役ご免になるだろう。自分自身が起こした行動の予期せぬ結果と向き合おうとしない姿勢には見覚えがある。

わたしもアン夫人も当時の状況を覚えている。テトのお祝いとその後に続く残虐な攻撃が同時に起きたことを。太陽が暮れる前の薄暮の光のなかで、アン夫人が新聞を読んでくれる。わたしは彼女に自分が知るテトの姿を伝える。血なまぐさい戦闘。むしろ忘れてしまいたい記憶。失われた時間のこと。戦闘には勝ったものの、希望が失われたその理由。

わたしは車に乗り、出来るだけ早くサイゴンを脱出しようとした。十一月の暮れゆく太陽のなかで、静かに消えていく周囲の風景を噛みしめながら。もう何時間も運転していた。一九六八年のテトに至るまでまだ数ヶ月。娘が死んでからすでに数ヶ月が経っていた。

まだ焼けていない緑の草原を通り過ぎる。なんの計画性もなく建てられたフェンスの向こうで、牛が牧草を食べている。淡い金色の太陽の光があたり一面を覆い尽くす。風雨に曝されてくたびれた民家が点在する。緑の草原の上に立つ茅葺《かやぶ》き屋根の家。ヴェトナム人にとって、緑は信用と運命の色。繁栄と健康の色だ。その色に目がいく。エメラルド色の穂を吹く稲が、土地を育み豊かにする。

やがて周囲の風景が変化してきた。広い道路。滑らかに舗装された坂道。アメリカ人が造った道だ。トラックや戦車の重さにも堪えられるように設計された道路は、勝利を約束する。霞と暑さのせいで青く見えるこの道によって、わたしはサイゴンからさらに遠くへ向かう。

ヴェトナム人は人生の核となる信念を持って生きる。わたしたちは家族を何よりも大切にする。命よりも大切な真実。その結果生じる長く辛い時間の流れ。血のつながり、とヴェトナムでは言う。真の忠誠心と仲間意識は、家族と友達のつながりにある。他人よりも家族や友達を大切にすることがいけないことだとは思わない。大切なのは法律を守ることではなく、忠実であることだ。

それでも、わたしには挫折感があった。軍と妻の双方に忠実であることは叶わなかった。

妻はわたしに懇願した。わたしの指揮下にある空挺部隊に捕らえられた敵兵である弟を救ってほしいと。わたしたちが送る現代的で快適な生活を軽蔑し、事あるごとに彼女に向かって、ヴェトナムの魂のために戦っているのだとおきまりの詭弁《きべん》を繰り返す革命軍の弟をだ。わたしは妻と二人、ドアがしっかり閉まった部屋にいた。カーンの死後、言葉を失ったマイが隣の部屋にいた。娘にはわたしたちの言い争いを聞かれたくなかった。食事を共にするクリフを偶然の証人に、心の平穏とでも言うべきものが、二人の間に芽生えていると思っていた。しかし、妻の突然の要求はわたしを怒らせた。二人の関係をすっかり壊した。

どうして信念に背いて行動することができようか。いや、それ以上に問題なのは仲間を裏切ることだ。どうすることもできない難題を課されたのだ。妻の弟を牢獄で苦しませておくことはできなかった。だが、釈放するわけにもいかなかった。この男のために、わたしはできる限りのことをした。娘の死後すでに衰弱していた妻の頼みだったからだ。結局、これ以上妻が苦しむ様子を見るに堪えなかった。

わたしは大した努力もせずに、奇跡的に望みどおりの結果を得た。電話をかけると、拘置所を訪ねた。錆びついたドアを指さし、その鍵を開けるようにと頼む。任務にあたっていた空挺隊員はたじろぎもしなかった。規則よりも指揮官であるわたしへの忠誠心の方が強いのだ。彼は敬礼すると、言われたとおりにドアを開けた。それでも、軍刑務所に出入りする姿を誰にも見られたくなかった。すべてが終わり、わたしは刑務所を出た。面倒もなく、要求があっさり叶えられたことに驚いた。戦争中だ。わたしの内なる声が言った。それでも無謀にも、わたしは敵を釈放することにしたのだ。密林地帯の隠れ家へと逃げさせる。そこでまた新たな作戦を練って、我々の部隊を襲ってくるというのに。

拘置所の外に立ち、妻の弟が釈放される様子を平静を装いながら見ていると、深い自戒の念がこみ上げてきた。耐えがたい重みに体全体が引っぱられるのを感じた。娘の死。妻の悲しみ。もちろん、わたし自身がその声に屈したのだ。血のつながり。わたしとわたしの家族が大義に勝ったのだ。家族のために必要なことをした。ドアを閉める。カチッという音に心が落ち着く。大きく深呼吸し、ゆっくり外に出た。

目の隅に、誰かが出て行く姿が見える。意識の端に引っかかる。スウィングドアから出ていく人影。フォンだ。どういうわけか、彼の名前が浮かんだ。クーデターがあってからというもの、彼の名前は何かの予兆と結びついていた。罪と恥の意識に苛まれる。あたりを見回す。単なる偶然なのか、それとも想像なのか。フォンがここにいるわけがない。だが不気味な冷気があたりに広がり、フォンが吸うタバコの強い臭いが部屋に漂う。

数分後、わたしはサイゴンから車で見知らぬ土地へ向かっていた。戦争という複雑なものから逃げ出したかった。家族への忠誠心やその不気味な半身ともいうべき、まだ始まったばかりの裏切行為の辛い残響から逃げ出したかった。

アクセルを踏み込んだ。エンジンが唸りを上げ反応する。車は勢いよく飛び出すと走り続けた。緑の地面が目も眩むような速さで後ろに流れていくにつれ、孤独に身を苛まれるのを感じた。ハイウェーの向こうには、人里離れた風景にぽつんぽつんと立つ茅葺き屋根の小屋。

車を止めて外に出た。田園風景が目の前に広がる。その雄大さだけでなく、欠点も心に刻み込まれる。みすぼらしい小屋は風雨だけでなく、人間の願望にはまったく無関心な自然の力に曝されていた。この壊れそうな壁に囲まれて暮らす人々の生活を思い浮かべる。どこまでも広がる空の下、少しも安全は保証されていなかった。隙間風が吹き込む。雨に打たれ、忍耐強く堪え忍ぶよりほかに選択肢はない。この逃れようがない陰惨な事実から身を守る強い建物がない以上、強い暴風雨に身を任せるより仕方なかった。自然界における人間の生まれながらに定められた無能さと不完全さという無二の事実を受け入れるよりほかなかった。

まさにこの場に身を伏すようにして跪く。心は打ちのめされる。愛のせいで。悲しみのせいで。不在という存在に転げ落ちて、苦役から解放されるように。日常の苦しみや困難、あるいは敗北や戦闘の陰には、もがき苦しまなければならないものなど結局何もないのだから。すべてあるがままに放っておけば良い。

仮にそうすることができるのならば。

それでも戦争は続いていた。そしてその思いが蘇ってきたとき、緑の水田が消えた。同時に救われる可能性も消えた。

車に戻る。エンジンの回転を上げ加速するにつれ、半分開いた窓ガラスから吹き込んでくる風を感じた。身を刺すような、焼けつくような暑さがアスファルトから伝わってくる。太陽が窓ガラスにギラギラと照りつける。町へ戻った。ギアを変えるたびに、これから起きることが心をよぎる。日常生活の重みと感触が戻ってくる。それと同時に、別の生き方を見つける可能性が消えた。


最初は、この世に余りある他の陰鬱さと同じように思えた。だが、周囲のイメージを静かに反射する黒い鏡のような壁面に、グイッと引きずり込まれる。マイとわたしの二つの顔が、左の上端に何列にも渡り刻み込まれた名前の上に重なり合うようにして浮び上がる。鳥の羽のように光沢ある黒いV字型の壁が、遠くへ向かって伸びていく。一方はワシントン記念塔のある東へ向かい、もう一方はリンカーン記念館のある西へと向かう。

この最も感傷的な場所では、死が整然と記録されている。死者の名前は犠牲になった日付けによって、時系列上に並べられている。同じ日に死んだのならば、アルファベット順に名前は並ぶ。一九五九年、戦争の最初の犠牲者の名前は壁の右側から始まり、最後の死者は左側の壁から始まる。その結果、最初の死者と最後の死者の名前が、V字型のまさに頂点で隣り合わせに刻み込まれることになる。最初と最後が線を結ぶ。

わたしは車椅子でマイの後を追う。娘は一九六八年と刻まれた壁に少しづつ近寄る。周囲には、ファティーグジャケットを着た男たちが家族と一緒にいる。死んだ仲間の名前を探しているのだ。自分で名前を探し出そうとする者もいれば、公園のボランティアに助けを求める者もいる。わたしは目の前の光景に釘付けになる。南ヴェトナム空軍の記章が入ったジャケットを着たヴェトナム人が背を真っ直ぐに伸ばして立つとベレー帽を取り、壁の名前に向かって敬礼しているではないか。わたしは涙をこらえていた。この壁に刻まれたアメリカ人兵士たちの名前を前にして。無数の知られざる、いまだ弔われることのないヴェトナム人の名前を思い浮かべて。背景のなかに身を隠したい。だが、多くの悲しみを刻みこんだ壁に、心は引きずり込まれていく。マイは壁に触れると、その冷たい表面を手のひらで感じている。わたしは身を引くと、離れたところから壁を見る。「お父さんも触ってみたら。触れることに意味があるのよ。」マイは車椅子を壁に近づけると、わたしの手を取って刻まれた名前の上をなぞらせる。ジェームズ・ベーカー。他の名前と同じように彼の名前も黒い石に二センチ余りの高さで、はっきりとした灰色の文字で現れる。

マイは彼の名前の上に一枚の紙を載せ、鉛筆でなぞる。やがて「ジェームズ・ベーカー」という名前が、白い紙の表面に浮かび上がってくる。そして立ち去る前に、マイは何十年も昔、ジェームズとカーンと三人で撮った写真を取り出すと壁に向けて置いた。一輪の白いバラを添えて。

13　失われた時

マイ　1971

サイゴンの家で迎えるいつもの夕方。父はまだ仕事。母はクリフと一緒。近頃、母は戦争寡婦を助ける団体で熱心に活動している。父によれば、そのグループに寄付しようというアメリカ人に母を会わせようと、クリフが誘い出したらしい。母に友達ができて、新しい関心が生まれたことに、父は安心している。でも、わたしは母が心の痛みを忘れようとしているだけだと思う。もしわたしが枕に顔を埋め静かに泣いていたら、大人たちはどうやって慰めようとするだろう。

中国のグランマが厚紙を団扇代わりに、寝室のベッドで休んでいる。ジェームズの死後、グランマはますますわたしに注意を払っている。ロックを聴くのはやめた。ジェームズがくれたテープは引き出しに閉まったまま。厚紙がグランマの手から落ちる。寝てしまったらしい。

グランマは何を知っているのだろう。セシルに会ったのかしら。そもそもセシルって誰なんだろう。ガリレオの遊び相手なのかしら。ガリレオはどこにいるのかしら。どれもこれもわからないことばかり。ベッドの上のグランマを見る。腕を組んで足を伸ばしている。無邪気な様子で羽毛枕の上に頭を休めている。

目をしっかり見開いて、呼吸を潜めるわたし。誰かの視線を感じる。

外からは街頭売りの声。荷物を置くと、近所に住む人たちを誘い出そうと、食事の準備を始める。持ち運び用のグリルから出る煙。窓の外から焼き肉や脂がのった豚肉、ネギの炒め物の香りが入ってくる。

時計の針がチクタク音を立てる。忍び足で風呂場へ行く。何かが起きる。その瞬間を捉えようとする。たとえそれが何であろうとも、目撃者になる。スツールの上に立ち、鏡をのぞき込む。他人が見るわたしの顔。一風変わった表情。飾り気もない。目、鼻、口が無造作に組み合わされてわたしの顔になる。薄暗い場所。どこか落ち着かない静けさ。わたしの内で何かが膨らむように立ち上がり、傾き、そして壊れそうになりながらも、わたしを包み込んでいく。この動きを止めなければ。

まだ止めることができる。避けることができるはず。

でも、もうすでに始まっている。得体の知れない存在が体のなかでざわつきながら、わたしを滅茶苦茶に引き裂こうとする。何か巨大なものが肌に染み込んで、わたしのなかで動いている。冷たい水で顔を洗う。この間違った何かを洗い流してくれるかもしれない。驚いて逃げ出していくかもしれない。その場にしっかり立って、その邪悪な何かがこの場から去っていくのを待つ。けれど、それはなかなか動こうとしない。だから、わたしは身を縮めたまま、やむなくここに立ち続ける。元の自分に戻ろうと戦いながら、身を震わせる。腕を上げて、なくてはならない大切な体を守ろうとする自分の姿が見える。

それは強くて素早い川の流れのよう。自らの欲望のなすがままに動き、わたしを乗っ取ろうとする。

あたりを見回す。まだ家のなか。一段一段しっかり積み上げられた煉瓦の家のなか。

突然、この状態が始まってから初めて、何が起きているのかが見えてくる。わたしにはどうにもできない。何かに引きずり込まれていく。

わたしとこのもう一人のわたしとの戦いが頂点に達する。どうにももはやバランスが取れない。わたしの顔ではない。死んだ姉の顔でもない。赤い点々がある怒った顔がわたしを見つめ返す。恨みを抱え、傷ついた表情。波打つような怒号のなか、この顔が最初に現れた水瓶のなかで聞こえた声が響いてくる。ジェームズが殺されようというにも関わらず、静かにしろとわたしに命じたあの金切り声。自らの存在の確かさを死にもの狂いで伝えようと、繰り返し繰り返し発せられる声。この新しい怒れる存在がわたしをだめにする。わたしに触れようとする彼女の影が見える。わたしに向かって伸びてくる彼女の指先が見える。

彼女から逃げ出したい。けれど、彼女に屈してしまいたいという衝動も感じる。もがくのをやめれば、すべて終わり。もしそうなれば負け。最後は強いものが勝つ。なるがままになるしかない。

意識を取り戻す。すると首の下に大きな紫のあざ。まるで恥を表すかのように、しっかりとわたしに刻み込まれていた。

あたりが暗くなってくる。空の片隅には淡い銀色の月。街頭売りはもういない。売り声は聞こえない。中国のグランマがわたしを見る。しばらく二人とも無言のまま。

「一体どうしたの。」グランマが心配そうに尋ねる。「何か困ったことでもあるの」ではなく、「一体どうしたの」と聞かれる。姉の死とジェームズの死が家族に亀裂を生んでいた。両親もグランマもその亀裂によって生じたわたしの気持ちを理解していない。

それでも、いつも一緒にいてくれるグランマなら、わかってくれるだろうと期待する自分がいる。わたしが一瞬自分の体から離れていたことに気づいているに違いない。心配そうなグランマの顔。まじまじと見つめる目。わたしは不安に心をかき乱されて、急いであたりを見回す。すべてがあるべき場所にある。枕はベッドの上。ペンや鉛筆は筆立てに収まり、紙やノートは綺麗に積んである。

鋭く突き刺すような痛みを感じる胸に、さっと手を当てる。赤黒い打ち身。壊れた血管が皮膚を赤紫に染める。指の関節が痛む。グランマは次に何を言うのだろう。怖い。

奇跡的にグランマは何も言わなかった。わたしをそっとしておいてくれる。

その夜のこと。まるで涙が溢れ出るかのように中国のグランマの目が赤い。

「今日からあなたのベッドで寝ましょう。」グランマが言う。「あなたと一緒に。」目はわたしの打ち身を見つめている。

姉と一緒に寝たことならあった。グランマのベッドは少し離れたところにある。

わたしは肯く。グランマの提案を受け入れる。枕を探す。今でも胸にしっかりと枕を抱きしめないと眠れない。身を丸くするグランマを横に、だんだん眠くなってくる。するとグランマがやさしい声でささやきながら注意する。

「もう自分を傷つけてはだめよ。次にそんなことがあれば、あなたの手をわたしの手に結びつけますよ。」

わたしは何も言わない。否定もしなければ肯定もしない。でも心のなかでは、グランマの言葉にびっくりする。あれは一体何だったのだろう。鏡のなかで歯をむき出しながら睨みつける顔。わたしの意識を奪い、消し去るささやき声。

恐れと羞恥心に包まれながら、ベッドに横たわる。グランマが眠りに落ちるのを待つ。グランマがすっかり眠ったのを確かめると、浴室へ行き顔を洗う。突然、鏡が危険なものだと気づく。しっかり目を閉じて、石けんを掴んで、顔全体に泡を立てる。何かが音もなく、そっとわたしのなかで起き上がる。鏡に映るわたしの顔を意識する。でも、それを見ないようにする。そこに何が映っているかわかるから。

わたしの姿形をした新しい分身が、薄気味悪く現れる。これまでに起きてきたことへの怒りと悲しみから、火花を散らしながら立っている。

顔が痛くなるまで、何度も洗い続ける。目を閉じて、気持ちを、怒りを、意識を洗い流そうとする。でも、何かがまだ残っている。並行するもうひとつの世界。ぐるぐる回りながら真っ二つに分裂する。大きく口を開け、わたしのすべてを泡とうねりのなかに飲み込もうとする。それでもこの静けさと沈黙の幕間に、残された夜を救おうと思うわたし。慎重に足を踏み出す。

グランマが眠るベッドに戻る。救われた新しい世界が手の届くところにあるはず。グランマに身を寄せる。でも眠ろうとすると、再びあの恐ろしい存在が迫ってくるのを感じる。

学校では、儀式のように何事も反射的に繰り返す。来る日も来る日も、わたしは教室の隅にいる。黒板に字を書く先生の手を目で追う。先生が腕につける細い金のブレスレットがキラリと光る。一筋の汗が先生の顔を流れる。ヤモリが天井から教室を見下ろしてまばたきする。わたしの左に座る男の子が、わたしの右に座る友達の注意を引こうとする。教室がグルグル回る。目眩《めまい》が起きる。喉が焼けつきそう。

スニーカーが見える。黒い軍靴が並んでいるのが見える。

じっと座ったまま。息苦しい。ジェームズがいる。永遠に続く夕暮れのなか、テト固有の不気味な美しさを背景に、今にも息絶えそう。

わたしのなかで何かがバランスを崩す。天井の明かりが暗くなり、目に見えるものが波のように揺らめくと同時に境界がぼやけ、近くのものと混じり合う。すべてが弱々しくかすれていく。目をつむり、また開く。焦点が合わない。世界の輪郭が崩れ、薄暗い不在の世界に滑り込んでいく自分を感じる。悔恨と羞恥心の深みに落ちていくわたし。暗闇が支配する。

目を覚ます。家だ。とても疲れている。両親が心配そうにわたしの上にかがみ込む。母が降参したように、小さなため息を漏らす。母はいつものように異なるシグナルを発する。よそよそしい日もあれば、ひどく心配そうな日もある。大抵は上の空だが、時折わたしのことを気に掛けている様子。両親に並んで医者がいる。脈を測り、額に手を当て熱を見る。胸の音を聴く。シャツのボタンの間から胸に触れる聴診器のゴムの表面を感じる。打ち身に気づかれなければ良いけれど。シャツの下に隠れているのは赤紫色の敏感な肌。中国のグランマが昨晩塗ってくれた樟脳《しょうのう》やユーカリの軟膏の香りが、シーツからまだ臭う。自分の様子を見て、ふと気絶しそうだと訴える。とても普通ではない状態を隠そうと、ごくありふれた兆候をでっち上げる自分の声に妙に安心する。

上腕に膨らむものを感じる。医者がゴムの風船をどんどん大きく膨らませる。そして、あるところで空気を抜く。グランマが側にいる。医者が両親にする質問を訳知り顔で聞いている。わたしにもあれこれ質問が聞こえる。

「ただ気を失っただけですか。」

両親は顔を見合わせると肯く。「校長先生からはそう伺いました。」母が答える。

「低血圧です。」医者が答える。それがすべてだと言わんばかりに。

母はわたしの手を握る。その間に注射針が刺さり採血が行われる。母は熱心にわたしを見つめ、安心させようとささやく。「目を閉じて。」慰めてもらう必要はない。不安は別のところにある。息を止め、目を閉じる。黄色いくちばしがわたしを突つく様子を想像する。平穏は一時的なものにすぎない。いつあの声が聞こえてくるかもわからない。

だから、大切なのはじっと身構えること。片手で母の手をじっと握り、もう一方の手で椅子の肘掛けを握りしめる。そうやって身を落ち着かせる。今という瞬間に留まろうと。これで十分よ。これで大丈夫。

数日後、血液検査の結果が出る。すべては正常だった。

箱のことを考える。時は傷つくことなく、金属製の箱のなかにしまい込まれる。繰り返し起きる待ち伏せに負けないように戦術を練る。見事な龍と天空の猛獣が描かれた古いブリキ箱。わたしは怒った顔の絵を描き、それを厳かな態度で箱にしまい込んだ。深海の怪獣を捕らえ、金属製の箱に保管するのだと自分に言い聞かせる。箱をベッドの下に片付ける。鍵をかけ、侵入者を封じ込める。

絵を箱に入れる瞬間、もう一度侵入者の顔を見る。見たこともない暗い目つきの少女が、怒り狂ったようにわたしを水瓶のなかに押し込んで、ジェームズに呼びかけようとするのを邪魔する。

屋外の息苦しいほど湿気た夏の空気のなかで、虫たちが不満気に鳴き続ける。でも騒々しい音のせいで、わたしには何も聞こえない。わたしの内で何かが爆発し、その気流が心のなかを上昇していくせいで、何も聞こえない。あの侵入者が海辺に立って、わたしを捕まえようと身構えている。

箱を閉じると、すぐに気分が良くなった。


母は時々わたしを連れて外に出る。ここ数ヶ月、クリフと一緒に慈善活動のイベントを企画している。でも、まだまだしなければならないことが山ほどある。

ここはサイゴン。一九七一年。

日曜日。でも、父は家にいない。昨日の夜は雨だったせいで、今日は朝から清々しい。玄関のドアを開ける。雨雲が海岸線へ去っていた後にも残る突風が、新鮮な空気を運び込む。今日は大切な用事がある。クリフを待ちながら、良い一日になることを期待する。街頭売りが朝ご飯のおかずを売る声が聞こえてくる。その様子を家の前で見ている間、母は二階で外出の準備をする。犬が一匹、貪欲そうに自分の尾を追いかける。母の大好きなショパンが、『子犬のワルツ』を作曲したことを思い出す。犬とその元気な尻尾を主題にした曲。タマリンドの実が歩道に落ちては潰れる。寝室から下りてきた母はとても美しい。神々しくすら見える。きらきら光る飾りがついたハイヒールのパンプスを履いている。光沢のあるアオザイの生地の間を、風が通り抜ける。その瞬間、わたしは母への愛を強く感じる。

母に何かが起きた。母は母であると同時に母でない。母の明晰さと神秘的な部分の両方に触れてみたい。

クリフが到着する。わたしたちを黒いオペルに乗せる。今日はわたしがきっと気にいることがあると母が言う。車の流れにのって、クリフはサイゴン市内を気楽に運転する。わたしたちの車を含めてどの車も、衝突を避けて停車する以外は流れにまかせて進んで行く。混雑している地域を脱するとクリフは窓を開け、そよ風を車内に入れる。吹き込んで来る風が音を立てる。母の髪がなびく。クリフが話しかけると、母は頭を振り微笑む。母が窓を開けるのに手こずると、クリフは車を停めて、手を伸ばして母を助ける。母の手を握り、一緒にハンドルを回す。動かない。もう一度試す。クリフの指先が母の手首を包み込む。

クリフが席に戻って再び運転し始めると、母は助手席の窓から蛇のようにくねくねと身を乗り出し、通り過ぎる風景を写真に撮る。アオザイが光に反射し、母の細い体にピタッと張りつく。そしてほどけるようにして、そよ風に光沢ある白を浮き立たせる。

クリフが口笛を吹く。打ち解けた態度。まるで母には悲しみなどないかのように。母も悲しんだ素振りを見せない。クリフが手を伸ばし、母を車内に引き戻す。

母は車のスピードのことを忘れている。きっとどの写真も焦点ぼけ。母がシャッターを切る様子を見ながら、そう思う。

車は小さな家の前で止まる。わたしたち三人が玄関へ向かって歩いて行くと、ずっと鳴っていたドラムの音がやむ。粗いギターの前奏《リフ》。騒々しくもあり、甘くもある。唸るような歌声。ロックよ。母を見る。母が好きな音楽じゃない。でも、わたしが昔好きだった音楽。

年取った女性がドアを開け、わたしたちを招き入れる。甘い香りが家中を満たす。テーブルの上にはティーポットとカップ。わたしたちを待っていた様子。四人の若い男たちが部屋にいる。ドラム、ギター、ベース、キーボードの編成。女が母にヴェトナム語で話す。そして、四人の男たちを指さす。まるで手に負えない子どもたちの相手をするかのよう。どうにもしょうがないといった感じ。女は彼らをヴェトナム語で子どもたち《コン》と呼ぶ。彼女の子どもたちと。母は微笑み、彼らにアメリカのロックを演奏してほしいと頼む。そして、クリフを指して言う。「ここにいるアメリカ人があなたたちをクラブで聴いて気に入ったのよ。」

彼らはただの音楽好きの高校生。その身なりや顔まで垂れるボサボサのモップヘアが、音楽の役に立っている。静かに音を拾いながら、輝くようなメロディーを演奏し始める。前奏が進み、ドラムが馴染みやすいビートを繰り返す。情感たっぷりのボーカル。神経質そうだが滑らかな歌声。最初は静かに。だんだん大きく激しくなっていく。三人のメンバーが楽器でハーモニーを重ね、曲を展開する。胸躍る典型的なロック。そして、ついに爆発する。

さあ、みんなで歌おう。曲のタイトルは「ラブポーション・ナンバー9」。サビで繰り返されるタイトルは、飾り気ない美しさをもつ。元気いっぱいの曲。

手拍子を取りたい衝動を抑える。他の曲が続く。お馴染みのビートとメロディー。わくわくする。母を見る。母も楽しそうだ。はっきりしたV字型の鎖骨。クリフを見る。母の美しさをわかっている。しなやかな体に長い足の母。その横に立つ彼の緑の目は夢見心地。指を鳴らし、ビートにのって頭を振る。二人は並んで、音楽に合わせて体を動かす。たとえほんのわずかでも。

一瞬、姉があたりをうろうろしているような気がする。あの瞬間に飛び込んでいく。微かな記憶を引き伸ばし、そのなかに留まり続けたい。魔法は解けていない。ほらあそこで姉がジェームズと踊っている。

車のなかで、母はわたしにバンドはどうだったかと尋ねる。わたしが良かったと答えると、母はクリフに言う。「なら、ほかのバンドを見る必要はないわ。このバンドを雇いましょう。」

家に帰ると、母とクリフはテラスで太陽がラベンダー色の空に傾いていくのを見つめる。母は姉のことを思っているときのように微笑む。クリフはこの夕暮れ時をじっくり味わう。目ですべてを吸収しようとする。母はわたしの隣で、幸せとは無関係の未来にいる。クリフはそれとは逆に、未来とは無関係な幸せのなかにいる。わたしは二人の間に座る。すべてを見ながらも、何も見ていない。

料理人は帰ってしまったけれど、塩コショウで揚げたカニが用意してある。箸やナイフ、フォークを使わずに、手で掴んで食べる。母とクリフは木槌を使い、固いピンクの殻を叩く。あごを引き裂き、胴を二つに割って、内側をほじくる。エチケットなどお構いなし。音を立てて食べる。真っ赤なはさみから肉を取り出し、塩コショウやニンニク、ライムの風味を楽しみながら指をなめる。わたしも指をなめる。母は赤黄色の卵をすくって口に運ぶ。そして静かに肯くと、スプーンを持った手をわたしの口に向けて伸ばす。その仕草から、わたしにも一口食べさせたいのだとわかる。母は良い母親のときもあれば、そうでないときもある。母もクリフも上機嫌。雑誌を読みながら微笑む。「これを見て」と、母が『パリ・マッチ』に載っている何かを指さす。母が毎月購読している雑誌。クリフが機嫌良く笑う。それから顔を上げ、空を横切る黒いスズメの群れを見る。庭でコオロギを探していたわたしにも、二人の様子が見える。

邪魔をしないように、二人の方を見る。二人の間に何かが流れている。それを止めたくない。父の帰りに注意する。聞き耳を立てる。門の近くで。砂利道の上を車庫へ向かう父の車が立てるタイヤの音に耳を澄ます。

わたしは家族の見張り役。みんなの感情が傷つかないように用心する。父に母のこんな姿を見せたくない。それほどクリフと一緒で幸せそう。

母にボール蹴りをしてくると告げる。ボールの皮面を縫う固いスティッチを手に感じながらわくわくする。ジェームズがくれたボール。それに触れながら、彼と一緒にいた頃を思い出す。本当のサッカーボールの重みを手に感じながら。

時が進む。わたしは見張りを続ける。耳を澄ます。父のジープの音は大きい。それでもわたしは聞き耳を立てる。父の帰りに合わせ、咳払いかくしゃみをする。準備万端。ぎこちなくてもいい。車庫に通じる道を騒々しく駆けていき、無邪気に父の帰宅を知らせる。「お父さんよ。お父さんよ。」

父がいる。でも、わたしが何か言おうとすると、父はわたしを抱きしめ、なぜ母とクリフ伯父さんと一緒じゃないのかと尋ねる。わたしが思っている以上に、父はわかっている。父がわたしを叱ろうとも、わたしは父の味方だ。「二人からこんなに離れてちゃだめだ。」父は指を立てて不満を表す。

わたしは父を見て、大人しく肩をすくめる。

すでにわたしと父はテラスにいる。目の前には何かを予期していたような目つきの母とクリフ。「お父さんのお帰りよ」と、わたしが言う。言葉がいきなり口から出てくる。クリフは顔を上げ、目の前でわたしと父が二人を見ていることを確認する。空気中で何かが動く。クリフは目を閉じるようにして、視線を下に逸らす。その様子を追う父の目をわたしは見逃さない。わたしにはジャンプカットのように、異なるスピードで物事が見える。あからさまなだけに心が痛む。わたしや父といるときよりも、母はクリフといるときの方がよく笑う。

母は父の存在を優しく、というより適切に受け止める。「ええ……」と、母の声。父はすぐに、少し震えながら、母の肩に手を置く。母は父の手に自分の手を優しく重ねて、お疲れのようね、と言う。父が肯く。母には父のことが十分過ぎるほどわかっている。二人は共通の認識を、共通の過去から生じる仲間意識をまだ持っている。母が姉とわたしに読んでくれたキエウの詩を思い出す。キエウとチョンのように両親は離れることができない。二人の関係は理性では理解できず、苦しみをものともしない。愛のためには、いかなる犠牲をも惜しまない。

突然、急降下してくる黒い鳥たちのギザギザの羽が空を覆う。合わせるようにして、両親はその方向を見る。黒い翼が去っていった後も、目を地平線の彼方に向けたまま。小さい頃、わたしは鳥たちも学校から帰る途中なのだと思っていた。クリフが立っている。ぶらりと手を垂らし、夕暮れ時の香しい空気を吸い込みつつも、何か負い目を感じている様子。無理に口元に浮かべた笑み。足下を見つめ、愛想笑いを振りまきながら、なにやら時間のことをつぶやいている。父は肯くと、黄昏時のやさしい光のなかでクリフと別れを交わす。

さらに幾度か学校で気を失って、家へ送り返されたわたし。先生は母にその様子を報告した。「何かに取り憑かれているようです」と。悩み心配する中国のグランマは、わたしの目を深くのぞき込む。グランマはわたしを抱え上げると、二階へ連れて行く。風呂を入れ、わたしに入るように促す。入れないくらい熱いお湯に身を沈める。ものすごい力で、グランマはゴシゴシわたしの体を洗う。石けんの泡がブクブクとスポンジの上に集まる。白い湯気が上がる。わたしは大きく息を吸い込むとしっかり呼吸を止め、グランマの禊《みそ》ぎの儀式に身を捧げる。

体を洗い終わると、グランマはわたしを大きなバスタオルにくるんで、次に服を着せる。エアコンがよく効いた寒いけれど清潔な二人の寝室で。わたしは眠るようにと言われる。グランマはカーテンを引いて部屋を暗くし、わたしに添い寝する。監視されているのがわかる。だから、わたしは寝返りを打って壁の方を向く。半分寝ているものの意識はある。階下から声が聞こえてくる。

「マイ、マイ。」両親が呼ぶ。父と母は喜んでいるのか、いらいらしているのか。両親はわたしを捜している。反射的に毛布に身をくるみ縮こまる。でも、二人はわたしの居場所を知っている。どんなに姿を隠そうとしても、隠れ続けるには無理がある。すぐにも二人はひどい様子のわたしを見つけるだろう。

ドアが開く。意を決した両親はわたしの方に来る。わたしを取り返そうとする。わたしを治そうとする。頭のなかであの少女の声が響く。無視しようとするわたし。少女は気が狂っている。箱に閉じ込めたはず。わたしは自分に言い聞かせる。ブリキ箱のなかに、燃えさかる炎のような激しい色で描かれた龍の模様の蓋の下に、押し込めたはず。

父はわたしをベッドから起こし、居間へ連れて行く。大きな黒服を着て少し身を屈めた老人が顔を上げ、訳知りの表情で肯く。「娘です」と、父が言う。「お願いします。」急いでそう付け加える。

父はわたしに「タイファップだ」と説明する。タイファップ、とわたしは繰り返す。尊敬すべき師匠。魔法の先生。会うのは初めて。でも、怖くはなさそう。むしろ心強い。肌は透明でしわも滑らか。先生が来るので、部屋は整頓されたよう。

「娘を診ていただく間、ここにいてもよろしいでしょうか。」引き締まった表情で父が尋ねる。

「だめよ。」母が言葉を挟む。

「そのとおり。」タイファップが母に同意する。「ご一緒にというわけにはいきません。大変な状況です。娘さんと二人きりになる必要があります。」

父はため息をつく。わたしを預けたくないらしい。でも、母は違う。わたしに外で待っていると告げる。先生と二人きりになる。穏やかな沈黙のなかで、短調な説教がゆっくり続く。タイファップが読み上げる。何枚もの黄紙とそこに書かれた黒インクの小さな文字列。ベールをかき分けるように神秘の世界へ入っていき、霊に仲介と保護を求める。先生の顔が輝き、呼吸が激しくなる。先生がわたしの秘密に行き着き、その捉えがたい謎を知るのではないかと怖くなる。先生はマッチを擦って香を焚く。煙が上がり、一時的にこの世を訪れた魂のようにあたりを浮遊する。先生の口から長い声がごく自然に漏れてくる。我を忘れたかのような激しい泣き声。声は続く。拍子を打つことなく、自然な形や法則があるわけでもない。胸を引き裂き、肌を鋭く突き刺すような声。先生の首に青筋が立つ。目が合う。何か気味悪いものを肌の表面に感じる。タイファップの顔が輝き、笑いに変わる。

ここで先生は一息つく。わたしは息を止め、見つめる。先生は身を寄せると、わたしのあごに手で触れる。そして顔を右へ左へ動かすと、儀式に協力するよう求める。

「レンドンの意味はわかるかな。わしが仲介者として身を捧げる。そこに呼び覚まそうとしている霊たちが寄ってくる。」先生が説明する。「それがおまえを助ける。」

わたしは肯く。治る可能性があるのなら、喜んで協力する。

先生は見慣れない赤い服を着ている。昔の皇帝や皇后、それに従者たちが宮廷でまとっていた服装に似ている。深く潜水してから輝く水面に浮かび上がる水泳選手のように、先生は自分の内面にぐっと入り込むと、呼び覚ました霊と一緒になる。こうして先生は骨を抜いたように体を柔らかくし、それでいて筋肉質の別の人格に変わる。霊に取り憑かれたのか腕を強く振り動かし、奇妙な呪文を発する。その呪文は外の世界に解き放たれるかのように、わたしのなかを通過する。先生はブツブツ言いながら霊と交信する。まるでパチパチと火花を散らす送電線のように、先生の肌の上で霊が震え揺れているのがわかる。先生は現れた霊の力に取り憑かれる。わたしは肌に熱を感じる。目を閉じる。熱帯の太陽が降り注ぐ。肌に焼きつくよう。タイファップの体は熱をおこす柱。光沢ある衣装は、蛇皮のように輝く。

わたしの骨がうずく。タイファップが蝋燭と香で灯されただけの濃い暗闇のなかで踊る。時折、先生は踊るのをやめて本を調べる。

甘い香りの煙が部屋中に浸透する。もはや霊が先生に取り憑いているだけではない。先生と霊の間で何かが起きている。霊の降臨。タイファップが踊るシャーマンのダンスが徐々に終わりに向かう。部屋には煙。ゆっくりと、でも確実にタイファップは自分自身に戻っていく。わたしは凍りついたかのように動けない。空気の動きが、先生が着る衣装の裾をわずかに波立たせる。

わたしは動けないまま。治癒と回復を約束する品々。本の山、線香、詩と歌。

タイファップは光沢のある真四角の祈祷紙を鞄から取り出し、金属製のお椀に入れる。先生は注意深い。先生がマッチを擦ると、椀から炎が昇る。火の勢いを抑えるかのように、先生は青白い火のまわりを両手で覆う。先生の肌が火に反射して光る。先生はポケットから小瓶を取り出し、椀に注ぐ。滑らかな手触りの銀色の灰を液体に混ぜる。わたしの口をこじ開け、先生は言う。「飲みなさい。聖なる水じゃ。」臭いはないが、舌触りはザラザラする。

わたしが戸惑った様子を見せると、先生はわたしの肩に手を置いて落ち着かせようとする。「大丈夫。ご両親を呼んでくる。待っておれ。」父が脇に新聞を挟んで部屋に入ってくる。母は父の隣でペンとノートを手にしている。二人はタイファップを敬い、十分な距離を取って立ち止まる。先生は経過を両親に告げる。

わたしは初めて先生が普通に話すのを聞く。明るく、人を元気づけるような声。しばらく話し続けていてもらいたい。先生は腕を伸ばして、わたしの手を取る。繊細な肌から飛び出る節や関節を感じる。

「時間はかかるじゃろうが、なんとかなる。」先生ははっきり言う。

両親はそろって肯く。

「悪霊の名前を調べた。わしはそいつらを呼び出す方法を知っておる。」反射するガラスに悪霊が映っているかのように、先生の目は窓の方を見る。

母が目を見開く。「悪霊ですか。」

「そうじゃ。悪い力じゃ。なぜ奴らが出てくるのかはわからんが、間違いなく悪い力じゃ。」

悪霊。幽霊。それとも悪魔。

あの奇妙な存在がわたしのなかで身を丸くしているのを感じる。

直感的にある考えが頭をよぎる。セシルではない。ガリレオが一緒に遊んでいたのがセシルだ。彼女は子ども。ガリレオの遊び仲間。

「そいつらには、聖なる詩が必要じゃ。」先生は熱心に説明する。

わたしたちは不安気に沈黙に陥る。

「あんたのせいじゃない。」タイファップはわたしを真っ直ぐに見ながら、急いで付け加える。先生はとても親切だ。「怒っているのは成仏しない魂じゃ。きっと、昔どこかで悪さに遭ったのじゃ。きっと難しい人生だったんじゃろ。奴らの機嫌には浮き沈みがある。帰る家がないのじゃよ。殻を探してうろうろしとるカタツムリみたいなもんじゃ。この魂は彷徨い疲れて、ただ居場所を求めておる。それがあんただった！」

わたしはわたしでありわたしでない。先生が言っていることを必死に理解しようとする。始末に負えない不機嫌な魂がわたしにくっついている。何かがどういうわけかわたしの隣に立っている。わたし自身の幽霊か彷徨う魂か。わたしはタイファップを怪訝そうに見る。しかし、先生は話し続ける。

「この世には沢山魂がおる。人を導く魂もおれば、人を悩ます魂もおる。わざとするときもあれば、意図せずしてそうなることもある。わしは悪霊を追い払おうとしておるのじゃ。」先生はきっぱり言う。

「チューマー」と、母が崇拝の念を込めて繰り返す。悪霊を追い払う。母は信じている。父は進んで何でもしようという様子。話は聞いているが、何も話さない。

「悪い風が奴らを家に連れ込むことがある。」タイファップが言う。そして突然、ある可能性を大声で口にする。「近頃、家族で死んだ者はおらんかな。」

両親は静かな怒りに身を凍りつかせる。奇妙な感覚がわたしの肌をちくりと刺す。不完全なイメージが頭に浮かぶ。平衡が乱される。姉の死に続いた挽歌《エレジー》を、悲しみの嘆きを、ゆっくりとした悲しみを思い出す。どうにもならない沈黙に襲われる。

「というのも、死はほかの魂が家に入ってくるきっかけになるんでの。家で一番小さい子を通じて来るものじゃ。」タイファップが続ける。「一度取り憑かれると、しばらくそれが続く。違う自分になってしまう。」

他の言葉が試しに投げかけられる。「マットホン。」失われた魂。もしわたしが両親の発するどうにも答えようがない質問を真剣に受け止め、その可能性をとことん考えようとするならば、どんな答えに行き着くのだろう。タイファップの答えが聞こえる。自分の魂を失ったらどうなるのか。別の魂がやって来て取り憑かれる。自分の名前を消し去り、新しい名前を与える。

わたしはじっと立ったまま、家を見回す。きっと包囲されている。何人もの魂と、彼らの記憶に取り憑かれている。とくにそのなかのひとつが、わたしに憑いて離れない。深い沈黙がわたしたちを支配する。

母は丁重に、しかし急いで話題を変えようとする。

「それで完治するにはどれぐらい掛かるでしょうか。」

タイファップは首を振って言う。「はっきりとは言えんが、この子の気を失わせる魂を見つけ出すには時が必要じゃ。正しい治療法を見つけるにはもっと時間がかかる。あらゆる可能性を試さねばならん。

霊を慰めたり、時には脅すこともあろう。」

タイファップはやさしくわたしに微笑む。しばらくこうしたやりとりが続いた後、母は先生を丁寧に送り出す。次の治療の日取りが決まる。先生は帰り際、両親に繰り返す。わたしに取り憑いた魂は、わたしのすべてを乗っ取ろうとしているのだと。

14　香江でのテト

ミン氏　2006, 1968

マイのリュウガンのような黒い目をしっかり見つめる。丸い瞳がわたしの顔から離れようとしない。電流がわたしの体を走り抜ける。必要なのは、問い詰めるような一組の大きな目だけ。わたしの娘、と静かに叫ぶ。思わず胸の内に期待が生じる。

マイがわたしを起こそうと悪戦苦闘する。片腕をわたしの首に回し、もう一方の腕を膝の下に入れ、上半身を立たせる。

低い声で娘が言う。「アン伯母さんを助けてくれてありがとう。でも、そのお金はどうしたの。」マイはじっとわたしを見る。その表情は問いかけるようでもあり、疑うようでもある。

「言うことはできないが、心配ない。悪いお金じゃない。違法なお金でもない。」

「じゃあなぜ秘密にするの。」

「アンさんを破産させたくないんだ。」わたしはマイを安心させる。娘はそれでも不確かな様子でわたしを見続ける。

マイはため息をつくと、注文したケータリングの食事が入ったバスケットをテーブルの上に置き、外出のキスをする。

外が暗くなってくる。窓の外に見える常緑樹の上に、雲が重々しく立ち込める。アン夫人が早番の日だ。彼女が来てくれるのが楽しみだ。ここ数ヶ月というもの、わたしの生活は緊急事態の連続だった。運命と古くからの呪いが奇妙に混じり合い、日常と非日常が織り成す人生の浮き沈みをなんとか生き延びてきた。わたしには地平線の向こうが見える。アン夫人や娘にはわからないことだ。人生は短く、日は縮まっていくという悟り。だが、これはわたしにしかわからないことのようだ。ともあれ、アン夫人にはテトのことだけはわかってもらいたい。その戦いには勝ったものの、テトが戦争に負けるきっかけとなったのだから。もっと大切なのは、わたしたち家族にとってテトが人生を引き裂き、滅茶苦茶に打ち砕く瞬間だったということだ。娘の真実については知られたくないという思いに、ずっと苦しんできた。でも、アン夫人にはマイのことを理解してもらいたい。娘のことを気遣ってもらいたい。だから知ってほしい。マイを知るには、テトを知る必要がある。

多くの兵士が休暇を取って帰省した。戦争中とはいえ、テトを祝う一時的な平和が遵守されるはずだった。ヴェトコンは新年の祝日を守ろうと、実直に呼びかけていた。十月になると、北ヴェトナムは一月二十七日から二月三日までの七日間の休戦を実施すると伝えてきた。

それでもわたしは不安だった。先週、いつものようにフォンが軍司令部での定例会議を牛耳っていた。「最新の偵察情報に注意を向けてほしい」と、彼が執拗に言う。「ホーチミン・ルートを南下するトラックの数が、いつもの月四百八十台から十月には一千台以上に増えている。十一月には四千台に迫り、十二月は六千台だった。驚くべき増え方だ。」

フォンはテーブルの上で茶封筒を回覧させる。偵察写真には点や線の動きが写っていた。灰色の変色部分は部隊が移動していることを示す。野戦指揮官の間から同意を示すざわめき声が聞こえる。「奴らが何を計画しようとも、その計画を打ち砕くために国境付近を増強しなければならない。」フォンが続けた。「ロクニン、ソンベ、コン・ティエンでの戦闘はどれも血で血を洗う激戦だった。我が軍の展開は十分でない。もっと北の国境付近に注意を払う必要がある。」彼の目は、壁に貼った大きな戦略地図を見ていた。

軍団長の一人が強く反対した。「それはあまり重要ではない孤立した戦闘地点だ。その地域で北が増強する意味は何なのか。戦略的な利点はない。そんな離れた場所に余計な師団を送るのは反対だ。」

フォンは堂々と反論した。「基地が攻撃されれば、反撃するのが我々の務めだ。単に反撃するのではなく、力を示すためにその地域を増強する必要がある。それにはサイゴン市内だろうと遠く離れた場所だろうと関係ない。」フォンは一息つくと足を組み直し、わたしを真っ直ぐに見た。そして箱からタバコを取り出すと、テーブルの上でその端を何度か軽く叩き、愛用の金のホルダーに差し込んだ。「攻撃を受ければ、南軍は敏速に力強く反撃しなければならない。」金色の炎に照らされて、フォンの灰のように煤けた顔が厳しく見えた。

活発な議論が続き、様々な考えが示された。大きな声が部屋中に響いた。フォンはマッチを擦ると、タバコを火にかざして吸い込んだ。彼は強引に議論を進め、弱い立場を見せないことの重要性を繰り返した。わたしは自分の立場を示す必要性を感じた。丁度カンボジアに向かう作戦を行ったばかりで、負傷していたからだ。弱いとか甘いと見なされることについては心配していなかった。まずは大きく息を吸い込んで、それから言った。「もちろん攻撃を受ければ、どんな基地でもどんな地域でも守る必要はある。しかしだからといって、戦略的に意味をもたない遠隔地にまで軍を再展開することはないだろう。」

そして、調子を弱めて付け加えた。フォンにこれが個人的な侮辱と受け取られたくなかったからだ。「フォン、ホーチミン・ルートでの敵の動きに注意を向ける君の主張は正しい。実際、僕は北の国境地帯ではなく、ホーチミン・ルートに部隊を展開すべきだと思う。」フォンに反対しようとしていた連中に、わたしの意見はきっかけを与えることになった。フォンが椅子にもたれかかり、頭の後ろで手を組む間にも、わたしに賛成する意見が続いた。

結局のところ、我々は決断する必要がなかった。南は一度に多くの攻撃に曝され、攻撃を受けた町は戦略的方向性とは関係なしに、すべて守らなければならなくなった。アメリカ軍はまず空挺大隊の一部を動かし、続いて空挺大隊のすべてをダクトー周辺に派遣した。密林に覆われた山岳地帯を一掃するためだった。わたしは指揮下にあった第五、第八空挺大隊をアメリカ軍の援護に派遣した。グリーリー作戦だ。第八空挺大隊はカンボジア国境の戦闘で率いたのと同じ部隊だった。

クリフは第八空挺大隊のシニア・アドバイザーだった。彼は部隊と共に行動することを強く主張した。サイゴンの軍事司令部から、わたしは作戦の展開を見守った。司令部の壁に掛かった地図を見る。ダクトーはあそこだ。ダクトーは平坦な谷底にあったが、南ヴェトナム、ラオス、カンボジアが隣接する地域に向かってそびえる高さ千二百メートルもの高く隆起した尾根に接していた。天蓋のように二重三重に覆われた森が近くまで迫っている。この地形では着陸地点をつくることは不可能だった。兵士たちはすべての行程を歩いて進まなければならないだろう。クリフは負傷からようやく回復したばかりだ。当然、わたしは心配だった。ある日、朝食をとりながら妻にクリフがダクトーにいることを告げ、同情の言葉を求めた。すると妻の口元が歪んだ。クイの唇はふっくらと曲がっていた。彼女は控えめながらも、不幸せそうな表情を見せた。妻の直感は鋭い。その土地のことを知らずとも、危険を察知していた。大なり小なり勇気ある行動など妻の関心事ではなかった。

ようだ。

わたしは妻の目を見て思った。妻のクリフを案じる気持ちは、どうもわたしの心配とは性質が異なるようだ。

敵は我々のキャンプを見下ろすことができる丘の上にまだ陣取っていた。そして、我が軍が敵の迫撃砲に曝されているという報告。十一月中旬のある日、北ヴェトナム軍の砲弾がダクトー地区に備蓄してあった味方の弾薬と燃料に直撃した。大爆発が起き、火の玉が谷の窪地や尾根を飛び交った。我が軍の作戦はすぐさま変更となった。アメリカ軍が一二二八丘を攻め上がり、敵の砲撃を防ぐ。わたしは志願兵から構成されるエリート部隊、第三、および第九空挺大隊に一四一六丘を奪取するよう命じた。第三、第九空挺大隊が進軍するたびに、敵のマシンガン攻撃で死者が出た。敵の歩兵隊は小火器を発射し、手榴弾を投げる。我が隊は空爆と砲撃による支援を求めたが、濃い森林地帯のなかでの効果は限定的だった。

結局、ダクトーから敵を追い出すのには四日間を要した。

やがて、北ヴェトナム軍はラオスに退却した。

当時、我々はダクトーを軍事的に意味のある成功と見なした。妻はフォン夫妻を家に招き、いつものように祝勝会を開くことを提案した。

その晩、妻は恥ずかしげにフォンに微笑みかけた。随分と久しぶりだった。どことなくぎこちなかった。娘の死がすべてを変えてしまった。フォンは妻の側に立っていた。妻とは十分な距離を取っていた。フォンの妻トゥーはいつものように明るく、クイを熱心に会話に誘った。だが、わたしには憎しみの感情がどこかにうずく。一九六三年十一月のクーデター以来の裏切りやら何やらが、まだ心の片隅に残っていた。その記憶を振り払うことはできなかった。謀反を起こした将軍たちの隣に立つフォンの姿。彼らが大統領の暗殺を計画したのだ。タバコを吸う習慣はなかったが、手持ち無沙汰だったわたしはタバコに火を点けた。長い付き合いだったが、フォンを好きになることはできなかった。心の奥底で不安を感じた。

抑えることができない嫌悪感。古くからの関係を確かめるかのように、フォンの動きひとつひとつに注意を向けた。

彼は友人だ。好きになれないはずがない。

ダクトーの勝利を祝おうとした。食卓に着くと、妻は次から次へと質問を切り出した。「なぜいつも同じ部隊が大変な戦闘地域に送られるのかしら。」「いつになったら部隊は帰って来るのでしょう。」「帰還命令はすぐに出るのかしら。」

フォンは祝杯のグラスをかざした。「クイ、質問の答えはご主人が一番よくわかっている。教えてあげたまえ。」フォンはわたしに向かって言う。「彼女はいつクリーフが帰ってくるのか知りたいのだよ。」フォンは忍び笑いをした。わざとクリフの名前を引き延ばして。

わたしはフォンを睨んだ。そして、「クリフはじきに帰ってくる」と、きっぱり言った。「ダクトーの戦いはほぼ終わった。」わたしは笑いながら、さらに付け加えた。「クリフはいつ帰って来てもおかしくない。彼と一緒に過ごした夜や食事が僕も懐かしいよ。」最後の言葉は、クリフがこの家を訪れることをわたし自身歓迎していることを示すためだった。かつてフォンと夕食を共にしたのと同じように、クリフとも食事を楽しんでいることを示すためだった。クーデターがすべてを変えてしまう以前のこと、二人の友情が非難の応酬に取って代わる以前のことだ。今フォンを見れば、そこにはＣＩＡから金を受け取っている男の顔しか見えてこない。

ダクトーの後にも多くの戦闘があった。ケサンが次だった。テトの十日前のことだ。ケサンにあるアメリカの軍事基地を、二万人に及ぶ北ヴェトナムの三部隊が明け方に攻撃した。ケサンは守らなければならなかった。ホーチミン・ルートに近いことから、その戦略的重要性は高かった。我々はケサンに注意していた。過去数ヶ月にわたるホーチミン・ルート周辺のトラック部隊の動きと増強の狙いは明らかにここにあった。北ヴェトナム軍は集中砲火を浴びせ、ケサン周辺の防衛網を攻撃するために掘った塹壕に部隊を移動させた。北ヴェトナム軍三隊の内の二隊は、一九五四年にディエン・ビエン・フでフランスを倒した三二五部隊と三〇四部隊だった。ハノイ政府はケサンをディエン・ビエン・フにたとえようとしていた。ディエン・ビエン・フの亡霊が蘇り、アメリカ軍を欺き嘲る。リンドン・ジョンソン大統領は歴史的な類似を見ていた。一九六八年一月にケサンが完全に包囲されると、大統領は基地の運命に強い関心を示した。そして、アメリカ軍司令官にケサンが陥落しないことを、いかなる代償を払ってでも守るべきことを書面で確約するよう求めた。たとえどんなことがあっても、フランスにとって止めの一撃となったディエン・ビエン・フの再来があってはならなかった。

そして再び、敵の作戦は不可解にも変化した。一月三十日の深夜テト初日のことだった。敵は海岸線の町クイニョンに進軍した。その後、北の特別奇襲部隊は、南ヴェトナム全土に及ぶ一斉攻撃を仕掛けた。ケサンをはじめとする前線地帯は牽制だったのか。都市部から国境地帯にアメリカ軍の注意を引きつけるおとりだったのか。

翌日起きたサイゴンへの最初の攻撃は、誰にも気づかれないうちに始まった。南ヴェトナムは新年のお祝いに興じていた。空は赤く染まり、花火が打ち上げられた。銃声は聞こえなかった。夕方になると、わたしたち家族はクリフと一緒にプジョーで外出した。車を停めると、グエンフエ通りの花市場を縫うように歩いた。妻はクリフを肩で押して進んだ。爆竹の臭いがする。街頭売りが歩きながら歌っていた。ホアマイの木が新年を祝う黄色の花を一斉に咲かせていた。

警護兵と軍のトラックが町を巡回した。しかしテトが始まると、誰も戦争や戦闘のことなど考えていなかった。

そんな夜にロケット砲が華々しく放たれては黄色の花を宙に咲かせ、空をけばけばしい金色で染めたところで、テトの気分に飲み込まれるのが落ちだった。テトの休戦が効力を発揮し、新年の祝賀が続いていると誰もが思っていた。七日間の平和の間、誰もが安心してゆっくりと呼吸できるはずだった。

すぐにも北が休戦を守る意思がないことが明らかになった。

それでも、わたしたちは休戦を信じていた。だからテトの晩、サイゴンの防衛にあたっていたのは空挺大隊一隊だけだった。軍事警察三百人のうち、任務についていたのはわずかに二十五人だった。数にものを言わせ、八万人の敵部隊が南ヴェトナムの町という町を襲ってきた。ニャチャン、バンメトート、コントゥム、ホイアン、プレイク、クアンチ、タムキ、フエ、トゥイホア、ファンティエット。もちろんサイゴン。

北ヴェトナム第三五大隊に攻撃され、サイゴンはどんどん失われていった。町の至るところでAK－47自動小銃のカタカタいう銃声が聞こえた。我々の反撃はどうだったろう。旧式のM1ガーランドとカービン銃での応戦。

敵はアメリカ軍がケサンやダクトーといった遠く離れた戦線に展開していると考えていた。南ヴェトナム軍が休暇中であることも見越していた。そして何よりも、敵は民衆の暴動が起きると期待していた。共産主義者たちは南ヴェトナム国民が反乱に加わると信じていたのだ。

補佐官からの電話を受けたとき、わたしは家で眠っていた。一九六八年一月三十一日深夜一時半。悲嘆にくれた沈黙に続き、電話の向こうがパニック状態なのがわかった。大統領官邸が攻撃された。今回はクーデターではない。敵によってだ。北の工作部隊が幕僚本部にも攻撃を仕掛けてきた。国営ラジオ局、アメリカ大使館、タンソンニャット空港もやられている。

わたしは軍司令部に駆け込んだ。妻と娘は寝ていた。司令室で最初に見たのはフォンだった。次から次へと都市が攻撃されるなか、作戦司令室の地図という地図はピンボールマシンのように点滅していた。

フォンは手で地図を叩いた。「これを見ろ」と、頭を振りながら言う。空挺部隊、海兵隊、レンジャー部隊の計十四師団に首都へ戻るよう命令を出した。

軍司令部にいる間、戦闘が最も激しいのは我が家の近くだということがわかった。チョロンは、北ヴェトナムとヴェトコンがサイゴンとその周辺を攻撃するにあたっての拠点だった。ヴェトコンの第五大隊と第六大隊所属のゲリラ兵が、我が家の裏手にある密集した路地を拠点に攻撃を仕掛けている。南ヴェトナム軍の反撃を誘発し、民間人犠牲者を多く出すのが目的だ。二月五日には、サイゴンを奪い返すことができたが、チョロンの包囲は二月末まで続いた。

レンジャー部隊がチョロンに向かった。アメリカ軍一九九軽歩兵隊がそれに加わる。妻には手短に話す時間しかなかった。家を出ちゃいけない。マイを頼む。中国人のナニーを頼む。君も外に出ちゃいけない。逃れる先などなかった。町は占領下にあった。

それにしてもなぜチョロンなのか。その答えはフート競馬場にあった。幹線道路の起点として機能する。敵はここを抑え、この赤土の楕円形競技場が南軍ヘリコプターの着陸拠点になることを防ごうとした。

わたしは軍司令部でチョロンの動向を追おうとした。しかし、軍の中枢部はテトの初日から敵の攻撃目標のひとつだった。一月三十一日の早朝から、敵の工作部隊が軍司令部の第五ゲートに侵入した。わたしは部下を引き連れ、ゲートの外に出た。指揮下の空挺部隊は、ヴェトコンの第一、第二大隊の攻撃をしのいでいる。昼になる頃には第四ゲートも攻撃を受けた。金属火災が次々に起きた。ロケット砲によるオレンジ色の炎が、まるで生き物のように燃えさかる様子が目に焼きついた。

心臓が激しく鼓動する。足下の右側には若い男の死体。頭部と耳から血が泡のように噴き出していた。外に出ると、さらに多くの死体が散らばっていた。通りの向こうからポンポンと大きな銃声が聞こえる。飛び交う怒号。迫撃砲が数発、近くに着弾する。もうもうとした煙に包まれる。黒い砂埃と灰が宙を舞い、顔に針のように突き刺さる。ＡＫ－47自動小銃の銃声と共に、さらに粉塵が上がる。細かい埃が入ったのか、目が燃えるように熱く痛い。ほぼ一日中、わたしは敵がいる方向に向けて、半分目を閉じながらマシンガンを撃ち続けた。粉塵が入って銃が壊れなかったのは、運が良かった。

九時間後、奴らを撃退した。がっくり膝をつく。アドレナリンが体内をドクドク流れ続ける。

フォンがチョロンの様子を知り、急いでわたしに伝えてきた。「アメリカ軍の攻撃用ヘリが競馬場を奪還するために出動した。援軍だ。我が軍も第三三、第三四レンジャー部隊を向かわせている。」抑揚なしにフォンはしゃべり続ける。事実だけを伝え、わたしの気持ちを和らげようとする。チョロンのごみごみした路地と安アパートのことは知っていた。屋根伝いに建物の影をぬって、戦闘は起きる。攻撃用ヘリが出れば、チョロンはより一層危険になるだろう。

フォンもそのことはわかっていた。「しかるに我々も急行し、君の家族を連れ出そう。」彼は叫んだ。「競馬場は君の家から目と鼻の先だ。すぐにもチョロンは無差別砲撃地帯になるだろう。」汗と灰にまみれた顔は懸念の表情に包まれる。一瞬、わたしは心を動かされた。彼を嫌らう自分が無情に思えた。

わたしはアメリカ製の大型トラックを家に向かわせた。クイとマイと中国人のナニー、それにその場にいる誰をも連れだし、安全なこの場所に移動させるためだ。テトだった。友人が訪れていた。新年を祝おうと待ちわびていた。トラックが軍司令部に戻ってきたとき、わたしはマイを抱きしめようと腕を差し出した。太陽の光がトラックのサイドミラーに反射する。そのあまりのまぶしさに目を閉じた。一斉に叫ぶ声が聞こえる。

娘はどこだ。

誰も娘の所在を知らなかった。中国人のナニーはパニック状態だった。妻は呆然と地面に座りこんでいた。口元を手で覆い、声もなく泣いていた。落ち着かせようと、妻の肩をぐっと握りしめた。それから司令部の外に出た。胸のなかで心臓が激しく鼓動する。すっかり様変わりした午後だった。すでにフォンが妻の側にいた。彼女を見ているから安心しろと、わたしに告げる。

わたしはジープを家に向かって走らせた。煙が充満する裏通りを抜け、焼け焦げた車の残骸や落ちた瓦礫《がれき》を後にする。木々が倒れ、まだ立っている電信柱に斜めに引っかかっていた。半分焼失した貸家が潰れかけていた。屋根の上では散発的に戦闘が続いている。息を止めるが、火ぶくれになりそうな焼けたタールの臭いがする。我が家の近くでの戦闘は収まっていたが、戦いの痕跡は痛々しかった。庭を抜けて家に入った。あたりを覆う静けさは、いつ破られても不思議はない。何が起きるかわからない。家を囲む塀は崩れ、地面は銃撃戦で荒れていた。突然、引きずるような物音と苦しそうなすすり泣きが聞こえてきた。庭の向こう端のマンゴーの木の近くに、目を大きく見開き声を出せずにいる娘がいた。わたしはマイの方を向く。膝をつき、手を広げて娘が飛び込んでくるのを待つ。しかし、マイは立って離れたままだ。ためらっているようだ。娘はすっかり変わっていた。かろうじて娘だとわかった。娘もそのようだった。新たな苦しみのなかで、別の、より苦しみの深い子どもが現れ、娘を乗っ取っているかのようだった。

それでも、わたしはゆっくりと確かな足取りで娘の方に向かって行った。急な動きは控え、名前を呼びかける。娘は後ずさりする。わたしは娘を抱え上げ、しっかりと抱きしめた。だが、娘の力は強かった。懸命に抵抗する。喉から押し殺したような音が漏れる。

「マイ」と、ためらいがちに問いかけた。

「違うわ。」ひどい顔でわたしを見る。そして、強情に首を振る。「触らないで」と、唸り声を上げる。

もちろん、わたしは相手にしない。娘は怖がっていた。何かがあった。生々しい恐怖のせいで娘の肌が青白く光る。嵐のような力と、人を殺めんばかりの視線を感じる。不機嫌に息を吸い込んでは吐き出す娘。怒った目つきでわたしを見つめる。娘の衝動が伝わってくる。叫び、かみつき、蹴飛ばしたいのだ。そして、爪をわたしの皮膚にグイッと突き立てる。

娘はすっかり変わっていた。まったく異なる世界の住人に変身していた。わたしは娘を抱きしめると愛情を伝え、安心させようとした。しかし、娘はわたしを拒絶した。間もなく、息が漏れるような低い声を出し始めた。やがて、それが食いしばる歯の間から漏れてくる、神経質な泣き声に変わった。娘の体の内で、あたかも肋骨の下、肝臓に蓄積され、肺に隠れていた感情が一気に飛び出してきたかのようだった。植物を叩き、花壇の草をぐいっと引っ張り、妻が一面に植えていたミモザを踏みつける。握り拳をつくり、自分の胸をドンドン叩く。わたしは娘を膝の上に抱えあげ、懸命に動きを抑えた。そしてついに静まった。わたしが手を緩めると、娘は暴れるのをやめた。しかし、わたしを見つめ返す目には、恐怖の色が浮かんでいる。娘を抱きしめた。そして、できるだけ長くそのままにしていた。

これがアン夫人に告げたテトの話だ。色々な思いが彼女の頭をよぎっているのがわかる。わたしの話を聞いて、ピンときた部分もあったようだ。長い間、アン夫人はわたしの腹心の友だった。とても思いやりのある優しい女性だ。愛情に溢れ、すべてを受け入れてくれる。彼女は背筋を伸ばすと、ナイトテーブルの上にある薬瓶を確かめる。あたかもそこに答えが書いてあるかのように。わたしの世話という面倒を引き受け、アン夫人は寄り添うようにして言う。「気分転換ですよ。」声が震えている。わたしは肯く。彼女はわかっている。娘を襲った病いの原因を知ってもらいたいとわたしが思っていることを。「大変だったんですね。そんなに早くから始まっていたとは知りませんでした。何歳の頃ですか。十歳ですか。」アン夫人は遠慮がちに涙を拭き払おうとする。年取った体をむち打ちながら、わたしを楽にしようとしてくれる。わたしを起こして、髪の毛をとかす。短く切ってあるのに、ふさふさした髪の毛があるかのように、ゆっくりと時間をかけて。しわのよったシーツを滑らかに引き延ばそうとして、アン夫人の手が偶然わたしの腹の古傷に触れた。周りの肌とは違う傷に、彼女の滑らかな手を感じる。ピクッと震えるわたし。シーツには紫の花の香りがまだ残っている。その香りを吸い込む。かつて妻がいた頃には、シーツの香りは彼女の香りだった。

「お話しして下さって良かったですわ」と、アン夫人が言う。

わたしは黙ったまま肯く。アン夫人はプリーツが入ったカーテンを引いて、街の明かりからわたしの目を守ろうとする。わたしの顔を洗うとシーツを取り替え、洗濯したばかりのシャツに着替えさせてくれる。わたしはと言えば、周囲の様子への注意を怠らない。クローゼットが閉まる際のカチャッというドアの音がする。それから、ヴェトナムの緑の水田を思い起こさせる声が聞こえてきた。

「フエのことを教えてください。」アン夫人が催促する。彼女はわたしの先回りをする。わたしもずっとフエのことを考えていたから。「寝ている間に、彼の名前を口にしていましたよ。」

「誰の名前ですか。」

「フォンさんですよ。」

「フォンですって。」わたしは繰り返した。アン夫人は彼女らしく単刀直入にその名前を切り出した。

彼女は肯く。もっとフォンのことが知りたいのだ。わたしの答えを待つアン夫人の目は活き活きしている。

わたしは目を閉じる。あの頃の娘の顔が蘇る。もっと穏やかで、まだ悲しみに苛まれてはいなかった。のんびりした子どもらしい優しさがわたしの心を打つ。フォンの顔を思い出す。いつも口にはタバコをくわえていた。彼の名前は「風」を意味する。毒のある黒い風。すぐに向きが変わる。その風に当たると病に倒れると、わたしたちヴェトナム人が信じるあの不吉な風だ。何か穏やかならぬものを心の奥底に感じる。胸がムカムカし、膝がガクガクする。前触れなしにアン夫人がわたしの手を取る。話を聞く準備は整ったという合図だ。

北ヴェトナム軍に属す十の部隊とヴェトコン率いる六つの大隊が古都フエに攻撃を開始したのは、他のテト攻撃と同じ一月三十一日の早朝のことだった。要塞が襲われ、空港が攻撃された。我々は数で圧倒的にひけを取っていた。第一師団司令部とアメリカ軍事顧問団が滞在する地区を除き、町は明け方までに共産主義勢力に制圧された。

南ヴェトナム軍は砲撃や空爆を禁じられていた。フエは聖なる町として保存されなければならなかったからだ。

二十四日間に及ぶ激しい地上戦の末、ようやく要塞を奪還し、その間に掲げられた共産主義者の旗を引きずり降ろした。二月二十四日、三本の赤い横線が入った南ヴェトナムの金色の帝国旗が町の中心に揚げられた。

もちろん我々は勝利を祝った。第一師団はお祭り騒ぎだった。

しかし、その祝いの最中に、要塞のなかで起きた残虐行為が明らかになった。

これがそのぞっとするような真実だ。二月二十六日早朝、南ヴェトナム軍第一航空大隊はザホイ高校の中庭に新たに盛られた土を発見した。テト休戦のお祝いの面影残る赤土の下からは、百二十七もの遺体が山となって見つかった。

最初の墓が見つかった後、わたしはフォンと状況を調査するためにフエに向かうよう命令を受けた。今やフォンはその政治力を発揮し、大統領側近のなかでもより重要な立場にある。つまりフォンが来るということは、この作戦が重要であり、上層部の支援が期待できるということだ。

清々しい朝だった。だが、わたしたちがフエに到着し調査を開始する頃には、灰色の雨がしとしと降っていた。現地に展開する部隊の一部を引き連れ、我々は霧雨が降るなか陰気な中庭に入った。フォンの顔がこわばっている。ハゲタカがそこら中にある死体の上を飛び交い、周囲の様子を伺っていた。死体は黒ずみ、蛆やハエがわいていた。ネズミが傷口や腐った体の一部をかじっている。フォンは仕事柄、司令部にいることが多い。彼は神経質そうな馬のうなきにも似た声を上げ、すぐにも顔を背けた。

数ヶ月にわたり、兵士たちは瓦礫や残骸をのける作業を続けた。すると、さらに十八箇所もの墓場が見つかり、二千を越える遺体が確認された。死者は後ろ手に縛られ、猿ぐつわを咬まされていた。死体は黒い水たまりのなか、虫がうごめく水面の浮きかすにまみれて倒れている。多くの死者の顔は苦しみで歪んでいたが、傷はなかった。生き埋めにされた証拠だった。

フォンはサングラスと白いハンカチの陰に隠れていた。汚臭がひどかった。誰もがたじろぎ、嘔吐《おうと》してもおかしくない状況だった。わたしは度量の大きいところを見せようと、フォンにメンソールの軟膏が入った瓶を手渡した。彼は首を振り、震えを抑えようと自らを抱きかかえるように腕を体に回した。武装した兵士たちがじっと見ていた。フォンが膝まで崩れ落ちもどすのを見る彼らの表情には、軽蔑の眼差しが浮かんでいた。鼻につんとくる嘔吐の臭いが漂う。フォンは唇をすぼめた。わたしたちから距離を取ると、灰色のヘドロが口から吹き出す。彼の立場になってみようと思ったが、同情と心配を感じるのが関の山だった。フォンを当惑させまいと、わたしは黙って仕事に集中した。

数日後、ヴェトコンを裏切った三人の兵士がフエにある我々の本部に投降してきた。彼らが状況を打ち明けた。我々はといえば、空軍の特殊機動部隊で仕事を分担する準備をしている最中だった。朝早く耳障りなカラスの群れが、トタン屋根の向こうへ羽ばたきながら飛んでいく。丁度コーヒーを飲もうと、スプーンで粉ミルクをカップに入れているところだった。ヴェトコン兵は痩せこけ、服は泥まみれだった。我々をじっと見ると首を振り、自らを咎めるように低い短調な声で話し始めた。年長の男が若い二人を両脇にして前に出る。一人は彼の腕を、もう一人は手首をそれぞれ掴んでいた。注意と抑制、もしくは励ましと援護を示す態度だった。

彼らはすべてを当たり前といった調子で話し出した。フエの南十五キロほどの所にあるダマイ渓谷で、多くの人々が殺されるのを目撃したという。それはテト五日目のことだった。フエのフカムと呼ばれる地域には、町に住む四万人のカトリック教徒のほとんどが住んでいた。家族全員が殺された例もあると、彼らは小声で話した。社会を一からつくり直すのが、共産主義者の計画だった。有力なカトリック教会の指導者と彼の妻、息子と嫁、二人の使用人と赤ん坊の死体のある場所が明らかになった。飼い犬も叩き殺され、猫は首を締め上げられていた。金魚までもが床に投げ捨てられた。父親は服を脱がされ、屋根の上で裸のまま見世物にされたらしい。

すぐに我々は空軍特殊機動部隊から成るチームをつくり、ダマイ渓谷に直行した。泥道を抜けると、村から数キロ離れたところで道路が塞がれていた。最後のカーブの先には、道がなかった。厚い低木や木々に覆われているため、陸路で小川まで辿りつくことはできない。ボートではあまりに時間がかかりそうだった。ヘリコプターの発着地点をつくるため、ダイナマイトで木々を吹き飛ばそうとヘリを呼んだ。人工的な光のなかで、我々のチームは穴を掘り、ゴミをのけ、頭蓋骨や骸骨をはじめとする人骨を発見した。ヘルメットに付けたライトが道を照らし出し、その発見につながった。死体は地上に積み上げられていった。溪谷を流れる水に洗われ、骨は白く汚れひとつなかった。あまりの残虐さに我々は驚いた。ゆっくりと時間をかけ、詳しい報告書を書いた。わたしはこれをアメリカ軍に、そしてクリフに見せようと計画した。

フエの戦いが終わる頃には、六千人の民間人が消えていた。

ある晩、村の中心から扇形に広がる周辺地域へ向かう泥道を、フォンと南に向かって歩いていたときのことだった。香江の土手沿いにある小集落をくねくねと抜けていく小道に行き当たった。なぜ二人で歩きに出たのか、その理由は定かでない。わたしにはフォンを友人扱いしたいという衝動があった。傷ついていようといまいと、以前抱いていた彼への親愛の気持ちを改めて感じないまでも、もう一度態度に表したかった。やがて感情が行動に追いついてくるのではないかと期待してのことだ。意味のない憎しみはもちろんのこと、感情に囚われずに行動できるようになれると期待していた。

フォンはわたしより少し先を、早いペースで歩いていた。いつものように手に持った吸いかけのタバコが、オレンジ色の光を放っていたのを覚えている。フォンはタバコを口に持っていくと、考え事をしているかのように大きく息を吸い込んだ。そよ風がタバコの臭いとコーヒーの香りをわたしの顔に向けて運んでくる。きっと二人ともヴェトナムの魂とでもいうべき豊かな緑の輝きに癒やされていたのだろう。わたしたちは小川に掛かる古い渡り橋の先に何が待ち構えているのかを考えもせずに、滑らかな足取りで進んで行った。

足下の地面はスポンジのようにぬかるんでいた。数日前に雨が降っていた。大きく曲がった角をもつ水牛が、透き通るような緑の水田を縫うようにして歩きながら、わたしたちに近づいてくる。背には少年が乗っていた。どうも居眠りをしているようだ。女が水田沿いに歩いていた。三角の麦わら帽子をかぶり、直射日光から顔を守っている。わたしは大きく息を吸った。数ヶ月前にここで起きた惨事にも関わらず、すべてが活力を取り戻しているようだ。

「さあ。」フォンは肩越しに言うと背を丸めた。肩がゴリゴリ音を立てる。大きくゆったりした歩幅で進みながら、まずは時計回りに、次に反対方向に首を回す。

目の前にはありふれた茶色の地面が広がる。ザラザラした粘土のような表土には、小さな蟻塚があった。人生とはいかに早く移り変わるものか。

そのとき、目の隅で何かが点滅するのを感じた。わたしは野戦兵だった。ちょっとした感覚がきっかけで前進を止める。

「どうした」と、フォンは少し振り向くと尋ねた。

わたしはハッとした。フォンが中央の滑らかな地点に向かっている。わたしは躊躇した。しかし、警告の声は上げなかった。

なぜだろう。

以後、わたしはこの疑問を繰り返し問い続けることになる。

あのときほんのわずかだが、地面の盛り上がりに気づいていた。小さなマウンドだった。

驚いたように地面が大きな音を上げると、すぐに熱いガスが波のように押し寄せてきた。フォンが地面に叩きつけられていた。地面に埋まった鉄製のケースが飛び散った。フォンの体からはマグマのように赤い血が流れていた。右足が膝から吹き飛ばされたのだ。白い骨が突き出し、肉の間から靭帯《じんたい》が垂れ下がっていた。彼に触れた。骨が粉々だ。砕けた骨が肉を引き裂き、砂利が周囲の細胞に食い込んでいる。周囲の軟部組織の損傷が激しい。フォンはひどい脳震盪《のうしんとう》を起こしていた。傷口のあたりには、泥、破片、雑草、服の繊維などが混ぜこぜになって付着している。フォンは震え出した。顔は歪み、引きつっている。わたしは出血を止めようと止血帯をつくり、幾度か試した。組織が、血が、皮膚が滑る。上手くいかない。フォンの頭が垂れる。顔は紫色に青ざめている。わたしは無線で救助を求めた。落ち着いて止血帯をもう一度結ぶ。一番ひどい傷口にハンカチを被せ、手で押した。涼しい風が穏やかに吹き込む。助かったわたしは、ヘリが来てフォンを救出するのを待った。

医者が来たときのことを覚えている。血が頭に昇る。良い知らせはなかった。病院へ見舞いに行くと、フォンは右足のほとんどを失っていた。傷口はひどく化膿していた。切断を行う位置をどうするか、医師たちは困惑している。腐った細胞があまりにも多すぎた。それを除去しなければならない。選択肢はひとつしかなかった。傷口よりもかなり上で切断すること。粒子状物質が筋肉の間に打ち込まれた。最初の手術には、ほぼ丸一日かかった。異物をひとつひとつ取り除き、感染を防がなければならない。フォンに会ったとき、皮膚には穴が空いていた。広範囲に渡り縫い合わせる必要があった。フォンには痛みはないと聞き、安心した。医師たちはフォンが大統領側近の要人だと知っている。この病院で可能なことはすべてした。フォンは顔を上げると、穏やかな声で尋ねた。「先生、切断した足を見ることはできませんか。」

わたしの心はたじろいだ。奇跡的に医師たちは足を保存しており、フォンのリクエストに応えた。普通はこんなことはしない。切断された部位を捨てるカンバス製のゴミ箱が置いてある廊下を通ってきたばかりだった。

まるで赤ん坊を抱くかのように、フォンは切断された足を手にした。

痛んだ細胞を取り除き、傷口をふさぐ最初の手術の後に見舞いに行くと、フォンは落ち着いた表情で穏やかに車椅子に座っていた。彼には最大量の鎮痛剤が、硬膜外と静脈内に処方されていると聞き安心した。まだまだ除去手術を行う必要があることを、フォンは理解していた。ただ、それは徐々に行うことになる。彼は蛍光灯の光のなかで、忙しなく新聞をめくりながら座っていた。わたしに気づいたのだろうか。こちらを向いてわずかに肯いた。わたしを迎え入れてはくれたが、ほとんど相手にはしないといった風だった。彼を抱きしめる。ぶかぶかのズボンとその下の皮膚、残った骨の節とはまったく関係ないと感じている上半身を、フォンは触られるのを嫌がった。彼の骨張った肩に触れる。すっかり痩せてしまった。とても深い悲しみが伝わってくる。なによりも恐怖を感じた。わたしは目を下に落とした。五体満足なわたしの存在が、その場にそぐわないように思えた。わたしにはしっかりとした足がある。二人の間の溝が深くなった。地雷が爆発した瞬間から、彼の人生は苦しみの人生になった。

「フォン」と、わたしは呼びかけた。「すぐに退院できるさ。」間に合わせの一言。とにかく何か言葉を発しなければ。「トゥーが待ってるよ。」平静を装った声。わたしは彼を抱き上げたかった。

声はまったく彼に届いていなかった。フォンは黙ったまま、親指と人差し指で新聞の隅を無心にこすっていた。それから懸命に体を起こそうと、クッションで肘を支えた。

わたしは窓際へ行き、部屋に差し込む自然の光を増やそうとよろい戸を開けた。部屋には軟膏と石油の臭いが漂っていた。歩くとか、ステップを踏むとか、床の上の軍靴のドスンという足音といったごく単純な、無理のない行動にこれほど注意したことはこれまでなかった。できるだけ音を立てないように気を使う。フォンが何かぼそぼそ言った。押し殺したようなうめき声。そして沈黙に戻る。時折、彼は目の端からわたしを見た。もはやフォンの気持ちが読めない。じっくり見ながら、耳を澄ます。

それから数日間、フォンはさらに痩せていった。結核患者のように、ヒューヒューと浅い息を吐く。元気なときもあった。一瞬の興奮を伝えるときの目は燃えるように輝いていた。明るく、無我夢中の輝き。だが、当惑気味のときもあれば、注意深く何かに集中しているようなときもある。

きっと薬のせいだった。

わたしには何が何だかわからなかった。「なぜ俺が」と、フォンが言うことはなかった。挑発的な態度ではなかった。「なんでおまえじゃなかったんだ」と言うようなことは一度たりともなかった。憤りを示すことは決してなかった。

息苦しかった。「俺がおまえの命をまた助けてやった」と、フォンが言うことはなかった。体が震えてくる。義務と感謝の気持ちから逃れたかった。

だが仮にそう言われていたら、何と答えていただろうか。いや、君は僕の命を救ってなどいない。なぜって僕ならそれを踏まなかったから。

そうか。おまえはわかっていたんだな。だが、俺には何も言わなかった。

でも、僕にもわからなかった。はっきりとはわからなかった。ただ、避けることはできた。

そう。あれは心のなかで起きた一瞬のこと。心臓が一瞬鼓動を止める。小さな地面の盛り上がりが再び見える。蟻塚。再び聞こえる爆発音。頭のなかで繰り返される懺悔のつぶやき。

フォンは頭を一方に傾げながら、新聞の束をわたしに押しつけた。暗い目つきで何かをしっかりと見つめ、口元はきっぱり横一線で閉じたまま。爆発後、初めて病院を訪れてからというもの、フォンが話すことはなかった。わたしは新聞の大きな見出しを見た。フォンの息がカタカタいう。酸素を吸い込もうとしている。テトの記事だった。

わたしは立ち上がった。フォンに戦争の記事は読ませたくない。新聞を取り上げると、彼の手が届かないテーブルの上に置いた。フォンはどんよりした目で、深い沈黙に戻った。自分自身の殻に閉じこもる。かつて右足があった場所をやさしく擦る手。そう、残されたぎざぎざの出っ張りではなく、そのすぐ下の何もないところを摩る。わたしはなんと言えば良いかもわからずに、咳払いをした。フォンはわたしの方を向き、静かに言った。「毛布を取ってくれないか。」毛布を渡すと彼は切断された足の上に、もはや存在しない足の上にそれを広げた。

「フォン」と、わたしはつぶやいた。

「足が寒いんだ」と、フォンが言う。「チクチクヒリヒリするんだよ。痙攣するんだ。」

「そこには何もないよ。」わたしは言う。

彼の目から涙がこぼれる。一瞬、当惑したようだった。「それでも、痛むんだ。本当に。」

二週間後、フォンは退院した。サイゴンへ戻り、回復を待つ予定だった。ヘリコプターでコンホア病院へ向かう途中、わたしは固い鉄の床とエンジンの唸る音だけを感じていた。フォンは眠っている。夢のなかで。彼の持ち物、テトの新聞、まだ書きかけのフエ虐殺の報告書、洗濯したシャツ数枚がダッフルバックに入っていた。

プロペラがグルグル回る。ヘリから見る眼下の町。サイゴンからチョロンまで密集した町並みが、花が咲き乱れるように輝いて見える。勝利が間近にあるという深い思いを感じる。それでも、どこか確信がもてない自分がいた。根拠はなかった。神経質なだけだ、きっと。不安かもしれない。隣には、苦しみの深い沈黙のなかでもがくフォンがいた。

テト後に望んだことは、テト以前の生活に戻ることだった。まだ戦争状態にあることはわかっていた。ただ、テト以降の戦争はわたしがよく理解している戦争とは随分とかけ離れたものだった。政治的、心理的側面よりも軍事的側面に重きを置いた普通の戦争とは本質的に違うものだ。明らかに、テトは敵に大きな打撃を与えた。敵の攻撃には攻撃で対抗した。奇襲戦であったにも関わらず、北の軍事的目的は何ひとつ達成されなかった。多面的な攻撃で我々を圧倒し、民衆蜂起を引き起こそうとした戦術的な賭けは、惨めな失敗に終わった。計算外の出来事が続き、自らの墓穴を掘ることになったのだ。テトの間に敵が行った残虐行為と裏切りに憤った若者たちが、軍隊に志願した。志願兵の数は、とりわけフエで急速に増加した。ヴェトコンのゲリラ兵すら政府寄りになり、テト後は寝返る者が四倍に増えた。勢いに乗じて、政府は以前ならしなかったようなことを始めた。総動員をかけたのだ。徴兵枠はそれまでの二十一歳以上二十八歳までから、十八歳以上三十八歳までに拡大された。

「ヴェトコンは事実上、壊滅状態にある」と、クリフは興奮して叫んだ。「南ヴェトナムで、兵のほぼ六十パーセントを失ったんだ。」「機密」と記された書類をクリフはわたしに手渡した。「六十パーセントだよ」と、威勢の良い声で繰り返す。わたしは報告書を読んだ。アメリカの諜報機関は、一九六八年末までに敵の損失は二十八万九千人に達すると結論づけていた。うち四万二千人はテトの二週間での死者だ。北にとっての最大の誤算は、テトの間に民衆蜂起がひとつも起きなかったこと。生か死かの選択を迫られ、人々は北の支配を逃れ、南ヴェトナム政府が統治している地域へ移ってきた。

テト以降、国中が団結した。家々から風船が打ち上げられた。紙吹雪が歩道に散った。町中どこにも、これ見よがしに勝利を祝う色とりどりの旗がなびいていた。サイゴンは瓦礫と残骸のなかで、しっかりと真っ直ぐに立ち上がった。

その日、クリフの隣に立って隊を視察しながら、戦争のなんたるかを悟った。我々は北の軍隊とヴェトコンを追い返したのだ。しかし、それとは違う、より複雑な現実が間もなく明らかになった。忘れもしない。それはフォンを見舞った後のことだった。

わたしと妻は時折、フォンとトゥーを見舞った。味気ない軍事病院で、再びわたしたちは四人揃うことになった。紫色に腫れ上がった節が、鈍く飛び出している。傷口はいまだに伸縮性のある包帯で覆われ、治療上の目的から持ち上げられていた。だがそこに触れると、フォンは身震いした。妻は自分の手を彼の手に重ねる。彼女はフォンの絶望的な状況を理解し、存在と非在の間を彷徨うフォンの立場を受け入れると仕事に取りかかった。まずはマッサージをする。ローションを塗り、関節の拘縮を防ぐ。優れたマッサージ師だけがこなせる技だ。トゥーと交互にこれを行う。クイは手のひらを足の切断箇所に置き、筋肉萎縮を防ぐマッサージをする。ゆっくりと優しく。残された足に力を加える。長くしなやかな動作でなければならない。滑らかに一定の速度であることが大切だ。クイが押す。フォンが押し返すのを待つ。フォンが押し返さないときには、妻は顔を下に向ける。フォンの胸に触れそうなくらいに。目と目を合わせ、フォンの動作を元に戻す。わたしは目を閉じる。フォンはただ静かに寝ているときもある。だが、残った筋肉は動かさなくてはならない。傷口の包帯を解かなければならない。クイが病院の療法士から学んだ抵抗運動と等尺性筋運動によって回復しなければならない。

こうした準備がどんな意味を持つのか。フォンが今後何をすべきなのか。わたしにはわかっていた。松葉杖を使った歩行運動を練習した後、義足をはめる。

ある晩、クイとトゥーを車まで送り届けた後、二人きりで話をするためにフォンの部屋に戻った。そのとき、なんとも心痛む光景を見た。彼はベッドの上で、残った一方の足を真っ直ぐに伸ばしていた。手に持った鏡で正常な足を映して、じっと見ているではないか。時折、健康な足を右へ左へと動かし、鏡に映るその運動を見る。一瞬、鏡の中の足の像が本物のように思えた。

ベッドには一本ではなく、二本足のフォンがいる。

わたしに気づくと、フォンは飾ることなく言った。「こうしていると気分が良いんだ。まるで足があるみたいだ。切断されてないような気持ちになる。」

完全でありたいという彼の要求は理解できた。微笑みながら、わたしは言った。「もっと長い鏡を持って来るよ。」彼の鏡には健康な足の一部しか映っていなかった。

フォンはテレビのスイッチを入れてくれという。もう夜も遅かった。彼の顔はやつれていた。隣に座ったが、お互い自らの殻にこもったままだった。クイとトゥーがいないと、なんとも気まずい。フォンはテレビ画面から目を逸らし、わたしを見た。目のなかにゴミでも入っているかのように瞬きを繰り返す。

フォンはシーツの下で震えていた。待ち伏せ、死傷者といった戦争のニュースが、海外のコメンテイターによって威勢良く報じられていた。戦車やヘリコプターが、長方形のテレビ画面のなかに映し出される。フォンの反抗的な視線が映像に釘付けになっていくのに気づく。規則的な息遣い。わたしは立ち上がってテレビを消した。なんとも穏やかでない。フォンに良いはずがない。

「点けてくれ」と、フォンが叫ぶ。

驚き、それに従う。深い意味はなかったということを示すためにも。テレビの短調な音声に、きっと落ち着くのだろう。

「フォン」と、わたしはつぶやいた。

彼はシーっと言ってわたしを黙らせると、画面を指さした。「聞こえない。」低い声で言う。病院のパウダーやらなにやら嫌な臭いがフォンからする。皮膚の穴から染み出してくるジクジクと酸っぱいような臭い。彼はテレビに向けて指を激しく突き立てた。短い間だったが、テレビが立てる静かな静電気の音を通じて、ヴェトコンのアメリカ大使館襲撃の惨状が映し出された。フォンの顔はもはやうつろではなかった。わたしは黙っていた。ヴェトコンの工作隊員が一時的にアメリカ大使館の警護を破り侵入したことは知られた事実だった。フォンはあごを突き出し、ベッド脇にある新聞の束を指す。目は活き活きしている。新聞を読みたいらしい。

礼儀正しく、わたしはフォンの要求に応じた。彼の指が新聞や雑誌を次から次へと掴もうとする。新聞の一面はどれも同じニュースを伝えていた。フォンの肩越しに記事を見る。ヴェトコンの司令官十九人が未明に二メートル五十センチほどの塀を爆破し、五人の軍事警察官を倒して侵入した。対戦車砲で大使館の正面玄関を撃破しようとしたが、護衛にあたっていた海兵隊員により取り押さえられ拘束された。その後、第一〇一空挺師団の救援部隊がヘリコプターで到着し、朝のうちに戦況が変わった。大使館の奪還にアメリカ軍と南ヴェトナム軍が要したのは六時間。十九人のヴェトコンはすべて殺された。アメリカの軍事警察官五名と南ヴェトナム軍兵士四名も犠牲になった。

テレビを見ると、カメラが右へ左へと映像を捉え続けていた。フォンは身動きひとつしなかった。

「大した戦闘じゃない」と、わたしは言った。「大使館が危険に曝されることはなかった。」事実ではあったが、フォンの表情からわたしがいつになくつまらないことを言ったのは明らかだった。

「そうだね。」フォンは答えた。

当時起きていたことを勘案すれば、この一件はテト攻勢の一連の出来事のなかでも些細なことにすぎない。しかし、カメラはどれもこれも大使館に向けられていた。

「ともあれ、これはアメリカ大使館だ。」フォンはため息を押し殺しながら言った。もちろん、報道がそこへ行くのは当然だった。ここでカメラが回っているということは、他の場所では回っていないということだ。「アメリカの領内さ。」彼の口は渇いていた。唇は荒れていた。わたしは水が入った紙コップを彼に手渡した。

現場にはアメリカ人記者が集まっていた。

「アメリカの新聞紙はアメリカ軍の敗北を伝えている。」フォンが言った。表情は暗く、押し殺したように呼吸を続ける。フォンの話はもうこれ以上聞きたくなかったが、アメリカ大使館で起きた事件で彼は頭が一杯のようだった。

些細なことだと言わんばかりに、わたしは手を振った。「気にするな。大した事じゃない。」

「ミン」と、フォンはイライラした声で言った。「この戦争は、君が思っているほど軍事的なものではないんだ。」彼は説明する。「つまり非軍事的な、実態のない要素が重要だ。新聞を読めば書いてある。敵の攻撃が残虐であればあるほど先行きは暗くなり、泥沼化は避けられなくなる。」

わたしは顔をしかめ、新聞の見出しをさっと見た。小競り合いをいくつも落とし、敗北に向かう悪い動きを変えることが出来なくなりつつある。

「ほら、見るんだ」と、フォンが重々しく息をしつつも、テレビを指して静かに言った。「音を大きくしてくれ。」後に「アメリカの良心」と呼ばれることになったジャーナリスト、ウォルター・クロンカイトが軍事用ヘルメットを被って、この戦争は負けだとはっきり述べていた。不機嫌そうではあったが、正論だった。アメリカ大使館の警護が破られたのだ。戦争に勝ち目がないのは、今や明らかだった。続く画面では、テト攻勢が報じられる。同じ写真や映像がゆっくりとスローモーションで流れる。そして、画面一杯の大映像。伸ばした腕の先にはピストル。南ヴェトナムの陸軍少将がしっかりと狙いを定める。そして、銃声。捕虜のヴェトコンがその瞬間、地面に崩れ落ちる。

フォンが首を振った。眉間にしわが寄る。

彼の注意を逸らしたかった。「明日、君に義足をつけてみようじゃないか。もうこのことは考えない方が良い。」

彼は手でわたしを振り払うようにすると、首を横に振った。きっぱりと一度。そして、もう一度。わたしは目を背け、包帯に巻かれた麻痺した切断箇所を見ないようにした。負傷者の向こうに、銃弾の向こうに、手榴弾の向こうに見えるフォンの体。細い体の線。その姿が小さくなっていく。フォンは心の動揺を抑え目を閉じるが、まぶたは震えている。まるで悪夢の一部始終を反射するかのように。

心に募る悲しみを感じながら、わたしは部屋を出た。心臓がドキドキする。そして、ある考えが浮かんできた。長い間、政治がフォンを守ってきたのだと。それこそ心安まる聖域だったのだ、きっと。大きな出来事への怒りが、愛だのなんだのというどうすることもできない個人的な感情に対する苛立ちへの、適当なはけ口となっていたのだ。

15 時を回り道する

マイ　1975

その娘の大きな暗い影を見るだけで怖かった。怒った少女が顔をしかめ、壁に並んだバリ島土産の戦士の仮面をじっと見つめる。仮面は細部まで丁寧につくられていた。大きく膨れた唇。巨大な口蓋。むき出しの牙。突き出た鼻。大きく見開いた恐ろしい目。その大袈裟な表情を前に少女は座る。名も無い女の子。仮面にそっくりの表情。わたしたち二人の世界が出会ったのはそのときのこと。表面に見える外側の世界がわたし。内側の奥深い世界がその娘。

この出会いのせいで、わたしの存在がかき消される。だけど、少女には新たな力が与えられた様子。それは彼女がわたしを征服し、乗っ取る瞬間。わたしは消え、時は失われる。彼女は暴力的だった。急に方向を変え、人を欺くように突き進む熱い炎のように。そのショックや残響をわたしの体が受けとめる。それがさらにひどくなる。初めて出会ったときの熱く明るいオレンジ色の炎が冷えて、弱く青白い色に変わると、まるで冷気のように人の心をかき乱す。これまでのところ、互いになんとかやってきた。でも、彼女が現れるのがいまだに怖い。ただ、完全に自分を壊されてしまうという恐怖感はもはやないけれど。

タイファップの話を思いだす。殻を探すカタツムリの話のこと。わたしは家を追い出されるカタツムリ。誰かの影が見える。体を失った魂がこの世の端っこで時を回り道しながら、わたしの殻を奪う機会を伺う。グルグル勢いよく重なる渦巻き模様の小さな殻を奪い取ろうと待ち伏せる。ほら、そこよ。同じ場所を繰り返しグルグル回りながら、わたしの防御が緩んだ隙にすべてを乗っ取ろうと、その邪悪な瞬間を待ち構える。

それでも、なんとか落ち着いて暮らす方法がわかってきた。少女が騒ぎ回ろうとも、わたしというひとつの人格を保ち続ける。彼女の存在がゆっくりとわたしのなかで大きくなろうとも、一人の人間であり続けようと努力する。少女が活動しているときには、彼女がつくり出すうねるような静電気の音が聞こえる。

徐々に二つの人格が存在するのに慣れてきた。わたしのなかの二人。一人はカーン姉さん。それとも姉さんの幽霊かしら。どちらも衰弱しきった二重人格のような存在。悲しみと痛みから解放されるのを待っている。わたしが求める暗く孤独な世界へ入って行こうと待っている。

母はハンモックの上で眠ったまま。どうにもならない深い悲しみから抜け出せない。母のことが理解できない。わたしの人生の謎。輝くように美しい日にただ一人ぽつんといる。父は家にいない。空挺部隊から空軍師団の司令官に昇格してからというもの、父は家にほとんど戻らない。

足を引きずるような音がする。わたしより小さな少女が謎の空間から現れる。明け方が朝になるとき、夕暮れが夜になるとき。調和が取れた美しい世界が現れる。その美しい世界に似た謎の空間。幼かった頃のわたしのように、カールした美しい黒髪に縁取られた彼女の顔は甘くやさしい。その少女が手を伸ばし、母の腕をギュッと掴む。母は反応もしなければ、腕を引こうともしない。ただ、無関心な様子で少女を見る。この子がセシルかしら。違う。あり得ない。でも、セシルのような気がする。九官鳥の遊び相手。どういうわけか時間の流れとは無関係に生きる不思議な少女。セシルが現れるとわたしは追い出され、ほぼ完全に時を失う。わたしは意識の縁を彷徨う。目の前の世界は見えるけど、まるで蜃気楼《しんきろう》のよう。

この並行するもうひとつの世界のなかで、母の顔は表情を失う。子どものように騒ぎながら、セシルはさらに母の腕を引っ張る。母はセシルの方を見るけれど、その世界には入って行かない。わたしはこの夢のような瞬間をじっと観察する。母が手を引っ込める。そこに見える骨張った節。母の無関心な様子。セシルが動揺する。セシルが母の顔に触れる。まるで触覚に頼って世界を知ろうとする盲人のように。母の目、鼻、口に触るセシルの指。母はさっと身を動かし、セシルに腕を回す。抱きしめているように見える。でも、本当は違う。居心地悪そうなセシル。しばらくすると母は立ち上がり、少女に触れるのをやめる。

驚くほどはっきりと、セシルの表情に落胆の色が表れる。セシルは母の注意を引きつけることができない。母は別世界の住人。大好きなアラビアンナイトの本を抱えると、ふくれ面のセシルは甘えながらハンモックによじ登る。「お母さん、読んでちょうだい。」彼女の欲望は、幼い子どものように尽きることがない。母は向きを変える。心のなかであれこれ考えて忙しい様子。拒絶する。セシルは諦める。仕方なく自分の体に腕を回して抱きしめる。

あたりを覆う薄暗い静寂の光。それを除けばもはや何もない。セシルが諦めた瞬間、わたしが戻ってくる。

それからしばらくすると母が立ち去る。今度はわたしがハンモックの上で横になる。そして、自分の体に青く輝くセシルの存在を感じながら、うとうとと居眠りする。

管制塔から数レーン離れた薄いアスファルトの上で、飛行機がいつものように離着陸を繰り返す。一機が離陸したものの、トラブルに見舞われる。空港に戻ろうとするが、クラッシュする。タイヤが右に左にスリップし、機体がねじれるように激しく揺れる。後部が跳ねてスピンする。翼は金属製の機体に垂れ下がったまま、かろうじてくっついているにすぎない。大きな音。わたしたちは無言でテレビに映るジャックナイフで切り裂かれたような飛行機の残骸を見つめる。豊かな水田には、風で飛ばされた部品が浮いている。

悲しいニュース。アメリカの軍用機には、多くの孤児が乗っていた。百二十七人の子どもが死んだ。オレンジ色に燃え上がる機体は、よろめきながら沈んでいく。まるで水中で震える驚いた魚のように。機体の大部分は水中に沈んでしまった。ただひとつだけヘッドライトが浮かんで見える。

「なぜあの子たちは飛行機に乗っていたの」と、母に尋ねる。

「孤児だわ。アメリカにいる親が見つかったのよ。」瞬きひとつせずに母が答える。

戦況は良くなかった。でも、それは以前からのこと。わたしたちはいつだってなんとかやりくりしてきた。戦争はつねにここにあった。これがわたしたちの生活の一部だと信じて生きてきた。

テレビから目を離さない。機体の一部が燃えている。黒いテレビ画面に、ギラギラしたその光景が映し出される。救援用ヘリコプターが上空を飛ぶ。プロペラが残骸を吹き飛ばす。赤ん坊が機体から運び出される。タンソンニャット空軍基地はここ数日間、砲撃を受けていた。滑走路は破損していた。来る夜も来る夜も、空には乳白色の火が放たれた。母の目が空に釘付けになる。何かに取り憑かれたみたいに、じっと動かない。

16 パリ和平

ミン氏　2006, 1973

勝つことができたはずの戦争の話をしよう。

テト以降、敵は四万五千人以上の死者を出すことになった。フエで掘り起こされた虐殺の痕は、人々に大きなショックを与えた。丘を勢いよく流れる川のように、難民がサイゴン目指して南へ向かった。共産主義解放勢力の到着を南ヴェトナムの人々が待ち望んでいるという幻想は打ち砕かれた。勢いは我らにあった。戦争の大義は我らにあった。

今や戦争はすっかり様変わりしていた。アメリカ軍は戦略を変えた。遠く離れた密林地帯を焼き払い、そこに隠れる敵を捕まえる「索敵殺害《サーチ・アンド・デストロイ》」作戦から、防衛と鎮圧を目的とする「安定化《クリア・アンド・ホールド》」作戦に変更された。重要な方向転換だった。収穫期を迎えた水田を想像してほしい。広大で安全な水田に育つ豊かな稲穂を想像してほしい。豊かな実りを約束する肥沃な黒土の大地と、そこから得られる財産と繁栄を小作農たちに与えるとしたら。彼らが望んでいたことと言えば、ふっくらと甘いコメを口一杯にほおばること。多くの志願兵が地域軍や人民軍に集い、故郷に残った。こうした兵士たちをアメリカ軍は愛情をこめて「地域人民軍《ラフ＝バフ》」と呼ぶ。彼らは我々の目となり鼻となり耳となった。村を守り、土地を耕した。鍬《くわ》を担ぎ、M16自動小銃を構えた。こうして一九七一年までに、国民のほとんどが政府に協力することになった。カンボジア侵攻直後には、国境付近の安全地帯から潜入してきた敵方の兵士は、ズルズルとそこに留まった。これまで長い間増え続け、我が国を食い物にしてきたヴェトコン工作員たちの正体が明らかになってきた。機密書類を手にする複写オペレーターや、親しいアメリカ人記者から正確な情報を得ていたジャーナリストの裏切りが暴露された。

だから、敵は方針を変えるよりほかなかった。これを小康状態と見なす者もいた。しかし、敵は新たな攻撃のために立て直しを図っていたのだ。もちろん、そんなことはお見通しだった。

次第に疎遠になっていたものの、わたしはフォンと再び同じ道を歩むことになった。色々あったが、昔出会ったときと同じ原点に戻っていた。そして、再びわたしたちは南の軍隊が徐々に解体していく状況を目撃することになる。会ったこともないアメリカ人軍事顧問が、地政学的状況の変化を伝えてきた。アメリカ軍の撤退は加速化する。秘密の和平計画が練られることになった。平和に向けて方向を変える以外には、選択の余地はなかった。

「何か知りたいことでもあるのかい。」

アパートの寝室で、娘は怒ったような目つきでわたしをじっと見る。まるで歴史が崩壊した理由をわたしが知っているとでも言わんばかりに。歴史の流れや、自分自身の人生に深く関わる栄光や腐敗、障害といった様々な出来事に興味を示す年齢に娘もなったのだ。

「お父さん、クリフはどうしたの。彼はどこへ行ったの。彼の苗字は何ていうの。彼を探したいのよ。」

娘は一気に言う。わたしは首を横に振る。一九七五年に戦争が終わり、サイゴンから脱出してからというもの、娘にはクリフと連絡を取ってもらいたくなかった。

クリフのことは話したくない。戦争の話がしたいのだ。わたしの視線が娘を黙らせた。

一九六三年以降、アメリカ軍は増強し続けていた。ジエム政権を崩壊させると、その後次々と政権転覆の策略がめぐらされた。そして、アメリカ軍はもうこれで十分とばかりに撤退を決めた。歴史を紐解けば、こんな話ばかりだ。敗者は苦しめられたあげくに取り残されるか、もっとひどいことになる。もちろん、手の引き方にもよる。

わたしにとっては、クイの身の処し方次第でもあった。

毎日そのことが頭から離れない。

記憶がささやく。その声は徐々に小さくなってゆくものの、尾を引くような悲しみが心に残る。妻と娘を失ったことよりも、戦争に敗れ、祖国を失った事実の方が理解しやすい。

マイにはこのことを言いたい。「マイ」と、わたしは切り出す。

娘の表情を見るだけで、心臓が止まりそうだ。自分の名前に気づかないのか、マイはわたしの方を見たままだ。「マイ」と、もう一度呼ぶ。

娘は驚いているようだ。肯きながら、身を起こす。

上手い言葉が見つからないが、娘に話したいのはこういうことだ。おまえの姉さんが死んだ後、お母さんはすべてが失われたと思い、希望を持てずにいた。実際にはそうではなかったが、お母さんはそう信じ込み、それを自らの現実と受け止めた。チャンスはなかった。お母さんの運命はヴェトナムの運命に重ね合わさっていた。

わたしは妻の名前を繰り返す。クイ。長い間、心の奥底にしまい込んできた愛しの名前。

金曜の夜になると、クリフと共に食卓を囲むのが習慣になっていた。金曜日、娘は中国人のナニーとクリスタルパラスへ出かける。サイゴンにできた新しいモールだ。娘はそこにあるエスカレーターが気に入っていた。時間を忘れて昇っては降り、昇っては降りを繰り返す。一週間も家を空けた後、妻と二人だけで食事を取るのは、わたしにとって、そして恐らく妻にとっても気まずいものだった。クリフの存在が場の雰囲気を和らげてくれた。ヴェトナム全体が息を潜め、アメリカが我々の行く末を決める状況を見守るなかで、家で人目を忍んでクリフとしたい話は山ほどあった。

クリフは励ましてくれたものの、ヴェトナムの未来をひどく案じながら、わたしは食卓にいた。「状況はまだ変わるかもしれない」と、期待を込めてクリフが言う。わたしの不安に気づいていたに違いない。落ち着いた雰囲気をつくろうと部屋は暗い照明で照らされていたが、むしろ枯渇した感じだった。

わたしは大きく息を吸い込むと、事実で希望を否定したいという気持ちを抑えた。クイはわたしの気持ちを鎮めようと、わたしの腕に手を置いた。「ずっと主人は家を空けてましたの。」クリフにわたしが休息を必要としていることをほのめかす。そしてわたしには穏やかな、慰めるような調子で言った。「コーヒーを入れたのよ。」妻の手がわたしの手に軽く触れる。結婚生活には小さなひびが入り始めていたものの、妻の存在はわたしの気持ちを和らげた。クイはヴェトナム製のドリップコーヒーをわたしに差し出した。最近中国人商人と行った取引の一部始終について、妻から聞いたばかりだった。米商人、薬剤師、金の取引業者。クイは顔を上げ、微笑みながらクリフに言った。「クリフさん、あなたは楽天家ね。物事の良い方ばかりを見ようとする。悪くして終わることなど、あなたにはないのね。」

「戦争には負けないと固く信じている」と、クリフが応える。彼はわたしたちを安心させようとしていた。だが、熱のこもったその調子に、わたしは当惑した。今起きていることは短期的なつまずきでそう長くは続かないと、クリフはわたしを説得しようとした。

わたしは肯いた。だが、疑いは晴れないままだった。クリフはいつでも古き良きアメリカ流の博愛精神を信じていた。とはいえ、ここはワシントンＤＣから遠く離れた場所。アメリカ人の同情は届かない。洞察力あるクリフの話にも関わらず、わたしはフォンの視点から戦争を見始めていた。

「ミン、そんなに心配しなくても大丈夫だ。理由はこうだ。」クリフはしつこく言う。

親しみを込めながら言葉を返す。「心配しないわけにはいきませんよ、クリフさん。アメリカの意図であるとか、計画、予定といった機密情報を教えてもらった上で言うのも気が引けますが、それでも心配するなというのは難しい……。」

わたしは言葉を止めた。妻はスプーンを探していた。クリフが立ち上がり、引き出しからスプーンを取り出す。迷うことなく。その気軽な態度にわたしは一瞬たじろいた。クリフの存在は我が家になくてはならないものになりつつある……。いや、もうすでになっていた。

わたしはこの親密さの印を無視しようと思ったが、徐々に怒りが増してきた。背筋を伸ばして、平静を装った。そして、「ＣＲＩＭＰ《クリンプ》」と、大胆にも強い調子で言った。この言葉を最初に聞いたのはクリフからだった。「ＣＲＩＭＰ」とは「統合改良近代化計画（Consolidated Improvement and Modernization Program）」のこと。「この計画の目的は何でしょうか」と、わたしは訊いた。「かねてから我々は、ソビエトが北に供給する武器に対抗できる最新兵器を求めてきました。アメリカ政府はこれをずっと拒んできたにも関わらず、急に軍の近代化を我々に要求してきた。アメリカ軍の撤退以外にどういう道筋があってのことなのでしょう。」

「こう考えてみてはどうだろう。南ヴェトナムはずっと軍の近代化を必要としてきた。今、それがやっと手に入るのだと。」

わたしはもはや抑えることができなかった。「アメリカが言う近代化計画は、それがアメリカにとって都合が良いから実施されるのです。すべてあなた方の都合なのです。」そして、しばらくしてから強い嫌悪感を込めて付け加えた。「ここにあるすべてのものは、あなたのためにあるのですよ。」

クリフは顔を真っ赤にして黙り込んだ。それから穏やかに、譲歩とも和解とも取れる調子で言った。「そうかもしれない。君の言っていることはわかる。だが、本来歓迎すべき目的に悪意を読み込もうとしているのではないだろうか。」彼の声はかすれていた。

わたしは笑った。もちろんクリフは議論を個人的な話題から遠ざけ、アメリカの政策的複雑さに焦点を合わせようとしていた。そうすべきだから。しかし、わたしはアメリカの政策についてもわかりすぎるくらいよくわかっていた。アメリカの新しい目論見が、無遠慮に我が国に向かって投げつけられていた。「クリフさん、わかりました。たとえＣＲＩＭＰが害のない、あるいはあなたが理解するように、我々の助けになるものだとして、思い出してほしいのは、それが十分な資金提供を受けていないということです。エイブラム総督はアメリカ議会から得るべきものを得ることができませんでした。」

クリフは顔を上げた。見たところわたしの言っていることを理解していないようだった。

「つまりあなたは今、何が起きているのかもわかっていないのですね。」わたしは吐き捨てるように言った。

クイはわたしの軽蔑的な調子に気づき、顔を上げてわたしに視線を合わせた。緊張で胃が痛い。「星条旗新聞《スターズ・アンド・ストライプス》で伝えられていたことですよ。」わたしは言った。エイブラム総督とは、ウェストモア総督を引き継いだアメリカ軍司令官だった。その彼が南ヴェトナム軍は何年にもわたり、十分な重火器、機動性、あるいは通信能力を得ていなかったと警告した。だから、もちろん我々は近代化すべきなのだ。エイブラム総督が迫力ある調子で説明したように。「しっかりと認識しなければならない。ヴェトナム軍はこの国で戦っている誰よりも重んじられていない！　それを我々は正そうとしているのです。」

わたしはエイブラム総督が好きだった。しかし、エイブラム総督ですら、限られた選択肢しか持っていなかった。これがアメリカの政治家が身を引くときのやり方だ。歴史にかこつけて。でっち上げではあるが、実に上手い具合に練り上げた言葉でこれを表現する。ヴェトナム化。一九六九年、待ってましたとばかりにお披露目された言葉。あたかも戦争はこれまでヴェトナムの戦争ではなかったといわんばかりに。

「なんてこった。」それ以上クリフは何も言えなかった。

わたしは星条旗新聞をブリーフケースから取り出した。「見てください」と、彼にその記事を指さして言った。アメリカ議会はCRIMPに必要な費用の半分も承認しなかった。追加予算の支給もなかった。資金がなければ、折角の計画も水泡に帰してしまう。

世界の向こう側で繰り広げられているであろう光景が目の前に浮かんでくる。遠くワシントンDCの執務室では、ニクソンの反対側にキッシンジャーがいる。二人とも椅子に深く背をもたせかけたまま、唸るような音を立てて動くエアコンから吹き出る冷気に額の汗を冷やし、この戦争について沈思黙考する。キッシンジャーが身を起こし、黒縁の厚い眼鏡をかけ直す。神経質な性格の男だ。ニクソンはといえば、あごを下げてイライラしながら、忙しそうに手を動かす。大統領はいつまでも考え続けるよりも、早く決定を下したいのだ。二人ともこの戦争から抜け出したいのだが、戦争に負けヴェトナムを共産主義者に譲り渡したという汚名を着せられたくないというジレンマを抱えていた。

わたしはあたかも筋肉をほぐすかのように首を回した。が、本当は心に染みついた暗く醜い話を振り払いたかっただけだ。クリフの考えを信じたかった。一瞬、クリフが押しつける無邪気さを失ってしまったことが、悲しく思えた。彼は今でもアメリカの良心を信じていた。クリフが星条旗新聞を読むのを静かに待っていた。

「戦争には浮き沈みがつきものだ」と、クリフが言う。「これは議会と大統領の間によくある駆け引きだ。アメリカ政治ではよくあることだ。でも、君も知ってのとおり、僕らはこの戦争に随分と投資してきた。軍も金も力もだ。それを全部無駄にするなんて考えられない。」

わたしは手のひらで頭を押さえた。「だから、アメリカ議会は大統領憎しとばかりに、ヴェトナムへの援助を拒否しているのではないでしょうか。」

ヴェトナムを離れるアメリカ軍から、我々は七百以上の軍事施設を受け継ぐことになっていた。我々は自前で軍隊を育て、武器、弾薬を増やさなければならない。兵站を強化し、人員も増やさなければならないだろう。アメリカ軍の縮小は、いずれにせよ事を複雑にする。アメリカ議会が予算を組まないというのなら、なおさらだ。

「憎んでいるのではない。ただ、議会にすれば憲政上の権利を主張しなければならないとは言えるだろう。けれど最終的には、議会も大統領も戦争に負けるようなことをするほど愚かじゃない。」

部屋の隅を歩くキッシンジャーの姿が目に浮かぶ。ゆっくりと足を引きずって。暗い表情。何かを計算している。議会と上手く渡り合わなければならない。アメリカのプライドの問題だ。アメリカの覇権を維持するためには、国力を誇示しなければならない。クリフの声で現実に引き戻される。わたしを説得しようと、ゆっくりと同じ主張を繰り返す。

かつては実に単純だった。アメリカはジエムを政権の座から引きずり降ろしたかっただけだった。都合が良いことに、ジエムが残酷で横暴であると示す事実には事欠かなかった。アメリカはジエムの暗殺を指示した。組織的な反乱だった。手を貸そうという裏切り者は沢山いた。そして、その結果はといえば。予期もしなかったことばかりだ。

目が眩むような感覚に襲われ、膝のあたりがガクガクする。意図せずして起こる結果についてはよくわかっていた。立ち上がりクイに近づくクリフを見た。その結果が複雑であることは、わかりすぎるくらいよくわかっていた。目をしっかり閉じる。ドキドキする心臓の鼓動が胸に伝わる。

「アメリカは好きなようにすれば良いのです。」モンスーンが突然草原を襲うかのように、言葉がわたしの口を突いて出た。実際そのとおりだった。アメリカは重い軍靴で力任せに我々の顔を踏みつけながら、来たと思えば去って行く。足下の地図は変わってしまった。国境線は引き直され、町には新たな名前が付けられた。

いつから我々は用無しになってしまったのか。それとも、これまでずっと役立たずだったのか。クリフに聞きたかった。最後まで敗戦などありえないと信じるクリフに。我々の運命が議論され決定される会議を通じて、敗戦が徐々に確定していった。最終的には直線を駆け抜けるような猛スピードで、アメリカは難局を脱することだろう。

「クリフさん、ご存じでしょう。数多くの裏切りが起きています。」

彼は何も言わない。

「平和ですよ。いわゆる秘密平和協定のことです。一体誰が平和を裏切りと思うでしょうか。」

クリフはわたしの発言をイライラするくらい熱意のない態度で受け止めた。ＣＲＩＭＰに関して、そして現在進行している和平交渉について危険はないとする彼の見解には唖然とした。常識というものを彼に叩き込んでやりたかった。彼の視点を矯正してやりたかった。今、わたしの前で罪悪感を感じてもらいたかった。

「おわかりのように、こうした発言をするのはわたしだけではありません。他のアメリカ人司令官とお話はされましたか。政治的状況は変化しています。あなたもそのことはわかっているはずです。」わたしは言った。

「政治的状況が変わったからといって、和平協定が最終的に南ヴェトナムにとって良くないものということにはならないはずだ。」

「そうでしょうか。アメリカが我々のことを気遣っているからとでも言いたいのでしょうか。アメリカは同盟国には忠実だとでも言いたいのですか。ヴェトナムはヨーロッパの国ではないのです。国家が国家を欺き、友が友を欺くのは珍しいことではありません。」

背後に潜む不吉な兆候は、決して目新しいものではない。戦争を終わらせようという秘密の計画はかねてからあった。数年前、ニクソン自身がテレビ演説で言っていたではないか。一九六九年五月十四日、彼はアメリカの一方的撤退はないと言っていた。アメリカが撤退すれば、北ヴェトナムも撤退する。これが常識というものだ。妥協の余地はない。休戦は両軍の軍事バランスの拮抗が前提でなければならない。それがアメリカの交渉上の立ち場だった。

「和平交渉の成立後には、南ヴェトナムは自国を守るだけの十分に強い力を持つことになると確信している」と、クリフは言った。

しかし、大きなものは小さなものを打ち負かす方法を心得ている。我々にはどうすることもできない力が働いていた。これこそ激しい戦闘に参加する兵士が死を逃れ、近所で遊ぶ幼い少女が命を失う理由だ。

我々は中国とソビエトの関係が接近するのを感じていた。これをデタントと呼ぶ。冷戦による大国間の国際関係が変化する間も、時計の針は進んでいた。世界全体が変化していくなかで、個々の国々はそれぞれの運命のまわりをくるくると激しく回転していた。キッシンジャーが地政学的状況を窺《うかが》いながら、太く深い声音で、我々を元気づける様子が目に浮かぶ。我々の運命を推し量り、軽くつまはじきにする決定を下すのに、数秒もあれば十分だろう。キッシンジャーはハノイ政府に対し、アメリカが北ヴェトナムの存続を、この我々の土地で認める用意があることを伝えていた。そして中国に対しては、さらに突っ込んだ姿勢を見せていた。アメリカが中国との新しい関係を模索するなか、南ヴェトナムは彼らの取引材料になっていた。大きな野心と政治的圧力がかかっていた。キッシンジャーは中国の主席に、中国主導によるヴェトナムの共産主義化を認める代わりに、それにはアメリカ撤退後しばらく間を置いて欲しいと伝えていた。アメリカの顔を立てるためだった。

金曜日の夕食の際には、クリフにこうした秘密交渉のことを話して聞かせた。中国と国交を回復するために、南ヴェトナムを交換材料にするという点については、一般には知られていなかった。もちろん、彼は尋ねた。「一体どこでそんな話を仕入れたんだ。」

ヴェトコンであるクイの弟がまずはクイに、それからわたしに伝えていた。

次に何が起きるかはよくわかっていた。冷たい鉄のコイルが我々の首から滑り落ちるのだ。一九七三年のことだった。

わたしはフォンの新しい執務室に入ると、革張りの肘掛け椅子に座った。チュー大統領とアメリカが国家の最優先課題として掲げる和平プロセスの指揮に、フォンはあたっていた。ヴェトコンの制圧地域、紛争地域、あるいは壊滅的な被害を受けた地域が和平工作の対象になる。訓練を受けた村人たちが、自ら土地を守るために武装するのだ。農地改革によって、土地を持たない小作農にも農地が分け与えられることになった。橋、運河、道路がこれまでにない速さで補修されていた。

フォンはその指揮にあたった。

彼は相変わらず痩せていた。ほっそりとしたシルエット。しかし、小さい男ではなかった。彼の政治的な能力や直感が役立っていた。そして、戦争がもたらす厄介事の処理にあたり相談相手が必要なときには、わたしはいまだに彼を頼った。クリフと話す際には確信に満ちた態度を取っていたものの、わたしはフォンがより良い方向に舵を切るように仕向けようとした。我々にとって都合が良いように世界を再編成することがまだ可能であるかのように、フォンと共謀していたのだ。ともかくも、同じ歴史を共有したきた仲間のヴェトナム人と国の運命について考えるのが、唯一妥当なことのように思われた。

「我々は和平条約に署名することをずっと拒み続けてきた」と、わたしは言った。

フォンが手にするタバコが金色のホルダーのなかで赤く燃え上がる。彼は瓶からウィスキーを注いだ。いつからウィスキーを飲むようになったのだろう。

「そうだ。我々にはそんな選択肢はない。」彼はいかれた予言者のようにかすれた声ではっきり言った。髪の毛はボサボサ。ひげも剃っていない。

「もちろんさ。」

フォンは背を丸めたまま口元を緩め、何か考え込む。

「フォン」と、わたしは呼んだ。彼に近寄り、もう一度彼の名前を呼んだ。彼から答えを引き出すために。

「アメリカは我々とは別個に北との和平に署名すると脅してきた。」フォンは言った。「だから、我々が和平に応じるか否かはさして問題にはならない。」

「そのとおり。つまり、望みはない。」わたしは言った。

しかし部屋を出ようとすると、フォンはわたしを引き留めた。「ミン、聞いてくれ。ニクソンが大統領へ送った手紙を読んだんだ。」

「どこで」と、わたしは尋ねた。

彼はクスクス笑う。「その辺に誰にでも読めるように置いてあったわけじゃない。だが、大切な部分は覚えている。我々が怖れているほど、希望がないわけでもないようだ。手紙にはアメリカのはっきりとした脅しが含まれていた。」フォンは怒りっぽく、疲れていた。咳払いすると、ニクソン本人の言葉を暗唱した。

「従って、わたしは一九七三年一月二十三日に協約を進め、一九七三年一月二十七日、パリで署名する決断をした。やむを得ない場合には、アメリカ単独でも実行する。その場合、南ヴェトナム政府が和平交渉を妨害したことを公にするだろう。その結果、アメリカは軍事・経済支援を即刻中断することになる。南ヴェトナムの政府担当者を交代させても、これを防ぐことはできない。しかしながら、アメリカと南ヴェトナムがこれまで共に戦い苦しんできたことを考慮すれば、共に和平の席に着き、その利益を得ることを望んでいる。」

フォンは笑った。「小学校で習った暗記が、ようやく役に立ったというわけさ。」

単独和平。彼はニヤっと笑いながら言った。膝が怒ったように金属音を立ててキーキー鳴る。アメリカは我々を地面に押しつぶすことになんのためらいも感じていない。

ハノイ政府が和平協定の文面について合意をしぶり、協議の席を離れた際には、ニクソンが戦争始まって以来の大規模空爆を行った。B－52爆撃機が次々とグアム基地にある長さ十キロの滑走路に並び、二十四時間体制でハノイやハイフォンの鉄道、石油基地、ミサイル保管庫、倉庫、港湾施設を攻撃し、ついには攻撃目標がなくなってしまうほどだった。十一日間におよぶ徹底的な空爆の末、ハノイ政府はパリへ戻り、和平協定に同意した。

最終案では、北ヴェトナムはカンボジアやラオスの支配地域を維持することが認められ、南ヴェトナム領内に残るすべての軍事拠点を保てることになった。

平和への熱い思いがここに。

北ヴェトナムは和平協定に署名するだろう。

ともかくアメリカも署名するだろう。

そしてフォンが言っていたとおり、南ヴェトナムも署名した。「死刑宣告に等しい。」夕方のニュースがこれを報じたとき、わたしはフォンに言った。一九七三年一月二十七日のことだった。

「そうでもないさ」と、フォンが言う。わたしたちは彼の執務室で、この重大な知らせをテレビで見た。彼の声はどこかよそよそしく、はっきりしない雑音のようだった。フォンが意見を述べると、部屋にいた司令官たちは熱心に聞いた。フォンの話を懸命に理解しようとした。フォンは言う。「アメリカは最も強い調子で、タイにある空軍基地を維持すると宣言した。もし我々が和平に合意すれば、第七艦隊を南ヴェトナム沖に停泊させ、敵の攻撃を防ぐと同時に、軍事・経済的支援を継続するとも言った。もし我々が同意しなければ、もちろんアメリカ議会は迅速に対応するだろう。」フォンはその言葉を繰り返し強調した。「すべての支援を打ち切る。」

わたしは首を横に振った。

「厳しい表現だ。」フォンは警告した。彼に勇気がないわけではない。フォンの表情からその真意を探ろうとした。しかし、頑丈な盾の陰に隠れて、何も見えなかった。

アメリカ軍にとっての戦争は終わった。彼らはついに平和を手に入れた。わずかばかりの名誉と五百九十一人の戦争捕虜の釈放。フォンが繰り返し言っていたように、我々はアメリカ大統領から必要なものは得た。噂によれば、署名された手紙の原本はサイゴンの大統領府にしっかり保管されているという。

パリ和平条約の署名後間もなく、北ヴェトナムは舌なめずりをやめ、攻撃を再開した。驚くべき軍事的現実。敵の十三師団と七十五もの連隊が十六万人以上の兵を引き連れ、南ヴェトナムにまだ残っていた。以前の攻撃に比べ四倍以上の規模で、ホーチミン・ルートから流れこんでくる兵士たちもいた。

わたしはある晩、フォンの執務室へ向かった。彼は肘であごを支え、不機嫌そうに座っていた。薄い灰色の光が彼の顔に射し込んで、痩せこけた頬を映し出す。彼は視線をわたしに合わせて、こちらをじっと見た。

「どうしたんだい」と、わたしが言った。

「食べてないんだ。食事も手につかん。」

まじまじと彼を見る。細い体。肩を丸めたまま、表情は険しい。長く続く発作的な咳に悩まされ、徐々に肉体が腐ってきている。

戦争はもはや我々にはどうすることもできない状況に陥っていた。和平協定に反する攻撃が止むことなく続き、しかも容赦なかった。この悪行を前にアメリカの上院と下院は歩調をしっかり合わせて、我々の首にかけた紐をきつく引き締めようと動いていた。南北ヴェトナム、ラオス、カンボジアにおけるアメリカ軍の軍事行動に対する予算をすべて削減するというアメリカ議会の決定は、拍手喝采で認められた。

我々に対する唯一残されていた侮辱は、資金援助を打ち切ることだった。今度こそは、それが起きるとわかっていた。わたしがこの可能性に言及しても、フォンは反論すらしなかった。金を止めれば、息の根は止まる。人は血を流して死ぬのではない。無関心な、無害なペンによってだ。単に予算を削減すれば、いくらでも殺すことができる。わたしたちは目を閉じ、頭のなかで計算しようとした。ひどい計算式。足し算、引き算が二人の顔に浮かぶ。とんでもない世界。共産主義者が我が国に永遠に留まる一方で、奴らを追い出す軍事費はもはやない。

わたしとフォンの運命はついに一巡したのだろうか。二十数年前、クイと結婚した頃、フォンと友達になった。あの頃、わたしたちは軍を削減する仕事を任されていた。今わたしたちはまた、同じ仕事に取りかからなければならない。

空軍は航空支援、戦術空輸、そして偵察飛行を半分に、ヘリコプター輸送を七十パーセント削減するよう命じられた。また、二百機以上の削減と機体改良の発注済み注文のキャンセルを求められた。アメリカで訓練中の四百名の空軍パイロットの召還を指示された。海軍は六百隻以上の船舶を戦時編制から解き、河川警護を七十二パーセント削減した。平和条約が結ばれた後、航空機、船舶ともまったく交換されていなかった。

戦争終焉へのドラムビートが加速化する。より完全な平和に向かって。早く、より早く。可能な限り早く進んで行かなければならない。

弾薬供給の割合も減らされた。ライフル銃は一日につき一人一・六発だ。クリフによれば、まだ参戦していた頃のアメリカ軍への割り当ては一人一日十三発だった。マシンガンには十・六発。アメリカ軍は百六十五発。迫撃砲は一・二発。アメリカ軍は十六・九発。

我々は節約していたが、敵は乱費していた。トンレーチャンにある国境キャンプでは、共産主義勢力の兵士たちが十六週間で一万発以上、三百回も基地を攻撃してきた。

その間、北ヴェトナムは石油パイプラインをサイゴンからわずか百二十キロ北のロクニンまで延伸する大胆な行動に出た。強い自信と卓越した計画性を示すものだ。

アメリカ撤退後に留まっていた数百人の軍事顧問は、すぐに本国へ戻るよう指示された。万事そういう調子だった。わたしたちを直接狙う抗しようもない不自然な力のなかで、なによりもある友人の出発が、とりわけクイにとっては絶望的なものになった。

クリフは出発の際、必ず戻ってくると約束した。一九七五年一月の早朝、彼は別れを告げた。我が家を出ると、おそらくチョロンの大通りを抜けて、サイゴンの高級店が建ち並ぶ商業地区《ダウンタウン》を経由してタンソンニャット空軍基地にハンドルを切った。彼が立ち去るのをわたしたちは見送った。妻は絶望の淵にいた。消えゆくクリフの姿にしがみつきながら、喘ぎ声を上げた。

時がわたしたちを、最初はそっと軽く、次に強い力で押すのを感じた。急げ。さあ。新たにスタートから始めなおすことができるようにと。

一九七五年、十万人の北ヴェトナム軍兵士がサイゴンへ向かって進軍してきたとき、フォード大統領はアメリカにとっての戦争は終わったと宣言した。五千人の兵士に守られてはいたものの、サイゴンの北、カンボジア国境沿いのプオックロン省は三万人の北ヴェトナム、およびヴェトコン兵の攻撃に屈した最初の場所だった。

アメリカ国務省は「強い抗議」を表明した。

わたしが釈放してから初めて、義理の弟からメッセージが秘密裡に届いた。近所によく来る街頭売りから、昼食に豚肉の包子《バオズ》を一皿買ったときのことだった。白く柔らかい生地にかぶりつくと、半分に折りたたんだ紙が出てきた。「至急、家族で逃げる用意をしてください。まだ間に合ううちに。」紙には署名があった。「五番目の弟より」。

17

マイ　1975

父とわたしがヘリコプターでサイゴンを脱出したとき、母が留まることはわかっていた。母の苦しみはひどかった。

Ⅱ　もう一人のわたし

18 嵐と宝物

バオ　2006

あたいはバオ。

アパートから慌てて飛び出せば、あたりは霧に包まれた冬景色。肌に突き刺さる冷たい空気。あのとき凄まじい音を立ててあたいの体を駆け抜けてった強い力は収まってた。でも、まだ完全に消えたわけじゃない。あたいにはわかる。何が起きるかわからない現在《いま》って瞬間に運び込まれた魂が、まだどこかで疼《うず》いてる。遠い記憶があたいのなかで重なり合う。いろんな色や音と混じり合う。

自分で自分に話しかけるのはマイ。もちろん、あたいにはマイが見えるし聞こえもする。マイの内側に隠れてるけど、あたいたち三人のなかで何もかもよくわかってるのは、このあたいだけ。セシルは生まれたての可愛い子ども。小鳥のおかげで言葉を取り戻し、遊び仲間になった。でも、あたいはバオ。嵐ってこと。宝物じゃない。邪悪なスター選手。マイはあたいに驚き、警戒してるけど、お互い傷つきながら三十年もこの国で暮らしてきた。もっとも、あたいたちが生きてきたのは違う人生だけど。マイはあたいのちょっとした動きにも反応する。マイの胸がゆっくり動く。マイったらむっつり歩道に座り込むと、まるで自分を罰するみたいに凄い力で街灯を蹴り上げる。マイは物に怒りをぶつけるタイプの人間。マイのお腹が膨らんではへこむ。癇癪《かんしゃく》を抑え込もうと、自分に鞭《むち》打ってる。マイには見えない世界のなかで、あたいは一人隠れてる。心はぼろぼろだけど。

あたいが何をしでかしたかって？　そんなことわかってる。テレビを壊して、ティーポットも壊した。休んでる父さんの前で大騒ぎした。アメリカではあたいとマイとセシルのことを特別な医学用語で呼ぶ。昔は多重人格って言ってたらしいけど、今じゃ解離性同一性障害だって。

何十年も前、タイファップの先生が父さんと母さんにマイの心と体が何かに取り憑かれてるって話をしたとき、父さんはマイの強烈な怒りと訳のわからない態度を悪霊のせいだと考えた。あたいがマイの存在を押しのけると、父さんは本当は何が起きてるのかわかってもないくせに、あたいの怒りをバオ、つまり「嵐」って呼んだ。父さんはあたいとは離れてたし、あたいを怖れてもいた。でもあれから何年も経って、父さんの考えは変わってきたみたい。始めは遠かった距離が打ち解けた感情になって、愛みたいになった。あたいへの愛情よ。マイへの愛情だけじゃない。年取った父さんは完璧な人生だけじゃなくて、寄り道も大切にするようになったってわけ。思いもしない偶然や、あたいみたいな存在をつくりだす不協和音やメランコリーも受け入れられるようになったってこと。

でも、父さんがあたいを受け入れてくれたのは、もっと個人的な身を切るような理由もあったからだと思う。タイファップの先生が診断してからしばらくしてだった。チョロンの家の真っ暗な夜。父さんは部屋に入ってくると、あたいの隣で静かに横になった。姉さんが生きてた頃に使ってたベッドよ。もちろんマイもいた。でも、父さんはあたいの存在に気づいてた。マイとは別の双子のような存在のあたいに。

「君の名前を教えてほしい。」父さんが小さな声で言った。

それまであたいは話しかけられたことなんてなかった。それであたりが嵐みたいに荒れてくる。「バオ」って、あたいは答えたわ。目眩いでくらくらする。父さんがマイが荒れてるときに使う言葉を繰返しただけだった。それまでは名前なんてなかったし。でも、そのせいでこれがあたいの名前になった。「バオ。」父さんは何か考えてるみたいだった。あたいの名前のことをもっと知りたがった。「どっちのバオだい。嵐かい。それとも大切なものかい。宝物って意味かい。」

「両方。」あたいは小さな声で答えた。自信はなかったけど。

そしたら父さんが不思議そうに言う。「マイは君のことを知っているのだろうか」って。

それであたいは首を縦に振って肯いた。「でも、マイはあたいが嫌いなの。」認めないわけにもいかないし。

そしたら父さんがあたいの髪を撫でながら、あたいをコンって呼ぶの。これには驚いたし感動もしたわ。だって、コンっていうのは自分の子どもを呼ぶときの言葉だもの。「心配しなくていい。」父さんはこともなげに言ったわ。「マイは君のことを好きになる。そのうちわかるようになる。結局のところ、君はマイの姉さんなんだから。」暗かったから父さんのことはよく見えなかったけど、父さんがあたいのことを理解しようとしてるのはわかった。父さんたら、あたいに腕を回して抱きしめてくれたんだもの。そのときよ。父さんがあたいを死んだカーンの生まれ変わりだと信じてるって思ったのは。カーンが死後の世界へ行けずに、この奇妙な世界から抜け出せないって思ってるみたいだった。

父さんは時折あたいたちを見ながら、物思いに耽ってた。どうしてマイとあたいが、幼稚なセシルを入れると三人が、ひとつの体でやってけるのか不思議だったんだわ。目の前にいるのが誰なのかわからなかったみたいだし。あたいはあたいで、父さんがあたいたちのことをどう考えてるのか気になった。平凡なのか異常なのか。普通なのか異様なのか。平穏なのか嵐みたいに騒がしいのか。まともなのか狂ってるのかってね。

はじめ父さんはあたいが現れると警戒してた。マイの様子がおかしいときにあたいが出てくると思ってたみたいだった。失われた時間。紫色の打ち身。正しくあろうとする強迫観念。あたいにだってその気持ちはわかる。なぜっていつ真っ黒な雲が現れて、水を引っ掻き回すように嵐のなかへ巻き込まれてくのか、あたいにだってわからないから。これまでだって何度も起きたことだし、父さんもマイもあたいを怖れて警戒してる。あたいの機嫌がうんと悪けりゃ、急にマイに当たり散らすことだってある。

マイはいつも後から自分の意見やら理屈を押しつけてくるけど、そんなの間違ってる。マイはあたいのどこから来るともつかない怒りを怖れてる。浮き沈みの激しいあたいの気性を怖れてる。あたいとマイを同時に襲うこじれた感情を怖がってる。マイは普通の生活が急にとんでもない状況に変わるのを心配してるし。あたいがどこかに隠れてる以上、普通に幸せになるのが無理だってマイは思ってる。

今朝アパートで起きたのはこういうこと。あたいのなかのすべてが膨らんでく。でも、それがわかるのはあたいが取り憑かれた後のこと。すごく怒ってるせいで、お腹のなかが燃える石炭みたいに熱くなる。これが燃え尽きちゃえば、あとは深い悲しみが心に残るだけ。ある日目を覚ましたら、マイが怖がってたことがある。マイの小さな胸のなかで、恐怖がいつまでも音を立て続けてた。それを知ったとたん、あたいのなかでなんか強い力が湧いてきて、自分が大切だって思えるようになってきた。外に出ればマイの顔で通してるけど、あの娘はちっちゃいおまけみたいなもの。あっという間に消えちゃうほど弱いんだから。

マイは目を光らせてるけど、何を見てるのやら。あたいにはあの娘の様子がよくわかる。あの娘の恐怖が臭いでわかる。あの娘ときたら、何がどうして起きてるのかわかってない。だから怖がる。あたいはマイのなかにいる。だから、あの娘の考えはなんでもお見通し。でも、マイにはあたいのことがわからない。だから、あの娘は不安定。

ドスンと倒れた後には、なんでも見通せるようになる。怒った後には熱にうなされながらも何でも話せる。

世界が暗くなってきて、あたいが粉々になる前には何があったのかってね。

ふらふらしながら意識の淵を行ったり来たりしてるときには、いつだって母さんのことを思ってる。でも、母さんときたらあたいから逃げてくだけ。姿をくらまして、どこかに隠れちゃう。まるでアン伯母さんみたいに。人間味たっぷりのぬくもりや母親の愛情をあたいが一番必要としてるときに、伯母さんはどこかに行ってしまう。あたいと母さんの人生がすっかり別々のものになったあの分かれ道に戻ってく。あのときあたいは心を落ち着かせて、庭の小道を先に行く母さんの後を追っかけてた。一九六八年のテト。あたいはまだ生まれたばかりで、マイでもあった。あたいはただ一時的にそこにいただけ。光と闇が交差するなか、電波みたいにビビッて広がるさざ波を水中から見上げてた。マイが何かをよけながら、母さんの後を追っかけてく。腕がチクチクする。「カーン、カーン。」母さんが姉さんの名前を呼ぶのが聞こえる。母さんは木から木へと、部屋から部屋へと夢中で姉さんを探してた。マイは母さんを呼びながら、母さんの袖に後ろからしがみつこうとした。母さんが何度も何度も姉さんの名前を呼ぶのが聞こえる。母さんが姉さんの名前を呼ぶたびに、あたいとマイが置いてきぼりにされる。涙がこぼれる。でも、あたいは涙を拭き払った。

そのうちマイが転んで、あの娘の手が母さんの袖から離れた。それで大きな声で泣きだした。マイは地面の上で転んだまま。母さんはもういなかった。引き裂かれるように痛かった。それでもあたいはブツブツ音を立てながら、水中から飛びだそうともがいてた。生まれ変わって、マイを助けなくちゃって思った。

時間が早くなってくみたいだった。きれいな銀の光が花火みたいに空の上で大きな音を立てて広がっていく。あたいは起き上がった。それからマイの腕と足を掴んで、水瓶のなかに放り込んだ。あの娘ときたらちっとも抵抗しなかった。助けなくちゃってね。マイの目は驚いて飛び出してた。怖かったんだわ。そのときよ。あたいがあの娘を嫌いになったのは。だって、小さくて弱いし。だんだんあの娘が憎らしくなってきた。それで気づいた。あの娘を消すのなんて訳ないって。グラグラしてるあたいたちの世界じゃ、マイの存在なんて大したことない。枯れた植物みたいに土にまみれて、マイは倒れてた。それをもっと傷つけてやりたいって思った。

だって、傷つけられて当然だったから。

あたいは今、雪が積もった歩道に座ってる。でも、一九六八年のテトがすぐそこにあるみたいな気がする。恐怖と一緒に蘇ってくる。

体がぷかぷか浮いて、瞑想してる気分。すっかり離れてるみたいに自分の体を見下ろしてる。自分が見られてるのを自分で見てる。氷みたいに冷たい霧の向こうで、空気がキラキラ輝いて見える。

もちろんテトだった。いつでもテトよ。つぶれた声で危ないって叫んでた。空は氷ついた鏡みたいに光ってる。騒々しい音のせいで何も聞こえなかったけど。ジェームズがいた。マイの名前を呼びながら歩き回ってた。

考えるまでもなかった。やるべきことはただひとつ。

父さんが習ってたヨガの教えが、あたいの体にしみ込んでいた。考えずして考える。こうしたらどうなるとか、ああしたらこうなるとかじゃない。ただ直感的にあたいはマイを水瓶の底に突き落とす。静かにしろ！　あたいはあの娘に言ったわ。それからもっと大声で。黙りなさい!!　息もせずによ。マイを水瓶に突き落とした。狂気の声がこめかみから頭に響いてくる。でも、それを鎮めて静かにしてたからこそ、あたいたちは助かった。冷酷な狙撃兵が右へ左へと銃を撃ってた。あたいは死んだみたいに身動きひとつしないマイの体の上に覆いかぶさった。そのときよ。あたいにしがみつこうとする小さく弱々しいセシルの体に気づいたのは。それで、あたいは二人の上に覆いかぶさった。あたいは鉄みたいに強く大きかったから。

マイの体があまりに力なく弱々しいから、あの娘が時間を失って無意識状態にあるのがわかった。あたいの意識が大きくなると、マイの意識は傷ついて消えていく。壊れた機械みたいに動かなくなる。厄介な仕事は全部あたいに押しつけて、マイは何も憶えてないだろうけど。

なぜあたいがマイを嫌うのかって。不思議かしら。あたいだけが母さんがいなくなったときのことを憶えているからよ。あたいだけが母さんがいない理由を知ってるからよ。それでマイを大きな悲しみから守ってるんだから。あの娘がこの国で自由に生きてけるのはそのおかげ。でも、あたいだけじゃどうにも堪えきれないときもある。あたいのなかで悲しみが醜いほど膨れあがるときもある。そんなときは、何もかも吐き出すの。あたいが悲しみのせいで狂ったように泣きわめくと、マイもついに手に負えなくなって怒りを爆発させる。ため息をついて、怒って騒ぎだす。あの娘ったら「またあなたなの」って叫ぶのよ。まるで戦争に負けた後、戻ってきた敵兵の顔を睨みつけるみたいに。しかもマイはジェームズが死んだのをあたいのせいにする。あの娘を助けるのに、あたいがどんなに苦労したか知りもしないくせに。

マイの頭のなかを見れば、心が心を憎んでいるのがよくわかる。

この小さくて狭い世界のなかで、あたいは新しい自分を探そうとする。簿記、複式簿記、会計学のことなら知っている。あっ、マイが戻ってきた。あたいがあの娘の命を救ってあげたかもしれないってのに、マイったらお構いなしだわ。でもきっといつか、あたいの無実が証明される。光の世界を離れて、テト以来住みなれた闇の世界へ戻るのよ。
時々マイのおかげで優しい気持ちになることだってある。あの娘ったら、自分だけの小さな世界からおずおずと出てきては立ち上がる。木陰にすっぽり隠れるような細い体。目を擦りながら起き上がると、落ち着かない様子で体を動かす。心を落ちつけて、あたいがあの娘を追い出す前のことを思い出そうとする。

父さんは年取ったせいで、あたいたちの甘くて辛い過去をよく思い出すようになったわ。父さんが昔の生活に執着してるのが、マイには面白くないのよ。あの娘は記憶から自由になりたがってるから。記憶がつくる空しい世界とその傷痕から自由になりたいのよ。マイにしてみりゃ、ヴェトナムは捨て去りたい悲劇なの。父さんがなかなか忘れようとしない分、マイは逃げ出そうとする。もちろん本当に逃げることなんてできないけど、そっと身をかわして距離を置こうとする。その間にあたいが入れ替わる。

マイも昔のことを少しは憶えてるけど、父さんとできるような大切な話はほとんど憶えてない。アメリカに来てもう三十年も経つ。でも、あたいたちを解放してくれるのはヴェトナムよ。父さんもあたいもあの国のことばっかりぐずぐず考えてる。父さんが話すのは昔ヴェトナムで起きたことばかり。あたいが求めてることとぴったり重なる。あたいはマイとは違う。あたいはヴェトナムに消えてほしくない。今だって生きてるんだから。あの国のつぶやき声が聞こえてくる。だからマイが消えてあたいが出てくるっていう組み合わせが上手くいく。

かれこれ何ヶ月も、父さんの話はあたいが聞いている。

それでも父さんはマイがいないのが残念みたい。父さんは時々マイを探して、マイの話をする。父さんはマイがあたいの妹だっていう。

父さんはあたいたちが役割分担してるのがわかってる。父さんの食事を用意して食べさせるのはあたい。父さんの求めに応えてる。マイは外で稼いで家賃を払う。

だから凍てつくような寒い日でも、あの娘は仕事へ出かけていく。

ついさっきあたいと喧嘩したばかりだけど、マイにとっては今日もいつもと変わらない一日になる。アパートから申し訳なさそうな顔で出ていく。外に出ると、マイは自分だけじゃなくてあたいのことも責める。でも、すぐに車に乗り込む。今日みたいにひどく荒れた日でも、時間には正確。運転席に滑り込むとアクセル踏んで、町に向かって遠くまで車を走らせる。フロントガラスは曇ってるけど。

マイが選んだ人生。その真実は、記念碑やらなにやらが沢山あるこの町にある。アパートを出ると、マイは車で大通りに出る。積もった雪のせいで、道の表面はキラキラ光ってる。まるで別世界みたい。タイヤが軋《きし》む音がするのは、荒れた道路に蒔《ま》かれた塩と砂のせい。目の前の緩いカーブに立つ尖塔が、霧のせいで青白く見える。荒れ狂ったように風に吹かれて粉雪が舞う。マイは慎重に運転する。いつもなら混んでる道も今日は静か。学校は休みだし。特に意識することもなく左車線に移る。落ち着いて緊張もせずに。市街地に入る。今日は職場に出る日じゃないけど、マイはいつもどおりの道を運転する。

コンスティテューション・アベニュー。歩道には人影。子どもが雪に埋もれたバラの切り株から、雪のかけらを大切そうに拾ってる。歩く人もまばら。除雪トラックが大きな音を立てて通り過ぎる。勤め先の事務所が入ったガラス張りのビルから数ブロック離れたところに車を停める。その後も、マイは雪が降るのを見続ける。モンスーンとは違う。でも、そう大きな違いはないのかも。どっちみち気が滅入るし、ひどい強風のなかに身を隠すことだってできる。嵐の中心でしか感じることができない風の立てる音が、強く奇妙に響いてる。フロントガラスが曇りだす。まるで幽霊が口を開けて、息を吹きかけてるみたい。視界が狭くなり、先がよく見えない。マイは目を閉じて、革製のヘッドレストに頭を預ける。

マイにはなんでこうじゃなくてああなのかって悩んでるときがある。これを入れて、あれを外す。こっちはイエスで、あっちはノー。きっとすべては成り行きなのに。偶然なのに。自分で決めてるわけじゃない。何か決めるには計画ってものが要るけど、あの娘にはそんなものはない。

小さな真実のすべてが偶然の結果なのかも。その真実のひとつひとつが細い糸でつながったビーズの玉の影みたいに、マイの生活のなかに入り込んでる。でも近頃じゃあの娘、現在の生活が遠い昔あの場所で起きたことと関係あるって思ってるみたい。そうだとして、人間って失われた愛からどこまで立ち直れるのかしら。悲しみは過去に置き去りにしなくちゃいけない。でも、どれくらいその悲しみを忘れることができるっていうのかしら。

マイの人生は、過去と無関係に生きることができるこの場所にある。あの娘はヴェトナムで人生の半分を生きてきた。緑色の人生ね。ヴァージニアで残りの半分を生きている。こっちは真っ黒。一本の線がその二つの人生を分け隔てる。でも、黒い光がマイの後を追っかけて、声をなくしたみたいに沈黙の世界へ入り込む。本当はあの娘、過去にも現在にも生きてなんかいない。どこかその中間に生きている。

マイは現在って時間にはほとんど関心がない。あの娘にとって現在っていうのは、日常的なつまらないことばかりが積み重なった人生の残りかすでしかない。今の生活にマイが心動かされることなんてない。アメリカでの生活に順応してるみたいに見えるけど、心はチョロンに残してきたまま。可能性が満ち溢れるこの国では、良い成績を取ってればいくらでも世界が開けてくる。そこでマイが選んだのは、あの娘にとって一番簡単なことだった。マイがいつも望んでたことができる道に偶然辿り着いた。それは長い一人だけの時間。マイは本に囲まれて安心して暮らせる孤独の世界に入っていった。

マイが職場から外に出ることなんてない。きれいな大理石張りの床と大きなガラス窓があるオフィスで働く。朝早く仕事場に出ると、オフィスのなかを主人のように動き回る。忙しなく動いてると、どんな仕事も緊急の案件みたいに見えるものよ。急な仕事。差し迫った仕事。あの娘の周りにいるみんなが仕事に引き込まれていく。夢遊病者みたいに影を引きずりながら、部屋から部屋へと移り歩く。散らかった本のなかに答えを探し求める。手にはしっかりペンを握って、姿勢を正して机《デスク》に着く。これがマイたちがする仕事。ただ働いてるんじゃなくて、しっかり仕事に打ち込む。手元にある仕事と、無情な顧客の要求をしっかり理解している。どんなに朝早くても、仕事が終ってないと、極限のパニック状態になることも珍しくない。

マイは毎日のように職場に出掛ける。でも、仕事漬けってわけじゃない。熱心な方でもない。もっと大きな要求をすることもできるだろうし、中心になって活躍もできるはず。それなのにマイったら隅でグズグズしてる方が好きなのよ。人目を避けて本ばっかり読みながら仕事してる。だから一歩前に出るように期待されることもない。自分の殻にこもって好きなようにしてても、誰も文句を言わない。あの娘の役目は大切だけど、目立つような仕事じゃない。弁護士の働きぶりで会社の価値は決まる。その弁護士を支えるのが、図書館員としてのマイの仕事。権力と地位が物言うこの世界では、自己意識が強い人たちが活躍する。マイにしてみれば、出しゃばらずにいる方が良い。

来る日も来る日もロースクールを出たばかりの新米弁護士たちが、ニュースや情報を求めて図書室に集まってくる。その姿を横目で見ながら、マイは壁に囲まれた小さな部屋《オフィス》でひっそり仕事を始める。窓がひとつしかない静かな場所。家の外にあるマイだけの聖域。壁に囲まれた小さな窓がお気に入り。本を読むほかは、何も期待されていない。アメリカではトップクラスのロースクールを出たってだけで十分なのよ、あの娘。良い学校を出てるから、尊敬もされてる。父さんもそれで満足。

車を空いている駐車スペースに停めて、マイは五十七階のオフィスへ向かう。いかした金色《ゴールド》の文字《アルファベット》で書かれた会社のロゴが見える。共同経営者の名前の組み合わせ。エレベーターを降りて角を曲がると、明るい照明の部屋から話し声が漏れてくる。

今日みたいな日でも平気で仕事をしてる人たちがいるのは、驚きでもなんでもない。弁護士は仕事に恵まれてもいるし、苦しめられてもいる。でも、マイは違う。あの娘はそのなかにいるけど、その一部じゃない。入り口を抜けて自分の仕事場へ行くと、まずは伸びをする。それからカフェテリアで買ったばかりのコーヒーを飲む。スチール製の本棚から本を取ると、コンピュータに向かってデータベースにアクセスする。機械的に検索語を打ち込む。世の中にはルールがある。調査依頼に応えるためにも、注意深く正確にマイは仕事を進める。


夕方、家に帰る頃には、どんなに楽しい仕事でもさっと終わらせる。そのことで悩んだりしない。実際、あの娘を悩ますようなことは何もないいし、悩みの種になるような人もいない。

これまで何年もマイが続けてきた決まりがある。この町の騒がしい喧噪だろうと、あの娘が好きな仕事だろうと、そのせいで毎日の生活を乱すことはしない。静かに考えごとをする父さんの癖が移ったのかと思うときもある。長い間つまらない欲望や感情に惑わされないように努めてきたし、静かに目立たないように暮らしてきた。アメリカではそんな状況が不健康だってまわりから思われることもマイにはわかってる。落ち着いた人生を送ってるなんて誰からも思われやしない。人生を否定しながら生きてるって思われるだけ。

でも正直な話、マイはそう簡単に悩むタイプじゃないし、背伸びして無理する人間でもない。年齢や人生経験からいっても、人生が始まったばかりだなんてもう思ってないし、未来に向けて可能性が満ち満ちているとも思ってない。無理に幸せを探し求めたりはしない。マイはこの国でなんとか手にいれた穏やかな生活に満足してる。そんな生活が送れるようになって随分経つけど、それでもまだ本当の落ち着きを求めて頑張ってる。職場でも、とくに本に囲まれてるときには、あの娘本来の姿へ戻っていく。その様子ったら、びくとも動かない石の彫像みたいよ。

そんな静けさからマイを引っ張り出せるものは、あまりない。もちろんあたいにはできるけど。まずは二人一緒の影からあたいが身を離す。同時にマイをそこから引きずり出す。荒んだ記憶と恐怖をものともせずに。なぜってあたいはバオだから。嵐ってこと。あたいがあの娘のなかをかき回してることは、マイもわかってる。

今でもちょっとしたきっかけさえあれば、マイを逃げるように走り出させることができる。銃で狙ったみたいにね。

19 脱出

マイ　1975, 1977

朝日のなかで、ヘリコプターがサイゴン上空を休むことなく飛び交う。屋上で待つ人々を救出しては、海の方へ向かう。わたしは父と一緒。父が慰めるようにわたしの名前をささやく。「マイ、マイ」。一九七五年四月。わたしたちはどこか遠い国へ逃げようとあてどもなく集まった群衆のなかにいた。拳を握りしめ、歯を食いしばりながら押し合いへし合いしていたかと思うと、次の瞬間には力なく泣き崩れる。それでもわたしたちは運が良い。アメリカ海兵隊が四方を守る壁のなかにいる。兵士たちの銃口はわたしたちにではなく、門の外で待っているわたしたちのような人々に向けられている。彼らはびくびくしてもいなければ、怒ってもいない。いつかこのなかに入れるとまだ信じている。

門の内側では、無力感が漂う。わたしたちは離陸地点に近づいていたけれど、ヘリコプターがすべての人を救出できないという明白な事実を真剣に受け止め始めていた。必要書類は用意した。でも、それだけでは十分でない。

何千人ものヴェトナム人は、アメリカがサイゴンから撤退するという計画を知っていた。暗号化されたメッセージが、なんともよそよそしい声で告げられた。人々を欺き、間違った方向へ導こうと、意図的に無関心を装いながら巨大な罠が仕掛けられる。「気温は摂氏四十度を超え、まだまだ上昇しています。」ビング・クロスビーの「ホワイト・クリスマス」が流れるアメリカ軍極東ラジオ放送《FEN》。ヴェトナム人には気づかれないようにつくられた呪文。アメリカ人の間では、ヴェトナム脱出の最終計画の準備が整ったことを示す知らせだった。でも、ここはサイゴン。この緊張し張り詰めた日々のなかで、秘密を守ることは難しい。

　父はわたしをこの急ごしらえの集合地点に連れてきた。CIA長官とその側近が住むサイゴンの繁華街にある何の変哲もないビルの正面。タンソンニャット空軍基地は連日攻撃に曝されていた。滑走路も爆撃を受けていたのでここに来た。父の目は黒いサングラスの影に隠れていたけれど、目には涙が浮かんでいる。わたしも泣いている。けれど、涙はない。口のなかがしょっぱいからわかるだけ。唾を飲み込む。お腹の奥で沸き立つ感情を抑え込もうとして。

　これまで父は幾度となく辞表を書いては、受け取られずにきた。けれど、驚いたことに今度ばかりはそれが受理された。父の辞意を拒み続けてきたチュー大統領は辞任していた。副大統領だったホンは七日間自ら大統領を務めた後、辞任した。でも辞職する前に、父の書類にサインした。大統領は父が置かれた私的な状況を理解していた。大統領の後継者はミン将軍だった。ジエム政権時にクーデターを企て、一九六三年十一月のあの日父の処刑を命じたあのミン将軍だ。もちろん父は辞めなければならなかった。父は新政権には一切関わっていなかった。噂によれば、ミン将軍は父を捕らえて拘留するか、処刑するつもりだったという。国が崩壊しようというときですら、個人的な恨みによって国家は動いていた。

　ホン大統領が辞める際、新大統領には幸運が訪れるのではという期待感があった。こんなときですら、大波に乗って現れ、国を目前の危機から救い出す救世主をサイゴンは待ち望んでいる。でも、もちろんその一方では、和平交渉の余地など残っていないこともわかっていた。平和はもうすぐ来る。戦争の終結と共に。敗戦と共に。

父はもはや部隊の軍服を着ていなかった。でも、どういうわけか赤いベレー帽だけは持っていた。片手にそれを握り、もう一方の手でわたしの手を握る。霞のなかでグルグルと空に向かって回っていく黒い物体が、幻想的に見える。鉄製の塊が空に浮かぶ。わたしたちは顔を上げて、揺らめく物体に視線を合わせる。あたかもそこに魔法の種があるかのように。透明のドアが突如として開き、豊かで持続可能な別世界へとわたしたちを一人残らず連れ去ってくれるかのように。

母にさよならを言う余裕はなかった。父は学校に来ると出発を告げた。学校の門を出るとき、わたしは父に尋ねた。「どこへ行くの。」もっともすでに答えはわかっていたけれど。ここ数週間、次から次へと人々が国を後にしていた。家族と共にクラスメートも姿を消した。わたしはあたりを見回した。でも、母の姿はなかった。父がどこへ行くつもりなのか、あえて知らないふりをした。そうすることで、知りたくないことを知らずに済ませることができるように感じた。

父はわたしの表情に気づいていた。「お母さんは来ない」と言うと、すぐに「今は」と、わたしのショックを和らげるために付け加えた。眉をひそめて父がささやく。「もちろん努力した。本当に。でも、お母さんはもう昔のお母さんじゃない。一緒に出発することはできない。ただ、おまえを連れていくようにと、何度も言っていた。それがお父さんとお母さんの望みだ。」中国のグランマも残り、いかなる運命をも受け入れる決心をした。「もちろん状況が好転すれば、あとから助けに来る」と、父は言った。父は手のひらでわたしの手を大きく包み込むと、急いで学校からわたしを連れ出し車に乗せた。穏やかに言ってはくれたものの、父の言葉にわたしはハンマーで頭をたたき割られたかのような衝撃を受けた。「行きたくない」と、わたし。

「だめだ」と、父がきっぱり返す。そして、それまでだった。

父はわたしの涙をハンカチでぬぐった。顔から汗を拭き取るかのように。わたしは父の強い責任感を感じた。人生がわたしを二つに引き裂いた。ひとつは父と共に、もうひとつは母と姉と共に。

クリフが戻ってくるのかどうか、父に尋ねた。父は首を横に振って答える。みんながこの国を去っていく。戻ってくる者などいない。それでも、わたしはあたりを見回してクリフを探す。希望が大きくなり、そして縮んでいく。そして、サイゴンが敵の手に落ちていく。

ヘリコプターがまた一機着陸しては離陸する。まるでプログラムのように。一日中これの繰り返し。群衆が前へ進む。タイヤが耳をつんざく音を上げる。神経が火を上げ、燃え尽きる。父がわたしを少し脇に寄せる。前に進む流れを抑え、遅らせ、鎮めるかのように。父の意図がわかる。わたしたちにはまだ少し時間がある。その分、他の可能性が残っている。思いがけないことが起きても、十分対応できる。つまりここにいれば、まだ母が来るかもしれない。ここにいれば、奇跡が起きて家に帰ることができるかもしれない。もしここにいれば、他の選択肢を推し量り、その結果を考えることができる。わたしは父の顔をじっと見て指示を待った。父はこれから起きるであろうことを遅らせたいのだ。なぜならその結果、わたしたちの生活のすべてが変わってしまうということを十分にわかっているから。わたしたちは出発点に着いたけれど、まだその先に進むかどうかを決めかねている状況だった。

空がゆっくり暗くなる。悲しみを表すかのように雨が降り始める。父がため息をつく。すべてがゆっくり進行する。群衆は押し続ける。でも、前には進まない。

突然、父は双眼鏡を手にしたアメリカ人兵士が屋上近くのコンパスポイントから手を振るのを見つけた。無愛想に、でも懸命にその兵士は手と腕を振る。その男とわたしたちの距離を縮めようと、父は目をこらす。すると見慣れた顔形が浮かび上がってくる。素早い動き、指を突き出す動作。鼻、目、頬。

父にははっきりとその顔がわかった。彼だ。彼じゃないか。父は安堵の声で繰り返す。それは人生を変える出来事だった。そして、チャンスでもある。がっしりした体に大胆な表情。軍靴、空挺部隊の軍服、こん棒とピストル。その彼が何か言っている。きっと父の名前だ。父も叫び返す。奇跡的に激しい雨音と堪えられない騒音のなかで、二人がなんとか意思疎通している様子がはっきりわかる。父は前方に跳びはね、空挺部隊のベレー帽を振りあげる。兵士は双眼鏡の位置を正すと、遠くの小さな風景とぼんやりしたわたしたちの姿に焦点を合わせる。

コンコンと小さな咳がわたしの心臓に響く。わたしはその兵士の反応を待つ。父の約束を思い出す。わたしたちは脱出する。でも、サイゴンが安全になれば、また戻って来る。母は、二番目の伯父さんとその妻トゥーと共にここに留まるから大丈夫、と父が言う。それとも、母は五番目の叔父と一緒に暮らすのだろうか。叔父が属する共産主義陣営が勝ったのだから。なぜ二番目の伯父さんは逃げないのかしら。わたしの問いに、父はわからないと言う。子どもがいないからあまり関係ないのかもしれない、と父は想像する。

アメリカ人兵士は手を振り、双眼鏡を持ってある方向を指さす。石のように固まった表情の人々に囲まれて、わたしたちはそこへ行く。時が刻々と過ぎてゆく。アメリカ兵は屋根の端に向かって進んでくると、そこに掛けてあったはしごを降りる。大きな体で群衆をかき分けると、わたしたちの方に向かってくる。

さあ、さあ、と父に向かって言う。短いクルーカットの頭。頭蓋骨の線が見える。言葉を交わすこともない。騒がしいものの妙に従順な群衆のなかで、兵士は手を振り続ける。父は守るようにわたしの肩に腕を回すと、わたしを自分の方に引き寄せた。生きていた頃の姉がしてくれたように。姉の強い力を感じる。わたしのなかに紛れもない姉の存在を感じる。あたかも姉がわたしを引っ張り、彼女がいる安全な場所にかくまおうとしてくれているかのように。わたしは父とアメリカ兵に挟まれ、はしごに通じる狭い通路を進む。急いで。急いで。二人が言う。

アメリカ兵がはしごの警護にあたっている同僚の兵士に何かささやく。そして、わたしたちはそこを通される。父が肯く。こんなことになってすまない、とアメリカ兵が言う。君の名前は、と父が尋ねる。アメリカ兵が何か言うと父が肯く。二人は手を握る。お元気で、とアメリカ兵が言う。そして、我が国にとっての恥辱です、と悲しげに首を振りながら付け加える。

誰なの、とわたしは父に訊く。父は首を振る。よくわからない。

ヘリコプターが上空に現れ、上昇気流が生じる。そして、大きな音を立てながら屋根に着陸する。父はコンクリートの地面に手で触れると、その手を口元へもっていく。そして、キスし続けるかのように、そのまま手を離さない。はしごを昇り、ついにヘリコプターに乗り込む。父は振り返ると、地上を見下ろす。きっと、わたしと同じことを考えているに違いない。わたしたち二人がここにいるということは、別の親子は乗り損ねたということ。

鋭い音で宙を切りながら、ヘリコプターが離陸する。地上に残された人々は気も狂わんばかりの形相をしている。上空から見ると、屋根の上が滑らかで平らに見える。スレートの表面が太陽の光を反射する様子がどこかもの悲しい。はしごの上に立つ兵士が、一人で警護にあたっている。理由はわからないが、眼下の群衆が突然沸き立つように動く。屋根に昇ろうとする人々に、警護兵がパンチを浴びせる。二本の腕がフェンス越しに赤ん坊を差し出そうとする。新しい国で異なる人生を歩み出すことができるようにと。

父はため息をつき、南ヴェトナムにとんでもない和平条約を突きつけた国へ向かっていることをわたしに告げる。アメリカへ行く。わたしたちを欺いた国。そして、その償いをする国へと。

その瞬間から、あらゆるイメージと印象が不安定な時間のなかで奏でられる挽歌《エレジー》と共に立ち上がってくるようになった。実在性を欠いたまま、ただものすごい速さで、何もかもが曖昧なまま通り過ぎる。わたしたちはグアムのアメリカ軍基地で数日過ごした後、ペンシルヴェニアへ空路で移動した。ここはフォート・インディアンタウン・ギャップと、誰かがささやく。「フィグ」と愛称で呼ぶよう命じられる。フィグとは神聖なる避難所。移民再定住局。オペレーション・ニューライフの一部。わたしは襟を立て、父を見る。母が恋しい。どこにいるのだろう。共産主義勢力は大統領府を戦車で蹂躙し、サイゴンはホーチミンシティーと名前を変えた。目の前の巨大なビルの近くには、アメリカ軍特殊機動部隊《タスクフォース》入国管理局と記された標識が立つ。

いくつも並ぶ長いテントの列。そのなかのひとつが父とわたしに割り当てられた。毛布や枕、タオル、歯ブラシ、歯磨き粉が支給される。提出用の書類。食券の配布。IDナンバーが入った名札。向こう三ヶ月、毎日同じことが続く。そのうちこんな緊急事態にも慣れてきて、生気を失った時間が容赦なく蓄積していくことになる。その場しのぎの町で、苦労せずに一日三食食べられる生活の長所でもあり短所でもある。希望の日々であると同時に憂鬱の時間でもある。毎日カレンダーに線を引きながら、時間の経過を確認する。静かに着実に、毎日が決められたルーティーンのなかで進んで行く。風呂とシャワーの列に並ぶ。やる気のない自分をゆるい甲冑《かっちゅう》のなかに押し込め、目の前に並ぶシャワーの列の下に服を着たまま立つ。流れる水がほつれたパジャマの上にかかる。もはやわたしたちには主体的に行動する権利はない。食堂の列に並んでは、これを一杯、あれを一皿と注文するのが関の山。一日に何度か、余り物の缶詰の肉や果物、パンをテントに持ち帰る。停滞した空気。アメリカ人警護兵がハーシーズのキッスチョコを分けてくれる。星のようにキラキラ輝く銀紙でくるんだ一口サイズのチョコレート。

来る日も来る日も同じことが繰り返される。早くキャンプを出たい。でも、外の新生活は怖い。医師や看護師の診療を受け、注射を打つ。いつも決まった場所に人々が集まる。キャンプの掲示板には、いまだ行方がわからない家族の安否を求める人々。テレビのまわりには、突然姿が変わってしまったサイゴンを見つめる人々。広角カメラがすべてを映し出す。残された多くの人々が画面の四隅に誰ともわからない群衆として映る。ついに共産主義の旗が、南北中央ヴェトナムを表す三本の赤いストライプが入るわたしたちの黄色い旗に取って代わった。複雑に込み入った状況が終わり、崩壊という最終的な事実が示される。もはや他の運命などありえない。南ヴェトナムは負けた。平和は訪れたが、サイゴンは失われた。

どこを見ても、汚れた仮設住宅が目も眩むばかりに立ち並ぶ。母に会いたい。クリフのことを思う。わたしたちは彼の国にいる。クリフの軍人らしい名誉心と義務感は、わたしたちの慰めになるはず。でも、父はアメリカの友人に対して、不可解な反応を示す。クリフの名前を出すと、きまって黙り込む。

「いつかクリフに会えるかしら」と、ある日単刀直入に父に問いかけた。「クリフに会いたいわ。」

父は首を横に振って、わたしの問いに答える。その間、いつもの沈黙を守ったきり。遠くの空を見つめる。

「彼に会わないなんて失礼だわ。」いつになく挑発的にわたしは言う。「お願い、クリフを探しましょうよ」と、父に請う。はっきりした目的を持つことで、見知らぬ国で知人を探すことで、希望をつなぎたい。

「彼は行ってしまった。」父が答える。父はわたしの挑発にはのってこない。父はクリフがどこかに消え去ってしまったと考えている。クリフのことを友人を助けられず、かといってその場に留まり共に崩壊を見届ける勇気もないアメリカ人の一人だったと思っている様子。

「そうせざるを得なかったのよ。別の仕事を命じられたのよ。」父、母、クリフ、そのまわりを飛び回るわたしというあの光景は、誰にもどうすることもできない力によって壊されてしまった。

父は咎めるような視線をわたしに投げる。けれど、何も言わない。クリフとは家族のような関係にあったというわたしの思いを否定する。父はわたしをじっと見つめると眉をしかめる。懐疑心をあらわす態度。

新しい住みかは、ひどく寂しいところだった。樫の木の葉が風に吹かれて舞い上がる。温帯の夜の空気はちょっぴり冷たい。松の木の強い香り。針のようなコニファーの落ち葉がつくる山。ここにはココナッツの木もブーゲンビリアもなければ、プルメリアの花も咲いていない。春も終わり、初夏の季節だというのに、この時期のサイゴンで見られる百花繚乱《ひゃっかりょうらん》の世界とはまったく異なる不完全な様相がここでは際立つ。

わたしたちのキャンプは、壁の向こうに広がる豊かな世界とは断絶している。どこか遠くで、普通の生活を送る人たちがいる。どこにでもあるような町。はしごを昇って、トンカチで次々とこけら板を屋根に叩きつける職人。学校を行き来する子どもたち。派手にクラクションを鳴らす車。

ある日、年配の女性がベッドから落ちて、口から赤い液体を勢いよく噴き出した。それは咬んでいたビンロウの実の赤い汁なのか。それとも、救急で対応すべき本当の血なのか。サイゴンの家の近くにあった遊び場によく似た草原で、同い年くらいの子どもたちとサッカーをしていたときのこと。遊び終わるとアルミのガーデンチェアに座り、塩味のレモネードを飲む。地平線に向かって、夕暮れ時の紫色の光がテントの影に消えていく。そんなとき、父がいつも近くにいる。父はどんな行動にも、どんな日課にもついてくる。わたしたちの欠点を包み込み、わたしたちが嫌な思いをすることがないように守ろうとしているかのよう。父は疲れていたけれど、いつも背筋をピンと伸ばしていた。夜になると軍用ベッドの上に座り、背筋を伸ばして右足を左の股の上にのせ、左足を右の股の上にのせる。体全体をシャキッとさせて瞑想に耽りながらも、悲しみに心を奪われている様子。父はすっかり変わってしまった。もう十七歳になるというのに、いつでもわたしの居場所を知ろうとする。

父はわたしが本当はここにはいないことに気づいている。わたしを捕まえ、つなぎ止めておくことが無理なことを知っている。

唯一続いていたのは、夜の一人だけの散歩。街路灯に照らされたキャンプ内の曲がりくねった道をぶらぶら歩く。灯りのついたテントの隙間からは、退屈そうな人の動きやシルエットが見える。日が暮れると暗闇がゆっくりと淡い光や濃い灯火のなかに人々を包み込む。そんな夜を一人で過ごすのが好きだった。大好きな歌が異なるピッチで転調したり、一オクターブ下げて演奏されるのを聞いているかのような気分。音階は変わらない。けれど、ムードが違う。

ある晩、キャンプの向こう側に通じる曲がり道を歩いていたときのこと。少し道から外れ、足が地面の泥のなかに沈み込む。雑草や野生の虫たちが足首に触れる。なぜかこれが気持ちを和らげる。そのとき、わたしは急に歩くのをやめた。二メートルほど先に黒い大きなコオロギがいる。目の前で行く手を阻むようにじっとしている。数分間、わたしから目を離さない。わたしはしゃがんで、虫に向かって手を差しのべる。触覚が肌に触れるのを感じる。頭を傾げながら羽根をこすり合わせ、大きな音で歌を奏でる。心にしみ込む夕べの歌《セレナーデ》。そして、突然それが止む。コオロギはジャンプすると道を横切り、荒涼とした淡い紫色の霧のなかへ消えていった。頭の上には、死にそうな星が輝いている。

不敬なことだとわかっていても、他のすべての記憶は曖昧にしか残っていない。確かにキャンプでの出来事はどれも重要だった。ハンドマイクによる放送。問い質すような声。身元引受人を告げる通知。生活を保障してくれるアメリカ人がいなければ、誰もここから出られない。いずれはアメリカのあちこちに、みんなが散っていくことになる。父は必死でキャンプを出ようとしていた。秋の新学年にわたしを間に合わせるために。地図を前に、一家の保証人が住む土地を息子に示す母親がいた。ここよ。この町よ。新しい運命を示す小さな点。

ゴ・クエン通り沿いに植わるタマリンドの並木。裏庭の小道。ジェームズがすごいドリブル技を披露してくれたサッカー場。姉と隠れん坊をした木々や低木の茂みに咲き乱れるミモザの花。ちょっと触れるだけで、その葉を内に折りたたむ。今でもこうしたことが意識のなかに残っている。実際には存在しなくても、手の届くところでしっかりとその重みを感じ取ることができる。それが消えてしまったことでわたしの想像力が刺激され、不思議な感動や畏敬の念が育まれた。すべてを抑えつけ、わたしが普通に元気だと伝えて父を安心させようとしても、その感情はどこにも消えない。崩壊することなく、つねにすぐそこにある。それが不滅であることをわたし自身が望んでいるから。「それ。」それがすべて。それはいつもそこにある。隅に追いやられることなく真ん中に。

ほどなくして迷信的な恐怖を伴いつつも、物事がより一層速いスピードで動き出した。新生活が迫っているのがわかる。質問や答えからついに何かが生まれる。キャンプに来て六ヶ月、父が身元引受人を見つけた。これから一年間、家と食事と父の仕事とわたしの学校の世話をしてくれる。ヴァージニア州のカトリック教会。

チューインガムを土産ついでに、父は本当にうれしそうにこの知らせを伝えた。「ここを出ることになったよ。」わたしは半信半疑。身元引受人が見つかったということは、わたしたちの未来が正式に決まり、始まるということ。

バスと飛行機を乗り継ぎ、ヴァージニアに入る。司祭と修道女が迎えてくれる。廊下もなしに真っ直ぐにつながった四部屋続きのアパートに住むことになった。玄関から入ると、まずは台所。次はわたしの寝室。父の寝室。そして洗面所。わたしが洗面所へ行くには、父の部屋を通らなければならない。父が台所へ行くにはわたしの部屋を通らなければならない。

六ヶ月以内に父とわたしは仕事を見つけ、教会から少し自立する。教会所有のアパートに暮らしているので家賃は安い。一年以内にここを出る。別の移民家族に明け渡すため。日中、父はボーリング場の掃除をする。わたしは父が帰宅するまでに学校から帰り、一人で父を迎える。夕方になると、父は軍関連のリサーチセンターのために、「ヴェトナムの教訓」という報告書を書く。父は掃除の仕事をしていたが、父曰く、あまり掃除は得意じゃない。仕事ではあるが、天職ではない。わたしも掃除をする。ヴェトナム人が経営する食料品店の棚や床を。その店は一九七五年になる以前から、戦争とは無関係にアメリカへ移民したヴェトナム人のために、ウィルソン通りにできた二店のうちの一軒だった。経営者は父の知り合いの友達で、父が頼んでわたしが働けるようになった。

ヴァージニアでの新生活が始まって数ヶ月、再びクリフの所在を口にする。夕食を食べながら、父に疑問をぶつける。父の手を取り重要性を訴える。でも、父は手を放す。わたしを安心させようと、いつもどおりの台詞を繰り返す。「すべては順調だ。大丈夫。助けなど要らない。」父はわたしを慰めるつもりだけれど、わたしは妙に落ち着かない。あの不幸の後、クリフがお母さんにしてくれたことを、お父さんはありがたく思ってないのかと考える自分がいる。クリフのおかげで、父は母の毎日の様子に一人だけで責任を負わずに済んだのではなかったのかしら。

父にクリフが友人であることを繰り返し言ってみる。父は物悲しそうに、わたしにというより自分自身に肯く。「そう、でも人は変わる。」そう言うと父は立ち上がり、紅茶を入れる。父の強情さの裏には何かある。きっと、クリフにこんな生活を見られるのが堪らないのだろう。わたしをがっかりさせたことを意識してか、父はしっかりとわたしを抱きしめる。

わたしは黙ったまま、父の抱擁を受ける。それでも一番気になるのは、言葉少ない父の態度。クリフへの関心なり興味を隠している。

「おまえとカーンがまだ小さかった頃、話したことがある。人を簡単に信じちゃいけないって。」

これにはびっくりする。死後、滅多に姉のことを持ち出さない父が姉の話をする。わたしたちは向き合ったまま黙り込む。気持ちが一緒というわけでもなければ、離れているわけでもない。ただ、静かに心を交わす。それぞれが感じている失望を漏らして、相手を傷つけないように気を配りながら。

そして、これがわたしの新生活。新しい学年が始まってから二ヶ月後に、わたしは学校へ通い始めた。朝、家から学校まではスクールバスで通う。一年余計に高校生活を送れるようにと、父はわたしの年齢を上手い具合にごまかした。十五歳と偽り、高校一年に入った。わたしは小柄だったから、誰も気にとめない。出生証明書などの公的書類は持っていないので、好きなようにつじつま合わせができる。父はあまり感情を表に出さないタイプ。けれど、わたしのことは随分心配している。わたしに友達ができないのではないかとか、学校で邪魔者扱いされているのではないかとか。というのも、わたしは新参者で、他のみんなは昔から一緒に勉強してきた仲間だったから。だから、父には学校では困ったことなどないと言って安心させる。実際には、父の不安どおりの生活を送っていたけれど。

アメリカナイズされるという言葉にはどこかロマンティックな響きがあるけれど、わたしにはその実態がわかりすぎるくらいわかっている。いわゆる人種のるつぼというものは、四分の三が平凡で、残りの四分の一が非現実的な空想の話。ねつ造された同化のプロセスは退屈で、ひどい場合にはうんざりする。学校は難しくないとか、あまりに普通で大したことないとわたしが言っても、父には信じられない様子。わたしは新しく造られた人間。新たな人格がわたしの意思を決定し、学校で学ぶ英語や歴史、数学、生物学に注意を集中させる。そのほとんどが、サイゴンで学んだことより二学年くらいやさしい。だから、ここでは優秀で、成績もトップクラス。そのおかげで父が喜ぶ。学校でも家でも、頑張って勉強し続ける。

脳を鍛え上げ、アメリカ生活に順応するのに必要なすべてのことを難なく受け入れる。わたしにはアメリカ的なものの魅力がわかるし、学校にいるときには、自分をそれに合わせるふりができる。でも、心はどこか余所にある。きっと、バオのところにあるのだろう。彼女はそれに賭けている。わたしはそれをしっかり分けておこうと努力する。アメリカ生活への移行が効率的に行えるように、記憶はできるだけ分散させておこう。以前は昔のことをよく思い出した。でも今は、そうしないように努めている。鉄のカーテンが降りてきて、わたしの心と頭を二分する。

夜になると、わたしは父と丸テーブルを囲んで時を過ごす。二人とも以前は料理などしたこともなかった。でも、父は火の調節が徐々に上手くなり、丁度良い火加減でシチューを煮たり、焼き肉を土鍋で蒸すことができるようになった。フライパンをかき混ぜるスプーンの音がする。気晴らしのためにテレビをつけたまま過ごすこともある。

わたしが台所のテーブルで宿題をしていると、父がハーシーズのキッスチョコをノートの上に置く。ボーリング場からのお土産。父は銀色の紙に包まれたチョコをひとつずつテーブルの上に置く。わたしが食べると、またひとつ置く。そして、またひとつ。

台所から振り返ると、父が言う。「近くに住んでいる友達はいないのかい。」わたしが父と離れて過ごす時間をつくれるようなきっかけを探しているのかしら。

わたしは書くのをやめて、ペンをノートの背に引っ掛ける。「いないわ」と答える。「みんな違うところに住んでいるわ。」父が肯く。安心した様子。わたしのようにみんなが家で宿題をしてるとでも思っているのかしら。この新しい国で、父は安心と不安をつねに等しく感じている。

父にはわたしがバオとセシルに後をつけられていることを話していない。二人が表の世界に逃げ出さないようになんとか抑えつけていることを教えてない。おかげですっかり疲れ切っていることも。学校でテストの点のことを質問したときには、数学の先生に怒られた。このことも話していない。先生のこわばった表情。指を立てて「あなたたちヴェトナム人は」と叱る先生を前に、わたしはじっと黙って座っていた。時々吐き気に伴うような目眩いに襲われることもある。でも、父には話さない。

代わりに、父には学校で起きた素晴らしいことを話して聞かせる。教育には人を変える力があると父は信じている。わたしが足を踏み入れた知識の世界のことを話して、父を安心させる。すべてを結果報告のように伝える。父にとって、わたしの一日の出来事を聞くことは慰めになる。ようやく人生が軌道に乗り、何か大切なことに集中できるようになったと言わんばかりに。少なくとも一日ひとつは、わたしも父と共有したいと思うことがあった。二等辺三角形と正三角形のこと。ジェームズ・ジョイスとヴァージニア・ウルフのこと。わたしが三角形の斜辺といった言葉を練習すると、父は注意深くそれを聞いている。

規則正しい学校生活のおかげで、気持ちが楽になる。一時間目は幾何の時間。二時間目は文学。三時間目は社会。そして、昼食。一日のアクセントになるようなポイントがいくつかある。父にとっては学校生活のすべてが、子には親よりも豊かな未来が待っているという移民の希望を表す歌となる。

それもこれもバオが攻撃を開始し、わたしの時間を奪うという日常の恐れさえなければ。つまり、学校でしなければならないこと、勉強そのものは心の慰め程度のものでしかなかった。これまでのところ、バオはわたしの学校生活には侵入してきていない。だから、授業はなんとかやっていける。授業のおかげで現在に集中し、未来を楽しみにしながらも、過去を封じ込めておくことができる。蓋に描かれたどう猛な動物が守る金属の箱のなかに、バオを閉じ込めておこうとするのと同じこと。過去も箱に閉じ込める。

きっと父の仕事も、わたしたち二人の生活の影に隠れた不穏な何かを避けるのに一役買っていたと思う。どうすることもできない不在を、わたしも父も感じていたと思う。
生きているにも関わらず、わたしたちの人生から失われていく長い年月。
わたしの記憶から、母と別れてヴェトナムを後にした日を消し去りたい。

この地域のヴェトナム人の集まりに出れば、母の話があれこれ耳に入る。わたしたちのコミュニティがこの地に出来つつある。ヴェトナム人は自分たちがどういう存在かよくわかっている。わたしたちは負けた戦争のおまけ。蔑視されないように頑張っている。来る日も来る日も周囲とは隔絶したわたしたちだけの場所をつくり、間に合わせの品で飾り立てる。新しい店が開く。次はレストラン。そして、次から次へと。どの店もわたしたちが抱える心の傷に訴え、過去を少しだけ思い出させるようなつくりになっている。アメリカにできたヴェトナム人のためのコミュニティでは、本物のサイゴンに倣った装飾が施される。その魂はみんなの記憶のなかにある。わたしたちが求めているのはありきたりのものだけ。だから、ここで再現されるのは些細なものばかり。壁は水田と同じ緑色で塗られ、ヴェトナムの香料が店の空気を充たす。スピーカーからは失恋を歌う哀しい曲が大音量で流れ、そのメロディーやコードが悲壮な雰囲気を醸し出す。より多くのヴェトナム人が集まるにつれて、過去を模造する記憶のなかへと退行していく。そして、あたかもそれが普通であるかのような振りをするのが心地良くなる。わたしたちは精神的なトリップを強く望んでいる。脳をごまかして、まだヴェトナムにいると信じ込ませようとする。運命がきっかけでつくられたこの小さなコミュニティには、フエやサイゴンやハノイの雰囲気を持つ店がある。初恋をはじめとする人生の大切なものが沢山詰まった世界へと、わたしたちを連れ戻してくれる。
歴史に平和が戻り、野蛮な戦争は終わった。毎日繰り返し見る夢のように、リトルサイゴンは現実と化していく。

ほぼ毎日のように、身元引受人に支えられた一年、もしくは二年の生活を終えて、このコミュニティに入ってくるヴェトナム人がいる。彼らと共に母に関する情報が断片的に入る。けれど、彼らの話には父にも理解できない矛盾がある。どこまでが作り話で、どこまでが本当なのか。よくわからない。

戦争終結から数ヶ月、新政府は財産の無効を宣言した。一九七五年より後の世界では、誰もが平等にスタートできるのだという。古い通貨はすぐに使えなくなった。そして、たとえ仕事などなくても、あるいは仕事を得るのに多額の賄賂《わいろ》を用意しなければならなくても、不平等が正され、支給された二百ドンで新しい生活を始める。

父に話をしてくれた同じアパートの住人は、自分の苦難を思い出すうちにひどく取り乱してきて、手で怒りと不安を表すようになった。この人を伯父さんと呼びなさいと、父はわたしに言う。互いに打ち解けてくると、新しい呼び名が必要になる。社会主義下のベトナムでは不名誉なことだったろうが、この伯父さんはかつてチョロンで人気のレストランを経営していた金持ちだった。父は彼とすぐに友達になった。伯父さんはきつい調子で、物憂げに話し続ける。興奮してくると、話すのをやめて唾を吐く。時々、怒った唾が口元から糸を引いて垂れる。わたしは目を背けるが、父は話に夢中であまり気にしない。ただひたすら聞き続ける。戦後、不必要に大きいと見なされた家は没収され、分割されたという。

共産党人民委員が我が家を乗っ取り、家族と共に住み始めたらしい。でも母は大丈夫だったと、この隣人はわたしを安心させようとする。母は一人ではなかった。ヴェトコンの親戚と一緒に引っ越した、と。もちろん、五番目の叔父のこと。予想していたかのように父が肯く。ヴェトコンの弟が母を守ると、父が請け合う。でも、南ヴェトナム関係者は恵まれない。敗戦国の軍人は再教育キャンプへ送られ、苦しみながら死んでいく。

母が古い家を出て、弟と一緒に新しい生活を始める現場を直接見たわけじゃない。だけど、その様子を想像してみる。紫のアオザイを着た母がタマリンドの木の陰に立つ。そして、最後に玄関のドアを閉めて、わたしたちの家だった場所から去って行く。

ヴェトコンの弟がいればこんな大変な時期にも何とかなるだろう。父は繰り返す。母を守りたいという衝動と母への愛は、少しも変わらない。母がいとも簡単に傷つくことを知っているからこそ、父は母を抱きしめたい。

人は彼らをボート難民《ピープル》と呼ぶ。なぜなら、海岸からボートでヴェトナムを逃げてきたから。彼らの存在は「ボート」と「難民」という悲しみに満ちた二つの言葉に凝縮される。

一九七八年。どこか遠い国へ辿り着こうと、自ら望んで広い大海に繰り出す人々の群れに世界中が注目する。脱越の機会を求めて、海岸線の町から一気に人がいなくなる。

リトルサイゴンに住むわたしたちの目は、世界地図の上にある魅力的な青い海に釘付けになる。家族や親戚が大挙して逃げ出す。新しい家を求めて。南シナ海がマホガニーの木のように黒い不吉な怖い存在であることはよく知っている。目や頭だけでなく、体全体でそのことを理解している。穏やかな波の下に大きな力を蓄えた静かな海。海底から渦が巻き上がり、ボートを転覆させる。海の上での放浪に続くのは、マレーシアやタイ、香港の難民キャンプでの長期にわたる生活。そして彼らを永遠に受け入れ、多くの可能性を提供してくれる国へと着の身着のまま到着する。行方不明者、落伍者、死者を後に残して。

ボート難民はわたしたちに力を与え、勇気をくれる。彼らは多くの知らせを運んでくる。外国人記者が国外追放となった後、ヴェトナムから微かに漏れてくる曖昧な話や当局発表のニュースとは違う、当事者による本当の知らせ。ここリトルサイゴンにいる家族たちは、ボート難民の到着を心待ちにしている。中国人たちが大挙して逃げてくる。粗野で未熟な新政府は、彼らを迫害し始めた。不当に利益を独占し、人を騙し、真の忠誠心をもっていないと非難する。テトのときと同じように、チョロンがこの騒動の激震地となる。

ヴェトコンの叔父がかつて母に言ったものだ。「中国人が害を及ぼさなかったことはない。」

もちろん、チョロンは忘却されることを良しとしない。

政府はチョロンの中国人を東南アジアのユダヤ人にたとえ、彼らが経済を疲弊させているのだから懲らしめろ、と主張をする。人口のわずか一パーセントが国の食料と繊維産業の八十パーセントをコントロールし、卸売りの百パーセントを牛耳っているという。中国人はヴェトナムに帰化するか、もしくは重税を課し、食料の割り当てを減らすべきだ、と。すでにヴェトナム国籍をもっている者ですらが、嫌がらせを受けていた。

このニュースは、わたしが子どもの頃に習ったこととはまったく異なる。記憶の断片が頭をよぎる。中国のグランマが心配だ。薬剤師を営む三番目の大伯母さんや、米売りの三番目の若い伯母さんのことも。新しい生活の不安やショック、そのほか生活上起きた様々なこと、あるいはこれから起きるかもしれないことが原因で意気消沈しているかもしれない。母が認める優れた商人である伯母さんたちにとっては、もはや不可能な状況なのかもしれない。民間貿易、卸売り、大小の小売りは党によって禁止されている。中国人の町チョロンから活気がなくなり、その商売気も失せてしまったに違いない。チョロンへの大規模取締りでは、三万人の警察官が町に非常線を張って捜査を行った。五万人の小売り商人から多くの品々や貴重品を没収した。ゴ・クエン通りも捜査対象だったのだろうか。

多くのヴェトナム人と共に中国人たちも逃げ出している。かつての軍人、農家、小作農、商人たちが希望と悔恨の情だけを心に抱き、逃げてくる。

わたしたちは母と中国のグランマに手紙を書く。チョロンからの、あるいはサイゴンからの手紙を待つ。ここヴァージニアに住む友人たちは、ヴェトナムからの知らせを受け取り始めていた。まずはフランスに送られた手紙がアメリカへ転送されてくる。わたしたちの隣人の、名前は思い出せないけれど例のあの伯父さんが、最近届いた染みのついた封筒を父に渡す。ホーチミンシティーの消印がついた彼の妻アン夫人からの手紙。そこには日常生活の些細なことがとりとめもなく綴《つづ》られている。マーケットでの買い物や子どもの学校のこと。ことさら大袈裟に新しい生活が幸せなこと。そして、差し迫った家族の脱出を隠す偽りの知らせ。家族で彼女の兄を数日間訪ねる予定だと手紙には書いてあった。伯父さんが言うには、兄はすでにカリフォルニアにいる。伯父さんは喜びと恐れで声を詰まらせる。

もちろん返事があろうとなかろうと、わたしたちは手紙を出し続ける。リトルサイゴンに新たに辿り着いた人々から、ヴェトナムでは通りの名前がすっかり変わってしまったことを聞いていた。手紙は届かずに捨てられているのかもしれない。これは単なる想像だ。でも毎晩、父は郵便受けに小さな金属製の鍵を差し、意味あり気なポーズでスーパーマーケットの宣伝やジャンクメールを選り分ける。獲物を見つけんばかりの真剣な目つきで一通ずつ見ていく。父にとっては希望の儀式。誰も父に意見などしない。今日も手紙は来ていないとは言えない。

一九七八年までに、五十万人以上の人々がヴェトナムから脱出した。サイゴンから来たわたしたちの隣人が、晩のニュースの時間にアパートに訪ねてくる。番組の始まりを知らせるドラムの音と共にいつもの音楽が流れる。わたしたちの視覚や聴覚が刺激される。五分間に凝縮されたニュースのなかで、海岸堡に突っ込んで壊れたボートの映像や海に浮かぶ人々の姿を見ていると、ヴェトナムが無関心な遠景からわたしたちの生活の表舞台へと引き戻される。

戦争の真っ最中でも、国から逃げ出す者などいなかった。

南の人は商売に関心がある、と父は言う。商取引の空間。自由闊達《かったつ》な精神が育つ場所。南の人は自由気ままだ。一か八かの賭けもする。お祭り騒ぎのサイゴンの交通事情はこれで十分説明がつく。父はにこやかに話す。南の人間なら共産主義経済がもたらす不幸には耐えられない。いわゆる再教育キャンプにも。北の陰鬱な厳格さにも堪えられない。

夜、父とアパートのまわりを散歩していると、わたしには父が密かに考えていることが手に取るようにわかる。舗装された歩道は狭いので、父が少し先を行く。その足取りから、父の気持ちが明るくなったり暗くなったりするのに気づく。きっといつの日か、母が外国の海岸線に到着するボートのひとつに乗って来る。そう信じている。

それはありうることだ。ヴェトナムは南シナ海に囲まれた国。入り江や小湾が国の南端に点在する。漁師たちも生活には困っている。財産は没収され、漁獲物には税金が掛けられる。南の人たちは、負けた南の出身だというだけで、しつこく苦しめられている。喜んでボートを沖へ向けるだろう。中国人により組織された秘密のネットワークが現れたという噂が広まっていた。蓄えていた金の延べ棒を南の出身者が中国人に渡し、次に中国人が役人に賄賂としてそれを渡す。中国人を非難してはいても、共産主義者の役人どもは汚れた金を個人的に受け取ることにはやぶさかでない。金はいかなる貨幣よりも好まれる。母も金庫に金を持っている。これが父の考えていることだ。そして、わたしも同じことを考える。

20 見張り

バオ 2006

マイの胸を満たす不穏な空気と嵐のなかにいるのがあたい。バオよ。嵐ってこと。でも、今は心を落ち着けて、ただじっとあたりを見てるだけ。近頃、法律事務所は恐喝、殺人、強奪に絡んだあるやっかいな事件の訴訟に巻き込まれてる。依頼人は音楽業界の黒幕とされる人物で、この男のせいである有名な会社が危ない状況に陥ってる。この会社のクライアントには、インサイダー取引とか株式操作みたいにもっと旨味のある犯罪に問われることもある大企業や一流の銀行家、最高経営責任者《CEO》が名を連ねる。この恐喝事件を担当するのは、法律事務所の共同経営者でトップ弁護士のデビッド。普通なら事務所で行うはずの事前調査もせずに、依頼を引き受けた。それで担当者チームが組まれたんだけど、マイも三人の仲間と一緒にそのチームに入ったわ。デビッドを支えるために。

マイはベルトが締まったピンストライプのスーツをパリッと着こなして、あたいたちが繰り広げるドラマや内面の葛藤を上手い具合に隠してる。あごの下まで伸びた髪の毛を片方に分けて、格好良く後ろに流してる。肌は綺麗だし、目は大きいし、頭は良いし。あたいたちの生活を取り巻く大問題とは見たところ関係ないって感じ。マイがこうもクールで落ち着いているのを見るとイライラする。あたいなんか存在しないみたいに振る舞われるとなおさらそう。あたいがこの娘の盾になって喪失の痛みから守ってあげてるからこそ、ここに立っていられるっていうのに。あたいのおかげでアメリカナイズされた洗練された姿でいられるっていうのに。

マイがデビッドに満面の笑顔で近づいていく。慎重に仕事を進める人たちによくある表情。デビッドは五十代半ば。笑顔に濃いグレーの口ひげがよく似合う。共同経営者のなかでもとても快活な人よ。マイがデビッドと仕事するのは、これが初めてじゃない。仕事を勝ち得て敵を出し抜いてはポイントを稼ぐっていう強いプレッシャー。そんな緊張のなかでも経営陣は長い時間働く。だから彼らは叫んで感情を露わにすることもあるし、理由があろうとなかろうと他人に辛く当たるってこともある。

でも、マイに接するときのデビッドは違う。マイが好きなのよ。マイには命令ひとつしない。あの娘が近寄りがたい分だけ魅力を感じてるんだわ。ここで働いてる人たちはみんなが野心家だけど、マイは違う。だから、部下の昇進を管理するデビッドにも、あの娘は関心がない。デビッドはマイのこれまでのことをよく知ってるから、そう簡単じゃないことはわかってる。そう、デビッドはずっとマイのことを守ってきた。でも、ここぞとばかりアタックすることだってあるわ。今度の裁判のためには週末もつぶして働くことになる。チームは連邦政府と正面切って戦うつもりだ。どこへ通じるともわからない複雑な調査が必要だ。大胆な作戦を立て、政府が盗聴で手に入れた依頼人にとって不利な証拠をつぶさなければならない。目撃証言以外は採用できないといった例外規定が連邦政府の定める規則には沢山ある。

片手を腰にあて、この仕事は自分にとっても大切だってマイはデビッドを安心させる。でも、昼も夜も働き続けると思ったら大間違いよ、と笑顔とウィンクで忠告もするわ。思わせぶりに取引するのがマイなのよ。「給与をたんまり貰う代わりに、こき使われることも厭《いと》わないあなたの大切な部下たちとは違うの」と、あの娘はたしなめるように言う。あの娘さえその気になれば、離婚したデビッドはすぐにも寄ってくるわ。でも、マイにはそんな気なんてない。

以前、書庫のなかでデビッドがマイを追っかけてきたことがあった。そのときよ。デビッドが本を背にあの娘にキスしたのは。ていうか、少なくともキスしようとしたの。デビッドの唇がマイの喉元にわずかに触れた瞬間、あの娘ったら素早く首を背けたわ。きりっとしたマイの口元。ネックレスがかかる鎖骨のあたりを見るデビットの視線。彼ったら懸命に姿勢を正して、他意はないんだとばかりに親切そうな笑みを浮かべた。でも、マイがデビッドの行動に報いることはなかった。頭を急にくるっと回しただけ。体をはねのけるとか叱責するっていうのは、謝罪を要求するようでかえって過剰反応でしょ。代わりにマイったら眉をしかめて、デビッドを冷たく見たの。そして、狭い通路をドアに向かって進んでいった。結局、誰もこの件は知らずじまいよ。

それでも、デビッドはまだマイに興味をもってる。機会さえあれば、あの娘に触れようとする。手首、肩、肘。デビッドから見れば、十分可能性があるのよ。ちょっと試してみても、まったく相手にされないけど。きっとマイは白昼夢でも見てるんだ、とデビッドは思ってるわ。今にもマイの感情がほとばしるように現れるとでも思ってるのかしら。デビッドは何も知らないのよ。マイのアメリカでの生活は、この後に続く永遠の人生の前奏曲《プレリュード》みたいなものなのに。ただ、その新しい人生っていうのはまだ始まってないし、これからも始まらないかもしれないけど。

そんなこんなで、デビッドはマイに夕食でも取りながらこの事件について話し合おうって誘いかけてきたの。痛いところをついてきたと思う。「他に予定がないのなら」って調子で。マイに予定なんかあるわけないわ。毎日一人でいるのは普通じゃないって、あの娘にだってわかってる。でも、マイは部屋の真ん中にぼんやり立ちながら彼の誘いを断るの。「そう長くはかからない」って手を打ちながら、デビッドがしつこく言ってくる。二人ともこれが仕事と関係ないことはわかってるし。マイが「えっ」てはっきりしない声を漏らす。でも、結局家に帰らなくちゃいけないってはっきり断わった。理由も言わない。バリケードは張ったまま。折りたたんだブレザーを腕に掛けてね。デビッドったらそんなマイの露出した肩に惹かれてたわ。でも、あの娘はエレベーターに乗って、それで終わり。

マイって娘は、言うべきことと言うべきでないことを注意深く考える人間なの。デビッドが新しい事件の説明をするときも、個人的に話を聞いてる素振りをしてた。もうこの事務所に勤めるようになって随分経つから、仕事で食事に付き合えば、それが年度末のボーナスに甘く反映されるのもよく知ってる。上手くいけば、経営陣に加わることだってできる。でも、マイは仕事で認められて成功したり、経営に関わるっていう可能性からずっと身を引いてきた。だからいつも穏やかな表情でいられる。

そう思うからこそ、この態度があたいには解せないわけ。いつも効率ばかり気にして自分の身を守ろうとしてる。洗練されてる分、自分が他人とは違うとでも思ってるのかしら。マイの場合はアメリカ人になったたっていうより、ただヴェトナム人じゃなくなったたっていうのが正解よ。見た目が違うせいで、ますますこの娘が他人のよう思えてくる。外見がヴェトナムっぽくならないように、手のひらを突き出してしっかりガードしてる。確かにアメリカに来て、マイは見知らぬ世界に大胆かつ繊細な心遣いで入っていった。でも、自分の内側で起きていることには全然気づいてない。あの娘はあたいのことをただ手に負えないとでも思ってるみたいだけど、あたいはマイの心の暗闇に潜んでるだけなのよ。マイはあたいのことをわかっちゃいない。きっと謎みたいなもの。鏡に映るのはあたいが怒ったときのしかめ面だけ。マイはその理由を問いかけようとすらしない。

あたいだって頑張ってるのよ。マイは部屋を出るとコンピュータ端末の前を通り過ぎる。でも、あたいにはもうどうにもできない。それどころか泣きつく声に心が乗っ取られそう。頭のなかのサーキットをなんとかくぐり抜けることならできるはず。希望を装い感情をごまかすことだってできる。「お母さん、お母さん」って叫ぶのよ。二人一緒にあたいたちは叫ぶ。あたいたちは水瓶のなかに隠れたまま。マイを黙らせる。ジェームズが倒れる。マイはジェームズが死んだのをあたいのせいにする。

セシルも慌てふためく。カーンが倒れたのを見たのはセシルよ。セシルが泣きじゃくる。セシルの胸から悲しみの声が漏れてくる。

マイはまだオフィスのデータベースで調べごとをしている。時々操作を止めて、こめかみをマッサージする。あの娘の胸のなかであたいたちがつくり出す激しい動悸を鎮めるためよ。明るい光の世界にいるマイを暗闇から見張るのがあたいの役目。マイが頭のなかで考えてることや心に隠してる感情のひとつひとつが手に取るようによく見える。マイはいつだって怖がっている。あたいが飛び出してきて、あの娘を無意識の世界に追いやるんじゃないかって。あたいとセシルが心の奥底でかけずり回るのを感じてる。

そのときよ。マイが素早く立ち上がったのは。あの娘ったらあたいとセシルの不満や動揺を抑えるのが上手くなってきたみたい。懸命にあたいが現われないように頑張ってるわ。心が折れないようにね。あたいはマイに危害を加えるつもりはないし、一緒に上手くやってこうと思ってる。心を爆発させるのは自分だけの時間にしたい。ここが公共の場所だってことはわかってるし。でも、マイがアメリカナイズされた自分を大袈裟に表現するのを見ていると、どうにも腹が立つ。それでも我慢して、黒い雲が現れて嵐が襲う瞬間を遅らせる。その代わりマイのなかでのたうち回る時間は長くなる。その間にあの娘も安全な場所に避難できる。つまり十分警告を与えてるってこと。

回りくどい言い方だけど、こんなことを何度も繰り返しているうちに、あたいがマイの世界に出入りするのもスムースになってきた。マイにはあたいが時間を奪おうとしてるのがわかるのよ。それで急いで自分の部屋に戻ってドアに鍵をかける。で、ため息をついて意識を明け渡す。後はあたいたち二人の世界をあっちこっちと漂流するだけ。

マイが家に帰る。セシルがピアノを弾きはじめる。夕陽のなかで、セシルが奏でる音楽はとても素敵。なんともきらびやかな曲。これこそ本当に美しいってこと。神々しくすらある。でも、それはほんの一瞬のこと。どこか手の届かないところにある。セシルったらどうしてこんな演奏ができるようになったのかしら。ショパン。でも、ちょっと違う。メロディーに感じるどこか穏やかでない雰囲気。細かな音の断片。そして突然、音符を離れて音楽が宙に浮かびあがる。

あら、父さんが感動してため息をついてる。

九官鳥が歌ってるみたいなときもある。喉元に詰まった音符が飛び出してきて、哀愁を帯びた美しい小鳥の歌になる。

過去をしっかり両手で捕まえて、やさしく現在に取り戻そうとするときもある。セシルの音楽を通じて、あたいたちの生活のなかでも一番大切な部分が弾けるようにして蘇ってくる。春の日の朝早く、白い花が美しく咲く樹木みたいに。

ためらいの気持ちもあるけど、なんだかんだいってあたいは音楽を楽しんでる。音符をひとつひとつ追っかけるときもあれば、ただメロディーを楽しんでるときもある。

セシルは暗譜している。母さんはショパンが大好きだった。だからセシルは演奏を通じて、救われた気分になるのよ。鍵盤のなかには一杯和音が隠されてる。

マイに代わってセシルが出てくるのは珍しいこと。セシルは本当に穏やかに美しくピアノを弾く。あたいと違ってセシルは顔をしかめたりしない。悪意や怒りを露わにすることもない。まだ純粋だから。セシルのシルエットが微かに動く。家の外にあるすずかけの木の長い枝も動く。ルーバーが入ったガラス窓の外の生活にも、セシルは注意を払ってるのかしら。風に揺れる古い大木が出す合図を感じながら、演奏してるみたい。

　セシルが過ごす夕暮れの時間。一人きりでピアノに向かって、カーン姉さんのことを思い出しながら、高所から流れ落ちる急流のように音楽を奏でる。マイはどこか別の場所にいる。そこのけここのけとばかりに肘を突き出しながらあたいが出てくるときとは違って、交代はスムースね。まるで巻き貝のなかに滑り込むかのように、螺旋状の線を描きながらセシルは現れる。なんの抵抗もない。幼いセシルの登場だってわかってるのよ、きっと。マイは喜んで場所を譲る。

　だから今晩、セシルはショパンを演奏する。拍子を取るのも上手。あたいたちの内なる世界と外の世界はまだ調和しないけど、毎日闘いながらもなんとか上手くやってきた。チョロンの狭い小道からゴ・クエン通りに音楽が響きわたる。そこでスピードを落として、あの頃の紫色の夕暮れのなかでひと休みする。

21 待機

マイ 1977–78

高校最後の年。相変わらずヴァージニアで暮らすわたしたち。父とわたしだけじゃない。わたしのなかで暴れ回るバオとセシル。そのほとんどはバオ。学校の成績は良かった。ただし頭が良いからというよりは、日頃からこつこつ努力していたから。今日は気分がおかしいと父が不平をこぼす。朝早く起きて出かける準備をしているときだった。もうすぐスクールバスが来る。台所のテーブルの近くで崩れ落ちるような父の姿に、玄関から駆け出そうとしていたのを止める。父のところに戻り、背中に触れる。取り憑かれたかのように真っ青な父の表情。父は自分を苦しめるおかしな感覚を、気分が変だと繰り返し言うだけ。それでも、父の腫れた目と膨れた唇を見て原因を考える。気分が変って、どういうことなの。父の体に何か異変が起きているのかしら。ゆっくりと注意を払いながら、父が話し始める。左半身に幻痛を感じる。心臓から始まって、肋骨を下って腰のあたりまでくる。で、いつ始まったの、とわたし。でも父はその問いには答えず、代わりにこうつぶやく。ずっと何かが起きるのを待っていたんだ。でも、それが何なのかはよくわからない。

もう一度、父にいつから気分がおかしいのかを尋ねる。二日前の夜、喉元で何かが詰まるような感覚がして目を覚ました。父は答える。この感覚が左半身の麻痺に変わった。父は上手く説明しようと言葉を探す。ここだ。わたしの手を取って体の上をなぞる。

わたしはその感覚を共有しようとする。

そのおかしな感覚というのは何かの兆候じゃないのかしら。わたしは問う。違う、と父が不機嫌そうに答える。わたしの頭が悪いからこんな質問をするのだと言わんばかりに。身体的な感覚だと、父は繰り返す。時折ひどくなる麻痺状態なのだと。父に病院に行こうとは言えない。仮に言ったとしても、拒むだろう。一人静かに堪え忍ぶ方が、父には良い。

その日学校にいる間、外出しようとする父のことを考え続けていた。無精ひげを生やした顔。細かな埃が舞う朝日のなかで、灰色の作業服を着る父の体が小さく見える。わずかに視線を逸らしながら、わたしを学校へ送り出す父の詰まった声。それは希望を失った人の声だった。あのときの父の寂し気な視線が忘れられない。後退していく視線の先には、何も映っていないようだった。

その日夕方遅く、わたしが居間で本を読んでいたときのこと。隣の父の存在がかすんでいくかのよう。目の前で人が溶けてなくなることなんてあるのかしら。心の地下牢のなかにゆっくり消えていくにつれ、その存在はぼやけていくのかしら。淡い光に包まれたソファの上で、父はこくりこくりと居眠りしていた。胸の上には読みかけの本。開いたままの表紙が見える。メモや走り書きをした沢山の紙切れが、コーヒーテーブルの上に散乱する。父の手書き。美しく優雅な筆使い。まるで貴族みたい。下へ向かう線は強く大胆に。上へ向かう線は軽く空気のよう。呼吸は安定している。今まで父は親の役目をしっかりと果たしてきた。だから、それ以外の父の姿など考えもしなかった。でも、今夜の父は弱々しい。これまで愛してきた父とは違う。ドスンドスンという軍靴の音。筋肉質の背中。わたしと姉を見るときの満面の笑み。代わりに目の前にいるのは、ソファから腕をダランと垂らして飾ることなくうたた寝する弱々しい人間的な姿。固くしっかり閉じた目。しわが寄った毛布の下から擦り切れた靴下が見える。コーヒーテーブルの上に散らかった紙の上には、負けた戦争についての父の思いが綴られている。左半身に生じているおかしな感覚というのが気になる。急病じゃないかしら。長い間かけて父がやっとの思いで築き上げてきた落ち着いた生活が、徐々に失われていくようだった。人知れぬ異国で年を取り、父は今、突然助けを必要としている。

湿った口笛を吹くようなヒューヒューいう音が、父の肺から漏れてくる。わたしは首を伸ばして父を見る。父は少し体を動かし、大切な臓器を守るためには犠牲にしても構わないと言わんばかりに、腕を胸の上で交差させる。困ったような表情。まぶたが急に動く。イライラしてきたのか、呼吸が激しくなる。手を伸ばして、父に触れる。起きて、とわたしが言う。心臓発作を起こしているのかもしれない。すると父はまぶたを指で押さえる。世界から目を背け、視界から何かを遮ろうとするかのように。

悪い夢でも見ているんだわ。少しほっとする。ところが強い電流にでも反応するかのように、突然父の体がピクッと動き起き上がる。どうしたの、と驚くわたし。父の目が開く。苦しそう。目をパチパチさせ、困惑している様子。父は何も言わずに首を振る。わたしは手を伸ばすが、父は腕を引いてそれを拒む。「わからない」と、父の小さな声。顔に血の気が戻ってくる。手のひらで触れてみると熱がある。

しばらくして、父はソファの上で起き上がると手を額に当てる。それから言葉を発することなく立ち上がり、浴室へ向かう。父の後を追うわたし。まだ何か夢を見ているみたい。そこに込められた恐怖。その重みが父の体に強くのしかかる。抑揚のない声で、父は体の節々が重く感じると不平をこぼす。何かが胸の上にあって、息ができないとつぶやく。何か余計なものを抱えているに違いないと繰り返す。体重計にのる。一キロも増えていない。そんなはずはないと、今度は大声で叫ぶ。何かが原因で、実際よりもはるかに体が大きいと思っているらしい。

父はわたしの手を取った。二人で居間に戻る。どんな夢だったの。わたしが訊くと、父は首を横に振って哀しそうに笑う。きっと思い出せないのね。それとも、わたしには話したくないのかしら。まずいものを食べた後に残る不快な感覚を消し去ろうとするかのように、父は唇をなめる。お茶を入れるわたし。夕食後、二人並んで月が夜空を滑らかに昇っていくのを見る。暗闇のなか夜が更ける。それと共に父の病んだ心がゆっくりと不安を強めていくのがわかる。

リトルサイゴンは刻々と成長する。大きな世界がわたしたちを待っている。大切な出来事を共に祝うために、仲間同士が家やアパートに集まる。結婚式。出産。テト。アメリカにいるヴェトナム人にとって、過去への強い渇望を伝える行事。ヴェトナムに置いてきてしまったものを作り直し、再び取り戻す。わたしは父と一緒にイベントに参加する。とはいえ、いつもうわの空。父とバオは今でも過去にこだわり、頑固にそして自由奔放に、揺れる感情のなかでこうした集まりに参加するけれど。

今日はわたしたちのアパートから二部屋離れた向こうに住む例の伯父さんのアパートに来ている。伯父さんは祖国を離れたヴェトナム人のための連合会会長を務める。移り変わりの早いこのご時世に伝統を守り、行き当たりばったりの出来事に意味を与えるのが連合会の仕事。

その伯父さんの妻と息子が、ヴェトナムの海岸から香港の難民キャンプへの苦難の船旅を経てアメリカへやって来てから数ヶ月が経った。二人はまだ旅の混乱から立ち直っていない。母親は笑顔を振りまいているものの、あごはこわばり表情は緊張したまま。それでも調子が良いときには、生来の気立ての良さが表れる。小柄な女性だけれど、広い海を渡ってきた。きっと、わたしの母もいつかやって来るだろう。体の奥底で何か感情的なものが動めく。目の前にいる伯母さんは予兆なのかもしれない。彼女のような気丈さがわたしにもあれば。来る日も来る日も、彼女は夫と再会したばかりの家をやりくりするために、せっせと仕事をする。

アン伯母さんがここに来てからというもの、わたしは定期的に会うようにしている。伯母さんがチョロンの中国人を頼りに、子どもと二人でボートの手配をしたのだと話すと、父も興味を示すようになった。もちろんバオも。伯母さんの気分が良いときには、話をしてもらう。母の所在はわからないだろうけど、チョロンの話を聞けば、どこかに母がいるような気がする。

そもそもわたしにアン伯母さんのところへ行くように勧めたのは父だった。父がソファに座って熱心に戦争の記憶と向き合う夜に、わたしの相手をしてくれる仲間ができたとでも思ったらしい。父は戦争の話をまとめ、それをアメリカ軍の分析に委ねようとしている。

ヴェトナムにいた頃のわたしたち家族みたいに、アン伯母さんはどんな料理でも最初から調理する。まな板やボールを使って、ナイフやスプーンが小気味良い音を立てる。船旅のせいで痩せた彼女の鎖骨が、シャツの首のあたりから突き出して見える。余分な脂肪を簡単に消費できるタイプの人間なのよと、伯母さんは話して聞かせる。それもそうだろう。伯母さんはいつだってとても忙しなく動き回る。

今日は例の伯父さんとアン伯母さんが、息子の一歳になる娘のために誕生日会を開く。ポットの湯が沸騰し、コンロに吹き出す。舌の肥えた美食家のために、脂がのった肉と脂身の少ない肉の二種類のローストポークが用意される。まん丸のまま、まだナイフも入れられていない。皮は焦げてカリカリ。美味しそうなマッシュルームと蟹を詰めた餃子《ダンプリング》にも目が引かれる。料理した人のセンスを示す芸術的ともいえる美しい出来映え。

アン伯母さんは早めに料理を終えた。だから、まだ誰も来ていない。そこで、わたしは挑発的な質問をする。「どうやって脱越を計画したのですか」と。伯母さんはちょっと躊躇したものの、目を閉じてわたしにもっと近くへ来るように言う。もちろん思い出そうとしている。

チョロンに住む中国人は安全な隠れ家だけでなく、密航に必要な船長や航海士のネットワークも築いていた。アン伯母さんが潜んでいたのは、高い塀に囲まれた家の裏手にある黄色い部屋。伯母さんの心のなかでは、脱越を前に高揚する気持ちと、一人異国にいる夫を思う悲しみの感情が綱引きしていた。部屋にいる人々は友達の友達だったり、あるいは家族の友達だったり、中国人のリーダーと何らかの形でつながっていた。伯母さんはその晩のことをはっきり憶えている。脱出しようという欲望ゆえに、いかなる危険をも受け入れようという気持ちだった。月は出ていなかったけれど、空一面星で一杯だった。部屋には人が大勢いた。ユーカリ油の強い香りが鼻を突く。その家はチョロンの中心ゴ・クエン通りにほど近かった、とアン伯母さんは付け加える。我が家からそう遠くない場所だということ。アン伯母さんが姿勢を正して話し続ける。その間、わたしはその家の様子を想像する。彼らは金の延べ棒を要求した。アン伯母さんの分で四本。子どものためにさらに四本。バッグやスーツケースは持ち込めない。とくに具合が良い時間というものもなければ、天候に注意する必要もない。ボートの用意ができれば、旅は始まる。一週間後のいついつ。まずはバスか貨物列車に乗り海岸の町ファンティエトへ。そして夜、ボートで脱出する。

一週間後、思っていたよりも長いバス旅を経て、アン伯母さんたちが着いたのはファンティエトではなく、ヴェトナム最南端にある寂れた海岸線の町カマウ・ポイントだった。ファンティエトは、そもそもはじめから予定になかった。カマウへの変更は旅の秘密と安全を担保するため。それにカマウには、中国人が持つ広い貿易圏の一部という利点があった。辺ぴな場所であるにも関わらず、一八八〇年代初頭から、中国人はこの地域に来るようになっていた。ハイナン、カマウ、シンガポールといった貿易町を結ぶ航路を輸送船で結ぶ。マングローブが豊かに茂る湿地帯が一方に、その反対には長い海岸線が続く。首都からは最も遠く、海風や嵐に打ちつけられる町。カマウの人々は雨風に立ち向かうことに慣れた一風変わった輩だ。がっしりたくましい。遠洋漁業を営む五代、六代と続く漁師たちの所有する漁船が錨を降ろすのに適した水深の深い停泊地が海岸にはある。たくましくも詩的な独立心を持った人々の気質が、この町を特徴づける。

アン伯母さんが乗るバスは荒れた路面に揺られながら側道に入り、泥道の端にポツンと立つ掘っ立て小屋の前に止まった。この先の道はもはや車では通れない。バスに乗っていた三十人は、真っ暗な夜に放り出された。カマウ出身の三人の漁師が出迎える。彼らが海の旅の責任者。アン伯母さんの話の続きはもうわかる。この話は前も聞いた。アン伯母さんは息子の手を握る。もう十八歳になる。それでも伯母さんは息子を守りたかった。だから、子どものときのようにギュッと抱きしめる。二人はゆっくり重い足取りで、下草がぼうぼうに生えた丘の泥道を昇り、最後は海岸へと通じる細い小道を下っていった。そよ風に磯の香りがする。二人は前を進む人々の暗い影を追って前進した。置いてけぼりになることを怖れ、誰もが前を行く人にしっかりついていく。蚊の大軍が頭上で円を描いて飛んでいた。伯母さんはみんなが一度にバスから降ろされたことに気を揉んでいる。三十人の一群が一斉にこの広い砂丘を降りていく様子が、海岸警察や役人の注意を引くことを怖れていたから。

激しい雨が降り始めた。潮風が目にしみて痛い。銀色の暗闇と雨霧に囲まれて、あたりはシーンとしている。強風のなかを吹きつける雨に、姿を眩ますことができるかもしれない。そう伯母さんは思った。上手い具合に隠れ蓑《みの》になるかもしれない。

伯母さんの左側には、涙ながらに妹への別れを告げる女がいた。「この娘を連れてって。今日からはおまえの娘だから。」そして、一歳足らずの娘には、母として言う。「これからは叔母さんのことをお母さんと呼ぶの。わかったわね。新しいお母さんだからね。」事が上手く運ばず選択肢が狭まり、これが最後の頼みなのだとアン伯母さんにはわかった。その女の子は母親にしがみつくとすすり泣く。そして、母親がバスへ引き返そうとすると、後を追いかけ滑って転んだ。サンダルが何か鋭く飛び出しているものに引っかかったらしい。

アン伯母さんが話してくれるたびにハッとさせられるのは、次に起きた事。いつも同じ話なので中身はもうわかっている。でも、怒っている子どもの気持ちになって話を聞く。伯母さんは優しい調子で語る。その母親が跪き、女の子を助け起こす。心配そうにため息をついて、娘を安心させようと熱心に約束を繰り返す。母さんもすぐにおまえのところへ行くから。きっとよ。それまで、叔母さんと一緒にいてね。母親は妹を指さしながら小声で言う。お母さんはおまえを愛してる。叔母さんもおまえを愛してる。叔母さんはおまえの家族だよ。母親が話している間にも、娘は泣きじゃくる。お母さんと一緒が良い。お母さんと一緒が良い。腕を伸ばし、何とかして母の体に触れようとする。涙と雨に顔を濡らして、母は向きを変えると歩き去った。幼い娘は空気を吸い込むと金切り声を上げる。アン伯母さんはその口に手を置き、叫び声を封じた。

その母親の妹とアン伯母さんは交互に幼い娘をおぶって静かに歩く。女の子の叔母が疲れると、アン伯母さんが代わる。女の子の心配そうなすすり泣きを背中に感じながら、滑りやすい細道を縫うようにして進む。雑草や低木が地表を覆い、雨に濡れた地面がつるつる光る。向きを変える必要があるときには女の子を抱っこし、しっかりと胸に抱える。歩きながら、その幼い子どもの顔をのぞき込む。丸い顔に手で触れ、髪の毛を撫でる。羽毛のように柔らかい漆黒の髪からは、その子の恐怖が伝わってくる。本能的に歩くリズムを整える。気持ち良く揺られれば、子どもはきっと安心する……。

ついに、小さい砂の岬から真っ黒な海水と空に向かって広がる海岸が見えてきた。靴底に砂利を感じる。雨は収まっていた。が、薄霧が立ち込める。磯の香りがする。みんなの足取りが速くなった。息子が手を伸ばして、アン伯母さんを助けようとする。体を伸ばすと、背中の筋肉がゆっくりと伸びるのがわかる。女の子は母親の妹に渡される。青白い光のなかで、ボートがかろうじて見えた。だが、この木製のボートは川で果物を運ぶために作られたもの。そんな心許ない船に運命を託さなければならない。

次に起きたことなら知っている。改めてアン伯母さんに聞く必要はない。海を漂い五日後、その女の子は死んだ。お母さんの妹に頭を抱かれ、アン伯母さんの膝の上に足を伸ばして。それから二日後、虫に咬まれたような赤い斑点がアン伯母さんの体に現れた。痒い。両手を膝の下に置いて座る。痒い部分を手で引っ掻いて悪化させないために。シラミのせいだと伯母さんは自分に言い聞かせた。体中に毛布を巻いて、醜い赤い斑点が見えないようにする。けれど斑点は顔にも現れ、すぐに透明な液体を含むイボができた。もはや虫に咬まれたでは済まされない状況だった。伯母さんも我慢できなくなっていた。夜になるとひどく腫れた場所を引っ掻いて、膨れたイボが潰れる始末だった。すぐに人々は伯母さんから逃げ出した。儀礼上、これを天然痘とは言えなかった。一度そう言われれば、重く心にのしかかる。口のなかや喉の入り口にも膨らみを感じた。目も大きく腫れてきた。息子と死んだ女の子の叔母だけが近くを離れずに、他人の生々しい視線から伯母さんを守った。伯母さんは熱が高くなってくるのを感じた。体全体が熱を帯びてくる。目を閉じる。疲れきって頭がふらふらの状態でも、伯母さんは危機の兆候を見逃さなかった。人々が早口で交わす会話の不安気な調子から、現在の様子を判断する。みんなが話しているのは伯母さんの命のこと。息子がすすり泣く。恐怖におびえる彼の表情。息子は伯母さんの手を握る。けれど、病気がうつることを怖れて、伯母さんはその手を払いのけようとした。伯母さんには自分が置かれている状況がよくわかる。自分は伝染病にかかっている。翌朝、海に投げ捨てられることだろう。最期の瞬間を想像する。どぎついオレンジ色の太陽が昇り、日に焼ける空が夜明けを告げる。広大な海が、伯母さんを一気に飲み込む。小さなボートの両脇に泡が浮かぶ。伯母さんは怒っていなかった。もはや何も気にならなかった。みんなの顔を見る。パニック状態にありながらも、共に生きようという強い決意が現れている。夢のなかに落ちていく伯母さんが最後に憶えていたのは、どうしようもなく哀しい気持ち。

翌朝、伯母さんは周囲の声に目を覚ました。聞き慣れない国の言葉で、誰かが命令を下す。伯母さんの腕や足は日焼けしていた。ボートが震える。日によく焼けた荒々しい顔が見える。男たちの一群があちこちを指さしながら、ボートに乗り込んできた。ナイフや銃を持ち、汗とビールが混じった酸っぱい臭いがする。海賊。さらに声が聞こえる。涙ながらの訴え。そして、引きつるような泣き声。女と子どもがボートの向こう側に放り投げられる。海賊の一人が前に進み出て、二人に平手打ちを喰わせる。子どもの上唇が切れた。海賊が女の上に馬乗りになる。男たちは棒で叩かれ、海に投げ入れられた。アン伯母さんは目を閉じた。物が放り投げられる。突然、伯母さんはすべてが静止するのを感じた。大きな光の矢が伯母さんの方に向けられた。目を閉じたまま、手で光りを遮る。大きな喘ぎ声とゼーゼーいうかすれ声があたりに響いた。海賊たちの視線が伯母さんの顔に集まる。大袈裟に顔をしかめ、眉を吊り上げる。そして、あたりは静まりかえり、ただ足早に去っていく靴音だけが響いた。海風が周囲の空気を揺らした。

海賊を追い払ったのは伯母さんだった。まさに伯母さんの姿だった。体中が真っ赤に腫れていたのだから。伯母さんの存在が感染の危険そのものを体現していた。

誰も言葉を発しなかった。子どもが大人しく尋ねた。「いつお家に帰るの。」

その日の午後、伯母さんが身を丸めて寝ていると、船が一隻現れた。船体の横にフランシス・ハモンド号(FF1067)と書かれたアメリカ船だった。今回はみんなが助かると伯母さんは思った。そして、誰もが助かった。

伯母さんの話はハッピーエンディングだけれど、心の奥底には悲しみが宿っている。台所のテーブルに静かに座る伯母さんは、その悲しみのせいでじっと黙っていた。アン伯母さんの夫である例の伯父さんは、伯母さんたちよりずっと早い時期に脱越していた。その伯父さんが寝室から出てきて、伯母さんの背中に同情心から手を置く。

初めて伯母さんがボートの話をしてくれたとき、チョロンの家で計画を立てていたときに見たという片足の男のことを教えてくれた。その男は自分の運命を中国人に託そうとそこにいた。アン伯母さんがその男に紹介されることはなかった。けれど、彼のことを知っている人は沢山いた。その男の失った片足がピクッと動くのを、伯母さんはよく憶えている。しわが寄った不均衡な体と、男が義足をつける様子が思い出される。夕暮れ時になると、ヒンジを絞めたり緩めたりして器具を調節する。一体どうやって長旅をこなすつもりだろう。アン伯母さんはその男のとてつもない不幸をじっと見つめている自分に気づき、我ながら驚きを感じた。サイゴンには義足をした人は沢山いた。でも、この男はきちんと身繕いし、裕福そうだった。そして、伯母さんのすぐ近くに座っていた。

初めてこの男の話を聞いたとき、わたしは彼の名前を尋ねた。伯母さんは知らなかった。

もう一度尋ねたが、伯母さんはどうしても思い出すことができない。あごには傷痕があったかしら。伯母さんにはわからない。アン伯母さんが言うように、サイゴンには義足の男は大勢いる。わかるわけない、と伯母さんは言う。

この男は二番目の伯父さんではないだろうか。もし二番目の伯父さんが脱越を考えているのなら、きっとその計画には母も入っている。心が躍る。

まるで目撃者に事件のことをもう一度問い質す探偵のような気分。もう一度話すことで、目撃者が新しい重要な点を思い出すかもしれない。

義足の男が一人でいたのか、それとも誰かと一緒だったのかを訊いてみる。でも、アン伯母さんにはわからない。近くにその男の名前を呼ぶ人はいなかったかしら。でも、伯母さんには記憶がない。

その晩、わたしは玄関でお客さんを案内する役目を引き受けた。飲み物を用意し、前菜の春巻きを勧める。例の伯父さんとアン伯母さんは大勢の人をかき分け、わたしの父を軽く後押ししてテーブルに座らせる。見知らぬ人々が互いを求めるようにして交じり合う。誰もが失われた祖国を記憶の中心に残しておこうと連座して結びつく。

アン伯母さんの孫娘は山羊年の朝、九時に生まれた。その事実に基づいて子どもの人生が占われる。もちろん、サイゴンでは父方母方双方の祖父母が多くの親類縁者と共に集まってくる。ここリトルサイゴンでは、両親に縁がある友人たちが呼ばれて赤ん坊を囲む。赤ん坊はきらびやかな赤のアオザイを着て、両親が交互に膝の上で抱っこして写真を撮る。赤ん坊にはこの通過儀礼の持つ意味がまったくわからない。ただ毛布の上に座って、訳のわからない言葉を発しながら、目の前に置かれた鏡、ペン、そしてアメリカのドル札に手を伸ばす。それぞれ意味を込めて用意された品々。この子は美人になるかしら。それとも勉強に打ち込むのかしら。お金儲けに執着するかしら。未来の生活に向き合い自ら選択する前に、祖父がこれら三つの品々を宙に放り投げる。驚きの品々が飛び散るなか、おまえはすべてを手に入れるだろうと叫ぶ祖父の声が響く。

儀式が終わり、子どもたちはアパートの狭い階段を上り下りする。ワインが注がれる。小さなバルコニーへと通じる網戸を開ける。男が鉄柵に寄りかかって、タバコに火をつける。背を向けているけれど、わたしの視線に気づいている。こちらを向き、親しげな笑みを浮かべる。わたしはその場に凍てついた。彼のきわめて動物的な動きに注意する。ついさっき、この男はマッチ箱の側面でマッチを擦った。物思いに沈んでいるかのように長々とタバコの煙を吸い込むと、それをゆっくり吐き出した。

わたしは台所へ走る。アン伯母さんがシンクに水をたっぷり流しながらスターフルーツをゴシゴシ洗っている。穏やかな目でわたしを見る。けれど、わたしの表情にひどく興奮しているとわかったらしい。どうしたの。伯母さんは大袈裟に抑揚をつけた声で問う。

わたしは慌て急かすように、伯母さんの袖をつかむ。わたしは義足の男がタバコを吸っていたかと、繰り返し尋ねる。伯母さんはあの家のタバコの臭いを思い出す。ええ。伯母さんの隣にその男が座っていた。そう。伯母さんはゆっくり深く煙を吸い込む男を思い出す。手先で光る炎の光を思いだす。金のホルダーを手に、その男の指はニコチンで汚れていた。

心が躍る。大きな鼓動を抑えるかのように、胸の上に手を当てる。確かに母はヴェトナムを出ようとしている。きっと母の中国人の友人が数人、コメ売りの若い三番目の伯母さん、あるいは薬売りの年上の三番目の伯母さんが助けになるだろう。母は彼女たちの家にいる。計画に最後の仕上げを加えながら。

22
歴史の責任

バオ　2006

冬の終わりが近づいていた。春が来るのが待ち遠しい。雪が解けて消えると、ラッパスイセンが勢いよく地面から顔を出す。マイは黙りこくってハンドルを握る。ゆっくり注意深く車を走らせる。家から介護施設へ向かういつもの道。

父さんは介護施設へ移った。父さんもマイも何もなかったみたいな顔をしてるけど。とくに父さんは。一時的なことで、いつでも家に帰れると思ってるらしい。二人とも父さんの健康のためだと思ってる。父さんは捨てられたんじゃない。持ち物はまだ家にある。ベッドは父さんが出てった日のまんま。青い綿のシーツが敷かれ、足元には青い掛け布団が折りたたんである。数日おきにマイは父さんの部屋をのぞいては、ペーパータオルでナイトテーブルに積もった埃を拭き取る。何年も父さんが使ってきた部屋にいると、いつも通りの優しい気持ちになる。ドアを閉めるときにマイは静かに言う。「愛してる」って。面と向かって父さんには言ったこともないくせに。

ヴェトナムだったら、弱っていようがいまいが、父さんが親として振る舞い続けるのが当たり前。病気になったからって、何も変わることなんてない。ありったけのお金を使って、みんなで父さんの看病をするはず。家族はひとつ屋根の下、世代を超えて共に暮らすもの。アン伯母さん、伯母さんの夫と息子、息子の妻と赤ん坊みたいに。ギャンブルと借金のせいで家族みんなが苦しむのもそのせい。

最初父さんが介護施設に入ったときには、すぐに家に戻るはずだった。バッグひとつ片手に、一泊旅行へ行くみたいにパジャマと歯ブラシ、歯磨きにハンドタオル、スリッパと下着を二枚、それに櫛を持って出かけた。その介護施設ではアン伯母さんが働いてたから、父さんが入居するには何の苦労もなかった。伯母さんが介護施設にいたから、父さんが家を出るのも簡単だった。

でも、喪失の予感はあった。父さんの生活は必要最低限に切り詰められてたし、父さんは自分が家族の重荷になることを怖れてた。だから、父さんは出てったんだと思う。すでに衰弱してたけど、浴室で転んでからは急に弱くなった。そんな自分の姿が父さんには堪えられなかったみたい。杖や踏み台が必要なだけじゃなくて、普段の生活を送るのにますます努力が必要になっていた。

マイは父さんがどんどん弱くなってく様子から目を背けたいっていう気持ちと闘ってた。あのときも法律事務所で仕事をしてたけど、すぐに家に帰ってきて父さんの荷造りをした。父さんがアパートの床の上に死体が転がってるって、警察に通報したのよ。もう放っとくわけにはいかなかった。マイは自分でも嫌だったし、他人からとやかく言われたくなかった。だから、父さんの入所は一時的なものだってことにした。でも、それは正確な表現じゃない。いつもみたいに気を利かせて、アン夫人は小さなスーツケースをアパートから施設に運び出すと、郵便局へ行って父さんのために住所変更してくれた。朝が晩になり、そしてまた朝になる。家では父さんの部屋に光が差し込んでは、また暗闇に包まれる。そんな調子で父さんは家からいなくなった。父さんの持ち物がまだ沢山残っている寝室に、大きな穴をぽっかり残して。あの日の朝、父さんが顔を洗ったときに使ったタオルは、浴室のラックに掛かったまま。

マイは父さんが残されたわずかな人生を施設で過ごすってことを、真剣に考えようとはしなかった。どんなにそれが明らかでも、言葉にしなかった。

実際、もうマイには選択の余地はなかった。父さんの病気は悪くなってたし、体は弱くなっていた。心拍は不規則だったし、唇がサイゴンの夕暮れみたいに紫色になることもあった。左右の肺が順番に衰弱して、息をするたびにゼーゼー音がするようになった。呼吸をするのが難しいみたいで、不規則になっていた。空気が漏れるような湿気た音がする。少しは調子が良い日もあったけど、ひどく悪い日もあった。だから、お医者さんが介護施設に入るべきだって言い出したとき、父さんは賛成だった。首を大きく縦に振った。それ以来よ。父さんのことをマイはひどく心配して。アン伯母さんが二十年近く働く施設に父さんが入れたことに、とても感謝してた。

でも、マイは介護施設のことを生活支援施設って呼ぶ。そこにいれば父さんにとって普段の生活の負担が最小限になって、なんとかなるっていう意味かしら。

ちょっぴり開いた運転席側の窓から、冷たい風が入ってくる。太陽の暖かい日差しに包まれる。春がすぐそこまで来てるみたい。とてもさわやかよ。明るくまばゆい日差しに新たな可能性を感じる。でも、マイは何か嫌なことでもあるみたいに運転してる。

今日は二番目の伯父さんが介護施設に父さんを訪ねる日。これまでにはなかったびっくりするようなこと。伯父さんには、かれこれ二十五年以上会ってない。もう何十年も前、マイがまだ高校生だった頃、伯父さんはボート移民としてアメリカへ来るとカリフォルニアに住みついた。今日はそこから飛行機で来る。父さんとの友情はなにものにも代えがたいって、ずっと思ってたみたい。これまでもヴァージニアにいる父さんを訪ねたいって、まるで脅し文句みたいに言ってたわ。で、アメリカに着いた最初の年に、一度だけ本当に来たことがあった。でも、それは大失敗だった。二番目の伯父さんは何の説明もしなかったし、二人は抱き合いもしなかった。

二番目の伯父さんがマレーシアへ脱出したとき、長い手紙を父さんに書いてきた。理由はよくわからないけど、父さんは一九七五年以降、母さんと五番目の叔父さんに起きたことは二番目の伯父さんのせいだと思ってた。よりによって二番目の伯父さんがここに来るっていうのに、母さんはいない。一体それってどういうことなの？

それでも、二番目の伯父さんは父さんのところに来るつもりよ。父さんの非難をかわしつつ、二人の過去を取り戻そうと必死なの。昔の大切な友情のためなら、どんな屈辱にも甘んじようってことね。マイは二人の間を取り持たなくちゃと思ってる。その気持ちはわかる。マイにはあたいの気持ちはわからないでしょうけど。つまり彼女が見かけで、あたいがその中身ってこと。あたいはマイのなかにいて、内からあの娘を見てる。父さんが二番目の伯父さんにひどい非難を浴びせるってマイは思ってるし、それもっともだっていうのがあの娘の気持ち。

でも、父さんはきっとそんなことはしない。ベッドの上で身動きひとつせずじっとしてると思う。ただ、そんなときでも父さんはボクサーみたいに好戦的な態度を取る。二番目の伯父さんは悲しむ。どんなに深く懺悔しても、償いの気持ちから罪を認めても、二人の友情に入った溝はもう修復できないのかって嘆く。父さんは二番目の伯父さんの悔い改めなんてこれっぽちも信じられないって言うわ、きっと。大きく傷つけ合う割には、二人は何も解決できないし、何も話は進まない。結局何の意味もないってこと。それでも、毎年のように二人は同じことを繰り返す。

マイは小さな声で言う。どうして二人の気持ちはこんなに離れてしまったのって。

答えは簡単。きっと二人の間に生じた友情のひびって、誰が何を誰にしたとかっていうややこしい話じゃないのよ。もっと大きくねじれた感情のせい。傷口はとっても深い。父さんは痛みから解放されることがないくらい傷ついてる。何十年も前に、二番目の伯父さんが懇願したことがあったことがある。でも、マイが言うように、父さんは「過去を清算」することができない。今でも、というか、今だからこそできない。マイは過去を水に流すことができたけど、父さんとあたいには無理。

マイはあたいとは違う。あの娘には、人を睨みつけたかと思うと金切り声を上げて、苦しそうにゼーゼー激しく呼吸するような暴力的な発作は起きない。真夜中に耳をつんざく激しい音を立てたりもしない。ふさぎ込むこともないし、感情を爆発させてふらふらすることもない。少しずつアメリカナイズされてきたおかげで、この国での生活を上手くこなしてる。現在っていう瞬間から少し距離を置きながら、地味だけど静かな暮らしを送ってる。マイから見れば、今ここにあるものには意味もないし特徴もない。嫌なら無視すれば良いことだから関係ない。つまりあたいたち三人のなかで欠点があるのは、あたいだけってこと。マイが順応できてるのは、みんなあたいのおかげよ。

父さんはベッドで寝てる。でも、心ここにあらずって感じ。白いシーツの下に体の線は見えるけど。あたいはなんとなく落ち着かない。父さんがどこかに滑り落ちないように手を伸ばして引き留める。ベッド脇に座って、ヴェトナムからここに辿りついたときの話が聞きたい。父さんが憶えていることを大切に仕舞っておきたいから。

あたいは父さんのことを「バー」って呼ぶ。ヴェトナム語で父さんって意味。父さんは身をかがめて、あたいの手を取る。父さんには、あたいがマイなのかバオなのかわからないみたいだけど。

「おまえだね」と、父さんが言う。あたいが肯くと、マイも肯く。

父さんはとても疲れてる。「お父さん、起こしてあげるわ。」父さんの背を枕で支えながら、あたいが言う。父さんの顔に触れ、ひげを剃ったほうが良いかどうか確かめる。父さんの髪を指で梳《す》く。とかさなくても良さそうだけど、とかしてあげる。

「バオだね」と、父さんはあたいに身を任せる。あたいはにこっと笑う。父さんの世話をするのはあたいだって、父さんはわかってる。

父さんがあたいの手をぎゅっと握りしめる。心にぐっとくる。二人の意識が重なり合う。ヴェトナム語のバーは美しい言葉。人に授け、受け取る。バーっていうのは、それくらいシンプルで大切な言葉。赤ちゃんがはじめて使う言葉のひとつ。大好きな言葉。母音がひとつに子音がひとつ。気を使うこともない。訳なく口から出てくる言葉だから。

先週、二番目の伯父さんから電話があった。そのときあたいは父さんの側にいた。二番目の伯父さんったら見舞いに来ることを許してもらおうっていうんじゃなくて、ただこれから来るって言うのよ。それで父さんは驚いて目をぎょっと開いてた。

「今度話すときは、お互い顔を見て話そう。」電話口から二番目の伯父さんの元気そうな声が聞こえる。電話での短い会話が終わった。父さんは不機嫌でもなければ怒ってるわけでもない。そんな表情であたいの方を向いた。友情を取り戻そうっていうの？　それとも二人の固い友情を確かめようってことなの？

マイがベッドの足かけに足をのせてグズグズしてる。大海原の端っこで爪先立ちしてるみたいに、堅苦しそうにじっとしている。青い海に飛び込もうってときに、まずは水の冷たさに慣れようとしてゆっくり準備してるみたい。マイは水の冷たさによるショックを怖れてる。マイは不安に慣れてない。すでに部屋の空気は重々しい。

マイが父さんの側に立って部屋を見回す。家具の表面に積もった埃をチェックする。それから、父さんの肩に触れる。父さんがすっかり痩せちゃったのがわかったみたい。

ゼーゼー苦しそうな息が父さんから漏れてくる。父さんはマイの方を向く。がりがりにやつれた父さんの顔には恐怖の痕が刻み込まれてるけど、表情は穏やか。戦争で敵を殺した人だとは思えない。仏教徒の父さんは、そのおかげで狂ってしまったカルマを悔いている。父さんは昼ご飯を待ってる。そう、昼はマイが食べさせる。本当はあたいたち二人で食べさせるんだけど。でもマイは食べないわ。なぜって、あの娘はお腹が空っぽの方が良いから。食べ物が入ってないと、体が軽くきれいに感じるらしい。

「具合はどう。」そう言うと、マイが父さんの額に軽くキスする。手には携帯電話。ちらっとそれに目をやる。マイがしきりにメールをチェックしてるのに、父さんは気づいてる。

父さんがマイにもっとそばに寄るよう合図する。「仕事の調子はどうだい。」父さんはマイの注意を引こうとするけど、アメリカナイズされたあの娘の生活のことは、父さんにはわからない。あたいにもわからないけど。ともかく父さんの声はひどく興奮してる。

マイは肯く。でも、どこかはっきりしない。

それで父さんが訊く。「どんな事件を担当しているんだい。」

マイはそれほど仕事に関心があるわけじゃない。でも、いつも仕事のことばかり考えてる。だから、父さんに事件のことを話し始める。「うちの事務所が普段から扱うような事件じゃないわ。」依頼人は連邦政府から殺人と脅迫のかどで訴えられた大企業の重役ですって。「殺人が連邦裁判所で審議されることは滅多にないわ。」

「そりゃ面白そうな事件じゃないか。」父さんが言う。ただ、確信に満ちた声には聞こえなかったけど。

「ある連邦法が原因で、連邦裁判所で裁かれているだけなのよ。その連邦法には、法律違反の前提となる犯罪がリスト化されている。普通なら州犯罪になる殺人なんかもそこには含まれているのよ。」

「上手い具合にこなしているようじゃないか」と、父さんが言う。

マイは父さんの手を取りながら肯く。

父さんは腕時計を見る。旧友が来るのを待っている。すっかり郷愁の念に耽ってるみたい。

「別に来てもらわなくてもいいんだが」とつぶやきつつも、期待してドアの方に目をやる。

「伯父さんと言い争うのはやめてね。放っておくのよ。」マイが言う。マイは問題解決型の人間。だから、実務的な助言を父さんにする。

「ああ」と、肺からゴミでも吐き出すように父さんが言う。心のなかでいろんな気持ちが交錯してるみたい。「じゃあ、一体何を話せばいいんだ。それじゃあ、僕らには何の結びつきもないじゃないか。」自分の判断が正しいって言いたいのよ。父さんは肯きながらマイを見て、次にあたいを見る。そう、あたいたちを見る。父さんの顔が笑ってる。親としての権威を見せつけようとして、ぶっきらぼうな視線であたいたちを見る。

「わかったわ。でも、伯父さんがどんな話を持ちだそうとも、気にしないで。お父さんと伯父さんの間に起きたことはすべて過去のことなんだから。終わったことなのよ。もう変えることはできない。だから放っておけばいいの。」マイがアドバイスする。

あたいはサイドテーブルを父さんのベッドに寄せて、フォーを置く。香り豊かなスープはまさに父さん好みの味。脂のついた骨と軟骨を使い、ブリスケと腹肉で一晩中出汁をとる。焦げたタマネギとニンニクも加えて、さらに色出しする。特別に煎じたウーロン茶から熱い湯気が上がる。

スープを父さんの口に運ぶのはあたいの役目。スプーンで一口、また一口。でも、父さんの食べ方は弱々しい。食欲がない。ベッド脇のテーブルには、古いものが所狭しと置いてある。薬瓶、酸素吸入器。ビタミンやミネラルが入った流動食の缶。しわが寄った父さんの顔。骨が突き出ている。マイは父さんが食べるのを見ながら、親が子を甘やかすような笑いを顔に浮かべる。でも、マイったらため息をつく。木の実を割るような音と共に、目に涙が溜まってく。父さんが着る白いパジャマの青いストライプが揺れる。ナースコールでアン伯母さんを呼ぶ。すぐに伯母さんが来る。そして、ベッドの周囲にカーテンを引いて、父さんを着替えさせる。

伯母さんが働く施設に父さんが入れたのは、運が良かった。本当にそう思う。

あたいとマイはうたた寝する父さんを見る。

アン伯母さんはなかなか部屋から出ようとしない。じきに二番目の伯父さんが来るって知ってるから。こんなときに伯母さんがいてくれると気分が和らぐ。マイの多重人格のことはまだ話してないけど、あたいたちには何かあると伯母さんは察している。問題を理解してるってこと。もっとも伯母さんには伯母さんの問題がある。ギャンブル好きの息子と金銭問題。お金のことは、父さんが不思議なことにどうにかしたけど。

明るい黄色い光のなかで、伯母さんの顔を見る。年のせいか、すべすべの顔はすっかり痩せこけてる。髪はまだふさふさしてるけど、白髪を隠そうとして前髪は黒く染めてある。苦労の多い人生だけど、ここではアン伯母さんが慰め役。二番目の伯父さんが来れば必ずや現れる大きな影に立ち向かってくれる。伯母さんったら、あたいの首を見てる。首を傾《かし》げて、あたいの打ち傷を確かめようとしてる。

冬だから、あたいスカーフを巻いてるのよ。隠すためじゃない。そのほうが温かいんだもん。


そうこうするうちに年とった男が部屋に来た。やつれた顔がドアから部屋をのぞき込む。窓から差し込む太陽の光が直接その男に当たる。かろうじてそれが二番目の伯父さんだってわかった。手のひらを伏せて光を遮りながら、斜めにこっちを見る。スーツを着た体はひどくやせ細ってる。今にも目の前で蒸発しそうな感じ。でも、背を真っ直ぐに伸ばしてしっかり立っている。

「伯父さん」と、マイが呼びかける。沈黙を破らなくちゃって思ったみたい。マイは金属製の折りたたみ椅子からすっと立ち上がる。あの娘ったら二番目の伯父さんのことなんて信用してないくせに、そんなことはおくびにも出さない。それっていうのも、母に起きたことを聞けるのは、二番目の伯父さんからだけだったから。それだけでも来てもらう価値があるっていうものよ。

アン伯母さんには部屋にいるように何度も頼んだけど、二番目の伯父さんが来るとお辞儀して出てっちゃったわ。伯父さんは静かにベッドに向かって歩いてくると、父さんから十分距離をとって立ち止まった。マイは父さんの曲げた腕に手をかける。

「ごきげんよう。」父さんは二番目の伯父さんに気づくと、つっけんどんな声で言った。そして身を起こすと、南出身のヴェトナム人特有のけんかっ早い調子で伯父さんを睨みつけた。父さんにしてみれば、伯父さんが来るなんてまったくの想定外だったわけ。父さんの感情の動きがはっきりわかる。旧友に会ったみたいに父さんの表情がほんの少しだけ和らいだ。でも、一瞬だけ。

二番目の伯父さんは身構えもせずに父さんの不機嫌な表情を無視して、にっこり笑い返す。そういえば初めてここに来たとき、伯父さんは言ってたわ。明るい未来に向かって共に進んでいったあの思い出は、何ものにも代えがたいって。それは今でも変わらないって。伯父さんは父さんの本当の気持ちが戻ってくるのを期待してるんだって。父さんが二人の友情を心から理解できるのを待ってるって言うの。

「お土産だ。」ひどく寂しそうな様子で、二番目の伯父さんはバッグのなかに手を入れる。今は二〇〇六年。でも、伯父さんはつい昨日父さんに会ったばかりみたいな様子。指はニコチンで汚れてる。内側に折れ曲がった肩のせいで、実際よりも小柄に見える。

二番目の伯父さんは父さんのベッド脇に椅子を引き寄せて腰掛ける。義足が見える。金属製の足も、二番目の伯父さんと一緒に年を取ったみたい。

二番目の伯父さんは父さんにお土産を渡す。柿、マンゴスチン、それにスターフルーツ。カリフォルニアからヴァージニアに持ってきた。父さんは戸惑ってる。でも、無関心な振りをしてるわ。マイがそこに割って入る。よく熟れた果物にびっくりしてる。目で父さんに礼儀正しくするように訴えてる。父さんの表情が少し穏やかになった。マイがマンゴスチンを手に取って、ナイフの先を紫色の皮に入れて剥き始める。両手で果物を押さえて、親指でやさしく開く。真っ二つに割れた実は、タンジェリンみたいに瑞々《みずみず》しい。でも、タンジェリンと違って白く柔らかい。

マイがマンゴスチンを割って食べる様子が、大好きな果物を朝食に食べる母さんにとても似てたから、思わずじっと見つめちゃった。ただ、果物を割ってるのはマイだから、母さんがいないことに変わりないんだけど。母さんはここにはいない。これからもいない。その代わりに二番目の伯父さんがいる。心に昔の思い出が蘇ってくる。マイの姿に、母さんの面影がちらつく。突然、目の前の世界が凄まじい勢いで、怒りと悲しみの間を交差する。

あたいのなかのバオが嵐になって大きくなる。さっと顔を背ける。喉が焼けるように熱い。胸のなかで小さな爆発が起きる。いつも母さんが原因。過去が次々と蘇る。何が何だかわからないけど、急に何かがはっきり見えてくる。ほら、目の前にある。頭をひねる。まるで酔ってるみたい。気が狂いそう。この突然の思いに駆られて。

姉さんが死んでからというもの、母さんはあたいたちのことを相手にしてくれなかった。あたいもマイもどっちも望まれてないことには変わりなかった。

愛よりも悲しみが強かったってことじゃない。あたいたちはもう愛されてなかったってこと。愛されることなく生きてるのがどんな気分かわかるかしら。あたいは鏡を見る。ショックで打ちひしがれた表情。つまりこういうこと。しかめ面ばかりしてると、誰からも愛されなくなる。

心に怒りが沸き起こってくる。暴力的なあたいの始まり。怒ってるせいで何も考えられない。ものすごい勢いでマイと入れ替わる。

　それでもまだ冷静な自分がいる。今は父にとって大切なとき。拳固を握りしめて、自分を抑える。二番目の伯父さんの前で暴れ出さないように抑え込む。父さんはこの状況に気づいてる。目には見えないけど、何かが起きてトラブルを引き起こすようなときにはいつも気づいてる。顔をしかめる父さん。マイが父さんの世話をしようと一歩前に出る。マンゴスチンを一切れ、父さんの口にスプーンで運ぶ。父さんは気が進まない様子だけど、それを食べる。ちょっとしたことがきっかけで、父さんの怒りも爆発しそう。二番目の伯父さんが楽しそうにというよりは、悔いるような調子で言う。「彼女が大好きな果物だった。」あたいは平常心を保とうともがき苦しむ。でも、目から涙がこぼれ鼻水が出る。辛い唐辛子でも咬んだみたい。どんどん調子がおかしくなる。やがては爆発する。人格が壊れてしまいそう。父さんの前では向こう見ずなあたいだけど、二番目の伯父さんの前では違う。ぼそぼそ何かつぶやく。どうすべきかわかるくらいの分別はまだ残ってる。

「お父さんたちと知り合ってからというもの、よく一緒にマンゴスチンを食べたもんだ。もう五十年も前の話だ。」伯父さんはマイの方を向いて、父さんとの付き合いが長いことを強調する。でも、父さんは和解の品を受け取ろうとはしない。むしろ二番目の伯父さんを批判的に見る。

　そうだ、マイの後ろに隠れよう。あの娘のなかで安全な場所を見つけよう。何とか心を落ち着けよう。今にも怒り狂いそうだけど。

「来ないでくれと言っただろう。」父さんの声がする。「フォン、君を許すわけにはいかない。」父さんの声には悲しみと批判的な調子が入り混じっている。「決してだ。」父さんはわざわざ強調する。二人が面と向き合う。心と心のぶつかり合い。思い出すのは何十年も昔、チョロンの食卓で母さんと二番目の伯父さんが面と向き合っていたあの瞬間。何とも奇妙な気分。

「僕が何のためにここに来たのか、まだ話してないじゃないか。」二番目の伯父さんが強い調子で言う。緊張感が部屋を包む。父の呼吸が苦しそう。発作的に咳を繰り返す。

「古い友人の話を聞いてくれ。」二番目の伯父さんが父さんに頼む。

でも、父さんは首を横に振る。興味がないってこと。寝たままの状態だけど、目だけは冷たく光ってる。

「僕を軽蔑してるんだろうね。」二番目の伯父さんが突然言う。

沈黙。

二番目の伯父さんは父さんが弱ってることを知っている。父さんの様子を理解しようしてるのが視線でわかる。「こんなことを続けるには、僕らは年を取り過ぎた。」

「フォン、僕には君の意図がわからない。」

「自分のために何かしようってわけじゃない。僕ら二人のために心の平穏を取り戻したいんだ。」二番目の伯父さんは視線を落とす。悲しそうな目つき。

父さんは身を固くする。「君ほど鋭い人間がこれほど分別がないとは驚きだ。僕の心の平穏は僕自身だけが得ることができる。他の誰のものでもない。」父さんったら、まるでお説教でもしてるみたい。

マイが眉をしかめる。ありのままに感情をさらけ出す二人に困ってる。でも、興味もあるみたい。

父さんがベッド脇のナースコールの紐を引く。と、二番目の伯父さんは父さんの手を取ろうと腕を伸ばす。抑えつけようっていうんじゃない。ただやめさせようとして。「やめてくれ。」でも、父さんははっきり言う。「君は信用できない人間だ。」

あたいは部屋のなかをふらふら歩く。マイはびくびく不安そうに口を閉じる。人を小馬鹿にするような笑い声が聞こえるけど、誰が笑ってるのかわからない。

「不作法だ。ほかのことなら許せるが、これだけは違う。彼女は君のせいで死んだ。」父さんが言う。

死んだという言葉に力を込める。三十年間というもの、父さんは母さんの死という心乱される事実と共に生きてきた。母さんの死はアメリカに来た父さんにとって、あらゆる経験の前奏曲だった。いつも父さんの心の隅にあったこと。二番目の伯父さんの生きている姿が、母さんの死を暗示する。

気まずい沈黙が部屋を覆う。これほどはっきり父さんが話すのは、今までになかったこと。

母さんのこととなれば、あたいだって平然と中立を守るわけにはいかない。母さんの死は、あたいたちにとって時間の流れそのものだから。

父さんの低い声から、怒りを抑えようとしているのがわかる。父さんの体が動く。物思いに沈む黒い目。ベッド脇に置かれた舌先が二つに分れた蛇使いの人形をじっと見る。二人共通の過去が永遠に続く。何度も何度も分かれては、また一緒になる。

二番目の伯父さんは許しを請うように、頭をうなだれる。マイはすっかり自分の殻に引きこもったまま出てこようとしない。

「君の手紙を受け取ったのは一九七八年。でもそれ以前から、彼女が死んだのはわかっていた。夢から覚めると、彼女の死が重い石のようにずっしり心にのしかかってきた。体でそれを感じた。体中が麻痺することもあれば、とてつもない重荷を感じることもあった。」想像を絶するような喪失からは、決して立ち直ることができないってこと。父さんの顔は沈んでいる。「だが、君の手紙を受け取るまでわからなかったのは、どうして彼女が死んだのかということだった。そして、フォン、君がその原因だったということだ。」死の床にある父さんの目が一瞬、鋭く光る。

母は一九七八年に死んだ。あたいたちは二番目の伯父さんからの手紙でそれを知った。それまでは、一縷《いちる》の望みに賭けていた。死んだ母のことで、二番目の伯父さんの存在が父さんを困惑させた。単に母が死んだってことじゃない。どうして母が死んだのかが問題だった。この何十年というもの、マイが悩んできたのもこのこと。あの娘が大切なことから距離を置いて、半分死んだように大人しく生きてきたのもそのためだった。

父さんの体が震えている。二番目の伯父さんは父さんを苦しめるためにここに来たってこと。共通の過去がいかに人を苦しめるかってことは、二人を見ればよくわかる。ナースコールに応えて、アン伯母さんが心配そうに戻ってきた。疲れた。もうこれ以上、来客は無理だ。父さんが言う。他人といると気持ちがかき乱されるみたい。伯母さんが二番目の伯父さんに近づいて外へ連れ出す。伯父さんの顔は震え、肌は紅潮している。伯父さんにしても償いようがない罪に、心底苛まれてる。あきらめ顔で、心の動揺を抑えようと手で頭を抱えてる。過去に犯した罪を追体験してる。

やっと聞き取れるほどのか細い声で、二番目の伯父さんが言う。「歴史のせいだ。僕が望んだわけじゃない。」大粒の涙が伯父さんの頬をつたって流れ落ちる。「本当に彼女を愛していたのはこの僕だったんだから。」

これには驚いて体が金縛りにあったみたいになったわ。父さんも動揺して、身動きひとつできなかった。父さんは二番目の伯父さんの誠実さを怖れてた。そして、不実なところも。これが人間の性《さが》ってもの。

23

手紙

マイ　1978

ヴェトナムの状況は悪化している。父は母が間もなく出国すると信じている。それを感じている。どの海岸から母は出発するのだろう。地図を見ながら、みんなで想像する。アン伯母さんが言う。沢山の人たちが国を出たがっているのだから、海岸線の町ならどこからでも大丈夫。カマウ、ブンタウ、フーコック。何隻ものボートが港で揺れながら、辛抱強く人々を待っている様子が目に浮かぶ。どの町が一番多く使われるのだろう。二番目の伯父さんも脱越の可能性を探っているらしい。わたしはアン伯母さんの話を父に伝える。

こうした理由で父とわたしは母を待っている。町全体が待っている。一九七八年。ヴァージニアのリトルサイゴンに住む人々は、誰もが誰かを待っている。あるいは、誰かを待ち望んでいる人を知っている。

そして、ついにあの手紙が届く。マレーシアの消印。ヴェトナムを出た船はまずマレーシアへ行くことが多い。以前、マレーシアは船の受け入れを拒否したことがある。壊れた船を海に引きずり戻し、火をつけたことすらあった。内閣官房長官がすでに入国した難民を追い出し、新たに来る人々をその場で射殺すると宣言した。五ヶ月の間に、五万八千人ものボート難民が海岸に引きずり出され、大海へ放り込まれた。ヴェトナムの運命。ヴェトナム人の人間性は統計学的誤りであり、地政学的にも戦略的にも、もはや誰も関心を寄せせない。

公海上での過酷な運命と死を念頭に、父は手紙を開く。父は泣いている。血の気を失った顔。時折顔を上げ、わたしを見る。夢遊病者のように弱々しい態度で、手を振りわたしを招き寄せる。父のよれよれのオーバーコートに身を寄せる。癒やされることのない父の悲しみのなかに吸い込まれていく。父はわたしをしっかりと抱きしめたまま。しばらくして、わたしは父の腕から逃れる。わたしの方から父を離れるのは珍しい。父のすすり泣き。長年にわたり抑え込んできた感情が、とてつもない力で解き放たれる。すぐに父はわたしを引き寄せ、ひどく動揺した様子でわたしの髪を撫でた。父は手紙を読む。読み終わるとわたしに手紙を渡し、外へ出て泣いた。

手紙は二番目の伯父さんからだった。

僕はマレーシアのプラウ・ビドン島にいる。朝五時。とても悲しい気持ちでこの手紙を書いている。僕らは共に脱越したのだが、彼女は死んだ。

何年間も、考えられうるありとあらゆる困難に立ち向かいながら、僕らはヴェトナムで暮らしてきた。君たちが脱越した後の彼女の暮らしぶりを知りたいだろう。僕らは多くの苦難を共にしてきた。実に多くのことがあった。僕がアメリカに着いたら、直接話したいこともある。今は君たちがいなかった四年間の出来事について書いておきたい。僕らの脱越の旅。彼女の最後の数日間。想像以上に彼女が頑張っていたことがわかるだろう。

君たちの出発後、僕とトゥーとクイは君の義理の弟、つまりヴェトコンの弟と一緒に住むことになった。カチナ通りに面した四階建ての家だ。黒いマホガニーの木の壁で囲まれ、ピカピカの手すりの階段があった。君も幾度となく行ったことがある場所だ。そこで行われていた多くのスパイ行為を隠すために、かつては一階に絹や織物を売る店があった。つまり、ヴェトコンをかくまう場所だった。君の義理の弟はクイと僕らにこの安全な場所を用意してくれた。公安調査部会の家族の一員として、僕らを登録してくれた。

君の家はサイゴンが陥落した日に略奪された。僕がそこに着いたときには、門が大きく開いていた。なかに入り、庭へ向かって歩いた。そして、書斎に入った。君が読んでいた仏教やヨガの本がそのまま残されていた。だが、他のものはすでにほとんどなかった。北ヴェトナム軍兵士が大きなハンマーで部屋という部屋の壁を叩き壊していた。モルタルや煉瓦の陰に隠された金塊やアメリカドルを探しだそうとしたのだ。寝室のクローゼットには金庫があった。ドアは半開きだった。多くの可能性を示す状況だった。

事態はすぐにも望むべくもない方向に進み出す、と僕は思った。政府機関紙『サイゴン解放新聞』が、南の出身者は革命に対し血の代償を支払わなければならないと、早々に報じた。こうしたことが粛々と伝えられた。そして、恐ろしい未来を予見するかのように、この記事が伝える事態が始まった。それでも、たとえ深い悲しみに包まれていたにしても、サイゴンは北の田舎町には見劣りしない場所だった。町の回復力、そのエネルギー、堪え忍ぶ力が北の連中を驚かせた。だから、連中は町を傷つけなければならなかった。とても悲しいことだった。ある晩、わたしとトゥーとクイで昔のカチナ通りを歩いていたときのことだ。統一前には自由通りと呼ばれ、今はドンコイ、つまり闘争通りと呼ばれるサイゴンの大通りで、君がマイたちに本を買っていたカトライ書店にさしかかった。狭い店内には懐かしい本の香りがまだ残っていた。だが、本は一冊残らず棚から下ろされ、停車中のトラックに積み上げられていた。僕は現場の責任者とおぼしき党員の一人に尋ねた。彼は北部出身の痩せた十代の青年だった。ボロの軍服を着て、自己肯定的なきつい北のアクセントで話す。彼は処分対象の百人以上の著者と一千冊以上の本のタイトルを示した。マリオ・プーゾの『ゴッドファーザー』やマーガレット・ミッチェルの『風と共に去りぬ』が退廃的な書物のリストに含まれていた。僕らのまわりでは、兵士たちがトラックから本箱を降ろして店に搬入していた。マルクス、レーニン、エンゲルス。数ページ読むにも、大袈裟な文体を理解するのに苦労する。ホー・チ・ミンの額入り写真だけが入った箱もあった。「別のトラックで五十万枚の写真を南に送っている」と、その青年は言った。

これからの生活がどのように変わるのかを示唆する出来事もあった。一冊の本が君の妻の関心を引いた。魔法のランプと空飛ぶ絨毯の絵が付いたハードカバーの『千夜一夜物語』だった。若い党員がその様子に気づき、こっそり彼女に微笑みかけた。「お母さん、持ってきな。」彼女は凍りついていた。僕が一歩前に出て、彼女のためにその本を取った。

その頃、ピスヘルメットをかぶった軍人たちが銀行の金庫を閉じて、口座を凍結するよう命じた。クイは貴重品や金塊、それにダイヤを持っていた。僕らと一緒に彼女の弟の家へ逃げる前に、家の金庫から持ち出していたのだ。君の義理の弟は、まだ政府に大事にされていた。だから、僕らはとりあえず安全に暮らせた。少なくとも、僕はそう思っていた。君の弟はまだ本当のことを話していなかった。

でも、それは長く続かなかった。はっきりとすべてを失った日のことを憶えている。戦争に負けて四ヶ月後、一九七五年八月の中秋節が終わった後のことだった。僕とトゥーはアメリカドルや金塊を持っていなかった。僕らの財産はすべて南ヴェトナム通貨で預金してあった。トゥーは持っていた美しいダイヤの指輪を売りたがった。丁度それを金塊に代えたいという男がいた。ところが取引の日になると、その男は南ヴェトナムの紙幣を持ってきた。食料を買う現金が必要だったので、僕らはそれに応じるより仕方なかった。数日後、古い通貨には価値がないと宣告された。新しい通貨が発行された。誰もが決まった額を渡された。二百ドンだった。その後、僕らは生き抜くために、クイの金塊とダイヤ、アメリカドル、それに闇市に頼ることになる。クイはチョロンに通った。彼女の友人たちの知り合いだった中国人商人から、特別な値段で金塊を現金に交換するためだ。商人たちは金塊を新しい政府の役人に渡して現金を得ていた。人々が夜明けから米と肉を求めて国営協同組合の前に長蛇の列を作った。僕らを待ち受けていたのは、強制的に行われる金銭交換だ。一生かけて貯めた金を奪われた。その厳しさと効果にはびっくりした。高見から見下ろすように、奴らは冷たく言い放った。革命政府発行の二百ドン、もしくは四百キロのコメを正価で。全財産との交換だった。

配給制度が始まり、人々は指定された国営の店で配給品を買うようになった。配給カードに印刷された場所に一晩だけ泊まることが法律で許されたが、旅することは禁じられた。配給カードは毎週更新しなければならなかった。更新するには、レーニンに関する勉強会に出席しなければならない。クイとトゥーが最初の勉強会から帰ってきた。仲良く夕暮れの光のなかで哀愁おびる二人の姿。小馬鹿にしたようにある詩を小声で読んでいた。共産党が推奨するト・フーの詩だ。彼はスターリンへの愛に比べれば、家族への愛や自己愛も色あせると宣言した詩人だ。こんな陳腐な詩を素直な気持ちで暗唱すれば、ただ悲しくなるばかり。君の義理の弟ですら、これにはなんとも言えない気持ちだったようだ。深く考えることもなく共産主義的信条とそれがもたらす楽園の壮大さを擁護してはいたが、時折心に葛藤を抱えていた。間違いなく、彼は当惑していた。でも、まだ幻想を捨て去る心の準備はできていなかった。

今起きつつあることを知っていたにも関わらず、君の義理の弟はクイを安心させようと気遣っていた。ある日、僕は彼の部屋で党の書類を見つけた。そこには「アメリカ的、あるいはそれに毒された視点」から書かれた歴史書や哲学書、市民論の書物、「反革命的、ないしは邪悪な」内容の外国書物を禁じるための措置が記されていた。それでも、彼は望みをつないだ。共産党第一書記レ・デュアンによる宣言をクイに改めて伝えた。「南には独自の政治方針が必要」、つまり北による厳格な統制は課すべきでないという宣言だ。だが、レ・デュアンは「ヴェトナムの革命は国際共産主義的な義務を遂行するものである」とも書いていた。まだ遂行されていない義務だった。

それでも、僕らは本当に苦しんでいたわけではなかった。少なくともコネがあった。でっち上げの過去があった。君の義理の弟が持つ政治的関係と打算的な忠誠心のお陰で、特別に僕らに同情的な施しをしてくれる可能性がある政府高官の名前を聞き出すことができた。僕らはクイを連れて、その男のところへ助けを求めに行った。女がいれば、その場の雰囲気が和らぐかもしれない。これまでにない例外的な場合として認められ、今起きている現実にも関わらず、なんとか危険を逃れられると思った。

周囲の誰もが苦しんでいた。南全体が神の許しを得ようと苦しんでいた。君たちが雇っていた中国人のナニーは田舎に移り住んだ。多くの人々が考えたように、野生の食料を探し、海や川で魚を捕まえようとしたんだ。僕らは隠し財産のおかげで、闇市の恩恵を得ることができた。チョロンのありとあらゆる店が閉まっても、個人商店がなくなってしまっても、クイが知る中国人たちから闇米を買うことができた。彼女の友人たちはチョロンや地方に点在するネットワークを持っていた。

君が古い住所に手紙や小包を送っているのではと思ったが、届くわけがないと諦めていた。内務省が国際郵便を検査し、とくに金品が入っていると思われる場合には、差し押さえていたからだ。

海外からの小包はまさに救いそのものだった。人々はそれに生命をかけていた。でも、間もなく新しい制度が導入された。すべての小包は国営の店に運ばれなければならなくなった。いまだかつて行ったことがない路地裏にある悪臭漂う汚い部屋。君の義理の弟と、時にはクイも一緒にそこへ行き、君たちからの手紙を待った。とにかく君の居場所が知りたかった。

この仮のビルの内部では、沢山の人たちが動き回っていた。僕らは列に並び、名前が呼ばれるのを待った。シーンと静まりかえった室内で、青いズボンをはいた男が小包を開き、中身をカウンターの上に空ける。そして、注意深く検査すると税関台帳に記録する。背後の壁には税額を記した大きな表が掛かっていた。砂糖八十パーセント、酒類五十パーセント、衣類二十五パーセント、カメラ三十パーセント、薬二百パーセント。人々は高い関税を払い、時には貧しい税関員に良心の咎めから賄賂を渡し、小包を受け取る。闇市では十倍の値段で売りさばくこともできたからだ。

一日おきに、もしものためにと思い、僕らはそこに立ち寄った。クイもカーンの墓参りの後に、君からの手紙を探しに行っていたと思う。墓参りには、クイは必ず一人で出かけた。生米を盛った茶碗と線香を数本持って家を出ると、四方を壁に囲まれた墓地のなかで心の安らぎを求め、墓石を囲む狭い場所で一日を過ごす。僕も君の義理の弟と一緒に墓参りに行った。クイは墓を実に綺麗にしていた。その墓地には南の死者が葬られていた。脱越した家族の墓は荒れ放題だった。政府の墓守は門の開け閉めをするだけで、それ以上のことは何もしなかった。よく磨かれた墓石に混じって、石が欠けた墓もあれば、勢いよく茂るつるが絡んだ墓もあった。クイはカーンの墓に供えるお椀を週に何度か代えていた。墓がある場所は草で覆われていた。彼女は水やりをしては雑草を抜き、手入れを怠らなかった。

クイは毎朝家を出ると、夜まで戻ってこなかった。

来る日も来る日も、僕らは同じようにあてもなく惨めに暮らした。小さな装飾品を売って、米や粉ミルク、砂糖といった食料品を闇市で買って生活を立てる。クイが持っている金塊の量が気になった。残り少なくなった金塊や貴重品が入った鞄を、彼女が確かめていたこともあった。

ある日、クイはチョロンから帰ってくると、弟にある出来事を伝えた。あろうことか、チョロンの中国人学校が閉鎖命令を受けたのだ。ほとんどすべての店のシャッターが降ろされた。彼女の中国人の友人たちの商売は、米だろうと薬だろうとすべて没収された。クイの弟は姉を見て、懸命になだめようとした。

今まではどんなに落ち込んだときでも、彼女は僕らの困窮の原因となった連中を特に誰を指すでもなく、曖昧に「彼ら」と呼んでいた。だが今度ばかりは、弟がこの事態をもたらしたのだと言わんばかりだった。矢面に立つのはわたしたちよ。これがあなた方の革命の結果だわ。そう彼女は言った。

本当のところを言えば、そのとき僕らはまだ知らなかったけれど、彼女の弟は他の似たような連中、つまりは他の南出身者と共に屈服させられようとしていた。これを運命と呼ぶのも良いだろう。ただしその運命の実態が、党派中心主義が陥りがちな構造欠陥に由来するものでないならば。それでも、僕らは例外であることを期待していた。僕らは君の義理の弟の信用にまだ頼ることができると思っていた。彼は信念のために人生を捧げていたのだから。だがある晩、君の義理の弟は重大な事実を僕に明かした。彼は話したいと言って、僕を呼んだ。何かおかしいと思った。彼は僕の腕を掴むと、声を低くした。そして僕を引き寄せると、この先に待ち構えている危険に注意するよう警告した。それから数分間、僕には彼が言うことがほとんど信じられなかった。

彼は言った。長い間南に寝返ろうと思っていたと。彼は疑念を感じていた。ヴェトコンの機密情報を君に漏らすことで、彼が感じていた疑念を君に打ち明けたこともあったらしい。彼の場合、意思が揺らいでいるというのではない。心がぐらついていたのだ。彼はまだ決めかねていたけれど、数少ない友人たちには気持ちを明かしていた。この軽率さが与える悪影響を、彼は気にかけていた。裏切り者と見なされ、革命に反旗を翻した者として位置づけられるかもしれない。

なぜ今になって心配するのかと、僕は尋ねた。わからない、と彼は言う。ただ、誰かが情報を漏らしていると疑っていた。南で行われている個人所有物の没収にやんわりと反対するなど、彼はちょっとした意見を述べていた。数ヶ月前には、自分は地主の息子だと明かしたらしい。小作農のことならよくわかる。彼らは自分たちのものだと信じているわずかばかりの土地を欲しがっているのだと、彼は主張した。彼らの土地や水牛をただで奪うことはできないと。

彼らは君の義理の弟にごくありきたりのやり方で対応した。突然の訪問と警察の尋問。ひそひそ声で意見を交わす。あっという間に、彼は連れ去られた。

二日後、また誰かが訪ねてきた。トゥーとクイが家にいるときだった。うちの人は傷病兵だと、二人は取り乱して言った。片足しかないんです。見てください。トゥーは僕のズボンの裾をまくりあげ、いつもはズボンで隠している不完全な体を見せた。二人がズボンを下ろそうとあたふたしている間にも、僕はしっかりと立っていた。クイはフォークを手に取り、僕の義足を叩いてカチーンという音を響かせた。党員たちにとっては、ただの金属音に過ぎなかった。彼らは肩をすくめた。まさにこの金属が鳴る音こそ、僕が繰り返し独房のなかで、その後何年にもわたり聞くことになる音だった。彼らの質問にはすぐに答えた。トゥーとクイはなんとかしようと努力した。

僕は近くの学校に停めてあったトラックに乗せられた。そして、他の連中と一緒に夜の暗闇のなか、ところどころ荒れた田舎道を連れて行かれた。その道すがら、僕はこの国に起きたことを初めて正確に理解した。南の隷属化だ。それはずっと計画されてきたことであり、まるで植林される前にすでに種から芽を吹き出し始めた木のように形を成していた。

車が橋を横断した。金属製の橋の表面がタイヤに振動を伝える。僕にはひとつひとつの音がはっきり聞こえる。エンジンを吹かす音。鉄道の線路を越えるときに車輪がきしむ音。運転手と護衛がブツブツ言う声。そして、僕らは即座に車を降ろされた。日が暮れる頃、独房でただ一人、新鮮な空気を吸おうと壁の割れ目にできるかぎり体を寄せる。だが、嘔吐物や排泄物のひどい悪臭だけがした。あたりに漂うアンモニアの臭い。建物の基礎部分に入った亀裂は、割れ目に沿って腐っていた。夜になっても、壁も床も天井も冷えることはなかった。この独房は太陽の焼けつくような日差しに曝された平地の真ん中にあるに違いない。僕の肌はやむことなく流れる汗でギラギラ光り、なめればしょっぱい汗が毛穴を塞いだ。拷問は生臭い汗が光るなかで執り行われる必要があると、すぐにわかった。残虐さのメソッドは、決して常軌を逸しているわけではない。

手錠をはめられた両手が、鎖で義足につながれた。右手が自由になるのは、食事のときだけだ。ドアの敷居から、砂混じりのご飯茶碗が差し入れられる。僕らの罪を思い起こさせるべく、守衛が食事の用意が出来たことを知らせる。過去の罪を告白し、新しい未来を受け入れるよう促す拡声機の声。夕方になると、独房を沈黙が覆う。仲間が欲しい。夜になると天井に吊された裸電球の光が、窓のない独房に灯るときもある。そうでないときは、太古のような暗闇が周囲を包みこむ。時折、壁の向こう側から音が聞こえる。すぐそこにいるものの、決して手が届かない影のような人間の存在。時にはやさしい守衛が哀れみからか、片方の手錠を外してくれる。そのおかげで体はまだねじ曲がっていたものの、少し眠りやすい姿勢になる。独りぼっちの夜にも、悪夢が僕を苦しめる。独房の暑さと汗のせいで、金属の義足が黄土色に錆びてくる。ほとんど光が入らないこの部屋で一番大切なことは、ごく単純な喜びだ。一日のなかのその時間を楽しみに待つ。もっともそれが何時なのかは、前もって知らされるわけじゃない。床の上に平らに横たわるように言われるとき。あるいは真っ直ぐに立ち上がり、短い足取りで独房の端から端へと移動するように言われるとき。そんなとき、この上ない喜びを感じる。時が経過する。一日、二日、一週間、二週間、そしてもっと。幻のように続く毎日は、なんの慰めにもならない。ズシリと心に重くのしかかってくるのは、何も知らないという謎。時折、守衛が部屋に入ってきては、冷徹な調子で命令を下す。「悔いよ。おまえは自分の行いを悔いたか。」僕らは皆、嘲笑に曝される。一体何を悔いればいいのかと訊けば、謎を深めるかのような問いと命令が返ってくる。わからないのか。なら、考えろ。

もちろん悔いることとは、過去の罪を認めることだった。守衛はおきまりの抽象的な難問や、脅迫とも約束ともつかない曖昧さで、僕らをもて遊んでいた。悔恨、悔悟、自責の念。そして、呼び名の問題。どう呼ばれるかによって、少なくとも独房のなかにいる間の存在意義が変わってくる。僕は手錠を外してくれと頼んだ。改悛《かいしゅん》してからだ、という返事がその答えだった。

改悛するとは服従を意味し、悔い改めた末、今までとは違う真っ直ぐな自由の身になるきっかけを得ること。すぐに僕はありとあらゆる告白の形を、自ら進んで思慮分別もなく想像するようになった。それが自由と引き替えになるのなら。

虫、蟻、ゴキブリが壁や床の隙間から現れては、仲間のように居着いた。トカゲが数日間、天井からぶら下がっていたこともあった。すべすべした青白い腹、銀色の長い胴と尻尾がしなやかに動く。淡い白色の胴体が薄灰色の天井に浮き上がる。ごく些細なことが人生の関心事となり、つまらないことにも想像を働かせるようになった。数日間、僕はトカゲを見つめては話しかけた。僕を目覚めさせ、僕の想像力に火をつけたのがこのトカゲだった。これさえ生き延びることができれば、後は刻一刻を意義あるものとして過ごすことができる。そう自分自身に言い聞かせた。

常軌を逸した目的に取り憑かれるなか、ある朝早く守衛が来た。そして、僕を別の部屋へ連れていった。そこでは実に色々なことが行われていた。七十人ほどの囚人が、長さ六メートル幅五メートルほどの部屋に詰め込まれていた。ドアが開くと大騒ぎになった。朝一番の光に向かって、誰もが先を争って押し寄せてきた。その内数人が、新参者である僕への好奇心からか突進してきた。埃っぽい蛾の死体や、その羽根からはがれ落ちる石灰のような粉が宙を舞う。ゼーゼーと音を立てる肺、結核患者が立てるような咳払い、押し合いへし合いする音、ため息、泣き声など様々な病的な音が聞こえた。グロテスクな顔がいくつも現れる。骨と皮ばかりの男たちがじっと見ている。守衛に放り出され、僕は倒れた。頭を何か固いものに激しくぶつけながらも、床の上で金属製の義足が立てるカチンという音が聞こえた。目が眩む。見えるのは真っ黒な暗闇だけ。目やこめかみが強く圧迫された。床から天井に向かって広がる暗闇に、微少な点や丸が見える。低周波の振動が耳に響き、ついには音となった。

一体どうしたんだ。楽にしてやれ。ボタンを外せ。誰もがそれぞれの役割を理解し、緊急事態にどう対応すべきかを叫んでいた。こんな状況にあっても、僕には知り合いや近所に住んでいた顔なじみがこのなかに混じっているのがわかった。頭を剃った仏教僧。敗れた南ヴェトナム軍の兵士たち。僕と同じように、誰もが戦時中の騒ぎを思い出しては、それに取り憑かれていた。痩せ細った体。擦り傷だらけの頭皮。まだ固まりきっていない瘡蓋《かさぶた》のかたまり。変色した床の上には、血混じりの唾がよだれのように垂れている。多くの連中は騙されていた。「心から改悛」するために、共産党が提供する再教育の講習に出頭せよと命じられ、一週間分の着替えを持って家を出た。だから、誰もがすぐに終わると思ってここに来た。近所の知り合いの家の息子は、夏用のシャツとカーキのズボンを三日分持ってきただけで、三年間も音沙汰がない有様だった。

しっかりとドアが閉じられた部屋に漏れる薄ら灯りのなかで、僕の目はすぐにある顔に釘付けになった。それは君の義理の弟だった。彼の運命と僕の運命はこの牢獄で強く結びついていた。彼の頬はこけ、目は涙ぐんでいた。僕がここに入れられると同時に、彼は連れ出された。ここにいる囚人たちは彼の複雑なヴェトコンとしての過去を知り、それでも復讐するのではなく、長い執行猶予を与えていたのだろうか。長い戦争と苦しみの果てに、きっと非難や復讐とは違う別のものに目を向けていたのだろう。より慈しみ深い考えを持つようになったのだろう。少なくとも僕はそうあってほしいと思った。

顔に水を感じた。二本の手がシャツの襟を掴んで、目を覚まさせようと僕を揺する。僕らは皆、身を寄せ合い、同じ痛みや孤独に苛まれていた。

義足をしているのは、僕だけだった。五体満足なみんなが譲ってくれたおかげで、一番広い空間を使うことができた。孤独な心を抱えた誰もが寄り添いながら立って寝ているときにも、僕は横になることができた。

奴らは僕らを分断する術を心得ていた。あの男を批判せよ。ある日、僕はそう言われた。誰かが書いた告白文を読まされたときのことだ。その告白文は次から次へと回覧された。僕らはどうにも抗することが出来ない権力に抑えつけられていた。毎月、誰かが書いた日誌に白黒つけるよう命じられた。牢屋のなかで一番弱いか、一番怠けていると判断されれば、特別な扱いを受けることになる。朝食も昼食もない。その月が終わるまで、わずかばかりの古いご飯を夕食に与えられるだけだった。

すぐに僕は心のなかに植えつけられる疑念や不安、不信感を怖れ始めた。他の連中の目を逃れることで、プライバシーを守ることはできた。それでも感情を盗み見され、噂は共有される。

南出身の生まれながらの共産主義者がいた。彼は自分は幻想など持ち合わせていないと宣言する。仏教僧のようにこの男は弱々しく笑う。これまでの気構えやら政治的立ち場などすべてを喪失し、ただ一人孤独な存在。財産は一切持たない。僕のようにひどく原初的な考えを心に抱いているものの、その効能は一切表に出さない。数週間一言も喋らず、誰のことも見なかった。そしてある日突然、僕の衰弱した体の上につま先立つと、壁に開いた狭い亀裂に目を合わせ、その隙間からほんの少し外の世界を見ようとした。僕は彼の踏み台になっていた。だから、この男と接触することになった。彼は過去の記憶で心が一杯だった。意味ありげな視線で僕を見下ろすと、そのときまで見たことがなかった快活な調子で話しかけてきた。その声は小さいながらもはっきりしている。フランスの植民地時代からジエム政権を経て、チュー政権、そして今は共産党支配の下、何十年も監獄に閉じ込められてきたという。「僕の夢は釈放されることじゃない」と言葉を切る。そして、彼の人生への失望と不満を僕がきちんと理解しているかを確かめるように、こっちを見て言う。「家族に会うことでもない。」再び話すのをやめ、この理解しがたい言葉の意味を共に噛みしめようとする。「僕の夢は、三十年前のフランスの監獄へ戻ることだ。」それは運命への諦念ではなく、むしろ痛みを求め、憂鬱の最中にも心の安らぎを求める、自らに課したどうすることもできない欲望だった。その瞬間、均衡が崩れた。この牢屋から彼が連れ出されるまでの間、その後ついに彼の言葉を聞くことはなかった。

そしてある日、再びこの男を見た。別の男と立っていた。二人の長い影が光のなかに見えた。僕は乾いた草原の端っこで、ホースで作物に水を撒いていた。獄内の暗闇に長い間慣れていたので、光を遮ろうと手で目を覆う。貨物輸送に使われていた古いコンテナが太陽の光と熱の下、無造作に置いてあった。隣接する区画の反対側に置かれた縦横一メートル強のコンテナ。紫色の沈黙に包まれ、二人はいた。そこでは男たちが規則的に、そして運命の定めと言わんばかりに歩きながら、地雷を撤去していた。すぐにもう一人の男が誰なのかわかった。はっきりと顔は見えなかったが、直感的にわかった。君の義理の弟だ。彼は僕を見た。僕も彼を見た。お互いに見た。が、それだけだった。

ここにいる誰もが忘れることはできないし、忘れもしないだろう。僕らは過去の人生に縛りつけられていた。

脱獄を妨ぐための壁などなかった。細い有刺鉄線が張り巡らされているだけで、監視もいなかった。だが、誰も逃げなかった。そんなことをすれば、両親や妻、子どもが殺されると痛いくらいにはっきりとわかっていた。奴らは家族の名前を把握していた。家族を訪問していることが、それとなく伝えられていた。

「おまえの姉さんは美人だな。」党員の一人が君の義理の弟に話しかけた。「クイって名前だろ。」

君の義理の弟は肯いた。その瞬間、抵抗しようという気持ちは一気に失せる。こうした問いかけが、僕らを鎮めるには実に効果的だった。

「姉さんは女友達と暮らしている。そうだな。姉さんは一人だ。夫もいない。いや、夫はここで悔い改めている。」こんな風に問いかけられれば、僕らが完全に服従するのは訳ないことだと想像がつくだろう。

立ち去る前に、この党員は君の義理の弟にこう言った。「敵よりも憎いのは裏切り者だ。寝返ろうと心に思っただけでもだ。憶えておけ。」

すべてが絶望的だった。そしてついにある日、僕らの牢屋のドアが開き、君の義理の弟が担架に乗せられ運ばれてきた。

「コンテナじゃない本物の牢屋だ。」守衛が告げた。

君の義理の弟は、担架から下ろされると床に崩れ落ちた。まるで物のように冷たくなった体は、縮み上がっていた。肉も骨も形を変え、窮屈な金属製の箱にぴったり収まっていた。それでも、その瞬間が軽く感じられた。僕らの運命、どうにもならない状況が変わる。守衛長ですらが、僕を優しい目で見る。数日前には想像もつかなかったことだ。確かに何かが変わった。守衛長の様子が労せずして変わったように見えること、突然、善意に満ちた態度に取って代わったことに、僕らはまず驚いた。それから、いつになく豪勢な食事が気前よく出された。大盛りのご飯、豚肉が少々。それに守衛たちが時折見せる笑顔。僕にはタバコすら与えられた。そしてある日、一枚の紙が渡された。破れてクシャクシャだったが、はっきりクイの字で驚くべきことが書いてあった。「あなたたちの居場所がついにわかったの。諦めないで。すぐに出られるから。」これまで以上に、彼女の存在がなくてはならないものだと感じた。そして再び、唯一夢見る価値がある夢を見た。

二番目の伯父さんの手紙を読みながら、静かに涙することもあれば、明らかになるであろう真実を強く否定する瞬間もあった。もうこれ以上、読み続けるのは堪えられない。父の震える手を肩に感じる。わたしの後ろに立ち、父もまた手紙を読んでいた。大声で叫びたかった。でも、そうはしなかった。その代わり、父もわたしも深い沈黙のなかに沈んでいった。

Ⅲ　河は流れ、大海は横たわる

24 南シナ海

ミン氏 2006

窓の外を見る。空は青い。だが、春の息吹はまだ感じられない。ここにはまだ来ていないあの艶やかな季節の到来をわたしは待つ。木々が白い花びらを咲かせ、刈ったばかりの芝の香りが半分開いた窓から風にのって部屋に入ってくる季節。毎年繰り返される華々しい再生の季節。だが、もうしばらくは始まったばかりの春が示す微かな印に満足しよう。昨日木の枝の上に見つけたコマドリのように、春の訪れを示す兆候に満足しよう。

静かに音を立てながらしっかりと目的に向かって進んでいる人生だと思っていた。が、フォンの突然の訪問ですっかりそれが中断してしまった。どんなに短い時間でも、フォンが再び目の前に現れたことで、長い間鎮まっていた感情が揺り起こされたのだ。アン夫人が彼を部屋から連れ出してくれたものの、胃に痛みが残る。目眩で頭がふらふらする。ただ、おかげですべてがはっきり見通せるようになった。光沢のある木。黄ばんだ壁。浸みひとつない長い廊下。偽りの友情。

時が過ぎていくのを強く感じる。自分のこと、娘のことがよくわかる。時にはマイがいて、時にはバオがいて、時には、そういうことがありうるのだとして、二人が同時に現れる。そんな場合には、誰がいて誰がいないのかは重要でない。お互いの姿のなかに、それぞれもう一方の姿の幻影が潜む。二人とも死者が彷徨う世界に魂を捧げている。南シナ海のどこかに浮かぶ世界に命を捧げている。

ベッド脇の引き出しのなかには、まだあの手紙がある。取り出して触れてみる。繰り返し読んだせいか、封筒にはしわが寄っている。数年前、初めてこの手紙を読んだときのことを思い出す。その後、マイとバオと共に、読み返したときのことも。

踵で音を立てながら、アン夫人が動き回る。何か問題があると感じたときには、部屋にやって来る。マイとバオという二人の娘のこともわかっている。わたしが説明するまでもなく、バオの存在がマイの苦しみから生まれたことを直感的に理解している。ゆっくりと時間をかけて、わたしとアン夫人はマイからバオへと、バオからマイへと変化する娘が生きる実に複雑な人生に慣れてきた。

アン夫人がわたしの手を取って尋ねる。「大丈夫ですか。」フォンが来たことでわたしの心がかき乱されていることを、そして陰陽の世界のように離れがたく結びつくマイとバオの存在にわたしが心痛めていることに、アン夫人は気づいている。肺にまた水が溜まってきた。呼吸ができなくならないうちに、アン夫人はスープ皿に薬を溶かし、わたしに飲ませる。

手紙はここにある。呼吸が苦しい。息をするんだ。息を。こめかみのあたりでドクドク音がする。数年前、とんでもないことがわかった。それが今も、なんら変わることなく続く。

横になったまま、彼女を見守り続ける。

夢のなかでは、妻と娘がまだ生きていた。二人の横顔が対をなすシルエット。彼女の目が見える。そして、彼女の唇、彼女の首筋。紫色に輝く妻が微笑む。夕暮れ時の淡い光に、家が輝く。

手紙に目をやる。フォンの筆跡を注意深く見ていると、クイが払った数多くの犠牲が見えてくる。この手紙を初めて読んだときも今もはっきりと言えるのは、わたしもフォンも彼女の弟も皆助けを必要とする弱々しい存在だったということ。妻はわたしたちが生き延びていくのに必要な命の源泉だった。

以前には、このことがわからなかった。

「あなたたちの居場所がついにわかったの。諦めないで。すぐに出られるから。」

一九七八年、フォンがマレーシアから出した手紙に思わず書き留めたクイの言葉。だが、一体どうして彼女にわかったのだろう。フォンは不思議には思わなかったのか。

「妻はとても苦しんでいた。」わたしはアン夫人に話す。アン夫人は何が起きたのかを知っている。ただ、彼女は決してそのことを口にしない。わたしはアン夫人に手紙を見せた。その結果、わたしとアン夫人は戦後妻とヴェトナムの双方に起きたことを、強い決意をもって見つめることになった。

クイは家のドアを開け、戦後の物憂げなサイゴンの薄暗い光のなかへと真っ直ぐに歩き出した。朝の喧噪のなかですら憂鬱な通り。一九七五年。南が陥落した年だ。だが、それが一九六三年だったとしても不思議はなかった。ジエム大統領が暗殺された年のことだ。

一九六三年に、あるいは一九七五年に起きた事を正しく理解するには、クイの後を追う必要がある。家を出て、いつもとは違う道を歩くクイの姿を追う。新しい事態の展開は、偶然の結果でもなければ、仮のものでもなかった。一九六三年、わたしが釈放された裏には妻がいた。一九七八年、彼女の弟とフォンの釈放のお膳立てを整えたのがクイだったのと同じことだ。わたしたちを救ったのは彼女だった。

ひとつの出来事が、次の出来事の予兆だった。なかなか成仏しない幽霊のように、二つの出来事を通じて、奴の存在は曖昧ではあったが、実に強い力を持っていた。権威、権力を掌握し、誰よりも優秀だった。ただし、当の本人は周囲の人間がどんなに萎縮しているかなど、まったく意識していなかったようだが。暗い影のなかに現れる奴の顔をいまだ目の前に思い出す。彼女を見る奴の目。フォンのことだ。タバコを手にくゆらしながら目を細め、物欲しそうに見つめる。みだらな欲望の高まり。そして、陰謀。満たされなければならない欲望。それがすべてだったのだろうか。一九六三年、計算づくでクイを求める奴の欲望とわたしの釈放をめぐる不可解な関係。煮えたぎった欲望がひとつの単純な事実に帰結する。まっとうな取引だったのか。この問いを巡って、わたしは幾度も孤独感に苛まれた。奴の純粋な欲望。逸れたり沈んだりを繰り返しながら、遂にはその欲望が満たされる。死刑執行人の銃口から救われる命と引き替えに。

この事実は誰も知らない秘密だった。一九六三年、フォンだけが知っていた。そのときと同じように、きっと一九七五年にも奴は知っていたに違いない。誰もが彼女を美しいと感じ、彼女の美しさが奴と彼女の弟を救うことができることを。

このたったひとつの事実が無慈悲にもわたしの心を何年もの間、繰り返し悩ませてきた。新たに考えられる可能性などまったくなかった。ますます確信をもってよりはっきりと、クーデター後のある晩、我が家で食事を終えた帰り際に、奴の手がクイの腰にほんの一瞬でも長く留まっていたことを思い出す。

奴はここについさっきまでいた。屈折した記憶。わたしを見下ろすようにここに立っていた。湿ったニコチンの臭いがまだ強く残っている。わたしは震える手をユーカリ油の瓶に伸ばすと、鼻と喉に数滴それを塗った。三十年前の手紙に不注意にも多くを書きすぎた男から、落ち着いた様子で介護施設を訪れ、礼儀正しく振る舞う男への変化がいまだ不快に思える。奴がここにいるのに、彼女はいない。そう思うと怒りが収まらない。

時は止まったまま動こうとしない。

頭のなかで不器用につなぎ合わせた事実がこれだ。クイは金塊以上のものを交換した。フォンはその糸を引いた張本人だ。わたしたちを嘲り、彼女の高潔さとそれにはとても値しないわたしたちの存在を利用した。それが事実だ。この紛れもない、滑稽ともいえる対照的な事実。あの手紙なら何度も読んだ。

が、今でも一番身に堪える部分だけを繰り返そう。

「諦めないで。すぐに出られるから。」

僕と君の義理の弟は、守衛が忍ばせてくれたぼろぼろの紙切れを見た。きっと彼女は金塊を売ったのだと思った。

もう一度希望を持たなければ。僕らは自由になれると思える立ち場にはなかった。でもクイのメモ書きを手にして、ここを出ることをつねに考えるようになった。サイゴンにいるクイにまた会うことを、アメリカにいる君に会うことを考えた。新しい生活が見えるかのようだった。アメリカで、世界の向こうから眺める景色や風景が見えるような気がした。すべてが大それた希望で、とても実現するとは思えなかった。ただ、それでも僕はその希望を捨てはしなかった。

この牢獄で死ぬことを長い間考えてきたことを思えば、ある朝早くドアが開いて釈放を言い渡されたときの僕の驚きが、どんなものだったか想像できるだろう。生き続けることができる。どこか別のところで生きることができる。ヴェトナムに留まるつもりはなかった。守衛は君の弟にクイの手紙を渡した。彼女は僕らを待っている。サイゴンまでのバス代と旅行許可証が入っていた。金属製の足の僕と、すっかり痩せこけ背筋も曲がった君の義理の弟を、守衛の一人がバス停まで案内してくれた。

僕らの奇態は、戦後のサイゴンでは決して珍しいものではなかった。それでも、トゥーもクイもほとんど僕らのことがわからなかった。君の妻は変わっていなかった。いつものように美しく優雅だった。太陽の光のなかで輝きながら、僕と弟の顔に触れた。トゥーは一歩引いて、クイが弟と再会するのを邪魔しないようにした。君の義理の弟は床に座り込んだ。そして、改めて動くことを確認するかのように、自分の手を見つめては、時折足を動かした。しばらくして、クイが眉間にしわを寄せて言った。「二人が殺される前に出発しましょう。」彼女の目に映る僕らの姿を想像した。彼女には何が見えるのだろう。鏡に映る幽霊のような顔。疲れ痩せ細った顔。「あなたを助けるにはほかに方法がないわ。」僕も一緒に脱出するのだろうが、クイは弟に向かって話しかけていた。牢獄で時を共にしたことで、僕らが分かちがたく結びついていることに彼女は気づいていた。僕と彼女の弟は、混乱の中を生き延びた旧友のようだった。僕らの体験を話すと、彼女は震えた。クイのベッドの下には、短波ラジオが隠されていた。BBC放送が最新の危険を報じていた。

僕はあたりを見回した。新たな生活がとても厳しいものだとわかった。ペンキが剝げた古い漆喰壁。湿った洗濯物の悪臭が漂い、空気が通らない部屋には熱気がこもっていた。コンロの上には黒ずんだヤカン。クイもまた、その場しのぎの生活を堪え忍ばなければならなかったのだ。だが、彼女の顔には年や苦労を感じさせるようなしわは一本もなかった。それでも、目には見えない何かが失われていた。かつては美しかった道が、薄汚くなっていた。人通りもなければ、観光客もいなかった。地元の共産党員が詰める薄汚れた小屋が、道の片隅にあるだけだった。詰め所は町に必ず一箇所あった。秩序を守り、市民を監視するために。僕らが家に戻った最初の晩、誰かが来た。僕はすぐに不安になった。威圧的な足音が聞こえると、今度はドアを叩く激しいノック。陰鬱な沈黙。僕らは身分証を見せるように要求された。許可なく滞在したり、無断で外出することがないよう、家族登録簿で調べるためだ。これこそ戦争に負けた証だった。

クイが党員を迎えた。顔なじみのようだった。雰囲気が変わった。打ち解けた調子でやりとりする。彼女の魅力は失われないままだった。特別な来客のために用意する丸く滑らかな陶器のカップで、警護兵にお茶を出す。男は手を振って遠慮する。彼女はフランスパンが入った籠を持って戻って来ると、バーボンの瓶を開け、グラスに注いで男に渡す。僕は本能的に唾をゴクリと飲み込む。その熱い液体が喉を焼きつけるような錯覚。男が言う。「貴方に土産だ。」「貴方」と彼女に丁寧に呼びかけるとメモを渡した。警護兵が立ち去ると、彼女は自信と約束に満ちた表情で僕らを見た。

頭のなかで場面場面を想像する。永遠の愛とその喪失を詠うバラッドを思い出す。行間にクイの気持ちを感じる。フォンと義理の弟が釈放されたその場に自分自身がいるかのように、その日のサイゴンが見える。

フォンに対して長年義務のように感じていた感謝の念が完全に間違ったものだとわかると、顔に赤く燃えさかる炎のような熱を感じた。奴がわたしたちを守っていたのではない。クイが守ってくれていたのだ。

数日後、警護兵がサイゴンの南にある漁村ファンティエトへの旅行許可証を持ってきた。そこからヴェトナムを離れる。クイの中国人の仲間が計画を立てる。僕らの出国を助けるという条件で、二人の男の旅費も支払うことになった。

この先起きるであろう不確かな旅路のことを想像しながら、すべては運命次第だと思った。シクロを呼び止めバス停へと向かう。そして、普通の旅行者のような顔をしてバスに乗る。停車場はバスやトラックで混雑していた。古いエンジンがガタガタ音を立てながら煙を上げる。持っていた干しイカと中華ソーセージが入った袋から、脂の固まりの甘い香りが漏れる。尋問に備えて、クイはおもちゃの袋を持っていた。幼い子どもがいる親戚を訪ねる振りをするためだった。僕らと一緒に旅に出ようとする彼女の様子はもちろんのこと、気丈に振る舞うその姿に驚かされた。なだめすかして無理に彼女を連れ出す必要はなかった。むしろ彼女がいなければ、出発することはできなかった。君とマイに再会することをクイが心待ちにしているのだと信じていた。僕らが牢屋に閉じ込められている間に、君からの手紙がチョロンの古い家へ届いていた。それを新しい家主の母親がクイに直接届けてくれた。だから、君らの居場所はわかっていた。そのおかげでクイは希望を抱き、新しい生活を望んでいるのだと思った。戦後の暗い生活を経て、古い生活へのこだわりを捨て去る決心がようやくついたのだと思った。

バスには僕らと同じような計画を持った連中が、ほかに十人ほど乗っていた。全身の神経が高ぶり、敏感になっていた。ヴェトナム海軍は不審船に対してはその場で発砲することで知られていた。好きなようにすればいい。こっちはこっちでやってみるまでだ。クイは静かにトゥーに寄り添った。とても穏やかで落ち着いた表情だった。

ヴェトナムの千年に及ぶ歴史のなかでも、例のない集団脱出の一部に僕らは加わっていた。僕も君の義理の弟も沈黙を守る必要性を理解していた。

バス旅そのものは退屈なものだった。検問所では旅行許可証を見せると、険しい顔つきの警護兵に十分な賄賂を渡した。水田が見える。あちこちに家畜番の男や、アヒル、水牛がいる。点在する茅葺き屋根の小屋や荒れた畑の間を縫うようにして進んでいく。反対方向を走るバスがすれ違い際にクラクションを鳴らし、灰色の夕暮れにヘッドライトを点滅させる。数時間後には海岸線に着く。あたりには発酵した魚の塩分を含んだ臭気が漂っていた。ファンティエトに近づいていることは明らかだった。

停留所で多くの乗客を降ろした後、バスは岩場が続く海岸線の先にあるさらに人里離れた場所へと向かった。細い道が急勾配になり、海へと下っていく。僕らは皆、漁師の親戚を訪ねるためにバスを降りた。誰もが強固な中国人ネットワークの関係者に違いない。三人の男が家から出てきて、僕らにフェンスに囲まれた砂丘地帯へ向かうよう指示した。ボートはそこで待っている。もちろんこの辺ではボートは珍しいものではない。昼間なら隠しだてすることもなく出発できる。だが、夜に出港して捕まれば、その場で処刑されるだろう。

海上には、潮風を受け白波を切って進む漁船が点々と見えた。君の義理の弟が先に進む。体は斜めになり、片足は内側によじれ、片膝が曲がる。岸から三十メートルほど先に停泊しているボートを目指す。四十歳前後の中国人リーダーが僕らに向かって手を振った。強風が吹き、クイの髪がなびく。

君の義理の弟が彼女の手を取った。互いの腕を微かに触れ合わせながら、僕らは共に道を横切り、水のなかへ入っていった。足が海の底をしっかり捉える。大波小波に打たれ、海水に沈む木の幹や枝が水面に浮かび上がる。そして、一人一人順番にボートに乗り込む。クイの友人が雇った男が僕を背負う。僕は懸命にトゥーの手を握る。風が運ぶ砂埃のなか、クイと君の義理の弟がボートの脇に押しつけられるのが見えた。彼女の頭は弟の肩に軽く触れている。彼女は大丈夫だ、と僕は思った。すると、大きな波がボートを持ち上げ、僕は塩水を一杯に飲み込んだ。ボートは波のうねりを乗り越えるようにして動く。小さなボートだ。長さは二十メートル弱、横幅は五メートルほどだったが、バスから降りた十五人ほどで一杯だった。上下に動き、横にも揺れる。波が来るたびに係留索が伸びてはきしむ。男がエンジンをかけようと必死に点火装置を回すと、組み立て直した古いエンジンがカタカタ音を立てる。ついにエンジンがかかり、海に向かって動きだそうとしたその瞬間、叫び声が聞こえた。エンジンのモーターが止まりかけては始動するなか、君の義理の弟がもらす短いながらも必死の声が聞こえた。「止めろ、止めるんだ。」

誰かが海に身を投げたのだ。黒い影が沈み、波に浮かんでいた。腕と手と足が調子を合わせて陸に向かって動きだす。本能的に僕は海水に腕を伸ばし、君の義理の弟とその誰かを波から引き上げようとした。船長が懐中電灯をかざした。クイだった。激しく身を動かし、僕らの腕から逃れようとする彼女の熱い息が顔にかかる。戻りたいの、と彼女は譲らない。僕らは全身で彼女を引っ張り、その動きを止めようとした。

震えんばかりに全身が伸びきった状態のなかで、彼女が僕らを出発させるためにここまで付いてきたのだとようやくわかった。出発を楽しみにする彼女の様子に騙されていた。

「やめて、嫌や、嫌や。」君の義理の弟が彼女を背中からボートに引き上げた。そして、弟の腕のなかに抱え込まれた彼女はうめき声を上げた。震えが彼女の全身を走る。ボートが大海原へ乗り出そうとぎくしゃくとエンジン音を立てる一方で、僕たち二人は彼女を抑え込むという難題に直面した。

微かに明かりが灯った海岸線が暗闇のなかに消えていく。徐々に選択肢が限られていくにつれ、彼女は僕を、そして地平線を、さらにはまた僕を見た。その彼女の目つきを忘れることは決してないだろう。

数時間が経過した。すでに海岸からは遠く離れたどこともつかない場所にいた。もはや避けることができない船旅の重みが、ずっしりと重く僕らにのしかかっていた。日が暮れて夕方になり、はるか彼方にきらりと光る鉄の輝き。地平線の向こうに二隻の貨物船の長い影が、光に照らされ浮かび上がる。遠く離れすぎていて、合図《シグナル》を送れない。どうすることもできない。ただ、死にもの狂いでなんとかしようという気持ちだけが募る。一日が過ぎた。そして、また一日が過ぎる。大海原の上で、恐怖と、初めて見る真っ赤な夕陽が僕らを包み込む。船酔いを避けるために、飲食は最小限に留める。一日半の平穏の後、天気が変わり、海も荒れだした。稲妻が何本も空を走る。後に続く雷鳴。これまで魚と餌を求め、ボートは入り江と穏やかな寄航港に沿って進んできた。

腹がかき混ぜられるようにぐるぐる回る。ものすごい風のなか、黄ばんだ酸っぱい空気の臭いがする。僕はボートの底に横たわる。本能的に片手でクイの踝《くるぶし》を掴む。羅針盤の針が滅茶苦茶に振れる。ボートには航海術を知る者は一人もいなかった。絶望的な声が上がる。うねりに飲み込まれ、ボートが水浸しになる。ヤカンや椀、それに両手を合わせて、必死に海水をかき出した。スーツケースを海に投げ捨てた。夜になり寒くなってきた。暗闇が僕らに迫ってくる。僕たちは身を寄せ合った。骸骨のようなボートの船体に、黒い波が打ちつけるのがわかった。

三日目になり、食料と水は配給制になった。冷静にこの知らせを受け止める。もう何日も食べる気も飲む気もしない。他の連中は希望を失い始めていた。早朝、こちらに近づいてくる船が見えた。さらに、もう一隻が向かってくる。船長が白旗を挙げて相手の注意を引き、僕らの窮状を知らせようとした。誰もが歓声を上げた。なんとか関心を引こうとした。懐中電灯で合図し、モールス信号を送る。船体がどんどん近づいてくる。が、驚いたことに、ついには向きを変えてどこかへ行ってしまった。僕にはそれほどのショックではなかった。世界中が続けざまに国を捨てて逃げ出してくる僕らにうんざりしていたからだ。うめき声を上げる者。興奮は恐怖と絶望に取って代わった。去って行く船がどんどん小さくなっていく。幾何学的な船形を失い、ついには点となり地平線の向こうへ消えていった。

数時間後、船長が残りの燃料が入ったコンテナを調べていると、小綺麗な船が速いスピードで近づいてきた。至近距離に入ってきても、この船は針路を変えない。代わりに僕らの行く手を遮るように舵を切る。そしてその存在を示すかのように、警笛すら鳴らした。サングラスをかけた男がレールの上から見下ろす。ただ事ならぬ様子で僕らを見る。懐中電灯の薄暗い光が、船の端から見える砲座の列を照らし出した。すると突然、まるで人を処刑するかのような素早さでロープが投げ入れられ、舵を取っていた船長の上半身に巻き付けられた。それから、ターバンと腰布を巻いた男が十人、こん棒と銃で武装して僕らの船に乗り移ってきた。訳のわからないことを叫びながら、何かを命令する。後ろへ、前へ、そしてデッキへと素早く移動する。僕らをののしり、女たちをみだらな目つきで見る。すぐに五、六人の女が男たちと分けられた。クイはまず最初に連れ去られた。僕と君の義理の弟は彼女を放すまいとしたが、すぐに殴られ蹴りつけられた。口を開けられ、歯を見られる。僕は別の男に後ろから手を押さえつけられた。左の頬に長く深い傷痕があった。山羊のように長いひげを生やしている。息が臭い。煤けた手で口のなかにペンチを入れられると、金のつめものをした奥の虫歯を上下二本引き抜かれた。すぐに歯茎と頬の裏側が膨れ血がドクドク流れ出す。あまりの痛みに、僕はその場に崩れ落ちた。ボート中が捜索され、持ち物が押収された。ピアスの宝石は耳から引きちぎられ、腕の宝石も外された。女たちが連れて行かれたボートの向こうからは、うめき声が聞こえた。その恐ろしい声はいまだに耳から離れない。

海賊たちは来たときと同じように、さっさと逃げていった。僕らのボートに結びつけられたロープは切られた。クイとトゥー、それに他の女たちが現れた。苦しみの表情。クイは真っ直ぐに立って、拳を握りしめていた。口元は緩み、少し開いていた。濡れてもつれた髪の毛が、額にぺったり張りついている。砂で汚れたズボンの下からは血が足下に滴り落ちていた。クイとトゥーの腕は、手荒く拘束されていた。二人は声も出さずに泣き始めた。クイの友人が雇った男が一人、肩と膝の下に腕を回し、彼女を毛布まで運んでいった。彼女の弟は足を引きづりながら近づき、クイの顔を撫でた。傷ついた子どもに接するように、僕らは彼女の耳元でささやいた。彼女の舌に、ユーカリ油と樟脳を数滴垂らした。彼女の弟はシーツを広げ、クイに掛けた。それから彼女の足を広げて、じっと見た。

クイは汗をかきながら震えていた。両手の指を固く握りしめると目を覆った。うつろになった意識のなかに、世界が飛び込んでくることを防ごうとするかのように。彼女の弟が足を押さえていた手をのけた。手は血で覆われていた。胸の奥深くからすすり泣く声が漏れてくる。

「出血が多すぎる」と、彼は言った。

誰かが清潔な布を見つけ、クイの傷にと僕らに差し出した。彼女の弟はタオルを水につけ絞ると、クイの顔と首に当てた。彼女の肌は冷たく真っ青だった。僕ら三人は彼女の周りに集まった。彼女は絶望の女神だった。熱にうなされ夢を見ているかのように、まぶたが小刻みに震えている。僕は彼女の胸に耳を当て、指で脈を取った。

仲間の乗客が身を寄せ合っているのが見えた。深刻そうな顔つきだった。男たちは妻の手を取り、妻たちは少し震えていた。君の義理の弟と僕とトゥーは、交代でクイの面倒を見た。真夜中になると、彼女は高熱に襲われた。足の間のシーツは赤く染まっていた。望みがないことを怖れた。意識と深い眠りの間を彷徨うクイを、トゥーが着替えさせた。明け方のオレンジ色の光のなかで目を開けたクイは、ゆっくりと動くいくつかの影の後を追っているように見えた。

「体の左側がおかしいわ」と、彼女が言う。「体重が増えたみたいに重い。」僕の表情に困惑と心配を読み取る。「大丈夫かしら」と、遠くまできらきら輝く海面の光を指さしながら、ささやくように尋ねる。

翌日、彼女はほとんど寝て過ごした。熱を抑えるために、冷たく湿ったタオルを彼女の額の上に置いた。君の義理の弟は彼女に寄り添って、顔を当てる。彼女の熱を頬で吸収し、自分の余った命をクイに分け与えようというのだ。この日彼女は数回嘔吐した。

真夜中に一度、彼女はわたしのシャツを引っ張ると空を指さした。「ほら、見て」と、彼女は言った。目は穏やかだ。夜空に昇る月がやさしい光を投げかけ、空の端っこを淡い銀色に変えていた。「わたしはここに留まる。」そう言うと彼女は海を指した。彼女の視線は海面に向けられたままだった。陸地を見ることも感じることも出来ないこの場所で、無限に広がる青い海は人の心を惹きつける。「約束して」と、彼女が言った。「カーンと一緒にわたしをここにいさせて。」ボートのはるか向こうの海を指さす。「マイには会えない。わたしのことは忘れるようにと伝えて。」

僕は説明を待ったが、沈黙が続くだけだった。心配の表情と何かに集中しようとする様子が、クイのなかで静かに混じり合う。僕が理解していることを、彼女は確かめようとしているのだ。彼女の体は反るように曲がり、次にデッキの上で平らになった。大きく呼吸する。僕を見つめる目は、確証を求めていた。君の義理の弟は手を脇に垂らしながら、水面を見つめた。

僕は彼女に面と向かって座った。ボートの端にしっかりと身を落ち着けて。夜空から月の光が差し込む。

「気が狂った母親にはここが相応しいわ」と、彼女はつぶやく。

僕は彼女の側で黙ったまま、身を横にした。自分の考えを強要するいつもの態度は捨て去った。ただ、彼女の話を聞いていた。長年のつきあいだった。でも、彼女のことを深く理解しているわけではなかった。彼女が一人つぶやくのをただ聞いていた。口からゆっくり出てくる言葉は、途中で途切れてしまう。伸びきった彼女の腕に、僕は慰めるように手を置いた。彼女はじっとその腕を動かさない。彼女は再びもうろうとして、深い眠りに落ちた。

翌朝、彼女は死んだ。これを君にどうやって説明すればいいのだろう。長く豊かな髪が肩に落ちていた。いつものように活き活きとした表情だった。でも、彼女は死んでいた。顔や体からわかるのではなく、ぽっかりと宙にあいた空白が彼女の死を告げていた。

より大きな暗闇が僕らを包みこむのを感じた。最後の星々が頭上で輝いていた。彼女が死んだことによるショックが全身を駆け抜けた。この瞬間、この世のすべてが狂ってしまうのを僕は感じた。彼女の死後、もはや僕らの運命などどうなっても良いことだった。この航海を生き延びたとして、この先君への手紙に何を書けよう。

僕らは彼女に毛布をかけ、沈黙のなかで別れの儀式を行った。それから、静かに彼女の遺体を海に流した。

その後、もはやどうでも良かったが、アメリカの潜水艦がどこからともなく現れると警笛を鳴らし、僕らにメガフォンを向けた。死にもの狂いの航海が終わった。カーター大統領が第七艦隊にボート難民を救出するよう命じたのだ。潜水艦の見張りが、ボートのマストに張ったシーツに描かれたSOSの印を発見した。救命ボートが海に投げ入れられ、二人のアメリカ兵が僕らのボートに漕ぎつけた。水と食料が配られた。あの風の強い日、九死に一生を得た僕らは、マレーシアの島へと運ばれた。僕らにとって、そこは新天地への中間地点だった。

その島のことは、誰もが知っていた。一、二年前には、その島から多くの人々が海へと連れ戻されていた。その同じ島で、何年も密林地帯を彷徨ったあげく監獄と南シナ海での過酷な日々を経て、君の義理の弟は殴り殺された。もちろん、彼がヴェトコンだったということが公にされたわけではない。しかし、どういうわけかキャンプの誰もが知っていた。再教育施設の囚人たちの間では、そのことは問題にはならなかった。囚人たちに未来はなかった。未来が目前にあった。だから、誰も関心がなかったのだ。でも、マレーシアではすべてが重要だった。新たに手にした安全のなかで、誰も復讐心を抑えることができなかった。どうにもならない憎しみに堪えることができなかった。

ある日の早朝、彼がテントにいないので、僕は探しに出た。そして大木の根元に、花びらや木の葉に覆われた彼の死体を見つけた。胎児のように身を丸くし、この世とあの世の間を彷徨っているかのようだった。彼には罪はなかったのかもしれない。歴史が犯した罪だったと思う。しかし、歴史は僕らを追いかけマレーシアまで来た。この先もついてくるだろう。「ヴェトコン」という文字が、木の幹に刻み込まれていた。それは残虐な所業に静かに降ろされた幕だった。

25
許し

バオ　2006

ここがあたいの家。父さんとマイが選んだ家。中庭に面したベッドルームが二つあるアパート。建物は通りから少し離れた場所にある。落ち着いた雰囲気の庭が素敵。バルコニーの上から、時の流れをじっと観察することもある。ここでは四季の移り変わりがよくわかる。暖かい日がしばらく続くと、白や黄色の花が冬の静けさを破るように咲き始めて、ポプラの木やニレの木、それに樫の木の根元をカーペットのように敷き詰める。ついこの間までは茶色だった冬の枯れた景色が華やかになってくる。今日、マイは車で父さんのお見舞いに行く予定。二番目の伯父さんが父さんの病室にいる間は、ずっと一緒にいるつもり。伯父さんが来るのはこれで二回目だけど、何日か前に来たときは散々だった。今日、マイとあたいが父さんの病室に着くと、もう伯父さんは来ていた。父さんの部屋の外で、一人ぽつんと立っている。

マイが伯父さんに近づいて部屋のなかに案内する。二番目の伯父さんの姿を見ると、父さんの表情が急に固くなって、沈鬱な面持ちになった。明らかに距離を置いている。かっと見開いた目が怒ったように光る。しかも、出て行けと言わんばかりに小さく腕を振る。弱った肺で息をしようと必死の様子。国を二つに割って争った末に、勝ち負けが原因で多くの犠牲者が生まれた。その行く着く先がこれよ。息も絶え絶えに、病床から離れることもできない年取った父さんの姿。血行を良くしてあげようと思い、あたいは父さんの腕や足を動かしてみる。

二番目の伯父さんも、今度ばかりは一瞬たりとも無駄にしない。「なぜまた僕が来たか、わかるかい。」父さんの敵意を抑え込もうとしてか、率先して話し始める。

でも父さんは興味なさげに、空《くう》を見つめている。壁を造ろうとしてる。訴えるような目つき。口元は固く閉じている。

「トゥーが自殺したんだ。」

沈黙が部屋を包む。「先週のことだ。」二番目の伯父さんはそう加えるとすすり泣く。「君には知ってもらいたくて、僕から話すべきだと思ったんだ。直接君に。」

「フォン、なぜだ。どうしてそんなことに。」何かを予感していたかのような父さんの反応。「セオ」と、父さんは二人がまだ友情で固く結ばれていた頃に使っていた愛称で呼びかける。「本当に死んでしまったのか。」運命の女神が気を変えれば、なんとか伯母さんが助かるんじゃないかって。そんな淡い期待を抱いてる。

父さんの態度がよそよそしくなくなる。今度は二番目の伯父さんが立ったまま黙り込む。金属製の膝がベッドのフレームに当たって、冷たい音を響かせる。父さんは緊張している。目には涙が浮かんでる。ちっぽけになった人生に心を痛める。

「薬を飲んだんだ。」二番目の伯父さんがついに言う。すべてをはっきりさせようと、言葉に意味を込める。父さんは落ち着いた様子。マイが近寄って、優しく手を父さんの手に重ね合わせる。父さんは眉間にしわを寄せてうなだれる。この知らせの意味を理解しようとして、もっと大きな衝撃にも堪えられるように心の準備をしてる。伯父さんが答える間もないくらい続けざまに質問する。「病気だったのかい。鬱だったのかい。」

二番目の伯父さんの顔は複雑。父さんの言葉を抑え込むように、手を父さんの肩に置く。二人揃って何も言わずに黙り込む。

ついに二番目の伯父さんが言う。「君が疑念を持つのも当然だ。」何かを強調するみたいに首を縦に振る。「ずっと僕が悪かったんだから。」

父さんは首を横に振る。伯父さんの言葉を否定しようとして。

「いいや。」二番目の伯父さんは忠告でもするみたいに肩を怒らせる。「君はいつも僕を少し軽蔑していた。そのことはずっとわかっていた。」陰気な含み笑い。「君の判断は仰がないよ。なぜってヨガだのフランス詩だの、君ときたらあまりにいくじもなければ感傷的で、為すべきことがわかってないように僕には思えたからね。」

父さんは息を吐くと肯いた。「そのとおりだ。」父さんが認めるなんてびっくり。しかも二番目の伯父さんに向かって、一目置くような視線を送ってる。

「そのとおりというわけか。」二番目の伯父さんが言う。

瞬きもせずに父さんの目が大きく開く。「セオ、今はそんなことを話している場合じゃないだろう。」父さんはごく自然な感じで腕を伸ばして、二番目の伯父さんの手に触れる。「それでどうしたんだ。教えてくれ。トゥーに一体何があったんだ。」

「僕の話に君は幻滅するだろう。でも、今の僕らには避けて通れないことでもある。」二番目の伯父さんは手のひらを頭に置いて、これから話す重大事に備える。目には涙が浮かんでる。

ずっと。」

「聞いてくれ。僕はずっとヴェトコンだった。」

「ヴェトコンだって……。」父さんは眉をしかめて、表情を曇らせる。きっと頭は混乱してる。「それも

ずっと。」

まるで永遠の誓いが破られたような、とてもショッキングな告白。父さんはこの新しい発見がもたらす衝撃と、わずかばかり残っていた友情の重みを推し量ろうとする。あたいは二番目の伯父さんをじっと見る。チョロンの家で母に微笑みかけながら父さんと話していた二番目の伯父さんの姿が、目の前に蘇ってくる。何もかもが暗闇に転がり込んでなくなってしまう。万華鏡の絵のように激しく爆発する。テトに始まる出来事の数々。何かが衝突する音。何かを投げつける音。そして、何か波長が狂ったような音。水瓶のなかに隠れる自分の姿が目に浮かぶ。煙突の陰に隠れるヴェトコンの狙撃兵。金属のカチッという音。マイの名前を呼ぶジェームズの声。地面に倒れるドサッという体の音。慌てふためくあたい。この世が赤く燃え上がる。手に銃を握っているかのような感覚。あたいの体の熱でその黒い鉄の塊が温まる。イメージのひとつひとつがゆっくりと収縮しながら何度も何度も繰り返される。あたいの頭のなかで凝り固まっていく。

捕まるのを観念した傷ついた動物のように、ジェームズが横たわってる。マイはあたいに罪をなすりつけて、生意気にも遠くからこの光景を見ている。

あたいは目を閉じて、この記憶を抑え込もうとする。二番目の伯父さんがいる以上、今はここに留まらなければならない。気持ちを集中させて、マイを消さないように努力する。マイを失われた時間に追い払わないように注意する。

父さんがため息をつく。それからヨガで瞑想に耽るときみたいに、長く深く息を吸い込む。

「そう、ずっとだ。初めて会ったときからそうだった。」悲しみを目に浮かべて二番目の伯父さんが言う。

その姿が痛々しい。父さんを見ると、唇をへの字に曲げて深刻な顔つき。何を見るわけでもなく、ただ無防備に周囲の空間に視線を向ける。なんとも信じがたい告白。父さんが感じる悲しみと怒りが気に掛かる。今度は二番目の伯父さんを見る。心が混乱してきた。

父さんは問題の核心に迫ろうとする。「だが、今更なぜ打ち明けるんだ。」

マイは自分の殻にこもって縮み上がってる。今度だけは、父さんの気持ちがわかるみたい。二番目の伯父さんを怪訝そうに見つめてる。伯父さんの思い出をひとつひとつ書き換えなくちゃいけないことに困惑してる。

「わからない。トゥーが自殺したとき……。」二番目の伯父さんは口ごもる。伏し目がちに靴をじっと見つめる。

父さんが何か言う。でも聞き取れない。何か考え直してるみたい。言いたいことがあっても、心のなかにはもやもやすることもあれば、すぐに変化する気持ちもある。父さんが黙り込む。マイときたら動くのを止めて、じっとしたまま自分だけの忘却の世界へ引きこもっていく。

二番目の伯父さんが真意を探ろうと、父さんを見ている。過去から決別することができない二人。それもそのはず。これまで互いを非難しつつも離れられなかったんだから。共通の過去を引きずりながら、二番目の伯父さんだけが話してる。父さんは目を閉じて、何も喋ろうとしない。思い切って告白しただけあって、伯父さんには勢いがある。あきらめの気持ちもあるみたいだけど。裏切りはいつか終わらなくちゃいけないって。きっと努力してるのよ。自分のすべてをさらけ出そうとして。父さんに許してもらおうと思って、意味のないことまで言ってる。「どうしたらわかってもらえるだろうか。」もう何も隠してないってこと。

「ヴェトナムから外国人を追い出したかった。」声を震わせながら、二番目の伯父さんが言う。「誰だってそう教わるだろう。」

「誰もがそう教わる、か。」父さんったら疑ってる。

「小国には限られた選択肢しかないとは思えなかった。自国の運命すらどうにもできないだなんて。他国に侵略を受けるかどうかは問題でなかった。どの国が来るかが問題だった。

「どうやって奴らが国を破壊するのか、自分にはわからなかった。」二番目の伯父さんが話し続ける。「ジエム政権よりはましな何かを望んでいた。復讐の大きさを想像することができなかった。」

二番目の伯父さんは前屈みになる。自分の体の重さに堪えられないみたいに。ベッドのレールに寄り掛かって父さんを見る。寛容と哀れみを求めてる。でも、父さんはじっとしている。頭のなかで二番目の伯父さんが言ったことを整理している。

「ずっとか。」父さんが繰り返す。「ずっとヴェトコンだった。南に住みながら、敵のために働いていた。」

「お願いだ。」二番目の伯父さんが懇願するけど、父さんは相手にしない。

「君は熱心に仕事をしていた。平和のために働いていた。仕事に誇りを持っていた。共に交わしたヴェトコンに関する話は……。南が十分なエネルギーを戦争の非軍事的側面に注いでいないと知ったときの君の動転ぶりといったら……。あれは一体何だったんだ。」

「一度嘘をつき始めれば、ずっと続けなければならなくなる。半分嘘を言えば、また半分……。」二番目の伯父さんが説明する。「それに、南の言い分に心底共感したときもあった。」二番目の伯父さんは話を続けようとしたけど、父さんが首を振る。もう十分。

「もはや大した意味はない。僕には理解する必要もないんだ、フォン。」父さんが言う。沈黙が宙に浮かんだまま、謎でも掛けるかのように重く心にのしかかってくる。ついに父さんが苦しそうにため息をつく。そして、一言だけ言った。「それでトゥーは?」父さんの声は堪えようもなく震えている。「君の話はトゥーとどう関係あるんだ。僕はトゥーのことだけが知りたい。彼女は君のことを知っていたのか。」

父さんの厳しい態度を目の当たりにして、二番目の伯父さんは自分の体を抱きかかえるようにして首をうなだれた。それから説明し始めた。父さんの許しを求めるために。

といっても、父さんの質問に答えたわけじゃない。自分の話を続けただけ。「人生を振り返ってみれば、自分には何が大切なのかを理解する力がなかったんだと思う。一九七五年のあの日以来、南で活動していたヴェトコンの全容が明らかになった。僕も君の義理の弟も、トゥーとクイを守るためにそれを利用した。しばらくはそれで上手くいった。だが、やがて僕らも他の南の連中と同じように苦しむはめになることがわかった。その頃には、トゥーも君の妻も近所の連中たちも皆、僕の正体に気づいていた。僕らの側が国の権力や権威やらすべてを掌握しようとしていたから、トゥーは僕の秘密を許してくれた。そもそも僕の隠された正体のおかげで、僕らは助かっていたのだから。」

父さんの沈黙の意味を推し量ろうとして、二番目の伯父さんは一息つく。父さんの様子に変化を求めている様子。「一九七八年に脱越して以来、とくにマレーシアのキャンプで君の義理の弟が撲殺されたこともあって、カリフォルニアに着いた後はリトルサイゴンで僕の正体がばれるのをずっと怖れていた。数年経って、ようやくその可能性が低くなったと思うようになった。昔裏切り者として送った秘密の生活を捨て去ることができたかと……。」

「でも、誰かがそれを見つけ出した。」マイが口を挟む。

二番目の伯父さんは頭を垂れて肯いた。表情はどことなく悦に入ったような、それでいて悲しげでもある。

「知らない奴だよ。六ヶ月前、僕がヴェトコンだったことをばらすという匿名の手紙が来るようになった。三十年前のことだけじゃない。今もってハノイ政府が続ける計画に加わっているってね。一九七六年に撮られた共産党上層部と一緒に写る僕の写真を持っているとも書いてあった。オレンジ郡に住むヴェトナム人のなかには、鋭く目を光らせて共産党員をかぎつけようとする連中がいる。とくにビデオ店主がホー・チ・ミンのポスターを店に貼った事件の後、そういう奴らが増えた。手紙の主は何を要求するわけでもなく、ただ僕を脅した。人を怖がらせるのが目的の連中だ。その後も脅迫は続いた。手紙は郵送されてくることもあれば、手書きのメモが玄関に貼られることもあった。」

二番目の伯父さんの悲しげな目を見る父さんの表情が和らいできた。これには驚いたわ。初めて父さんは二番目の伯父さんに目を合わせる。そして、そのまま動かずにいる。車椅子に深くもたれた父さんの顔が、部屋の光に浮かび上がる。父さんの紳士的な振る舞いにはびっくり。二番目の伯父さんが言っていることがわかってるのかしら。

「トゥーにはとても堪えられなかった。夜中に電話がかかってくる。『裏切り者』と言われると、すぐに切れることもあった。トゥーは震えていた。電話があるたびに、元気がなくなっていった。一週間前のことだ。『グイ・ヴェト』という地元の新聞社から電話があった。そして、噂の真偽を尋ねられた。電話に出たのはトゥーだった。彼女はとても深刻に受け止めた。これが致命傷だったんだろう。彼女個人が受けた屈辱は、すぐに世間が知ることになる。もはや選択の余地はないと思ったんだろう。」

父さんが懸命に息してる。それであたいがメントールを父さんの胸に丁寧に塗り込もうとした。そしたらマイが脇から割って入って、父さんに深くゆっくり息を吸うように言う。あたいは父さんの胸に耳を当て、弱々しい心臓の動きを確かめる。父さんの目がきらっと光る。そして、咳払いをする。でも、もうこれ以上何も質問しなかった。もはや二番目の伯父さんと渡り合う力は残ってないみたい。二人は面と向き合ったまま、お互い鋭い視線で見合ってる。

二番目の伯父さんは金属製の足に手を置く。それからだぶだぶのカーキ色のズボンのしわを伸ばして、ゆっくりとした動きで父さんの車椅子の後ろに回った。「すまん。」二番目の伯父さんがそう言った。それから顔をしかめて金属製の足を指さすと、しばらくの猶予を求めた。「少しだけ休ませてくれ。すぐに出て行くから。」

父さんが深呼吸する。そして、強く激しく首を振る。ついに怒りを抑えきれなくなったのかと思うと怖かった。二番目の伯父さんの謝罪を拒絶するのかと思った。でも、違った。二番目の伯父さんの肩を弱々しく叩くと、なだめるように伯父さんの腕に手を置いた。驚きよ。父さんったら二番目の伯父さんに部屋に留まるようにって椅子を指さすんですもの。もちろん二番目の伯父さんは腰掛けたわ。父さんの方に身を寄せて。息するのも大変っていう友達の姿を見つめてた。苦しかった共通の過去に結ばれて、今二人はここにいる。

26 アルペジオ

ミン氏 2006

スパンコールのようにきらきら輝く空の下で大海が揺れる。夕暮れ時の揺らめく光のなかで、白波が銀灰色に輝く。そよ風のなかで、海流がアルペジオのようにさざ波を立てながら、すばやく軽やかに象牙色のキーボードを叩く。カモメの群れが、海面から空に向かって飛び立つ。

ここは南シナ海に違いない。青緑の海が豊かな光沢を放つ。はるか彼方に見える岸辺には、屋形船の一群が浮かぶ。切れ目なく並ぶ係留中の木製の艀《はしけ》舟のさらに向こうには、濃いエメラルドグリーンの水田が豊かに広がる。空を背景にわずかに傾く半月のシルエットが、微かに浮かび上がる。起伏の激しい大地に向かい、一隻の小型船が今にもそこに届かんとばかりに進んで行く。そして、またもう一隻別の船の影が見える。この落ち着いた静けさのなかで、わたしはいつもどおりの海の様子を眺める。より広大な世界のなかで、波が立っては消える。膝頭にあごをのせ、渓流のように流れる光を全身に浴びながら、わたしはただ一人ぼやけた夢の世界に座っている。

誰かがわたしの頭に触れる。髪の毛を梳く手。そして、古い傷痕の上に優しい手の動きを感じる。肌に触れられる感覚が愛おしい。形を変えて残るわずかばかりの記憶。これは想像なのか。それとも現実なのか。

黄昏時の太陽が間もなく沈む。わたしはこの行ったり来たりの感覚のなかにいる。

海風の向きが変わる。微かな意識のなかで、風向きの変化に気づく。海流の向きがそれに呼応する。大きな波のうねり。白い波が風に打たれて点のように砕け散る。何時間もの間、海は揺れ動いては向きを変え、やがてもとの静けさを取り戻す。

重々しいくらいの静けさが、祈祷の声によって破られる。次から次へと折り重なる低く祈る声。流れるように徐々に大きくなりながら、周囲に声が響き渡る。誰かが呼んでいる。何も存在しない中空に向かい、わたしは真っ直ぐに背筋を伸ばして立ち上がる。この中空の世界こそ、ずっと探し求めていたものだ。わたしを呼ぶ声が一瞬ではあるものの、気持ち良く心に響く。馴染みの声。折り重なるように思い出される記憶の数々。紫のアオザイを着た女が祈る姿。子どもが生まれ、死んでいく光景。

この歪んだ時空間のなかで、わたしたちは寂しさに向かい合う。死んだ子どものことを思い出す。互いを責めるのをやめ、怒りと非難の気持ちから解放される。

雲の形が崩れ、流れるようにして紫の夕暮れに溶け込む。すべてが戻ってくる。はっきりとした形で。何の苦労もなく。クロウタドリが逃げるように飛び去る。学校にでも行くのだろうか。それとも家に帰るのだろうか。昔馴染みのタマリンドやスターフルーツ、それにマンゴーの木が茂る別世界。木々の葉が顔に軽く触れる。歌を詠う女。祈る女。一面紫の世界。期待で胸が一杯になる。

クイ。彼女にささやく。その名の響きが、高まる期待と共に一気にわたしの体を駆け抜けていく。満たされる気持ち。

微かに揺らめく光のなかで返ってくる答え。針の先っぽで見事にバランスを保ちながら、その瞬間がいつまでも続く。この場所を離れ、そこへ移ろう。

クイ。最初はとまどいがちに、次に大きな声で呼ぶ。彼女は輝く光だ。踊る波のように、時と空の間を想像を絶する速さで駆け抜ける。まるで守護神のように。明るく、暖かく、死にも負けない。彼女は今ここにいる。意を決して、揺らぐことなく。ありのままの自分として。

愛と共に世界は大きく育つ。多くの危険に堪えてきたわたしには、これまで以上に寛容な心がある。クイ。ドアの側にいる。わたしに別れを告げているのだろうか。それとも、挨拶のお辞儀をしているのか。やさしい微笑みがわたしを喜びで満たす。クイ。しかし、彼女の名前を大きな声で呼んだ瞬間、わたしは目を覚ます。一気に失望が冷たく心を覆う。

目を閉じる。ほとんど息もできない。窓ガラスの外には、沈んでいく月が見える。あの場所に戻ろう。だが、それはできない。代わりにここに留まる。この現在という瞬間に。かつての彼女の魅力的な姿のなかに。

介護施設の部屋に戻る。落ち着かない。夢のなかで感じた興奮に、一瞬でも長く包み込まれていたい。心臓が弱く、その動きが不規則なので、肺から水を取り除くこともできない。それでもクイのことを思うと、大きく心臓が膨れるのがわかる。この後ろ向きに進んでいく時間のなかで見ることができる深い対称性。まるで世界の始原に戻っていくかのようであり、地球の懐胎を目のあたりにするかのようですらある。

恋する若者のように、そんな世界を夢想する。この夢が持つ意味がよくわかる。軽い興奮を感じる。この至福の瞬間をなるべく長く引き延ばしたい。

何か期待を感じる自分。突然心を突き刺すような意識から生まれる知識。自分の家にいるような感覚。以前には想像すらできなかった。進んでいくべき場所がある。それが起きる瞬間が迫っている。その認識がわたしを包み込む心の平穏に結びつく。

先週フォンが病室を訪ねてきたときのこと。突然の告白。フォンが話したことは、少しも知らなかった。彼が認めたこと。共謀し裏切り続けていたこと。企み黙認していたこと。五十年以上付き合っている間、ずっと騙してきたこと。とても驚いた。国家と国家には裏切りはつきものだ。ならば友が友を裏切ることになぜ驚くのか。薄気味悪い霧のようにわたしたち二人を包み込む意味ありげな沈黙のなかに、フォンの姿が現れる。カンボジア領内にある敵陣へ向かう際、わたしたちは地元ガイドに騙された。あのとき、わたしが率いる空挺部隊を覆ったぞっとするような白い霧。あの夜、多くの部下が死んだ。目を閉じたまま開かない。微かにタバコの臭いがする。あの待ち伏せにもフォンが関係していたのだろうか。わたしには知る由もない。

フォンは部屋から出ようとした。身を傾けながらドアに向かっていた。金属製の義足のちょうつがいがきしみ、彼は危うく倒れそうだった。突然、フォンが気も狂わんばかりに許しを求めていることに気づいた。明らかだった。許しを請うなかで、彼の表情、魂、存在そのものが、今までとは姿形を変えていた。フォンの歩んできた人生が、彼自身に取り憑いていた。彼はまだそこにいた。やつれ、消耗し、深い後悔の念に囚われたまま。

わたしは今、フォンの最初の二度の訪問ではなく、その後の訪問のことを考えている。マイが、あるいはバオが知らないわたしと彼とだけのもうひとつの訪問のことだ。ドアがノックされ、フォンがベッド脇に現れた。わたしを暗い不吉な眼差しで見つめる。もっと話したいことがあるんだ、と彼ははっきり言った。無理に笑みを浮かべようとする彼の唇は震えていた。そう、フォンは震えていた。気持ちを落ち着かせようと、わたしは彼に手を添えた。フォンは上を向いた。意を決したような表情で、戦う兵士のように視線は定まっていた。それから、彼は話し始めた。飾り立てることなく突然。

わかったかい。フォンは話し終えると、半ば攻撃的に尋ねた。手を胸に当て、両手の指はしっかり折り重なっていた。

わかったかって。わたしはベッドカバーを脇にのけ、明らかにされた新事実のひとつひとつに思いを巡らせる。フォンの話はこうだ。驚くべき告白を丹念に思い起こしながら、わたしは自らに問いかける。「マレーシアに着いて君に書いた手紙には、大切なことが抜けていた。昨日それを話したかったが、マイがいた。」

「フォン、トゥーの死と君の正体を明かした上で、一体まだ何を話そうというんだ。」わたしは尋ねた。心臓が胸の奥で不規則に脈打つ。しかし、すぐにわかった。フォンがこの場に及んでまだ話そうというのは、政治のことでもなければ戦争のことでもない。わたしの妻のことに違いない。

「一九七五年、クイは妊娠していた。誰も知らなかった。君も知らなかったろう。」フォンは言葉を止めた。「彼女はサイゴンが陥落した後、赤ん坊を産んだ。」

うろたえるような嫌な気持ちに襲われる。何も聞かなかった振りをしたいという衝動に駆られる。この新たに明かされた事実が、わたしには少しも関係ないという素振りをしたかった。白い漆喰壁をじっと見つめる。そこに見えるすべてのものを吸収しようとも、何も理解できない。

もちろん、生まれた赤ん坊はわたしの子ではない。フォンの子に違いないと、すぐに思った。不義の子だ。素早く左手でフォンを殴り倒したかった。

ついに奴はずっと欲してきたものを手に入れたというわけか。腕には鳥肌が立ち、冷たく凍てつく。昨日から起きてきた出来事を次々と思い出す。フォンの告白がわたしたちをそっと和解の道に向かわせたときに感じた、あのきらめくような平和な気持ち。しかし、今、わたしは奴に怒りと非難の眼差しを向けた。

「僕と彼女の弟で助産婦を手伝い、十一月に赤ん坊が生まれた。サイゴンが陥落してから、まだ七ヶ月しか経っていなかった。でも、その頃にはもうはっきりしていた。つまり、混血児は問題外だと。」

フォンは手で顔を覆った。爆弾のようにきつい更なる告白にわたしがどのように反応するかを見極めようと、彼は気遣うようにわたしを見た。心が漂流していくかのようだった。遠くからフォンと自分を見下ろしているもう一人の自分がいた。

「僕がある行動をとったのは、単に不安を感じていたからだけじゃない。」手で拳を握りしめてはそれを緩めながら、かすれた声でフォンは言う。「こうした子どもたちはあいのこと見なされ、憎きアメリカ人の不名誉な置き土産だと見なされた。君にくどくど言うこともないけれど、僕は自分自身の目でその様子を見てきた。子どもたちはかり集められ、その家族は追放された。長い間ヴェトコンと共に活動してきたという信用も、十分役には立たない状況だった。」

フォンは目を細め、涙を浮かべていた。彼の話はまだ続いた。その途中でフォンは泣き始めた。そして、一気に話のペースを上げていった。

「ひどい難産だった。陣痛が二日続いた。肌はとても熱く、燃えるような体内の熱を伝えた。筋肉は硬直していた。湿った吸いつくような音と共に赤ん坊が助産婦の手に滑り落ちるようにして生まれてくると、彼女は崩れ落ちた。とんでもないことに、赤ん坊の顔は半分アメリカ人の顔だった。助産婦が口を微かにすぼめているのがわかった。鋭い目つきでほくそ笑む様子。僕にはわかった。心の奥底で。この赤ん坊を育てるのは自殺行為だと。みんなが苦しむことになるだろう。母親の胸に鼻を押しつけながら、手で乳房を求める赤ん坊の姿。その顔を見つめるクイの視線はあちらこちらと定まらない。苦しみの最中、僕たちの目が一瞬合った。そして、すぐに彼女は身を丸め、深い眠りに落ちていった。

「沈黙は無慈悲で、耐えがたかった。彼女に恐怖を伝える言葉もなければ、力もなかった。赤ん坊は頭を傾げ、ガラスのように澄んだ瞳で僕を見つめた。その様子に愛おしさを感じた。でも、僕も君の義理の弟もすべきことはわかっていた。僕らが無慈悲だったとは思ってほしくない。そうしなければならなかったんだ。クイが眠っている間に、まだ彼女に身を寄せていた赤ん坊を取り上げた。両足が震えた。可愛い女の子だった。丸くつやつやした頭を手のひらに感じた。まだ生まれて一時間と経っていないのに、僕の小指に触れてギュッと握りしめた。僕は風呂桶に入れ、赤ん坊を洗った。きらきらした目で僕らをそっと見る。その夜、僕らはブンタウの孤児院に赤ん坊を連れて行った。

「翌日、彼女の弟が僕らのしたことをクイに伝えた。彼女は震えていた。長い叫び声を上げた。来る夜も来る夜も『わたしの赤ちゃん、わたしの赤ちゃん』と呼ぶ、彼女のか細いささやき声が聞こえた。彼女の体はきゅっと丸まった塊のように動かなかった。まるで動くことを拒む眠った動物のようだった。何と話しかければ良いのだろう。僕も彼女の弟も言葉を失った。僕らは二人とも自分たちがしたことから生じる喪失感と闘っていた。でも、それしか方法がないことは確かだった。僕らのためだけでなく、赤ん坊のためにも。」

フォンは一息ついた。「僕らのためだけじゃなかったんだ。」そう彼は取り乱したように繰り返した。わたしをじっと見つめる。息を殺し、瞬きひとつせず、表情はとても陰鬱だった。きっとフォンは許しを求めていたのだ。わからない。だが、子どもを母親から取り上げるというひどく残虐で冷酷な仕業ですらが、彼らを救えなかった。それは想定外のことであり、皮肉であり、悲しいことだった。

「この記憶がまだ僕に取り憑いているんだ。指を一本一本、母親の胸を握る赤ん坊の手を放していったこと。長い長いクイの泣き声。その後に残る寂しげな表情。」

一体全体何様のつもりでフォンはこんなことをしたのだろう。

「僕らは臆病者だった。」ついに彼は首を振りつつ静かに言った。贖罪《しょくざい》を求める告解者のようにそこに立っていた。「君が僕を長年にわたり軽蔑してきたのも無理はない。」

わたしは息を深く吸い込んだ。そして、すべてを軽く受け流そうとした。フォンの窮状、すなわちトゥーの自殺と彼のヴェトコンとしての過去は、さして重要ではなかった。わたしの小さな胸のなかに、怒りと共に突き刺さったのは、ヴェトナムのどこことも知れぬ孤児院に入れられたクイの赤ん坊のことだ。妻の分身が今や大人となり、街角を彷徨っている。たった一人捨てられた彼女の姿を想像する。三十年前の愚行が、今この場所で折り重なる。彼女はサイゴンで街頭売りでもしているのだろうか。それともヴェトナムを逃れ、アメリカかカナダ、オーストラリアのどこかにいるのだろうか。

過去の悲しみがわたしのなかで渦を巻き、そして解きほぐれる。フォンは抑えることができないため息を漏らした。彼の手が一瞬わたしの肩に触れる。わたしはその手の上に自分の手を重ね合わせた。彼は深い悲しみに覆われていた。言葉にするのが難しいほどわたしたち二人は遠く離れていたが、彼の気持ちは、わたしなりにではあるが理解できた。そしてわたし自身、奇妙にも彼との強い結びつきを感じていた。この世を見下し判断する超越的な立ち場などない。わたしもまた消えゆく、あるいはすでに消え去ってしまった世界のことを悼んでいた。わたしたちの関心は過去にあった。しかし、目の前にはこの失意の男が立っている。「フォン」とわたしはつぶやいた。彼の名前を呼ぶわたしの声に気づいたようだった。彼の目を見た。そこにはとんでもない人生の終着点に辿りついた男がいた。異なる人生を歩むことができなかったものかと、いわゆるセカンドチャンスを選択し、今この瞬間のために実際とは異なる過去をつくることができなかったかと考えを巡らしている。わたしたちは異なる道を歩んできたにも関わらず、共に希望を失い、今ここにいる。わずかに残された人生のなかで最も大切なものに、共に向き合っている。真っ二つに分かれた人生ではあったが、今この荒涼とした介護施設で二人は出会い、同じ悲しみを共有していた。

わたしは初めてフォンが心から理解を求め、許しを求めている理由を理解した。彼の一途な態度が驚きであり、尽きることない人生の因果応報を実感させられた。一体どこの誰が自らの行動の原因を真に理解し、その行動を埋め合わせようとする理由を正しくわかっているというのだろう。

人生は流れるアルペジオ。その音の組み合わせは無限であり、人間の理解を越えている。

フォンはまだ悲しげにわたしのベッド脇に立っていた。金属製の足がきしんだ音を立てる。もう怒りを感じることはなかった。水面下にしっかりと根を張り海面で元気に花開く蓮の花のように、ゆっくりと穏やかな感情がわたしの心に広がっていた。

そのとき、わたしはどうにもならない二つの可能性に直面していることに気づいた。それぞれが重要で、かつ相反する二つの可能性だ。過去の重みに頑なにしがみつくのか、それともそれを解き放つのか。過去に起きた出来事から何か異なるものをつくり上げることもできよう。わたしの心は震えた。頭のなかを記憶が駆け巡る。フォンがフエで地雷を踏んだあの一瞬。わたしは踏まなかった。心をよぎる猜疑心からわたしは足を止めた。自分は立ち止まった。しかし、フォンに注意を呼びかけはしなかった。なぜだろう。今日この日まで、その理由を考え続けている。彼に注意することはできなかったのか。この計り知れないほど深い時間の溝のなかで、一瞬の決断が次の人生を変える。

あれから何十年も経った。わたしをじっと見つめながら、フォンがベッド脇に座っている。二人の深いつながりはありきたりのものでもなければ、深淵なものでもない。わたしは彼が求めているものを与えた。わたしは普通の存在を取り戻すことを望んでいた。途方もない非難や厳しい判決は必要なかった。ひとつの可能性を選択すると決めたとき、もうひとつの可能性は消えていた。

フォンはわたしの手に触れた。彼はわたしに許す力を与えてくれた。わたしは目を閉じて肯いた。彼の心の奥底までわたしが見ていることを、フォンは理解していた。そうやって彼を見ている以上、わたしは目を背けはしなかった。信じることで、彼に承認という贈り物を与えたのだ。そうすることで、その贈り物がわたし自身への贈り物でもあるかのように思えた。

残りの人生を二人は別々に歩むことになるだろう。しかし、今、暮れゆく光のなかで、フォンはわたしのベッド脇にいる。もう一度だけ、わたしは前を見るのではなく、心の内を深くのぞき込む。幸せというほど単純なものではなかった。それでも、今この瞬間を生きながら、わたしは人生の重荷からついに解放された。

27
夜想曲《ノクターン》

バオ　2006

二番目の伯父さんが来てから一週間後のこと。あたいとマイは父さんと一緒だった。部屋の灯りは少し暗め。息をゼイゼイさせながら父さんが呼吸する。

父さんのためにショパンをかける。出だしはゆっくり。もの静かに。まるで水面に広がる輪のように。右手が奏でる十六分音符に、流れるような左手の三連符が呼応する。アルペジオの奏でる音が耳に残る。心安まる。落ち着いた雰囲気の部屋を、夕暮れ時の暗い光が包み込む。

父さんは、静かに毛布の下で身を丸めて眠る。でも、この世のものとは思えない素晴らしい曲の調べを丹念に追っている。右手は美しいだけじゃなくて、一音一音粒立ちがはっきりした音を奏でる。左手が出す音は、楕円を描くように奥深く広がっていく。とても穏やかで、ほんの微かに聞き取れるような淡い調べ。父さんの指がシーツを掴む。音楽が盛り上がってくると手を振り挙げる。指でその心地好さを感じている。微かに声を漏らす。深い眠りに落ちながらも、唇が動いて笑い顔になる。ベッド脇のランプからは優しい光が漏れる。

マイは灯りの方に椅子を寄せる。ブリーフケースから書類を取り出し、読み始める。父さんが眠ると、穏やかな表情でその寝顔を見つめる。

日が暮れるとすべてが、それこそ空間そのものまでもが微妙に変化する。肌の表面が敏感になる。父さんに触れる。すぐに反応する。眠気で目頭が重いはずなのに、目をぱっと開ける。何か言いたげな表情であたいを見る。

クイかい。たった一言、父さんが言う。

そうよ。

理由なんかわからない。でもなんとなく恐れを感じながら、父さんの手を取ろうと思って手を伸ばす。すると、父さんは手のひらを上に向けてあたいの手を握ろうとした。表情にあたいの姿が刻み込まれる。一瞬父さんの体がピクッと動く。これが父さんの最期だった。

父さんの手を握りしめたまま、あたいは座り続けた。手のひらには、ギュッと握りしめようとした父さんの力がまだ残っている。

数日前、あたいとマイがお見舞いに来たとき、父さんは恥ずかしげにつぶやいた。「行ってみたいんだ。」どこかの田舎町にでも行きたがってるのかと、マイは思ったみたい。でも、これまでベッド脇でずっと父さんの話を聞いてたから、あたいには何のことかよくわかった。

あたいは顔をうなだれたままだった。その言葉の意味を和らげようとしたんだと思う。父さんは慌てて慰めるように付け加えた。「準備はできている。」自分からそこへ行くことを望んでるわけじゃないって言いたかったんだわ。

「もう十分に生きた。」後になって父さんは言った。カーンが死んだときとは違って、父さんの出発はごく自然なものになるってこと。

部屋には父さんの持ち物が沢山ある。父さんが死んだ後にもそれは変わらない。ナイトテーブルの上には、空挺部隊の赤いベレー帽がすぐ手の届くところに置いてある。あたいは黙ったまま。父さんの死を大袈裟に受け止めないように努力する。その代わりっていうのかしら。父さんの人生のことを思い出す。死んだからって空っぽになんかならない。沢山の出来事が詰まった父さんの人生を振り返る。

マイがまだいる。灯りのなかで熱心に書類を読んでいる。隣の部屋には、お見舞いのお客さんが来てるみたい。電話が鳴る。受話器に向かってささやく声。通路に響く靴の音。廊下では床を引きずるバケツの音。モップをかける音。まだ誰も父さんの死に気づいてない。父さんの死は決して驚きじゃない。それでも、取り返すことができない喪失感に沈み込む。施設の人が父さんの死に気づけば、死亡証明書だの葬儀の手続きだのってお役所的な仕事が始まる。あたいたちが感じてる人間的な悲しみに取って代わる。

父さんのベッドの下に隠された箱には、新しい日付けから順番に封書が山のように入ってた。輪ゴムでまとめられた最初の一束に、マイが手を伸ばす。一番上の封筒には、今年の日付けが打ってある。ニューヨーク州の町から差し出されたことを示す消印。

「わからない。」マイの穏やかな声。他の封筒にもぱらぱら目を通す。みんな同じ町の消印。差し出し人の名前ならよく知ってるはずなのに、マイには一瞬わからなかったみたい。ジョン・クリフォード。もちろんクリフのこと。子どもの頃、いつもクリフって呼んでいた。ちゃんと苗字を呼ぶことはなかった。アメリカに来たとき、マイはクリフのことを見つけ出そうとした。でも、苗字がわからなかったから、見つけられなかった。いくら訊いても、父さんは頑として教えてくれなかった。

でも、クリフはずっと近くにいた。父さんにずっと手紙を送り続けていた。父さんはあたいとマイにそれを隠してた。クリフがいないのはおかしいと思ってたけど、本当はすぐそこにいたってこと。

どの封筒にも、まだ換金してない小切手が入ってる。ずっと小切手が送られてきていた。一方が申し出てはもう一方が断るやりとりが何ヶ月も続いてた。小切手と一緒にメモが入ってることも。無理に明るい調子で書いてある文章が、なんとも痛々しい。きちんと折りたたんだ紙に、「会ってお話ししたいです」とか、「いつでも電話してください」、「あれから随分経ちました」なんて書いてある。つまり、会おうとしなかったのは父さんの方だったってこと。

少なくとも数ヶ月前まではそうだった。小切手の山のなかには、父さん宛の短いメッセージ入りのカードがあった。その内容には正直唖然とした。「親愛なる友よ。君の求めに応じて三万ドルの小切手を送ります。」他の手紙の筆跡と同じ。クリフが書いたのは確か。マイが背筋を伸ばして考え込む。答えを求めている。でも、おおよその見当はつく。普段はよそよそしかった父さんが、落ち着いた調子で長い間付き合ってなかった旧友にお金を求めたってこと。アン伯母さんのために。喉がひりひり焼け焦げそう。不思議だわ。人生ってシーソーゲームみたいなもの。こっちに傾いたかと思うとあっちに傾く。マイも真剣な表情。あの娘もこれには仰天してる。

でも、わかる気もする。父さんとアン伯母さんの付き合いは古いもの。アメリカにいるあたいたち家族にとって、伯母さんがどんなに大切な人か、父さんはよく理解してた。伯母さんは、何年も前に亡くなった母の代わりだもの。

もちろん父さんが死んだ今となっては、あたいもマイもアン伯母さんを助けるためだったら何でもする。

マイが別の箱にあった父さんの生命保険証を見つけた。それで心臓をドキドキさせながら、あたいたちは決めた。保険金は全部アン伯母さんに渡そうって。久しぶりにマイとなにやらわかり合えた気がする。

もちろん複雑な気持ちでもある。互いに衝突し合うなかで重苦しい感情が生まれてた。だから、マイとあたいの仲は悪かった。いつもぶつかり合ってたし、そもそもお互い相容れない敵同士だった。その感情が一瞬解けたのよ。二人の距離が少し縮まったわ。

アン伯母さんのところへ行こう。でも、足下がちょっとおぼつかない。マイが伯母さんに近づく。想像以上に父さんの死を悼んでくれている。目のまわりには悲しみでくまができている。伯母さんがいるのは看護師《ナース》ステーション。そこで診療記録やメモを静かに読んでいる。

「アン伯母さん。」マイが言う。あたいが代わりに話してもいいけど、今はマイに任せとこう。

ちょっとぼうっとした表情で伯母さんが見上げる。首を回すと、青白い表情であたいたちの方を見る。大事な話だって直感的にわかってる。手にしてたペンを置いてマイに注意を向ける。「お父さんは死ぬ直前まで、伯母さんのことを心配していたわ。伯母さんに立ち直ってもらいたかったのよ。伯母さんが元気でいることが、お父さんにとって大切なことだったの。」

不安気だった伯母さんの表情が和らぐ。「わたしにとっては、ミンさんの健康が何より大切だった。」伯母さんが言う。「彼の面倒を精一杯見てきた。ミンさんが気分良く過ごせるように努めてきたわ。」

マイが肯く。あたいにも言いたいことがある。マイを押しのけて、アン伯母さんの肩を突つく。「父さんは生命保険に入ってたのよ。お金をもらったら、全部伯母さんに渡す。」かすれ声のせいで、伯母さんにはあたいだってわかるはず。伯母さんはあたいを見る。伯母さんにはあたいがバオだってわかってる。マイにはできないヴェトナム的な発想をするのはあたいだもの。「マン・オン。」つまり、「恩に着る」って言ったのよ。伯母さんが父さんにしてくれたことに心から感謝してる。そのすべてを思い出す。そうすることで、あたいが憶えてるってことを伯母さんに伝えた。「父さんの体を洗ってくれた。お父さんに食事を食べさせてくれた。父さんを気分良く過ごさせてくれた。あたいたち家族の感謝の気持ちを受け取って欲しい。息子さんのためにも。」あたいは強く言い張った。「ラム・オン」って。「お願いだから。」ただお願いしてるんじゃない。ラム・オンって言葉には良いカルマをつくって、それを受け取るっていう意味がある。つまりあたいたちのお金を受け取るってことは、伯母さんがあたいたちに親切なことをするってこと。その結果、あたいたちは自分たちのために良いカルマをつくる機会を得られる。

アン伯母さんは心動かされたみたいだったけど、これが良いことだとは思ってないみたい。伯母さんの気持ちを和らげたくって、あたいはそれこそヴェトナム的な表現でお願いしたわ。父さんの娘として、そのお金を伯母さんが父さんにしてくれたことの代償として譲るんだって。息子の母として、伯母さんは息子のためにお金を受け取る。恥じることなんかない。徳が示す道に従うだけのこと。

「息子さんは問題を抱えてる。」あたいは伯母さんに腕を回しながら言ったわ。「これを受け取って、彼を助けてあげて。」

ついにアン伯母さんは口を開いた。手を握り合った。涙であたいたちの顔がくしゃくしゃになる。空いたままの、父さんがいた病室へ行く。すすり泣きながら話すから、伯母さんの言うことが少ししかわからないけど。「あの子はいろんなことに堪えてきたのよ。すっかり途方に暮れて、でもなんとか立ち直ろうとしている。」マイの、そしてあたいの言うことに心動かされて、アン伯母さんは心を開いてくれた。身構えていた態度が穏やかになった。「悪い男たちがあの子を追いかけていた。まずはフイのお金を入れなければならなかった。」伯母さんは涙ながらに打ち明ける。「銃を持って、脅しにきたのよ。」

父さんがまだ生きてるみたいに、あたいたちはベッドのまわりを囲んだ。

「息子さんを助ける方法があるわ。」マイが現れて、あたいから声を横取りする。マイには安定した収入があって良かった。法律の資格はあるし、借金はないし。マイの考えてることなら、あたいにもわかる。同情してるのよ。でも、それ以上にマイはいろんな思いを乗り越えて、フイの問題をなんとかしようとしてる。ためらいがちにマイが言う。「伯母さんさえ良ければ、わたしからチー夫人に話すわ。伯母さんたち親子のことを悪く言う資格なんてあの人にはないもの。」

アン伯母さんは顔を上げた。当惑してる。「どうするつもりなの」と問いかける。

伯母さんは思い留まってほしいんだわ。マイの手首を押さえようとする。でも、マイの決意は固い。「アン伯母さん、お願い。聞いて。もちろんチー夫人やフイ仲間の考えを変えることは誰にもできない。でも、伯母さんへの言動を変えることはできる。あの人たちは伯母さんの顔に泥を塗った。そして伯母さんは、とても傷ついている。」

マイの声がプロの法律家みたいになってきた。言われのない噂をまき散らすのは、誹謗《ひぼう》中傷罪に相当するって言うわけ。アン伯母さんはフイの支払いをちゃんとしてきたんだから、違うことを言うのは間違いなんですって。

フイの文化的伝統でもあるゴシップが、法律違反かもしれないってことを知って、伯母さんは驚いてる。名誉毀損《きそん》による補償請求ができる不法行為なんですって。マイの説明には納得よ。中傷が原因で意図的な心理的ストレスを受けたことを、伯母さんは訴える権利がある。

アン伯母さんが目を大きく見開く。法律用語とそれが約束する権利におののいて、息を切らしてる。「心配しないで。実際に訴訟を起こす必要はないわ。でも、そうすることができるとほのめかすだけで、チー夫人を止めることができる。」マイがはっきり言う。

アン伯母さんは息を詰まらせて、疲れ果てたように肯いた。「わかったわ。」柔らかな光がカーテンの開いた窓から差し込んでくる。伯母さんは気を取り直して、ゆっくり母親みたいな仕草であたいをずっと抱きしめてくれた。

父さんが死んだ後のことは、何もかも簡素にした。父さんは仰々しいことや派手なことが好きじゃなかったから。それに簡素にしたのが、かえって父さんの旧友には都合が良かったみたい。こんなに簡単にクリフと連絡がつくとは思いもよらなかった。二番目の伯父さんが電話で父さんの死を伝えると、クリフは次のフライトでやって来た。これまでクリフは不当に端っこへ追いやられてた。でも、これがきっかけで舞台の中心に戻ってきた。

クリフは予定よりも少し早くアパートに来た。マイがドアを開けると、しっかりとあの娘を抱きしめた。何十年も昔の関係があっという間に元に戻ったってこと。クリフは目をしっかり閉じる。その瞬間、もう取り返すことができないと思ってた過去へ戻ったみたいだった。クリフが帰ってきたのよ。あたいたちが描く軌道の中心にいるのは彼だわ。クリフがここにいる。あたいたちに楽しみと秩序を与えてくれる。昔みたいに。今にも母が姿を現わすんじゃないかしら。

あたいは今でも母がいないことに苦しんでる。誰かが現れるたびに、ここにはいない母のことが気に掛かる。強い感覚じゃないけど、二重にも三重にも折り重なるような複雑な感じ。

「大人になったね。もうあれから随分経つ。」クリフが微笑む。死の床に伏す前の父さんと比べても、はるかに元気そう。クリフには年なんか関係ない。今でも軍人みたいな体格。髪は白くなってたけど、緑色の目はさらに深みを増していた。あれから三十年も経つっていうのに、身のこなしはとても軽い。クリフが帰ってきた。思ってたとおりに。

「本当に久しぶりだ。」クリフったら当たり前のことを繰り返す。「もっと長生きして、年取った君を見届けるよ。」

クリフとマイが居間のソファで肩を並べて座る。柔らかな青い光に包まれて。

「クリフ。」マイが名前で呼ぶ。二人の近さを示すのに十分な何かがあるってこと。「どうしてこんなに時間が掛かってしまったのかしら。」

「お父さんにはお父さんの考えがあった」と、クリフが答える。ソファの背にもたれて、ネクタイを緩める。どこかすまなそうな様子。傷ついてるみたい。誰を責めるわけでもなしに、時の経過を説明しようとして。「昔、君が学校へ行っている間に、お父さんに会いに来たことがあった。二度と来ないでほしいと言われてね。特に君がいるときはだめだと。」

「でも、なぜ?」

クリフが肯く。「お父さんは君を守りたかったんだ。過去を引きずることなく、君に新しい生活を始めてほしかった。」

「でも、父はあなたを友人だと思っていた。」マイは引き下がらない。

沈黙の瞬間。「友情とは複雑なものだ。」

そんなんじゃあたいの疑問は晴れない。クリフがいるだけで、父さんは自分の至らなさや負けを思い出した。それだけじゃない。裏切りと破られた約束のことも。だから……。

この「複雑」な話にどれくらい切り込むべきか、マイはためらってる。お皿の上にはヴェトナム料理店で買ったパンが綺麗に並んでる。マイが冷蔵庫から冷えた33《バーバー》ビールを取ってくる。それから、深く息を吸い込んでクリフに問いかけようとする。「あなたは……。」でも、あとが続かない。それでもう一度言い直す。「なぜ二人の友情は複雑だったのかしら。」

マイの心に何かが強く引っかかる。あたいの心にも。

「君のお姉さんが死んで、友情が複雑になった。」

クリフの言葉を理解したみたいに、マイはただ肯いたきり黙り込む。表情は平静だし、とても落ち着いた様子。こんなありきたりな言葉に満足しないで、もっと深く追求してほしいのに。あたいはマイの心から抜け出そうとする。

「そして、母はあなたを求めた。」そう、マイがついに言った。あたいがマイを駆り立てたのよ。ずっとこの娘が静かに心のなかで考えていたこと。ハンモックに身を揺らす母さんの姿。セシルにもあたいにも手が届かない世界。テトのとき、あたいが体を小さくして水瓶に隠れていた間、母さんはどこか別のところにいた。テラスでクリフとカニを食べる母さんの姿。母さんはあたいたちから逃げてただけじゃない。別の人の方を向いてた。

クリフは一瞬戸惑った様子。けれど、すぐに言ったわ。「親というのは、子どもを失った事実から逃れられないんだ。お母さんは僕を頼っていた。確かにそうだ。でも、君は知らないだろうが、僕も娘を失っていた。七歳のときに死んだんだ。」

マイが息を詰まらせる。「ごめんなさい。」マイは同情心からクリフの手を取る。でも、あたいは胸に息苦しさを感じる。マイは優しい気持ちになってるけど、あたいはなぜ母があたいたちに背を向けようとしたのかを知りたい。涙がこみ上げてくると同時に怒りが爆発する。

マイは微笑む。頭を後ろに傾げる。すべてを理解し、もはやその話には関心がないみたいに。母の話は終わりにしたいのかしら。あたいの気持ちは張り裂けそう。もっと母さんのことが聞きたい。母さんがクリフと共に味わった心の痛みのことを知りたい。でも、マイとクリフは別のことに話を逸らす。この話は止めた方が良いって思ってる。それとも、もうこれ以上話しても無駄だとでも言いたいのかしら。二人ともはっきりとは聞き取れないけど、何かブツブツ話してる。マイはとくに気にならないみたい。二人とも過去を説明するには十分とは言えないありきたりの質問とその答えを繰り返す。

マイもクリフもあたいの不安には興味がない。

微かに残る記憶の分岐点。あたいのなかで何かが膨らみ、次にゆっくり動き始める。なんとなく気が重い。そして、いつもみたいにあの光景が戻ってくる。心にのしかかる大きな重圧。まだ平静ではあるけれど、いろんな記憶が頭のなかを駆け巡っては、意識のなかで相反する主張を展開する。ひとつひとつのイメージが時間を逆行するように繰り返される。鋭い銃声の響きとその後に見える血の海。手のひらに感じる熱い鉄。倒れるジェームズ。何度も聞こえる引き金の音。カシャッ、カシャッという金属音。水瓶のなかにしゃがみ込むあたい。身動きひとつせずにマイに寄りかかる。動きを失って、煙突の影に隠れる凧。あたいには見えないどこか遠いところへ消えていく母さんの姿。死んだ愛娘を探し続ける。あたいが姉に似てても関係ない。母さんには混乱の原因になるだけ。「カーン、カーン」という母さんの叫び。細長い母さんの背中があたいから離れて、ドアの方へ向かう。細かな事実がすべて明らかになる。頭の神経回路のなかで、ずたずたに引き裂かれた記憶がもう一度組み立て直されていく。

バルコニーに置かれたソファに座るあたいたち。クリフとあたいの顔が窓ガラスに反射して映る。突然、意識する間もなく、言葉が口からふっと出る。「クリフ。」当たり障りない穏やかな、どことなく同情を誘うような声。「クリフ。」一息に言う。「母さんのことが……。」

優しく訴えかけるようなあたいの声が割れる。知りたい。でも、「母さんのことが……」と言った瞬間、とてつもない後悔の念に襲われる。

クリフは黙って、不安そうな目つきであたいを見る。「何か言いたいことでもあるのかい。僕の話を聞きたいのかい。」

あたいは肯いたけど、なんだか怖い。マイを押し倒して、彼女に取って代わる。そしてクリフに催促する。「母さんのことが知りたい。」

クリフは咳払いして、もう一本ビールの栓を抜いた。それからやっと話し始めた。台所の冷蔵庫の音よりちょっとだけ大きい声で優しく。

「お母さんは静かに一人苦しみを抱え込んでいた。お父さんが生きているときには、こんなことを君に話す気にはなれなかった。」クリフの手があたいの髪に触れる。あたいは目を逸らす。「お父さんはお母さんのおかげで生き延びた。このことは知ってるかい。」

父さんは二番目の伯父さんの力で命を取り留めた。でも、それが母さんと関係あるって、なんとなく思ってた。父さんはその話を何度もした。一九六三年の十一月、ヴェトナムを取り巻く容赦ない反乱の最中、二番目の伯父さんは自分の仲間から友人をなんとか助けた。二番目の伯父さんは反乱軍の首謀者の目を見て、友情の大切さを何度も訴えた。

この話だったら知ってる。

「実に多くの男たちが君のお母さんの魅力の虜になった。あるいは彼女を求めた。」クリフが当たり前のように言う。

突然、どこからともなくある記憶が蘇ってくる。そもそもあたいの記憶じゃなかったのに、時間と共にあたいの記憶の一部になった。母さんが二番目の伯父さんと一緒に食卓の椅子に座ってる。テーブルの上にはペイストリーがのった皿と塩味レモネードの瓶。二人は小さな声で何か言い争う。二番目の伯父さんは立ち上がると、その辺を行ったり来たりする。身振り手振りを交えて話し続ける。そして、息をつくと涙ながらに甘言を繰り返す。強引にやれば、最後は母さんが折れると思ってる。

二番目の伯父さんは母に恋してた。

あたいの心を見通すかのように、クリフが言う。「フォンが彼女を好いていたのは評判だった。だが、彼だけじゃなかった。」当惑したようにクリフが笑う。「でも、お母さんが愛していたのは一人だけだ。誰だかわかるだろう。」クリフが訴えるようにあたいを見る。

あたいは肯いた。確信があってというより、そうだと願ってた。

クリフは戸惑いながらも続ける。「フォンは上官に君のお父さんを救うように嘆願した。そのことは知っているね。」

「でも、なぜそんな危険を犯したのかしら。」あたいが訊く。

クリフは間髪入れずにこれに答える。「愛のためさ、もちろん。男は愛のためなら何でもする。何をするにも愛が口実になる。間違った行動だろうと、不適切だろうと。フォンがしたように。そうすれば彼女に近づける。」

「クリフ」と、あたい。でも、それ以上言葉が続かない。

クリフはあたいが何を待っているのかわかってる。ただ、あたいには自分が何を待っているのかわからない。クリフは首を振ると、ビールをゆっくり飲む。過去へと、愛の世界へと消えていく。「彼女は苦しんでいた。」クリフは繰り返す。「間違いなく苦しんでいた。君のお父さんが身を引くと、さらに苦しみが増した。」

何かが弾けた。言葉じゃない。激しくむき出される牙。クリフに面と向かって反論はできないけれど、本能的に父さんを助けたかった。悲しみの最中にも、父さんはあたいたちの世話を懸命にしてくれたのよ。

クリフとあたいの間にあった高い壁が崩れ落ちていく。

「母さんはあたいたちを置き去りにしたんだ。」大袈裟な調子であたいが言う。衝突を目前に、口から心臓が飛び出しそう。気がつくと、こんな言葉が口から出ていた。「母さんが憎い。」それ相応の非難と怒りの感情と共に出てきたこの言葉が、ひとつの転換点だった。雰囲気が変わった。戦闘意識が高まってきて、一気に解き放たれた。愛と憎しみ。真っ二つに分かれる感情。あたいがしがみつくのはより厄介な荒々しい感情の方。つまり憎しみってこと。あたいは強く憎しみを感じる。和解することができない抑えがたい怒り。

クリフの顔色が青くなってくる。きっぱりと否定する様子であたいを見る。でも、それが気にならないほどあたいの苦しみは大きい。

「母さんが憎い。」あたいは繰り返す。心のなかでその言葉がこだまする。激しく生々しい怒り。徐々に涙が目頭にこみ上げてくる。

「お母さんはお父さんを助けたんだ。」クリフがきっぱり言う。

「フォン伯父さんが助けたと、さっきは言ってた。」

「いや、お母さんだ。彼女は……フォンに身を任せた。お母さんもお父さんも、ほかにどうしようもなかった。」

すすり泣くあたい。「違う。」やっとのことで言葉を発する。「違う。」もう一度強く言う。あたいの気持ちを落ち着けようと、クリフは手をあたいの手に重ねる。

「違う。」もう一度あたいは繰り返す。今度は喉の奥から叫ぶように。クリフは手をのけると、あたいから身を引いた。まるで疲れ打ちひしがれたかのように。

沈んだ気持ちが激しい怒りと混じり合い、腹の奥底に溜まっていく。のけ反るようにしてバランスを取りながら、手をサッと振り上げる。あたいは壁にビール瓶を投げつけると、腕で頭を覆う。ガラスの破片が床に飛び散る。テトの雲が頭上に広がる。空に輝くオレンジ色の爆発のなかに、部屋全体が吸い込まれていく。あたいはもうパニック状態。落ちてくる破片を防ごうと、クリフが前に向かって慌てて走る。毛布代わりに自分の体で、あたいを守ろうとしてくれる。あたいのあごをクリフの手がギュッと掴む。あたいは抵抗して、彼を強く打つ。クリフの人差し指がしっかりとあごを掴んで、あたいの顔を彼の方に向けさせる。鉄を握るようにしっかり髪の毛を掴むあたいの指を、クリフが懸命に抑える。「大丈夫」と、クリフが言う。「マイ。」クリフが呼ぶ。知らない間に、あたいは血を流してる。首のひっかき傷が赤く出血する。怒りにまかせ、破壊が始まった場所に戻ろうとするあたい。耳元で微かにささやき声が聞こえる。「大丈夫。大丈夫。大丈夫。」その声が言う。

母さんの声じゃない。クリフの声だけどほかの誰かの声が混じってる。あたいの声だ。気を鎮めないと。大丈夫。大丈夫。セシルに話しかける。セシルの泣き声が、やむことなく聞こえてくる。耳元に聞こえるのは、不満気なマイのあたいを責める声。マイは今でもジェームズの死をあたいのせいにする。手を握りしめ拳をつくる。マイの腹にドスンと一発怒りをぶちかましてやるわ。

クリフは落ち着きを取り戻そうと懸命よ。大きな手であたいの手首を掴むと、動きを抑えようとする。休戦協定を結んだみたいに、クリフはあたいを抱え込む。あたいを押さえつけると、放そうとしない。クリフに抱えられて、あたいはようやく落ち着きを取り戻す。彼のおかげで、ゆっくりとだったけど正気に戻る。

父さんの悩みの原因を、クリフが説明し始める。「フォンは上官にお父さんの命乞いをした。でも、それはお母さんが彼に望みどおりのことをしたからだった。お母さんはそのために大きな犠牲を払った。」

「父さんは……。」あたいは普通に話そうとする。それが何かはっきりとはわからなかったけど、父さんを守りたかった。

でも、クリフが口を挟む。「お父さんも、そう、苦しんでいた。お母さんが言ってたよ。お父さんはすべてを理解しようとして、自分自身を苦しめていたって。」ここでクリフは間を置いた。声は悲しみに打ちひしがれていた。「お母さんはフォンと関係を持つようになった。フォンがクーデターの首謀者に働きかけて、お父さんを救うと約束したからだ。」

クリフの表情からして、この話は間違いなく真実だ。万華鏡の模様みたいに、徐々に断片がつながり始める。母さんと二番目の伯父さんが話すのをつま先立ちで聞いている子どもの姿。二人は動転している。いつものようにそこにいる男は、不機嫌に怒りだす。あれこれ甘言を重ねて、男は女から同意を引きだそうとする。今思えば、あれは一度きりの約束を日常的な関係に引き延ばそうとしていたってこと。「お母さんは君のことを愛していた。」クリフが言う。そして、一九六三年に起きた様々な陰謀や複雑な出来事に話題は移っていった。

あたいの心は落ちつかない。一番大切なときに、母さんは別の誰かのところへ行ってしまった。それに一九七五年、あたいたちと一緒にヴェトナムから逃げようともしなかった。

「母さんはヴェトナムに残って、あたいたちを放り出した。」あたいはいらいらして言った。「母さんは父さんを捨てたのよ。」

クリフはあたいの腕に触れた。それからゆっくりとあたいから距離を取って、椅子に掛け直した。あたいの怒りがもう一度爆発するのを怖れてる。そうなる前に逃げ出す準備でもしてるのかしら。あたいを刺激したくないみたい。

母さんはあたいたちを捨てた。理解できないことだし、間違ったこと。あのとき見捨てられたっていう気持ちが、いまだに心のなかでくすぶってる。長い間拒絶されてきたあげくに父さんが死んで、ますます孤独なのよ。

あたいは自分に向けて繰り返す。孤独。その言葉の重みを体のなかでずっしり感じる。あたいの心の叫びが聞こえたのかしら。クリフが言った。「君は一人ぼっちじゃない。」幼かった頃みたいにあたいをぐっと引き寄せて、クリフは強調する。

彼の言葉の単純さには感動したわ。クリフはあたいの首筋にある赤紫の打ち身を見て、首を横に振る。それから、擦りむけて腫れてる場所に指を走らせた。気づかれちゃった。恥ずかしい。また涙がこみ上げてくる。

でもクリフはどんな傷でも、気の利いた言葉の処方箋で治してくれる。「ヴァセリンを塗れば良くなる。」そして、しばらくを間を置いてから言った。「お父さんが死ぬ前に話してくれた。君にもそのことを知っておいてもらいたい。」

あたいは身構えた。「父さんにお金を送ってくれたことね。ベッドの下にあった箱のなかに手紙があった。」

クリフは目をちょっと脇に逸らしてから、あたいの方を見る。「もっと早く僕のことをあてにしてほしかった。長く友情を続けることもできたと思う。小切手のことなら、お父さんから電話があった。お金が必要だってね。でも、なぜだかは言わなかった。もちろん、僕も問い質したりはしなかった。僕を頼るくらいだ。何か重要なことがあったに決まってる。」

「突然、父さんから連絡があって驚いたんじゃなくて。」

「そんな日が来ることを幾度となく想像していた。だから、ごく自然な感じだった。」クリフが答える。「人と人とのつながりは、そう簡単に切れやしない。とくにお父さんと僕のような関係は。信じていたんだ。」クリフは目を大きく見開くと手を伸ばし、あたいの手を取る。「いいかい。僕が言いたいことは小切手のことじゃない。もっと大切なことだ。

「君は一人ぼっちなんかじゃない。君は孤独でもない。そして、お母さんにはヴェトナムに残らなければならない理由があった。手紙を見たのなら、僕がずっとお父さんに連絡し続けていたことを知っているだろう。お父さんは一度だけ返事を書いてきた。たった一度だけ。放っておいてくれと。でも、僕は諦めなかった。そして、お父さんはあと半年と死期が迫ってきたときに連絡をくれた。一度だけじゃなかった。二度も。

「一九七五年の後、君たち親子の居場所を突き止めるのにはしばらく時間を要した。君のことはいつも心の片隅にあった。だがら、家族の友人だった僕がただどこかへ消えてしまったとは思わないでほしい。ヴェトナムを発つ前、僕はサイゴン駐在の側近に、君たちを助け出すよう約束させた。サイゴン脱出の任務についていた男だ。彼は部下に命じて、お父さんと君を探させた。彼から君たちが最後のヘリで脱出したという報告があった。でも、お母さんのことはわからなかった。幾度か電話をかけた。そして、お父さんがフォート・インディアンタウン・ギャップにいることがわかった。そこから君たちがヴァージニアへ来たことを知った。」

クリフは少し緊張気味に震えるように笑う。あたいの目をしっかり見つめてる。反射的にあたいは視線を低くして、クリフが話し続けるのを待つ。「最初の手紙で、お父さんはお母さんがヴェトナムに残ることにしたと教えてくれた。そして、サイゴンでお母さんに何が起きているのか知る由もないことも。手紙の最後には、もうこれ以上連絡しないでほしいと書いてあった。僕はなんとかお父さんとの関係を修復しようとした。でも、お父さんの決意は固かった。」

クリフは話をやめると、あたいの肩に手を置く。「それから三十年も経って、お父さんが連絡してきたのはもちろん驚きだった。だけど、予期もしていた。お父さんの声は弱々しかったけれど、はっきりした口調だった。お父さんはお母さんが一九七五年に妊娠していた、そして、それが僕の子どもだったと教えてくれた。それだけだった。まるで当たり前のことを話すようだった。僕がどう思ったか、想像できるかい。きっと無理だろう。」クリフは疑わしそうに首を振る。「もちろん、僕は身の潔白を証明したかった。お父さんにはこのことを知ってほしくなかった。お父さんが知っていたとは感づいていたけれど。誰にもこのことは知られたくなかった。と同時に、僕はお父さんがそのために連絡してきてくれたことに感謝した。『君が気にしてると思ってね』と、お父さんは言った。だから、僕は感謝の気持ちを伝えた。

「僕は君のお母さんを愛していた。」クリフは正直に打ち明ける。

「母さんはどうだったの?」

「正直なところ……。」クリフは懸命に言葉を探す。「もしお母さんが僕を愛していたとすれば、それは僕がお母さんを愛していたからだと思う。」クリフは指を胸に突き立てる。「僕と君のお父さんはカンボジアで危険な行動を共にした。お父さんが危険に曝されたとき、僕はお父さんを守るためにできる限りのことをした。」クリフは意識的に笑いを浮かべる。「僕はそのことを軽く見ていた。君の両親には、軍人として当たり前のことをしたと伝えた。でも、実際にはお母さんのためだった。本能的に取った行動だった。愛する人を失って悲しむお母さんの姿をもう二度と見たくはなかった。お母さんにはそのことがわかっていたと思う。」

「その話なら知ってるわ。父さんはあなたが命がけで行動してくれたと話してた。」あたいが口を挟む。

「ともあれ、お母さんはそのことにとても心動かされていた。僕らは二人とも誰かのために自分を犠牲にした。その意味では、お母さんは僕のことを理解してくれていたと思う。だから、僕を頼りにしてたんだ。あの年でお母さんが妊娠するとは、僕たちの子どもを持つことができるとは思ってもみなかった。」クリフはあたいから目を背けると宙を見る。落ち着かない様子。背中が震えてる。クリフが泣いている。

「お母さんは君のことをとても愛していた。間違いない。」

何十年も前に母さんに起きたことは、想像でしかわからない。だけど、母さんは浮気に行動したんでもなければ、情が薄かったわけでもない。欠点はあったけれど、残酷な人じゃなかったってこと。あたいたちは無残に捨てられたんじゃない。あたいの妹の居場所はわからないけれど、今でもサイゴンのどこかにいるはずだってクリフが言う。あたいたちの家族がどこかにいる。再会を求めて。

「このことは言うつもりじゃなかった。でも、君が知りたかったのなら、悪いことにはならないだろう。」クリフは一息つくと尋ねた。「これからどうするつもりだい。」

「父さんを故郷《ふるさと》に連れて帰る。」あたいは自分の答えに驚く。これまで思いもしなかったことだったけど、声にしてみると自然に聞こえる。父さんをヴェトナムに連れて帰る。母の分身がいる故郷へ。

「故郷か。」クリフが感情を込めて言う。あたいの顔からほつれ髪をのけながら。

薄暗い夕暮れ時。あたいはクリフとソファに座る。心はどこかに漂流してバラバラになったまま。クリフを見つめる。喜びと驚きが入り交じった気持ち。クリフも同じような気持ちだと思う。「君も成長したもんだ。」クリフが何度も言う。二番目の伯父さんがあたいたちに聞かせた母の最期の話をすると、クリフは涙ぐむ。ゆっくりと時の流れに身を任せながら、お互いの生活を伝えあう。クリフの息子たちは結婚して、それぞれ子どもが生まれたらしい。奥さんは数年前に亡くなった。

夕食はクリフと食べた。そして、テレビのチャンネルを変えながら夜を過ごす。長い沈黙。チョロンでの出来事を思い出す。同じ思い出はクリフの心のなかにも生き続けている。きっと。

28 知ること

マイ　2006

生まれ故郷に戻る。

愛する人との別離や死別によって生じる悲しみの強さから愛の深さを推し量ることができるのなら、わたしは本当にこの地を愛しているのだと思う。ヴェトナム人にとって、一生涯にわたる悲しみこそ愛の強さを知る方法。愛することと苦しみは、切っても切り離せない。愛と痛みと忠節の話を聞きながら、わたしは育った。出征した夫が家に帰るのを待つ女。帰還する夫の姿を山の頂から見ようと、幼子を抱えて山のてっぺんに昇る。日が照りつけようが雨が降ろうが、じっと待つ。岩のように。永遠の時の流れのなかで凍てつきながらも。絶望の淵にも堪え忍ぶ心を、わたしたちヴェトナム人は持っている。

ヴァージニアの家で朝を迎えるようになってからというもの、わたしの心は十二時間の時差を漂流して前へ進み、チョロンの晩に辿りつく。そこでは日常生活の細々したことが、日常的な愛に包まれながら繰り返される。仮の別世界へと自分が居場所を移したかのような感覚。幽霊のようなチョロンの町並み。子ども時代に過ごした町が心のなかで、永遠の美しい輝きを保ち続ける。こうしてわたしは心の痛みと、その解毒剤である慰めを見つけ出した。

今、わたしは魔法の力でここに移動して来たかのよう。機内で飲んだ睡眠薬のせいで、一瞬にしてここに着いたように思える錯覚。夕暮れ時のタンソンニャット国際空港は、とても現実の一部とは思えなかった。舞台装置のように遠くまで広がる滑走路は照明の列に照らされて、あたかも内側から光を発するように輝いて見える。飛行機は高度を下げると、星のように細かい幻想的な光に照らされた真っ黒な風景のなかに、弧を描きながら降りていく。薬のせいでまだもうろうとしているわたし。上空から見るとぼやけて見えた町並みが、飛行機が翼を傾けるにつれて、徐々にはっきりとその姿を現わす。着陸したとき、わたし自身の強い意志の力によって、サイゴンが現実とは違う姿に形を変えていくように思えた。

翌朝、街に出る心の準備を整える。周囲の人々の顔を反射的に観察する自分に気づく。もちろん、そんなことが実際にあるわけないと十分に理解はしている。きっと、詩的な想像でしかないのだろう。それでも近くで見れば、彼女のことがわかるに違いないと、自分自身に言い聞かせる。だから町行く人々の表情をよく見て、アメリカ人とのハーフを探す。母があきらめた妹がいるかもしれない。

街は長い間の衰退から立ち直り、活気を取り戻していた。人々は自由に商売する。目も眩むようなサイゴンの渋滞のなかを走る車やオートバイが、エンジンを吹かしクラクションを鳴らす。旅行客は街路のカフェでコーヒーを飲んだり、植民地時代の雰囲気を優雅に残す古いホテルで贅沢な時間を過ごす。

慣れ親しんだ街の雰囲気ではあったけれど、すべてが運命のいたずらと忌まわしい敗戦のせいで変わっていた。今でもサイゴンではある。でも、わたしの感動は猜疑心と表裏一体。古いレックスホテルがある。パイナップルとココナッツの殻にのせたアイスクリームをよく食べに行ったブルダード・カフェもある。サイゴン・オペラハウスもある。過去に行われた植民地政策に声高に反対しつつも、共産党政権はフランス統治時代のものをすべて保存してきた。あたりを見回せば、深い郷愁の念に襲われる。

喪失の驚きと痛みから一体何を得ることができるのだろう。南ヴェトナム兵士のために捧げ奉られた黒く鈍重な銅像があったはずだけど、今はもうない。黄色地に三本の線ではなく、中国国旗を気味悪く連想させる赤地に五角星形の新しい国旗が、サイゴン・オペラハウスをはじめとする公共建築物の屋根の上ではためく。わたしはかつての「自由《トゥーヨー》」通りにいる。「革命」を意味するドンコイという新しい名称を使う気にはなれない。ここは両親がわたしと姉を夕方の散歩に連れ出してくれた場所。近くには立派な邸宅とタマリンドの木が立ち並ぶ大通りがある。奇妙なくらい昔と変わらない。

何もかもあのときのままだわ。これがわたしのような境遇の人間が故郷に戻ったときに、いかにも使いそうな言葉。でも、違う。戦争終結から三十年。永遠に報われることがない故郷を思う気持ちを抱えた旅行者が、毎日のように街を訪れる。わたしのような海外からの帰国者《ヴェトキュー》のこと。もはや存在しない場所と時間を求めて、わたしたちは旅に出た。地球の反対側にある世界で、本当ならここで送るはずだった人生を生きてきた。胸一杯に空気を吸い込む。恋に落ちる。この途方もなく異なる現実に、期待していた気持ちを折り曲げてまで順応する心の準備は整っていない。

アメリカドルという現金を持っていなければ、わたしたちは歓迎すらされないだろう。ここはもはやわたしの街ではない。わたしが受け継ぐべき場所ではない。

気をつけて行動する。食中毒にならないように生野菜は避け、ボトル入りの水だけを飲む。その際にも一度はがされたラベルが、気づかれないように元に戻されていないかをよく確認する。できれば炭酸入りの水の方が良い。栓を抜いたときのシュワッという音が、誰かにいたずらされていないことを保証する。竹製の皿にもった蒸し春巻を売る行商の呼びかけを相手にしてはいけない。「バインクオーン！」道行く年取った女が声を張り上げて、客を誘い込もうとする。わたしは尻込みする。視線を落として、彼女の脇をよろよろ通り抜ける。その瞬間、こんなことではいけないと心が動揺するのを感じる。

そう、バオだ。折角故郷に戻りながらも、普通の旅行者と同じように振る舞うわたしに失望している。何年もの間続いてきたシャドーダンスのおかげで、彼女の気分がなんとなくわかるようになった。今、バオはものすごく興奮している。ついに帰って来たと、目の前のヴェトナムに調和しようとしている。サイゴンに戻ってきて以来、バオがわたしの世界に現れる回数が増えていることに驚く。これまで以上に、落ち着きない彼女の存在と貪欲な意思の動きがわかる。バオという秘密の存在が、地下深い暗闇のなかから現れて、その生命力を外の世界に向けて解き放つ。故郷に戻ったバオは、実に活き活きしている。彼女の感情が、わたしにも伝わってくる。躍動する原子のように、バオの快活な動きが体の奥から響いてくる。

数時間前のこと。まだ舗装すらされていない小道に、わたしは迷い込んでいた。地面はかさかさに乾いていている。意識を喪失した状態から徐々に、まだ少しおかしなところはあったけれど立ち直りつつあった。何分も、いや何時間もの失われた時間。その間、バオがいつものようにわたしの意識を乗っ取っていた。バオが指揮を執り、わたしなら敢えて行かないような場所に勢いよく向かって行ったに違いない。周囲にあるのはベニヤ板や波打ったブリキ板を用いた造りかけの建物。家や間に合わせの飲食店として使われていた。子連れの男女が低い木製のスツールに腰掛け、シミがついたビニール製のクロスが掛かったテーブルの上に覆い被さるように背を丸めていた。焦げた肉や油で揚げたワケギ、滴り落ちる油、それに細かく刻んだレモングラスの鋭い香りがあたり一面に漂う。男が一人、タバコに火をつけた。マッチから青い炎が上がる。野良犬がゴミ山をかぎ分け、うなり声を上げた。突然、自分が弱い存在に思えた。心のなかで激しい動揺と混沌とした気持ちが混じり合う。驚いたバオがいつものように軽蔑の視線で、わたしの感情を推し量るように見つめる。

バオがわたしを好ましく思っていないのは、よくわかっている。

近くの開いた窓から、美しい調べを歌う女の声が流れるように聞こえてくる。どこにでもありそうな子守歌。バオにとっては、活き活きとした胸躍る瞬間。彼女の感情がわたしを通り抜け、包み込むようにどんどん広がっていく。ここサイゴンではバオの強い感情に押され気味だけど、彼女の熱情を抑えることがまだできるかもしれない。彼女の情熱を感じつつも、この瞬間をわたしのものとして主張することができるかもしれない。

突然、ある考えが心に浮かぶ。ここで真の自分を見つけるには、バオに頼らなければいけないと。再び意識を喪失することを怖れつつも、わたしは進み続ける。バオもわたしもこの瞬間を譲らない。大変な仕事だ。はやる気持ちを抑えながらも、上手く対応する。三十年以上も生きてきて、今初めてわたしはバオの楽観的な考えに乗ろうとしている。大きな期待に心満たされていくわたし。

手を挙げてタクシーを止める。しっかりと意識を保ち、十分気をつける。熱い空気の臭い。道に敷かれたばかりのコールタールから湯気が昇る。周囲を走るバイクのギアを切り替える音と振動。わたしはチョロンの喧噪のど真ん中にいる。ゴ・クエン通り。タクシーは混雑した道を通り抜け、行き先に向かってゆっくりとしたスピードで曲がる。車窓を通して見る光景に心温まる。首を伸ばして、かつての安心を取り戻そうとする。もはやほとんど見覚えがない場所ですら、心の荷を解くに十分な何かが残っている。足元が滑ったり、視野が歪みそうなときですら、救われるような気がする。体全体で思い出す。

わたし自身の知覚や感覚を失うことなく、バオの勢い余る感情がはっきり伝わってくる。車を降りて歩いてみる。すっかりその場の風景に溶け込んだ新しい生活音が聞こえてくる。トラックの排気で煤けた空気やチャイナタウンの活気、そしてその喧噪のなかで商いをする行商人の姿が懐かしい。母が愛車のプジョーを運転していた十字路。路地に挟まれた狭い空間。裏通りの店から五香粉や香辛料の香りがする。かつてジェームズの野営地があった場所を通り過ぎる。今そこには間口の狭い三階建てのアパートが並ぶ。金メッキで安化粧した「間貸し」というみすぼらしい看板が掛かる。わたしと姉がウロウロしていた界隈《かいわい》。ありとあらゆることが起きる可能性があったあの頃。でも一瞬にして、その未来はかき消されてしまった。

もはや存在しない家まで、あと数歩というところまで来た。でも、その家がかつてあった正確な場所はわからない。フランスの植民地時代に建てられたホテルやサイゴンのオペラハウスは保存されているが、他の建物はすべて取り壊され、新しくなっている。それでも、将来の心配など一切感じることなく過ごしたその想像上の場所へと、一歩一歩近づいていく。周囲の場所を、かつての住人ならではの驚きと高まる期待をもって見つめる。昔の生活の面影を求め、あの黒い九官鳥を想像する。羽ばたきながら空を飛ぶ。黒い目でじっと見つめ、何かを探して黄色いくちばしで突く。近くを踊るように飛んでいく光沢のある黒い羽根を見つけようと、わたしは顔の向きをクルッと変える。

ノートを手にした姉が近くにいるかもしれない。影のない天使の姿。マンゴーの木が弱々しく植わっていたのはここだったかしら。それとも瑞々しい緑の葉を茂らせていたのはあそこだったかもしれない。スターフルーツの木が植わっていたのはその隣だったはず。気持ちはどことなく落ち着かず、それでいて足は地面をしっかり捉える。心満たされているようでいて、一人寂しく感じもする。ここにいるにも関わらず、姿は誰にも見られない。

水滴が木のてっぺんから落ちてくる。灰色の雲が立ち込める。美しくもあり、不気味でもある。空が暗くなり、黒く光る。激しい夕立が差し迫っている前兆。モンスーンの季節。今にも雨が降り出しそう。人々の足が早まる。エンジンのけたたましい音。一台の車がすぐ近くで急停車する。キーッという音と共にタイヤから上がる煙。ヘッドライトが青い光を発し、立ち込める霞を黄色に染める。ビニールシートを頭や肩に掛ける人々。

わたしはすぐ近くの軒下に避難する。そうしながらも、かつて我が家がどの辺にあったのかを探し続ける。目印に使えそうな建物は皆、なくなってしまった。その場に立ったまま、かつての生活が元どおりに戻らないものか、あたりをじっと見つめる。

気がつくと空に穴があき、勢いよく雨が落ちてくる。昔、姉とこの道で遊んでいたときと同じ光景。雨と共に、活き活きした新しい生活が芽を吹き出す。幼い子どもたちが服を脱ぐと、口を開けて土砂降りのなかを側道に走り出す。シルクのシーツのように滑らかな水が、勢いよく側溝や軒に流れ込み、耳をつんざくように大きな音を発する。あの運命の日のことを思い出す。子どもたちの叫び声。雨樋が溢れるほどの激しい雨。数時間後、両親の車がわたしたちの側でゆっくりとスピードを落とす。わずかな気の迷いのせいか、ひどく間延びした瞬間。

声が聞こえる。わたしの声じゃない。わたしのなかにいる誰か別人の声が許しを求めて叫ぶ。心のなかにジェームズが見える。中国のグランマが見える。チョロンの小道を歩きながら、両親には内緒の外出から帰って来る姉の姿が見える。そのうちの二人が、死に神に後をつけられ死んでしまった。中国のグランマはまだ生きているのだろうか。チョロンのどこかでどうにか生計を立てているのだろうか。強く降り続く雨のせいで、他の音がほとんど聞こえない。でも夏の夕立の暑さのせいで揺らめく白いカーテンのなかから微かに声が聞こえてくる。ただ名前を呼んでいるというよりは、わたしのことを呼び求めるような聞き覚えのある声。わたしの魂の一部でありながら、わたしから離れて異なる道を歩むようになったもうひとつの並行する声。わたしの右に、左に、はっきりと明るく、まるで星の光のよう。くねらすように腕を回して、その瞬間を捉えようとする。その瞬間の一部になろうとする。ほんの一瞬その揺れを感じる。またそれは動き出す。

バオが一歩踏み出す。滝のように流れる雨のなかに入っていこうとする彼女の身震いが伝わってくる。

バオは両手でその声を捕まえようとする。けれど彼女が動いた瞬間、声は消えてしまう。わたしはじっと立ったまま、激しく降り続ける雨のことを忘れ、身動きひとつせずにあたりを見つめる。すっかりずぶ濡れ。でも、雨宿りしようとは思わない。バオのようにわたしも雨のなかに身を投じ、増幅する感情に追いつこうとする。バオの肩が上がる。その光景に、突然心が和らぐ。

これまで別々だったわたしたちの人生の垣根が崩れていくかのよう。ほんの一瞬ではあるけれど、わたしは重力のように強いバオの力を感じる。外の世界からすっかり遮断されて、わたしたちは二重の輪のなかで意識を共有する。分子のレベルで、バオが感じていることが伝わってくる。奥深い悲しみが、心のなかで解き放たれて広がっていく。

ホテルから少し離れた「フォー24」という店で食事をする。こくのあるスープ、牛骨と炒めたタマネギ、炒ったショウガやトウシキミ、カルダモン、コリアンダー、フェンネル、クローブを絶妙のバランスで調合してつくり出す味。フランチャイズ化されたこの店は人気店のひとつで、きれいな店内はどことなくアメリカナイズされている。フォーを安い庶民の味からもっと高級でモダンな料理にしようという狙い。

地元誌を読むと、「24」という店の名前はこの秘密の味をつくりだす二十四種類の原料に由来すると書いてある。わたしのなかの弁護士根性が、この店の話に興味を抱く。フランチャイズ契約の中身を調べてみると、アジア太平洋地域だけでなく世界にこの店を展開しようという計画がある。次はカリフォルニア、それともニューヨークかしら。東から西へと知的財産権やトレードマークが移動する。

注文の品が届くまで、無心にページをめくりながら読み続ける。次のページに見つけた孤児院の話に注意がいく。太字で書かれた見出しには、「アメリカ退役軍人のボランティア活動」とある。カーキ色のズボンに半袖のシャツを着ていかにもアメリカ人といった出で立ちの男が、古びた建物の前に立っている。彼のまわりに大勢集まる子どもたちの輪のなかで、身動きできない様子。目の粗い白黒写真にも関わらず、そこに写るアメリカ人にはどことなく見覚えがある。記事によれば、修道女のグループが街をうろついてはゴミ箱をあさるブイ・ドイと呼ばれる子どもたちのために、孤児院と学校を創ったらしい。子どもたちは英語を学び、キルトの織り方、大工仕事といった技術を身につける。子どもたちが制作した品々は、街にある専門店《セレクトショップ》で売られる。

この話に心が躍る。無意識のうちに心安まるのを感じる。傷口を癒やす一抹の希望。残りの記事にサッと目を通し、すでにわかっている名前が出てくるのを待つ。キーワードを拾いながら読み続ける。退役軍人。負傷者。失われた年月。ヴェトナムへの帰還。ここでの新生活。

ジェームズ・ベーカー。復活。生きてたのね。

わたしはじっと座ったまま。心臓がドキドキする。そのアメリカ人には日課があるらしい。月曜日には青空市場で調理用の青物を買い、ベンタイン市場の料理屋で食事をしてから、一番よく賑わう界隈で孤児院の子どもたちがつくった品を売り歩く。水曜日と木曜日には、英語を二時間教える。何よりも大切なのは、多くの人道支援団体と関係を広げ、孤児院への支援を求めている点だと、記事には書いてある。

椅子の端っこに腰を下ろすわたし。ヴェトナム戦没者記念碑に名前が刻まれているのとは別のジェームズ・ベーカーかしら。別のジェームズ・ベーカーがここヴェトナムにいるのかしら。

その後、グーグルで名前を検索する。何ページにもわたる検索結果。ありふれた名前。でも、事実は日付けと一致する。写真の男と同じ。そう、ジェームズよ。

事実がはっきりすれば、何も困ることはない。すべてが出揃った。

わたしたちにはそれがわかる。セシルにも。バオにも。

29

河は流れ、大海は横たわる

バオ　2006

マイにとって、この旅ははじめから失敗続きだった。それでもヴェトナムにいるせいで、あたいが感じる非難や悲しみに影響され始めた。あの娘の気持ちは徐々に和らいで、ついに希望が持てるようになってきた。

月曜日。あたいたちは町の真ん中にある騒々しい市場に出かけることにした。混血《ハーフ》の女が暮らすのはどんな場所かしら。きっとここよ。お金と場所を求めて商人や物乞いが所狭しと繰り出してくる所。でも、それは淡い期待でしかなかった。

目の前には、ベンタイン市場の壁に掛かった大きな時計。サイゴンの下町の中心。薄汚い蚤《のみ》の市の魅力に取り憑かれた観光客なら、この無秩序な人混みにも堪えられる。とにかく売れるものなら何でも売ってやろうっていう口先だけの商人たちが、大声を張り上げる。

マイにはお目当ての品があるわけでもなし、買い物気分を味わおうなんて気もない。それはあたいだって同じ。ただ、何だか落ち着かない。マイは期待に胸弾ませて、どんどん進んでいく。体の奥深くに埋もれた記憶に導かれる。市場の中央に向かって歩く。行き先は決まってる。

グッグツ煮込んだスープの豊かな香り。織物やバッグ、靴を売る店が何列も続く。高く積み上げられた色違いの似たような商品。店内は修道院みたいに暗い。どんよりした空気。この薄暗い灰色の店のなかへ、窓に掛かったカーテンの隙間から外の光が差し込む。むき出しのパイプ。突き出た釘。粗野で不釣り合いな家具。割れた板張りの床。店を出入りする観光客。しつこく値切ろうとする客の声。

女の子が一人あたいをつけてくる。シャツを引っ張る。物乞い。ぎこちない言葉遣いだけど、穏やかではっきりした声。魚売りの女が大きなロブスターや蟹、大きな深海魚を競り売りする。ピンク色の魚と人差し指ほどの長さのイワシの塩漬けを指さす。ナマズが入った籠の向こうでは、ハサミを輪ゴムで止められた蟹がもがき苦しむ。

女の顔をじっと見る。表情をよく観察する。母さんから引き離された妹だとは思えない。でもこの無秩序な世界のなかでなら、運命の出会いってこともありうる。まったくあり得ないことでもない。女は三十歳ぐらい。目と鼻をよく見る。混血の特徴が一番よくあらわれる部分。女はあたいが見てるのに気づく。手を振って追い払おうとする。彼女の視線を感じて、あたいはその場を立ち去る。女が発する海草の臭いを胸一杯に吸い込みながら。

マイと共に群衆の方を見る。トタンとベニヤ板でできた店が窮屈そうに立ち並ぶ。いつもと違ってあたいたちの間に距離はない。助け合いながら共通の目的を探す。誰もが熱心に食事をする。お尻が地面に付きそうなくらいにしゃがみこんでいる人もいれば、スツールにちょこんと腰掛ける人もいる。椅子にちゃんと座ってる人も。ここではみんなが食べるのに真剣な様子。市場のあちこちから大声が聞こえてくる。天井に付いたネオンサインの光に照らされた椅子とテーブルの間を、迷路を縫うようにマイが進む。足置き台の上に腰を下ろした男。顔を皿の上に被せるようにして骨をしゃぶる。マイがその男をじっと見る。マイの考えが伝わってくる。あたいもこの男と同じようにしゃがみ込んで背を丸め、顔を皿の上に傾けて食事する。軟骨だろうと、脂身だろうとコラーゲンだろうと。骨だろうとスジだろうと無駄にしない。

サイゴンにいると、あたいが住む別世界に、マイが面と向かって接してくる。何のわだかまりもない。アメリカに移り住んでもう三十年以上も経つ。でも、あたいは骨の髄までヴェトナム人のまま。この土地にしっかり根を下ろす。

すぐ近くにいる男と目が合う。広い肩幅。ふさふさした巻き毛には光沢がある。この店ではとくに目立つ存在。埃っぽい店の入り口に集まった人の群れが邪魔して、見えるのは背中だけだけど。顔は見えない。でも、あたいにはわかる。

男は綿のタンクトップを着て、腕と肩を出す。男の周りでは、使い古して角が丸くなった低い木製のスツールに行商人たちが座る。青白い炎を発するコンロのすぐ側に、その男は座る。グツグツ煮える鍋の蓋が、カチカチ金属音を立てる。フエの麺料理の香り。金色のスープ。細かく刻んだハーブ、レモングラス、トマト。エビのすり身とライム、タマネギ、ピリ辛の唐辛子。それに付け合わせの一品。店の女主人が顔をクシャクシャにしながら笑う。これは大盛り。あれはほんの少し。すると店特製のフエの麺料理が出来上がる。脂身はなく、骨の髄から生まれる香ばしさ。特製料理を自慢げに売る屋台が並ぶ。米粉のクレープ。ビーフンに、甘辛く味付けされた豚の肉団子とエシャロットをのせたブンチャー。鶏とエビを盛った青いパパイヤ。

マイも胸の奥で何かに強く惹きつけられている。グッと感情が高まっては、少し落ち着く。あの雑誌記事を読んだせいで、ジェームズに会えるんじゃないかと、期待で胸を膨らませてここに来た。あたいは壁に寄りかかり、少し遠くからその男を見る。扇風機が回っているせいで、涼しい風にあたる。男はビールを飲む。女主人が言うことに笑っている。タバコを思いっきり吸い込む。どんぶりスープに手を伸ばす。男はあたいたちの視線に気づいていると思う。男が振り向く。太陽の光を受けた顔が汗で光る。無愛想だけど堂々とした様子。彼に違いない。すべてが混じり合い、ストップする。あたいにはずっと前からわかってた。

マイはずっと彼が死んだのをあたいのせいにしてきた。でも、無限に続く時間のなかで、彼が生きている。ここサイゴンで。

腕にはコバルトブルーの入れ墨。姉さんの死んだ日付けが時に流されることなく刻み込まれたまま。あの日、神さまは天高くから見下ろすだけで、何もしてくれなかった。姉さんの代わりに他の人たちを救った。あの日の日付けが、デジタルカメラで捉えたみたいにはっきり見える。

男が立ち上がってナップサックを掴む。こっちを向く。あたいの顔を見て、動きを止める。あたいを見つけて驚いたのかしら。それとも驚いてはいるけど、いつかこの日が来ることを予感してたのかしら。わからない。

一瞬の戸惑い。ジェームズは立ったまま、動きを止める。そして、問いかけるようにマイを見ると頭を傾ける。マイの姿を心に焼きつけようとしている。何か言ってる。微笑んでる。あたいにもその言葉が聞こえる。「変わってないね。」目には涙。はっきりした声。まるで引き潮みたいに重い。「マイ」って明るい調子で。

あたいの目にも涙が溢れる。マイは目をしっかり閉じる。この娘ったら膝が震えてる。ジェームズの声のせいよ。ずっと求めていたあの声よ。シーンと静まりかえった空間から蘇ってくる。ジェームズがここにいる。想像じゃない現実の世界にいる。マイが目の前のジェームズを見る。年よりも若く見える。五十代半ばくらいかしら。四十年前の若かった頃の姿と重なり合う。彼の一言でマイの防御が解けて、心のなかが見えるようになった。それも透き通るようにはっきりと。ついに安心を手に入れたから。ジェームズがマイの名前を何度も繰り返し呼ぶ。ともかく彼は生きていた。あたいたちがここで生きているのは、正しい選択をしたからじゃなくて、運が良かったから。ジェームズが何か話してるけど、あたいは彼が生きてたっていう思いだけで胸が一杯。おかげで彼の話がほとんど聞こえない。

マイがジェームズの後についていく。行く先があるわけじゃない。あら、マイったら手を伸ばしてジェームズの腕や顔に触れてる。彼の存在を確かめようとしているの？　それとも気分を落ち着けようとしてるのかしら。マイにもわからないみたい。ジェームズはマイの手をしっかり握る。騒々しい街をゆっくり静かに歩きながら、今という瞬間に感じる喜びをじっくり味わう。ローリング・ストーンズの名曲を集めた海賊版ＣＤにジェームズの注意を向けようとして、マイが彼の腕に手を置く。気持ちをどう伝えて良いのか、あの娘にはわからない。白昼堂々とまがい物の映画や音楽が売られていることにびっくりした様子。マイはジェームズにそんなことばかり繰り返す。世界貿易機構の定める規則をヴェトナムが守ってないとか。ジェームズがクスクス笑ってるじゃない。

「死んだと思ってたわ。」そうマイは言いたいんだけど、なかなか言葉が出てこない。言葉にすると上手く伝わらない。言語の存在が煩わしいってこと。心の奥底から湧き上がってくる何とも言えない気持ちを言葉にしようっていうのは、とてもじゃないけど厄介よ。大切なのは彼の隣にいるだけで気分が癒やされるってこと。ジェームズがいることだけが大切。あたいたちは揃ってここにいる。何かが欠けてた世界が、元どおりの正常な状態に戻る。

ジェームズはこれまで彼の身に起きてきたことを、マイに話して聞かせた。その後の行き当たりばったりの人生のこと。もちろんこの何十年かの間にジェームズが経験してきたことは重要だけど、あたいに興味があるのは彼がいるってことだけ。

長い間会えなかった大切な人の顔をよく見る。最後に会ったときのことを思い出しながら、モザイクのようにバラバラになったイメージをつなぎ合わせようとする。あのひどい一日の残像。記憶のなかで感情が薄れ、失われてしまったあの日。煙突。凧。ライフル銃。ジェームズの傷と、その衝撃で生じた陰鬱な雰囲気。絡まった記憶の糸に導かれて、あの瞬間へ戻っていく。影のようにいつまでも心にまとわりつく自分自身の過去から逃れられない。

長い沈黙。「君の家の庭で撃たれたとき、みんなは僕が死んだと思った。それでトラックに放り込まれた。」

重すぎる言葉。マイは自分が傷を負ったかのように感じる。

あたいとマイが共有する明かすことができない秘密。心のなかに残された石みたいにびくとも動かないカーン姉さんの存在。姉さんはあたいたちに愛と心の痛みを教えてくれた。あたいは今でもその原因が姉さんにあると信じてる。でも、一体何が最初の原因で、何が最後の原因なんだろう。

「マイ」と、ジェームズが言う。彼はマイの手を引き、雑踏のなかを進んでいく。崩れた歩道や転がる砂利に注意して。ジェームズはたまに立ち止まってはビールやタバコを買う。商人たちは誰もが彼のことを知ってるみたい。ジェームズは満足げよ。タバコの煙を大きく胸の奥まで吸い込む。

彼を見る。ジェームズの顔貌《かおかたち》が気になるんじゃない。彼を理解したい。あたいには理想の彼の姿があった。あたいたちには戦争が始まる前の人生と戦争が終わった後の人生がある。戦争の後の人生っていうのは、あたいたちが形をいじって変えようとしてる方よ。こっちの人生には大した意味はない。だって目的もなしに、ただ機械的に生きてきただけだから。

ジェームズはやさしくマイの背中に手を置く。「ほら」と、彼。財布から写真を何枚か取り出すと、トランプのカードをさばくような手つきで見せる。一枚選んで、マイに渡す。カメラのフラッシュを浴びながら写るジェームズとカーン姉さんとマイの三人。隅っこから真ん中に寄ろうとしているのがマイ。中国のグランマがシャッターを切るのに合わせて、写真からはみ出さないようにしてる。

「ずっと持っていてくれたのね。」マイが優しく言う。そして、写真のしわを軽く指先で伸ばす。ジェームズはマイのほつれ毛を額からのける。彼はマイをじっと見る。今までとは違った様子。いろんなことがあって、彼は今ようやくここにいる。心の奥にまで差し込む光。お互いを信頼する気持ちは、あのときからずっと変わらない。

ジェームズはマイの手を自分の頬に持っていく。それから、彼女の手を自分の頭に置くと、彼女の手のひらを強く握りしめる。マイは身を引くこともなく、ジェームズの髪を梳かす。頭皮の一部が深く陥没している。まるで変形した金属のように固い。きっとあのときの古傷がまだ痛むのね。一九六八年からというもの、ジェームズが堪え忍んできたことは想像でしかわからない。

腋《わき》の下にもうひとつの古傷がある。外の光を反射するように光っている。マイがじっと見る。時間と共に滑らかになってきた瘢痕《はんこん》。暑さのせいで、やわらかい組織がいまだに赤くなる。すぐ近くを流れる青い静脈とは対象的。

ジェームズが両手をポケットに突っ込む。マイは彼と腕を組む。筋が入ったような濃い青空が紫色に変わる。網の目みたいに広がる街路を通り抜ける。帰宅を急ぐバイクや歩行者で混み合う道を、カーブに沿って歩き続ける。やがて、シルクやハンカチを売る店が立ち並ぶかつての自由通りに出る。

店内の涼しい空気が道に流れ出す。マイがギブラルの前で立ち止まる。まだはっきりとこのレストランのことを憶えてることに驚きを感じる。次はブロダード。オレンジとドリアンのアイスクリームを買う。それから、二人は港へ向かう。中国の侵略と戦った国民的英雄の黒い銅像が立つ。遠く向こうで空と川が交差して、一筋の光が輝く。川の水が光って揺れる。水面から熱気が霞になってゆらゆら昇る。

日がだんだん暮れる。地平線が徐々にかすんで見えなくなってきた。土手沿いの舗装された道を二人は歩く。ジェームズの手がマイの腰に……。川底を流れる水の動き。ジェームズが時々足を止めては体の向きを変える。そして、マイをじっと見て笑う。「君はまだ子どもだった。とても完璧な子どもだった。でも、今は……。」腕を彼女に回す。マイの顔が輝いている。

思わずジェームズが言う。「お母さんにそっくりだ。」心臓が飛び出さないようにって、片手を胸に当てる。

マイが舌を咬む。心を駆け抜けるいろんな感情に圧倒される。セシルもあたいもいつもは鎖でグルグル巻きにされて、表に出ないように鍵を掛けられてるけど、ここサイゴンでは自由にできる。あたいたちは皆、ジェームズが生きてたことに驚いてる。三人がまとまることで、気持ちが強くなる。感覚が大きくなる。あたいたちが一致団結する珍しい瞬間。

あたいにはマイの気持ちがよくわかる。久しぶりにあの娘の過去を知ってる人の目の前にいる。無垢で、完璧な子どもだったマイを。

大通りに立つ街灯が周囲を照らす。香しい空気。食べ頃に熟した実がなる果物の木々。マンゴーの初物。タマリンドのさやが開き、なかの実が太陽の日を浴びてこんがり小麦色に焼ける。どこかしら。あたりが暗くなる。日中の暑さが和らぎ、涼しくなってきた。もうすぐ夜になる。もちろん二人はまだ別れない。大切な何かでしっかり結ばれている。新たな絆が芽生える。それがじっくりと育まれていくことを二人とも意識している。

ジェームズがマイの腕を取る。人気のない路地を抜けて、近くの飲食店に案内する。あの娘、まだお腹は空いてないけど。でも、ついてくわ。それにジェームズったら、マイが店を気に入るって自信があるみたい。ウェイトレスがジェームズに目で注文を尋ねる。揚げイカ、餃子、肉料理とフランスパンが載った皿をテーブルに置く。店の照明が落ちると、ウェイトレスがキャンドルに火を点ける。ジェームズにビール瓶を手渡す。彼は手にした錠剤を飲み込む。薄い影が壁に沿って動く。ジェームズの腕時計に光が当たる。追加のキャンドルと懐中電灯がテーブルに運ばれてきた。マイはジェームズにいたずらっぽい視線を送る。あの娘もようやく落ち着いてジェームズを見れるようになったのね。彼が背を動かすと、タンクトップの上から固い筋肉がジャンプするように跳ねるのが見える。昔からジェームズは体を鍛えてたっけ。でも、はっきり年をとったところもある。まだふさふさしてるけど、髪は白髪混じりになってきた。ジェームズの体はしなやかで、無駄な贅肉はないけれど、目尻には新らしいしわが寄っている。眠れないのかしら。彫りの深い顔はツヤツヤしてるけど。心配ごとがあるのか疲れてるみたい。

キャンドルの炎が強い風に吹かれて大きく揺れる。ジェームズが手をかざして風から炎を守ろうとする。暗闇のなかで灯りを長持ちさせようとする。鼻から出るタバコの煙を払うジェームズの手。マイに触れそうになる。キャンドルが燃え尽きると、新しいキャンドルを燭台に挿して光の列を整える。話し声は聞こえない。長く続く沈黙。タバコの吸い殻が灰皿に増える。

マイが餃子の最後の一個を食べ終わる。ジェームズが青いマンゴーを剥いて細かく切る。そして、マイの口にスライスを運ぶ。

雲に囲まれた大きく丸い月が発する薄暗い光に、二人の姿が浮かび上がる。

ジェームズはナップサックのなかから、四分の三ほど残っている白ラベルのスコッチ・ウィスキーを取り出す。

暗闇のなかで、二人はまわりを気にせずに会話を続ける。何かがきっかけで、マイが言う。「あの後に起きたことを知りたいわ。」

ジェームズはマイに、一九六八年以降の失われた年月のことを話し始める。マイもあたいもうっとりしながら、熱心に彼の話を聞いた。退役軍人病院とリハビリセンターで過ごした長い時期。アメリカ中を彷徨い、やがてロングアイランドの母の家で仕事を転々としながら過ごした数年間。ジェームズは半生を振り返りながら自分自身が褒められた存在ではなかったことを、首を振り振り語り続ける。「何をやっても中途半端だった。何も長続きしなかった。母さんには言葉にできないような心配をかけたし、母さんの気持ちを傷つけもした。家でテレビ映画を見て過ごす毎日だった。母さんが死んだとき、僕は一人取り残された。自分を失なって、やがてここに来た。なんとか上手くやっていこうと。」ジェームズがマイをじっと見つめる。そして、言う。「ここに留まろうと思った。

「娘が生まれたんだよ。」ジェームズはささやくように言う。

マイはじっと動かない。心のなかで娘という言葉に形を与えようとして。

「ここで新しい人生が始まった。ほら。」ジェームズはそう言うと、財布から一枚の写真を取り出す。暗い光にかざす。

マイは写真を見る。小さな女の子の顔はアジア系の顔。

「この子が生まれた場所が、僕が腰を下ろして暮らす場所だ。」

本能的にマイは身を引く。気持ちを言葉に表さないようにと。これがジェームズの人生の行く先だったのね。マイは思う。頬が熱くなる。ジェームズがこの子を抱いている姿が目に浮かぶ。四歳になったんだ、とジェームズが言う。マイはジェームズが今送る静かな生活のことをじっと考える。

そして、母親の話になる。ジェームズは言う。「この子の母親、つまり僕の妻は、一九八〇年に母親に連れられて海から脱越しようとした。でも、二人は捕まり牢獄に入れられた。彼女はまだ四歳だった。母親は彼女にヴェトナム以外の国で人生を歩んでもらいたかった。父親は南ヴェトナムの軍人で、長く再教育キャンプに閉じ込められている間に死んだ。」

子どもの母親が歩んできた苦しみの人生を話して聞かせるジェームズ。マイを見るときの視線が慎重に見える。「毎日、彼女は化粧をして『地獄の黙示録《アポカリプス・ナウ》』で働く。サイゴンでは有名なクラブのひとつだ。」ジェームズの声が次第に低く短調になる。首を振って強調しながら、「良い母親だよ」と付け加える。考えをまとめて心の内を明らかにしようとするたびに、タバコのせいでしわがれた声を詰まらせる。なんとか言葉をつなぎ合わせようとして、ジェームズは懸命な様子。少し間を置いて、ズボンのポケットからマルボロのパックを取り出す。マイに向かってにっこり笑うと、タバコがないと何を話して良いのかわからなくなると打ち明ける。

タバコの煙がマイの涙腺を刺激し、喉の奥はひりひり痛む。

ジェームズは目を上げる。タバコのフィルターが、彼の口から垂れ下がる。大きく息を吸い込むと、何を見るでもなくあたりを見つめ話し始める。声は枯れている。「妻は初めて会ったときから、自分の母親の望みを叶えるためにも、ヴェトナムから連れ出してほしいと望んでいた。彼女にとっては、それが僕の魅力だったと思う。」ジェームズは咳払いする。「でも子どもが生まれた今となっては、大切なのは娘の将来だ。ヴェトナムを出なければならない。」一言一言に意味を込めながら、ジェームズは話し続ける。

彼は手を伸ばして、テーブルの上でマイの手を握りしめる。「でも、僕はアメリカには帰れない。わかるだろう。」マイは何も言わない。「だから僕らはここにいる。妻は悲しんでるけどね。

「そう、妻はとてもがっかりしている。」大きくタバコを吸いながら、ジェームズは残念そうに続ける。「アメリカ大使館の書類に僕がサインさえすれば、妻はすぐにでも市民権を得られるし、アメリカへ行くことだってできる。」彼はぼそぼそっと小声で話す。やがて頭を上げると、真っ直ぐにマイを見つめる。厳しく咎められるとでも思ったのかしら。それを和らげようとしてか、自分自身に評価を下す。「きっと彼女が正しいんだ。きっと僕の物わかりが悪いんだ。」譲歩する。

ジェームズはマイに自分の人生が螺旋のように円を描きながら落ちていく様子を話す。自分の尻尾に食いつく蛇みたいな人生。それでも、ジェームズはヴェトナムを離れないだろう。「僕みたいな人間には、サイゴンの方があっているのさ。人々は皆優しいし。」そう言うと、ジェームズは微笑む。「ここには流れ者が沢山いる。僕もその一人だ。」

スコッチをグイッと飲み干すと、マイの方を向いて急いで笑顔をつくる。地元の学校で週に二、三日英語を教えてるんだって。「それ以上は無理なんだ。妻にはわかってもらえないけどね。でも、君にはわかるだろう。」揺れるキャンドルの炎の向こうから、ジェームズはマイを見る。まるでマイの様子を観察してるみたいに。「君はアメリカンドリームを見つけたかもしれないけれど、僕には無理だ。どうすればそんな夢を見ることができるのかもわからない。」座ったまま、ジェームズは下唇の端を咬む。

マイは何も言わずに話を聞いてる。でも、あの娘が顔を上げたとき、泣いてたんだってわかった。彼の話がマイの心に届いたのよ。ジェームズはわずかばかりの可能性に賭けて、ここサイゴンに踏みとどまろうとしている。心ときめく愛を見つけて、それに引きつけられるようにして、子どもまで生まれた。ジェームズは苦労しながらも生き伸びてきた。死に神の裏をかき、戦争の困難を乗り越えた。結婚生活という難題に身を投じたあげく、ごく平凡な家庭生活に身を落ち着けることができたかのよう。

マイはこの場に相応しい言葉を探してる。まずは驚き、それから祝福しようと。でも、突然悲しみに襲われる。それで、ジェームズに訊く。「二人はどこにいるの。」

彼の妻は子どもを連れてメコンデルタの奥深くバ・スエン省に住む病いの母を訪ねている、とジェームズが答える。いつ帰ってくるかわからない。

ジェームズはこれ以上、奥さんの話をしなかった。

彼はマイの頬に手を当てると、涙を拭き取る。マイの顔には、ジェームズの手のぬくもりが残る。ジェームズが飲むタバコとビールの臭い。喉がヒリヒリする。目を逸らしながらも、マイはジェームズが幸せでよかったとささやく。マイに身を寄せ、指と指で鍵を掛けるジェームズ。

マイはあのときのことを切りだそうとして、ジェームズの方を見て話しかけようとする。でも、彼と目が合うのを怖れて思い留まる。声にならないマイの質問に答えるように、ジェームズは肯く。彼は幼いマイに、指で鍵かけて九官鳥を託したことを憶えている。マイを慰めようとして、ジェームズは堂々と振る舞う。もう古傷に苦しむ流れ者なんかじゃない。ジェームズと一緒に死者が蘇る。ミックが叫び、カーン姉さんが踊る。母さんがにこやかに顔を輝かせて、中国人仲間とお茶を飲む。父さんがピカピカに磨き上げた軍靴を見せびらかす。

やがて店を出ようというとき、ジェームズはマイの髪にキスしたわ。それから、腕を回してエスコートする。習慣かしら。それとも本能かしら。マイはジェームズに身を任せると、彼に導かれるまま静かに裏通りを歩き始めた。時々右へ左へと曲がりながら、錆びてオレンジ色に変色した古い街灯を通り過ぎ大通りへ向かう。隣に響く彼の足音。ジェームズはマイをサイゴン・オペラハウスの向かいにある公園のベンチに連れていく。降ったばかりの雨のせいで、足下の濡れた芝がきらきら光る。暑く湿った空気にそよ風が吹く。街灯の光は弱く、あたりは薄暗いまま。暗いせいで気持ちが落ち着く。気分が和《なご》み、高揚すらする。暗い場所にいるときの方が、マイの気持ちは解放される。街灯の光に照らし出されるマイの姿。でも、目立つわけじゃない。二人だけの世界。本当を言えば、ここは街の真ん中。散歩する人たちの足音や会話の声、それにつくり笑いが聞こえてくる。売れ残りの品を家に持ち帰る行商人の姿が街灯の影に見える。生命力みなぎる彼らは、そう簡単にはへこたれない。といっても、貧しさと一日の疲れのせいで足取りは重いけど。

ジェームズがマイの肩に腕を回す。耳元でささやく。「お出で。」マイはジェームズを見る。怖れることなく、惹きつけられるように。奇跡って言うのかしら。あの遠く昔の出来事が、昨日のことのように思い出される。マイが小さかった頃からあったタマリンドの木が、今も同じように美しく街路を飾る。その実が枝から低く垂れ下がる。飛び上がって掴みたい。その実を割ってジューシーな果肉を飲み干したい。

「中国のグランマが僕たちの音楽を嫌ってたろう。」ジェームズがマイに問いかける。彼は何度もチョロンに行っては、グランマを探し続けたという。「グランマのことが忘れられなかった。でも、どうしても見つけることができなかった。」

膝の上で握った手をマイがじっと見る。ジェームズが笑う。マイの首筋に置かれた彼の手。マイはジェームズに宿泊先を知られたくないみたい。でも、彼はホテルまで送っていくと繰り返す。ホテルの入り口に立つ二人。シルクの制服を着た従業員がドアを開けて、出入りする宿泊客に頭を下げながら丁寧な声で挨拶する。マイがジェームズのイライラに気づく。あたいにも彼の神経質そうな様子がわかる。まるであたいみたいよ。ロビーの入り口でグズグズするジェームズ。そして、また明日会いに来るってマイに言った。

かつての面影が残る側道。行商人が売る土産物をジェームズと見ながら、マイは強い郷愁の念を感じる。今はないっていうだけの理由で、大切にされる物がある。ジェームズがマイに言う。南ヴェトナム時代の古いお札なら全部持っている。だから、あげるよ。でも、マイは自分で買いたい。ガラスケースに入った古いお札。赤い百ドン紙幣にはレー・ヴァンズエットの肖像。皇帝の助言者であり、偉大なる政治家であり、キリスト教伝道者を迫害から守った人物。オレンジ色の五百ドン紙幣には、大統領府の写真が写ってる。この鉄製の門を破って二台の北ヴェトナム軍戦車がサイゴンに凱旋したのは、一九七五年のあの日のこと。ジェームズは反対したけど、マイはこの二枚のお札を値切りもせずに言い値で買った。昔、母さんと五番目の叔父さんが蒸し春巻きを百ドン札で買ってたっけ。あのとき、二人は五百ドン札で赤い皿にのった花火のセットも買った。

今二人に必要なのは触れ合うことだけ。歩きながら手をつなぐマイとジェームズ。工事中の道。削岩機でセメントのタイルを削る。歩くたびにマイの踵が砂利だらけの地表にを引っかかる。落花生の殻がそこらじゅうに敷いてある。

二人は一日を共にする。それ以外のことは大して重要じゃない。少なくとも表向きは。二人はぶらぶら歩いて、今日この日を過ごす。これこそ人生で歩むべき道だったってこと。喉が渇けば搾りたてのサトウキビのジュースを飲み、ピーナッツを頬ばったかと思えば大盛りのフォーを平らげる。湿気た空気にそよ風が吹く。優しく涼しい風。かつて自由通りと呼ばれた大通りのブティックを何軒か回る。ヴァージニアの法律事務所の仲間にお土産を選ぶ。店員が顔を上げると二人に近づいてくる。そして、マイが嫌がるくらいぴったりと二人の後につく。

「ここの連中にはわからないんだ」と、ジェームズが説明しようとする。「この国では、間の取り方が違う。」あたいにはわかること。でも、マイにはわからない。ジェームズがマイの視線を美しく光る塗りと真珠の埋め込みに向ける。マイったら戸惑ってる。それで、ジェームズが助言してくれた。ここではありきたりに見えても、アメリカに帰れば美しく見えるものだって。アメリカへ帰ったらアパートに飾ろうと、昔のサイゴンの町を写すセピア色の写真を選ぶ。ドリアンを売る行商の女が、店を出たマイがバスケットをのぞき込んでいるのに気づいて立ち止まる。ジェームズは中ぐらいの大きさの実を選ぶと、とげで覆われた実を真二つに開くように注文する。直接女の手が果肉に触れないように。感染症を怖れるマイへのやさしい気持ち。

「中身はそのままで。」ジェームズが行商の女に言う。ジェームズがヴェトナム語を話すのを聞くのは初めて。マイにはちょっとした驚き。ドリアンの柔らかいクリームみたいな舌触りがとても良い。カスタードみたいに果肉が口のなかで溶けていく食感にマイが感動してる。この娘ったら、汗をかいてるわ。でも、路肩でジェームズに並んで腰掛ける姿はとても幸せそうよ。

二人はシェラトンホテルの前を通り過ぎる。ピカピカの大理石の壁と階段で有名なホテル。一階にはガラスのショーウィンドウで囲まれたグッチの店。そのまま歩き続けると、通りの一角を大きく占めるのはエスプリの店。さらにデザイナーものの宝飾品や水牛の角や鼈甲《べっこう》でできた骨董品を扱う小さなブティックが続く。レストランやカフェ。それから比較的最近できた新しいヴェルサーチの店。ジェームズによれば、小さなカフェが立ち退いたあとにできたらしい。透明のドレスの上にジッパーを半分下ろしたジャケットを着こなすマネキンが、人工的な輝きを放つ。強風が大きな音を立てて港に吹き込む。アルミの日よけが掛かった小さな新聞売りのスタンドに、ジェームズがマイを連れて入る。店頭に並ぶ絵はがきのラック。吊り上がった目で二人を見る店主の男。挨拶もせずに、竹製の揺り椅子《ロッキングチェア》にゆっくり身を戻す。

古書や古雑誌、それに地図が所狭しと置かれたこの小さな店に、マイは興味を示す。入り口近くの窓のあたりに、高々と積み上げられた古本。窓から差し込む太陽の光が、ガラスに向かって細かな埃の粒子を浮かび上がらせる。ガラス扉がついた本棚を、マイが熱心にのぞき込む。英語版の『キエウ伝』のぼろぼろの表紙。母さんが初めてあたいたちに読み聞かせてくれた本。あれ以来、マイの心にはずっと引っかかっている。壁に向かって山のように物が置いてある。フォトアルバム、スナップ写真、手紙。誰かの持ち物だったはずなのに、売りに出ている。好奇心からマイは手を伸ばす。プラスティックの箱に入った写真を一枚抜き出す。若い女性の写真。プロの写真家のフラッシュに照らされ青白く輝く顔。バラで売られる写真のなかの一枚。昔の状態のまま綺麗に保存されたアルバムもある。家族写真やポラロイドもある。白縁の光沢写真も。かつては鮮やかだった写真も、今ではすっかり色あせてる。財布に入れて歩くのに丁度良い大きさの写真。微かなセピア色。写真の隣にあるのは手紙。赤や青のボーダーの入った国際便の封筒。まだ開封されてない手紙もある。きっと宛先に届かなかったのね。左上端の送り主の住所をマイが見る。サンノゼ、ワシントンＤＣ、フランクフルト、パリ。消印からいって、ほとんどの手紙は一九七八年から一九八〇年の間にボート難民が送ったもの。ヴェトナムにいる家族に、無事海を渡ったことを知らせる手紙。

二人の視線の先にある店主の表情には、微かに笑みが浮かぶ。写真も手紙も三十年前に買ったものだと二人に告げる。

「なぜですか」と、ジェームズが尋ねる。

「受け継がれていく価値があるものは、決して捨てられはしませんよ。持ち主は国から逃げたが、すべては後に残ったってことです。」

ジェームズは肯き、微笑み返す。そして、古い地図をペラペラめくる。都市や町の目印を指すのにかつて使われていた丸や星、それに赤や黒い線を追いながら、ジェームズの目は次第に大きく開いていく。

店主が口を挟む。「かなり古いものばかりですよ。」ヴェトナム映画を撮ろうという連中に沢山売ったらしい。店主が映画のタイトルを誇らしげに自慢する。『インドシナ』、『ラマン』、『愛の落日』。

持ち主を失った写真と手紙を売るこの店を出るとき、なんだか嫌な気持ちに襲われる。感情の波とうねり。なんとかこれを鎮めないと。感情を表に出して、マイとジェームズの時間を台なしにしたくない。そのとき、あたいはあることに気づいて驚く。荒れ狂う感情から、マイを守ろうとしている。このあたいが。これって初めてのこと。マイとの対立を避けようとするなんて、今までになかったことよ。港へ向かってジェームズと歩くマイの姿。あの娘の穏やかな青白い顔が見える。この瞬間、マイとの親近感が強まっていく。

あの店の壁に向かって積まれた写真の山に、わたしたち家族のアルバムはなかったかしら。マイが大きな声でジェームズに問いかける。そんなことってないかしら。

別の日の午後、すでに日が傾きかけた頃。マイはジェームズの手を取り、その日の予定を話す。サイゴン港に今日も二人はいる。大型船が数隻、修理の順番を待っている。そのうちの一隻は錆びついた石油輸送船。陽を浴びて疲れ切った様子の男たち。上半身裸のまま列をつくり、背の高さの半分ほどもある長いハンマーで溶解鉄を熱心に打つ。河口付近では係船索につながれたボートの列が波に揺れる。最初水面に向かった視線は、やがて川を横切って自然に水平線の彼方へと移動する。そこではココナッツの木の緑色の影が、海と空を背景に浮かび上がって見える。波止場では漁師が一人、朽ちかけた木製の欄干の側に立って釣り竿を海へ投げ込む。単繊条《フィラメント》が風と水の動きにあわせて、踊るように動く。

マイはあらかじめ電話で準備を整えていた。父さんと母さんが好きだった日が紫色に暮れる黄昏時に合わせた船旅の計画。龍の目模様の船を探す。船の持ち主が険しい目つきでマイを見る。痩せた中年男。威厳と感傷が伝わってくる。この旅の目的をよくわかっているらしい。

男はしゃがみこむと慎重にコードを引く。一発でエンジンがかかる。出発よ。

太陽の熱で温まった木製の手すりにマイは手をのせる。このあたりは船が頻繁に行き交う賑やかな場所。水面には緑色のホテイアオイが所狭しと浮かぶ。夕食の準備をする家族が住む灰色屋根の家やボートハウスの脇を、船が通り過ぎていく。ジェームズは手すりに寄りかかりながら、首の後ろに手を当てる。

水中翼船が油で汚れた水面を切るように、ブンタウまで乗客を運ぶ。二時間ほどの船旅。街の中心を離れ、黒くよどんだスモッグから遠ざかるにつれて、潮の香りが強くなる。船底に水の動きを感じながら、船は沖へと向かう。広い海のなか深い潮のうねりを切って進む。ジェームズが位置を変えると、マイを近くに引き寄せる。二人の距離が近づく。頬に彼の息吹きを感じる。ジェームズはナップサックから水を出すと、マイに勧める。

もちろん、あたいにはマイの計画がわかっている。でも、ジェームズはまだ旅の目的を知らない。川下りにはとても良い夕方。しばらくすると、マイがジェームズにこの旅の目的を問う。でも、彼が答える前に、マイはリュックに手を入れると、何かを注意深く取り出す。マイは両手でそれを持ちながら、目の前に広がる青い海面をじっと見つめる。

父さんの遺灰が入った金属製のケース。マイがジェームズにそれを見せる。それから、マイはジェームズを見ながら話しかける。二人で父さんの遺灰を海に返しましょう。父さんの人生を思い出すと悲しくなる。でも、とても安心した気分にもなる。だって、父さんのおかげで、一人の人間を強く愛することの大切さを学んだんですもの。父さんが母さんを愛する姿から。愛は永遠よ。

きっと父さんが望んだやり方で、マイは父さんを送り出そうとしている。重い墓石の下に埋めるんじゃなくて、自由気ままに陽炎《かげろう》に触れられることもなく送り出す。そのとき、急にこれまでもがき苦しんできたあることがマイの頭のなかに浮かんできて、どうしたら良いかはっきりとその答えが出た。カーン姉さんのお墓を探すのはもう止めよう。姉さんが埋葬された墓地はすでに壊されていて、そのままほったらかしになっている。もうどうにも手の施しようがない。

ジェームズが真剣な表情でマイを見る。「お父さんはいつも花の咲いた草木の側から、僕たちがサッカー場でボールを追いかけ回しているのを見ていた。君が話すのをじっと待っていたんだ。」姉さんの死が原因で、マイが言葉を失っていたときのこと。「お父さんは君の声に希望を託していた。」

父さんのことを思い出すのは、マイにとっても喜び。マイはこの瞬間を選んで、ヴェトナムにはもう一人妹がいることをジェームズに話す。母とクリフのことを話したのよ。マイの予想に反して、ジェームズは驚くことも、何かを問い質すこともしない。

「妹はブンタウの孤児院に連れて行かれたらしいの。記録が残っているかどうか、確かめに行きたいわ。きっと何かがわかる。」マイが言う。

「ブンタウには孤児院はひとつしかない。それも数年前に取り壊された。」ジェームズが告げる。彼は当たり前のように、あたいたちの妹がもうヴェトナムにはいない可能性が高いことを説明する。出国を希望する混血《アメレジアン》孤児のためのプログラムがあるらしい。みんなそれを利用してヴェトナムから出ていった。

マイが妹の話に驚かないのかとジェームズに訊く。でも、彼の答えはノーよ。

「人生、何が起きるかわかりはしない。」ジェームズは言う。「僕たちだって偶然出会えたじゃないか。」

鉄柱のように濃い灰色の水が泡立つ。様々な誘惑から遠く離れて、水面は銀色の泡できらきらまぶしく輝いている。船主がこっちを振り向く。眉を吊り上げ、大きな目を光らせる。「ここか、それともこっちか。」どうやらそう問いかけている。

「ここよ」と、マイが声を出す。ここという言葉には繊細なやさしい響きがある。この辺の海は南シナ海にどこかで合流する。マイは船主に微笑む。それを彼はこのあたりならどこでも良いという意味に取る。それならここだって。海草のせいで海が緑色に見える。船主がエンジンを切る。すると、潮風に吹かれてボートが流れるように動く。海にはそれぞれ違う名前がある。そのせいで、それぞれ違うものみたいに思えるけど、大海はどれも波に編まれるようにしてつながっている。

ここから見れば目の前に広がる水の広がりは、境界なしに続いて見える。マイがこの海を選んだのは、母さんを思ってのこと。あたいは海底を見る。何年もの間、母さんは幽霊みたいに目に見えない不在の存在だった。どこか離れた遠い場所で生活し、時々パントマイムみたいに身振り手振りで懸命にあたいたちを導いてくれた。今、母さんは南シナ海のどこかで眠っている。今にも父さんの遺灰が放たれて、母さんと合流する。

あたいのなかをいろんな感情が通り過ぎていく。今でも母さんの拒絶のせいで、激しい痛みを心に感じる。あたいのことを見ようともしない、あの天使のような顔をはっきり憶えている。あれから何年も経つけれど、母さんがあたいと父さんの方を振り向くのを待っている。今、このボートの上で、あたいのなかの小さなバルブが開いて血管を押し広げる。気孔が膨張する。この気持ちを抑えないと。頑張らないと。あたいから奇妙な音が漏れる。マイとあたいの間にある境界が崩れてく。マイはあたいの叫びを感じ、あたいはマイの叫びを感じる。二人の神経が陰影を描いて交錯しながら、共に光を発する。二人は弱点によってむしろ強く結ばれている。

ここが良いわ。波がボートに打ちつけ、砕けて泡になる。マイがジェームズと一緒に立ち上がる。波は生きている。水面が息する。マイが砕ける波をじっと見る。まるで素早い決断が求められているかのよう。サッとケースに手を入れる。遺灰はビニール袋のなか。ビロードのように滑らかで、煤《すす》のように細かい。たまにごつごつした骨みたいなものも混じってる。マイは袋を少し揺らすと、海面に向けて傾ける。ふるいにかけるかのように、最後の一片まで波間に返す。遺灰は海水のなかに消えていく。ショックだけど、癒やされもする。喪失感はない。その瞬間に厳しさと美しさを同時に感じる。海面に紫色の光を放ちながら日が沈む。この世のものとは思えない光景。ゆっくりと水平線へ。遠く果てしない向こうまで光の影が伸びていく。

突然、波が荒れてくる。マイは封筒をジェームズに渡す。二人でバラの花びらを、遺灰が散る海面に撒く。花びらが浮かぶ。そしてきらめくさざ波の間に、左右対称になって沈みながら吸い込まれていく。船主が肯く。言葉にならない承認の印。慰めを示す金色の波の音。張り詰めた死の瞬間が解き放たれる驚くべき安堵の瞬間。

そのときが来れば、あたいだって同じようにしてほしいと思う。故郷とはどこかという難題を解決する方法のひとつだから。目に涙が浮かぶ。穏やかに心が揺れる。すべてが変化し、見えない針金の罠に足を取られる。一瞬の平衡を保つことすら難しい。

マイも同じように感じてる。親指と人差し指をまぶたに強く押しつける。内なる声が大きく呼吸しながら戻ってくる。落ち着かないと。そうすればマイも落ち着く。

物事が上手く進んで、あたいたち二人が足並みを揃えて行動する瞬間もあれば、すべてが無茶苦茶に混乱する瞬間もある。そんなときには、注意深くやりくりする。

マイはジェームズの厚い胸に額をあて、彼に寄り添う。一瞬、お腹に爪で食い込むような痛みをマイが感じる。

船主が口笛で歌を奏でる。冷たいそよ風が、あたいの顔に吹きつける。目を閉じると、マイが集中する。すっかり消耗して手に負えなくなったあたいの神経を鎮めようと、マイが集中する。

シルの側にいる自分を感じる。あたいたちがここにいるのは、父さんと母さんを思い出すため。マイと幼いセシルの側にいる自分を感じる。

深呼吸する。あたいたち三人が同じ感情の流れのなかにいることに、マイは気づいてる。あまりに異なる感情が衝突するせいで、お互いをはじき飛ばし、打ち消そうとする。あたいの心は衝突する気持ちの揺れから生じるなだらかな大波に揉まれて動きを失い、ひっくり返って宙づりになる。でも、すぐにこれも終わる。ボートが少しずつゆっくりと岸に向かって進んでいく。それに合わせて、はるか彼方にある緑の海岸線を想像する。

船着き場に降りるとき。マイはジェームズの手を掴み、そのまま放そうとしない。ジェームズがいることに心を落ち着けようとする。彼から離れようとしない。父さんの遺灰を放つための小旅行は、マイの神経をすり減らしていた。目の前の道は、ホテルまでの最短ルート。ジェームズはマイの背中に手をあて、あの娘の小さく不安定な足取りを助けようとする。疲れてはいたけれど、マイも体を真っすぐにして、彼の助けに報いようと足を進める。ホテルに着くと、ジェームズも一緒にエレベーターに乗り込む。

　無言のまま、ジェームズはマイを抱えてベッドへ向かう。罪の意識はない。でも、意を決した行動。彼のむき出しの腕がマイの髪に触れると電気のような衝撃が走る。少し沈んだベッドが二人の体をしっかり支える。気分が落ち着く。ジェームズはマイの側に身を横たえる。髪を撫で、顔に触れる。深い沈黙。もう何の説明も要らない。エアコンの低い音が響き、蒸し暑い部屋に冷気が吹き込む。マイはジェームズの広い胸に顔をのせる。薄暗い部屋で、まだ生暖かい空気に包まれて二人は体を並べる。動と静が奏でるハーモニー。

　ジェームズがマイをしっかり抱きしめる。二人の涙がジェームズの頬を伝う。共通の記憶が徐々に蘇ってくる。「マイ」と彼が何度もささやく。まるで名前の響きを確かめるかのように。本当なら下がり調子で発音するところを、問いかけるように尻上がりのアクセントでマイと呼ぶ。ジェームズの声が上がる。それから下がる。そのせいで、あの娘の名前が違う意味に聞こえる。「いつでも《マイ》。」

　ジェームズの声が微かに響く。あたいにはほとんど聞こえない。でも、彼の爪がマイの背中に食い込むのを感じる。静かに切なく。ジェームズが打ち明ける。マイとカーンのことを思わないことはなかったって。マイは彼に抱かれたままじっとしている。それから、彼に愛してるって告白する。ジェームズのため息。彼はマイの髪を撫でると、乱れた髪を整える。二人の姿を見ながら声を聞いてると、妙に落ち着いてくる。夜のとばりが、二人を世界から隔離する。

彼は体の向きを変えると肘をついて横たわり、マイを近くに引き寄せようとする。マイはじっとしているけれど、拒んでるわけじゃない。だからジェームズはマイに身を寄せ、背中を愛撫する。

外では強風が木々の間を吹き抜ける。雨が降り出す。ジェームズは驚くほどの繊細さで、胎児のような姿勢のマイの体を引き寄せる。マイは周囲で起きていることに敏感に気づいている。水道の蛇口から垂れる水滴の音。音を立てて時を刻む時計。ホールで閉まるドアの音。マイはまともに考える力をなくしてしまったのかしら。誘惑を抑えることができないのかしら。それとも、強い想いに心を奪われてしまったのかしら。

そう、マイはすべてをかなぐり捨てたいっていう衝動に駆られてる。ジェームズに寄り添い、ぴったり自分の体を重ね合わせたい。彼は咳払いする。そして、低い声でメロディーを口ずさむ。いつの間にかそれは「イエスタデイ」の調べに変わる。心に響く。マイは横になったまま心のなかにある相矛盾する衝動を無視しようと、まるでギターを指でつま弾くように鼻歌を口ずさむジェームズに意識を集中する。

マイは光と影の部分がはっきりしたこの曲が好き。体中に血がほとばしり、頬が紅潮する。マイのなかでこれまで閉じ込めてきた何かが緩み始め、解き放たれようとする。失われた心を取り戻し、よろよろしながらも歩み始める。あのときの生活があったからこそ、今この生活がある。およそ同時に存在するとは思えない二つの人生だけど。

彼の体から発せられる熱いエネルギーが伝わってくる。呼吸が上がっては鎮まり、上がっては鎮まる。何かが心にジーンと響く。

マイもあたいも圧倒される。木々が風に揺れる音が聞こえる。暗闇が静かに心のなかを通り過ぎていく。強く危ないものが動く。あたいたちにはわかる。古くからの奉仕の精神。不変の重み。そして、与えられたものを感謝の気持ちを込めて受け取るのではなく、必要以上の結果を求めてしまう古くからある人間の欠点。

マイは自分の気持ちをなだめるようにして、新たな場所へ向かう。汗に濡れたジェームズの顔。自分の息づかいを感じながら、ジェームズの隣に横たわるマイ。彼にしっかり寄り添う。ジェームズの滑らかな首と鋭い角度の胸骨に、マイの顔が触れる。ジェームズはマイの手を握りしめては放す。

シーンとした沈黙のなかから泣き声が聞こえる。決して尽きることがない悲しみを悼む、耳に突き刺さる泣き声。マイはすでに二人を待ち構える避けることができない別れの瞬間に備えている。気がつくとジェームズはマイの上に。マイの頭が枕に沈む。体から力を抜いて、彼のすべてを受け入れるように身を任せる。二人の間には異なる人生がある。でも、今は。二人にあるのはこの瞬間だけ。

彼の手がマイを求め、髪を掴む。マイの上でほとんど動かない。ジェームズはマイがずっと一人で生きてきたことを知る。

夜の暗闇が二人を抱擁するように包み込む。マイにとってかけがえのない瞬間。すでに彼がいなくなることを悲しみ、愛の営みを懐かしく思い始めているマイがいる。まだ終わっていない今夜のことを、すでに思い出として記憶する。

翌朝マイが部屋を出るとき、ジェームズはまだ眠ってた。暗闇のタペストリーに、光が差し込み始める。太陽がわずかに顔を出す。オレンジ色の斑点。淡い灰色の夜明けの光に壁紙が包み込まれる。マイは忍び足でバスルームへ行き、部屋を出る準備をする。

じっと彼を見つめる。すると動悸が高まってくる。マイは身支度を整える。でも、なかなか部屋を離れられない。彼のまぶたが揺れる。悪い夢でも見てるのかしら。お腹の上のシーツがくしゃくしゃよ。粗い呼吸に合わせて、彼の胸が上下に動く。彼の上にかがみ込んで、額にキスする。彼は動かない。眠りのなかでも、マイに寄り添ってる。マイは雨戸を閉めて、日の光で彼が目を覚まさないようにする。

ジェームズ。自分にだけ聞こえる小さな声でマイはささやく。彼の名前の最後の「ズ」の音を長く引きずる。まるで永遠に続くかのようなささやき声。名前までもが余韻を残す。マイの心の奥底に、紫色の印となって沈み込んでいく。彼を失わざるを得ないことを、マイはもうわかってる。彼の心を持ち帰るかのようにマイは部屋を後にする。誰もが若い頃に経験する気持ちを、年を重ねた自分が感じるはめになるなんて。マイは驚きを感じる。官能的な心の揺れと感嘆の念。この先何が起きようと、彼はマイのものじゃない。彼を見つけられただけでも奇跡だわ。これ以上何を望もうっていうの。

その日遅く、チェックアウトするためにホテルに戻ったときのこと。マイを待つ男が残したメッセージが渡される。「ベンタイン市場で待っている。それか、孤児院で会おう。」メッセージの最後には名前と住所。

同じ日の夜、マイは二本通りを隔てた別のホテルへ移る。そこに留まること一週間余り。混乱した気持ちを落ち着かせようとする。近くの市場にいる彼の存在を無視しながら。失恋の痛手から、ぼろぼろに崩れた自分の内面を慰めるというあの感覚。ジェームズのことに思いを巡らせることもあれば、まったく彼とは関係ない感情が原因のときもある。そんなとき、マイを苛むのは辛く重い気持ち。生きることへの強い欲求が心のなかで渦巻き、あの娘を苦しめる。決して満たされることがない餓えみたいなもの。

愛が育まれ解き放たれるとき、それはどこへ行くのかしら。心を刺すような危険な瞬間に、どうやってバランスを取るのかしら。でも、これだけはわかる。子どもの頃や遠い過去に経験した愛からは、決して立ち直ることができない。それを背負って生き続けなければならない。つまり、愛から逃れることなどできないということ。奪われることもなければ、失うこともない。

朝はまだ早い。けれど、マイはベンタイン市場へ行く。初めてジェームズに会った場所へ戻る。彼は市場で会おうとメッセージを残していたけれど、あれからもう一週間も経つ。仮に待っているつもりでも、こんな早い時間にはまだ来てないわ。でも。マイは期待する。行商人がもう開店の準備を始めている。ジェームズに会ったあの場所へと、マイは急ぐ。ブンボーフエという麺料理の屋台のあたり。あのお店よ。三角の麦わら帽子をかぶった女主人が団扇を扇ぐ。マイが尋ねると、すぐにジェームズの家を教えてくれた。

その晩、はやる気持ちから、マイはシクロで徴姉妹《ハイ・バー・チュン》通りへ行く。側道を何本か横切って、九番路地という袋小路に着いた。道は濡れている。空からは月が顔を出す。マイは入り組んだ裏通りに沿って音もなく静かに歩く。彼の家があるという一〇〇番地を探す。粗野な板張りの建物が並ぶ道を小走りに通り過ぎる。空き家もあれば、強盗に入られたような家もある。薄っぺらい板がはがされて、使用済みのタイヤだの何だのが積まれたゴミの山がある。砂利を蹴散らしながら走ってくバイクが突然ブレーキを鳴らして、色とりどりのペナントで飾った修理屋の前で止まる。寂れた道には轍ができて、車のタイヤ跡が深く刻み込まれてる。羽目板やセメント造りの家が、雨風に曝されたままあちこちに立つ。間口の狭い小さな家がでたらめに並ぶ。十字に編まれた金網のフェンスに囲まれた家。膝ほどの高さのコンクリート塀に囲まれた家。その塀をトゲのある赤い植物が囲い込み、ヘドロのような茶色の泥土がこびりつく。小さな男の子がマイを見てニヤリと笑う。

マイが淡い黄土色の壁とあでやかなピンク色のブーゲンビリアの茂みに囲まれたジェームズの家を

見つける。窓には割れたよろい戸が二枚。滑り落ちないように糸や紐がその場しのぎで括りつけてある。花咲く草木の間を飛ぶ蝶々《ちょうちょう》。地平線の彼方から、このあたりまで飛んできた鳥たちの影が空を横切る。ボロボロの人形が落ち葉に埋もれて、軒先の階段にうつぶせに横たわったまま。もう遅い時間なのに、シクロや自転車であたりはまだ賑やか。家の反対側の側道に止めてある自転車の列に、マイは適当な場所を見つけて座り込む。そして、そこからじっと家を見る。大きな影に身を隠して。

ジェームズが住んでいる家。黄昏時の暮れゆく太陽のなか、懺悔の告白みたいにゆっくりと重々しく家の様子が伝わってくる。幼い女の子の声が聞こえる。夜のしじまに自らの存在を訴えるようなコオロギの甲高い泣き声も聞こえる。蚊帳越しに見えるのはジェームズの姿。象牙色の背景に刻み込まれたように映る。女の子がジェームズの膝によじ登る。そして、彼の髪を優しく引っ張る。優しく可愛らしい顔がマイにも見える。まるで花のよう。ジェームズは女の子の口にスプーンを運ぶ。でも、女の子はそれをはねのけ、ジェームズの顔に何か色を塗ろうとする。その方がよほど楽しいらしい。ひょこひょこ動き回る。しばらく争ったあげく、ついにジェームズが諦めたかのように降参する。彼の顔に自由に色が塗れるように大人しくしていると約束する。奥の方では、部屋のなかを行き来する女の影が動く。でも、マイの関心は幾度となく想像を巡らせてきたジェームズと女の子の関係にある。女の子は折り紙でかぶとを折ると、ジェームズの頭にのせる。ジェームズが協力的になったので、彼女も素直に振るまう様子を見せる。ジェームズが差し出す食べ物を大騒ぎせずに食べる。騒々しい遊びが鎮まる。甘辛い豚肉の香りが、開いた窓から流れてくる。マイは息を深く吸い込むと、その息を永遠に止めようとする。

ジェームズは女の子と冷蔵庫へ向かう。彼は扉を開けると吹き出す冷気のなかで娘を宙ぶらりんに抱き上げる。二人が笑う。しばらくするとジェームズは扉を閉め、子どもを担ぎ上げる。仲の良い父親と娘の姿。女の子が窓を指さすと、ジェームズが怪訝そうに外を見る。肩に娘をのせたままジェームズは外に出る。そして、玄関先に植わった芝生のところまで歩いてくる。マイはあたかも誰かに抱きかかえられているかのように身動きひとつしない。

「お父さん、あそこ。」女の子は叫ぶと肩から飛び降りようとする。ジェームズは娘が望むままに背中から降ろす。けれど、体を半分抱え込むようにして抑える。女の子は身をよじるようにして逃げ出すと、階段の下まで降りていく。そして人形を拾うと泥を払い、抱きしめる前にその髪と服を整える。女の子は人形が安心するように、今夜は一緒に寝ましょうと話しかける。人形を座らせて、しゃがみ込んで話し始める。この女の子が彼の人生を救う。すでにこの子のおかげで、ジェームズは変わった。マイはそう思う。もう滅茶苦茶なことにはならない。家から漏れてくる優しい光がジェームズの背に当たり、彼を包み込む。何かが彼をこの夜の世界に溶け込ませる。この場所が彼をしっかり抱きしめる。

ジェームズはタバコをくわえると、手をかざしてマッチを擦る。何度か試した後、火が点く。野良猫が泣き声をあげて、ゆっくり通りを歩く。悲しげではあるけど、無遠慮なほどに我が物顔。女の子は恐る恐る猫の方に近づく。そして、何か呼びかけると猫に向かって一気に駆け出す。ニャー、ニャー。ジェームズの目が女の子の一挙手一投足を追う。娘の動きをしっかり追いながら、通りへ向かう。

「カーン、戻っておいで。」遠く離れようとする女の子に、不安を感じたジェームズが叫ぶ。家から通りまでは、ほんの数歩の距離しかない。「カーン。」

その名前がマイの心に突き刺さる。

ジェームズはタバコを深く吸い込むと、肺のなかで煙をしばらく味わう。とてもハスキーな声で、女が彼を呼ぶ。ひどく訛った英語で、彼に家に戻るように言う。次いでジェームズが娘を呼ぶ。彼は子どもを曲がり角で見つける。娘のお尻を軽く叩くと抱え上げ、そのまま家に戻る。家に入る直前、彼はほんの一瞬あたいたちの方を振り返る。まるで最後の挨拶とでもいうように。

マイとあたいは紫の夕暮れのなかにじっと立つ。ジェームズの小さな家がいつもどおりの動きに戻るのを見届ける。女がジェームズから子どもを預かる。でも、二人の背中がこっちを向く前に、娘はジェームズの手に戻される。そして、三人があたいたちの視線から消えていく。灯りが暗くなる。やがて消える。それに合わせるかのように、家はゆっくりと背景のなかに小さく溶け込んでいく。あたりを暗闇が覆う。目の前で起きていることが、マイにはわかっているはず。これ以上何かはっきりした形を取ることもないだろう。マイがこの舞台に登場したのはつい今し方のこと。もうすでにそこから立ち去ろうとしている。それでも、あたいたち二人の心のなかで何かが動く。不完全なものでも人は受け入れることができるという悟りの境地。

マイはサイゴンにもう数日間滞在した。それから出発する直前になって、急に思い立ったように郊外へ車で出かけた。サイゴンからそう遠くない田園地帯。マイが水田を見て驚く。どこまでも続く平らな大地に、緑色の穂が勢いよく穏やかに広がる。

タクシーでの移動。サイゴンを囲む幹線道路のひとつは舗装されたばかりの道。あとは長く荒れた路面が延々と続く。記念碑もなければ、観光客を集めるような場所もない。何もかもが平凡。四角い水田に所狭しと生える緑の穂だけが見える。なぜこんなことをしているのかしら。マイは自分でもよくわかってない。ただ、これで良いと信じてるだけ。

そういえば、淡い緑色の翡翠のブレスレットが経年変化で、水田の稲穂みたいに深みある緑色に変わったことを、母はかつて喜んでいた。マイも憶えているはず。母にとって、濃い緑色は健康と幸せを意味した。

今、何をしたら良いのか、どこへ行ったら良いのか、マイにはおよそ見当もつかない様子。ただ車を走らせるように頼む。エンジンが音を立て、運転手がギアを変えるたびにカチッと滑らかなベアリングの音が響く。何十年も前に残忍な軍事作戦が展開された場所も、今はどこか穏やかに見える。それでも歴史の厳しい目を感じるときがある。標識や道に書かれた町の名が、放物線を描きながら車窓に飛び込んでくる。マイもあたいも戦場の名前としてしか知らない町の名前ばかり。輝くようなエメラルド色の水田に沿って続くハイウェイと黒いアスファルト。父さんが水田の話をしていたのを思い出す。あるとき父さんは水田を果敢だとか、意志が強いといった言葉で表した。目の前にその水田が広がる。広大で素朴な空間。勝利と敗北の年月に挟まれてはいるものの、ここにあるのは人間の良心だけ。

戦争中はサイゴンを離れてドライブするのは危ないことだった。だから、マイには田園風景の記憶がない。それでも、何だかよく知っている場所へ来たみたいな気持ちになる。静寂のある場所へ向かって進んでいく。昔の痕跡が残っているけれど、もはや怖れることはない。未来を恐怖心なしに迎え入れることができる、そんな場所。

急にマイにもあたいにも、この水田に見覚えがある理由がわかってきた。それは驚きだった。マイは運転手に車を停めさせ車を降りる。シュロの葉でできた屋根と湿った熱帯の空気が香る。一面真っ白のヴァージニアで雪嵐に包み込まれるように、あたり一帯緑で囲まれる。もちろん、本当は全然違う。でも、この広大な緑は冬の真っ白な風景と同じこと。景色が持つ輪郭やでこぼこが消えて、その美しさが直接肌のなかへ染みこんでくる。境界が消えて、輪郭がぼやけてなくなっていく。

はるか彼方、まるで彫像のように穏やかなカーブを描く丘の向こうに、マイは小さな茅葺き屋根の家とその家の小さな影を見つける。家は人生のミニチュアみたいに、水田から霞のように現れた。何かが、悪運に取り憑かれたオーラのようなものが、マイの心の琴線に触れて、あの娘の心を開く。あたいからマイに向かって開いた心の窓が、マイからあたいに向かって開く心の窓に折り重なる。そして、二人の間の境界が消えていく。永遠に。きっと。

マイもあたいも二人が和解して、同じ空間のなかでひとつになることを望んでいる。ヴァージニアに戻れば、あたいたちが必要としている助けをマイは得られる。二人ともお互いの人生のなかへぐっと引き込まれていくのがわかる。

二人の前に広がる田園風景。目の前にあるすべてのものが、何千年も昔からこの場所にあったような光景。親から子へと受け継がれていく伝統のように、とてもなじみ深いもの。小さな茅葺き屋根の家が荒々しい天気に曝されながらも、この田園風景にすっかり溶け込んでいるなんて凄いこと。いつかは崩れて滅びてしまうんでしょうけど。少しも飾り気のない姿でここに立っている。そんなプライドを持ちつつも、大きなモンスーンが来れば、ひとたまりもなく潰されてしまう。

この地に宿る魂に我が身を曝し、あたいたちはこの瞬間に立ち止まる。コンクリートの記念碑の上で隠れん坊をする子どもたちをマイが見つめる。記念碑に刻み込まれているのは、かつての戦争で命を失った兵士たちの名前。その戦争の記憶は今起きている戦争にも影響を与える。墓石の列が雑草の生える地面に影を落とすように、傷ついた魂が世代を超えてあたりを彷徨う。時折、子どもたちが発する甲高い笑い声や歓喜の声が聞こえる。シュロの木が風にそよぎ、空に向かって高く揺れる。

人生の影が見えるこの瞬間を、永久に忘れたくないと願うあたいたち。未来が後ろを振り返り、過去を映し出す。死んだはずの姉さんと両親が一列になってこっちを向いている姿が見えるかのよう。マイはジェームズのことを想う。あたいもジェームズのことを想っているのがマイにはわかる。その名前を思い起こすだけで、マイの表情に笑みがこぼれる。

訳者あとがき

夏の南カリフォルニア。場所はオレンジ郡ガーデングローブにあるリトルサイゴンのヴェトナム料理店。約束通りの時間にラン・カオは現れた。直接会うのはこれで三回目。最初は本作『蓮と嵐』（*The Lotus and the Storm*）がアメリカで出版された直後の二〇一四年の夏、サーフィンシティーの愛称で知られるロサンゼルス近郊のハンティントンビーチにほど近い巨大なモールに出店する有名コーヒーチェーン店でのことだった。あのときのランは、直前のヨーロッパ旅行の疲れもあってちょっと病んでいたが、今日は元気はつらつとした様子。席に着くと最近娘と行ったというオーストラリアのグレートバリアリーフでの水中ダイビングの写真を披露してくれた。

ほどなくウェイターが注文を取りに来る。ヴェトナム語で記されたメニューに戸惑うわたしに代わり、流暢なヴェトナム語でランが注文してくれる。シーフードのパッタイをわたしに。ラン自身はちょっとピリ辛のブンボー・フエ。パッタイとは日本でいえば焼きそばで、まるでコンニャクのように柔らかい米粉の麺が特徴。ランが頼んだ野菜たっぷりの麺スープは、ヴェトナム中部のフエ地方の郷土料理。好みに応じて野菜をたっぷりのせて食す。

食後には三色カラーのチェー・バ・マウ。グラスのなかのカラフルな豆やゼリーの上に、細かく砕いた氷をのせてココナッツミルクをかけて飲む。ヴェトナムデザートの定番だ。『蓮と嵐』では第二章、クーデターの起きたサイゴン市内を車で走るマイの父ミンが、街頭売りからチェーを買うシーンが記憶に残る。ヴェトナムに行けば今でもこうした街頭売りがあちこちに立つ。前作『モンキーブリッジ』でもそうだったが、『蓮と嵐』ではヴェトナムの食文化がいたるところで描かれる。作品に関する話になると途端に言葉数が少なくなるランに、思い切ってこの話題を振ってみる。

「そうね。ヴェトナムの食文化は地方によって随分違うのよ。今日来たこの店はわりと食べやすく色んな料理をアレンジして出してくれるけど、リトルサイゴンにはもっと郷土色が強い店が多いわ。ヴェトナムでは南部、中部、北部で文化も違えば、食べるものも全然違う。」

案の定、作品の裏話を引き出すことはできなかったが、文化と食が登場人物の人柄をあらわすのに一役買っていることは、本書の読者ならすぐに思い浮かぶだろう。例えば、ヴェトコンとして最後の最後までヒール役を演じきるフォン。北部出身の彼の嗜好が南部出身のミンと異なることが繰り返し語られるのも、南部人と北部人の気質の違いなり何なりを読者に伝えようとするランの細工なのだ。

『蓮と嵐』を訳していてもうひとつ気になったのは、一九六〇年代のロック音楽への言及。

「そうよ。あれはわたし自身のことでもあるわ。ビートルズとローリングストーンズがとても好きだった。とくにストーンズね。本当は「一九回目の神経衰弱」を入れたかったんだけど、時期が合わなかったのよ。知ってるかしら、この曲。とってもいい曲よ。」

残念ながらストーンズ世代に間に合わなかったわたしには、この曲のことがわからない。あとで調べてみれば一九六五年、全米ツアーの最後に録音され、翌年シングルとして発売されると英米で大ヒットしたのが「一九回目の神経衰弱」だった。ミック・ジャガーとキース・リチャーズの共作。カーンとマイが中国のグランマに睨まれながらも、ジェームズと音楽を楽しむのは一九六五年のこと。一九六四年リリースの「テル・ミー」やビートルズの名曲「イエスタデイ」（一九六五）の方が、時期的に具合がいい。

それでも改めて「一九回目の神経衰弱」を聴き直してみれば、物質的には満たされながらも、母からの愛情不足に苦しむ少女の姿が浮かび上がる。ポストモダンアートの旗手アンディー・ウォーホルに若くして抜擢され、今やノーベル文学賞受賞者のボブ・ディランと浮き名を流した一九六〇年代のファッションアイコン、アメリカ人女優イーディ・セジウィック（一九四三－七一）をモデルに書かれた曲という説もある。（そうセジウィック本人が言っていたらしい。定説では、長いコンサートツアーにうんざりしたミックたちが憂さ晴らしで書いた曲とのこと。）公私ともに派手な生活を送るセジウィックだったが、すでに十四歳にして拒食症を経験。やがてドラッグ中毒に陥り、それが原因でわずか二十八年の短い生涯を閉じる。最愛の姉カーンを失った後、繰り返し学校で気を失うマイの不安定な精神状態をあらわすにはもってこいの一曲となるはずだった。

ランと二回目に会ったときのことを少し。二〇一四年の暮れ、初めてカリフォルニアで会ってからわずか数ヶ月後のこと。日本に来る機会ができたと知らせてきたランに、早稲田大学での公開講演をお願いした。ただし、その題目は「文化と国際法の交差点」。今春オックスフォード大学出版局から出版されたばかりの *Culture in Law and Development: Nurturing Positive Change* (2016) を当時執筆中だったランのたっての希望によるものだった。マイとバオならぬ小説家と国際法学者という二つの顔を持つのが、ラン・カオという作家の正体だ。アメリカ最初の法科大学院という伝統を背負うウィリアム・アンド・メアリー大学で長く教鞭を執った後、現在はカリフォルニア州オレンジ郡にあるチャップマン大学法科大学院で看板教授を務めるランは、文化の相対性を強く意識した法理論を展開する。

ところで、『モンキーブリッジ』にしろ本作にしろ、どこまでが自伝的でどこからがフィクションなのかという質問をよく受ける。実際、その線引きは難しいが、両作品とも多かれ少なかれラン自身の波乱の生涯を映しだしていることは間違いない。十三歳の時、ランは南ヴェトナム軍人の父を持つがために、サイゴン陥落を前に脱越を余儀なくされた。祖国に残れば命に関わることでもあったのだろう。ただし、本作で描かれるマイのように、間一髪の脱出ではなかった。むしろ『モンキーブリッジ』のマイのように一九七五年初頭にはアメリカへ渡り、マイケルおじさんに相当する家族の友人に助けられ、全米きっての女子大マウント・ホリヨーク・カレッジに進学した。その後、イェール大学法科大学院で法律学を修めたランは、ウォール・ストリートで武者修行をしたこともあったらしい。本作でマイの法律事務所勤めを描くにあたっては、そうした経験が役立っているのだろう。

一方、『蓮と嵐』後半で描かれるマイの帰越とジェームズの再会は決して自伝的とはいえないが、ランは少なくとも三回かつてのサイゴン、現在のホーチミンシティーへ戻り、チョロンにあった自宅を訪れている。

「二〇〇九年、チョロンで家を探したわ。二〇〇五年に戻ったときには、確かにあったの。ただし、家は二つに分けられていて、片方はコーヒー屋になっていた。一九九六年に戻ったときには、まだ分けられてはいなかった。でも、二〇〇九年にはもうすっかり家はなくなっていた」（二〇一五年十二月三十日付け訳者宛メールより）。

脱越と帰越、過去の記憶とノスタルジアは、ランをはじめヴェトナム系文化の担い手には避けても避けることのできないテーマなのだ。

本書の出版にあたっては、いつもながら彩流社編集部に大変お世話になった。前作『モンキーブリッジ』の流れを汲む作品とはいえ、ランが十年越しで書き上げた本書は原文で四百頁に迫ろうかという大作だ。そんな作品の翻訳には、大きな苦労もあった。担当の若田純子さんの励ましもあって、その苦難をなんとか乗り越えることができた。ここに改めて感謝申し上げたい。

なお、本書の翻訳は日本学術振興会科学研究費基盤C（課題番号 24520317）、および早稲田大学特定課題基礎助成（課題番号 2014K-320）による研究成果の一部である。関係諸氏には心より御礼申し上げる。

ヴェトナム系アメリカ文学の現在ということで最後に一言付け加えるならば、二〇一六年のピューリッツァー文学賞には、ヴェトコンの世界をスパイ小説風に描いたヴェト・グエンの『シンパサイザー』（二〇一五）が選ばれた。また、『シンパサイザー』とともに『ニューヨークタイムズ・ブックレビュー』誌選出二〇一五年注目の百冊に選ばれたヴュ・トランのデビュー小説『ドラゴンフライ』など、今や数少なくなったアメリカにある書店の入り口で、いわゆるベストセラー小説と一緒に山積みになって売られているのがヴェトナム系文学だ。（二〇一四年の夏には、『蓮と嵐』を出版元のヴァイキング社が積極的に売り込み、ランも各地の読書会やサイン会に引っ張り出されていたのが思い出される。）このようにますます意気盛んなのが、ヴェトナム系移民たちがつくりだす新しい文化・文学だ。各方面で活躍するヴェトナム系アメリカ人の活き活きとした姿に、今後の更なる躍動が期待される。

二〇一六年、晩秋の東京にて

麻生　享志

著者略歴

ラン・カオ（Lan Cao）

1961年、南ヴェトナムに生まれる。サイゴン陥落間際の1975年にアメリカへ渡り、マウント・ホリヨーク・カレッジ、イェール大学法科大学院で学ぶ。1997年に小説『モンキーブリッジ』で作家デビュー。いわゆる1.5世代ヴェトナム系作家として、難民母娘の脱越とアメリカでの新生活を多文化主義的視点から描く。その後十年以上の歳月をかけて執筆したという『蓮と嵐』では、ヴェトナムの過去とアメリカの現在を行き来しつつ難民女性マイの多難の半生を描く。国際法学者としても活躍するカオは、名門ウィリアム・アンド・メリー大学法科大学院を経て、現在カリフォルニア州オレンジ郡にあるチャップマン大学法科大学院で教鞭を執る。

訳者略歴

麻生 享志（あそう　たかし）

ニューヨーク州立大学バッファロー校大学院比較文学研究科博士課程修了（Ph. D.）。早稲田大学教授。ポストモダニズム文学、アジア系アメリカ文学。主要著書に単著『ポストモダンとアメリカ文化——文化の翻訳に向けて』（彩流社、2011）、共編著『現代作家シリーズ・トマス・ピンチョン』（彩流社、2014）、共編著『憑依する過去』（金星堂、2014）。翻訳にラン・カオ『モンキーブリッジ』（彩流社、2009）。

蓮《はす》と嵐《あらし》

2016年12月15日　第1刷発行

著者　ラン・カオ
訳者　麻生 享志
発行者　竹内 淳夫

発行所　株式会社　彩流社

〒102-0071　千代田区富士見2-2-2
電話 03-3234-5931／FAX 03-3234-5932
ウェブサイト http://www.sairyusha.co.jp/
メール sairyusha@sairyusha.co.jp

印刷　モリモト印刷㈱
製本　㈱難波製本
装幀　仁川範子

落丁本・乱丁本はお取り替えいたします。

ISBN978-4-7791-2269-9 C0097

彩流社の海外文学

モンキーブリッジ

ラン・カオ 著／麻生 享志 訳

アメリカが初めて敗北したベトナム戦争の裏側で、ベトナム系移民の人々にいまだに続く「心の戦争」――アメリカの生活のなかに滲み出る戦争の影を、母娘の心の葛藤を通して描く本格的作品。

（四六判上製・二〇〇〇円＋税）

ブック・オブ・ソルト

モニク・トゥルン 著／小林 富久子 訳

伝説のパトロンにして作家のガートルード・スタインと、そのパートナー、アリス・B・トクラス。彼女らに料理人として雇われたベトナム人、ビンは、ベトナムの記憶をパリの地で回収していく……。

（四六判上製・二八〇〇＋税）

コーラス・オブ・マッシュルーム

ヒロミ・ゴトー 著／増谷 松樹 訳

祖母と孫娘が時空を超えて語り出す――マジックリアリズムの手法で描く、日系移民のアイデンティティと家族の物語。コモンウェルス処女作賞・加日文学賞を受賞した「日系移民文学」の傑作！

（四六判上製・二八〇〇円＋税）